名称：春天的故事

名称：书香

名称：餐具

名称：T恤

名称：海边

名称：相框

名称：蓝图

名称：小孩

名称：茶

名称：婚纱照

名称：窗外

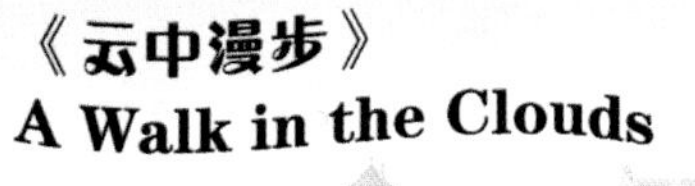

名称：电影海报

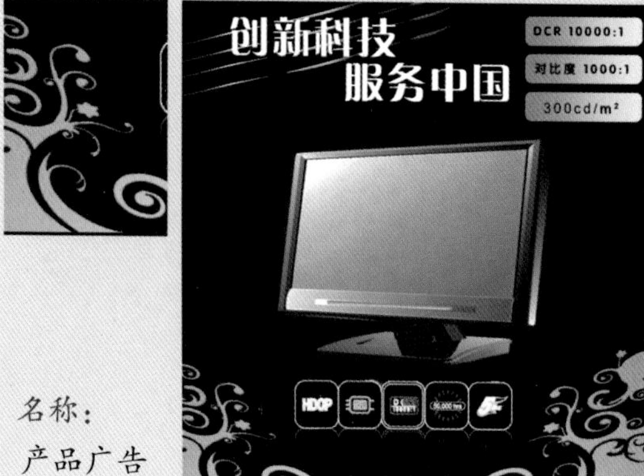

名称：产品广告

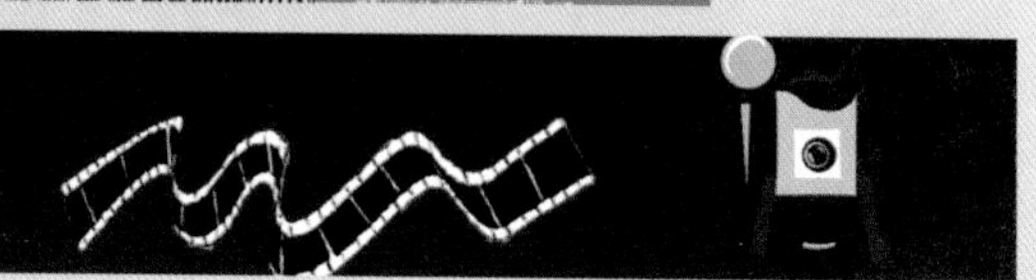

名称：海报

名称：宣传单

精彩实例欣赏

名称：折扇

名称：水源

名称：许愿瓶

名称：知识迷宫

名称：瓷器

名称：漂流瓶

名称：现代瓷器

名称：名片设计

名称：工作服设计

名称：茶庄宣传海报

名称：瑜伽会所广告

青莲瑜伽

名称：购物节宣传海报

名称：食品包装设计

野生动物摄影手册 (book cover)

名称：书籍平面装帧

名称：历史类书籍平面装帧

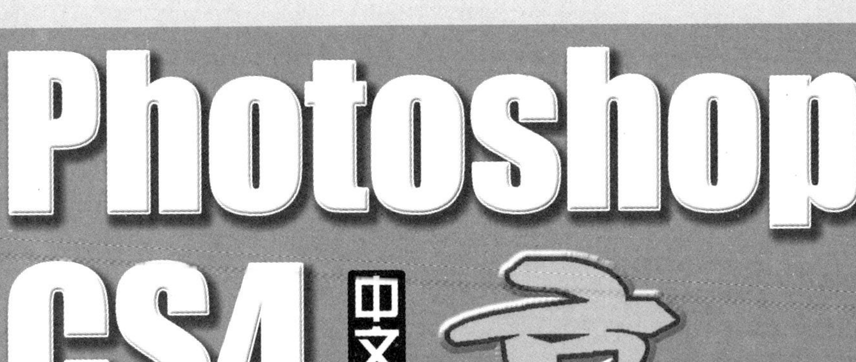

高手成长手册

王进博　编著

中国铁道出版社
CHINA RAILWAY PUBLISHING HOUSE

内 容 简 介

本书详细介绍了 Photoshop CS4 软件的使用方法及其在实际工作中的应用，内容包括：初识 Photoshop CS4、图像文件的基本操作、编辑图像文件、创建和编辑选区、绘制与修饰图像、颜色与色调调整、图层的基本操作、图层的高级操作、文字工具的使用、路径的使用、蒙版与通道、滤镜特效、视频与动画、3D 与技术成像、动作与图像自动化处理及图像的输入/输出等，最后通过实例介绍 Photoshop CS4 软件在企业 CI 设计、商业广告设计和产品包装设计方面的应用。

本书内容丰富、实用，图文并茂，由“新手入门篇”、“进阶提高篇”、“软件技能篇”及“行业应用篇”4 个部分组成，按照新手从零开始学 Photoshop CS4 软件的常规途径，层层深入地介绍平面设计软件的操作知识，从而将新手培养为行家里手。本书各章主要以“项目观察+知识讲解+综合实例+大显身手+电脑急救箱”的结构进行讲解，配以醒目的步骤提示和丰富的小栏目，使读者快速掌握相关知识。

本书定位于从零开始学习 Photoshop CS4 软件的用户，适用于希望从事平面设计或图像处理等相关工作的读者，也适用于对 Photoshop 软件有一定的了解，希望进一步学习 Photoshop CS4 软件的用户。

图书在版编目（CIP）数据

Photoshop CS4 中文版高手成长手册 / 王进博编著. 北京：中国铁道出版社，2009.11

ISBN 978-7-113-10726-0

Ⅰ.P…　Ⅱ.王…　Ⅲ.图形软件，Photoshop CS4—技术手册　Ⅳ.TP391.41-62

中国版本图书馆 CIP 数据核字（2009）第 205330 号

书　　名：Photoshop CS4 中文版高手成长手册

作　　者：王进博　编著

责任编辑：苏　茜　　编辑部电话：（010）63560056

特邀编辑：王　惠　　责任校对：李　倩

封面设计：王加宝　　封面制作：白　雪

版式设计：郑少云　　责任印制：李　佳

出版发行：中国铁道出版社（北京市宣武区右安门西街 8 号　　邮政编码：100054）

印　　刷：北京华正印刷有限公司

版　　次：2010 年 3 月第 1 版　　2010 年 3 月第 1 次印刷

开　　本：787mm×1092mm　1/16　　印张：25　　字数：587 千

印　　数：3 500 册

书　　号：ISBN 978-7-113-10726-0/TP・3627

定　　价：49.00 元（附赠光盘）

前言 FOREWORD

本书内容

随着社会的发展，电脑的应用已经渗入现代社会的方方面面，融入各行各业中，因此许多人都迫切希望能够掌握最流行、最实用的电脑操作技能，以达到通过掌握一两种实用软件来辅助自己工作的目的。对没有多少平面设计基础知识的用户而言，一方面，他们迫切希望能够享受使用电脑所带来的乐趣；另一方面，他们希望能够像其他人一样熟练地操作电脑，用电脑完成平面设计，如标志、名片、商业广告等。

基于这些原因，本书详细讲解了 Photoshop CS4 的使用方法，从最基础的启动和退出 Photoshop CS4 软件开始一步步引导读者学习，使其最终能够独立操作 Photoshop CS4 完成各项平面设计工作。

本书以 Photoshop CS4 为基础进行讲解，与以前版本相比，Photoshop CS4 软件功能更强大，界面也更趋向于简洁化，是图像处理软件中的佼佼者；但不管是什么版本的 Photoshop 软件，其基本使用方法大同小异，如果用户当前安装的是其他版本的软件，也可参考学习。本书在内容上力求简明清晰，结构合理；在叙述上通俗易懂；在举例上贴近人们的日常工作、生活，经典实用。

全书共 20 章，可以分为以下几个部分。

- 第 1~5 章（新手入门篇）：介绍了学习软件的基础知识，包括认识 Photoshop CS4 软件的界面和了解软件的基本操作方法，掌握图像文件的基本操作方法，学习图像文件的编辑方法，创建和编辑选区，以及绘制与修饰图像等知识。
- 第 6~10 章（进阶提高篇）：介绍了使用 Photoshop CS4 软件处理图像和编辑图像的基本方法，包括图像色彩的调整，图层的基本操作，图层的高级操作，使用文本工具在图像中输入文本，使用路径工具绘制图像等知识。
- 第 11~17 章（软件技能篇）：介绍了使用 Photoshop CS4 软件处理图像和编辑图像的高级知识，包括使用蒙版与通道合成图像，使用自带的滤镜和外挂滤镜制作特殊图像效果，创建和输出视频文件，制作 3D 图像，通过动作自动化和批处理图像及图像的输入/输出等。
- 第 18~20 章（行业应用篇）：介绍了 Photoshop CS4 软件在各个行业中的运用，包括企业 CI 设计、商业广告设计和产品包装设计等，通过对软件中各种工具和功能的使用，用户可以制作出令人满意的平面作品，同时达到熟练使用 Photoshop CS4 软件的目的。

读者对象

本书适用于广大电脑用户和平面设计爱好者，适合作为他们学习 Photoshop CS4 软件的自学参考书;同时也适用于从事平面设计或图像处理等相关工作的朋友,或对 Photoshop 软件有一定的了解，希望进一步学习 Photoshop CS4 软件的用户，它可以帮助大家快速掌握 Photoshop CS4 的使用方法及其在实际工作中的运用。通过本书的学习，读者会得到平面设计所带来的快乐和成就感，发现平面设计原来如此容易。

本书作者

本书由王进博编著，其他参与资料收集、编写、校排的工作人员有穆仁龙、郭小钢、李天文、陈静、易心琳、袁浪、梁发敏、陈旭、刘建国、饶超、金俊、朱龙、熊伟、廖秀茜、邓虎勇、罗凯旋、赵承平等，在此一并表示感谢！

由于作者水平有限，书中疏漏和不足之处在所难免，恳请广大读者及专家不吝赐教。

编　者

2009 年 10 月

目录
CONTENTS

第 8 章 图层的高级操作

第 9 章 文字工具的使用

第 10 章 路径的使用

第 13 章 滤镜特效（下）

第 14 章 视频与动画

第 15 章 3D 与技术成像

第16章 动作与图像自动化处理

第17章 图像的输入/输出

第18章 CI设计

第19章 商业广告设计

第 20 章 产品包装设计

第 1 章
初识 Photoshop CS4

本章要点

- Photoshop CS4 的应用
- Photoshop CS4 的启动与退出
- Photoshop CS4 的工作界面
- 设置工作区与使用辅助工具

Photoshop CS4 是专业的图形图像处理软件，它以易学、实用等优点深受用户青睐。该软件不仅能处理图片，而且还可以结合其他文字工具制作出漂亮的平面设计作品，包括海报和卡片等。在学习使用该软件之前，应先掌握一些与该软件有关的基本概念，如 Photoshop CS4 的应用、启动与退出等，然后了解 Photoshop CS4 的工作界面及个性工作区的设置和辅助工具的使用等知识。

1.1 项目观察——使用辅助工具查看图像

使用辅助工具查看图像能迅速发现图像文件中不易察觉的缺陷和问题

在 Photoshop CS4 中可以通过辅助工具对打开的图像文件进行查看和简单的调整。下面将启动软件对“风景.jpg”图像文件进行查看和调整，然后退出 Photoshop CS4 程序，让读者对 Photoshop CS4 有初步认识。

Step 1 选择“风景.jpg”图像文件【素材\第 1 章\风景.jpg】，在其上右击，在弹出的快捷菜单中选择【打开方式】/【Adobe Photoshop CS4】命令即可启动软件，如图 1-1 所示。

图 1-1 启动 Photoshop CS4

Step 2 选择【视图】/【标尺】命令，或按【Ctrl+R】组合键，在图像窗口顶部和左侧分别显示水平标尺和垂直标尺，如图 1-2 所示。

Step 3 在标尺上右击，在弹出的快捷菜单中选择相应的命令可以更改标尺的单位，如图 1-3 所示，系统默认标尺单位为厘米。再次按【Ctrl+R】组合键可隐藏标尺。

图 1-2 显示标尺

图 1-3 设置标尺单位

Step 4 选择【视图】/【显示】/【网格】命令可以显示网格，如图 1-4 所示。

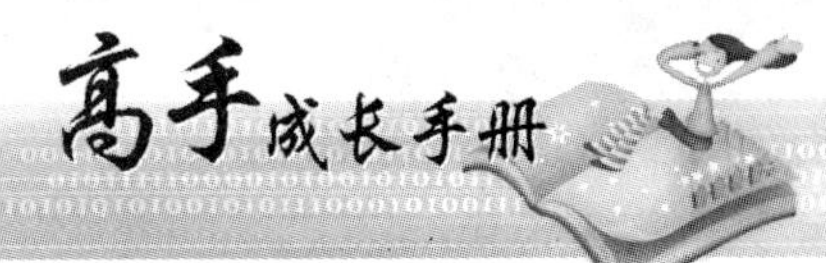

Step 5 选择【视图】/【对齐】命令，使该命令前显示✔标记，再选择【视图】/【对齐到】/【网格】命令；然后在按住【Alt】键的同时单击并向右移动以复制图像，且在拖动过程中，图像边缘将自动与网格对齐，如图 1-5 所示。

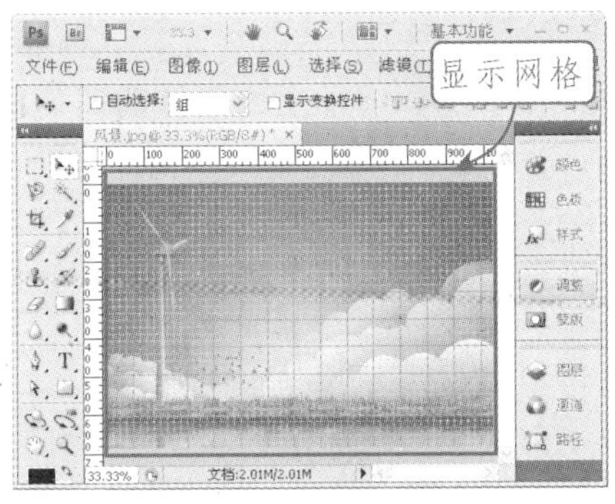

图 1-4　显示网格

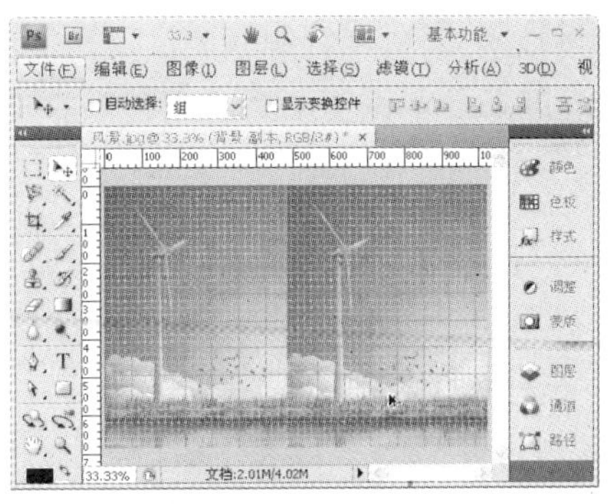

图 1-5　对齐网格

Step 6 选择【文件】/【退出】命令，将弹出如图 1-6 所示的提示对话框，询问是否要保存对该文件的更改，单击 是(Y) 按钮。

Step 7 在打开的“存储为”对话框中设置文件存储后的位置和名称，如图 1-7 所示，单击 保存(S) 按钮，并在弹出的“Photoshop 格式选项”对话框中单击 确定 按钮即可保存文件并退出 Photoshop CS4【源文件\第 1 章\风景.psd】。

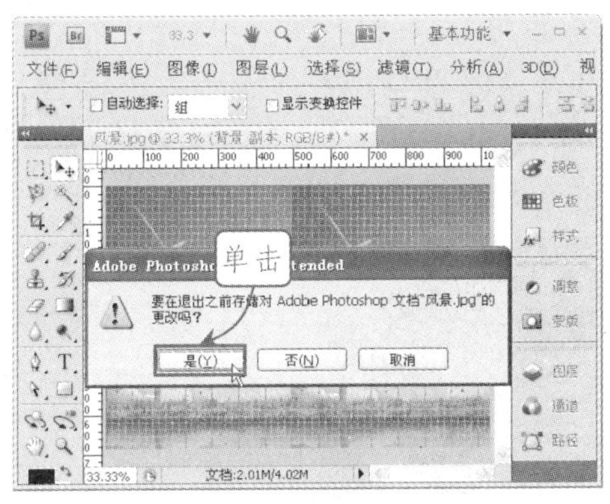

图 1-6　提示对话框

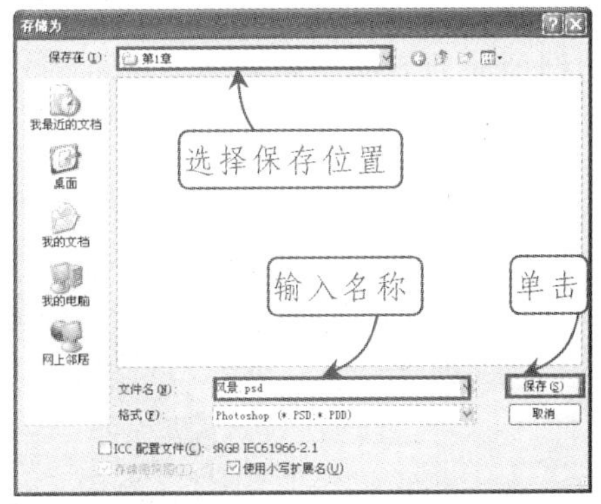

图 1-7　“存储为”对话框

通过上述项目案例了解了启动与退出 Photoshop CS4 和其他一些基本操作后，下面将具体介绍 Photoshop CS4 的应用，并对软件的基本操作进行详细介绍。

1.2 Photoshop CS4 的应用

Photoshop 在平面设计、数码照片与图像修复、效果图后期处理中的应用非常广泛

图像处理是指通过 Photoshop 等图形图像处理软件对图片进行美化、设计，使之变为符合用户需求的、具有商业或艺术价值的图像作品。Photoshop CS4 处理图像的功能非常强大，其应用范围几乎涵盖了平面设计的所有领域，在 CI 设计、商业广告设计和产品包装设计方面的作用尤为突出。

1.2.1 在 CI 设计中的应用

Photoshop 有强大的绘图功能，使用它可以为企业进行 CI 设计（标志、名片、便笺、工作牌等的设计），还可以绘制人物、物品、卡通与产品的形状，也可以通过填充、编辑和图层样式等工具和命令来丰富图像，使图像效果体现得淋漓尽致。图 1-8 所示为设计的名片。

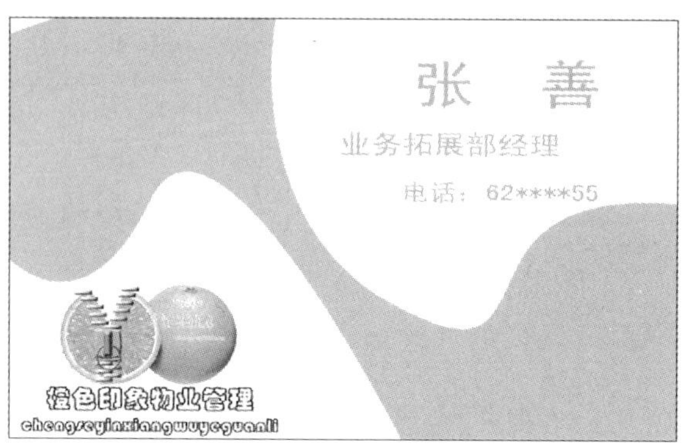

图 1-8　设计的名片

1.2.2 在商业广告设计中的应用

在商业广告设计领域中，Photoshop CS4 主要用于设计海报、DM 单、报纸广告等平面印刷品，以及灯箱、路牌等户外广告物品的设计制作。图 1-9 所示为商业广告设计作品。

图 1-9　商业广告设计作品

1.2.3 在产品包装设计中的应用

无论是图书的封面，还是产品的包装盒，都可以通过 Photoshop CS4 设计其平面展开图，并通过各种变换操作将其转换为产品的立体包装效果。图 1-10 所示为产品包装设计作品。

图 1-10 产品包装设计作品

1.2.4 Photoshop CS4 的新增功能

为了更好地完成对图像的编辑处理和平面设计工作，Photoshop CS4 在以前版本的基础上，新增了一些功能：

- 可以快速访问用于在“调整”控制面板中非破坏性地调整图像颜色和色调所需的控件，包括处理图像的控件和位于同一位置的预设控件。
- 可以在“蒙版”控制面板中快速创建精确的蒙版，创建基于像素和矢量的可编辑的蒙版，调整蒙版浓度并进行羽化，以及选择不连续的对象。
- 使用增强的“自动对齐图层”命令创建更加精确的复合图层，并使用球面对齐以创建 360° 全景图。增强的“自动混合图层”命令可以将颜色和阴影均匀混合，并可以通过校正晕影和镜头扭曲来扩展景深。
- “图像旋转”命令可平稳地旋转画布，以便从所需的任意角度进行无损查看。
- 使用更平滑的平移和缩放，可以更加顺畅地浏览到图像的任意区域，在缩放到单个像素时仍能保持清晰度；并且可以使用新的像素网格，轻松地在最高放大级别下进行编辑。
- Camera Raw 中原始数据的处理效果更好，可以使用 Camera Raw 5.0 增效工具将校正应用于图像的特定区域，享受卓越的转换品质，并且可以将裁剪后的晕影应用于图像。
- 增强的 Photoshop CS4 与 Photoshop Lightroom 2 的集成使用户可以在 Photoshop 中打开 Lightroom 中的照片，并且可以重新使用 Lightroom 进行处理。还可以自动将 Lightroom 中的多张照片合并成一张全景图，并作为 HDR 图像或多图层 Photoshop 文件打开。
- 使用 Adobe Bridge CS4 可以进行高效的可视化素材管理，更快速地启动具有适合处理各项任务的工作区，以及创建 Web 画廊和 Adobe PDF 联系表的超强功能。
- Photoshop CS4 打印引擎能够与所有最流行的打印机紧密集成，还可以预览图像的溢色区域，并支持在 Mac OS 上进行 16 位图像的打印。

- 可以启用 OpenGL 绘图以加速 3D 操作。
- 可以直接在 3D 模型上绘画，将 2D 图像绕 3D 形状折叠，将渐变形状转换为 3D 对象，为图层和文本添加景深，并且可以轻松导出常见的 3D 格式文件。

1.3 Photoshop CS4 的启动与退出

掌握启动和退出 Photoshop CS4 的方法是使用软件的必要条件

在学习了图像处理的相关知识之后，下面先来了解 Photoshop CS4 的启动与退出的方法。

1.3.1 启动 Photoshop CS4

可以通过以下几种常用的方法来启动 Photoshop CS4：

- 双击桌面上的 Photoshop CS4 快捷方式图标。
- 选择【开始】/【所有程序】/【Adobe Design Premium CS4】/【Adobe Photoshop CS4】命令。
- 双击 Photoshop CS4 安装文件夹中的 Photoshop.exe 图标。

1.3.2 退出 Photoshop CS4

退出 Photoshop CS4 的方法有如下几种：

- 单击 Photoshop CS4 界面右上角的“关闭”按钮。
- 选择【文件】/【退出】命令。
- 按【Ctrl+Q】组合键。
- 按【Alt+F4】组合键。

在退出 Photoshop CS4 时，如果用户没有保存窗口中被修改过的文件，系统将弹出如图 1-11 所示的提示对话框，询问是否要保存对该文件的更改，若单击是(Y)按钮，当文件没有被命名时，将打开“存储为”对话框让用户为文件命名，并选择文件的存储位置；若单击否(N)按钮，Photoshop CS4 将直接退出，当前文件的修改信息将不会被保存。

图 1-11　提示对话框

1.4 Photoshop CS4 的工作界面

了解 Photoshop CS4 的工作界面有助于更好地使用软件

与学习其他应用软件一样，要熟练掌握并运用 Photoshop CS4 完成各项平面设计工作，在学习过程中首先应对其工作界面有较深的认识，了解界面各功能部位的作用。

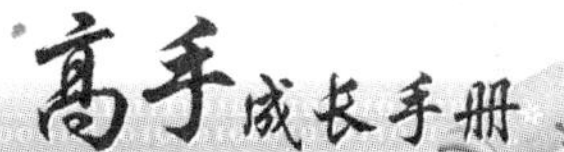

根据所获取的 Photoshop CS4 安装软件下的安装程序安装好 Photoshop CS4 后，选择任意一个图像文件，在其上右击，在弹出的快捷菜单中选择【打开方式】/【Adobe Photoshop CS4】命令即可启动软件，其工作界面如图 1-12 所示。

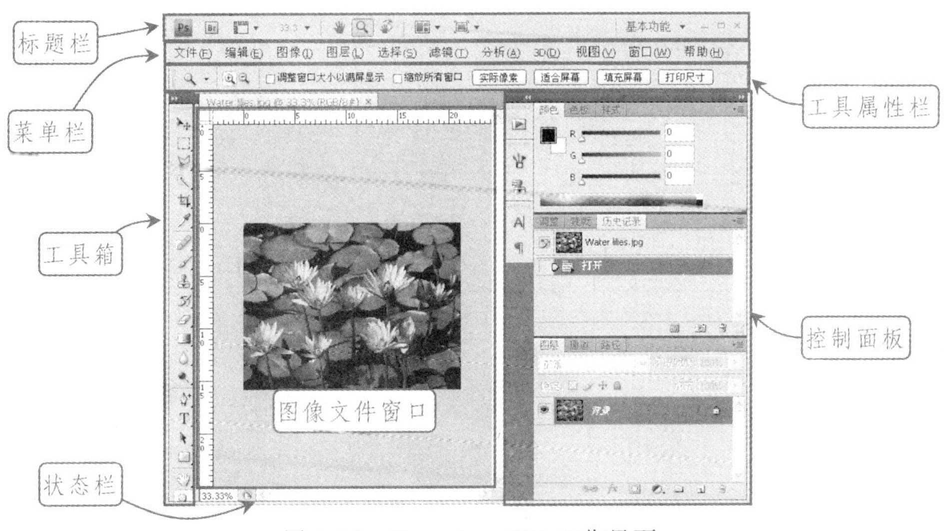

图 1-12　Photoshop CS4 工作界面

通过图 1-12 中的标注可以看出，Photoshop CS4 的工作界面主要由标题栏、菜单栏、工具属性栏、工具箱、控制面板、图像文件窗口和状态栏等组成，下面分别介绍界面中各个部分的功能及使用方法。

1.4.1 标题栏

标题栏用于显示 Photoshop CS4 的软件图标 Ps、菜单、常用工具和程序。在标题栏的软件图标 Ps 上右击或单击，在弹出的菜单中可以对窗口进行移动、关闭和还原等操作。标题栏右侧的 3 个按钮 、 、 则分别用于控制窗口的最小化、最大化/还原和关闭操作。

1.4.2 菜单栏

菜单栏包括“文件”、“编辑”、“图像”、“图层”、“帮助”等 11 个菜单，其中几乎包含了 Photoshop CS4 中的所有命令，用户可以通过选择菜单下的菜单命令来完成各种操作和设置。

各菜单作用分别如下：

- 文件：主要用于对图像文件进行新建、打开和保存等操作。
- 编辑：主要用于对图像进行复制、粘贴、填充及还原等操作。
- 图像：主要用于对图像进行色彩模式、色彩和色调、尺寸大小的调整等操作。
- 图层：主要用于对图像进行图层控制和编辑等操作。
- 选择：主要用于对图像进行区域选择和对选区进行编辑等操作。
- 滤镜：主要用于对图像进行扭曲、模糊和渲染等操作。

- 分析：主要用于对图像进行测量或标注尺寸等操作。
- 3D：主要用于为图像制作 3D 效果。
- 视图：主要用于对工作界面进行调整，如控制文档视图的大小、缩小或放大图像的显示比例等操作。
- 窗口：主要用于对工作界面中各组件进行调整，如切换图像窗口、隐藏或显示控制面板等操作。
- 帮助：主要用于为用户提供使用 Photoshop CS4 的帮助信息。

指点迷津

如果菜单命令后有▸标记，则表示该命令还有级联菜单；如果其后有…标记，则表示选择该命令将打开一个对话框；如果前面有✔标记，则表示该命令处于选择状态。

1.4.3 工具属性栏

工具属性栏用于显示当前工具的属性和参数控制，当选择工具箱中的某个工具后，属性栏中就会显示相应的工具属性，并可对当前所选工具进行参数设置。在工具箱中选择的工具不同，属性栏中显示的参数也不同。

1.4.4 工具箱

工具箱中包含了 Photoshop CS4 所提供的所有工具，主要用于选择、编辑和绘制图像。工具箱默认位于工作界面左侧，部分工具图标的右下角带有一个黑色小三角形标记◢，表示该工具是一个工具组，其中还包含多个子工具。Photoshop CS4 工具箱是可伸缩的，分为长单条和短双条两种形式，如图 1-13 所示。单击工具箱上方的◂◂或▸▸按钮，可以使工具箱在长单条和短双条这两种形式之间进行切换。

图 1-13　工具箱的长单条和短双条显示形式

1.4.5 图像文件窗口

在 Photoshop CS4 中，打开的图像文件也作为一个窗口显示在工作界面中，用于显示、浏览和编辑图像文件。图像文件窗口的标题栏左端显示了图像文件的名称、显示比例和色彩模式等相关信息；右端的 3 个控制按钮 、 、 用于对图像文件窗口进行最小化、最大化/还原和关闭操作；底部的状态栏中显示了当前图像的显示比例、图像文件的大小等信息，单击其中的 按钮，在弹出的菜单中选择“显示”命令，可在级联菜单中选择希望在状态栏中显示的信息。如果图像文件窗口没有完全显示图像，则其右侧或底部会显示浏览滑动条，拖动浏览滑动条可显示图像中的其他区域，如图 1-14 所示。

图 1-14　图像文件窗口

打开多个文件时，图像文件窗口将以选项卡方式显示。若要重新排列图像文件窗口，可拖动某个图像文件窗口的选项卡以改变其在一组选项卡中的位置。若要从窗口组中取消显示某个图像文件窗口，可将该窗口的选项卡从组中拖出。若要将某个图像文件显示在单独的图像文件窗口组中，则可将该窗口的选项卡拖动到其他图像文件窗口组中。

1.4.6 控制面板

控制面板是在 Photoshop CS4 中进行选择颜色、编辑图层、新建通道、编辑路径和撤销编辑等操作的主要功能面板，也是工作界面中非常重要的一个组成部分。

默认状态下，将显示 3 组控制面板，每组又由 2~3 个控制面板组成，如图 1-15 所示。

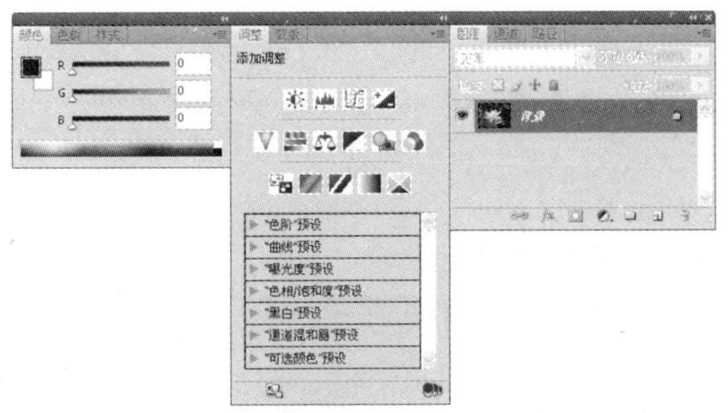

图 1-15　系统默认打开的控制面板组

在 Photoshop CS4 中可使用的控制面板不只是显示在工作界面中的 3 组控制面板，选择"窗口"菜单下的命令，可打开隐藏的控制面板组，如图 1-16 所示。如果想尽可能显示工作区，单击控制面板区右上角的折叠按钮可以以最简洁的方式显示控制面板，如图 1-17 所示。

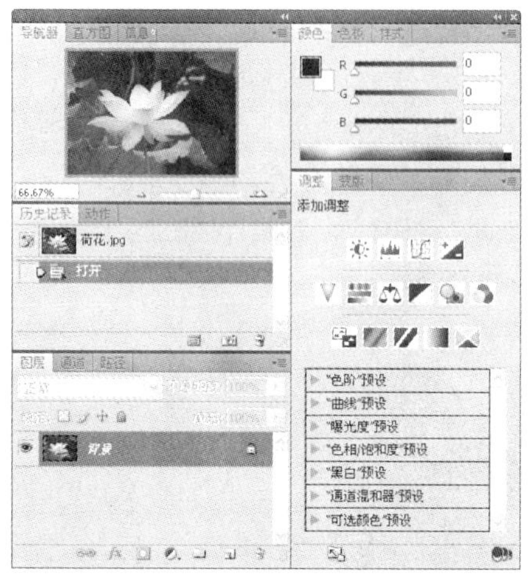

图 1-16 打开隐藏的控制面板组

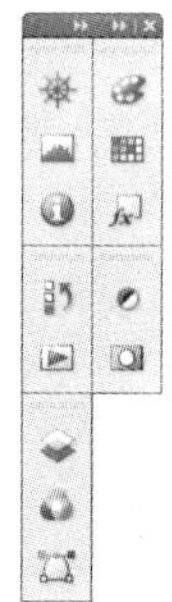

图 1-17 折叠显示控制面板

1.4.7 状态栏

状态栏位于图像文件窗口的底部，最左端显示当前图像文件窗口的显示比例，在其中输入数值后按【Enter】键可以改变图像的显示比例；中间显示当前图像文件的大小；最右端显示当前所选工具及正在进行的操作的功能与作用等。

1.5 设置工作区

设置工作区包括自定义工作区和自定义工具快捷键

在使用 Photoshop 进行图像处理和编辑前，若对其进行优化设置，能使其更流畅地运行或更适合于不同用户的个人操作习惯。

1.5.1 自定义工作区

在 Photoshop CS4 中，为了方便用户使用或使其更直观地查看图像，可以根据个人爱好来自定义工作环境，其中包括隐藏与显示工具箱及工具属性栏，根据需要打开和关闭控制面板等。

1. 隐藏与显示工具箱及工具属性栏

选择【窗口】/【工具】命令或选择【窗口】/【选项】命令，当命令左侧显示✔标记时，工具箱及工具属性栏将显示在工作界面中。再次选择该命令，取消✔标记，工具箱及工具属性栏则将被隐藏。

2. 打开和关闭控制面板

在 Photoshop CS4 工作界面中，只默认打开了一部分控制面板，选择"窗口"菜单，在弹出的菜单中选择面板名称对应的命令，当其左侧显示✔标记时，即打开对应的控制面板，如图 1-18 所示。再次选择相同命令取消✔标记，控制面板将被关闭。"窗口"菜单中各控制面板名称后显示的是打开或关闭相应控制面板的快捷键。单击控制面板右上角的×按钮可关闭该控制面板，单击▶▶按钮可以以最简洁的方式显示控制面板，如图 1-19 所示。

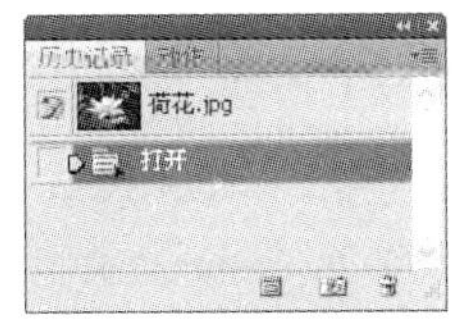

图 1-18 打开控制面板

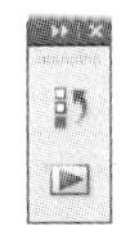

图 1-19 简洁显示控制面板

3. 保存自定义工作界面

对工作界面的组成部分进行调整，如隐藏或显示工具箱或控制面板，移动工具箱或控制面板在工作界面中的位置后，还可以保存当前工作界面布局，其具体操作如下：

对工作界面进行调整后，选择【窗口】/【工作区】/【存储工作区】命令，打开"存储工作区"对话框，在其中的"名称"文本框中输入自定义工作界面的名称，单击 存储 按钮即可保存自定义工作界面。

4. 使用自定义工作界面

保存自定义工作界面后，在使用 Photoshop CS4 时可根据需要选择自定义的工作界面。选择【窗口】/【工作区】命令，在弹出的级联菜单顶部列出了所有自定义工作界面的名称，如图 1-20 所示，选择所需命令即可载入相应工作界面。

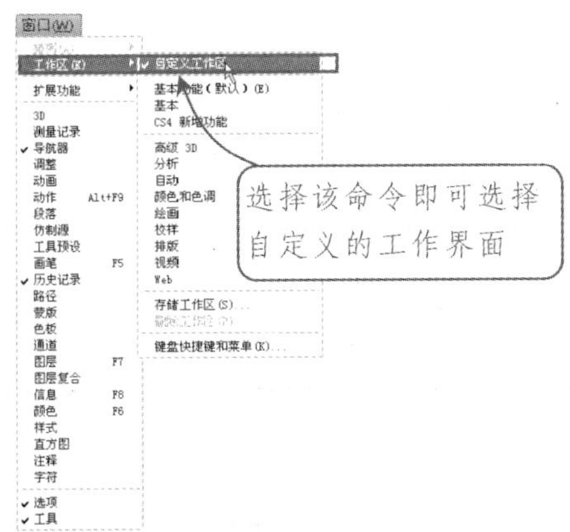

图 1-20 使用自定义的工作界面

指点迷津

选择【窗口】/【工作区】/【删除工作区】命令，可将当前使用的自定义工作界面删除。

1.5.2 自定义工具快捷键

在使用 Photoshop 的过程中应用快捷键，可以极大地提高操作速度。在 Photoshop CS4 中提供了自定义快捷键功能，下面以定义移动工具的快捷键为例，讲解自定义快捷键的方法。其具体操作步骤如下：

Step 1 选择【编辑】/【键盘快捷键】命令打开“键盘快捷键和菜单”对话框。

Step 2 在“快捷键用于”下拉列表框中选择“应用程序菜单”选项，在其下方的列表框中列出了软件中所有的菜单。单击“应用程序菜单命令”列表中“编辑”菜单左侧的▶按钮，展开菜单。

Step 3 选择要设置快捷键的命令，这里选择“旋转”命令，“快捷键”列表中将显示可编辑状态的文本框，在键盘上按所需的键为选择的命令设置快捷键，如图 1-21 所示，完成后单击 接受 按钮。

Step 4 在“快捷键用于”下拉列表框中选择“工具”选项，在其下方的列表框中列出了 Photoshop CS4 中的所有工具。

Step 5 在“工具面板命令”列表中选择“单行选框工具”选项，“快捷键”列表中将显示可编辑状态的文本框，在键盘上按所需的键为选择的工具设置快捷键，如图 1-22 所示，完成后单击 接受 按钮。单击 确定 按钮即可完成快捷键的自定义操作。

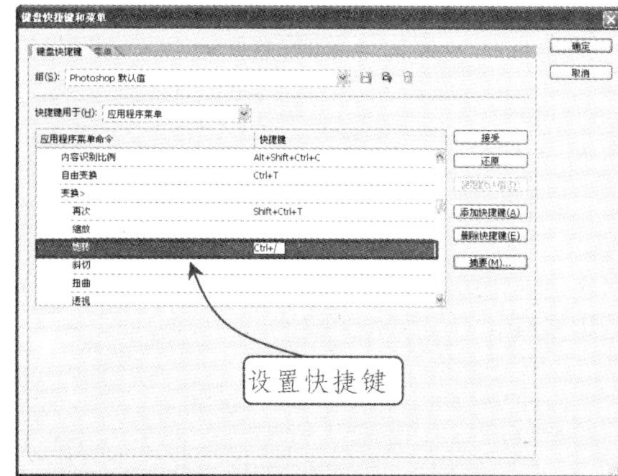

图 1-21　为应用程序菜单命令设置快捷键

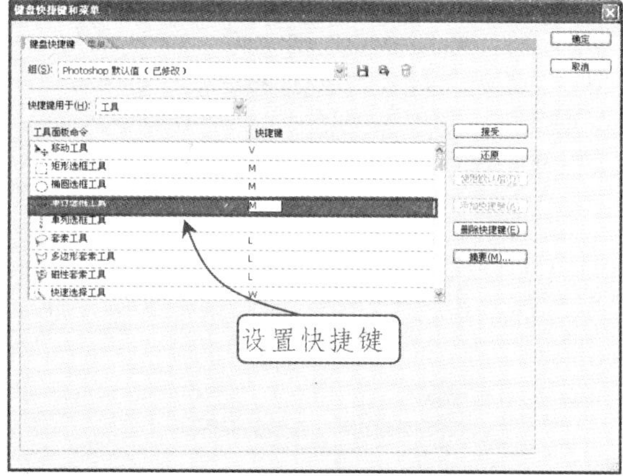

图 1-22　为工具设置快捷键

指点迷津

在“键盘快捷键和菜单”对话框中为程序菜单命令和工具自定义快捷键后，还可以单击 还原 按钮还原为 Photoshop CS4 中的默认设置；单击 删除快捷键(E) 按钮可以删除自定义的快捷

1.6 使用辅助工具

辅助工具包括标尺、参考线和网格，使用辅助工具可以更好地处理图像

在图像处理过程中，利用辅助工具可以使图像的处理更加精确，辅助工具主要包括标尺、参考线和网格。

1.6.1 使用标尺

标尺是位于图像窗口上侧和左侧的度量工具，通过标尺可以精确确定图像位置或移动图像距离等。选择【视图】/【标尺】命令，或按【Ctrl+R】组合键，可在图像窗口顶部和左侧分别显示水平标尺和垂直标尺，如图 1-23 所示。

在标尺上右击，在弹出的快捷菜单中可以更改标尺的单位，如图 1-24 所示，系统默认为厘米。再次按【Ctrl+R】组合键可隐藏标尺。

图 1-23 显示标尺

图 1-24 设置标尺单位

1.6.2 使用参考线

参考线又称辅助线，是水平或垂直的不可打印直线，用于精确对齐目标，给设计者提供位置参考。要利用参考线辅助绘图，首先应创建参考线，其具体操作步骤如下：

Step 1 选择【视图】/【新建参考线】命令，打开“新建参考线”对话框，如图 1-25 所示。

Step 2 在其中设置参考线的类型和所在的位置，然后单击 确定 按钮。

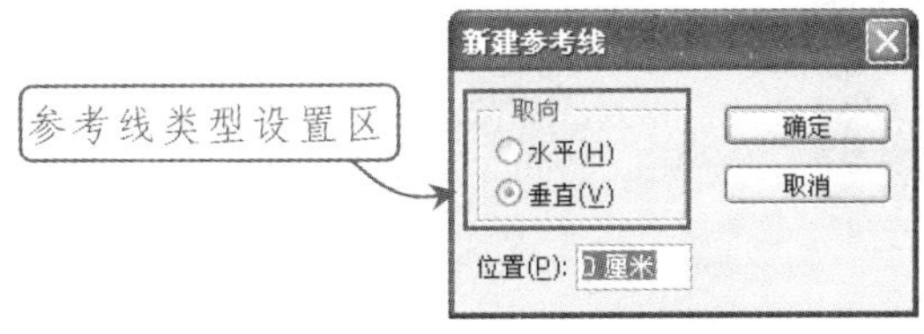

图 1-25 “新建参考线”对话框

指点迷津

将参考线拖至图像窗口外可将其删除；选择【视图】/【清除参考线】命令可删除所有参考线；选择【视图】/【锁定参考线】命令可锁定参考线，此时参考线将无法移动。

指点迷津

如果想重新调整参考线的位置，只需将鼠标指针置于要移动的参考线上，当指针变为✥或✥形状时按住鼠标左键不放并拖动，即可实现参考线的移动。

1.6.3 使用网格

网格由水平和垂直交叉的线条构成，是一种不可打印的、大小相同的方格，可辅助用户更加精准地编辑图像。其主要用途是查看图像的透视关系，并辅助其他操作来纠正错误的透视关系。默认情况下，网格不显示，若要使其显示，可使用如下两种方法：

- 通过命令：选择【视图】/【显示】/【网格】命令，可在图像窗口中显示网格。再次选择该命令可隐藏网格。
- 通过快捷键：按【Ctrl+'】组合键可快速显示网格，再次按该组合键可隐藏网格。

下面在打开的图像文件中使用网格查看和编辑图像，其具体操作步骤如下：

Step 1 在打开的图像文件中，选择【视图】/【显示】/【网格】命令，显示出网格，如图 1-26 所示。

Step 2 选择【视图】/【对齐】命令，该命令前显示✔标记，再选择【视图】/【对齐到】/【网格】命令。按住【Alt】键的同时按住鼠标左键不放并拖动以复制图像,在移动过程中，图像边缘将自动与网格对齐，如图 1-27 所示。

图 1-26　显示网格

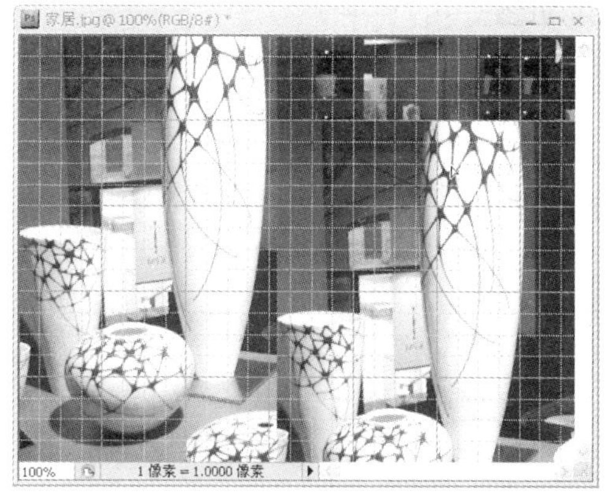

图 1-27　复制图像

1.7 综合实例——打造个性化工作区

打造个性化工作区可以使用户在熟悉的工作环境中进行图像的处理和平面设计工作

本章的综合实例将通过调整 Photoshop CS4 工作界面中工具箱的显示方式，以及控制面板的组合方式，将其定制成熟悉的 Photoshop CS2 工作界面。

制作思路

第一步：折叠工具箱并显示控制面板
- ①折叠工具箱
- ②显示“历史记录”控制面板组

第二步：调整和关闭控制面板
- ③调整“历史记录”控制面板组的位置
- ④显示并调整“导航器”控制面板组
- ⑤关闭“调整”控制面板组

其具体操作步骤如下：

Step 1 启动 Photoshop CS4，单击工具箱顶部的折叠按钮，使工具箱中的工具紧凑型排列，如图 1-28 所示。

Step 2 选择【窗口】/【历史记录】命令显示“历史记录”控制面板组，如图 1-29 所示。

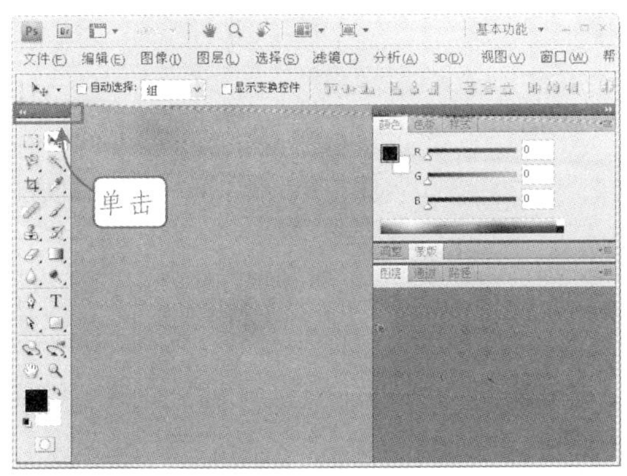

图 1-28　折叠工具箱

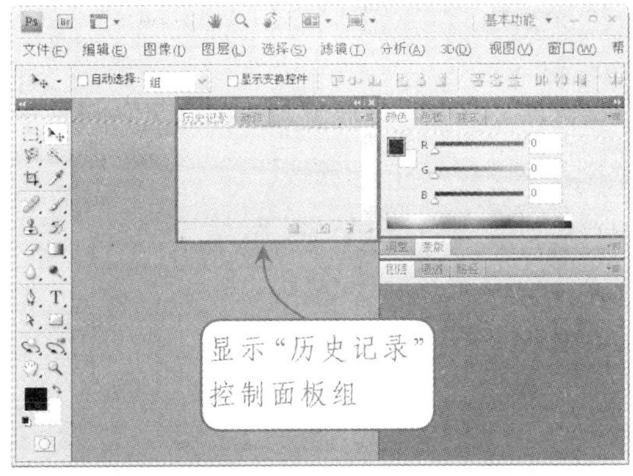

图 1-29　显示“历史记录”控制面板组

Step 3 拖动“历史记录”控制面板组到“颜色”控制面板组顶部，当显示一条蓝色线条时释放鼠标，如图 1-30 所示。

Step 4 按照 Step2 和 Step3 的操作方法，显示和调整“导航器”控制面板组在工作界面中的位置，如图 1-31 所示。

图 1-30　调整“历史记录”控制面板组

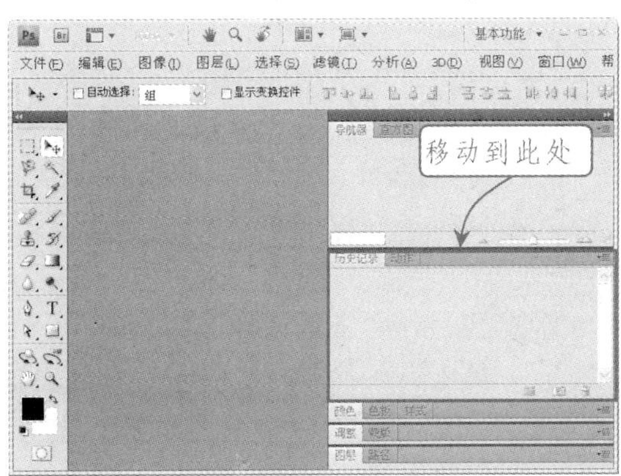

图 1-31　显示和调整“导航器”控制面板组

Step 5 拖动“调整”控制面板组到工作界面中的空白区域将其分离出来，如图 1-32 所示。

Step 6 单击“调整”控制面板组右上侧的“关闭”按钮，此时的工作界面即和 Photoshop CS2 版本对应的工作界面相同，如图 1-33 所示。

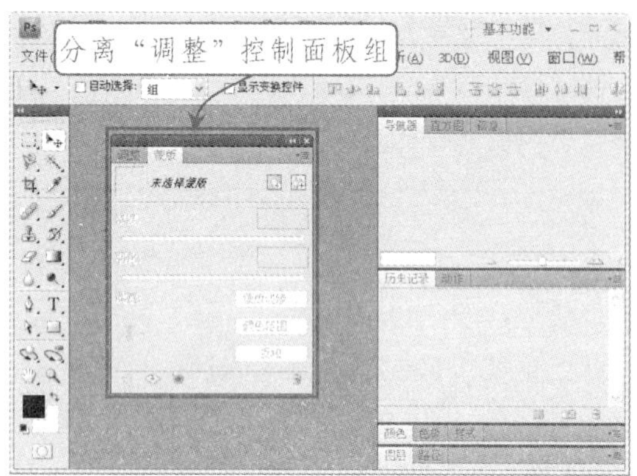

图 1-32　分离“调整”控制面板组

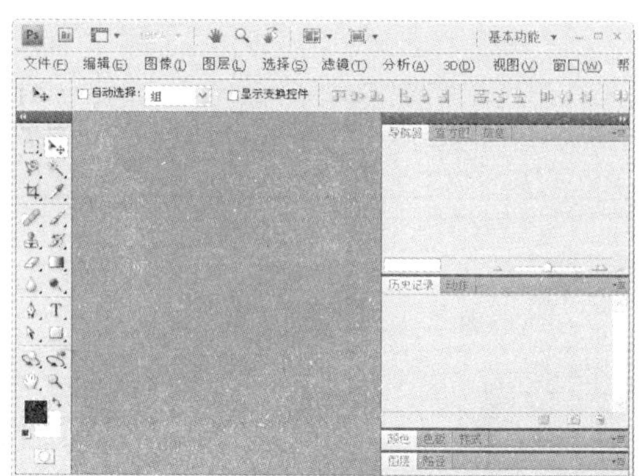
图 1-33　关闭“调整”控制面板组

1.8 大显身手

本章应重点掌握 Photoshop CS4 的基础操作

（1）用不同的方式启动 Photoshop CS4，熟悉工作界面中的各组成部分，然后退出 Photoshop CS4。

（2）拆分并重组控制面板，根据自己的工作需要，对常用控制面板进行重新组合，将调整后的工作界面存储为“我的工作区”。

电脑急救箱

运用本章知识时若遇到问题，别着急，打开电脑急救箱看看吧

Q 我想自定义快捷键，但是要定义快捷键的选项已有默认的快捷键，该怎么办呢？

A 可以单击 删除快捷键(E) 按钮，将快捷键删除后重新定义快捷键。

Q 虽然 Photoshop 拥有强大的图像处理功能，但是初学者总感觉无从下手，怎样才能很好地应用 Photoshop 来处理图像，制作出很好的作品呢？

A 读者可着重从这几方面去练习：多方面获取素材，这样才能为设计和处理图像提供更多的思路和创意；要多练、多看、多想，有意识地培养自己的审美情趣和空间想象能力，多欣赏好的设计作品；要勇于创新，从固有的思维模式中解放出来，还要注意把握物体的空间和尺度、色彩和色调及形状和视觉效果等。

第2章 图像文件的基本操作

本章要点

- 图像基础知识
- 图像文件的相关操作
- 管理图像
- 修改图像大小和画布尺寸

熟悉图像文件的基本操作是使用 Photoshop CS4 进行图像处理或平面设计的前提，Photoshop CS4 中图像文件的基本操作与 Office 等应用软件相似，包括新建文件、保存文件、打开文件和关闭文件等，本章还将介绍管理图像、修改图像大小及画布尺寸等知识。

2.1 项目观察——对电脑中的图像文件进行重命名

对电脑中的图像文件进行重命名后，便于对图像文件进行编辑和管理

在 Photoshop CS4 中可以通过对打开的图像文件进行另存为的操作对其重命名，这样可以使原来的图像文件仍保存在电脑中，下面打开“竹林.jpg”图像文件并将其另存为“竹林夕照.jpg”。

Step 1 启动 Photoshop CS4 并选择【文件】/【打开】命令打开“打开”对话框，在“查找范围”下拉列表框中选择要打开的图像文件所在的位置，在下方的列表框中选择要打开的图像文件【素材\第 2 章\竹林.jpg】，如图 2-1 所示。

Step 2 单击 打开(O) 按钮或双击要打开的图像文件将其打开，如图 2-2 所示。

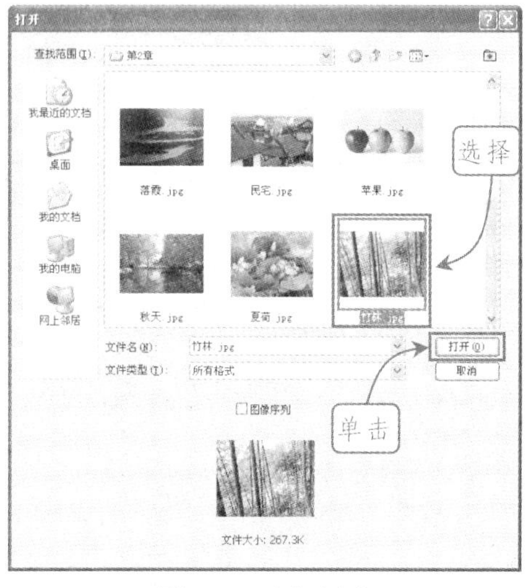

图 2-1 选择图像

图 2-2 打开图像

Step 3 选择工具箱中的缩放工具，并将鼠标指针移至图像文件窗口中，此时鼠标指针会呈放大镜显示，其内部还显示一个十字形。

Step 4 单击，图像会根据当前图像的显示大小进行放大，如图 2-3 所示，如果当前图像显示大小为 100%，则每单击一次，图像就放大一倍，且单击的图像部位放大后会显示在图像文件窗口的中心。

Step 5 按住【Alt】键，此时鼠标指针变为形状，单击，图像将缩小显示，如图 2-4 所示。

Step 6 选择【文件】/【存储为】命令或按【Shift+Ctrl+S】组合键，打开“存储为”对话框。

Step 7 在“保存在”下拉列表框中选择图像文件的保存路径。在“文件名”下拉列表框中输入图像文件的名称，在“格式”下拉列表框中选择图像文件的格式，单击 保存(S) 按钮，如图 2-5 所示。

Step 8 在打开的“JPEG 选项”对话框中设置图像的品质为“最佳”，单击 确定 按钮完成对图像文件的另存为操作，返回图像文件窗口即可看到标题栏中图像文件的名称已经改变，如图 2-6 所示【源文件\第 2 章\竹林夕照.jpg】。

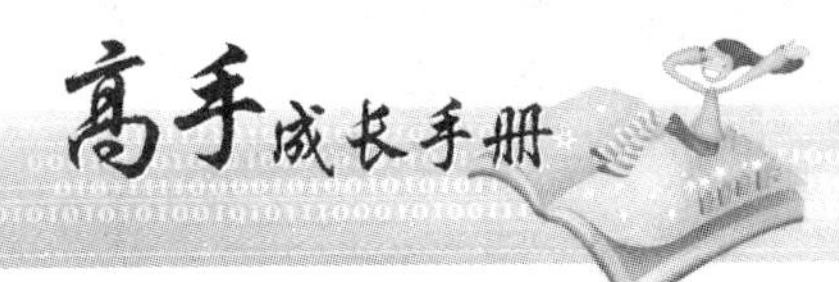

图 2-3　放大显示图像

图 2-4　缩小显示图像

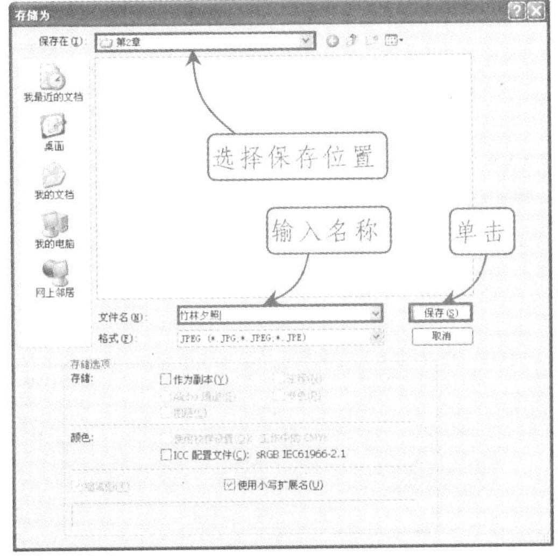

图 2-5　另存图像

图 2-6　重命名后的图像

通过上述项目案例的制作，可以看出在 Photoshop CS4 中打开图像文件后，可对图像文件另存备份。Photoshop CS4 中图像文件的基本操作与其他平面设计软件的基本操作有相似之处，但又有着自身特点，下面将具体讲解图像文件的基本操作。

2.2 图像基础知识

了解图像的类型、像素、分辨率和色彩模式是对图像文件进行操作的前提

在对图像文件进行操作之前，必须对图像的基础知识有一定的了解，这样才能更好地对图像进行编辑和处理。

2.2.1 位图与矢量图

电脑中的图形图像分为位图和矢量图两种类型，理解它们的概念和区别将有助于更好地学习和使用 Photoshop CS4。

1. 位图

位图也称像素图或点阵图，是由多个点组成的，这些点被称为像素，每个像素都具有特定的位置和颜色值。当位图放大到一定程度时，可以看到位图由一个个小方格组成，这些小方格就是像素，是位图图像中最小的组成元素，位图的大小和质量由图像中像素的多少决定，图像中所含像素越多，图像越清晰，颜色之间的过渡也越平滑，图 2-7 和图 2-8 所示就是原图和放大后的对比效果。由于位图是由多个像素点组成的，将位图图像放大到一定倍数时可以看到这些像素点，在处理位图图像时，编辑的是像素而不是图像本身。

图 2-7　位图原图像

图 2-8　放大显示后的位图图像

指点迷津

位图表现力强、细腻、层次多且细节丰富，可以模拟出逼真的图片效果。位图图像可以通过扫描仪和数码照相机获得，也可以通过如 Photoshop CS4 和 Corel PHOTO-PAINT 等图形处理软件生成。

2. 矢量图

矢量图的基本组成单元是锚点和路径，它由点、线、面等元素组成，所记录的是对象的几何形状、线条粗细和色彩等。在任何分辨率下，对矢量图进行任意缩放，其清晰度和光滑度不受影响，图 2-9 和图 2-10 所示就是矢量图原图和放大后的对比效果。矢量图只能通过 CorelDRAW、Illustrator、Freehand 等专门制作矢量图像的软件生成。

图 2-9　矢量图原图像

图 2-10　放大显示后的矢量图图像

2.2.2 像素和分辨率

Photoshop CS4 的图像是基于位图格式的，而位图图像的基本单位是像素，因此在创建位图图像时需为其指定分辨率大小。图像的像素与分辨率均能体现图像的清晰度，下面将分别介绍像素和分辨率的概念。

1. 像素

像素是构成位图图像的最小单位，是位图中的一个小方格。如果将一幅位图看成是由无数个点组成的，每个点就是一个像素。同样大小的一幅图像，像素越多的图像越清晰，效果越逼真，当将其放大显示到足够大的比例时就可以看见构成图像的设计方格状像素。

2. 分辨率

分辨率是指单位长度上的像素数目。单位长度上像素越多，分辨率越高，图像就越清晰，所需的存储空间也就越大。分辨率可分为图像分辨率、打印分辨率和屏幕分辨率等。

- 图像分辨率：图像分辨率用于确定图像的像素数目，其单位有“像素/英寸”和“像素/厘米”。如一幅图像的分辨率为 300 像素/英寸，表示该图像中每英寸包含 300 个像素。
- 打印分辨率：打印分辨率又称输出分辨率，指绘图仪、激光打印机等输出设备在输出图像时每英寸所产生的油墨点数。如果使用与打印机输出分辨率成正比的图像分辨率，就能产生较好的输出效果。
- 屏幕分辨率：屏幕分辨率是指显示器上每单位长度显示的像素或点的数目，单位为“点/英寸”。如 80 点/英寸表示显示器上每英寸包含 80 个点。普通显示器的典型屏幕分辨率约为 96 点/英寸，苹果机显示器的典型屏幕分辨率约为 72 点/英寸。

2.2.3 图像色彩模式

在 Photoshop 中，色彩模式决定显示和打印电子图像时采用的模型，即一幅电子图像用什么样的方式在电脑中显示或打印输出。除确定图像中能显示的颜色数之外，还影响图像通道数和文件大小，每个图像都具有一个或多个通道，每个通道都存放着图像中颜色元素的信息。图像中默认的颜色通道数取决于其色彩模式。

常用的色彩模式有 RGB（表示红、绿、蓝）模式、CMYK（表示青、洋红、黄、黑）模式、HSB（表示色相、饱和度、亮度）模式、Lab 模式、灰度模式、索引模式、位图模式、双色调模式和多通道模式等。

- RGB 模式：是最佳的编辑图像色彩模式，也是 Photoshop 的默认色彩模式。该模式由红、绿和蓝 3 种颜色按不同的比例混合而成，也称真彩色模式，是最为常见的一种色彩模式。自然界中所有的颜色都可以用红（Red）、绿（Green）、蓝（Blue）3 种不同波长的颜色组合而生成，通常称为三原色或三基色。RGB

模式一般不用于打印，这是因为它的某些色彩已经超出了打印的范围，在打印一幅真彩色的图像时，会损失一部分亮度且色彩会失真。

- CMYK 模式：是印刷时使用的一种颜色模式，由 Cyan（青）、Magenta（洋红）、Yellow（黄）和 Black（黑）4 种色彩组成。为了避免和 RGB 模式中的 Blue（蓝色）发生混淆，其中的黑色用 K 来表示。CMYK 模式与 RGB 模式的不同之处在于它是靠减去光线来表现颜色的，通过对上述 4 种颜色的组合，可以产生可见光谱中的绝大部分颜色。
- HSB 模式：是基于人眼对色彩的观察来定义的，所有的颜色都是由色相、饱和度和亮度来描述的。色相是指颜色的主波长的属性，不同波长的可见光具有不同的颜色，众多波长的光以不同的比例混合可以产生不同的颜色。饱和度表示色彩的纯度，即色相中灰色成分所占的比例，黑、白和其他灰色色彩没有饱和度。在饱和度最大时，每个色相具有最纯的色光。亮度是色彩的明亮度，0%表示黑色，100%表示白色，范围为 0%～100%。
- Lab 模式：是国际照明委员会发布的一种色彩模式，由 RGB 三基色转换而来。其中 L 表示图像的亮度，取值范围为 0～100；a 表示由绿色到红色的光谱变化，取值范围为 -120～120；b 表示由蓝色到黄色的光谱变化，取值范围和 a 分量相同。
- 灰度模式：中只有灰度颜色而没有彩色。在灰度模式图像中，每个像素都有一个 0（黑色）～255（白色）之间的亮度值。当一个彩色图像转换为灰度模式的图像时，图像中的色相及饱和度等有关色彩的信息将被消除掉，只留下亮度。
- 索引模式：是系统预先定义好的一个含有 256 种典型颜色的颜色对照表。当图像转换为索引模式时，系统会将图像的所有色彩映射到颜色对照表中，图像的所有颜色都将在它的图像文件中定义。当打开该文件时，构成该图像的具体颜色的索引值都将被装载，然后根据颜色对照表找到最终的颜色值。
- 位图模式：是只由黑和白两种颜色来表示图像的颜色模式。只有处于灰度模式或多通道模式下的图像才能转化为位图模式的图像。
- 双色调模式：是用灰度油墨或彩色油墨来渲染一个灰度图像的模式，可以打印出比单纯灰度图像更有趣的图像效果。它采用两种彩色油墨来创建由双色调、三色调、四色调混合色阶来组成的图像。在此模式下，最多可向灰度图像中添加 4 种颜色。
- 多通道模式：图像包含了多种灰阶通道。将图像转换为多通道模式后，系统将根据原图像产生相同数目的新通道，每个通道均由 256 级灰阶组成。当将 RGB 色彩模式或 CMYK 色彩模式的图像中任何一个通道删除时，图像模式会自动变成多通道色彩模式。

2.3 新建文件

新建图像文件后，才能对文件进行一系列操作

在 Photoshop CS4 中，新建文件是进行平面设计的第一步，一切处理和编辑过程都需

要在图像文件中进行，图像文件是进行图像处理和平面设计的平台，类似于绘画时的画纸。新建图像文件的具体操作步骤如下：

Step 1 选择【文件】/【新建】命令或按【Ctrl+N】组合键，打开“新建”对话框。

Step 2 在“名称”文本框中为新建图像命名，在“宽度”和“高度”文本框中设置图像的尺寸，在“分辨率”文本框中设置图像分辨率大小，在“颜色模式”下拉列表框中设置图像色彩模式，在“背景内容”下拉列表框中选择图像显示的颜色，如图 2-11 所示。

Step 3 单击 确定 按钮，新建的图像如图 2-12 所示。

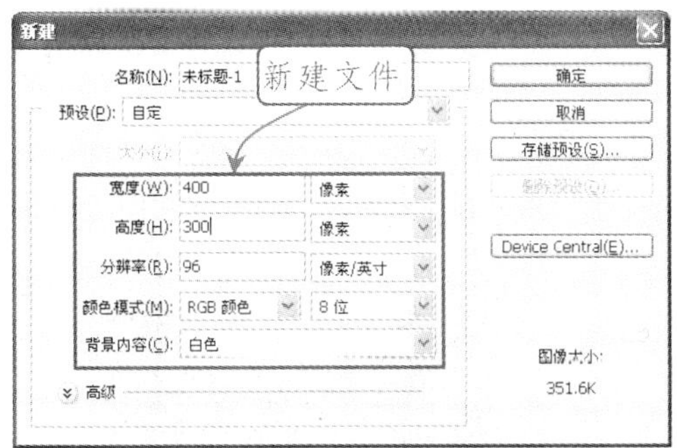

图 2-11　“新建”对话框

图 2-12　新建的图像

“新建”对话框中的各选项的含义分别介绍如下：

- “名称”文本框：用于输入新建图像文件的名称，默认图像文件名为“未标题-1”、“未标题-2”等。
- “预设”下拉列表框：用于按系统已设参数设置新建文件的大小尺寸，单击右侧的 ∨ 按钮，在打开的下拉列表中可选择需要的尺寸规格。
- 存储预设(S)... 按钮：用于将当前对话框中设置的参数保存到“预设”下拉列表框中，以方便下次使用。
- Device Central(E)... 按钮：使用 Device Central 应用程序创建新的 Photoshop 文档。
- “宽度”和“高度”文本框：用于输入图像文件的尺寸，在各文本框右侧的下拉列表框中可以选择单位。
- “分辨率”文本框：用于输入图像文件的分辨率，分辨率越高，图像品质越好，在其右侧的下拉列表框中可以选择单位。
- “颜色模式”下拉列表框：用于选择图像文件的色彩模式，一般使用 RGB 颜色模式或 CMYK 颜色模式，在其右侧的下拉列表框中可选择位深度，这里通常保持默认设置“8 位”。
- “背景内容”下拉列表框：用于选择图像的背景颜色。其中“白色”选项表示背景色为白色；“背景色”选项表示使用工具箱中的背景色作为图像背景色；“透明”选项表示图像背景为无色。
- “高级”栏：在其中可设置图像文件的颜色配置文件和像素长宽比，一般保持默认设置即可。

2.4 打开文件

打开电脑中已有的图像文件后，才能对图像文件进行编辑

要使用已有图像文件或对其进行处理或编辑时，需要先将其打开。在没有打开 Photoshop CS4 软件时，可以在图像文件上右击，在弹出的快捷菜单中选择【打开方式】/【Adobe Photoshop CS4】命令启动软件并打开文件；在已经启动 Photoshop 软件后，可以在 Photoshop 中打开一个或多个图像文件。下面在 Photoshop CS4 中打开图像文件，其具体操作步骤如下：

Step 1 启动 Photoshop CS4，选择【文件】/【打开】命令，打开“打开”对话框。

Step 2 在“查找范围”下拉列表框中选择要打开的图像文件所在的位置。在下方的列表框中选择要打开的图像文件【素材\第 2 章\绿荫.jpg】，如图 2-13 所示。

Step 3 单击 打开(O) 按钮或双击要打开的图像文件将其打开，如图 2-14 所示。

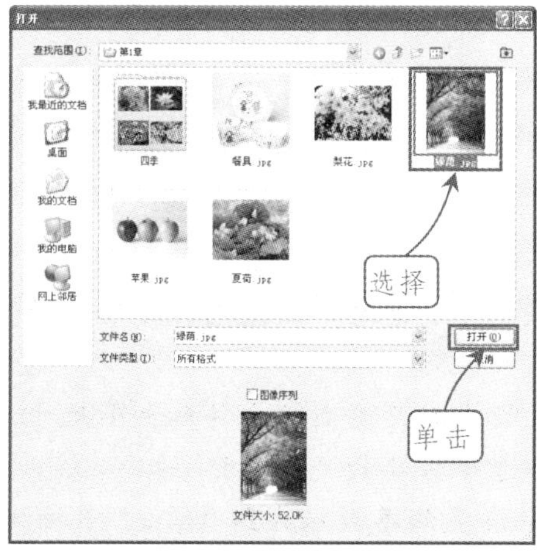

图 2-13　选择图像文件

图 2-14　打开图像

指点迷津

启动 Photoshop CS4 后，按【Ctrl+O】组合键或在工作界面的空白处双击也可以打开“打开”对话框。启动 Photoshop CS4，在“我的电脑”窗口中找到需打开的图像文件，将其拖到 Photoshop CS4 的工作界面中并释放鼠标，也可以打开图像文件。

2.5 保存文件

对图像文件进行修改后，可将其保存或另存在电脑中

若要对进行一定编辑和处理后的文件进行保存操作，可以直接保存文件，也可以将当前图像文件以新的名称另存。

2.5.1 直接保存文件

使用 Photoshop CS4 对已有图像文件进行处理或编辑后，如果不需要改变该图像文件

的名称、保存路径和文件格式等，可选择【文件】/【存储】命令或按【Ctrl+S】组合键直接对其进行保存。只有对打开的图像进行处理或编辑后才能激活【文件】/【存储】命令，但在打开任意图像文件后都将激活【文件】/【存储为】命令，这是因为使用该命令可以不对图像文件进行编辑而改变其名称或保存路径等。

2.5.2 另存图像文件

当需要保存新建的图像文件，或需要将图像文件以不同名称、保存路径或文件格式进行保存时，可将图像另外存储，其具体操作步骤如下：

Step 1 在 Photoshop CS4 中打开任意图像文件，选择【文件】/【存储为】命令或按【Shift+Ctrl+S】组合键打开“存储为”对话框，如图 2-15 所示。

Step 2 在“保存在”下拉列表框中选择图像文件的保存路径。

Step 3 在“文件名”下拉列表框中输入图像文件的名称，在“格式”下拉列表框中选择图像文件的格式，单击 保存(S) 按钮保存图像文件。在打开的“JPEG 选项”对话框中直接单击 确定 按钮即可完成图像文件的另存储操作。

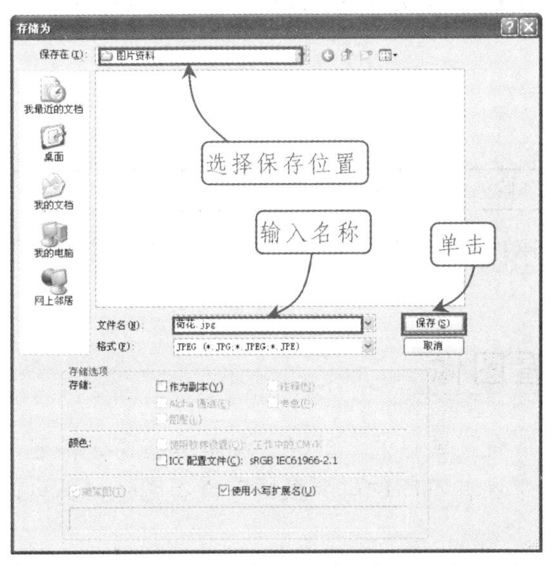

图 2-15　“存储为”对话框

指点迷津

文件格式通常是为特定的应用程序创建的，不同的文件格式可以用扩展名来区分，如 PSD、BMP、TIFF、JPG 和 EPS 等，这些扩展名在文件以相应格式存储时会显示在文件名中。当在“格式”下拉列表框中选择 Photoshop EPS (*.EPS)或 Photoshop PDF (*.PDF;*.PDP)选项时，才可激活“颜色”选项组中的 ☑使用校样设置 和 ☑ICC 配置文件 复选框。

“存储为”对话框下方的“存储选项”栏用于对存储选项进行设置，其中“存储”和“颜色”选项组中各选项含义分别介绍如下：

- ☑作为副本 复选框：用于将图像文件以副本形式保存。
- ☑Alpha 通道 复选框：当图像文件中含有 Alpha 通道时将激活该复选框，选中后可在保存图像文件的同时保存其中的 Alpha 通道。
- ☑图层(L) 复选框：用于将图层和图像文件同时进行保存。
- ☑批注 复选框：当图像文件中含有批注时将激活该复选框，选中后可在保存图像文件的同时保存其中的批注。

- ☑专色复选框：当图像文件中含有专色通道时将激活该复选框，选中后可在保存图像文件的同时保存其中的专色通道。
- ☑使用校样设置和☑ICC 配置文件复选框：均用于创建色彩受管理的图像文件。
- ☑缩览图复选框：用于保存图像文件的缩览图数据。
- ☑使用小写扩展名复选框：用于设置图像文件的扩展名为小写英文字母。

2.6 关闭文件

完成图像文件的修改和编辑后，需将文件关闭

用户可以随时将不需要的文件关闭，前提是要使需要关闭的图像文件处于当前选择状态。Photoshop 允许在不退出程序的情况下关闭文件，其方法主要有以下几种：

- 选择【文件】/【关闭】命令关闭当前图像文件。
- 选择【文件】/【关闭全部】命令关闭打开的所有图像文件。
- 按【Ctrl+W】或【Ctrl+F4】组合键关闭当前图像文件。
- 单击图像窗口右上角的 × 按钮关闭相应图像文件。
- 单击图像窗口左上角的 Ps 按钮，在弹出的下拉菜单中选择“关闭”命令关闭相应图像文件。

2.7 查看图像

查看图像可以对图像的相关信息进行了解，以便于编辑和处理

在对图像进行编辑和处理前，需要查看图像，Photoshop CS4 中提供了多种查看图像文件的方式。

2.7.1 在不同的屏幕模式下查看图像

在 Photoshop CS4 中，有标准屏幕模式、带有菜单栏的全屏模式和全屏模式 3 种显示图像的屏幕模式。各屏幕模式间可进行切换，下面在不同的屏幕模式下查看图像，其具体操作步骤如下：

Step 1 启动 Photoshop CS4 并打开任意图像文件，单击工具箱底部的“标准屏幕模式”按钮，在弹出的下拉菜单中选择“带有菜单栏的全屏模式”命令，如图 2-16 所示，切换到带有菜单栏的全屏模式。

Step 2 选择【视图】/【屏幕模式】/【全屏模式】命令，在打开的对话框中单击 全屏 按钮，如图 2-17 所示，切换到全屏模式，按【F】键可以在几种模式间依次进行切换。

指点迷津

需要将图像全屏显示，但又不希望影响图像的缩放和面板的显示时，可以切换到带有菜单栏的全屏模式。在带有菜单栏的全屏模式下，按【Tab】键可以隐藏或显示工具属性栏、当前使用的面板和工具箱；按【Shift+Tab】组合键则只隐藏或显示面板。

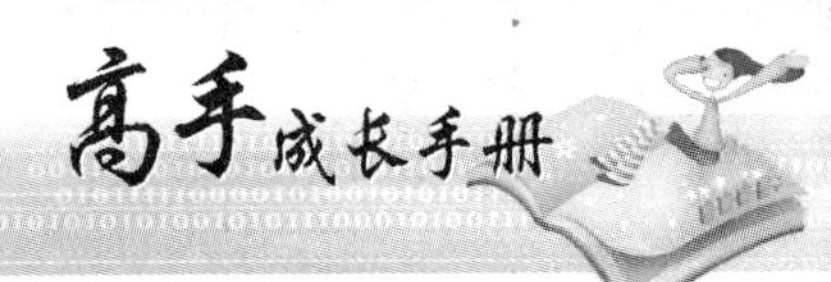

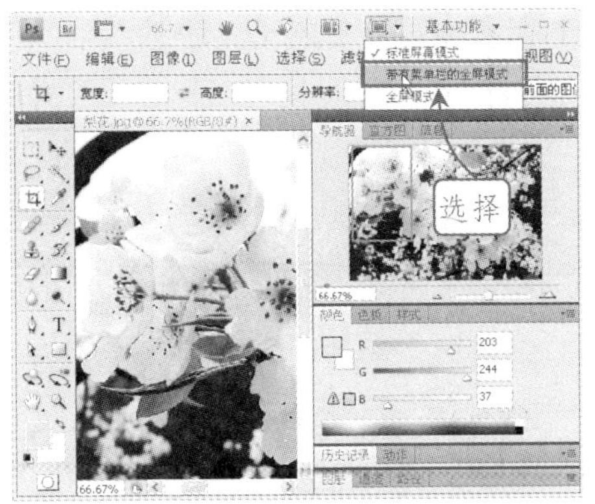

图 2-16 带有菜单栏的全屏模式

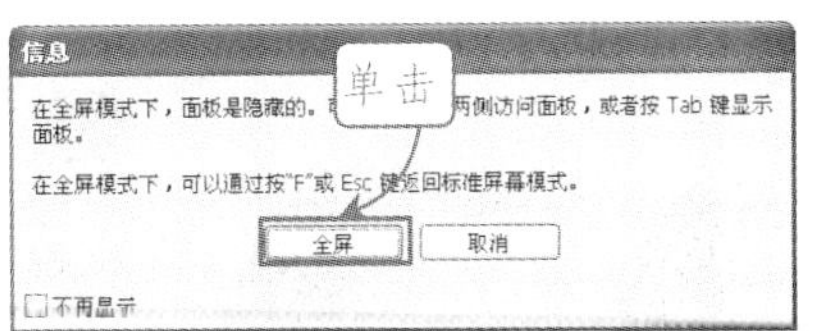

图 2-17 切换到全屏模式

2.7.2 在多个窗口中查看图像

在 Photoshop CS4 中，图像文件都是以各自独立的图像窗口来显示的，在打开多个图像文件的同时将打开多个图像窗口；在打开过多的窗口时，为了防止工作界面混乱，此时可通过排列图像窗口对其进行管理，其方法分别介绍如下：

- 层叠：选择【窗口】/【排列】/【层叠】命令，将按窗口打开的先后顺序，从工作界面左上角到右下角以堆叠方式排列图像窗口，效果如图 2-18 所示。
- 平铺：选择【窗口】/【排列】/【水平平铺】或【垂直平铺】命令，将以边靠边的方式排列窗口。关闭某一图像窗口时，打开的窗口将调整大小以填充可用空间，效果如图 2-19 所示。

图 2-18 以堆叠方式排列图像窗口

图 2-19 平铺排列图像窗口

2.7.3 使用导航器面板查看图像

新建或打开一个图像时，工作界面右上角的“导航器”控制面板便会显示当前图像的预览效果，如图 2-20 所示。左右拖动“导航器”控制面板中面板底部滑条上的滑块，即可实现图像的缩小与放大显示，如图 2-21 所示。

图 2-20 “导航器”控制面板

图 2-21 缩小显示图像

2.7.4 通过缩放工具查看图像

在图像编辑过程中，当图像太小或需要对图像局部进行查看或编辑时，需要放大显示图像；当需要把握画面的整体效果时，需要缩小图像，通过缩放工具可调整图像的显示比例，下面通过缩放工具查看图像，其具体操作步骤如下：

Step 1 在打开的图像文件窗口中【源文件\第 2 章\夏荷.jpg】，选择工具箱中的缩放工具，并将鼠标指针移动到图像窗口中，此时鼠标指针会呈形状显示，如图 2-22 所示。

Step 2 单击，图像会根据当前图像的显示大小进行放大，如图 2-23 所示，且单击处的图像部位放大后会显示在图像窗口的中心。

图 2-22 鼠标指针呈显示

图 2-23 放大显示图像

Step 3 按住鼠标左键不放并拖动鼠标绘制出一个区域，如图 2-24 所示，释放鼠标后可将区域内的图像放大显示，如图 2-25 所示。

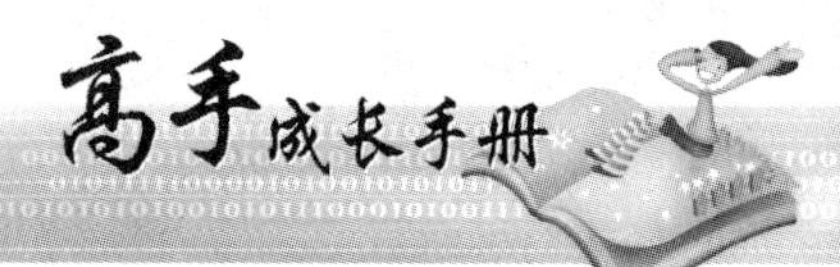

图 2-24　框选要放大的局部图像

图 2-25　放大后的局部图像

Step 4 按住【Alt】键，此时鼠标指针变为形状，单击，图像将缩小显示，如图 2-26 所示。

图 2-26　缩小显示图像

2.8 管理图像

管理图像可以使电脑中的图像文件便于查找

利用 Photoshop 进行平面处理，往往会产生大量的图像文件，而且平面处理过程中还会用到大量的素材图像，如何有效地管理它们是提高工作效率的关键所在。

Photoshop CS4 为用户提供了一个强大的文件管理器，用户通过它不仅可以快速地对电脑中的图像文件进行查看、打开、重命名、旋转和删除等操作，而且还可以标记图像，便于常用图片的查找。

2.8.1 浏览图像

通过文件浏览器浏览图像是查看图像时使用最频繁的功能，下面使用文件浏览器浏览图像，其具体操作步骤如下：

Step 1 选择【文件】/【在 Bridge 中浏览】命令，或单击工具属性栏右侧的按钮，打开 Bridge 窗口。

Step 2 在“桌面”下拉列表框中选择要浏览图像所在的文件夹后，图像浏览区中就会即时显示当前文件夹下所有图像的预览效果，如图 2-27 所示。

Step 3 如果要改变图像浏览区中图像的预览方式，可以直接单击窗口右下侧的视图类型设置区中不同的预览方式按钮，也可以右击任意一个预览按钮，然后在弹出的快捷菜单中选择一种预览命令来改变图片的预览方式。

Step 4 如果想对某个图像进行缩放，直接左右拖动对话框底部滑条上的缩放滑块即可，如图 2-28 所示。

图 2-27　选择指定文件夹下的图像

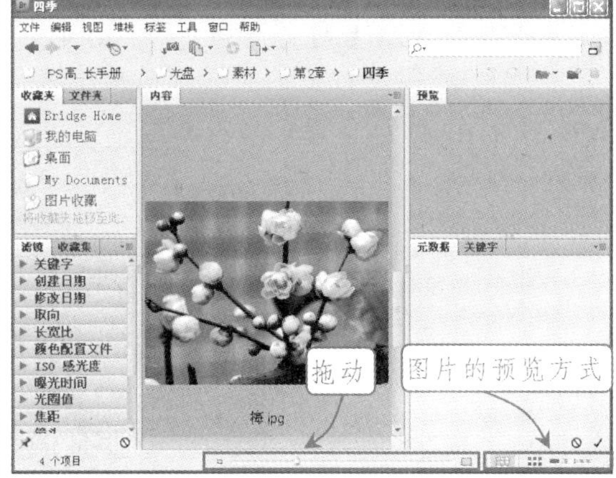

图 2-28　浏览图像

2.8.2 对图像文件进行标记和评级

对图像文件以特定的方式进行标记后，便于查找同类型的图像文件；对图像文件进行评级后，可以以不同的级别来确定图像的重要性。下面对图像文件进行标记和评级，其具体操作步骤如下：

Step 1 在图像预览区中选择要标记的图像。右击选择的图像，在弹出的快捷菜单中选择【标签】/【选择】命令，如图 2-29 所示，标记颜色后的图像显示如图 2-30 所示。

Step 2 在图像预览区中选择要评级的图像。在“标签”菜单下选择一种用于作为级别提示的命令，如图 2-31 所示，标记重要级别后的图像显示如图 2-32 所示。

指点迷津

标记级别时以星形图形的个数来确定图像的重要性，星形图形数量越多，表示该图像文件越重要。为图像创建标记后，用户就可以根据标记来有选择性地预览或选择图像，操作时只需要单击“筛选器”面板中的按文件名排序按钮，然后在弹出的下拉列表中选择一种筛选方式即可。

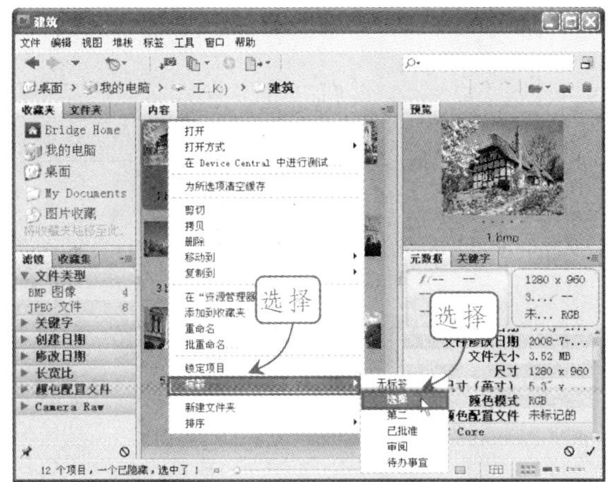

图 2-29　选择标记颜色

图 2-30　标记后的图像显示

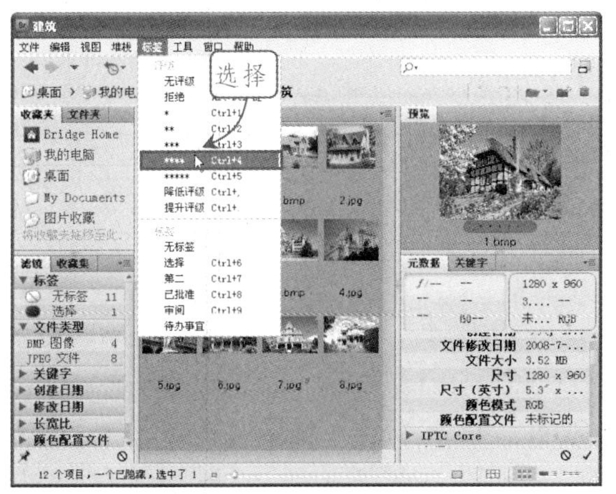

图 2-31　选择标记级别

图 2-32　标记级别后的图像显示

2.8.3 批量重命名文件

在 Bridge 窗口中可以快速地对一个文件夹中的所有文件进行重命名操作，即批量重命名文件，这样不仅减少了对文件重命名的繁琐操作，而且也大大方便了图像文件的管理。

下面对一个文件夹中的文件进行自动批量重命名操作，其具体操作步骤如下：

Step 1　在 Bridge 窗口中选择文件夹中的所有文件，然后选择【工具】/【批重命名】命令，打开“批重命名”对话框。

Step 2　选中 ◉在同一文件夹中重命名 单选按钮，在“新文件名”选项组的第一个下拉列表框中选择“文件夹名称”选项；第二个下拉列表框中选择“序列数字”选项，在后面的文本框中输入“1”，在其后的下拉列表框中选择“3 位数”选项，单击 ⊟ 按钮删除下方的列表框，单击 重命名 按钮对文件进行重命名，如图 2-33 所示。

Step 3 此时 Bridge 窗口的“内容”选项卡的图像浏览区中的图像文件将以重命名后的名称显示，如图 2-34 所示。

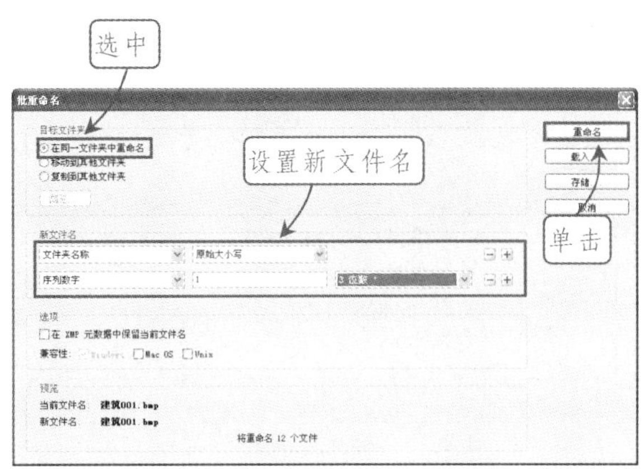

图 2-33　“批重命名”对话框

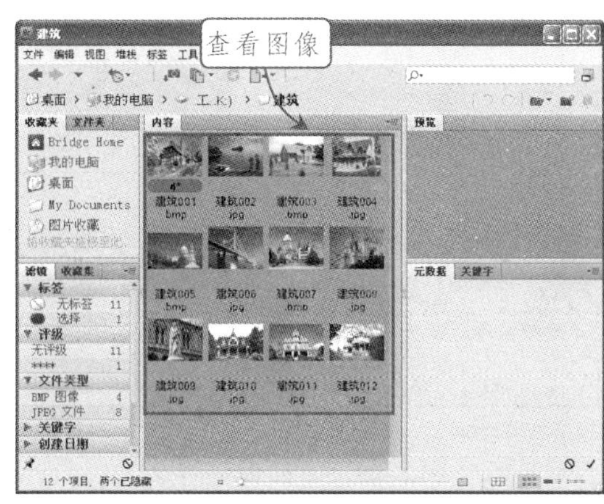

图 2-34　批重命名图像

2.9 修改图像大小和画布尺寸

修改图像大小和画布尺寸可以根据需要获得大小合适的图像

在处理和编辑图像的过程中，可以发现任何图像都是具有自身的宽度和高度的，它们决定着图像大小和画布尺寸。画布类似于绘画时使用的画板，而图像则类似于附着在画板上的绘画纸。

2.9.1 修改图像大小

修改图像大小包括调整图像的像素大小和文档大小，选择【图像】/【图像大小】命令即可打开“图像大小”对话框。

下面对图像文件的大小进行修改，其具体操作步骤如下：

Step 1 启动 Photoshop CS4，并打开需要调整图像大小的图像文件【源文件\第 2 章\绿树红花.jpg】。

Step 2 选择“图像”/“图像大小”命令。

Step 3 打开“图像大小”对话框，在“文档大小”选项组的“宽度”和“高度”文本框后的下拉列表框中选择单位，然后在文本框中输入数值以确定新文件的大小，如图 2-35 所示。

Step 4 完成设置后单击 确定 按钮，调整图像大小后的效果如图 2-36 所示。

指点迷津

“像素大小”选项组用于改变图像在屏幕上的显示尺寸；“文档大小”选项组则用于在创建打印的图像时，根据打印尺寸和图像分辨率指定图像大小；选中☑约束比例(C) 复选框后，“宽度”和“高度”文本框后将显示“链接”图标，更改其中一项后，其他选项将按原图像比例变化；选中☑重定图像像素(I):复选框后将激活“像素大小”选项组中的参数，从中可以改变像素大小，取消选中该复选框，像素大小将不发生变化。

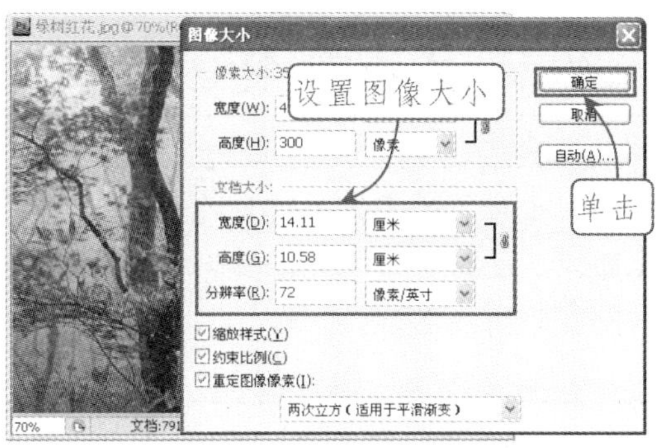

图 2-35　设置图像大小

图 2-36　调整大小后的效果

2.9.2 修改画布的大小

图像的画布是指当前图像窗口四周空间的大小，选择“图像”/“画布大小”命令，打开“画布大小”对话框，在其中可以精确添加或移去现有图像周围的工作区，但是在改变画布尺寸大小时，可能会对画面进行一定裁切或增加。

下面对“秋天.jpg”图像文件的画布大小进行修改，其具体操作步骤如下：

Step 1 打开“秋天.jpg”图像文件【素材\第 2 章\秋天.jpg】，选择“图像”/“画布大小”命令，打开“画布大小”对话框。

Step 2 在“新建大小”选项组的“宽度”和“高度”文本框中分别输入 15 和 8，在“定位”选项组中单击→和↑按钮，然后单击 确定 按钮，如图 2-37 所示。

Step 3 当对画布进行减小处理时，会打开一个提示对话框，提示如果要减小画布必须将原图像裁切一部分，单击 继续(P) 按钮确认改变图像的画布大小的操作，返回图像窗口中即可看到在改变画布大小的同时裁剪了部分图像，如图 2-38 所示【源文件\第 2 章\秋天.jpg】。

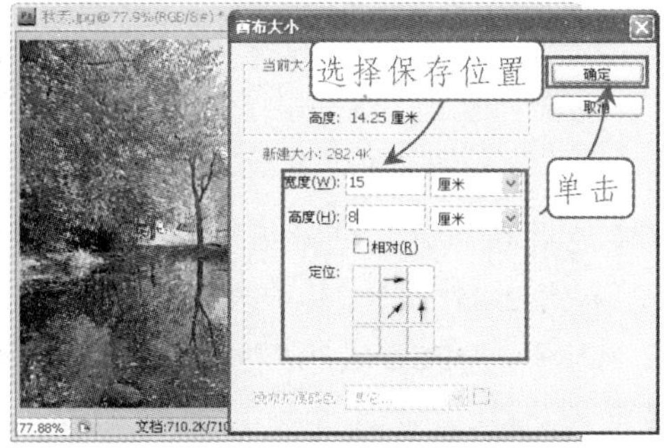

图 2-37　设置画布大小

图 2-38　调整画布大小后的效果

指点迷津

选中 ☑相对(R) 复选框，在“画布扩展颜色”下拉列表框中选择颜色后，图像文件将根据“定位”选项组中的设置在对画布大小进行修改，画布的其他位置将以设置的画布扩展颜色进行填充。

2.10 综合实例——图像文件的基本操作

在练习图像文件的基本操作的过程中掌握各种基本操作方法

通过前面的学习可以对 Photoshop CS4 的操作有基本的了解，但往往需要了解图像文件的基本操作后才算是真正走进平面设计的殿堂，下面就通过本章的综合实例对图像文件的基本操作进行练习，为后面的平面设计工作打下坚实的基础。

制作思路

第一步：新建并保存文件
- ①新建“综合实例.jpg”图像文件
- ②保存图像文件

第二步：打开并查看图像
- ③打开图像文件
- ④平铺图像文件进行查看

其具体操作步骤如下：

Step 1 启动 Photoshop CS4，选择【文件】/【新建】命令，打开“新建”对话框。

Step 2 在“名称”文本框中将名称设置为“综合实例”，宽度和高度分别设置为 400 像素和 300 像素，其他参数设置如图 2-39 所示。

Step 3 单击 确定 按钮，新建的“综合实例”图像文件如图 2-40 所示。

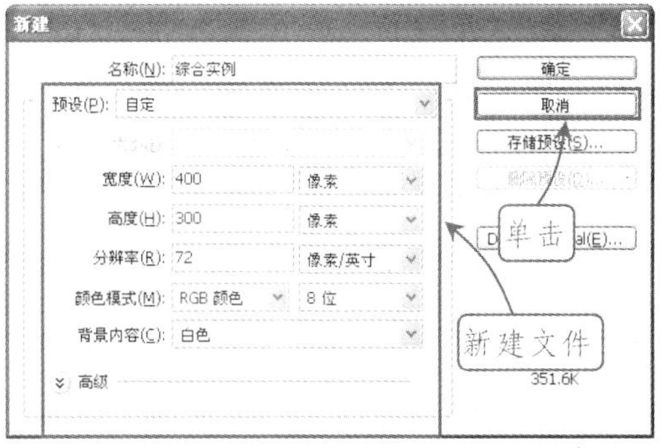

图 2-39 “新建”对话框

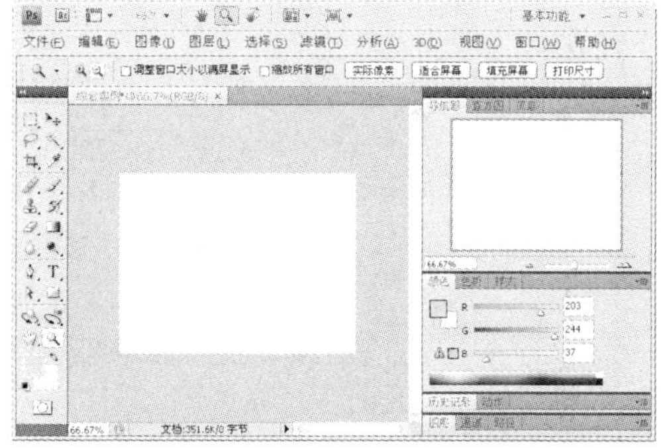

图 2-40 新建的图像文件

Step 4 选择【文件】/【存储为】命令，在打开的“存储为”对话框中设置文件的保存路径，并设置文件名和文件的存储格式，如图 2-41 所示。

Step 5 单击 保存(S) 按钮，在打开的如图 2-42 所示的“JPEG 选项”对话框中直接单击 确定 按钮，完成图像文件的存储【源文件\第 2 章\综合实例.jpg】。

Step 6 选择【文件】/【打开】命令打开“打开”对话框，在“查找范围”下拉列表框中选择文件位置，在下方的列表框中选择需要打开的图像文件。按住【Ctrl】键的同时选择需要的文件【素材\第 2 章\落霞.jpg、民宅.jpg、春风.jpg】，如图 2-43 所示，单击 打开(O) 按钮将其打开。

Step 7 选择【窗口】/【排列】/【平铺】命令，排列窗口效果如图 2-44 所示。

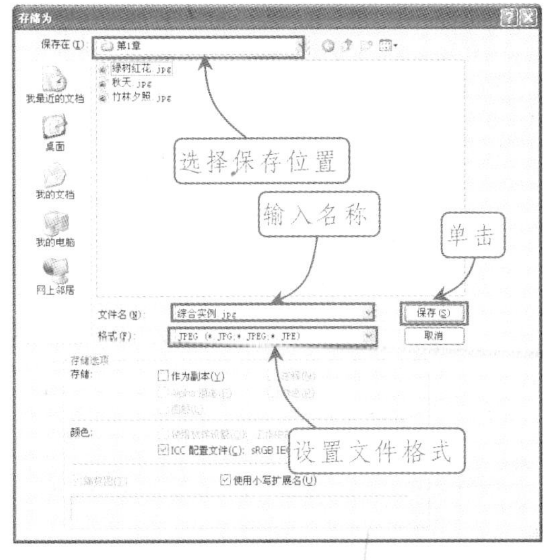

图 2-41 “存储为”对话框

图 2-42 “JPEG 选项”对话框

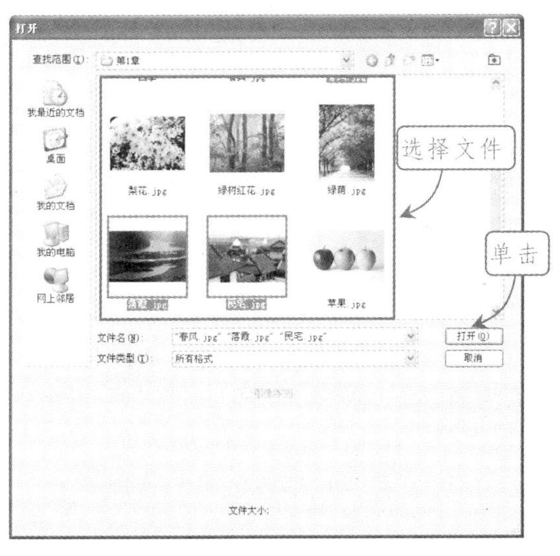

图 2-43 “打开”对话框

图 2-44 平铺排列图像后的效果

Step 8 按【Ctrl+W】组合键关闭所有图像文件。

2.11 大显身手

本章应重点掌握 Photoshop CS4 中图像文件的基本操作

（1）启动 Photoshop CS4，练习常见的图像文件操作，如打开、新建、存储和关闭图像文件等操作。

（2）通过文件浏览器对电脑中的图像文件进行重命名、添加颜色和级别标记等操作，然后将这些图像文件以文件大小的顺序来进行排列。

提示：选择【文件】/【在 Bridge 中浏览】命令，打开 Adobe Bridge 窗口，利用它为图像文件添加标签功能对图像文件进行标记，然后选择【视图】/【排序】/【按大小】命令，以文件的大小顺序来排列图像文件。

电脑急救箱

运用本章知识时若遇到各种关于图像文件的基本操作的问题，别着急，打开电脑急救箱看看吧

Q 在放大或缩小图像时，可不可以让图像窗口一起变化呢？

A 按【Alt+Ctrl++】组合键可使图像和图像窗口同时放大，按【Alt+Ctrl+-】组合键则使图像和图像窗口同时缩小。

Q 在对图像文件进行保存时，通常需要选择图像文件的保存格式，主要有哪几种图像格式？分别有什么特点呢？

A 文件格式通常是为特定的应用程序创建的，不同的文件格式可以用扩展名来区分，如 PSD、BMP、TIFF、JPG 和 EPS 等，这些扩展名在文件以相应格式存储时会显示在文件名中。图像处理中常用的文件格式有如下几种：

- PSD 格式：是 Photoshop 的专用文件格式，也是唯一可以存储 Photoshop 特有文件信息及所有彩色模式的格式。当文件中含有图层或通道信息时必须以 PSD 格式存档。PSD 格式可以将不同的物件以图层分离储存，便于修改和制作各种特效。
- BMP 格式：是 Microsoft 公司 Windows 操作系统下专用的图像格式，可以选择 Windows 或 OS/2 两种格式。
- GIF 格式：是 Compuserve 公司制定的一种图形交换格式。这种经过压缩的格式可以使图形文件在通信传输时较为方便。它所使用的 LZW 压缩方式，可以将文件的大小压缩一半，而且解压时间不会太长。目前的 GIF 格式只能达到 256 色，但它的 GIF89a 格式能将图像存储为背景透明化的形式，并且可以将数张图存成一个文件，形成动画效果。
- EPS 格式：是一种应用非常广泛的 PostScript 格式，常用于绘图或排版软件。用 EPS 格式存储图形文件时可通过对话框设定存储的各种参数。
- JPG 格式：是一种高效的压缩图像文件格式。在存档时能够将人眼无法分辨的资料删除，以节省储存空间，但被删除的资料无法在解压时还原，所以低分辨率的 JPG 文件并不适合放大观看，输出为印刷品时品质也会受到影响。这种类型的压缩，称为“失真压缩”或“破坏性压缩”。
- TIFF 格式：是一种应用非常广泛的格式，它可以在许多不同的平台和应用软件间交换信息，同时也可以使用 LZW 方式进行压缩。在 Photoshop 中以 TIFF 格式存储图像时，可以选择 PC 或 Mac 格式，以及是否进行 LZW 压缩。LZW 是一种无损压缩方式。

第3章 编辑图像文件

本章要点

- 图像的选择和移动
- 图像的复制和删除
- 变换和裁剪图像
- 恢复与还原图像

在了解图像文件的基本操作方法后，还需要对图像进行各种编辑操作，使图像文件更加符合制作的需要。Photoshop CS4 中编辑图像文件的方法主要包括选择和移动图像、复制和删除图像、变换和裁剪图像及使用“历史记录”控制面板撤销和重做编辑图像的操作，达到恢复与还原图像的目的。通过这些操作可以使用户随心所欲地打造出自己需要的图像文件。

3.1 项目观察——移动并复制图像

移动并复制图像的操作可以丰富和美化图像文档

在 Photoshop CS4 中通过移动和复制图像，可以调整图像到合适的位置，将需要的图像组合在一起，下面将各种水果的图像移动到新建的图像文档中并通过复制图像的方法丰富画面，最终效果如图 3-1 所示。

图 3-1　最终效果

Step 1 启动 Photoshop CS4，选择【文件】/【新建】命令，在打开的“新建”对话框中按照图 3-2 对参数进行设置，单击 确定 按钮新建一个图像文档。

Step 2 打开“菠萝.psd”、“葡萄.psd”、“西瓜.psd”、“橙子.psd”图像【素材\第 3 章\菠萝.psd、葡萄.psd、西瓜.psd、橙子.psd】，如图 3-3 所示。

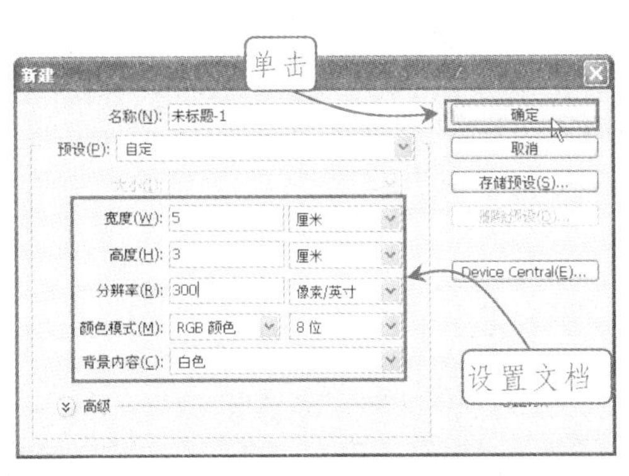

图 3-2　新建图像文档

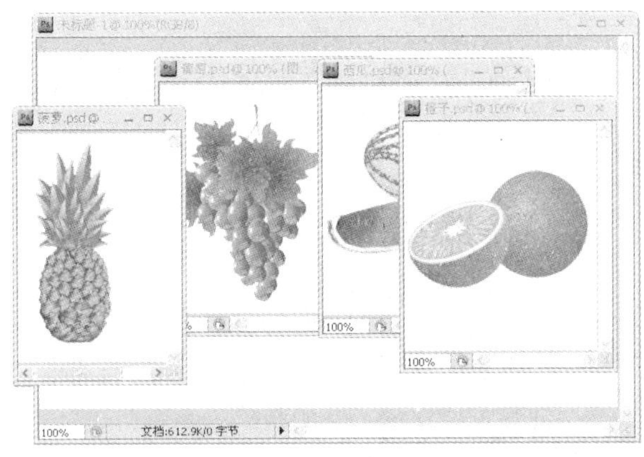

图 3-3　打开图像

Step 3 在工具箱中选择移动工具，选择“菠萝.psd”图像，拖动图像中的菠萝到新建的图像窗口中，依次将葡萄、西瓜和橙子使用同样的方法拖动到新建的图像窗口中，然后将其调整至如图 3-4 所示的位置。

Step 4 在工具箱中选择移动工具，将鼠标指针移到图像窗口中，当其变为形状时，右击，在弹出的快捷菜单中选择"图层 2"命令，即葡萄图像所在的图层，按【Ctrl+J】组合键将当前图层中的图像复制为新图层，如图 3-5 所示。

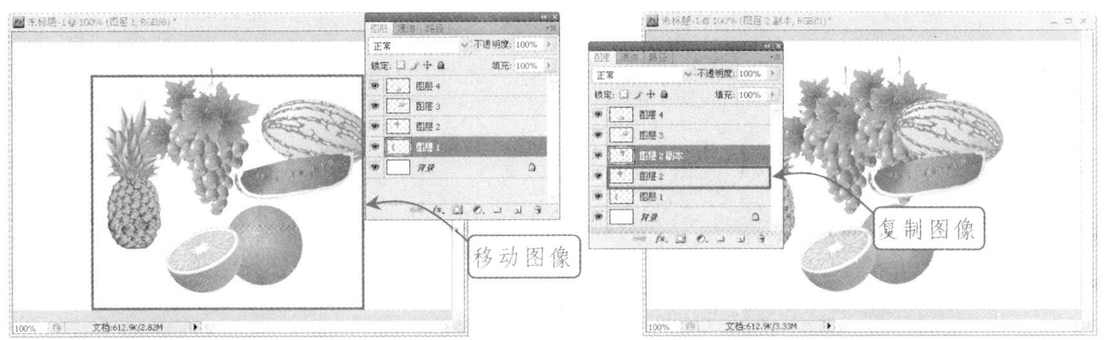

图 3-4 移动图像　　图 3-5 复制葡萄图像

Step 5 按住【Ctrl】键的同时在"图层"控制面板中选择"图层 1"和"图层 4"，在其上右击，在弹出的快捷菜单中选择"复制图层"命令，如图 3-6 所示。

Step 6 此时"图层"控制面板中将获得"图层 1"和"图层 4"的副本图层，同时在图像窗口中完成复制图像的操作，使用移动工具对复制的图像的位置进行调整，得到如图 3-7 所示的效果。

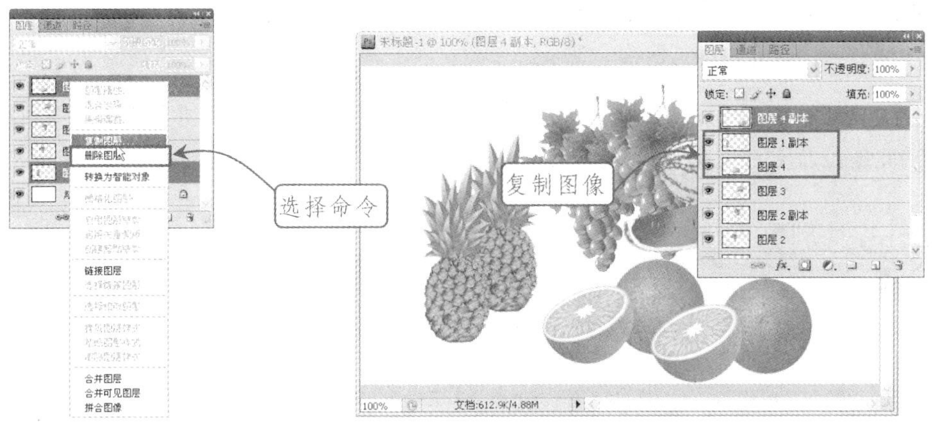

图 3-6 选择命令　　图 3-7 复制图像

Step 7 在工具箱中选择移动工具，将鼠标指针移到图像窗口中的西瓜图像上，当其变为形状时，右击，在弹出的快捷菜单中选择"图层 3"命令，即西瓜图像所在的图层，按住【Alt】键，当鼠标指针变为形状时，按住鼠标左键不放并向右拖动复制图像，如图 3-8 所示。

Step 8 选择【文件】/【存储】命令，在打开的"存储为"对话框中选择图像文件保存的位置和名称，如图 3-9 所示，单击 保存(S) 按钮保存图像文件【源文件\第 3 章\水果聚会.psd】。

图 3-8　拖动鼠标复制图像

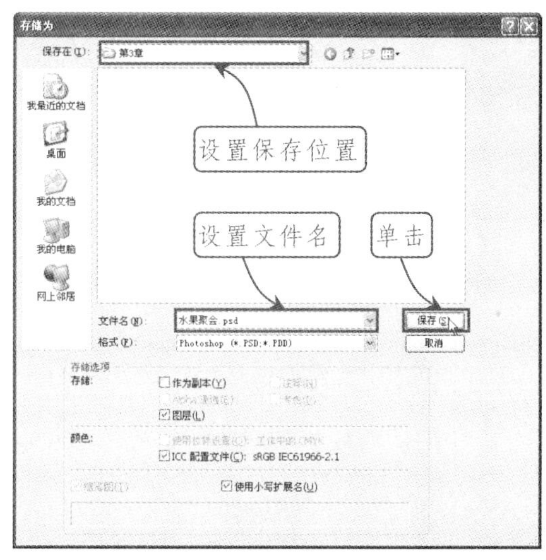

图 3-9　保存图像文件

通过上述项目案例的制作，可以看出在 Photoshop CS4 中新建文件后，可通过移动和复制图像的操作将各种不同的水果移动和复制到新建的文件中。移动和复制图像是编辑图像文件的基础操作之一，下面将具体讲解编辑图像文件所需掌握的各种相关知识。

3.2 图像的选择和移动

选择图像是进行其他图像编辑操作的前提，移动图像可将需要的图像移动到目标位置

打开图像后，可根据需要对图像进行各种编辑操作，在对图像进行编辑之前，必须选择图像，如果图像不在所需的位置，还可以将其移动到目标位置。

3.2.1 选择图像

在 Photoshop CS4 中，选择图像可通过使用移动工具选择图层内所有图像和使用选区创建工具选择部分图像两种方法实现。使用选区创建工具选择图像的方法将在第 4 章中详细讲解，使用移动工具选择图像的方法有如下两种：

- 在工具箱中选择移动工具，将鼠标指针移至图像窗口中，当其变为形状时，在所需图像上右击，在弹出的快捷菜单中选择相应命令即可选择图层中的图像。
- 在工具箱中选择移动工具，在工具属性栏中选中自动选择: 图层复选框，在“图层”控制面板中单击需要的图层即可选择图层中的图像，如图 3-10 所示。

指点迷津

在“图层”控制面板中单击图层可以选择所需图像；按住【Ctrl】键并单击图层可选择多个图层中的图像；按住【Shift】键并单击不相邻的两个图层，可选择这两个图层间的所有图层中的图像。

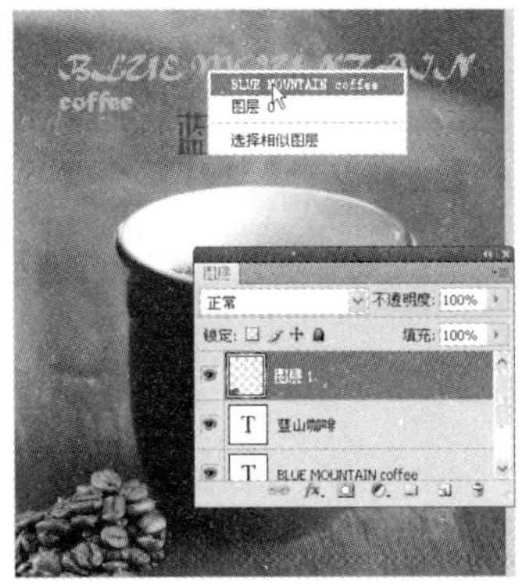

图 3-10 使用移动工具选择图像

3.2.2 移动图像

移动图像是指将一幅图像从一个位置移动到另一个位置或其他图像窗口中，在 Photoshop CS4 中，主要是使用移动工具来移动图像，其具体操作方法介绍如下：

- 在一个窗口中移动图像：选择需要移动的图像后，选择工具箱中的移动工具，在需要移动的图像上按住鼠标左键不放并拖动，此时鼠标指针将变成▶形状，即可将选择的图像移到新位置。
- 将一个窗口中的图像移到另一个窗口中：首先让两个图像窗口可见，再选择工具箱中的移动工具。在需要移动的图像上按住鼠标左键不放并向目标图像窗口中拖动，当鼠标指针变为形状后释放鼠标即可，原位置的图像依然存在，如图 3-11 所示。

图 3-11 移动图像

指点迷津

如果要实现图像的精确移动，最简单的方法就是使用键盘上的上【↑】、下【↓】、左【←】和右【→】键来实现，每按一次该键将使选择的图像向指定方向移动 1 个像素的距离。在按住【Shift】键的同时按方向键，可一次将图像移动 10 个像素的距离。

3.3 图像的复制和删除

复制图像是指生成同样的图像，删除图像是指删除多余的图像

在编辑图像时，如果需要将选择的图像区域移动到其他图像文档中或者是在同一图像文档还需要添加同样的图像时，可以采用复制图像的方法；对于多余的图像，则可以将其删除。

3.3.1 复制图像

复制图像是指对整个图层或当前图层选区内的图像直接进行复制，通过工具箱中的移动工具可以实现图像的复制，其方法分别介绍如下：

- 在工具箱中选择移动工具，将鼠标指针移到图像窗口中，按住【Alt】键，当其变为形状时，按住鼠标左键不放并拖动要复制的图像到目标位置即可复制当前图层为新图层或将当前图层选区内的图像复制到该图层的其他位置。
- 当复制选区内的图像时，可以将其他图像窗口中的部分图像、当前图像窗口或同一个图层中的部分图像进行复制。先使用选择工具选择需要复制的图像，然后选择【编辑】/【拷贝】命令或按【Ctrl+C】组合键，将选择的图像复制到剪贴板中，然后在目标图像窗口中选择【编辑】/【粘贴】命令或按【Ctrl+V】组合键粘贴图像即可。
- 在“图层”控制面板中复制图层，同时将复制图层中的所有图像，关于复制图层的方法将在第 7 章讲解。
- 按【Ctrl+J】组合键可将当前图层或将当前图层选区内的图像复制为新图层。

下面以一个具体的实例来介绍复制图像的具体操作步骤。

Step 1 打开“相框.jpg”、“缆车.jpg”、“花海.jpg”、“港口.jpg”、“海岸.jpg”图像【素材\第 3 章\相框.jpg、缆车.jpg、花海.jpg、港口.jpg、海岸.jpg】，并按照如图 3-12 所示的位置进行排列以充分显示图像窗口。

Step 2 选择“缆车.jpg”图像，选择工具箱中的移动工具，在缆车图像上按住鼠标左键不放并向“相框.jpg”图像窗口中拖动，按照同样的方法将其他图片移动到“相框.jpg”图像窗口中，如图 3-13 所示。

Step 3 在“图层”控制面板中选择“图层 4”，按【Ctrl+J】组合键将当前图层内的图像复制为新图层，选择工具箱中的移动工具，将复制的图像移至上方的空白相框中，如图 3-14 所示。

Step 4 选择工具箱中的移动工具，选择复制的“图层 4”中的图像。按住【Alt】键不放，当鼠标指针变为形状时，按住鼠标左键不放并拖动该图像至目标位置后释放。

Step 5 通过按上【↑】、下【↓】、左【←】、右【→】键对复制的图像进行轻微的调整，效果如图 3-15 所示，对编辑后的图像文件进行保存【源文件\第 3 章\相框.psd】。

图 3-12 打开图像

图 3-13 移动图像

图 3-14 复制图像

图 3-15 再次复制图像

3.3.2 删除图像

删除图像的方法有如下几种：

- 选择【编辑】/【清除】命令，将所选图像删除。
- 选择【编辑】/【剪切】命令，将所选图像删除并放入剪贴板中，通过粘贴可再次使用。
- 在工具箱中选择移动工具，选择图像，按【Delete】键删除当前图层选区内的图像；若没有创建选区，则删除当前图层。

3.4 变换图像

变换图像包括改变图片的尺寸大小和旋转角度

移动和复制图像后，图像的原始状态并没有改变，如图片的尺寸大小、旋转角度等，为了使图片更好地符合制作的要求，需要对图像进行进一步的编辑。在 Photoshop CS4 中可通过变换图像的操作对所选图像进行缩放、旋转、斜切、扭曲、透视和变形等操作，以满足制作时的特殊需求。

3.4.1 变换图像的一般方法

选择【编辑】/【变换】命令，在弹出的级联菜单中有多种变换命令，如图 3-16 所示，通过这些命令可以对图像进行扭曲、透视和变形等其他变换操作。

图 3-16 “变换”菜单命令

巧学巧用

使用【编辑】/【变换】菜单中的“缩放”、“旋转”、“斜切”、“扭曲”、“透视”、“变形”等 6 个命令变换图像后按【Enter】键应用变换，按【Esc】键放弃变换操作，选择其余几个菜单命令后将直接变换图像。

1. 缩放图像

缩放图像就是改变图像的大小和尺寸，使制作的画面更美观，更符合逻辑，下面在“书香.jpg”图像中调整书本的大小，其具体操作步骤如下：

Step 1 打开“书.psd”、“书香.jpg”素材文件【素材\第 3 章\书.psd、书香.jpg】，选择“书.jpg”图像，然后选择工具箱中的移动工具，将“图层 1”中的书图像移至“书香.jpg”图像窗口中，如图 3-17 所示。

Step 2 选择【编辑】/【变换】/【缩放】命令，书图像四周将显示变换框。将鼠标指针移至变换框右上角的控制点上，此时鼠标指针变为↗形状，按住鼠标左键并拖动，调整变换框大小，同时图像将同步变化，如图 3-18 所示。

Step 3 完成调整图像大小后，按【Enter】键应用变换并保存图像文件【源文件\第 3 章\书香 1.psd】。

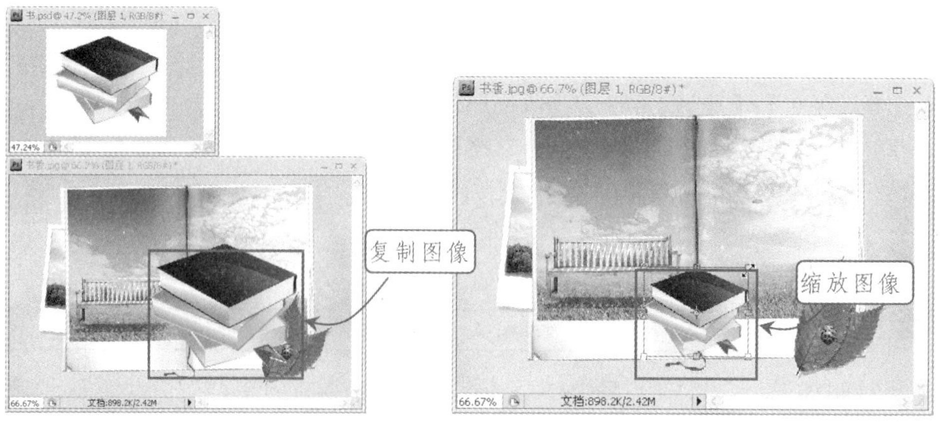

图 3-17 复制图像　　图 3-18 缩放图像

2. 旋转图像

旋转图像可调整图像的角度，使画面更加和谐，下面在“书香.jpg”图像窗口中调整书本的旋转角度，其具体操作步骤如下：

Step 1 打开“书.psd”、“书香.jpg”图像文件后，将“书.psd”图像移至“书香.jpg”图像窗口中并调整图像大小，如图 3-19 所示。

Step 2 选择【编辑】/【变换】/【旋转】命令，所选图像四周将显示变换框。将鼠标指针移至变换框上方的控制点，当其变为↶形状时，按住鼠标左键不放并拖动，旋转变换框，同时图像将同步变化，如图 3-20 所示，在变换框内双击应用变换。

图 3-19　复制图像并调整图像大小

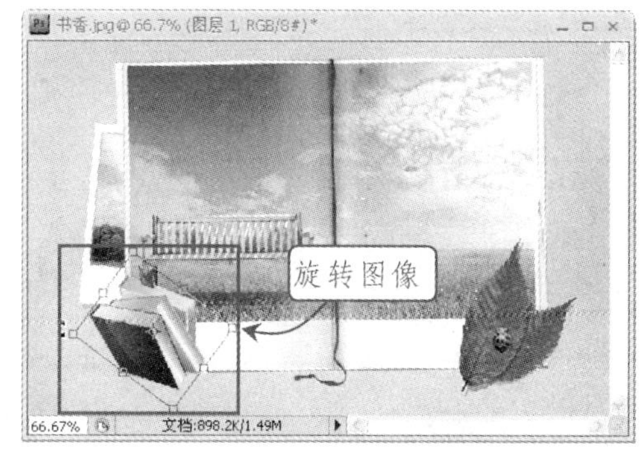

图 3-20　旋转图像

Step 3 选择【编辑】/【变换】命令，所选图像四周将显示变换框。在变换框中右击，在弹出的快捷菜单中选择“旋转 180 度”命令，如图 3-21 所示。

Step 4 图像按设置的具体角度进行旋转，如图 3-22 所示，按【Enter】键或在变换框内双击应用变换并保存修改后的图像文件【源文件\第 3 章\书香 2.psd】。

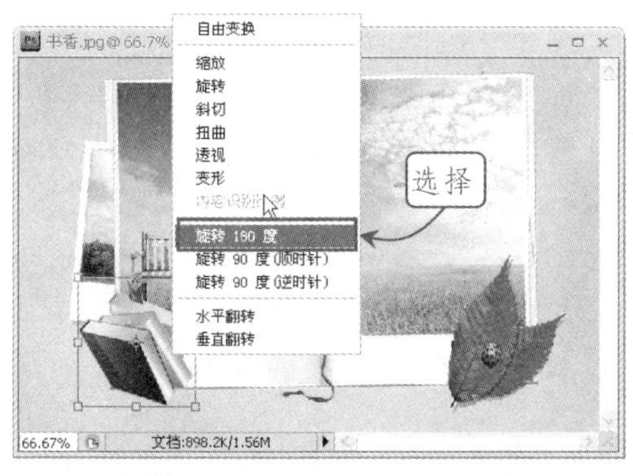

图 3-21　选择“旋转 180 度”命令

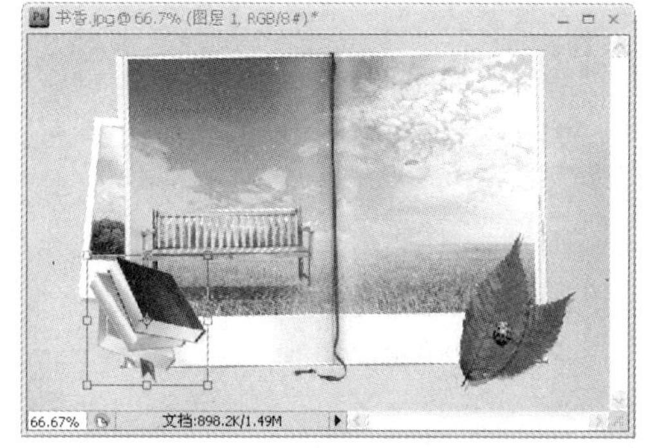

图 3-22　应用变换

3. 斜切图像

斜切图像可以使图像根据控制点向任意方向调整和变换，选择【编辑】/【变换】/【斜切】命令，或按住【Ctrl+Alt】组合键之后，拖动控制点或边可以对图像进行斜切操作，其具体操作步骤如下：

Step 1 打开“书.psd”、“书香.jpg”图像文件后，将“书.psd”图像移至“书香.jpg”图像窗口中并调整图像大小。

Step 2 选择【编辑】/【变换】/【斜切】命令，所选图像四周将显示变换框。将鼠标指针移至变换框右上角的控制点上，此时鼠标指针将变为▸形状，按住鼠标左键不放并向上拖动，移动变换框，图像将发生斜切变化，如图 3-23 所示。

Step 3 将鼠标指针移到变换框右下角的控制点上，此时鼠标指针将变为▸形状，按住鼠标左键不放并向上拖动移动变换框，调整为如图 3-24 所示的效果，在变换框内双击应用变换并保存修改后的图像文件【源文件\第 3 章\书香 3.psd】。

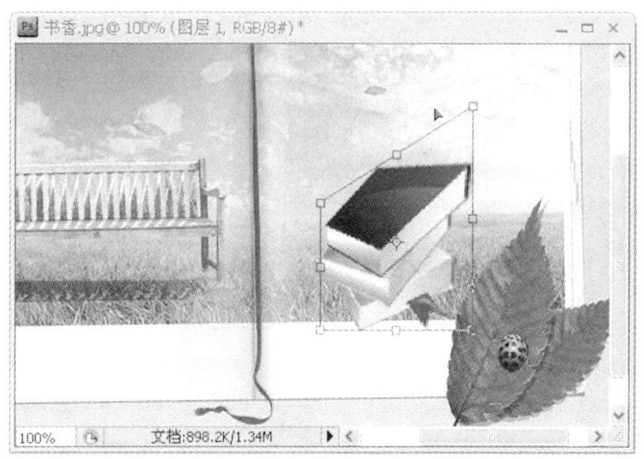

图 3-23 进行斜切变换

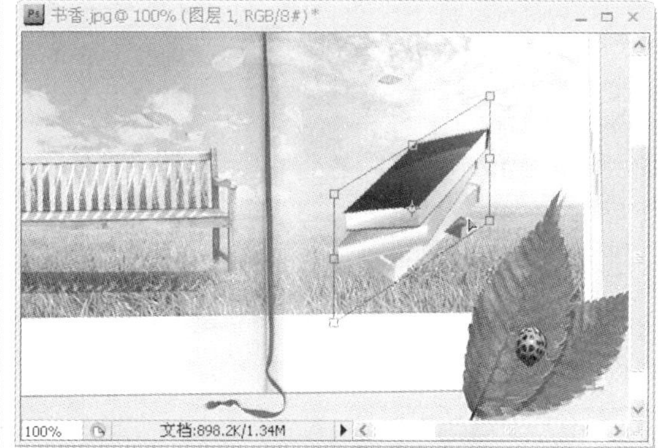

图 3-24 再次进行斜切变换

3.4.2 自由变换图像

“自由变换”命令可以看做所有“变换”命令的整合，使用“自由变换”命令可以在连续的操作过程中进行各种变换，而不用反复选择不同的变换命令。使用选区工具选择要变换的图像区域，再选择【编辑】/【自由变换】命令或按【Ctrl+T】组合键，为其添加变换框，通过该变换框即可对选区内的图像进行缩放、旋转和透视等变换操作。

- 将鼠标指针移至变换框的节点上，当鼠标指针变成↖、↗、↔或↕形状时，拖动鼠标可改变选区内图像的大小。
- 将鼠标指针移至变换框外，当鼠标指针变成↶或↷形状时，拖动鼠标可旋转选区内的图像。
- 将鼠标指针移至变换框内，当鼠标指针变成▶形状时，拖动鼠标可移动选区内图像的位置。
- 将鼠标指针移至变换框的角节点上，当鼠标指针变成↖或↗形状时，按住【Shift+Ctrl+Alt】组合键的同时再拖动鼠标，可对选区内的图像进行透视变换。

下面使用“自由变换”命令对移动后的图像文件进行旋转、移动、缩放和斜切变换，其具体操作步骤如下：

Step 1 打开“春天.jpg”、“油菜花.jpg”、“绿.jpg”、“蜗牛.jpg”图像文件【素材\第 3 章\春天.jpg、油菜花.jpg、绿.jpg、蜗牛.jpg】，选择“油菜花.jpg”图像，然后选择

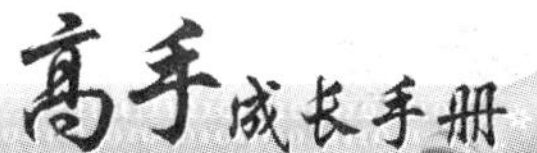

工具箱中的移动工具，将图像移动到“春天.jpg”图像窗口中，如图 3-25 所示。

Step 2 在“图层”控制面板中选择油菜花图像所在的“图层 1”，按【Ctrl+T】组合键给该图像添加一个变换框。将鼠标指针移至变换框外右上角的控制点处，当其变为形状时，向下拖动鼠标缩小图像，如图 3-26 所示。

图 3-25　复制图像

图 3-26　调整图像大小

Step 3 按【Enter】键确认变换图像，使用同样的方法将其他图像复制到“春天.jpg”图像文件中并调整图像大小，选择“油菜花.jpg”图像，在工具箱中选择移动工具，按住【Alt】键，当鼠标指针变为形状时，按住鼠标左键不放并拖动要复制的图像到窗户所在位置。

Step 4 按【Ctrl+T】组合键给该图像添加一个变换框，在变换框中右击，在弹出的快捷菜单中选择“斜切”命令，将鼠标指针移至变换框右上角的控制点上，此时鼠标指针将变为形状，按住鼠标左键不放并向下拖动变换框对图像进行斜切。将鼠标指针移到右下角的控制点上向上拖动变换框再次对图像进行斜切，如图 3-27 所示。

Step 5 按【Enter】键确认变换图像，再次复制油菜花图像，使用同样的方法对其进行斜切调整，效果如图 3-28 所示。

图 3-27　复制和斜切变换图像

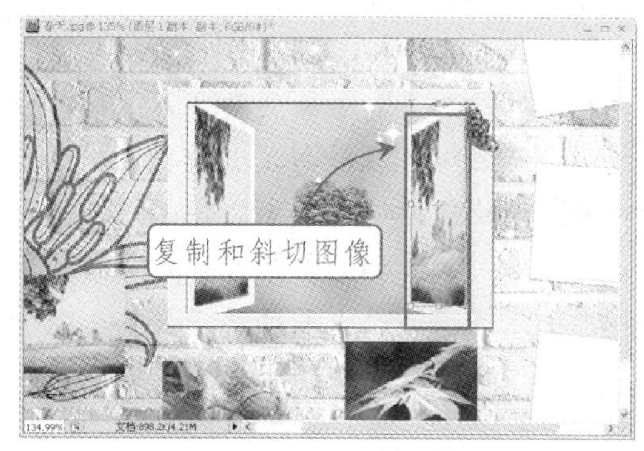

图 3-28　再次复制和斜切变换图像

Step 6 选择油菜花图像所在的“图层 1”，选择工具箱中的移动工具，将图像移至目标位置，按【Ctrl+T】组合键给该图像添加一个变换框，将鼠标指针移至变换框的右上角的控制点上，当其变成旋转形状或形状时，拖动鼠标旋转图像，如图 3-29 所示，按【Enter】键确认变换图像并对图像位置进行轻微的调整。

Step 7 分别选择“绿.jpg”图像和“蜗牛.jpg”图像，移动图像并对其旋转角度进行调整，完成后的最终效果如图 3-30 所示，保存修改后的图像文件【源文件\第 3 章\春天的故事.psd】。

图 3-29　移动并旋转图像

图 3-30　移动并旋转其他图像

3.5 裁剪图像

裁剪图像的操作可将图像中不需要的或多余的部分裁切

当仅需要获取图像的一部分时，就可以使用裁切工具将图像中的某部分图像裁切成一个新的图像文件，通过对图像的裁切和变换，可以设计出丰富多变的图像效果。裁切工具的使用方法为：使用此工具在图像中拖动绘制得到一个矩形区域，矩形区域内的图像代表裁剪后图像保留部分，矩形区域外的部分将被删除掉，最后按【Enter】键确认。

下面对“建筑.jpg”图像进行裁切操作，然后移至“蓝图.jpg”图像文件中，其具体操作步骤如下：

Step 1 在 Photoshop CS4 中按【Ctrl+O】组合键，打开“建筑.jpg”和“蓝图.jpg”图像文件【素材\第 3 章\建筑.jpg、蓝图.jpg】。

Step 2 选择工具箱中的裁切工具，将鼠标指针移到“建筑.jpg”图像右下角，按住鼠标左键不放并向左上角拖动，绘制一个裁切框，如图 3-31 所示。

Step 3 释放鼠标即可看到，被裁剪框选中的部分呈白色显示，裁剪框外的图像区域呈灰色显示，按【Enter】键或单击工具属性栏上的✔按钮，将裁切框以外的图像裁切掉。

Step 4 选择工具箱中的移动工具，将裁切后的图像移至“蓝图.jpg”图像中，如图 3-32 所示【源文件\第 3 章\蓝图.psd】。

图 3-31　裁切图像

图 3-32　移动图像

3.6 恢复与还原操作

通过“历史记录”面板可以将图像返回到某个编辑状态重新处理

在进行图像处理的过程中，难免会发生一些误操作或对处理后的最终效果不满意，此时可通过“历史记录”控制面板撤销一些操作，或者重做被撤销的操作。

3.6.1 还原与重做

选择【编辑】/【还原】命令，可使操作步骤向前恢复一步；恢复后还可以通过选择【编辑】/【重做】命令再次返回到当前的操作状态。当不是处于最后一个步骤时，按【Shift+Ctrl+Z】组合键可恢复到所选步骤的前一步骤，按【Alt+Ctrl+Z】组合键可恢复到所选步骤的后一步骤。

3.6.2 前进与后退

在图像处理过程中，若要恢复到指定的某一步操作，可通过“历史记录”面板快速实现。单击面板组中的“历史记录”标签或选择【窗口】/【历史记录】命令，打开如图 3-33 所示的“历史记录”控制面板，如果要恢复某步操作，只需在“历史记录”控制面板中选择相应的操作步骤即可。

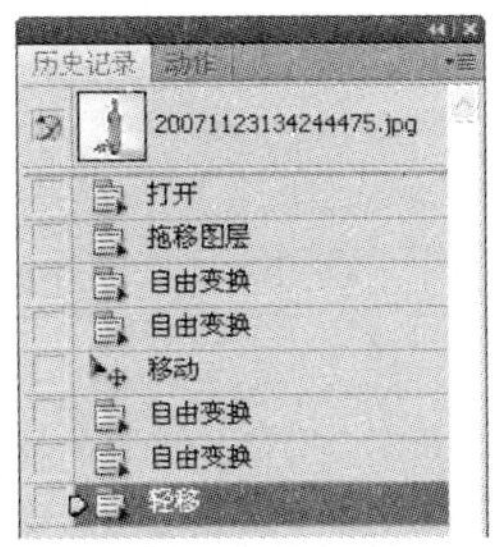

图 3-33　“历史记录”控制面板

指点迷津

在 Photoshop CS4 中，“历史记录”控制面板默认保留 20 步操作，当超过 20 步时，软件就会自动删除前面的操作步骤而保留后面 20 步的操作。用户可以根据自己的需要，选择【编辑】/【首选项】/【性能】命令，在打开的对话框中设置历史记录数值以满足编辑的要求。不过需要注意的是，历史记录步骤设置得越多，占用的内存就越大，这样会减缓运算速度，所以系统默认的历史记录数值是较为合理的。

3.7 综合实例——在餐具上贴图

复制并变换图像，达到使用图像美化餐具的目的

打开的图像文档通常需要进行各种编辑才能符合制作的需要。图 3-34 所示为刚打开的图像文档，通过本章相关知识的学习，对其进行编辑后的效果如图 3-35 所示，通过本项目可以看出编辑后的图像文档更具吸引力。

图 3-34　原图像

图 3-35　编辑后的图像效果

制作思路

第一步：移动图像
- ①打开“餐具.jpg”、“青苹果.psd”图像文件
- ②移动青苹果图像到“餐具.jpg”图像窗口中并对其大小和旋转角度进行调整

第二步：复制和变换图像
- ③为图像文档中的餐具复制“青苹果”图像
- ④对复制的“青苹果”图像进行变换操作

其具体操作步骤如下：

Step 1 打开“餐具.jpg”、“青苹果.psd”图像文件【素材\第 3 章\餐具.jpg、青苹果.psd】，如图 3-36 所示。

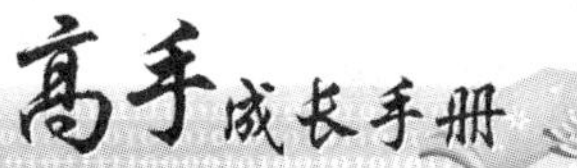

Step 2 选择“青苹果.psd”图像文件，在其上右击，在弹出的快捷菜单中选择“图层 1”命令，即青苹果图像所在的图层，如图 3-37 所示。

图 3-36 打开图像

图 3-37 选择图像

Step 3 选择工具箱中的移动工具，将青苹果图像移至“餐具.jpg”图像窗口中，如图 3-38 所示。

Step 4 按【Ctrl+T】组合键为该图像添加一个变换框。将鼠标指针移至变换框外右上角的控制点处，当鼠标指针变为形状时，向下拖动鼠标缩小图像，如图 3-39 所示，按【Enter】键确认变换图像。

图 3-38 移动图像

图 3-39 缩小图像

Step 5 选择青苹果图像，然后选择工具箱中的移动工具，将图像移至目标位置，按【Ctrl+T】组合键给该图像添加一个变换框，将鼠标指针移至变换框的右上角的控制点上，当其变成旋转形状或形状时，拖动鼠标旋转图像，如图 3-40 所示，按【Enter】键确认变换图像。

Step 6 选择青苹果图像，按住【Alt】键，当鼠标指针变为形状时，按住鼠标左键不放并拖动要复制的青苹果图像到右边的盘上。

Step 7 选择复制的图像，按【Ctrl+T】组合键给图像添加一个变换框，对其大小及旋转角度进行调整，如图 3-41 所示，按【Enter】键确认变换图像。

图 3-40　旋转图像

图 3-41　复制并变换图像（一）

Step 8　在“图层”控制面板中选择“图层 1”，按【Ctrl+J】组合键将当前图层内的图像复制为新图层，选择工具箱中的移动工具，将复制的图像移至“碗”图像上。

Step 9　使用同样的方法对图像的大小和旋转角度进行调整，如图 3-42 所示，按【Enter】键确认变换图像，按上【↑】、下【↓】、左【←】、右【→】键对调整后的图像的位置进行轻微的调整。

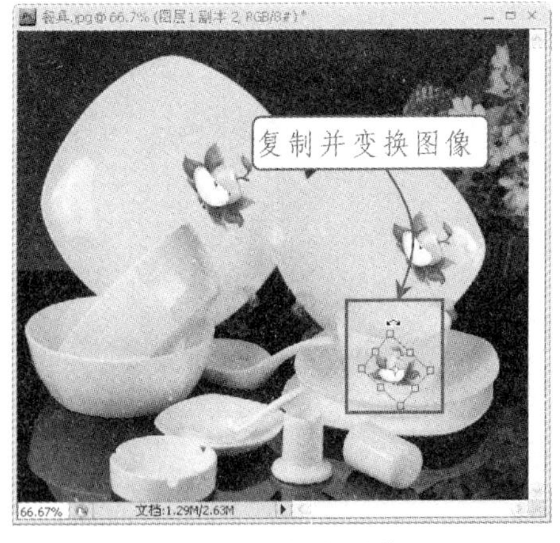

图 3-42　复制并变换图像（二）

巧学巧用

为了能够更熟练地掌握图像的复制和变换操作，在本实例中是先复制图像然后再对图像进行变换操作，读者也可以在复制图像时，按【Ctrl+J】组合键复制得到多个副本图层后，再移动各个图像并进行适当变换，以提高工作效率。

Step 10　选择 Step 9 中复制的图像，按两次【Ctrl+J】组合键复制两幅同样的图像，选择工具箱中的移动工具，将复制的图像向左移至“碗”图像上并调整其中一幅图像的旋转角度。

Step 11　使用同样的方法复制青苹果图像，调整其大小和旋转角度，选择工具箱中的移动工具，将复制的图像向左移至平放着的盘图像上，如图 3-43 所示。

Step 12　按照 Step 11 中的操作，复制图像并调整和变换图像，如图 3-44 所示。重复操作，完成后的最终效果如图 3-35 所示【源文件\第 3 章\餐具.psd】。

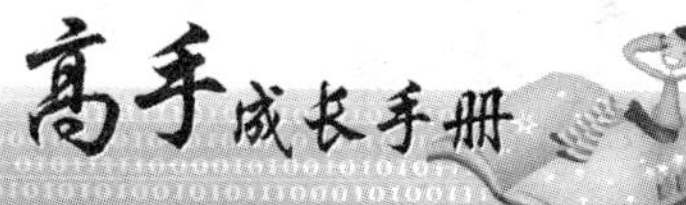

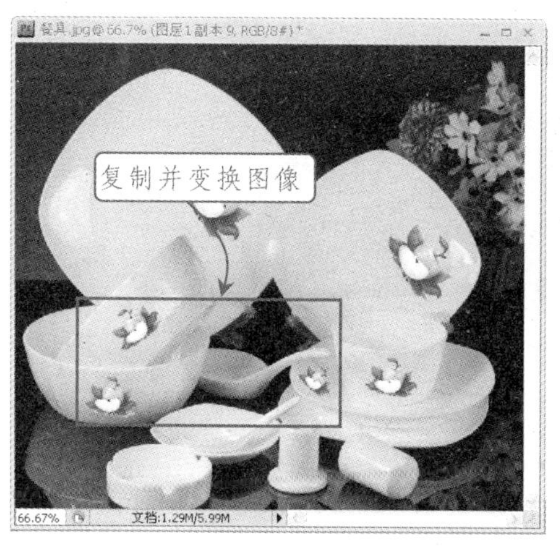

图 3-43　复制并变换图像（一）

图 3-44　复制并变换图像（二）

3.8 大显身手

本章应重点掌握在 Photoshop CS4 中编辑图像的操作

（1）打开“麦田.jpg”、“树.psd”素材文件【素材\第 3 章\麦田.jpg、树.psd】，选择树图像将其移动到“麦田.jpg”图像中并复制图像，然后调整树图像的位置【源文件\第 3 章\麦田.psd】，如图 3-45 所示。

提示：在工具箱中选择移动工具，将鼠标指针移到树图像上，按住【Alt】键，当其变为形状时，按住鼠标左键不放向右拖动复制图像即可。

图 3-45　移动并复制图像

（2）打开“树枝.jpg”、“花.psd”素材文件【素材\第 3 章\树枝.jpg、花.psd】，选择并复制花图像到“树枝.jpg”图像窗口中【源文件\第 3 章\树枝.psd】，如图 3-46 所示。

提示：按【Ctrl+J】组合键复制得到多个副本图层，移动各个图像并进行适当变换。

图 3-46　复制和变换图像

电脑急救箱

运用本章知识时若遇到各种编辑图像文件的问题，别着急，打开电脑急救箱看看吧

Q 在编辑图像的过程中，为什么选择图像后，移动图像时无法将其移动到需要的位置呢？

A 在使用移动工具移动图像时，有时系统会提示“不能完成请求，因为图层已锁定”的信息，这是因为移动的当前图层可能是背景图层或是被锁定的图层。如果移动的是背景图层，则必须将其转换成普通图层才能被移动。在“图层”控制面板中双击背景图层，在打开的“新建图层”对话框中单击确定按钮即可；如果是被锁定的图层，应先选择该图层，再单击“图层”控制面板中的按钮解除该图层的锁定。

Q 在裁切图像时可以去除图像中不需要的部分，但同时也对画布大小进行了改变，可以只调整图像大小而不改变画布大小吗？

A 可以，方法是将裁切前的图像另存一个副本后对原始图像进行裁切操作，然后将裁切后的图像复制到另存的副本图像中，最后删除另存的副本图像的图层即可。

Q 在编辑和处理图像的过程中，编辑速度非常缓慢，可以通过什么方法加快图像的编辑速度呢？

A 在图像处理过程中，复制、记录历史操作等会占用大量的内存空间，由于内存空间的减少系统会变得越来越慢，从而操作会随着时间的延长而变得反应迟缓，此时可选择【编辑】/【清理】/【全部】命令清空并释放内存或关闭一些不使用的程序或文件释放内存来达到加快图像编辑速度的目的。

第 4 章 创建和编辑选区

本章要点

- 认识选区
- 选区的基本操作
- 绘制和选择选区
- 选区的编辑

选区在 Photoshop CS4 中发挥着巨大的作用，也是每个初学者首先需要掌握的知识。在绘制图像和对图像进行局部处理时，就必须绘制选区。选区有两方面的作用，一是通过创建并填充选区，以得到各种形状的颜色图像；二是用选区选取所需的部分图像，以对选区内的图像进行复制、移动和删除等编辑操作。本章将学习使用选框工具和通过其他途径创建选区，以及修改选区和变换选区等编辑选区的操作。

4.1 项目观察——移动并填充选区

移动并填充选区可以快速绘制图像

在 Photoshop CS4 中通过移动和填充选区，可以调整选区的位置并制作出有特殊效果的图像，下面将选择的花枝选区移至如图 4-1 所示的 T 恤图像中并对选区进行填充和描边，完成后的效果如图 4-2 所示。

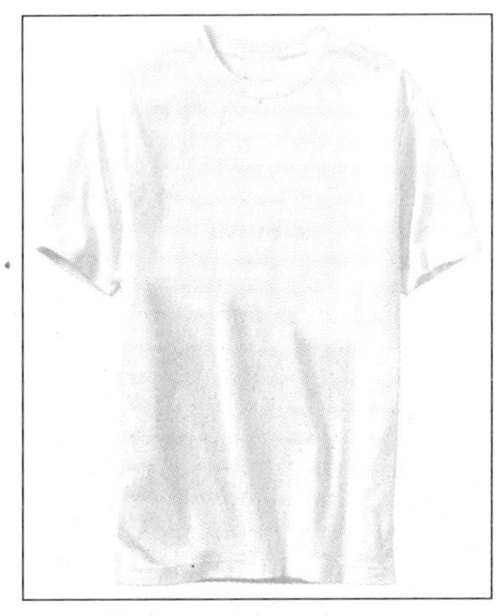

图 4-1　T 恤图像

图 4-2　最终效果

Step 1 在 Photoshop CS4 中选择“【文件】/【打开】”命令，打开“T 恤.jpg”、“树枝.jpg”图像文件【素材\第 4 章\T 恤.jpg、树枝.jpg】。

Step 2 选择“树枝.jpg”图像文件，选择工具箱中的魔棒工具，将鼠标指针移至图像窗口中，当其变为形状时单击白色背景部分，按住【Shift】键的同时单击不易选中的其他白色背景部分直至全部选中，如图 4-3 所示。

Step 3 在选区内右击，在弹出的快捷菜单中选择“选择反向”命令反选选区，将树枝所在的区域选中，如图 4-4 所示。

图 4-3　打开图像并选择选区

图 4-4　反选选区

Step 4 选择工具箱中的矩形选框工具，将鼠标指针移到选区中，当其变为形状后按住鼠标左键不放并拖动鼠标将选区拖至“T 恤.jpg”图像文件窗口中，释放鼠标，如图 4-5 所示。

Step 5 将选区位置调整至 T 恤图像的中间，然后在选区中右击，在弹出的快捷菜单中选择“变换选区”命令，在选区周围将显示一个带控制点的变换框。

Step 6 将鼠标指针移至变换框右上角的控制点上，当其变为双向箭头时向左下角拖动鼠标调整选区的大小，如图 4-6 所示，完成变换后，按【Enter】键应用变换效果。

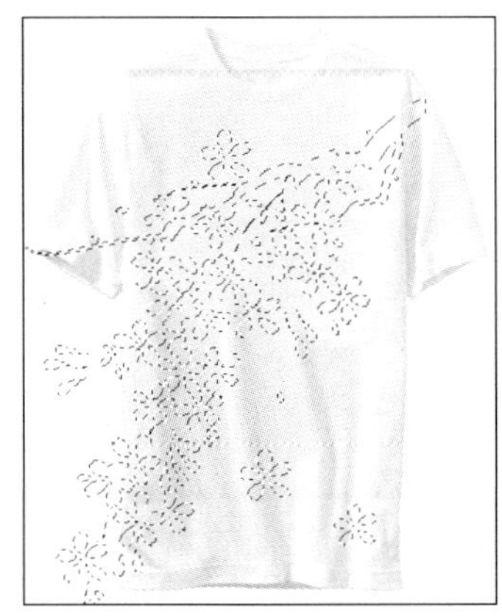

图 4-5 移动选区

图 4-6 变换选区

Step 7 选择【编辑】/【描边】命令，在打开的“描边”对话框中单击“颜色”图标，在打开的“选取描边颜色”对话框中将描边颜色设置为绿色#cbf425。

Step 8 单击 确定 按钮返回“描边”对话框，将描边宽度设置为 1 px，选中 ⊙居外(U) 单选按钮，如图 4-7 所示，单击 确定 按钮对选区进行描边。

Step 9 在选区中右击，在弹出的快捷菜单中选择“填充”命令，在打开的“填充”对话框的“使用”下拉列表框中选择“黑色”选项，其他参数保持默认设置，如图 4-8 所示，单击 确定 按钮对选区进行填充。

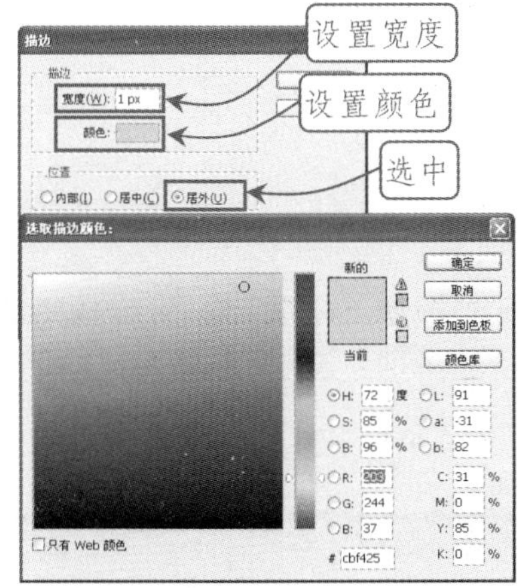

图 4-7 设置描边

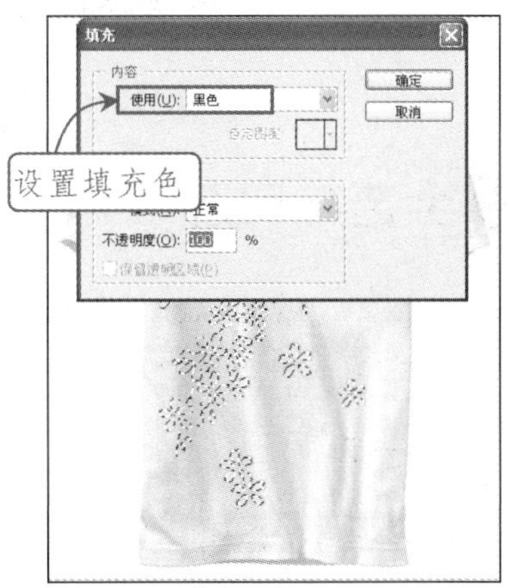

图 4-8 填充选区

Step10 选择【选择】/【取消选择】命令或按【Ctrl+D】组合键取消选区

Step11 选择【文件】/【存储】命令，在打开的"存储为"对话框中选择图像文件保存的位置和名称后，单击 保存(S) 按钮保存图像文件【源文件\第 4 章\T 恤.jpg】。

通过上述项目案例的制作，可以看出在 Photoshop CS4 中可通过移动和填充选区的操作制作出特殊的图像效果，下面将具体讲解创建和编辑选区所需掌握的知识。

4.2 选区的基本操作

了解选区的基本操作是创建和编辑选区的前提

在绘制和创建选区之前需要认识选区并了解选区的基本操作，选区的基本操作主要包括全选与反选选区、取消和隐藏选区及选区的添加、减去和交叉等。

4.2.1 认识选区

选区是通过各种选区绘制工具在图像中提取的全部或部分图像区域，在图像中呈流动的蚂蚁爬行状显示。像素是构成图像的基本单位，因此在图像中，选择的选区也是由像素构成的。图 4-9 所示为将图像放大到一定程度时观察到的选区对像素的选择。

图 4-9　认识选区

4.2.2 全选与反选

如果要选择图像的整体区域，可以全选选区；有的图像不需要选取的区域比需要选取的区域更加容易选取时，可以通过选取不需要的区域后反选选区来快速创建选区。

1. 全选选区

全选选区是指选择所有图像区域，方法有如下几种：

- 按【Ctrl+A】组合键。
- 选择【选择】/【全部】命令。

2. 反选选区

反选选区是指选择图像中除选区以外的其他图像区域，反选选区有如下几种方法：

- 按【Ctrl+Shift+I】组合键。
- 选择【选择】/【反向】命令。
- 在创建的选区中右击，在弹出的快捷菜单中选择“选择反向”命令，即可反选选区。

4.2.3 取消选区与隐藏选区

如果不喜欢所创建的选区，可以取消选区后再重新选择；如果要对选区外的图像进行查看，可以暂时隐藏选区。

1. 取消选区

创建选区后，要取消选区，有如下几种方法：

- 按【Ctrl+D】组合键。
- 选择【选择】/【取消选择】命令。
- 选择任意的选区创建工具，在图像中任意位置单击。

2. 隐藏选区

对选区内的图像进行操作时，选区内的图像有时会影响图像的观察，而隐藏选区可以暂时使选区不可见。要隐藏选区，按【Ctrl+H】组合键即可，再次按【Ctrl+H】组合键又可重新显示选区。

4.2.4 选区的运算

在图像处理过程中，有时不能一次性成功创建选区，这时可使用其他选区对已存在的选区进行运算来得到所需的最终选区，选区运算包括选区的添加、减去和交叉。

1. 选区的添加

添加选区是指将最近绘制的选区与已存在的选区进行相加计算，从而实现两个选区的合并。其方法是选择工具箱中的选择工具后，在图像窗口中绘制一个选区，然后在按住【Shift】键的同时继续绘制选区，可以发现以前绘制的选区仍旧存在，如图 4-10 所示，释放鼠标后系统就会自动合并两个选区，如图 4-11 所示。

指点迷津

按住【Shift】键时，鼠标指针右下侧会显示一个“+”符号，这时在图像中可连续创建选区，但最终得到的选区是唯一的。

图 4-10 连续绘制两个选区

图 4-11 合并运算后的选区

2. 选区的减去

减去选区是指将最近绘制的选区与已存在的选区进行相减运算，最终得到的是原选区减去新选区后的选区。其方法是选择工具箱中的选择工具后，在图像窗口中绘制一个选区，在按住【Ctrl】键的同时继续绘制选区，如图 4-12 所示，释放鼠标后，第二个选区将从第一个选区中减去，如图 4-13 所示。

图 4-12 连续绘制两个选区

图 4-13 减去运算后的选区

3. 选区的交叉

交叉选区是指将最近绘制的选区与已存在的选区进行交叉运算，最终得到的是两个选区相交的部分。其方法是选择工具箱中的选择工具后，在图像窗口中绘制一个选区，在按住【Shift+Ctrl】组合键的同时继续绘制选区，如图 4-14 所示，释放鼠标后系统就会自动对两个选区进行交叉运算，从而得到如图 4-15 所示的新选区。

指点迷津

在选择工具箱中的选择工具后，也可以在该工具的工具属性栏中单击各选区编辑按钮，来使用运算的方法创建或修改选区，各按钮从左至右分别用于创建新选区、将创建的选区添加到已有选区、从已有选区中减去创建的选区、创建选区并保留与已有选区相交的部分。关于工具属性栏的介绍参见 4.3.1 节。

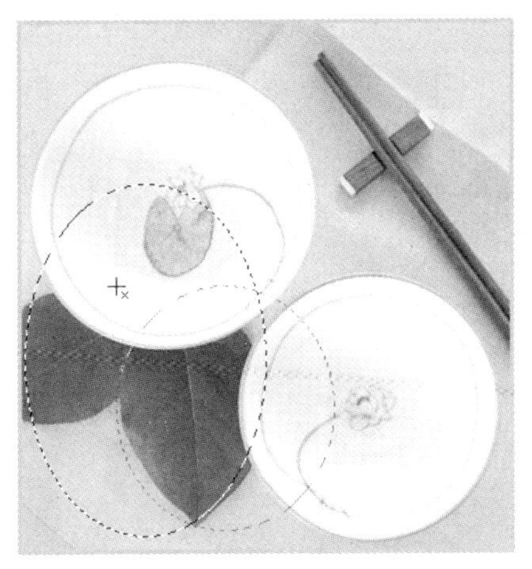

图 4-14　连续绘制两个选区

图 4-15　交叉运算后的选区

4.3 绘制选区

绘制选区的方法有多种，需要根据实际情况选择合适的工具

选框工具是选区创建工具中最常用的，通过它们可以创建出固定形状的选区。在工具箱中的矩形选框工具上右击，即可弹出选框工具组列表，其中包含各类选框工具，分别用于创建矩形、椭圆形、单行和单列等形状的选区。除了使用选框工具绘制具有一定形状的选区外，还可以使用套索工具组绘制不规则的选区。

4.3.1 选框工具的工具属性栏

在工具箱中选择选框工具后，其工具属性栏如图 4-16 所示，其中各项含义如下：

图 4-16　选框工具的工具属性栏

- "当前工具"按钮：该按钮显示的是当前选择的工具，单击该按钮可以弹出工具箱的下拉列表，以便快速更换当前工具。
- 选区编辑按钮：选区编辑按钮又被称为"布尔运算"按钮，各按钮的作用前面已有介绍，这里不再赘述。
- "羽化"文本框：羽化是指通过创建选区边框内外像素的过渡来使选区边缘模糊，羽化值越大，则选区的边缘越模糊，此时选区的直角处也将变得圆滑，其取值范围为 0~250 像素。
- ☑消除锯齿复选框：选中该复选框后，在创建选区时可消除选区边缘的锯齿。该复选框只有在选择椭圆选框工具时才可用。
- "样式"下拉列表框："样式"下拉列表框用于设置选区的绘制类型，其中有"正常"、"固定比例"和"固定大小"3 个选项。"正常"选项为系统默认设置，可创建不同大小的矩形选区；“固定比例”选项用于设置选区宽度和高度之间的比例，以使创建后的选区与设置比例保持一致；“固定大小”选项用于锁定选区大小。

- “宽度”文本框：用于设置将要绘制矩形选区的宽度。
- “高度”文本框：用于设置将要绘制矩形选区的高度。

4.3.2 用矩形选框工具绘制矩形选区

通过矩形选框工具可以创建矩形和正方形选区，下面在图像中绘制矩形选区，其具体操作步骤如下：

Step 1 选择【文件】/【打开】命令打开“春天.jpg”图像文件【素材\第 4 章\春天.jpg】，在工具箱中选择矩形选框工具。

Step 2 将鼠标指针移至图像窗口中,当其变为十形状时，按住鼠标左键不放并拖动选区至适当大小，如图 4-17 所示，释放鼠标即可创建出矩形选区，如图 4-18 所示。

图 4-17　拖动确定选区大小

图 4-18　创建选区

巧学巧用

绘制正方形选区有 3 种方法，方法一是在绘制矩形选区时按住【Shift】键；方法二是在工具属性栏的“样式”下拉列表框中选择“固定大小”选项，然后在“宽度”和“高度”文本框中输入相同的数值再绘制；方法三是在工具属性栏的“样式”下拉列表框中选择“固定比例”选项，然后在“宽度”和“高度”文本框中输入相同的比例再绘制。

4.3.3 用椭圆选框工具绘制椭圆选区

椭圆选框工具的使用方法和矩形选框工具相似，使用它可以创建椭圆或圆形选区，如图 4-19 所示，在工具箱中的矩形选框工具上右击，在弹出的选框工具组列表中即可选择椭圆选框工具，椭圆选框工具和矩形选框工具对应的工具属性栏相同，所以它们绘制选区的方法也完全一样。

无论绘制的是椭圆选区还是圆形选区，都与矩形选区一样，是对图像像素的选择，因此放大视图后可发现其边缘并不平滑，选中工具属性栏中的☑消除锯齿复选框可尽量使选区边缘平滑，如图 4-20 所示。

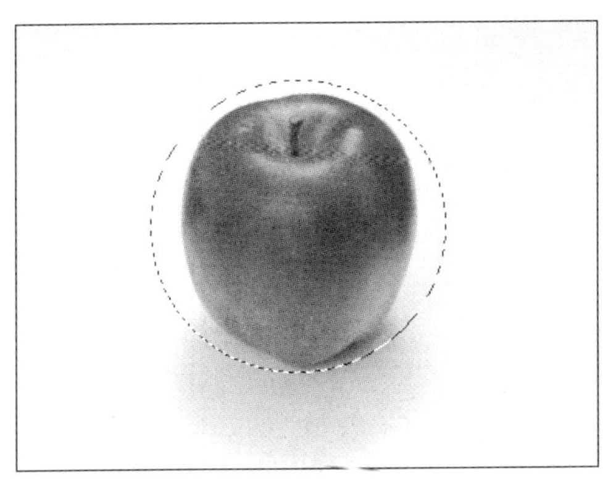

图 4-19　椭圆选区

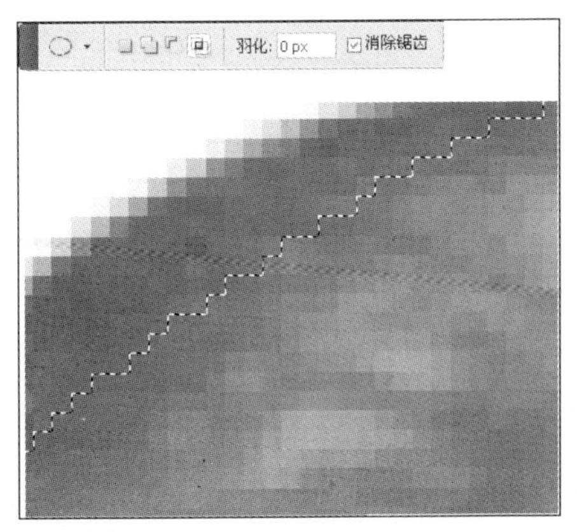

图 4-20　消除锯齿后的选区

4.3.4 用单行选框工具和单列选框工具绘制选区

使用单行或单列选框工具可以创建高或宽为 1px 的行或列选区。绘制的方法也非常简单，在工具箱中的矩形选框工具上右击，在弹出的选框工具组列表中选择单行选框工具或单列选框工具，在图像窗口中需要创建选区的位置单击即可绘制单行或单列选区，可将选框拖至需要的位置，如图 4-21 所示。

图 4-21　绘制单行和单列选区

指点迷津

单行选框工具或单列选框工具只能用于绘制高度为 1px 或宽度为 1px 的选区，如果绘制好选区后不能正常显示，可以增加图像视图的放大倍数来进行查看。

4.3.5 用套索工具绘制选区

使用套索工具可以创建任意形状的选区，方法为选择工具箱中的套索工具，将鼠标指针移至图像上，在起点处按住鼠标左键不放并拖动鼠标绘制所需的形状后再回到起点，创建一个封闭的选区。下面使用套索工具绘制选区，其具体操作步骤如下：

Step 1 选择【文件】/【打开】命令打开“玉如意.jpg”图像文件【素材\第 4 章\玉如意.jpg】，在工具箱中选择套索工具，将鼠标指针移至图像窗口中，当其变为形状时，按住鼠标左键不放并拖动。

Step 2 沿拖动轨迹将绘制出一条曲线，如图 4-22 所示。回到起始位置，形成一个闭合的区域后，释放鼠标即可创建选区，如图 4-23 所示。

图 4-22　绘制曲线

图 4-23　创建选区

指点迷津

如果释放鼠标时，拖动的起点和终点没有重合，也就是说，拖动鼠标绘制的轨迹曲线不是封闭曲线时，系统将自动以直线连接起点和终点构成封闭选区。

4.3.6 用多边形套索工具绘制选区

使用多边形套索工具可以绘制或选取比较精确的、不规则的图像选区，该工具适用于选择边界较为复杂或直线较多的图形对象，下面使用多边形套索工具绘制选区，其具体操作步骤如下：

Step 1 选择【文件】/【打开】命令打开“葫芦.jpg”图像文件【素材\第 4 章\葫芦.jpg】，在工具箱中的套索工具上右击，在弹出的套索工具组列表中选择多边形套索工具。

Step 2 将鼠标指针移至图像窗口中，当其变为形状时，在起点位置单击并移向下一个端点，如图 4-24 所示。

Step 3 在图像上连续单击，每次单击将产生一个节点，并在前后两节点间以直线连接。回到起始点，当鼠标指针变为形状时单击完成选区创建，如图 4-25 所示。

图 4-24　绘制曲线

图 4-25　创建选区

指点迷津

使用多边形套索工具创建选区时，如果终点没有回到起始点，可双击自动以直线连接起始点和终点，强行构成封闭的多边形选区。

4.3.7 用磁性套索工具绘制选区

使用磁性套索工具可以自动捕捉图像中颜色对比度较大的图像区域，在使用磁性套索工具时，其边框线会贴紧图像中定义区域的边缘创建选区。当需要选择的图像与周围颜色具有较大的反差时，选择磁性套索工具绘制选区是一种很好的方法。在工具箱中的套索工具上右击，在弹出的套索工具组列表中选择磁性套索工具后，其工具属性栏如图 4-26 所示，其中特有的参数含义如下：

图 4-26　磁性套索工具的工具属性栏

- "宽度"文本框：用于设置能够检测到的边缘宽度，取值范围为 1~256 像素。创建选区时，按【]】键可增大边缘宽度 1px；按【[】键可减小边缘宽度 1px。
- "对比度"文本框：用于设置创建选区时边缘的对比度，取值范围为 1%~100%。较高的数值可以检测对比鲜明的边缘；较低的数值则检测低对比度的边缘。
- "频率"文本框：用于设置创建选区时产生的节点数，取值范围为 0~100。数值越小，节点越少，如图 4-27 所示。

下面使用磁性套索工具选择图像中的瓶子，其具体操作步骤如下：

Step 1 选择【文件】/【打开】命令打开"葫芦瓶.jpg"图像文件【素材\第 4 章\葫芦瓶.jpg】，

在工具箱中的套索工具上右击，在弹出的套索工具组列表中选择磁性套索工具。

Step 2 将鼠标指针移至图像窗口中，当其变为形状时，在需要选择的图像边缘单击以确定起始点。沿选择区域移动鼠标，将产生一条轨迹曲线并自动附着在图像周围，且每隔一段距离将生成一个节点，如图 4-27 所示。

Step 3 回到起始点，当鼠标指针变为如图 4-28 所示形状时，单击闭合轨迹曲线即可创建选区。

图 4-27 绘制曲线

图 4-28 闭合曲线

指点迷津

在边缘精确的图像上，可以用较大的宽度和较高的边缘对比度，大致跟踪边缘；在边缘柔和的图像上，可以用较小的宽度和较低的边缘对比度，更精确地跟踪边缘。

4.4 快速选择选区

快速选择选区比绘制选区更方便

除了使用各种工具绘制选区外，还可以使用魔棒工具、快速选择工具和“色彩范围”命令快速选择选区。

4.4.1 用魔棒工具选择选区

魔棒工具可以快速选取图像中颜色相同或相近的区域，只需在图像中的某个点单击，图像中与单击处颜色相似的区域会自动进入绘制的选区内。在工具箱中选择魔棒工具后，其工具属性栏如图 4-29 所示。

容差: 32 ☑消除锯齿 ☑连续 ☐对所有图层取样 调整边缘...

图 4-29 魔棒工具的工具属性栏

其中特有参数的含义分别介绍如下：

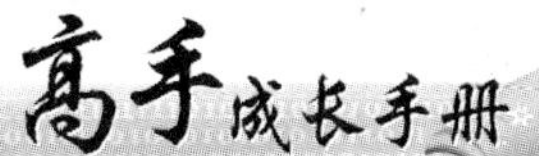

- "容差"文本框：用于设置选择的颜色范围，单位为像素，取值范围为 0~255。输入的数值越大，选择的颜色范围越大；输入的数值越小，选择的颜色越接近，颜色范围越小。
- ☑消除锯齿复选框：选中该复选框可消除选区边缘的锯齿。
- ☑连续复选框：选中该复选框表示只选择颜色相同的连续图像，取消选中该复选框则可在当前图层中选择颜色相同的所有图像。
- ☑对所有图层取样复选框：当图像含有多个图层时，选中该复选框表示对图像中所有图层起作用；取消选中该复选框，魔棒工具只对当前图层有作用。

下面在"水果.jpg"图像文件中使用魔棒工具选择选区，其具体操作步骤如下：

Step 1 选择【文件】/【打开】命令打开"水果.jpg"图像文件【素材\第 4 章\水果.jpg】，从图上可以看出，要选择水果所在的选区，可以先选择背景色，然后反选选区即可。

Step 2 在工具箱中的魔棒工具上单击，选择工具箱中的魔棒工具，在图像中白色背景中的任意位置单击，如图 4-30 所示，这时白色背景所在的图像便会自动纳入绘制的选区内。

Step 3 在按住【Shift】键的同时单击水果阴影部分选区和叶子中间的选区，如图 4-31 所示，此时水果以外的选区都已被选择，按【Ctrl+Shift+I】组合键将选区反选即可完成对水果的选择，如图 4-32 所示。

图 4-30　选择选区

图 4-31　继续选择选区

图 4-32　反选选区

4.4.2 用快速选择工具选择选区

快速选择工具特别适合在具有强烈颜色反差的图像中选择选区，可以将其看成魔棒工具的精简版。下面在"花.jpg"图像文件中使用快速选择工具选择选区，其具体操作步骤如下：

Step 1 选择【文件】/【打开】命令打开"花.jpg"图像文件【素材\第 4 章\花.jpg】，在工具箱中的魔棒工具上右击，在弹出的选框工具组列表中选择快速选择工具。

Step 2 在图像中花所在的区域拖动鼠标，鼠标指针拖动经过的区域将会被选择，如图 4-33 所示。在不释放鼠标的情况下继续沿要绘制的区域拖动鼠标，直至得到需要的选区为止，如图 4-34 所示。

图 4-33　拖动鼠标经过要选择的区域

图 4-34　获得选区

4.4.3 用“色彩范围”命令选择选区

使用“色彩范围”命令选择选区与使用魔棒工具选择选区的工作原理一样，都是通过指定的颜色采样点来选取颜色相似的区域以达到选择选区的目的，但是“色彩范围”命令的功能更加全面。下面在“荷花.jpg”图像文件中使用“色彩范围”命令选择选区，其具体操作步骤如下：

Step 1 选择【文件】/【打开】命令打开“荷花.jpg”图像文件【素材\第 4 章\荷花.jpg】。选择【选择】/【色彩范围】命令，打开“色彩范围”对话框。

Step 2 在“色彩范围”对话框中部的预览框呈灰度图像显示，当选中其底部的 ◉图像(M) 单选按钮时，预览框中的图像便以 RGB 模式显示，如图 4-35 所示。

Step 3 如果想选择图像中红色的荷花所在区域，只需将鼠标指针移至预览框中并在荷花上的任意位置单击，如图 4-36 所示。

图 4-35　改变预览框中的显示方式

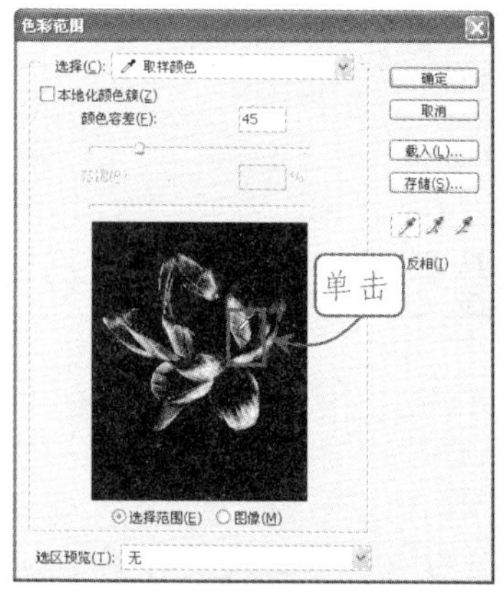

图 4-36　单击进行颜色取样

Step 4 此时预览框中呈白色显示的区域表示已绘制的选区范围，但荷花区域没有被全部选中，这时可向右拖动“颜色容差”文本框下方滑条上的滑块来增加颜色容差值，颜色选择的范围便会扩大，如图 4-37 所示。

Step 5 这时预览框中荷花所在区域几乎都呈白色显示了，但是中间仍有部分黑色区域，需要将其变成白色，单击“添加到取样”按钮，然后在白色区域中的黑色区域单击，以增加选择范围，如图 4-38 所示。

图 4-37 增大容差值

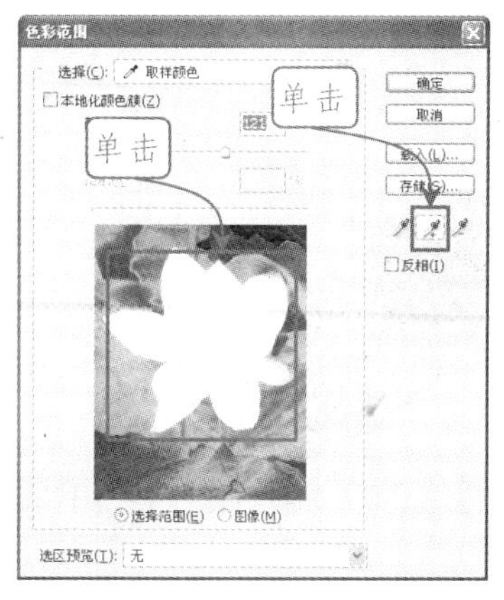

图 4-38 增加颜色取样范围

Step 6 增加了颜色选择范围后，荷花区域外的部分图像也呈现出不同程度的白色或灰色，这部分区域也会显示在最终的选区内，若要将它们去掉，这时只需适当减小容差值即可，如图 4-39 所示。

Step 7 最后单击 确定 按钮关闭“色彩范围”对话框，这样就完成了对打开图像中红色荷花的全部选择，如图 4-40 所示。

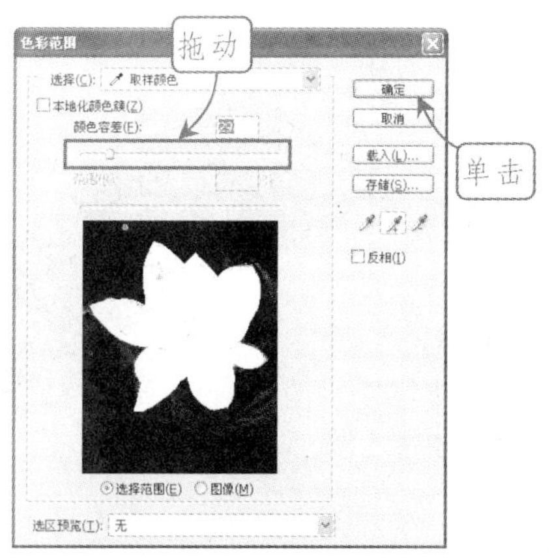

图 4-39 降低容差值

图 4-40 最终的选区

4.5 选区的编辑

绘制和创建选区后，可以对选区进行编辑

当选区工具创建的选区无法满足需求时，可对选区进行编辑以使其能够更符合用户的需要。选区的编辑主要包括选区的修改、移动、变换及保存与载入等。

4.5.1 创建边界选区

创建边界选区用于在选区边界处向外增加一条边界。选择【选择】/【修改】/【边界】命令，在打开的"边界选区"对话框中的"宽度"文本框中输入相应的数值，然后单击 确定 按钮即可，如图 4-41 所示。

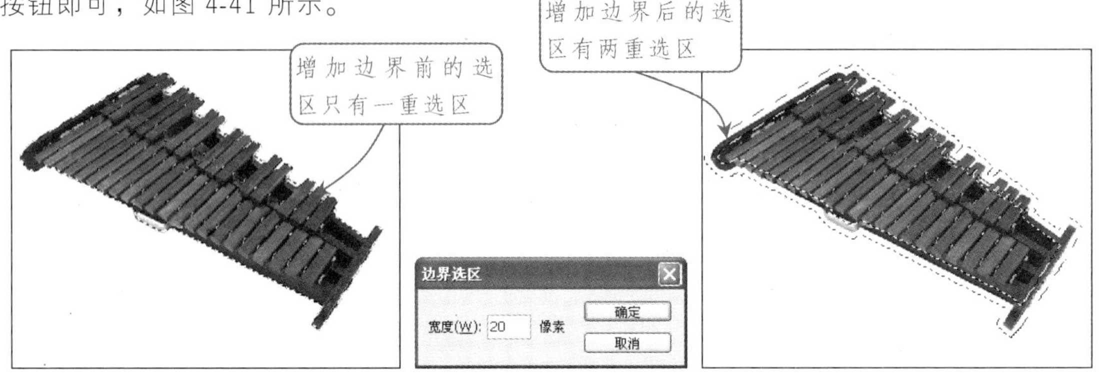

图 4-41　增加边界选区

4.5.2 平滑选区

平滑选区用于消除选区边缘的锯齿，使选区边界变得连续而平滑，选择【选择】/【修改】/【平滑】命令，在打开的"平滑选区"对话框中的"取样半径"文本框中输入平滑值，然后单击 确定 按钮即可，如图 4-42 所示。

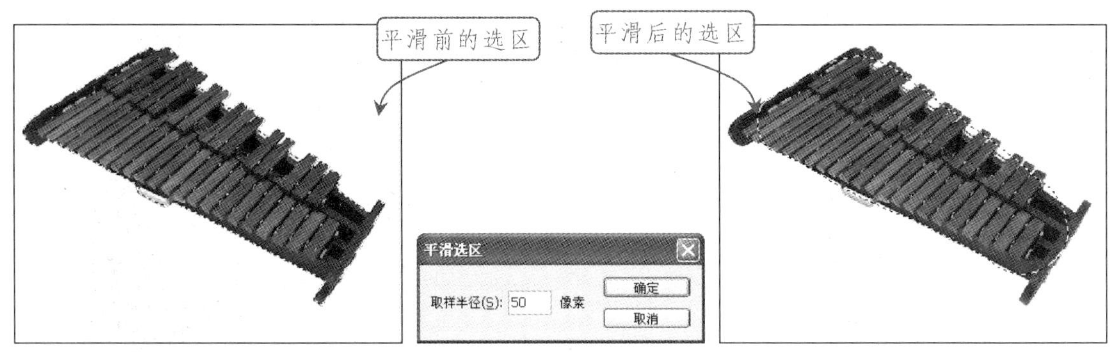

图 4-42　平滑选区

4.5.3 扩展选区

扩展选区就是将当前选区按设定的像素量向外扩充。选择【选择】/【修改】/【扩展】命令，在打开的"扩展选区"对话框的"扩展量"文本框中输入扩展值，然后单击 确定 按钮即可，如图 4-43 所示。

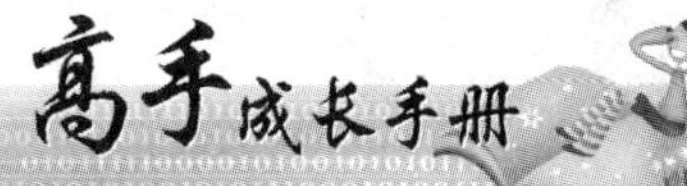

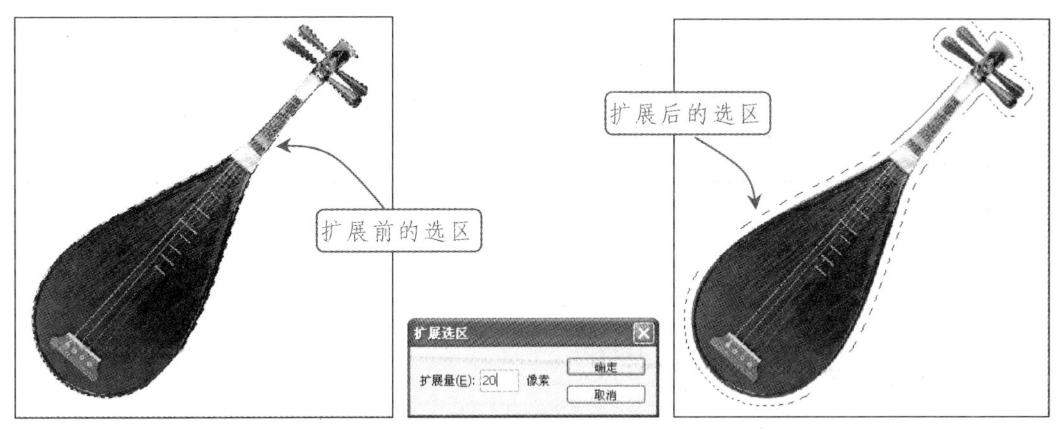

图 4-43　扩展选区

4.5.4 收缩选区

收缩选区是扩展选区的逆向操作，即选区向内缩小，选择【选择】/【修改】/【收缩】命令，在打开的“收缩选区”对话框的“收缩量”文本框中输入收缩值，然后单击 确定 按钮即可，如图 4-44 所示。

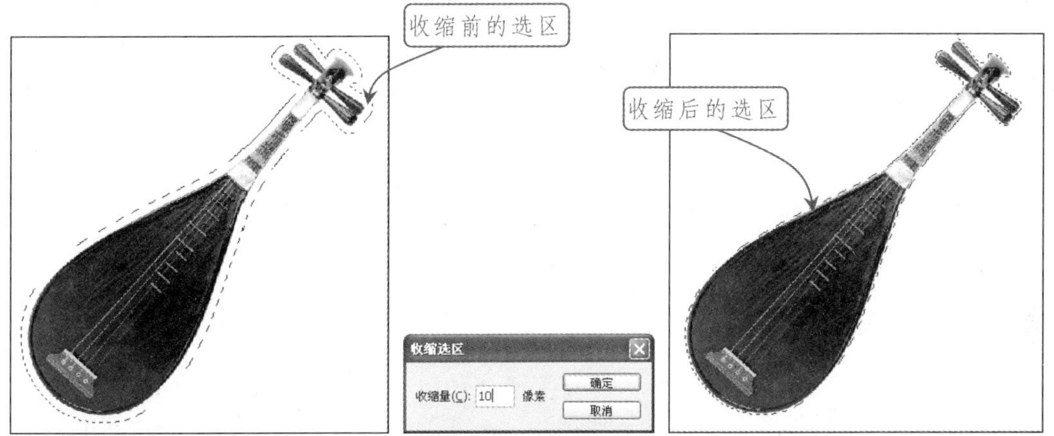

图 4-44　收缩选区

4.5.5 羽化选区

通过羽化选区可以使选区边缘变得柔和，使选区内的图像自然地过渡到背景中。羽化选区后不能立即通过选区看到图像效果，需要对选区内的图像进行移动、填充等编辑操作后才可看到图像边缘的柔化效果。

对选区进行羽化的方法有以下两种：

- 创建前羽化：在使用工具创建选区前，在各工具属性栏的“羽化”文本框中输入一定数值后再创建选区，这时创建的选区将带有羽化效果。

- 创建后羽化：创建选区后选择【选择】/【羽化】命令或按【Alt+Ctrl+D】组合键，将打开“羽化选区”对话框，在“羽化半径”文本框中输入羽化值后单击 确定 按钮即可羽化选区。

指点迷津

在进行羽化操作时如果弹出了一个警告对话框，提示选区边不可见，这是因为羽化半径过大，使选区在羽化后变得很模糊，导致选区边缘不可见，此时可减小羽化半径或增大选区范围。

4.5.6 扩大选取与选取相似

通过扩大选取可根据当前选区扩大选择范围，通过选取相似可根据当前选区选择整个图像中位于容差范围内的图像。下面在“温馨.jpg”图像文件中选择部分图像后，再扩大选取和选取相似图像，其具体操作步骤如下：

Step 1 选择【文件】/【打开】命令打开“温馨.jpg”图像文件【素材\第 4 章\温馨.jpg】，选择工具箱中的魔棒工具，将鼠标指针移至图像文件窗口中，单击选择右下角的花朵图像区域，如图 4-45 所示。

Step 2 选择【选择】/【扩大选取】命令，在图像文件窗口中选择了花朵图像区域附近的区域，如图 4-46 所示。

Step 3 选择【选择】/【选取相似】命令，在图像文件窗口中选择了颜色相似的所有区域，如图 4-47 所示。

图 4-45 选择选区

图 4-46 扩大选取

图 4-47 选取相似

4.5.7 调整边缘

选择【选择】/【调整边缘】命令，将打开如图 4-48 所示的“调整边缘”对话框。“调整边缘”对话框包含对选区的各个重要操作，通过该对话框可以更快、更直观地对选区进行操作。

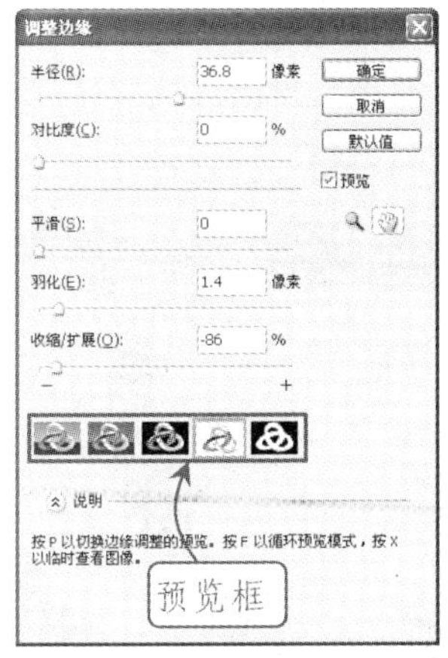

图 4-48　“调整边缘”对话框

> **巧学巧用**
>
> 选择工具箱中任意一个选区绘制工具后，它们对应的工具属性栏中都会显示一个“调整边缘”按钮，单击“调整边缘”按钮，也可打开“调整边缘”对话框。通过该对话框可以对已存在的选区进行收缩、扩展、平滑或羽化等操作。

“调整边缘”对话框中各项的含义如下：

- “半径”选项组：通过调整“半径”文本框中的值，可以使选区中较尖锐的地方呈圆角显示。
- “对比度”选项组：用来设置选区边界的清晰度，值越大，对比就越强烈，边界就越清晰。
- “平滑”选项组：用来设置选区边界的抗锯齿程度，与修改选区的平滑度原理一样。
- “羽化”选项组：用来控制选区的羽化程度，使选区产生模糊效果，在这里设置可以实时地观察到底设置多大的羽化值才合适。
- “收缩/扩展”选项组：用来减小或增大选区，与 4.5.3 小节和 4.5.4 小节介绍的选区扩展和收缩原理一样。
- “调整边缘”对话框底部的预览框：用来设置选区在图像中的预览方式，单击不同的预览图标可以在不同的预览方式下切换，从左至右依次为正常、快速蒙版、黑底、白底和蒙版等 5 种显示方式。

4.5.8 移动与变换选区

当绘制或选择的选区不符合要求时，可以对选区进行移动或变换操作，对选区的位置、大小、旋转角度进行调整。

1. 移动选区

创建的选区有可能与需要选择的图像没有重合在一起，为了使选区定位于所需位置，可以对其进行移动操作。下面使用椭圆选框工具◯创建选区并将其适当移动，其具体操作步骤如下：

Step 1　选择【文件】/【打开】命令打开“花环.jpg”图像文件【素材\第 4 章\花环.jpg】，选择工具箱中的椭圆选框工具◯并创建选区。将鼠标指针移至选区中，当其变为▷形状后按住鼠标左键不放并拖动，如图 4-49 所示。

Step2 按住【Shift】键拖动鼠标可使选区在水平、垂直或45°斜线方向移动。将选区移到所需位置后释放鼠标，即可完成移动选区的操作，如图4-50所示。

图4-49 创建选区

图4-50 移动选区

指点迷津

创建选区后，按【→】、【↓】、【←】和【↑】键，可每次以1像素为单位移动选区；按住【Shift】键并按【→】、【↓】、【←】和【↑】键，则每次以10像素为单位移动选区。

2. 变换选区

通过变换选区操作可缩放、旋转选区及使选区根据需要改变形状，变换选区的操作与变换图像的操作相似，但是变换图像针对的是选区内的图像和图层中的所有图像，而变换选区则是针对选区的形状，变换时只对选区进行变换，选区内的图像将保持不变。下面在"田野.jpg"图像文件中创建选区并对选区进行变换操作，其具体操作步骤如下：

Step1 选择【文件】/【打开】命令打开"田野.jpg"图像文件【素材\第4章\田野.jpg】，在工具箱中选择矩形选框工具并创建一个选区，然后将鼠标指针移至选区中，当其变为形状时右击。

Step2 在弹出的快捷菜单中选择"变换选区"命令（或创建选区后按【Ctrl+T】组合键），在选区周围将显示一个带控制点的变换框。

Step3 将鼠标指针移至变换框右下角的控制点上，当其变为双向箭头时向左上角拖动鼠标，缩小选区的范围，如图4-51所示。

Step4 将鼠标指针移至变换框右下角的控制点上，当其变为弧形双向箭头时，拖动鼠标右上角方向旋转选区，如图4-52所示。

Step5 完成变换后，在选区内双击或按【Enter】键可应用变换效果。

指点迷津

将鼠标指针定位于变换框各控制点附近，按住【Ctrl】键，当鼠标指针变为▶形状时拖动鼠标，可根据需要改变选区形状。

图 4-51　缩小选区

图 4-52　旋转选区

4.5.9 存储与载入选区

在图像处理过程中，可以将所绘制的选区存储起来，当需要时再载入到图像窗口中，还可以将存储的选区与当前窗口中的选区进行运算，以得到新的选区。

选择【选择】/【存储选区】命令，将打开如图 4-53 所示的“存储选区”对话框。

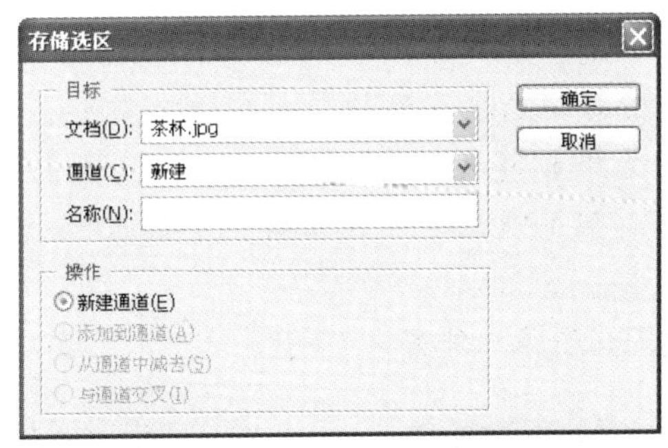

图 4-53　“存储选区”对话框

对话框中各选项含义分别介绍如下：

- “文档”下拉列表框：用于设置保存选区的目标图像文件，默认为当前图像，若选择“新建”选项，则将其保存到新图像中。
- “通道”下拉列表框：用于设置存储选区的通道。
- “名称”文本框：用于设置要存储选区的新通道名称。
- 新建通道(E)单选按钮：选中该单选按钮表示为当前选区建立新的目标通道。

下面在“宝瓶.jpg”图像文件中存储和载入选区，其具体操作步骤如下：

Step1 选择【文件】/【打开】命令打开“宝瓶.jpg”图像文件【素材\第 4 章\宝瓶.jpg】。

Step2 在工具箱中的套索工具上右击，在弹出的套索工具组列表中选择磁性套索工具。

Step3 将鼠标指针移至图像窗口中，当其变为形状时，沿瓶子的边缘单击以确定起始点。沿需选择的区域移动鼠标，将产生一条轨迹曲线并自动附着在图像周围，且每隔一段距离将生成一个节点。回到起始点，当鼠标指针变为形状时，单击以闭合轨迹曲线，创建选区，如图 4-54 所示。

Step 4 选择【选择】/【存储选区】命令，在打开的“存储选区”对话框中的“名称”文本框中输入选区名称，然后单击 确定 按钮，如图 4-55 所示。

图 4-54 创建选区

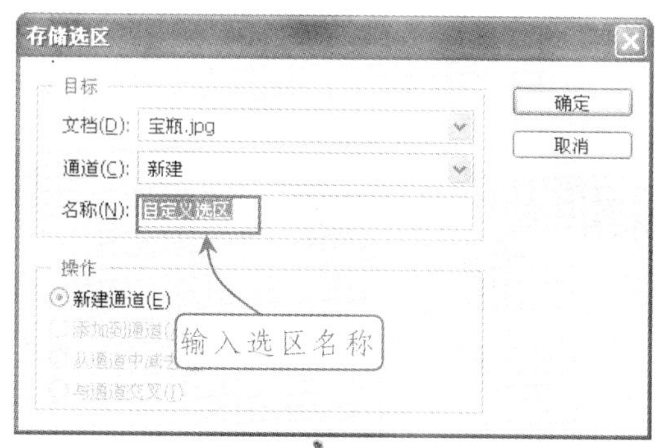

图 4-55 存储选区

Step 5 按【Ctrl+D】组合键取消选区，继续使用磁性套索工具创建另一个瓶子图像所在的选区，选择【选择】/【载入选区】命令打开“载入选区”对话框，在“通道”下拉列表框中选择存储的选区，在“操作”选项组中选中 添加到选区(A) 单选按钮，如图 4-56 所示。

Step 6 单击 确定 按钮返回图像文件窗口中，当前选区加上载入选区的效果如图 4-57 所示。

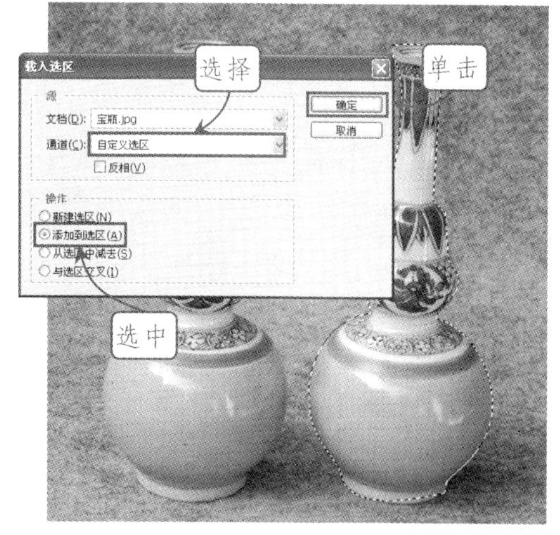

图 4-56 “载入选区”对话框

图 4-57 最终选区

4.5.10 描边与填充选区

在对选区进行编辑，使其形状符合需求之后，还可对选区进行填充与描边操作，使选区更美观。

1. 描边选区

描边选区是指沿着创建的选区边缘进行描绘，即为选区边缘添加颜色和设置宽度。下面在“乐器.jpg”图像文件中描边选区，其具体操作步骤如下：

Step 1 选择【文件】/【打开】命令打开“乐器.jpg”图像文件【素材\第 4 章\乐器.jpg】，选择乐器所在的选区。

Step 2 选择【编辑】/【描边】命令打开“描边”对话框，单击“颜色”图标，在打开的“选取描边颜色”对话框中设置描边颜色为绿色（#c8fa02），单击 确定 按钮返回“描边”对话框，设置描边的宽度为 10 px、在“位置”选项组中选中 居外(U) 单选按钮，如图 4-58 所示。

Step 3 单击 确定 按钮对选区进行描边，按【Ctrl+D】组合键取消选区，描边后的效果如图 4-59 所示【源文件\第 4 章\乐器.jpg】。

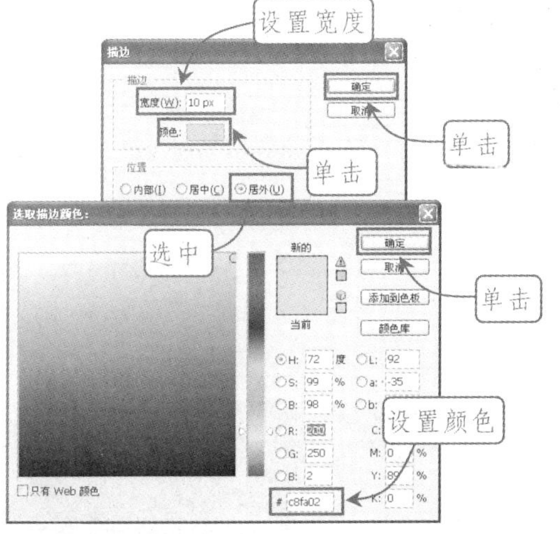

图 4-58 设置描边

图 4-59 描边选区

指点迷津

“描边”对话框中“位置”选项组中的 内部(I) 单选按钮表示对选区边缘以内进行描边；居中(C) 单选按钮表示以选区边缘为中心进行描边；居外(U) 单选按钮表示对选区边缘以外进行

2. 填充选区

填充选区是指以颜色或图案填充选区范围内的图像，使用“填充”命令可快速地填充选区。下面在“树叶.jpg”图像文件中创建和填充选区，其具体操作步骤如下：

Step 1 选择【文件】/【打开】命令打开“树叶.jpg”图像文件【素材\第 4 章\树叶.jpg】，

创建如图 4-60 所示的选区。选择【编辑】/【填充】命令或按【Shift+F5】组合键，打开“填充”对话框。

Step 2 在“使用”下拉列表框中选择用于填充的对象，这里选择“颜色”选项，在打开的“选取一种颜色：”对话框中设置填充颜色为绿色（#85ff2c），在“不透明度”文本框中输入 60，如图 4-61 所示。

Step 3 设置完成后单击 确定 按钮填充选区，效果如图 4-62 所示【源文件\第 4 章\树叶.jpg】，按【Ctrl+D】组合键取消选区。

图 4-60 创建选区

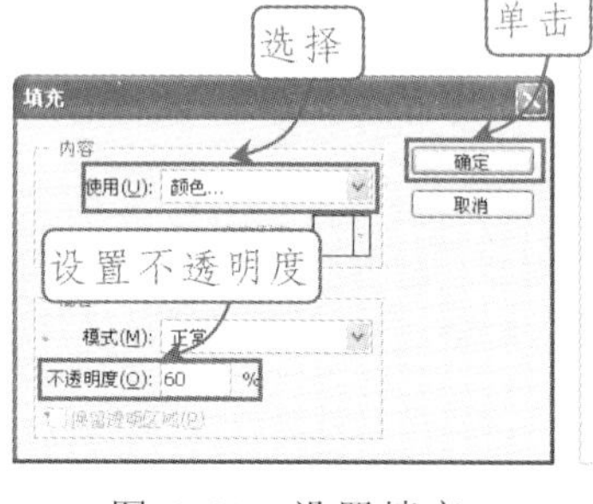

图 4-61 设置填充

图 4-62 填充选区

4.6 综合实例——使用选区为图像添加阴影效果

使用创建选区和编辑选区的方法为图像添加阴影效果

创建选区及编辑选区的操作方法是 Photoshop 的学习要点之一，是通过 Photoshop 进行画面处理、图形设计的常用技能。学习时应掌握各选区工具的使用方法，并了解不同工具在实际操作中的特点，本综合实例将打开“花与茶杯.jpg”图像文件，如图 4-63 所示，通过使用选区创建工具创建较复杂的选区，并对创建后的选区进行变换和填充，完成后的效果如图 4-64 所示。

图 4-63 打开图像

图 4-64 最终效果

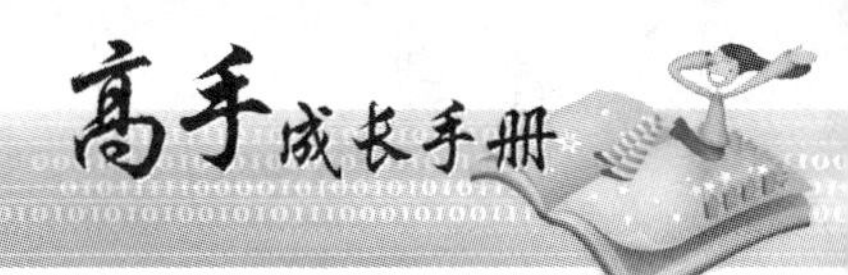

制作思路

第一步：为花图像添加阴影
- ①打开“花与茶杯.jpg”图像文件
- ②为花所在区域创建选区并变换选区
- ③填充选区

第二步：为茶杯图像添加阴影
- ④为茶杯所在区域创建选区并变换选区
- ⑤填充选区

其具体操作步骤如下：

Step 1 在 Photoshop CS4 中，选择【文件】/【打开】命令，打开“花与茶杯.jpg”图像文件【素材\第 4 章\花与茶杯.jpg】。

Step 2 在工具箱中的魔棒工具上单击以选择魔棒工具，将鼠标指针移至图像窗口中，当其变为形状时单击黑色背景部分，按住【Shift】键的同时单击不易选中的其他黑色背景部分直至全部选中，如图 4-65 所示。

Step 3 在工具箱中的魔棒工具上右击，在弹出的选框工具组列表中选择快速选择工具。

Step 4 在图像中除了花所在的区域外，拖动鼠标选择茶杯所在的区域，在不释放鼠标的情况下同时按住【Shift】键继续沿要绘制的区域拖动鼠标，直至得到需要的选区为止，如图 4-66 所示。

图 4-65 创建选区

图 4-66 继续创建选区

Step 5 在选区中右击，在弹出的快捷菜单中选择“选择反向”命令反选选区，将花所在的区域选中，如图 4-67 所示。

Step 6 将鼠标指针移至选区中，当其变为形状后按住鼠标左键并向下拖动，如图 4-68 所示。

Step 7 将鼠标指针移至选区中，当其变为形状时右击，在弹出的快捷菜单中选择“变换选区”命令，在选区周围将显示一个带控制点的变换框。

Step 8 将鼠标指针移至变换框上方的控制点上，当其变为双向箭头时向下拖动鼠标，缩小选区的范围，如图 4-69 所示，按【Enter】键应用变换效果。

图 4-67 反选选区

图 4-68 移动选区

Step 9 选择【编辑】/【填充】命令打开“填充”对话框。在“使用”下拉列表框中选择用于填充的对象，这里选择“颜色”选项，在打开的“选取一种颜色：”对话框中设置填充颜色为灰色（#85ff2c），在“不透明度”文本框中输入 50。完成设置后单击 确定 按钮填充选区，效果如图 4-70 所示。

图 4-69 变换选区

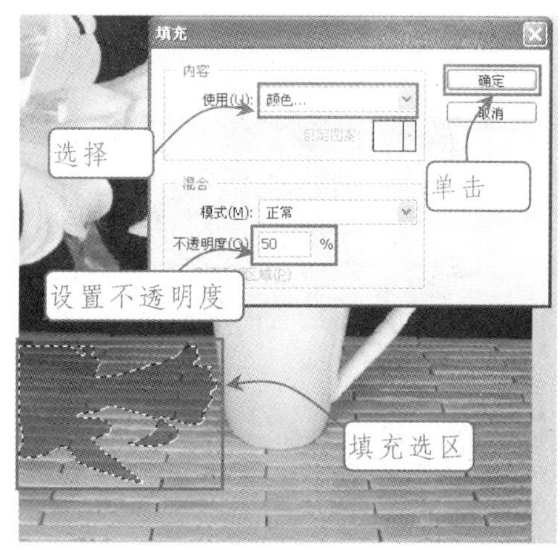

图 4-70 填充选区

Step 10 按【Ctrl+D】组合键取消选区，使用同样的方法为茶杯所在的区域创建选区，如图 4-71 所示。

Step 11 对茶杯选区进行移动和变换操作，最终的选区如图 4-72 所示，为选区填充同样的颜色，完成选区颜色的填充后按【Ctrl+D】组合键取消选区。

Step 12 选择【文件】/【存储】命令，在打开的“存储为”对话框中选择图像文件保存的位置和名称后，单击 确定 按钮保存图像文件【源文件\第 4 章\茶杯.jpg】。

图 4-71　创建选区

图 4-72　移动和变换选区

4.7 大显身手

本章应重点掌握在 Photoshop CS4 中创建选区和编辑选区的操作

（1）打开“花朵.jpg”图像文件【素材\第 4 章\花朵.jpg】，如图 4-73 所示，分别使用套索工具、多边形套索工具、磁性套索工具、魔棒工具和“色彩范围”命令选择图像中的紫红色的花，体验使用不同工具选择图像的区别。

提示：选区可使用快速选择工具或磁性套索工具进行创建，然后再使用多边形套索工具修饰选区范围，如图 4-74 所示。

图 4-73　“花朵.jpg”图像文件

图 4-74　选择选区

（2）打开“茶壶.jpg”素材文件【素材\第 4 章\茶壶.jpg】，使用工具箱中的椭圆选框工具绘制如图 4-75 所示的选区，使用填充选区的方法为茶壶图像添加阴影效果，如图 4-76 所示【源文件\第 4 章\茶壶.jpg】。

提示：绘制选区时需要进行减去选区的操作，填充选区时可将颜色的透明度设置为 40%。

图 4-75 绘制选区

图 4-76 填充选区

电脑急救箱

运用本章知识时若遇到各种创建选区和编辑选区的问题，别着急，打开电脑急救箱看看吧

Q 用于创建选区的工具有很多种，在不同情况下应该使用哪种工具呢？

A 选区创建工具可分为绘制图像和选择图像两种。要绘制矩形、圆形等规则图像时，可使用矩形选框工具或椭圆选框工具；要绘制边缘复杂的图像时，可使用多边形套索工具；而套索工具、磁性套索工具和魔棒工具则多用于增减选区、选择图像等。在选择图像时应根据各工具的特点和需选择图像的特征来判断使用哪种工具。

Q 变换选区与变换图像有什么区别，可以对选区内的图像进行变换吗？

A 变换选区的操作与变换图像的操作相似，都可以通过变换操作使图像或选区产生缩放、旋转、扭曲、斜切和透视等变形效果；但是变换选区是针对选区的形状，而变换图像针对的则是图层中的所有图像。如果要对选区内的图像进行移动操作，在为图像创建选区并选择工具箱中的移动工具后，选择创建的图像即可移动；如果要对选区内的图像进行变换操作，按【Ctrl+T】组合键后调整变换框上的控制点即可对选区内的图像进行变换操作。要注意的是，如果只是移动选区，则应保持在工具箱中选择的是选框工具或快速选择工具；如果只是变换选区，则应该右击，在弹出的快捷菜单中选择“变换选区”命令后再对选区进行变换，这就是两者的区别。

Q 在使用“色彩范围”命令为图像创建选区时，由于“色彩范围”对话框内的预览框太小，很难准确吸取颜色，有准确吸取颜色的方法吗？

A 可以在打开“色彩范围”对话框后，将鼠标指针移至图像窗口中吸取颜色，如果图像窗口中的图像显示太小，还可以先将图像放大，然后吸取颜色。

第5章 绘制与修饰图像

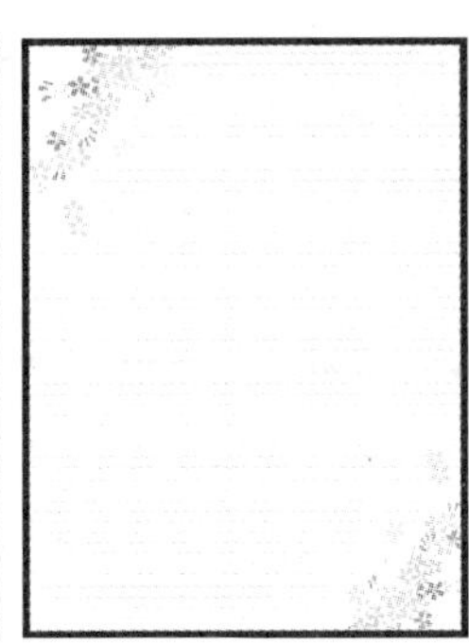

本章要点

- 设置颜色
- 绘画工具
- 形状工具
- 图像修复工具
- 图像润饰工具
- 擦除工具和填充工具

Photoshop CS4 作为一个功能强大的平面处理软件，不仅能够对图像文件进行编辑操作，在图像修饰方面也发挥着重要作用，而且还能够制作出精美绝伦的图像效果。本章将主要讲解图像的基本绘制方法，包括颜色的设置和填充，使用画笔、渐变工具和形状工具等进行绘图，还将介绍如何对图像文件中的瑕疵进行修饰。

5.1 项目观察——绘制足球场

使用画笔工具和形状工具绘制足球场

在 Photoshop CS4 中通过画笔工具组和形状工具组可以绘制需要的图像，下面将使用画笔工具组和形状工具组的椭圆工具、圆角矩形工具、直线工具和自定形状工具绘制足球场，最终效果如图 5-1 所示。

图 5-1　最终效果

Step 1　启动 Photoshop CS4，选择【文件】/【新建】命令，在打开的“新建”对话框中设置宽度、高度、分辨率、颜色模式和背景内容分别为 846 像素、639 像素、72 像素/英寸、RGB 颜色、白色，如图 5-2 所示，单击［确定］按钮新建图像文件。

Step 2　在工具箱中单击如图 5-3 所示的“设置前景色”按钮，在打开的“拾色器（前景色）”对话框中设置颜色为绿色（#dae85d），如图 5-4 所示，单击［确定］按钮返回图像文件窗口。

图 5-2　“新建”对话框

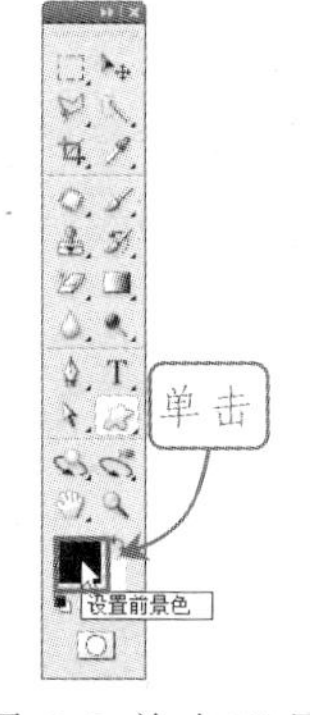

图 5-3 单击工具按钮

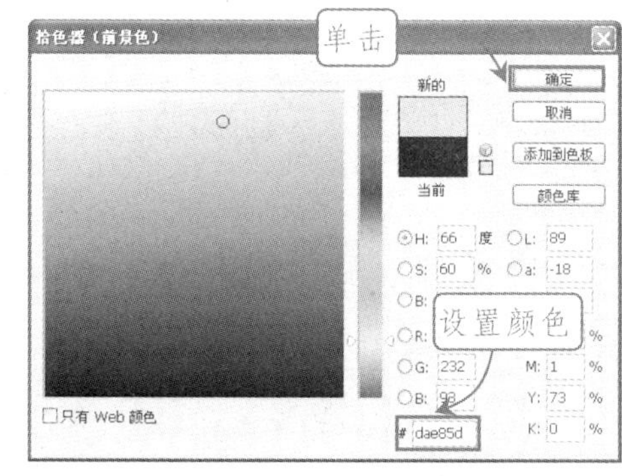

图 5-4　设置颜色

Step 3　在工具箱中的矩形工具上按住鼠标左键不放，在弹出的工具组中选择椭圆工具，如图 5-5 所示。

Step 4　在椭圆工具的工具属性栏中单击“填充像素”按钮，将鼠标指针移至图像文件窗口中，当其变为十形状时，从图像文件的右下角向左下角拖动鼠标绘制椭圆图形，如图 5-6 所示。

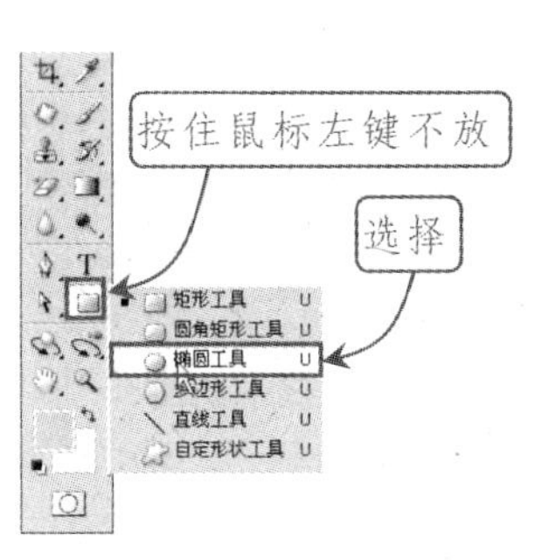

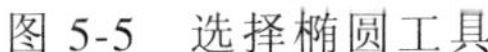
图 5-5　选择椭圆工具

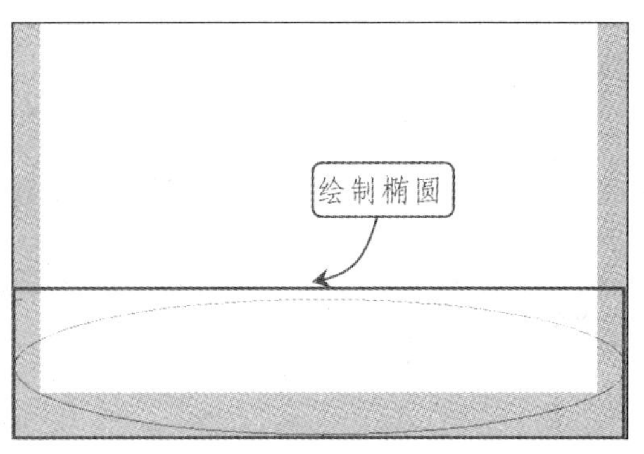

图 5-6　绘制椭圆

Step 5 在工具箱中单击“设置背景色”按钮，在打开的对话框中将背景色设置为绿色（#53c03b）。选择工具箱中的画笔工具，在工具属性栏中单击“画笔”右侧的按钮，在弹出的下拉列表中选择“沙丘草”画笔，如图 5-7 所示。

Step 6 将鼠标指针移至图像文件窗口中，拖动鼠标绘制草地，效果如图 5-8 所示。

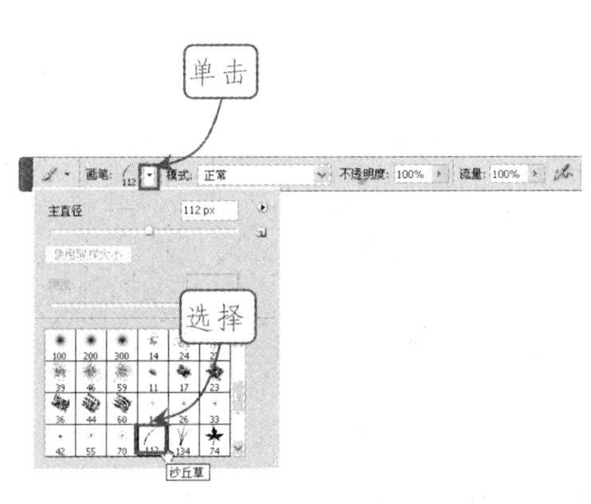

图 5-7　选择画笔

图 5-8　绘制草地

Step 7 将前景色设置为褐色（#978750），在工具箱中的矩形工具上按住鼠标左键不放，在弹出的工具组中选择圆角矩形工具，将鼠标指针移至图像文件窗口中，拖动鼠标绘制圆角矩形，如图 5-9 所示。

Step 8 将前景色设置为黑色，在工具箱中的矩形工具上按住鼠标左键不放，在弹出的工具组中选择直线工具，在其属性栏中将粗细设置为 3px。

Step 9 将鼠标指针移至图像文件窗口中，在圆角矩形下方单击确定直线起点，按住【Shift】键的同时拖动鼠标绘制呈 45° 的直线，使用同样的方法绘制所有直线，完成后的效果如图 5-10 所示。

Step 10 在工具属性栏中单击“自定形状工具”按钮，将当前工具转化为自定形状工具，单击按钮右侧的按钮，在弹出的下拉列表中单击按钮，在弹出的下拉菜单中选择“全部”命令将所有形状载入列表中。

Step 11 再次单击按钮右侧的按钮，在弹出的下拉列表中选择“太阳 1”选项，如图 5-11 所示。

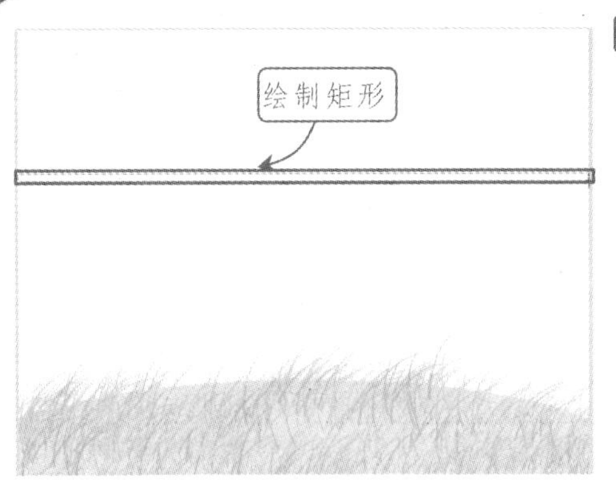

图 5-9 绘制圆角矩形

图 5-10 绘制球网

Step12 将前景色设置为橙色（#e8885d），将鼠标指针移至图像文件窗口中，拖动鼠标绘制太阳，如图 5-12 所示，完成后的最终效果如图 5-1 所示，按【Ctrl+S】组合键对图像文件进行保存【源文件\第 5 章\足球场.psd】。

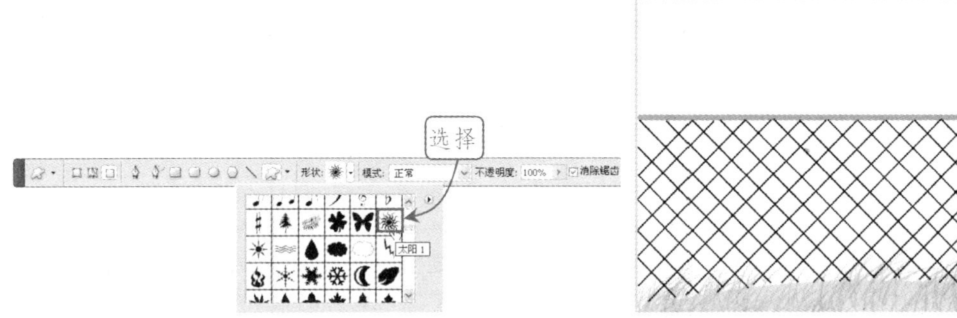

图 5-11 选择形状

图 5-12 绘制形状

通过上述项目案例的制作，可以看出在 Photoshop CS4 中通过画笔工具组和形状工具组可以绘制需要的图像，下面将具体讲解绘制与修饰图像所需掌握的知识。

5.2 设置颜色

通过吸管工具、拾色器和“颜色”控制面板可以改变图像色彩

在绘制图像时，常需要为图像设置颜色，设置颜色的方法有很多种，一种是使用吸管工具在图像文件或“颜色”控制面板中吸取颜色，另一种是在“拾色器”对话框和“颜色”控制面板中通过调整 RGB 值或选择颜色滑块来选择颜色。

5.2.1 使用吸管工具

吸管工具主要用于在图片或“色板”控制面板中吸取需要的颜色，吸取的颜色会表现在前景色或背景色中以备用，如图 5-13 所示。

在工具箱中选择吸管工具，在其工具属性栏中单击“取样大小”下拉列表框右侧的

按钮，可弹出如图 5-14 所示的下拉列表，在其中可以指定吸管工具的取样区域。

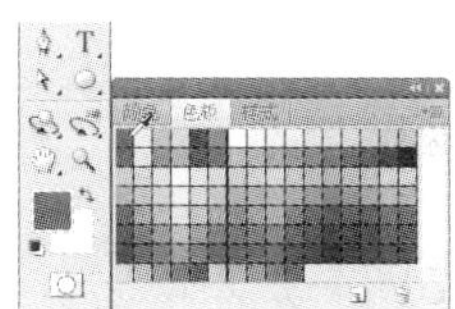

图 5-13　吸取颜色

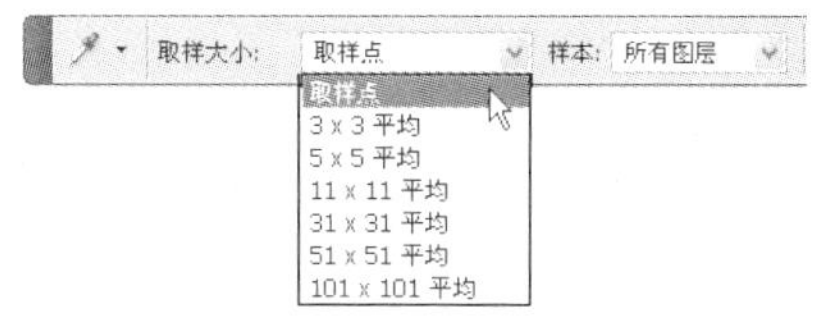

图 5-14　“取样大小”下拉列表框

5.2.2 使用“拾色器”对话框

在 RGB 颜色和 Lab 颜色等模式下，可以使用“拾色器”对话框中的色域或颜色滑块来选择颜色。单击工具箱中的“前景色”或“背景色”按钮，即可打开如图 5-15 所示的“拾色器”对话框，在其中可通过拖动白色滑块、在颜色滑块内单击、在色域内单击和在文本框中设置数值等 4 种方法来选择颜色。

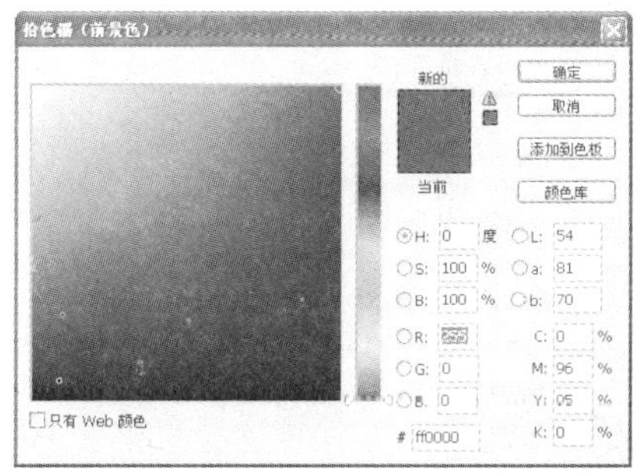

图 5-15　“拾色器”对话框

5.2.3 使用“颜色”控制面板

在“颜色”控制面板中同样可以通过拖动白色滑块或在文本框中设置数值来设定颜色，此外，也可以通过吸管工具在其中进行设置，如图 5-16 所示。

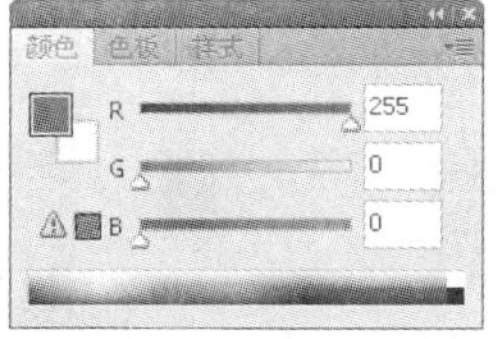

图 5-16　“颜色”控制面板

5.3 绘画工具

使用绘画工具绘制的图像能丰富作品画面或者增加一些特殊内容

Photoshop CS4 中的绘画工具主要包括画笔工具、铅笔工具和颜色替换工具3

种。使用画笔工具可以以前景色绘制较柔和的线条；使用铅笔工具可以模拟使用铅笔绘画的效果，绘制边缘明显的直线或曲线；使用颜色替换工具可以替换图像中的颜色。

5.3.1 画笔工具

使用画笔工具绘图实质上就是使用某种颜色填充图像，在填充过程中可以不断调整画笔笔头大小，还可以控制填充颜色的透明度、流量和模式。下面通过画笔工具填充土地图像来介绍其使用方法，其具体操作步骤如下：

Step 1 打开"土地.jpg"图像文件【素材\第 5 章\土地.jpg】，如图 5-17 所示，将前景色和背景色分别设置为浅绿色（#95f560）和深绿色（#287f37）。

Step 2 选择工具箱中的画笔工具，单击工具属性栏中"画笔"下拉列表框右侧的按钮，在弹出的下拉列表中选择"草"选项，设置主直径为 134 px，如图 5-18 所示。

图 5-17　打开图像

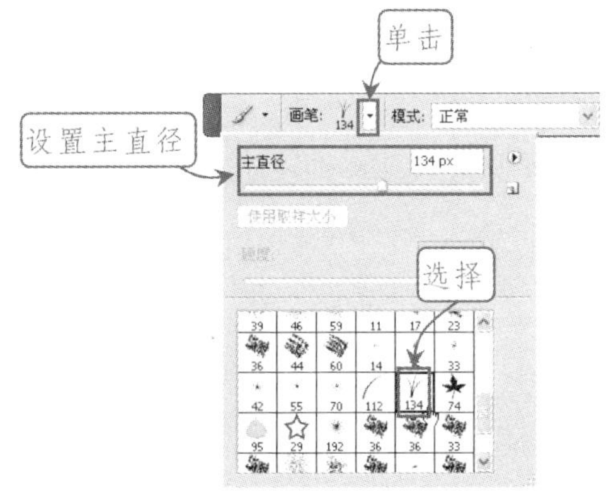

图 5-18　设置画笔参数

Step 3 在图像中沿裂缝区域拖动鼠标绘制一排草，如图 5-19 所示，使用同样的方法继续绘制，完成后的效果如图 5-20 所示【源文件\第 5 章\土地.jpg】。

图 5-19　绘制图像

图 5-20　继续绘制图像

5.3.2 铅笔工具

铅笔工具和画笔工具在同一工具组中，其选项的使用方法与画笔工具类似，与画

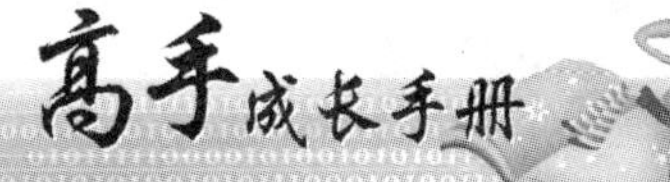

笔工具不同的是，其工具属性栏中增加了一个☑自动抹除复选框。下面使用铅笔工具绘制图像，其具体操作步骤如下：

Step 1 打开“教学.jpg”图像文件【素材\第 5 章\教学.jpg】，选择工具箱中的铅笔工具，单击工具属性栏中的“画笔”下拉列表框右侧的按钮，在弹出的下拉列表中将主直径设置为 2 px，如图 5-21 所示。

Step 2 将前景色设置为黑色，像用铅笔在纸上写字一样绘制如图 5-22 所示的图像。

Step 3 在图像的下一行绘制 1+2=3，如图 5-23 所示，按【Ctrl+S】组合键保存修改后的图像文件【源文件\第 5 章\教学.jpg】。

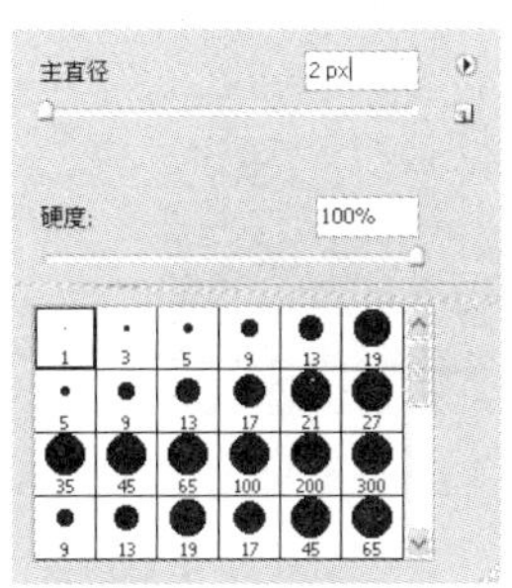

图 5-21　设置参数

图 5-22　绘制图像

图 5-23　继续绘制图像

指点迷津

铅笔工具适用于绘制硬边的直线或曲线，就像平时用铅笔绘制图形一样，如果绘制的是斜线，则带有明显的锯齿。

5.3.3 颜色替换工具

颜色替换工具能简化图像中特定颜色的替换操作，可使用选取的前景色在目标颜色上绘画，该工具不适用于“位图”、“索引”或“多通道”颜色模式，其工具属性栏如图 5-24 所示，其特有参数的含义分别如下：

画笔: 50　模式: 颜色　限制: 连续　容差: 30%　☑消除锯齿

图 5-24　颜色替换工具的工具属性栏

- “模式”下拉列表框：用于选择绘画模式，包括“色相”、“饱和度”、“颜色”和“明度”4 个选项，通常选择“颜色”选项。
- “取样”按钮组：用于选择取样类型，单击按钮，在拖动鼠标时连续对颜色取样；单击按钮，只替换包含第一次单击的颜色区域中的目标颜色；单击按钮，只替换包含当前背景色的区域。
- “限制”下拉列表框：用于确定替换颜色的范围，选择“不连续”选项，可替换出当前鼠标指针下任何位置的样本颜色；选择“连续”选项，可替换与鼠标指针邻近的颜色；选择“查找边缘”选项，可替换包含样本颜色的连接区域。

- “容差”数值框：输入百分比值（范围为 0%~100%）可选择相关颜色的容差。较低的百分比可替换与单击像素相似的颜色，较高的百分比可替换大范围的颜色。

下面以替换花纹的颜色为例介绍其使用方法，其具体操作步骤如下：

Step 1 打开“花纹.jpg”图像文件【素材\第 5 章\花纹.jpg】，使用工具箱中的魔棒工具和快速选择工具选择花纹所在的选区，如图 5-25 所示。

Step 2 选择工具箱中的颜色替换工具，将前景色设置为红色（#f02abf）。在选区内拖动鼠标即可替换颜色，效果如图 5-26 所示【源文件\第 5 章\花纹.jpg】。

图 5-25　选择选区

图 5-26　替换颜色后的效果

5.4 使用形状工具

使用形状工具可以绘制矩形、椭圆形、多边形、直线和自定义形状

在图像处理过程中，使用 Photoshop CS4 中提供的形状工具可快速、准确地绘制出基本的图形。Photoshop CS4 自带了 6 种形状绘制工具，包括矩形工具、圆角矩形工具、椭圆工具、多边形工具、直线工具和自定形状工具，使用它们可以绘制出各种各样的几何图形。

5.4.1 矩形工具

使用矩形工具可以绘制任意方形或具有固定长宽的矩形形状，并且可以为绘制后的形状添加一种特殊样式，其对应的工具属性栏如图 5-27 所示。

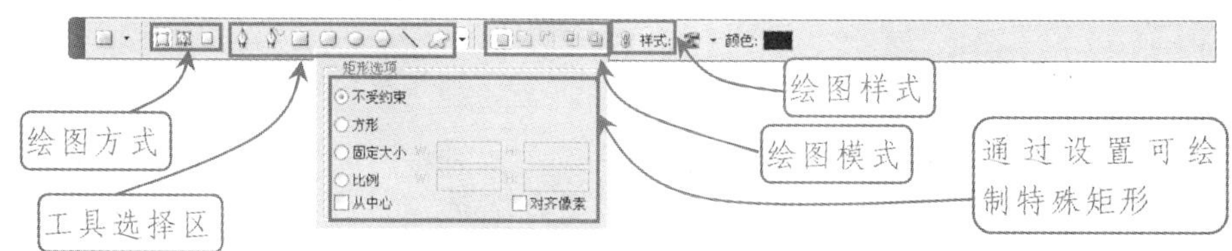

图 5-27　矩形工具的工具属性栏

- 绘图方式选择区：单击按钮，可以在绘制图形的同时创建一个“形状”图层，“形状”图层包括图层缩略图和矢量蒙版两部分，如图 5-28 所示；单击按钮可以直接绘制路径；单击按钮，可以在图像中绘制图形，如同使用画笔工具在图像中填充颜色一样。

- 工具选择区：在其中列出了所有可以绘制形状、路径和图像的工具，单击相应按钮即可进行工具切换。
- 工具选项按钮：单击该按钮，可以弹出当前工具的属性面板，在面板中可以设置绘制具有固定大小和比例的矩形，如同使用矩形选框工具绘制具有固定大小和比例的矩形选区一样。
- 绘图模式区：该区中的各个按钮与选区工具对应工具属性栏中的各个按钮含义相同，可以实现形状的合并、相减或交叉等运算。
- 绘图样式 样式：用来为绘制的形状选择一种特殊样式，单击右侧的下拉按钮，可在弹出的如图 5-29 所示的"样式"列表中选择一种绘图样式。

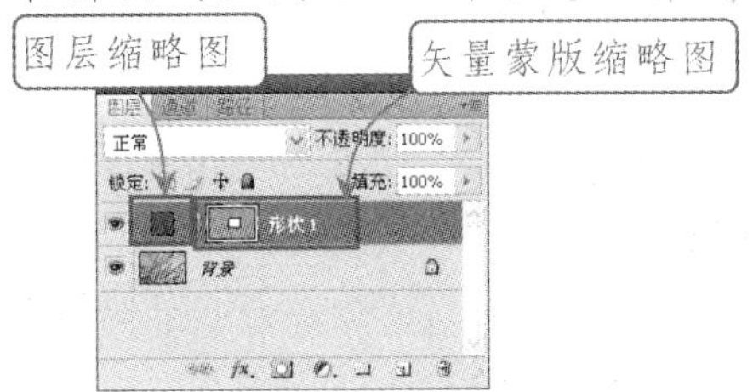

图 5-28　"形状 1"图层示意图

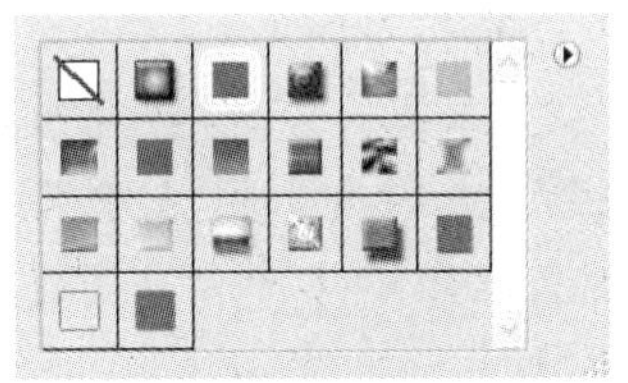

图 5-29　"样式"列表

5.4.2 圆角矩形工具

使用圆角矩形工具可以绘制具有圆角半径的矩形形状，其工具属性栏与矩形工具的属性栏相似，只是增加了一个"半径"文本框，用于设置圆角矩形的圆角半径的大小，如图 5-30 所示。

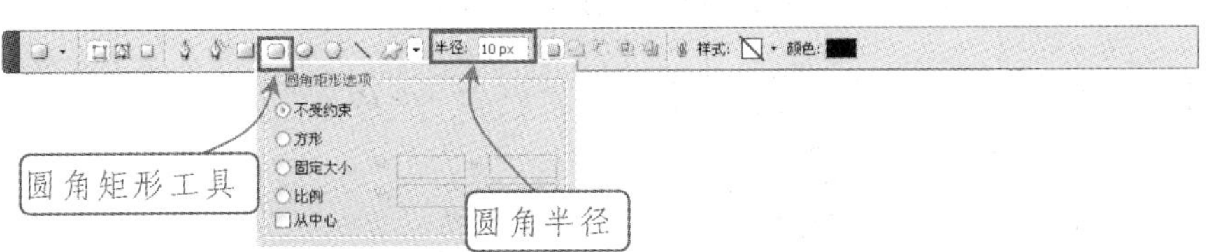

图 5-30　圆角矩形工具的工具属性栏

5.4.3 椭圆工具

使用椭圆工具可以绘制正圆或椭圆形状，它与矩形工具对应工具属性栏中的参数设置相同，只是在属性面板中少了对齐像素复选框，如图 5-31 所示。

图 5-31　椭圆工具的工具属性栏

5.4.4 多边形工具

使用多边形工具可以绘制具有不同边数的多边形形状，其工具属性栏如图 5-32 所示。

图 5-32　多边形工具的工具属性栏

其部分参数的含义如下：

- "边"文本框：在其中输入数值，可以确定多边形的边数或星形的顶角数。
- "半径"文本框：用来定义星形或多边形的半径。
- ☑平滑拐角复选框：选中该复选框后，所绘制的星形或多边形具有圆滑形拐角。
- ☑星形复选框：选中该复选框后，即可绘制星形形状。
- "缩进边依据"文本框：用来定义星形的缩进量。
- ☑平滑缩进复选框：选中该复选框后，所绘制的星形将尽量保持平滑。

5.4.5 直线工具

使用直线工具可以绘制粗细不同的直线形状，还可以根据需要为直线增加单向或双向箭头，其工具属性栏如图 5-33 所示。部分参数的含义如下：

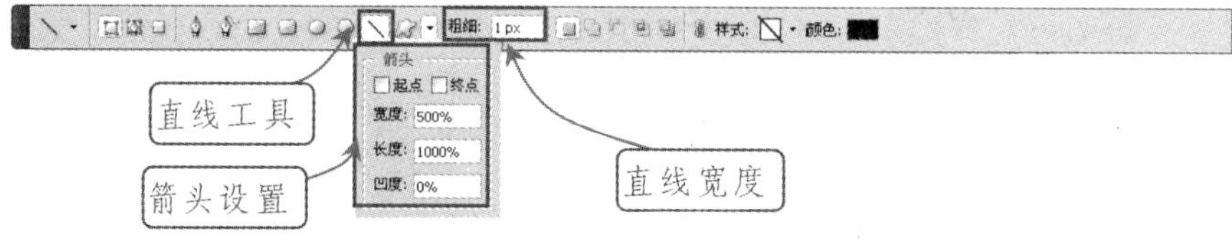

图 5-33　直线工具的工具属性栏

- "起点"、"终点"复选框：如果要绘制带箭头的直线，则应选中对应的复选框。选中☐起点复选框，表示箭头产生在直线的起点；选中☐终点复选框，则表示箭头产生在直线末端。
- "宽度"、"长度"文本框：用来设置箭头的比例。
- "凹度"文本框：用来定义箭头的尖锐程度。

5.4.6 自定形状工具

使用自定形状工具可以绘制系统自带的不同形状，例如人物、花卉和动物等，大大降低了用户绘制复杂形状的难度，其工具属性栏如图 5-34 所示。

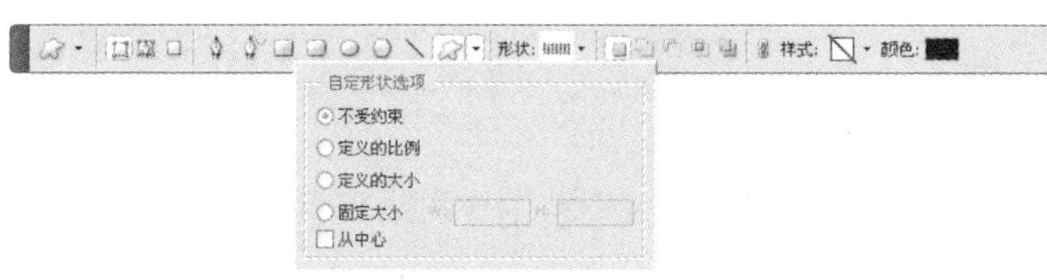

图 5-34　自定形状工具的工具属性栏

5.5 图像修复工具

使用图像修复工具可以修正图像中的瑕疵和污点

对于有瑕疵的图像，不必重新去寻找同样的素材或图像文件，使用 Photoshop CS4 中的图像修复工具可以改善图像画质。

5.5.1 仿制图章工具

仿制图章工具用于从图像中取样，然后将取样点图像应用到其他图像或同一图像的其他位置，下面在打开的图像文件中仿制图像，其具体操作步骤如下：

Step 1 打开“荷塘.jpg”图像文件【素材\第 5 章\荷塘.jpg】，在工具箱中选择仿制图章工具。

Step 2 在仿制图章工具的工具属性栏中，单击“画笔”右侧的按钮，在弹出的下拉列表中选择“柔角 45 像素”选项。单击“喷枪”按钮，使其呈高亮显示，选中☑对齐复选框，如图 5-35 所示。

Step 3 将鼠标指针移至图像窗口中，定位于取样点图像上后按住【Alt】键，当鼠标指针变为⊕形状时单击，进行取样。

Step 4 释放【Alt】键，将鼠标指针移到需复制图像的位置，按住鼠标左键并拖动，绘制出取样点的图像。此时取样点位置以十形状表示，如图 5-36 所示【源文件\第 5 章\荷塘.jpg】。

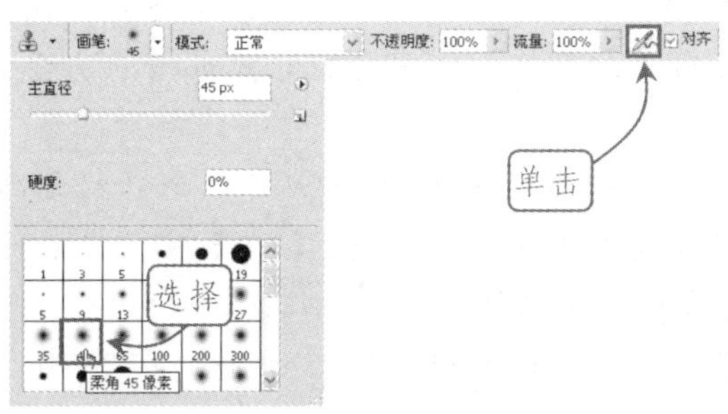

图 5-35　设置参数

图 5-36　仿制图像

指点迷津

工具属性栏中的“不透明度”数值框用于设置绘制图像的不透明度，数值越小，透明度越高；“流量”数值框用于设置绘制图像时画笔的流动速率。

5.5.2 图案图章工具

使用图案图章工具可以将Photoshop CS4自带的图案或自定义的图案填充到图像中，如同使用画笔工具绘制图案一样。其具体操作步骤如下：

Step 1 打开“背景.jpg”图像文件【素材\第5章\背景.jpg】，选择工具箱中的魔棒工具，在打开的图像文件窗口单击以选择白色背景部分，如图5-37所示。

Step 2 在工具箱中选择图案图章工具，单击工具属性栏中的右侧的按钮，在弹出的下拉列表中单击按钮，在弹出的下拉菜单中选择“彩色纸”命令。

Step 3 再次单击工具属性栏中的右侧的按钮，然后在弹出的下拉列表中选择“笔记本纸”选项作为填充图案，如图5-38所示。将鼠标指针移至图像文件窗口中，在图像中涂抹即可，效果如图5-39所示【源文件\第5章\信纸.jpg】。

图5-37 选择白色背景区域

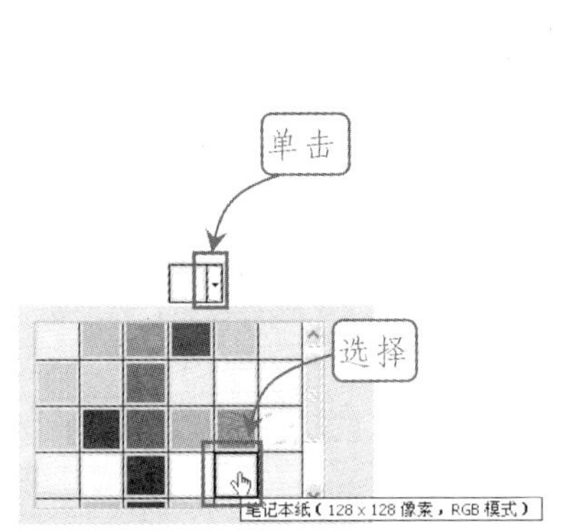

图5-38 选择填充图案

图5-39 最终效果

5.5.3 修复画笔工具

使用修复画笔工具可以用图像中与被修复区域相似的颜色去修复破损图像，其使用方法与仿制图章工具完全相同。这里以去除图像中的杂物为例来介绍修复画笔的功能和使用方法，其具体操作步骤如下：

Step 1 打开“花.jpg”图像文件【素材\第5章\花.jpg】，如图5-40所示。选择修复画笔工具，在工具属性栏中将画笔主直径设置为50 px，按住【Alt】键，当鼠标指针变成形状时在图像中彩色泡泡的旁边单击取样。

Step 2 释放【Alt】键后在泡泡处单击并进行涂抹，可以发现涂抹处的图像被取样处的图像覆盖。

Step 3 继续在图像中取样并涂抹泡泡，直到所有泡泡被去除为止，如图5-41所示【源文件\第5章\花.jpg】。

图 5-40　打开图像并取样

图 5-41　最终效果

指点迷津

在修复图像时，取样点指针会随画笔移动，修复的新图像为取样点指针所在位置的图像。必要时可以按住【Alt】键重新取样，再进行修复操作。

5.5.4 污点修复画笔工具

污点修复画笔工具主要用于快速修复图像中的斑点或小块杂物等，这里以去除树叶上面的斑点为例来介绍污点修复画笔工具的使用方法，其具体操作步骤如下：

Step 1　打开“树叶.jpg”图像【素材\第 5 章\树叶.jpg】，发现树叶上有多个大小不同的斑点，如图 5-42 所示。

Step 2　选择污点修复画笔工具，在工具属性栏中设置画笔直径为 40 px，然后将鼠标指针移至如图 5-43 所示的斑点上。

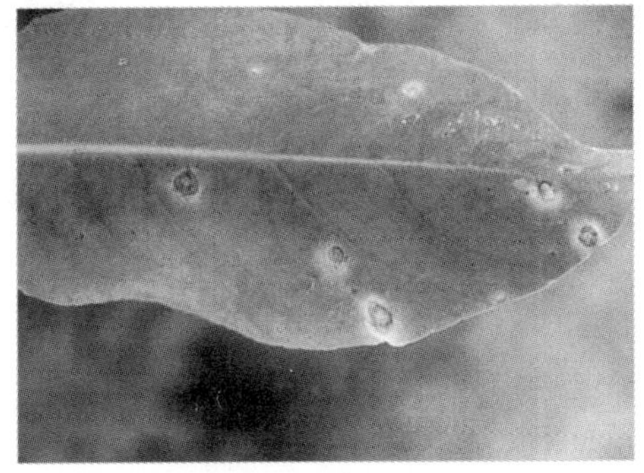
图 5-42　打开图像

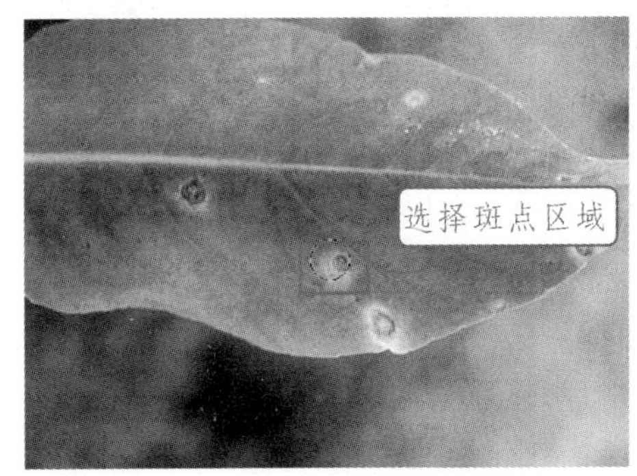

图 5-43　移动鼠标指针至修复区域

Step 3　单击鼠标，这样系统会自动在单击处取样图像，并将取样后的图像平均处理后填充到单击处，即完成对该处斑点的去除，如图 5-44 所示。

Step 4　根据前面两步的操作方法，继续修复另外几处的斑点，最终效果如图 5-45 所示【源文件\第 5 章\树叶.jpg】。

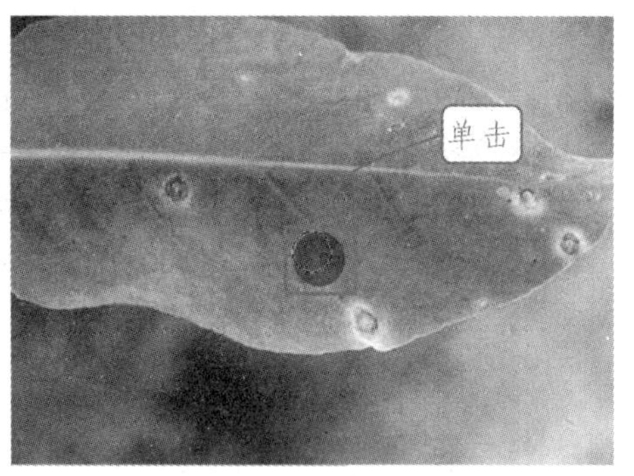

图 5-44　修复斑点

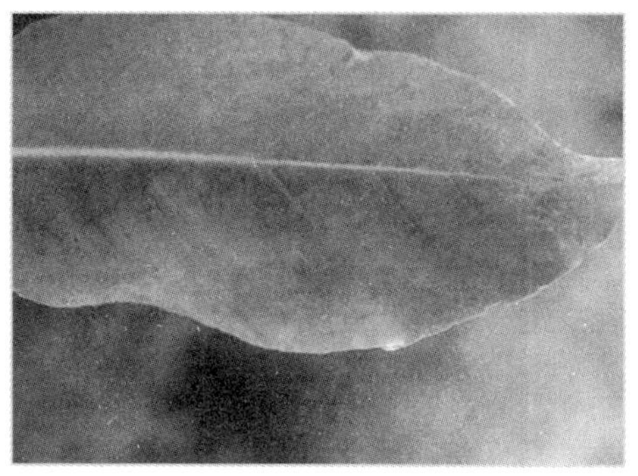

图 5-45　最终效果

5.5.5 修补工具

修补工具是一种使用最频繁的修复工具，其工作原理与污点修复画笔工具一样，只是它先像套索工具一样绘制一个自由选区，然后通过将该区域内的图像拖至目标位置，从而完成对目标处图像的修复。这里以修复一幅花的图像中的水管区域为例来介绍其具体使用方法，其具体操作步骤如下：

Step 1 打开“山花烂漫.jpg”图像文件【素材\第 5 章\山花烂漫.jpg】，图像中水管所在区域有两处，如图 5-46 所示。

Step 2 选择修补工具，在图像中拖动绘制出一处水管所在的选区，如图 5-47 所示。

图 5-46　打开图像

图 5-47　绘制选区

Step 3 按住鼠标左键并拖动选区到一处与划痕处具有相似颜色的区域，可以发现拖动后的区域中的图像实时地显示在拖动前的区域处，如图 5-48 所示，释放鼠标，按【Ctrl+D】组合键取消选区即可完成对该处划痕的修复处理。

Step 4 按照前面两步的操作，继续修复图像中的另外一处水管区域，修复后的最终效果如图 5-49 所示【源文件\第 5 章\山花烂漫.jpg】。

指点迷津

使用修补工具创建选区后将激活 使用图案 按钮，选择所需图案后，可对选区内图像进行图案修补。

图 5-48　拖动图像

图 5-49　修复其他划痕

5.5.6 红眼工具

利用红眼工具可以快速去除眼睛中由于闪光灯引起的反光斑点。这里以去除一张照片中人物的红眼为例来具体介绍其使用方法，其具体操作步骤如下：

Step 1 打开“小孩.jpg”图像【素材\第 5 章\小孩.jpg】，照片中的人物眼睛有由相机闪光灯引起的红眼斑点，选择红眼工具，将鼠标指针移至人物右眼中的红斑处单击，这样就去除了该处的红眼，如图 5-50 所示。

Step 2 继续在人物左眼处的红斑处单击，以去除该处的红眼，最终效果如图 5-51 所示【源文件\第 5 章\小孩.jpg】。

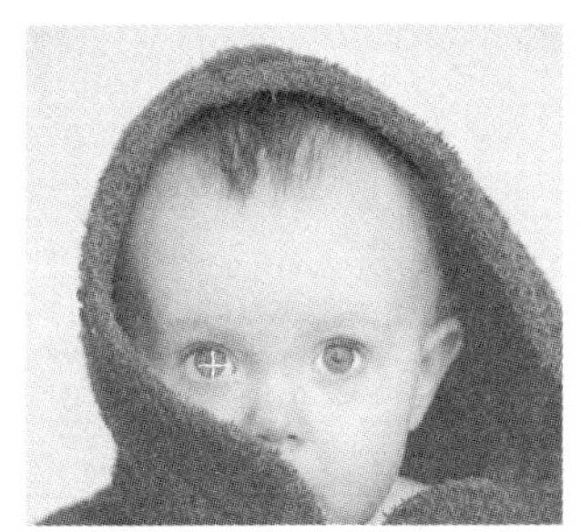

图 5-50　打开图像

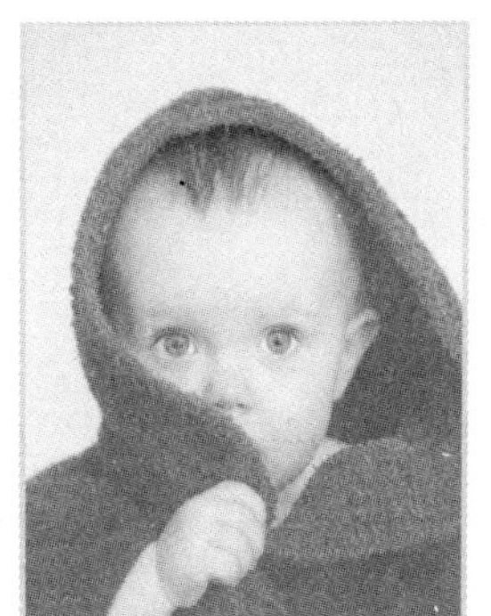

图 5-51　最终效果

5.5.7 历史记录画笔工具

历史记录画笔工具用于将编辑的图像恢复到某个历史状态，未编辑的图像则不受影响，选择工具箱中的历史记录画笔工具，其工具属性栏中各项的含义与画笔工具相同，使用该工具时只需在其工具属性栏中设置好画笔大小、模式等参数后，按住鼠标左键不放，在图像中需要恢复的位置处拖动【素材\第 5 章\梨花.jpg】，鼠标指针经过的位置即会恢复为图像的原貌，而图像中未被修改过的区域将保持不变，如图 5-52 所示【源文件\第 5 章\梨花.jpg】。

图 5-52　使用历史记录画笔工具恢复图像

5.5.8 历史记录艺术画笔工具

历史记录艺术画笔工具用于恢复历史图像并产生一定的艺术效果。在工具箱中选择历史记录艺术画笔工具，其工具属性栏如图 5-53 所示。

画笔: 21　模式: 正常　不透明度: 100%　样式: 绷紧短　区域: 50 px　容差: 0%

图 5-53　历史记录艺术画笔工具的工具属性栏

其中各选项含义如下：

- “样式”下拉列表框：用于设置画笔的类型，以控制绘画描边的形状。
- “区域”文本框：用于设置绘制的范围。数值越大，覆盖的区域越大，绘制的数量越多。
- “容差”数值框：用于设置所描绘的颜色与所要恢复的颜色间的差异度。数值越小，图像恢复的精确度越高。

5.6 图像润饰工具

使用图像润饰工具可以修复图像中的缺陷

当图像文件缺乏景深感，色彩不平衡，明暗关系不明显，存在曝光和杂点时，可以使用 Photoshop CS4 提供的不同的图像修饰工具来消除这些缺陷。

5.6.1 模糊工具

使用模糊工具可以降低图像相邻像素间的对比度，使图像色彩过渡平滑，产生一种模糊效果。这里以在一幅图像中模拟景深效果为例来介绍其使用方法，其具体操作步骤如下：

Step 1 打开“美食.jpg”图像文件【素材\第 5 章\美食.jpg】，如图 5-54 所示。

Step 2 选择模糊工具，并在工具属性栏中将画笔主直径设置为 50 px，在图像中树枝所在区域进行涂抹，最终效果如图 5-55 所示【源文件\第 5 章\美食.jpg】。

图 5-54　打开图像

图 5-55　模糊后的效果

5.6.2 锐化工具

锐化工具的作用与模糊工具刚好相反，用于增大图像相邻像素间的对比度，提高图像清晰度或聚焦程度，可使图像产生清晰的效果。下面以恢复花图像为例来介绍该工具的使用方法，其具体操作步骤如下：

Step 1 打开“心情.jpg”图像文件【素材\第 5 章\心情.jpg】，该图像具有明显的模糊感，如图 5-56 所示。

Step 2 选择锐化工具，并在工具属性栏中将画笔主直径设置为 50 px，在花的区域进行涂抹，直至变得清晰为止，效果如图 5-57 所示【源文件\第 5 章\心情.jpg】。

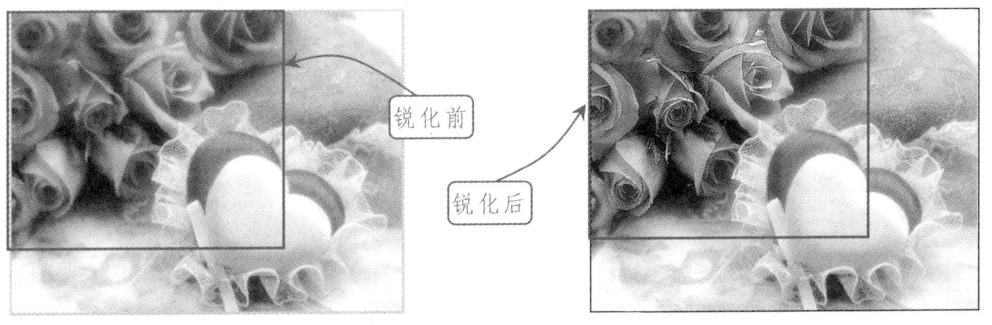

图 5-56　打开图像　　　图 5-57　锐化后的效果

5.6.3 涂抹工具

使用涂抹工具可以模拟手指绘画在图像中产生颜色流动的效果，下面以在图像中绘制田野中的沟壑为例来介绍涂抹工具的使用方法，其具体操作步骤如下：

Step 1 打开“田野.jpg”图像文件【素材\第 5 章\田野.jpg】，选择工具箱中的涂抹工具，并在工具属性栏中将画笔主直径设置为 20 px，其他参数如图 5-58 所示。

Step 2 在田野的远处区域沿田地中间向下拖动得到如图 5-59 所示的效果。

图 5-58　打开图像并设置涂抹工具的参数

图 5-59　涂抹图像

Step 3 使用同样的方法在田地其他区域涂抹，效果如图 5-60 所示。在工具属性栏中将画笔主直径设置为 30 px，继续在田野的近处区域涂抹，最终效果如图 5-61 所示【源文件\第 5 章\田野.jpg】。

图 5-60　继续涂抹

图 5-61　在近处区域涂抹

5.6.4 减淡工具与加深工具

使用减淡工具可以快速增加图像中特定区域的亮度；使用加深工具可以改变图像特定区域的曝光度，使图像变暗。加深工具对应的工具属性栏和减淡工具一样，而且使用方法也一样，只是产生的效果刚好相反。这里以降低一张照片的曝光度为例来介绍其使用方法，其具体操作步骤如下：

Step 1 打开“小巷.jpg”图像文件【素材\第 5 章\小巷.jpg】，如图 5-62 所示。选择减淡工具，并在工具属性栏中将画笔主直径设置为 120 px，范围为“中间调”，曝光度为“50%”。在图像的暗部区域进行涂抹，效果如图 5-63 所示。

Step 2 按照上一步的操作，继续对其他暗部区域进行涂抹以增加亮度，效果如图 5-64 所示。

Step 3 选择加深工具，并在工具属性栏中将画笔主直径设置为 120 px，范围为“中间调”，曝光度为 50%。在墙的底部区域进行快速涂抹，直到其对比度达到满意的效果为止，如图 5-65 所示【源文件\第 5 章\小巷.jpg】。

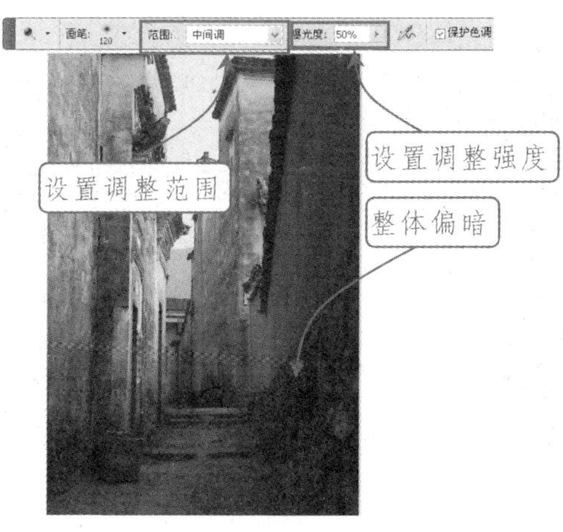

图 5-62　打开图像并设置参数

图 5-63　增加图像亮度

图 5-64　继续增加图像亮度

图 5-65　变暗图像

5.6.5 海绵工具

海绵工具用于增加或降低图像的色彩饱和度，从而为图像增加或减少光泽感。下面以增加一张照片中色彩的饱和度为例介绍该工具的使用方法，其具体操作步骤如下：

Step 1 打开“烟花.jpg”图像文件【素材\第 5 章\烟花.jpg】，通过观察发现该照片中整体颜色偏暗，选择海绵工具，在工具属性栏中将画笔主直径设置为 600 px，模式为“饱和”，流量为 50%，如图 5-66 所示。

Step 2 将鼠标指针移至图像中天空区域，单击以增加其饱和度，多次单击，并观察该处的变化，直至得到如图 5-67 所示的效果。

Step 3 使用同样的方法在天空其他区域单击以调整饱和度，效果如图 5-68 所示。

Step 4 将画笔主直径设置为 300 px，在图像中的湖面区域拖动鼠标以调整饱和度，最终效果如图 5-69 所示【源文件\第 5 章\烟花.jpg】。

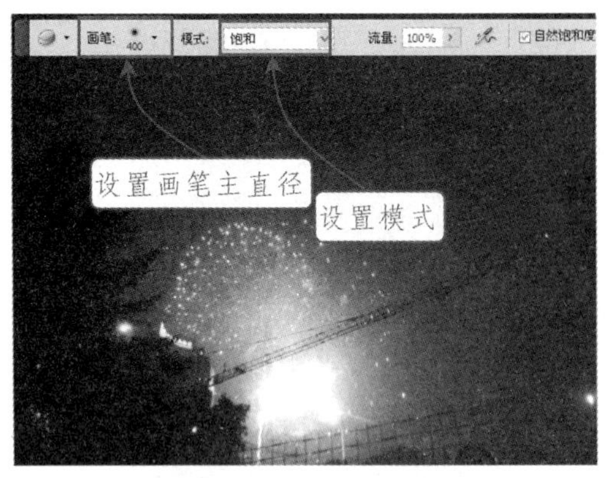

图 5-66　打开图像

图 5-67　增加饱和度

图 5-68　继续调整饱和度

图 5-69　最终效果

5.7 擦除工具

擦除工具用于擦除图像文件中不需要的部分

Photoshop CS4 提供的图像擦除工具包括橡皮擦工具、背景橡皮擦工具、魔术橡皮擦工具 3 种，用于实现不同的擦除功能。

5.7.1 橡皮擦工具

使用橡皮擦工具可以快速擦除图像文件中任意不需要的部分，擦除的部分将填充背景色，下面在图像文件中擦除背景部分，只留下瓶子，其具体操作步骤如下：

Step 1 打开“漂流瓶.jpg”图像文件【素材\第 5 章\漂流瓶.jpg】，选择工具箱中的橡皮擦工具，在其工具属性栏中按照如图 5-70 所示设置其参数。

Step 2 将鼠标指针移至图像文件窗口中，当其变为○形状时，在图像中沿瓶子的边缘擦除图像，如图 5-71 所示，根据实际情况在工具属性栏中调整画笔主直径大小，擦除其他区域【源文件\第 5 章\漂流瓶.jpg】。

图 5-70　打开图像

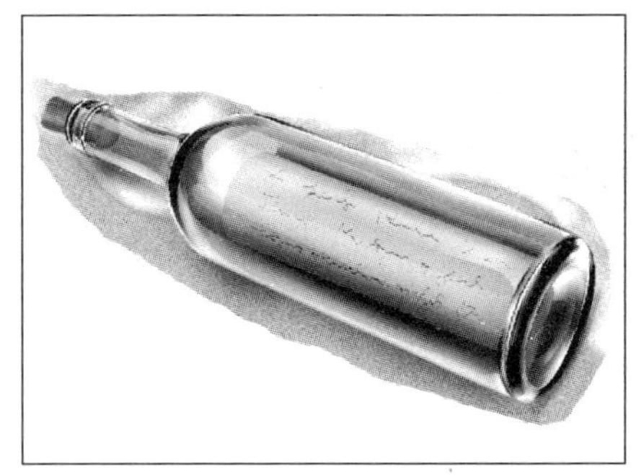
图 5-71　擦除图像

5.7.2 背景橡皮擦工具

使用背景橡皮擦工具可以擦除图像中指定的颜色，与橡皮擦工具的使用方法完全一样，只是在擦除时会不断吸取涂抹经过地方的颜色作为背景色。

5.7.3 魔术橡皮擦工具

使用魔术橡皮擦工具可以快速擦除选择区域内的图像，使用方法与魔棒工具一样，两者不同的是，魔棒工具只创建选区。下面以一个实例来介绍该工具的使用方法，其具体操作步骤如下：

Step 1 打开“可爱.jpg”图像文件【素材\第 5 章\可爱.jpg】，选择工具箱中的魔术橡皮擦工具，将鼠标指针移至图像文件窗口中，使其变为形状，如图 5-72 所示。

Step 2 在图像中的右上角的白色背景上单击以删除白色背景，使用同样的方法删除图像中其他区域的白色背景，效果如图 5-73 所示【源文件\第 5 章\可爱.psd】。

图 5-72　打开图像

图 5-73　擦除白色背景

5.8 填充工具

使用填充工具可以为选择的图像区域填充纯色或渐变色

使用前景色或背景色绘制图形之后，如果对颜色不满意，可以对图形中的颜色进行修改。

使用渐变工具组中的油漆桶工具可以为图像填充颜色；使用渐变工具可为图形填充渐变色。

5.8.1 油漆桶工具

油漆桶工具用于为图像填充前景色或图案，下面在打开的图像中对选择的区域进行颜色填充，其具体操作步骤如下：

Step 1 打开“购物.jpg”图像文件【素材\第 5 章\购物.jpg】，使用魔棒工具和快速选择工具对人物的衣服进行选取，如图 5-74 所示。

Step 2 单击工具箱中的“设置前景色”按钮，打开“拾色器（前景色）”对话框，在对话框中将颜色设置为紫色（#ca2ddd），单击 确定 按钮关闭“拾色器（前景色）”对话框，如图 5-75 所示。

图 5-74　选择选区

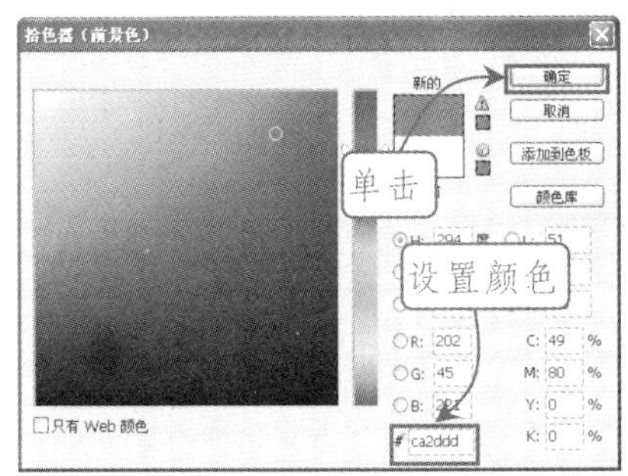

图 5-75　设置颜色

Step 3 在工具箱中右击渐变工具，在弹出的工具组中选择油漆桶工具。将鼠标指针移至需要填充的区域中，当其变为形状时单击，对选区内的图像进行填充，如图 5-76 所示。继续单击对其他区域进行填充，完成后的效果如图 5-77 所示【源文件\第 5 章\购物.jpg】。

图 5-76　填充图像

图 5-77　最终效果

指点迷津

油漆桶工具的工具属性栏中的“前景”下拉列表框的“前景”选项表示用前景色填充图像；“图案”选项表示可在“图案”拾色器中选择图案并填充。

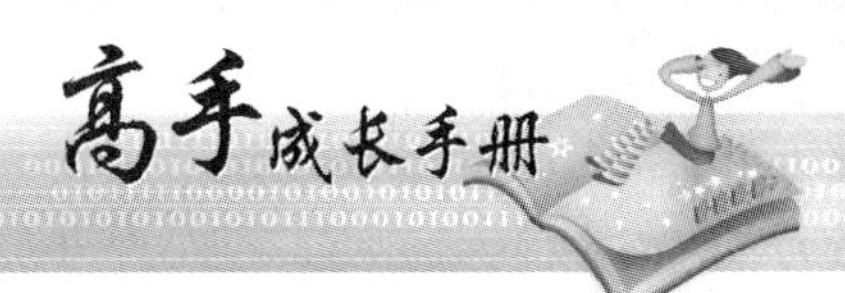

5.8.2 渐变工具

渐变是指两种或多种颜色之间的过渡效果，在 Photoshop CS4 中包括了线性、径向、对称、角度和菱形等 5 种渐变方式，对应的效果如图 5-78 所示。

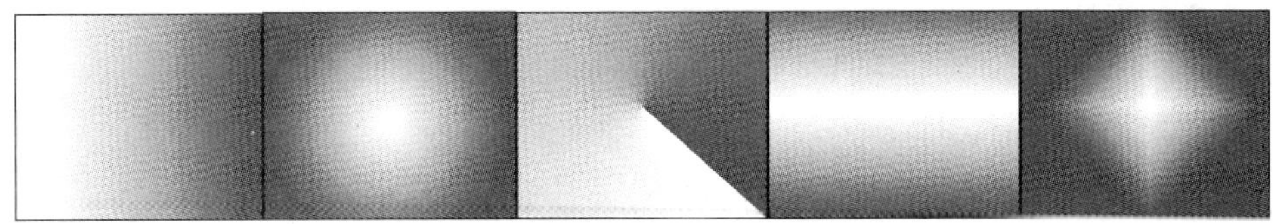

图 5-78　线性、径向、对称、角度和菱形渐变

使用渐变工具可以填充从前景色到背景色、从前景色到透明或彩虹色等多种类型的渐变色，其具体操作步骤如下：

Step 1 打开“时尚.jpg”图像文件【素材\第 5 章\时尚.jpg】，使用魔棒工具和快速选择工具对人物的衣服进行选择，如图 5-79 所示，然后反选选区。

Step 2 在工具箱中选择渐变工具，在其工具属性栏中单击渐变下拉列表框右侧的按钮，在弹出的下拉列表中选择一种渐变效果，如图 5-80 所示。

图 5-79　选择选区　　图 5-80　选择渐变色

指点迷津

在渐变下拉列表框中选择颜色类型后，单击渐变下拉列表框在选项栏中的预览图，可打开“渐变编辑器”对话框，在其中可以对所选渐变色进行调整。

Step 3 将鼠标指针移至图像窗口中，当其变为形状时，按住鼠标左键不放并拖动。此时将在起点和当前鼠标指针间显示一条直线，表示渐变方向和范围，如图 5-81 所示。

Step 4 拖动鼠标到适当位置后，释放鼠标进行填充，效果如图 5-82 所示【源文件\第 5 章\时尚.jpg】。

指点迷津

在渐变工具的工具属性栏中选中☑反向复选框，可反转渐变填充中的颜色顺序；选中☑仿色复选框，可使渐变色间的混合更自然、过渡更平滑；选中☑透明区域复选框，可对渐变填充使用透明蒙版。

图 5-81　绘制渐变

图 5-82　填充效果

5.9 综合实例——绘制相框画

使用画笔工具组和形状工具组绘制并制作相框画

通过画笔工具组和形状工具组可以绘制图形，通过各种修复工具可以对图像中的瑕疵进行修补或修饰。本综合实例主要练习使用各种绘制工具在打开的如图 5-83 所示的“家居.jpg”图片中绘制相框，并将修饰后的“海边”图像文件复制到“家居.jpg”图像文件中，最终效果如图 5-84 所示。

图 5-83　原图像

图 5-84　最终效果

制作思路

第一步：绘制相框
- ①打开“家居.jpg”图像文件
- ②使用各种绘制工具绘制相框

第二步：修饰图像
- ③打开“海边.jpg”图像文件并修饰图像
- ④复制并调整图像

其具体操作步骤如下：

Step 1 打开“家居.jpg”图像文件【素材\第 5 章\家居.jpg】，如图 5-85 所示，单击工具箱中的“前景色”按钮，在打开的“拾色器（前景色）”对话框中将颜色设置为绿色（#dae85d），如图 5-86 所示。

Step 2 单击工具箱中的“背景色”按钮，在打开的“拾色器（背景色）”对话框中将颜色设置为褐色（#b25708）。

图 5-85　打开图像

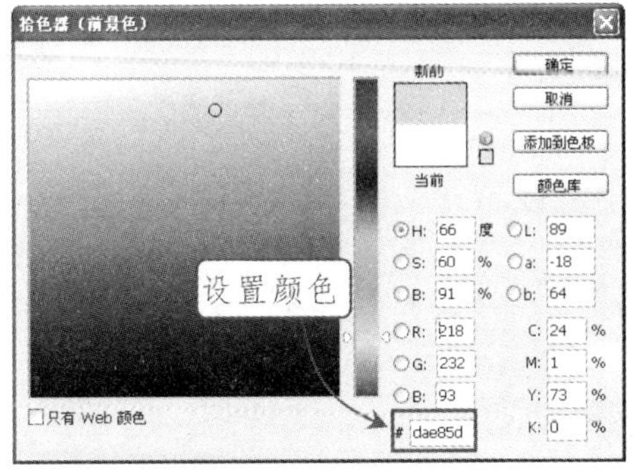

图 5-86　选择颜色

Step 3 在工具箱中的矩形工具上按住鼠标左键不放，在弹出的工具组中选择自定形状工具，如图 5-87 所示。

Step 4 在自定形状工具的工具属性栏中单击按钮右侧的按钮，在弹出的下拉列表中单击按钮，在弹出的下拉菜单中选择“全部”命令将所有形状载入列表中。

Step 5 再次单击按钮右侧的按钮，在弹出的下拉列表中选择“边框 3”选项，如图 5-88 所示。

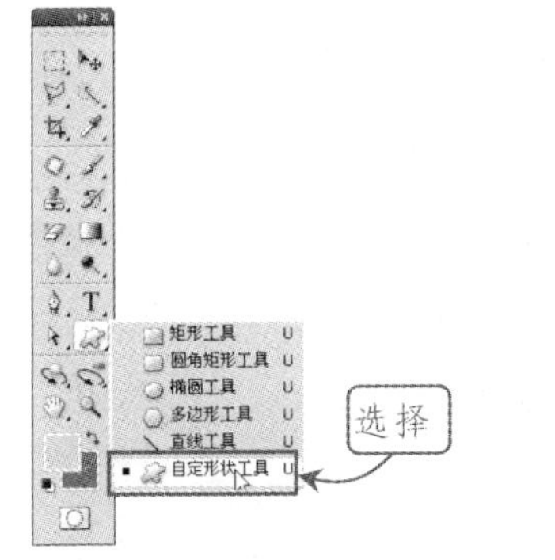

图 5-87　选择工具

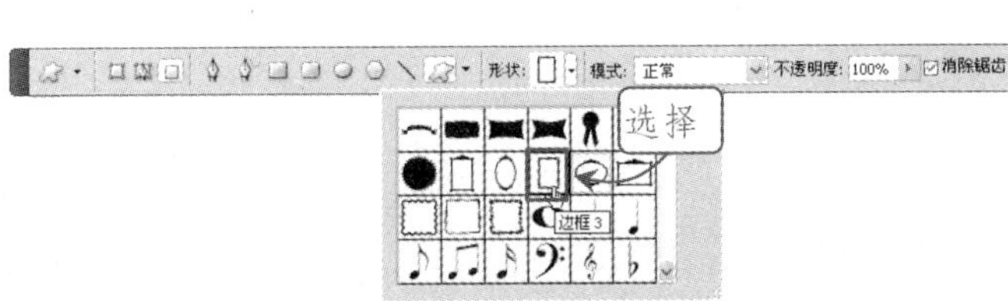

图 5-88　选择形状

Step 6 在“家居.jpg”图像文件窗口的右上角拖动鼠标绘制自定形状，如图 5-89 所示，当绘制到合适大小时释放鼠标即可绘制已填充颜色的形状图形。

Step 7 在工具箱中的矩形工具上按住鼠标左键不放，在弹出的下拉列表中选择椭圆工具，切换前景色和背景色，在图像文件窗口拖动鼠标以绘制椭圆图形，如图 5-90 所示。

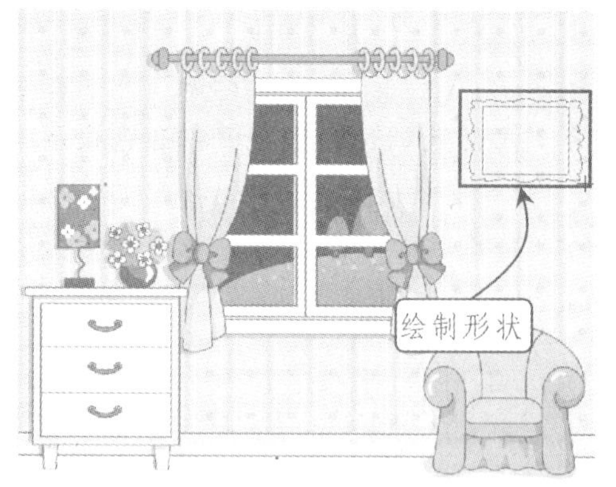

图 5-89 绘制图形

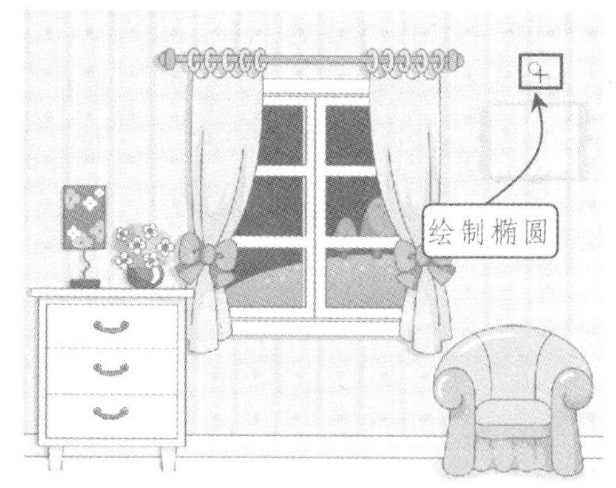

图 5-90 绘制椭圆

Step 8 选择工具箱中的画笔工具，单击工具属性栏中“画笔”右侧的按钮，在弹出的下拉列表中选择“尖角 5 像素”选项，如图 5-91 所示。在图像文件窗口拖动鼠标绘制两条斜线，效果如图 5-92 所示。

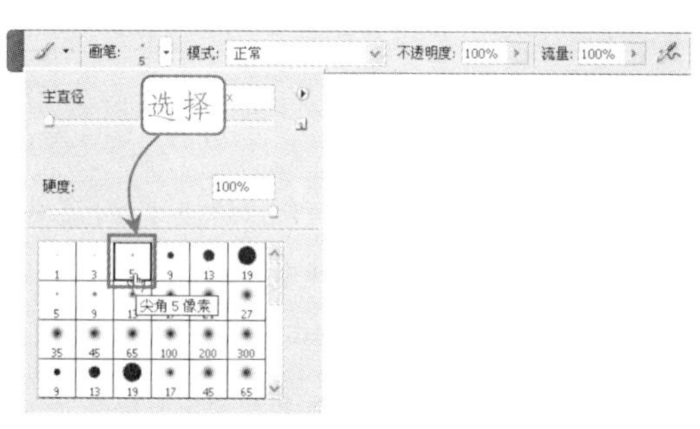

图 5-91 设置画笔参数

图 5-92 绘制斜线

Step 9 打开“海边.jpg”图像文件【素材\第 5 章\海边.jpg】，如图 5-93 所示。选择加深工具，对天空区域进行快速涂抹，直到其对比度达到满意的效果为止，如图 5-94 所示。

图 5-93 打开图像

图 5-94 降低亮度

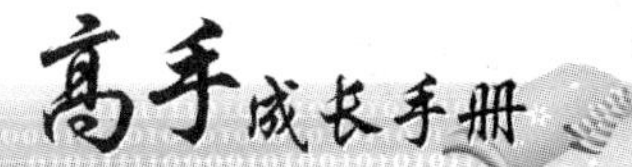

Step10 选择工具箱中的减淡工具，在图像的海浪区域进行涂抹，效果如图 5-95 所示。

Step11 在工具箱中选择仿制图章工具。将鼠标指针移至图像窗口中，定位于海星图像上后按住【Alt】键，当鼠标指针变为形状时单击，进行取样。

Step12 释放【Alt】键，将鼠标指针移至需复制图像的位置，按住鼠标左键并拖动，绘制出取样点的图像，效果如图 5-96 所示。

图 5-95　移动图像

图 5-96　仿制图像

Step13 选择工具箱中的移动工具，将处理后的"海边.jpg"图像文件移至"家居.jpg"图像文件窗口中并自动生成"图层 1"。按【Ctrl+T】组合键对图像进行缩放，如图 5-97 所示，按【Enter】键确认图像大小。

Step14 在"图层"控制面板中选择"图层 1"，如图 5-98 所示，选择【编辑】/【描边】命令，在打开的对话框中将描边宽度设置为 1 px，将描边颜色设置为棕色（#b25708），单击 确定 按钮得到如图 5-84 所示的效果【源文件\第 5 章\家居.psd】。

图 5-97　复制和变换图像

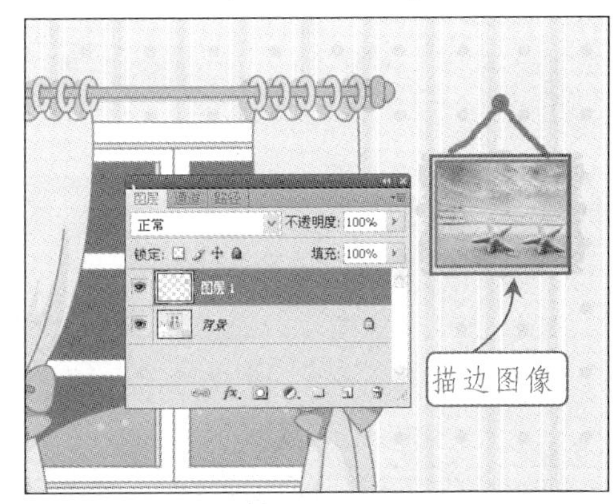

图 5-98　描边图像

5.10 大显身手

本章应重点掌握在 Photoshop CS4 中绘制和修饰图像的方法

打开如图 5-99 所示的"树.jpg"图像文件【素材\第 5 章\树.jpg】，使用加深工具、减淡工具和仿制图章工具对图像文件进行修饰，最终效果如图 5-100 所示【源文件\第 5 章\树.jpg】。

提示：使用加深工具降低天空区域的亮度，使用减淡工具提升花丛区域的亮度。

图 5-99 打开图像

图 5-100 调整图像

电脑急救箱

运用本章知识时若遇到绘制和修饰图像方面的问题，别着急，打开电脑急救箱看看吧

Q 使用仿制图章工具对图像某个区域进行复制时，如果有一点涂抹不到位就会影响到图像的其他区域，怎么避免这种问题呢？

A 在遇到这种情况时，可以先使用选取工具或命令将要应用仿制图章的区域绘制在选区内，然后对其应用仿制图章工具，这样选区外的图像就不会再受任何影响。

Q 除了使用 Photoshop CS4 中提供的画笔外，用户可以将自己创建的画笔保存为画笔库，在以后的设计过程中载入使用吗？

A 单击工具属性栏中“画笔”右侧的按钮，在弹出的下拉列表中单击按钮，在弹出的下拉菜单中选择“存储画笔”命令。在打开的“存储”对话框中设置好画笔库文件的保存路径和文件名（默认为预设的保存路径，用户只需输入文件名即可），然后单击保存(S)按钮，这样便创建了一个新的画笔库，其中包括当前面板中的所有画笔。如果将画笔库文件保存在系统默认的文件夹中，在下次启动 Photoshop 时，该画笔库的名称与系统中的其他画笔库将一起显示在画笔设置面板的菜单底部，选择名称即可将其载入。

第 6 章 颜色与色调调整

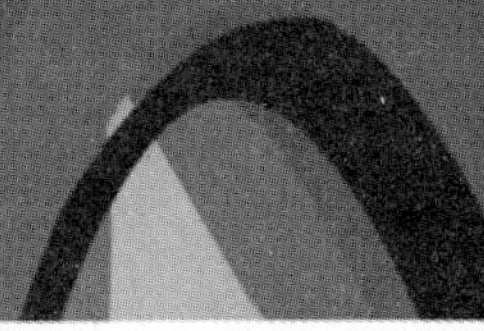

本章要点

- 色彩调整的基础知识
- 自动调整图像
- 精确调整图像
- 调整图像局部色彩

对图像的色调和色彩进行调整，可使图像更加精美，如提高亮度，使原本昏暗的图像变得亮丽；加大图像对比度，使图像更清晰；调整图像的色彩平衡，使颜色按需要重新混合等。也可以通过 Photoshop CS4 中的各种调整命令对照片进行后期处理和制作各种特殊色彩的效果，使照片更加好看。本章将对 Photoshop CS4 中常用的色调和色彩调整命令的作用及参数设置方法进行介绍。

6.1 项目观察——调整图像色彩

调整图像色彩是进行图像后期处理的必要工作

在 Photoshop CS4 中可以通过各种调整命令对图像的色彩进行调整，完成图像色彩的后期处理。下面打开“背影.jpg”图像文件，如图 6-1 所示，通过对图像的亮度、对比度、色彩平衡及运用照片滤镜等手段对其调整，完成后的最终效果如图 6-2 所示。

图 6-1　打开图像

图 6-2　调整后的图像

Step 1 打开“背影.jpg”图像【素材\第 6 章\背影.jpg】，通过观察发现该图像存在过多的红色，选择【图像】/【调整】/【色彩平衡】命令，打开“色彩平衡”对话框，去除图像中过多的红色，参数设置如图 6-3 所示。

Step 2 在图像窗口中预览调整后的效果，单击 确定 按钮应用设置，调整后的效果如图 6-4 所示。

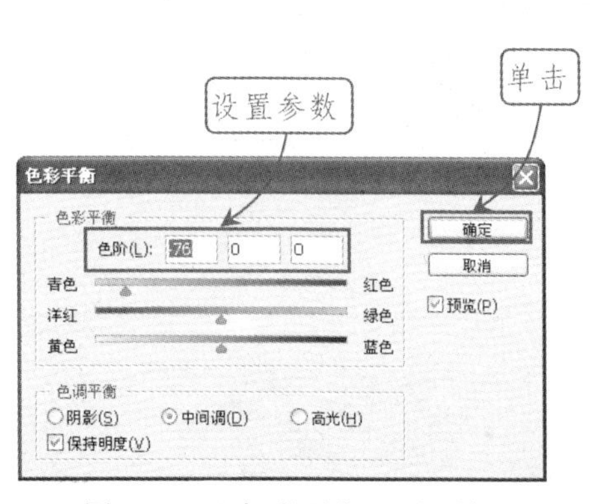

图 6-3　“色彩平衡”对话框

图 6-4　去除过多红色后的效果

Step 3 再次选择【图像】/【调整】/【色彩平衡】命令，打开“色彩平衡”对话框，其参数设置如图 6-5 所示，

Step 4 在图像窗口中预览调整后的效果，单击 确定 按钮应用设置，增加图像中树木的绿色，调整后的效果如图 6-6 所示。

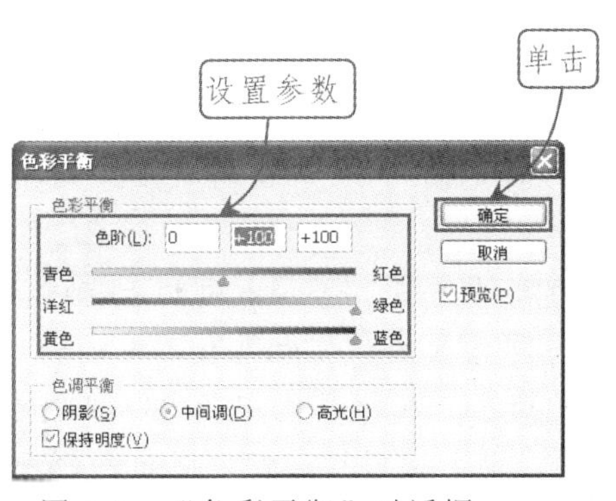

图 6-5　“色彩平衡”对话框

图 6-6　增加绿色后的效果

Step 5 选择【图像】/【调整】/【亮度/对比度】命令，打开“亮度/对比度”对话框，在“亮度”文本框中输入 35、在“对比度”文本框中输入 24，如图 6-7 所示。

Step 6 在图像窗口中预览调整后的效果，单击 确定 按钮应用设置，增加图像亮度，效果如图 6-8 所示。

Step 7 选择【图像】/【调整】/【照片滤镜】命令，打开“照片滤镜”对话框，在“使用”选项组的下拉列表框中选择一种冷色调滤镜，这里选择“冷却滤镜（80）”选项，拖动“浓度”滑块将浓度设置为 95%，如图 6-9 所示。

Step 8 单击 确定 按钮，此时图像呈冷色调显示，如图 6-2 所示，最后将调整后的图像保存【源文件\第 6 章\背影.jpg】。

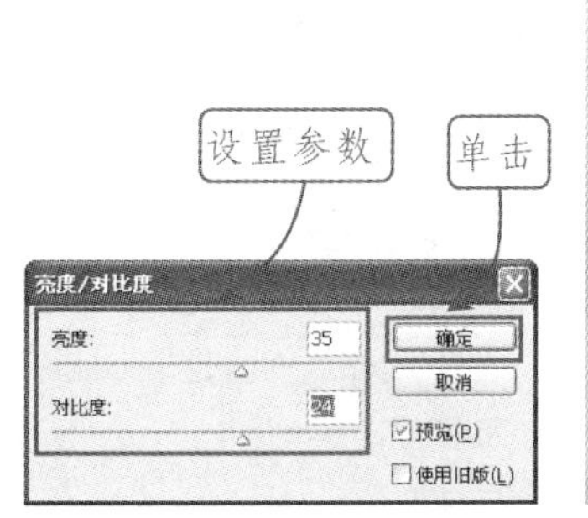

图 6-7　“亮度/对比度”对话框

图 6-8　增加图像亮度和对比度

图 6-9　“照片滤镜”对话框

通过上述项目案例的制作，可以看出在 Photoshop CS4 中调整图像和制作特殊的色彩效果的作用，下面将具体讲解调整颜色与色调所需掌握的知识。

6.2 色彩调整的基础知识

在处理图像色彩前，必须先了解色彩调整的基础知识

在图像处理中，色彩设计和运用是非常重要的一个组成部分，因此，平面设计工作者必须对色彩的运用有充分的认识、了解和掌握。

6.2.1 色彩三要素

任何色彩皆由色相、饱和度和亮度三要素组成，要使用 Photoshop CS4 对图像进行色调和色彩调整前，应先了解色彩三要素的概念。

- 色相：色相又称色调，是指颜色主波长的属性，用于区分不同的色彩种类，分别为红、橙、黄、绿、青、蓝、紫 7 种，不同波长的可见光具有不同的颜色，众多波长的光以不同的比例混合从而产生更多颜色。在标准色相环中以角度表示不同色相，取值范围为 0°～360°；而在实际工作中则使用红、黄、蓝等颜色来表示。
- 饱和度：饱和度又称纯度，是指颜色的鲜艳程度，其纯度越高，表现的颜色越鲜艳；纯度越低，表现的颜色越暗淡。受颜色中灰色成分的相对比例影响，黑、白和其他灰色色彩没有饱和度。当某种颜色的饱和度最大时，其色相就具有最纯的色光。饱和度通常以百分数表示，取值范围为 0%～100%，0%表示灰色，100%则为完全饱和。饱和度是色彩的重要构成要素之一，也是摄影者相当重视的一个方面。
- 亮度：亮度又称明度，是指色彩的明暗程度，以黑白度表示，色彩中添加的白色越多，图像明度就越高；色彩中添加的黑色越多，图像明度就越低。亮度通常以百分数表示，取值范围为 0%～100%，0%表示黑色，100%表示白色。

6.2.2 使用色系表

为了方便查看颜色，可以将 12 色相环中的颜色用色系表来表示，从而对照编号来查看颜色。其中 C、M、Y、K 四色用于印刷，R、G、B 三色用于网页制作，“#”栏中为十六进制值，图 6-10 所示为列出的色系表中的部分内容，有兴趣的读者可通过网络搜索完整的色系表。

颜色	C	M	Y	K	R	G	B	#
1	0	100	100	45	139	0	22	8B0016
2	0	100	100	25	178	0	31	B2001F
3	0	100	100	15	197	0	35	C50023
4	0	100	100	0	223	0	41	DF0029
5	0	85	70	0	229	70	70	E54646
6	0	65	50	0	238	124	107	EE7C6B
7	0	45	30	0	245	168	154	F5A89A
8	0	20	10	0	252	218	213	FCDAD5
9	0	90	80	45	142	30	32	8E1E20
10	0	90	80	25	182	41	43	B6292B
11	0	90	80	15	200	46	49	C82E31
12	0	90	80	0	223	53	57	E33539
13	0	70	65	0	235	113	83	EB7153
14	0	55	50	0	241	147	115	F19373
15	0	40	35	0	246	178	151	F6B297
16	0	20	20	0	252	217	196	FCD9C4

图 6-10 色系表

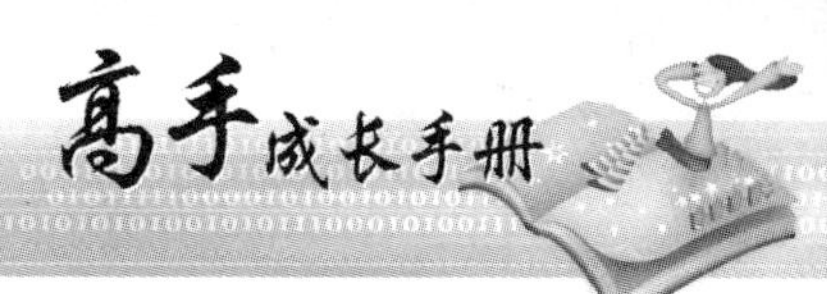

6.3 自动调整图像

自动调整图像的操作可快速实现图像色彩信息的调整

Photoshop CS4 中提供了多种自动调整图像色彩的命令，不需要设置参数即可快速实现对图像色彩的调整。

6.3.1 “自动色调”命令

“自动色调”命令将红色、绿色、蓝色 3 个通道的色阶分布扩展至全色阶范围。这种操作可以增加色彩对比度，但是可能会引起图像偏色，图 6-11 所示为原图像，图 6-12 所示为执行“自动色调”命令后的效果。

图 6-11　打开图像

图 6-12　调整色调后的效果

6.3.2 “自动对比度”命令

“自动对比度”命令是以 RGB 综合通道作为依据来扩展色阶的，因此增加色彩对比度的同时不会产生偏色现象，也正因如此，在大多数情况下，颜色对比度的增加效果不如自动色调显著，图 6-13 所示为原图像，图 6-14 所示为执行“自动对比度”命令后的效果。

图 6-13　打开图像

图 6-14　调整对比度后的效果

6.3.3 “自动颜色”命令

“自动颜色”命令除了增加颜色对比度以外，还将对一部分高光和暗调区域进行亮度合并。最重要的是，“自动颜色”命令可以把处在 128 级亮度的颜色纠正为 128 级灰色。正因为这个对齐灰色的特点，使得它既有可能修正偏色，也有可能引起偏色。图 6-15 所示为原图像，图 6-16 所示为执行“自动颜色”命令后的效果。

图 6-15 打开图像

图 6-16 调整颜色后的效果

6.3.4 “去色”命令

使用“去色”命令可以去除图像中的饱和度信息，将图像中所有颜色的饱和度都变为 0，从而将图像变为彩色模式下的灰色图像。其操作非常简单，打开需要去色的图像，如图 6-17 所示，选择【图像】/【调整】/【去色】命令即可自动去除图像颜色，如图 6-18 所示。

图 6-17 打开图像

图 6-18 去除颜色

6.3.5 “反相”命令

使用“反相”命令可以将图像设置为反转片的图像效果，图像中的颜色将会替换为相

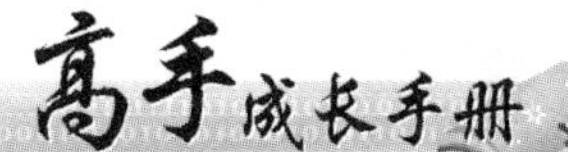

应的补色，但是不会丢失图像颜色信息，如红色将替换为绿色，黑色将替换为白色。同时还可以将负片效果还原为图像本身的效果。使用方法为：打开要进行反相调整的图像，如图 6-19 所示，选择【图像】/【调整】/【反相】命令即可，反相后的效果如图 6-20 所示。

图 6-19 打开图像

图 6-20 反相后的效果

6.3.6 “色调均化”命令

使用“色调均化”命令可以重新分配图像中各像素的亮度值，其中最暗值为黑色或与黑色相近的颜色，最亮值为白色，中间像素则均匀分布。使用方法为：打开要进行色调均化调整的图像，如图 6-21 所示，选择【图像】/【调整】/【色调均化】命令即可使图像产生如图 6-22 所示的效果。

图 6-21 打开图像

图 6-22 色调均化后的效果

6.4 精确调整图像

通过调整对话框中的各个参数可以精确调整图像

除了自动调整图像外，还可以精确调整图像色彩。通常在精确调整图像时，都会在选择命令后打开相应的对话框，通过调整对话框中的各个参数来达到调整图像色彩的目的。

6.4.1 “曲线”命令

“曲线”命令是指通过调整一条曲线的斜率和形状，实现对图像色彩、亮度和对比度的综合调整，使图像色彩更加协调。使用“曲线”命令还可以调整图像中的单色，常用于改变物体的质感。下面对“美味.jpg”图像的色彩、亮度和对比度进行调整，其具体操作步骤如下：

Step 1 打开“水果.jpg”图像【素材\第 6 章\水果.jpg】，通过观察发现该照片因缺少高光而显得不生动，如图 6-23 所示。

Step 2 选择【图像】/【调整】/【曲线】命令，打开“曲线”对话框，将鼠标指针置于调整曲线的右上方，单击以增加一个调节点，如图 6-24 所示。

图 6-23　打开图像

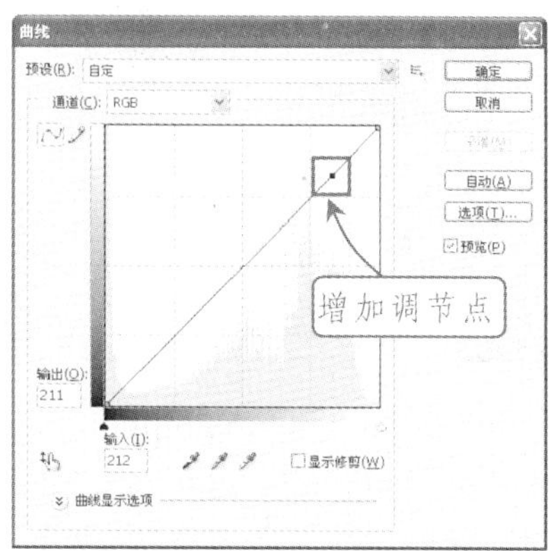

图 6-24　单击增加调节点

指点迷津

曲线的水平轴表示原来图像的亮度值，即图像的输入值；垂直轴表示处理后新图像的亮度值，即图像的输出值。在曲线上单击可添加一个调节点，拖动调节点可调整曲线弯曲的弧度，以达到调整图像明暗程度的目的，选择不需要的调节点，按【Delete】键或直接拖至曲线外，可以删除该调节点。

Step 3 在调节点上按住鼠标左键不放并向上方拖动，如图 6-25 所示，这时图像会即时显示亮度增加后的效果，如图 6-26 所示。

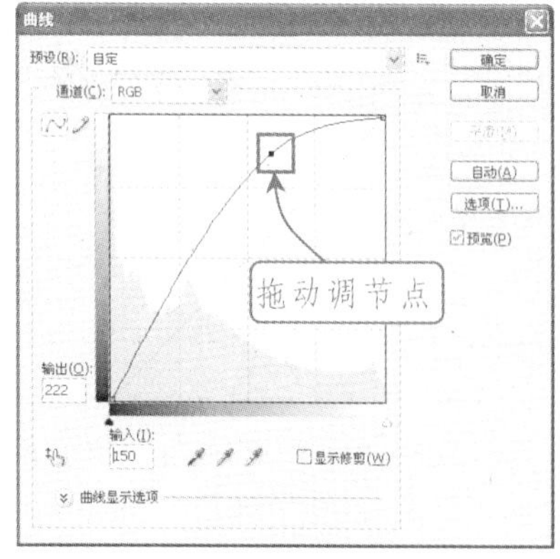

图 6-25　拖动调节点

图 6-26　增加亮度后的效果

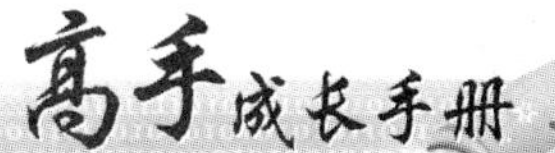

Step 4 通过上述步骤的调整，图像整体亮度已得到提高，但是图像右下侧的亮度还不够，这时可在调节线左下侧再添加一个调节点，并向左适当拖动，如图 6-27 所示，调整后的效果如图 6-28 所示。

Step 5 单击 确定 按钮，并将修复后的图像保存【源文件\第 6 章\水果.jpg】。

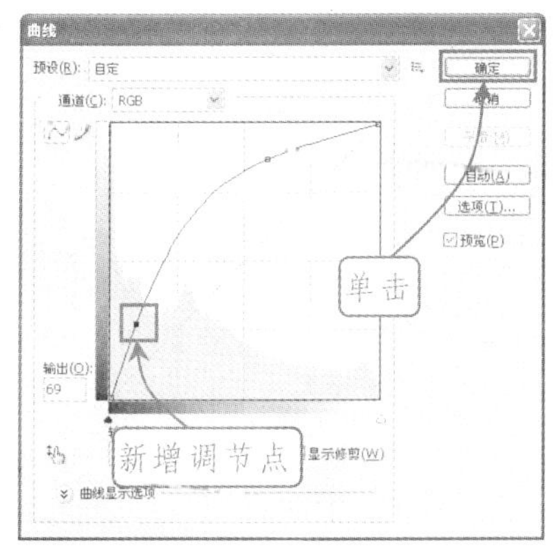

图 6-27 增加并调整调节点

图 6-28 提高局部亮度后的效果

6.4.2 “色阶”命令

色阶用于表示图像中高光、暗调和中间调的分布情况。当一幅图像过黑或过白时，使用“色阶”命令可调整图像中各通道的明暗程度，常用于调整黑白图像。下面通过“色阶”对话框调整图像，其具体操作步骤如下：

Step 1 打开“酒.jpg”图像【素材\第 6 章\酒.jpg】，选择【图像】/【调整】/【色阶】命令，打开“色阶”对话框，此时该对话框中显示的是原图像本身的参数，如图 6-29 所示。

Step 2 在“输入色阶”预览框下面的文本框中依次输入 0、2.59 和 255，在图像窗口中预览调整后的效果，单击 确定 按钮应用设置，最终效果如图 6-30 所示，对调整后的图像进行保存【源文件\第 6 章\酒.jpg】。

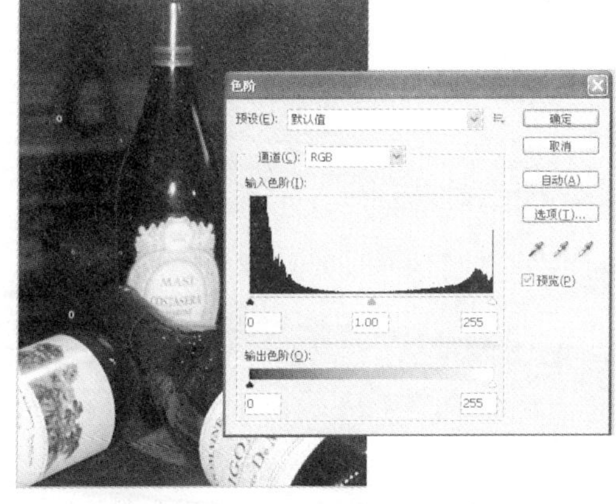

图 6-29 “色阶”对话框

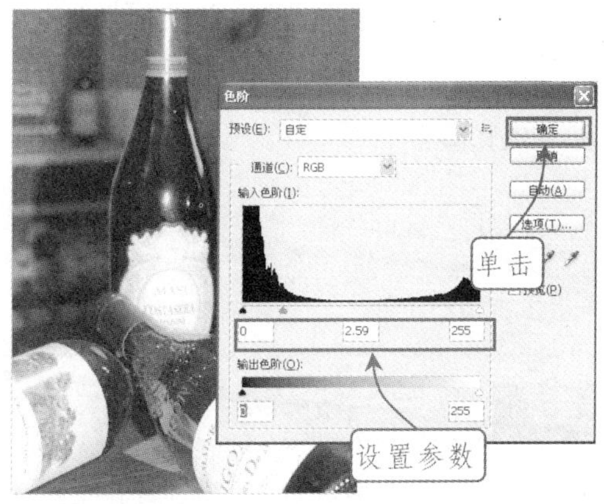

图 6-30 调整图像

指点迷津

调整图像色调或色彩时，通常需要在相应的参数对话框中设置一定的参数。如果对设置的参数不满意，可按住【Alt】键，此时 取消 按钮变为 复位 按钮。单击 复位 按钮即可将对话框中的参数还原为默认值。

6.4.3 “色彩平衡”命令

使用“色彩平衡”命令可调整图像的整体色调，它只作用于复合颜色通道，即在彩色图像中改变颜色的混合。若图像有明显的偏色，可以使用该命令来纠正。下面通过“色彩平衡”命令将一幅秋天景色的图像调整为具有夏天感觉的景色，其具体操作步骤如下：

Step 1 打开“路.jpg”图像【素材\第 6 章\路.jpg】，如图 6-31 所示，通过观察发现只需增加图像中的青色和绿色即可实现图像色彩的变化。

Step 2 选择【图像】/【调整】/【色彩平衡】命令，打开“色彩平衡”对话框，拖动滑块，如图 6-32 所示，然后单击 确定 按钮。

Step 3 返回图像文件窗口，即可发现图像颜色具有夏天的感觉，如图 6-33 所示，对调整后的图像进行保存【源文件\第 6 章\路.jpg】。

图 6-31 打开图像

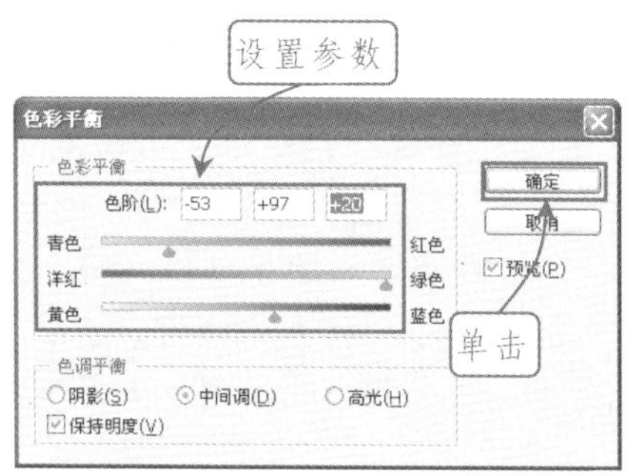

图 6-32 “色彩平衡”对话框

图 6-33 调整后的图像

指点迷津

“色调平衡”选项组中的 3 个单选按钮分别对应图像中的阴影、中间和高光，选中相应的单选按钮表示对图像中对应的色调区域进行调整。滑块靠近某种颜色表示增加该颜色，远离某种颜色表示减少该颜色。在拖动滑块的同时，“色阶”右侧的 3 个文本框中的数值会相应地发生变化，其取值在-100~100 之间，当 3 个文本框中的数值都设置为 0 时，图像的色彩将不发生变化。

6.4.4 “照片滤镜”命令

使用“照片滤镜”命令可以使图像产生滤色效果，以使图像呈现暖色调、冷色调或其

他颜色色调。下面以将一张照片调整为暖色调为例来进行介绍，其具体操作步骤如下：

Step 1 打开“风景.jpg”图像文件【素材\第 6 章\风景.jpg】，如图 6-34 所示，选择【图像】/【调整】/【照片滤镜】命令，打开“照片滤镜”对话框。

Step 2 在“使用”选项组中的下拉列表框中选择一种暖色调滤镜，如选择“加温滤镜(85)”选项，将浓度设置为 100%，此时图像呈暖色调显示，如图 6-35 所示。

Step 3 单击 确定 按钮，并将调整后的图像保存【源文件\第 6 章\风景.jpg】。

图 6-34　打开图像

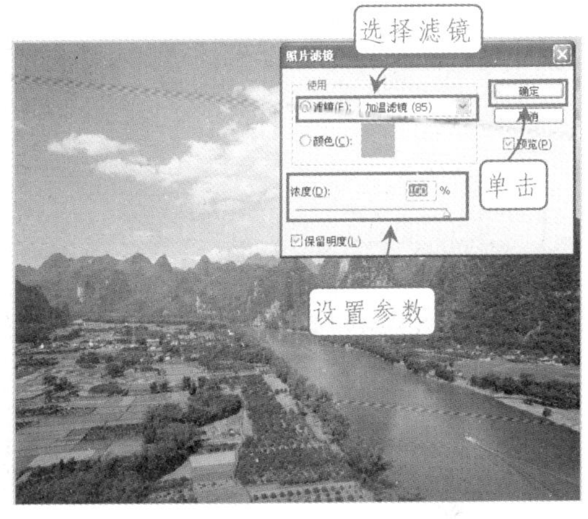

图 6-35　调整图像

6.4.5 “渐变映射”命令

使用“渐变映射”命令可以改变图像的色彩，使用各种渐变模式可以对图像的颜色进行调整，从而改变图像色彩。下面以将图像处理成黎明效果为例进行介绍，其具体操作步骤如下：

Step 1 打开“放牧.jpg”图像文件【素材\第 6 章\放牧.jpg】，如图 6-36 所示。选择【图像】/【调整】/【渐变映射】命令，打开“渐变映射”对话框，如图 6-37 所示。

图 6-36　打开图像

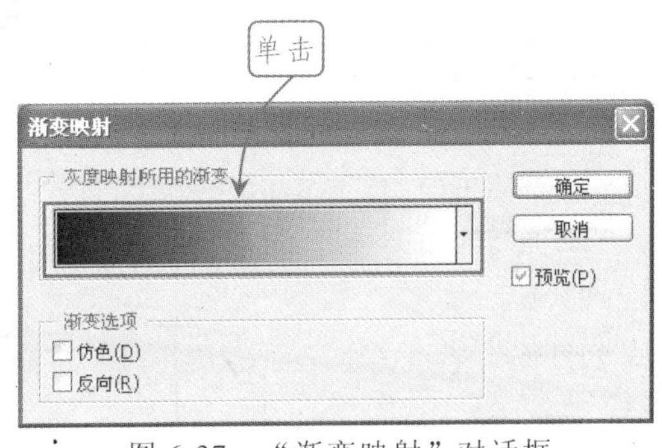

图 6-37　“渐变映射”对话框

Step 2 单击“灰度映射所用的渐变”选项组中的颜色块，在打开的“渐变编辑器”对话框中单击第一个黑色颜色块。在“色标”选项组中的“位置”文本框中输入15%，将第二个颜色块设置为蓝色（#aba6fe），并将其“位置”设置为90%，如图6-38所示。

Step 3 单击 确定 按钮返回“渐变映射”对话框，再次单击 确定 按钮得到如图6-39所示的效果【源文件\第6章\黎明.jpg】。

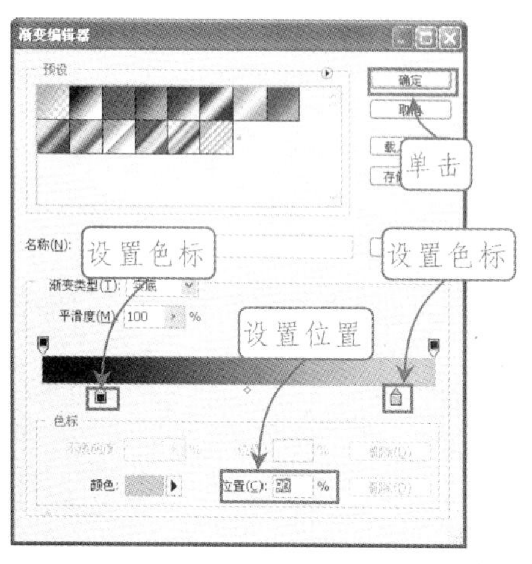

图6-38　设置渐变色

图6-39　最终效果

6.4.6 “通道混合器”命令

使用“通道混合器”命令可以将图像不同通道中的颜色混合，从而产生图像合成效果。下面将照片中的花调整为粉红色，其具体操作步骤如下：

Step 1 打开“花.jpg”图像文件【素材\第6章\花.jpg】，选择【图像】/【调整】/【通道混合器】命令，打开“通道混合器”对话框。

Step 2 要增加图像中的红色，应选择“输出通道”下拉列表框中的“红”通道，增加源通道中的红色即可，参数设置如图6-40所示，调整后的效果如图6-41所示。

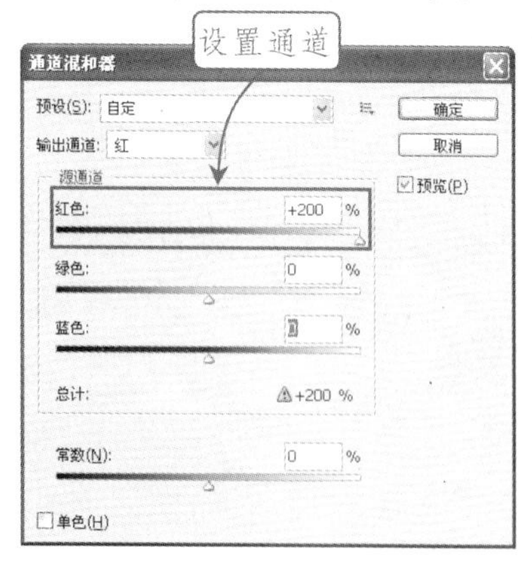

图6-40　“通道混合器”对话框

图6-41　调整通道参数后的图像

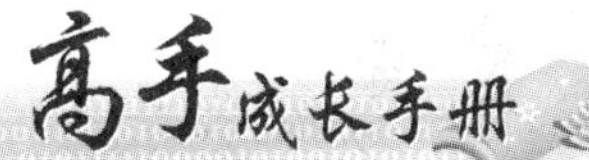

Step 3 调整后发现图像中绿叶的红色太多，花朵的花蕊部分则存在少量的蓝色，应适当减少“源通道”选项组中的“绿色”通道中的红色来填充绿叶的颜色并增加“源通道”选项组中的“蓝色”通道中的红色来填充花蕊的颜色，因此应分别向左拖动“绿色”滑块和向右拖动“蓝色”滑块到适当位置，如图 6-42 所示。

Step 4 单击 确定 按钮，调整后的效果如图 6-43 所示，将调整后的图像保存【源文件\第 6 章\花.jpg】。

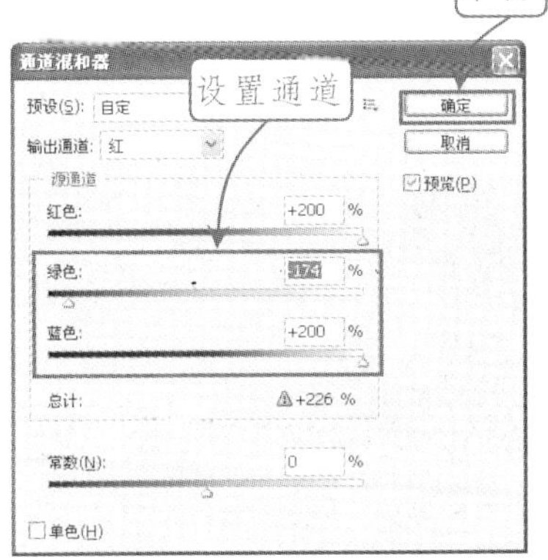

图 6-42 调整通道参数

图 6-43 最终效果

6.4.7 “黑白”命令

“黑白”命令是 Photoshop CS4 新增的功能，使用它可以根据图像对不同色彩通道的明度进行合适的调配，以制作出逼真的黑白效果。下面通过“黑白”对话框为图像设置黑白效果，其具体操作步骤如下：

Step 1 打开“窗外.jpg”图像文件【素材\第 6 章\窗外.jpg】，如图 6-44 所示，选择【图像】/【调整】/【黑白】命令打开“黑白”对话框。

Step 2 此时，可以看到图像变成了黑白效果，在默认的设置中可以看到不同颜色通道的明度比例为红色 40%、黄色 60%、绿色 40%、黄色 60%、蓝色 20%、洋红 80%，如图 6-45 所示。

图 6-44 打开图像

图.6-45 默认设置

Step 3 单击 自动(A) 按钮，对图像进行不同色彩通道的明度调整，将其分别调整为红色15%、黄色49%、绿色25%、青色65%、蓝色27%、洋红52%，如图6-46所示。

Step 4 选中☑色调(T)复选框，激活其下的“色相”和“饱和度”参数。在“色相”文本框中输入59，在“饱和度”文本框中输入28，单击 确定 按钮，具有怀旧效果的黑白照片便处理完成，最终效果如图6-47所示【源文件\第6章\窗外.jpg】。

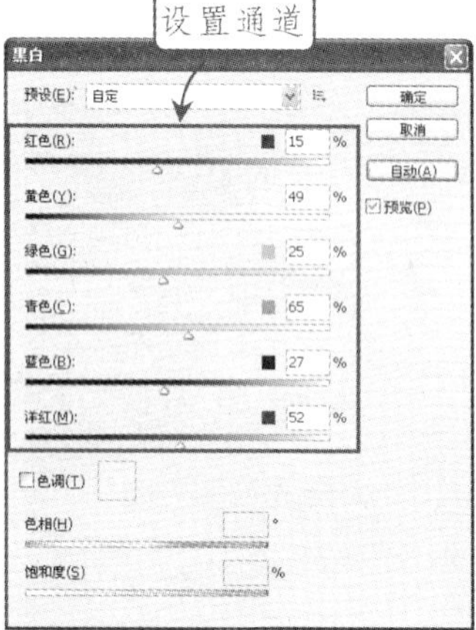

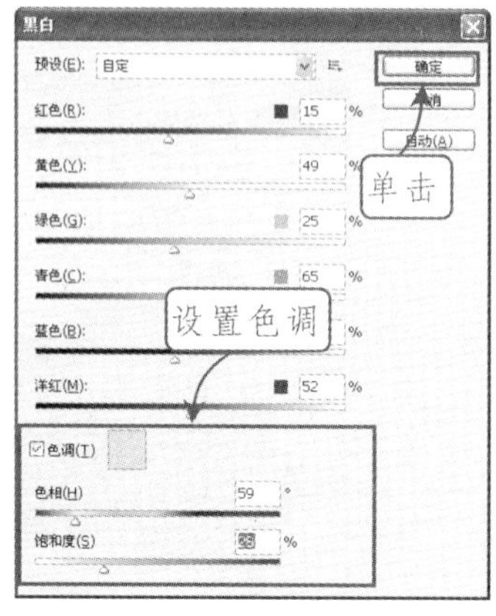

图6-46 调整各颜色通道的明度

图6-47 最终效果

巧学巧用

单击“黑色”对话框中“预设”下拉列表框右侧的 按钮，在弹出的下拉菜单中选择“存储预设”命令，并在打开的对话框中对设置进行命名并保存为.blw格式，以后再次打开“黑白”对话框时可在“预设”下拉列表框中找到以前存储的参数设置。

6.5 调整图像局部色彩

通过对图像的部分参数进行设置可调整图像局部色彩

使用调整命令可快速调整图像中的部分色彩，如色相、饱和度、明度、对比度、阴影和高光等。

6.5.1 “匹配颜色”命令

使用“匹配颜色”命令可以将不同图像之间的颜色进行匹配，常用于图像合成。下面使用“匹配颜色”命令对图像进行调整，其具体操作步骤如下：

Step 1 打开“茶.jpg”和“柠檬.jpg”图像文件【素材\第6章\茶.jpg、柠檬.jpg】，单击“茶.jpg”图像窗口使其成为当前图像，如图6-48所示。

Step 2 选择【图像】/【调整】/【颜色匹配】命令打开“匹配颜色”对话框，在“源”下拉列表框中选择“柠檬.jpg”选项，选中☑中和(N)复选框。

Step 3 在“明亮度”、“颜色强度”和“渐隐”文本框中分别输入136、100和0，如图6-49所示。在图像窗口中预览调整后的效果，单击 确定 按钮应用设置，最终效果如图6-50所示【源文件\第6章\茶.jpg】。

图 6-48　打开图像

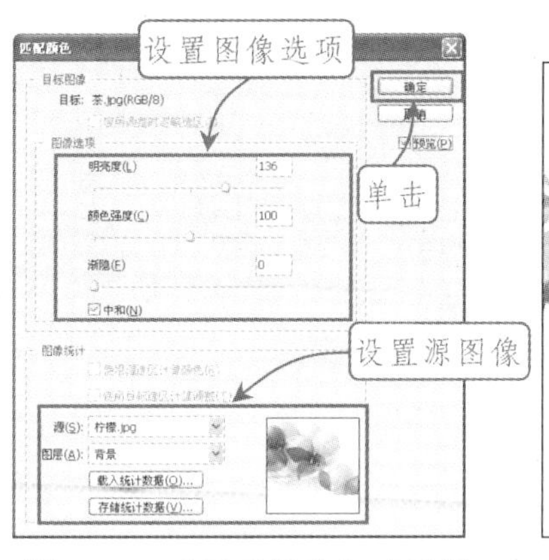

图 6-49　“匹配颜色”对话框

图 6-50　最终效果

指点迷津

“匹配颜色”对话框中“图像选项”选项组用于对匹配颜色后的图像进行调整，以控制匹配颜色的效果。其中的“颜色强度”文本框用于控制颜色的强弱；“渐隐”文本框用于控制匹配颜色效果的强弱。

6.5.2 “替换颜色”命令

使用“替换颜色”命令可以通过在图像中选择特定的颜色区域来调整其色相、饱和度和亮度值来替换图像中某个特定范围内的颜色。下面就将红色橘子的颜色替换为绿色，其具体操作步骤如下：

Step 1　打开“橘子.jpg”图像文件【素材\第 6 章\橘子.jpg】，如图 6-51 所示，选择【图像】/【调整】/【替换颜色】命令，打开“替换颜色”对话框。

Step 2　使用工具单击图像中的红色橘子，其颜色被显示在右侧的“颜色”颜色块中。单击按钮，选择红色橘子所在全部区域，在“替换”选项组中将色相、饱和度和明度分别设置为 62、-55、-31，得到的替换颜色为绿色，如图 6-52 所示。

Step 3　单击 确定 按钮返回图像文件窗口，红色橘子变成了绿色，如图 6-53 所示【源文件\第 6 章\橘子.jpg】。

图 6-51　打开图像

图 6-52　设置替换颜色

图 6-53　最终效果

6.5.3 “可选颜色”命令

使用“可选颜色”命令可以有选择性地调整图像中某个部位的颜色或校正色彩平衡等颜色问题而不影响其他部位的颜色。下面使用“可选颜色”命令调整图像颜色，其具体操作步骤如下：

Step 1 打开“茶花.jpg”图像文件【素材\第6章\茶花.jpg】，如图6-54所示，花的颜色为白色。

Step 2 选择【图像】/【调整】/【可选颜色】命令，在打开的“可选颜色”对话框的“颜色”下拉列表框中选择“白色”选项，然后设置其他参数如图6-55所示，设置完成后单击 确定 按钮。

Step 3 返回图像文件窗口，花的颜色变为粉红色，如图6-56所示【源文件\第6章\茶花.jpg】。

图6-54 打开图像

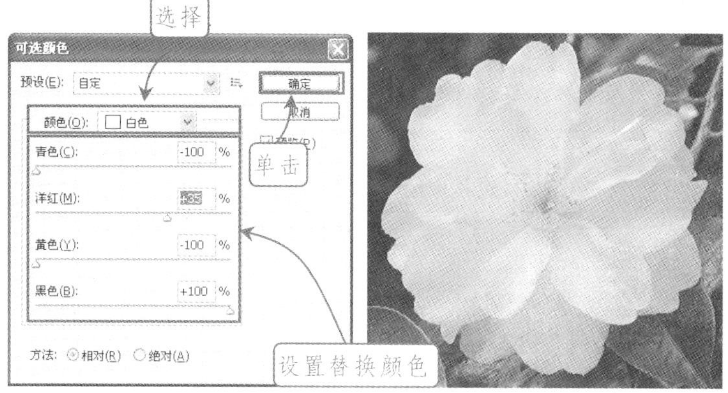

图6-55 设置可选颜色

图6-56 最终效果

指点迷津

在“可选颜色”对话框中选中“相对”单选按钮，将按现有颜色总量的百分比来调整颜色；选中“绝对”单选按钮，将按现有颜色总量的绝对值来调整颜色。

6.5.4 “曝光度”命令

通常在阳光不足时获得的图像色彩不够明亮，这时可使用“曝光度”命令，通过调整图像曝光度来调整图像色彩。下面通过“曝光度”命令调整曝光不足的图像，其具体操作步骤如下：

Step 1 打开“夜景.jpg”图像文件【素材\第6章\夜景.jpg】，如图6-57所示，通过观察发现整个图像的色彩比较昏暗。

Step 2 选择【图像】/【调整】/【曝光度】命令，在打开的“曝光度”对话框中设置曝光度为2.59，如图6-58所示。

Step 3 单击 确定 按钮返回图像文件窗口，增强图像的曝光度后，图像不再显得暗，如图6-59所示【源文件\第6章\夜景.jpg】。

图 6-57 打开图像

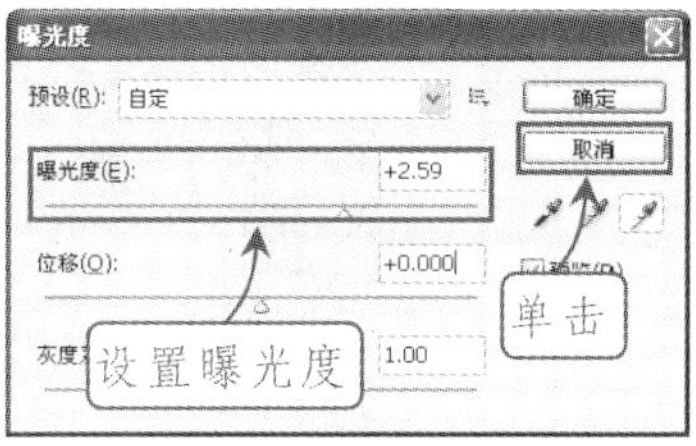

图 6-58 设置曝光度

图 6-59 最终效果

指点迷津

“曝光度”对话框中的“曝光度”文本框用于调整色调范围的高光；“位移”文本框将使阴影和中间调变暗，对高光的影响很轻微；“灰度系数校正”文本框将使用简单的乘方函数调整图像灰度系数。

6.5.5 “色相/饱和度”命令

使用“色相/饱和度”命令可以通过对图像的色相、饱和度和亮度进行调整，从而达到改变图像色彩的目的。这里以改变图片中辣椒的颜色为例来介绍该命令的使用方法，其具体操作步骤如下：

Step 1 打开“蔬果.jpg”图像文件【素材\第 6 章\蔬果.jpg】，使用快速选择工具绘制出辣椒所在的选区，如图 6-60 所示。

Step 2 选择【图像】/【调整】/【色相/饱和度】命令，打开“色相/饱和度”对话框，选中“着色”复选框，此时选区内的图像会自动覆盖一层绿色，如图 6-61 所示。

图 6-60 绘制辣椒所在选区

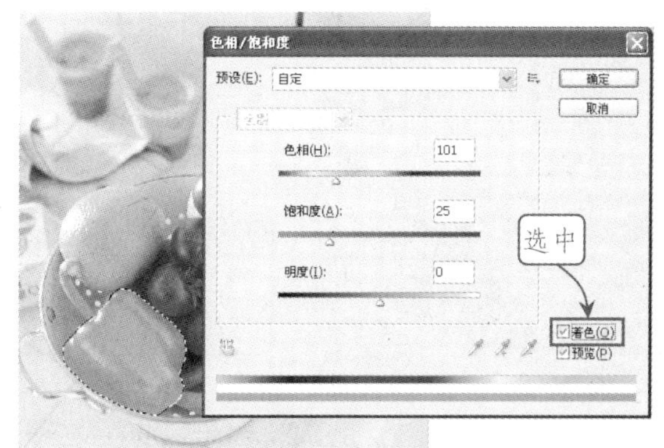

图 6-61 选区内图像被绿色覆盖

Step 3 将“色相”、“饱和度”和“明度”分别设置为 7、86 和 0，如图 6-62 所示，此时的辣椒变成红色，如图 6-63 所示。

Step 4 单击 确定 按钮，关闭“色相/饱和度”对话框返回图像文件窗口，按【Ctrl+D】组合键取消选区并将调整后的图像保存【源文件\第 6 章\蔬果.jpg】。

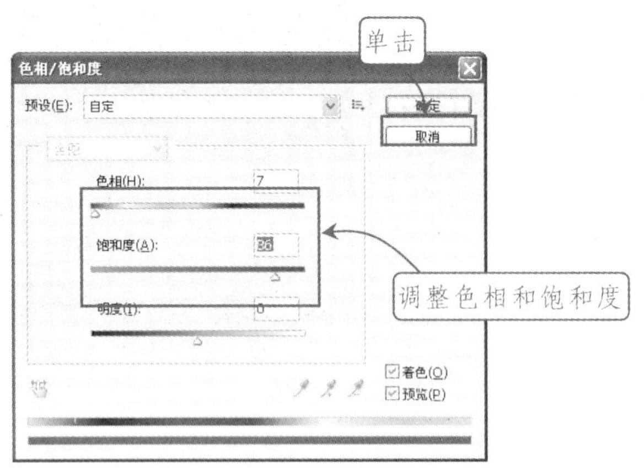

图 6-62 调整色相和饱和度参数

图 6-63 选区内的辣椒变成红色

6.5.6 “亮度/对比度”命令

使用“亮度/对比度”命令可以将过暗的图像调亮或增加图像明暗对比的强度，下面对“喝茶.jpg”图像的亮度和对比度进行调整，其具体操作步骤如下：

Step 1 打开“喝茶.jpg”图像文件【素材\第 6 章\喝茶.jpg】，如图 6-64 所示。

Step 2 选择【图像】/【调整】/【亮度/对比度】命令，打开“亮度/对比度”对话框，在“亮度”文本框中输入 75、在“对比度”文本框中输入 58，如图 6-65 所示。

Step 3 在图像窗口中预览调整后的效果，单击 确定 按钮应用设置使照片更明亮，最终效果如图 6-66 所示【源文件\第 6 章\喝茶.jpg】。

图 6-64 打开图像

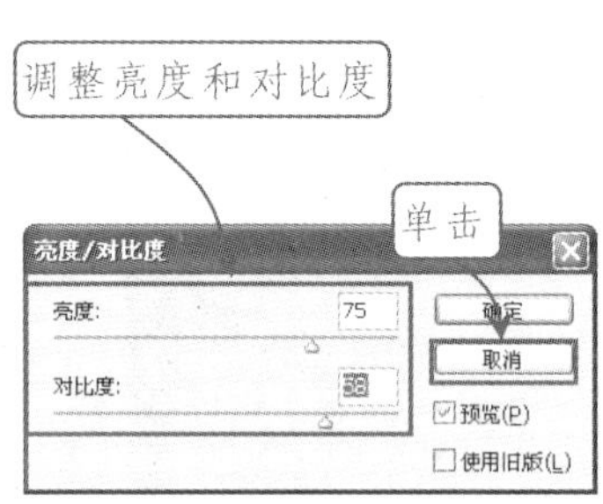

图 6-65 调整亮度和对比度

图 6-66 最终效果

6.5.7 “变化”命令

使用“变化”命令可以直观地调整图像或选区内图像的阴影、中间调、高光和饱和度。下面通过“变化”命令为“树林.jpg”图像添加黄色和绿色，其具体操作步骤如下：

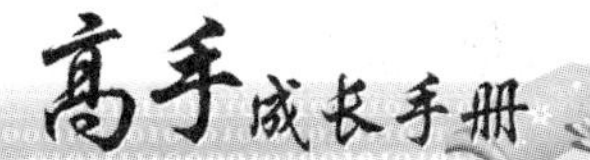

Step 1 打开“树林.jpg”图像文件【素材\第 6 章\树林.jpg】，选择【图像】/【调整】/【变化】命令，打开“变化”对话框。

Step 2 在对话框中依次选择“加深绿色”、“加深黄色”和“加深青色”选项，通过实时观察“变化”对话框顶部的“当前挑选”缩略图，可以看出已经去除了照片中的部分红色，并增加了亮度，如图 6-67 所示。

Step 3 单击 确定 按钮返回图像文件窗口，图像调整后的最终效果如图 6-68 所示【源文件\第 6 章\树林.jpg】。

图 6-67 调整图像

图 6-68 最终效果

指点迷津

调整图像时，选择对话框下方的各个颜色缩略图选项，相应的图像效果将通过预览框显示出来。在“变化”对话框中，除了选择“原稿”和 3 个“当前挑选”缩略图选项无效外，选择其他缩略图选项都可即时调整图像的颜色或明暗度，选择次数越多，变化越明显。

6.5.8 “阴影/高光”命令

使用“阴影/高光”命令可以修复图像中过亮或过暗的区域，从而使图像尽量显示更多的细节。下面调整图像中的阴影和高光，其具体操作步骤如下：

Step 1 打开“校园.jpg”图像文件【素材\第 6 章\校园.jpg】，如图 6-69 所示。

Step 2 选择【图像】/【调整】/【阴影/高光】命令，打开“阴影/高光”对话框，如图 6-70 所示。

图 6-69　打开图像

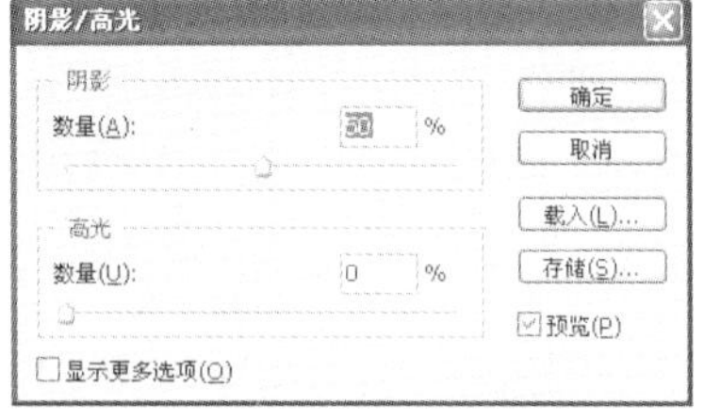

图 6-70　“阴影/高光”对话框

Step 3　向右拖动“阴影”选项组中的“数量”滑块，适当减淡图像中的阴影，显示出更多的暗部细节。向右拖动“高光”选项组中的“数量”滑块，显示更多的亮部细节，如图 6-71 所示。

Step 4　单击 确定 按钮返回图像文件窗口，调整后的图像如图 6-72 所示，将调整后的图像保存【源文件\第 6 章\校园.jpg】。

图 6-71　调整阴影和高光

图 6-72　最终效果

6.5.9 “色调分离”命令

使用“色调分离”命令可以指定图像的色调级数，并按此级数将图像的像素映射为最接近的颜色。下面对图像文件进行色调分离，其具体操作步骤如下：

Step 1　打开“梨花.jpg”图像文件【素材\第 6 章\梨花.jpg】，如图 6-73 所示。选择【图像】/【调整】/【色调分离】命令，打开“色调分离”对话框，如图 6-74 所示。

Step 2　设置“色阶”值为 2，如图 6-75 所示，单击 确定 按钮返回图像文件窗口，调整后的图像如图 6-76 所示，将调整后的图像保存【源文件\第 6 章\梨花.jpg】。

图 6-73 打开图像

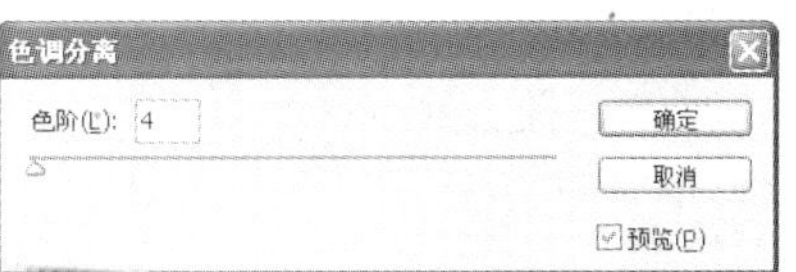

图 6-74 “色调分离”对话框

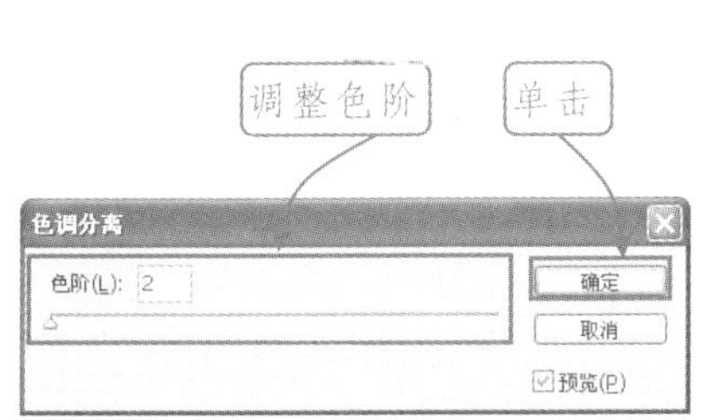

图 6-75 设置色阶

图 6-76 色调分离后的效果

6.5.10 “阈值”命令

使用“阈值”命令可以将图像转换为高对比度的黑白图像，这里以结合“渐隐”命令来制作一幅简单的艺术画为例进行介绍，其具体操作步骤如下：

Step 1 打开“美味.jpg”图像文件【素材\第 6 章\美味.jpg】，如图 6-77 所示。

Step 2 选择【图像】/【调整】/【阈值】命令，打开“阈值”对话框，如图 6-78 所示。

图 6-77 打开图像

图 6-78 “阈值”对话框

Step 3 向右拖动对话框底部的滑块来调整阈值，如图 6-79 所示，单击 确定 按钮。

Step 4 选择【编辑】/【渐隐】命令，在打开的“渐隐”对话框中设置不透明度，单击 确定 按钮，得到如图 6-80 所示的艺术效果。最后将调整后的图像保存【源文件\第 6 章\美味.jpg】。

图 6-79 调整阈值

图 6-80 最终效果

6.6 综合实例——制作海滩落日景象

通过调整图像色彩完成对照片的色彩处理，制作海滩落日景象效果

在对图像进行后期处理时，调整图像色调和色彩是使用较多的一种操作，通过调整图像色调和色彩，可以改变图像亮度、饱和度和对比度。本章讲解了 Photoshop CS4 中常用的色调和色彩调整命令的作用及参数设置方法。本综合实例主要练习使用多个命令对图 6-81 所示的海滩图像的色彩进行调整，制作如图 6-82 所示的海滩落日景象效果。

图 6-81 原图像

图 6-82 最终效果

制作思路

调整图像色调和色彩

- ①打开“海滩.jpg”图像文件
- ②增强曝光度并应用照片滤镜效果
- ③调整图像的亮度和对比度
- ④调整图像的色阶、色相、饱和度

其具体操作步骤如下：

Step 1 打开“海滩.jpg”图像文件【素材\第 6 章\海滩.jpg】，选择【图像】/【调整】/【曝光度】命令，在打开的“曝光度”对话框中设置曝光度，如图 6-83 所示。

Step 2 单击 确定 按钮返回图像文件窗口，增强曝光度后的图像效果如图 6-84 所示。

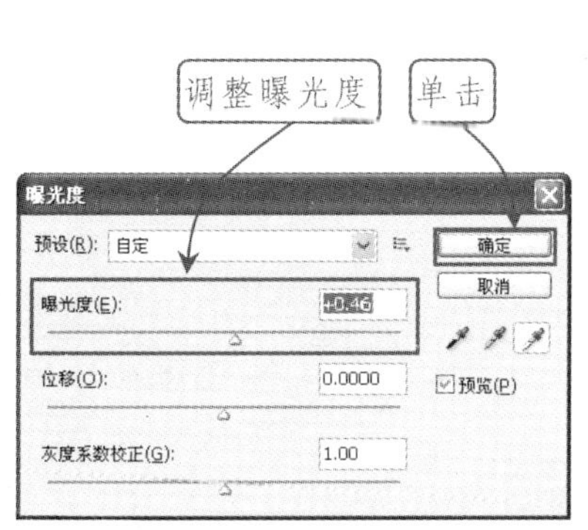

图 6-83　“曝光度”对话框

图 6-84　增强曝光度后的图像

Step 3 选择【图像】/【调整】/【照片滤镜】命令，打开“照片滤镜”对话框，在“使用”选项组中的下拉列表框中选择“加温滤镜（85）”选项，并将其浓度设置为 100%，如图 6-85 所示。

Step 4 单击 确定 按钮返回图像文件窗口，此时图像呈暖色调显示，如图 6-86 所示。

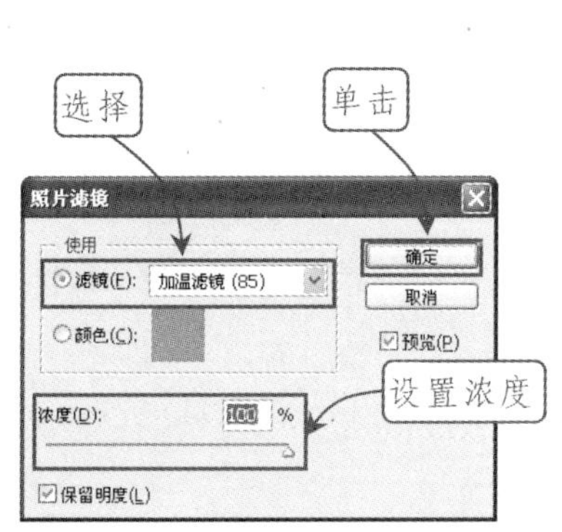

图 6-85　“照片滤镜”对话框

图 6-86　应用“照片滤镜”效果

Step 5 选择【图像】/【调整】/【亮度/对比度】命令，打开“亮度/对比度”对话框。在“亮度”文本框中输入 23，在“对比度”文本框中输入 42，如图 6-87 所示。

Step 6 在图像窗口中预览调整后的效果，单击 确定 按钮应用设置，效果如图 6-88 所示。

Step 7 选择【图像】/【调整】/【色阶】命令，打开“色阶”对话框。在“输入色阶”文本框中依次输入 0、0.68 和 255，如图 6-89 所示。

图 6-87 “亮度/对比度”对话框

图 6-88 调整亮度和对比度后的效果

Step8 在图像窗口中预览调整效果，单击 确定 按钮应用设置，最终效果如图 6-90 所示。

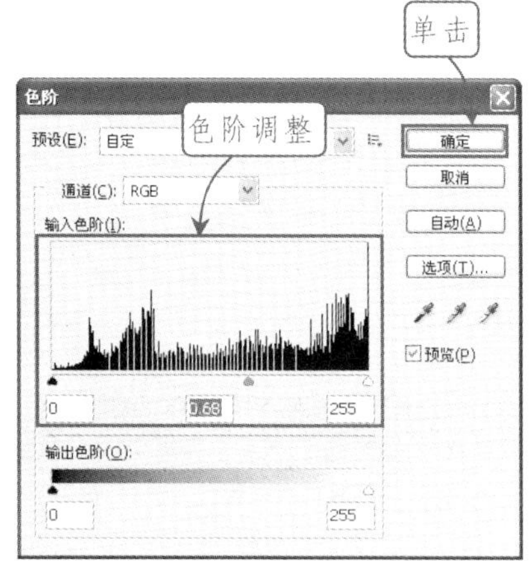

图 6-89 “色阶”对话框

图 6-90 调整色阶后的效果

Step9 选择【图像】/【调整】/【色相/饱和度】命令，打开“色相/饱和度”对话框。向右拖动 “饱和度”滑块和“明度”滑块，如图 6-91 所示。

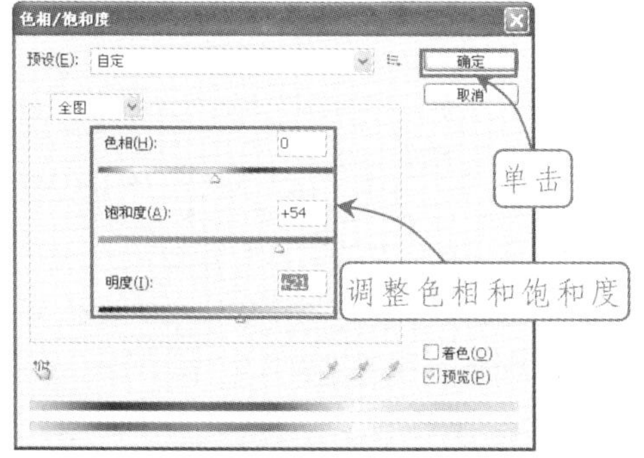

图 6-91 “色相/饱和度”对话框

Step10 单击 确定 按钮关闭“色相/饱和度”对话框，图像调整后的最终效果如图 6-82 所示，最后将调整后的图像保存【源文件\第 6 章\海滩.jpg】。

6.7 大显身手

本章应重点掌握在 Photoshop CS4 中对图像的颜色与色调的调整

（1）打开“气球.jpg”图像文件【素材\第 6 章\气球.jpg】，如图 6-92 所示，调整图像的色彩完成后的最终效果如图 6-93 所示【源文件\第 6 章\气球.jpg】。

提示：选择【图像】/【调整】/【可选颜色】命令，在打开的“可选颜色”对话框的“颜色”下拉列表框中分别选择“红色”和“蓝色”选项，通过设置参数对气球的颜色进行调整。

图 6-92　打开图像　　图 6-93　调整图像

（2）打开“油菜花.jpg”和“胶片.psd”图像文件【素材\第 6 章\油菜花.jpg、胶片.psd】，对“油菜花.jpg”图像的色彩进行调整，然后将其移动到“胶片.psd”图像文件中，调整完成后的最终效果如图 6-94 所示【源文件\第 6 章\胶片效果.psd】。

提示：使用“反相”命令对图像进行反相，得到图像的胶片效果，将其缩小放置于“胶片效果.psd”图像中。

图 6-94　最终效果

电脑急救箱

运用本章知识时若遇到各种图像颜色与色调调整方面的问题，别着急，打开电脑急救箱看看吧

Q 在将照片转换为黑白照片时，如果需要重复使用同样的参数，有什么简便快速的方法吗？

A 如果有大量类似的照片要处理，可以把设置保存起来，单击“预设”下拉列表框右侧的 按钮，在弹出的下拉菜单中选择“存储预设”命令，对其进行命名，并保存为.blw格式，以后再打开“黑白”对话框时，就能在“预设”下拉列表框中找到存储的设置了。

Q 图像中并非所有对象都需要调整，这时该怎么办呢？

A 如果要对部分图像进行调整，可以为要调整的部分创建选区，再使用图像色调和色彩调整命令进行调整。

Q 为什么调整了图片色彩后，打印出来的效果还是不理想呢？

A 对于专业的图像编辑，在调整图像色调和色彩时，应使用经过校准的显示器，否则在显示器上看到的图像将与印刷成品有差别。

第 7 章 图层的基本操作

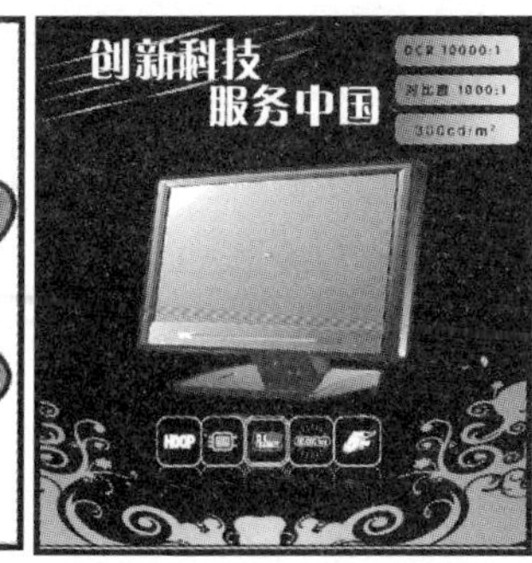

本章要点

- 什么是图层
- 创建和编辑图层
- 排列与分布图层
- 合并与管理图层

图层是 Photoshop CS4 中图像文件的重要组成部分，一个复杂的图像文件通常都会包含多个图层，通过对单个图层进行处理可以避免对其他图层的信息造成损害，从而保护图像的完整性。本章将对创建和编辑图层、排列与分布图层及合并与管理图层等基础操作进行介绍，为熟练且灵活地使用图层打下坚实的基础。

7.1 项目观察——对图层进行编辑和管理

对图层进行必要的编辑和管理，可以使图层中的图像更好地显示

在 Photoshop CS4 中可以对隐藏的图层进行显示，对图层的顺序进行调整并将同一类型的图层编组。对图层进行编辑和管理后，能更准确地选择需要的图层，并对图层中的图像元素进行操作。下面将对“宣传单.psd”图像文件中的图层进行编辑和管理，处理前后对比效果如图 7-1 所示。

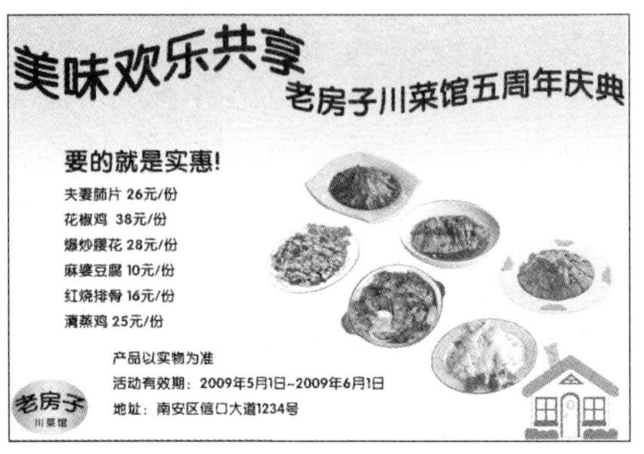

图 7-1　处理前后的“宣传单.psd” 图像

Step 1 打开“宣传单.psd”图像文件【素材\第 7 章\宣传单.psd】，在“图层”控制面板中可以看到，该图像文件包含很多图层且“图层 9”没有显示，如图 7-2 所示。

Step 2 在“图层”控制面板中选择“图层 9”，单击该图层左侧的“指示图层可见性”图标将图层显示出来，如图 7-3 所示。

图 7-2　打开图像

图 7-3　显示图层

Step 3 在“图层 9”上按住鼠标左键不放并向下拖动至“图层 3”下方，当显示一条高光线时释放鼠标即可，如图 7-4 所示。

Step 4 此时图像窗口中被遮住的图像将全部显示出来，如图 7-5 所示。

Step 5 单击“图层”控制面板底部的“创建新组”按钮创建一个图层组，如图 7-6 所示，双击创建的图层组的名称，将其修改为“宣传文字”。

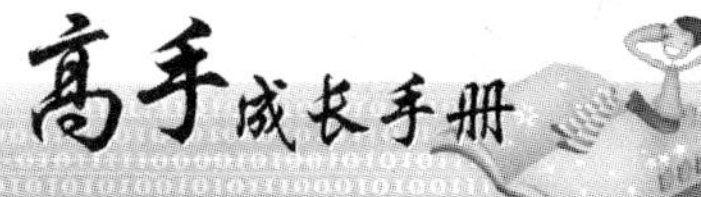

Step 6 在"图层"控制面板中选择所有的文字图层，将其拖入创建的"宣传文字"图层组中，如图 7-7 所示。

图 7-4 拖动图层

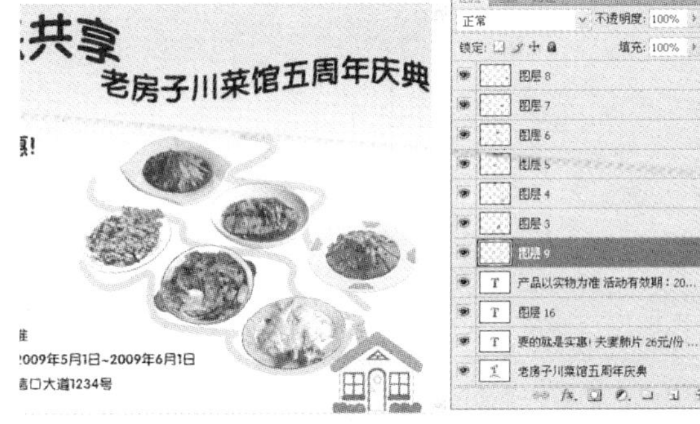

图 7-5 拖动图层后的效果

Step 7 在将所有文字图层都拖入创建的图层组后，效果如图 7-8 所示。单击图层组名前面的▼图标，收缩该图层组中的所有图层，图层组名前面的图标变成▶图标，如图 7-9 所示。

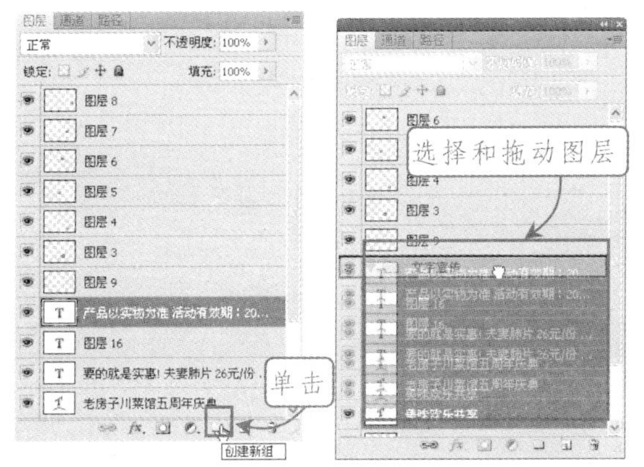

图 7-6 创建图层组

图 7-7 拖动图层

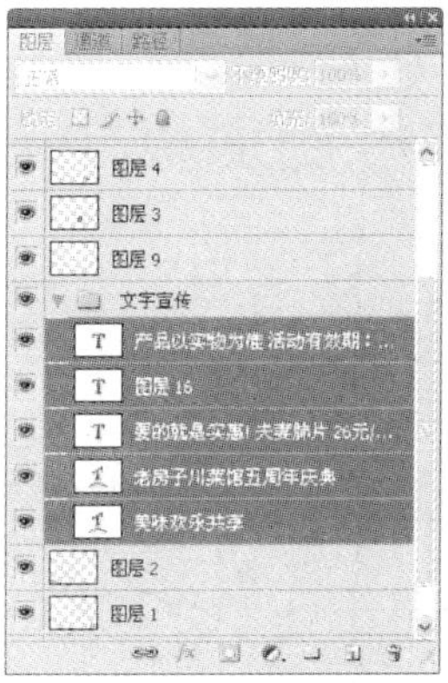

图 7-8 查看图层组

图 7-9 收缩图层组

通过上述项目案例的制作，可以看出在 Photoshop CS4 中通过对图层进行编辑和管理，可以使图层的顺序和位置更加合理，也方便对图像元素进行编辑，下面将具体讲解图层的基本操作。

7.2 什么是图层

了解图层才能更好地使用和编辑图层

图层在 Photoshop CS4 中发挥着非常重要的作用，它是构成图像的重要组成单位，用图层来实现效果是一种直观而简便的方法。在 Photoshop CS4 中可以将不同的图像元素放在不同的图层上，进行独立操作而不对其他图层造成影响。

7.2.1 图层的原理

图层是装载各种各样图像的载体。当新建一个图像文件时，系统会自动在新建的图像窗口中生成一个图层，这时就可以通过绘图工具在图层上进行绘图。一个图像可以由若干个图层组成，图层可以精确定位页面上的元素，图层中可以加入文本、图片、表格或插件，也可以在图层中再嵌套图层。每个图层按顺序叠放在一起，组合起来形成最终的效果，如图 7-10 所示。

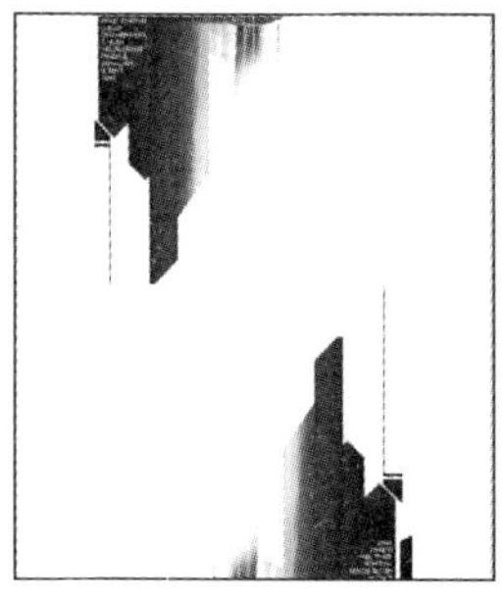

图 7-10　图像的组成

7.2.2 “图层”控制面板

默认情况下，“图层”控制面板位于工作界面的右侧，它用于存储、创建、复制或删除图层等。打开一个具有多个图层的图像，其对应的“图层”控制面板如图 7-11 所示。

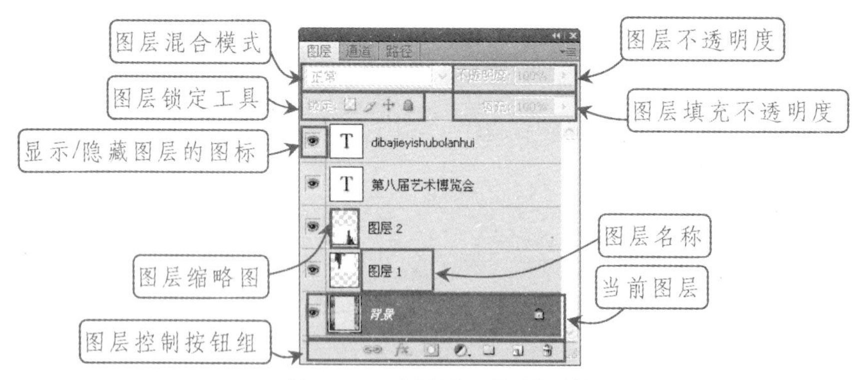

图 7-11　“图层”控制面板

“图层”控制面板中各元素的作用分别介绍如下：

- 图层混合模式：设置当前图层与其他图层叠合在一起的效果。
- 图层不透明度：设置当前图层的不透明度。

- 图层填充不透明度：设置当前图层内容的填充不透明度。
- 图层锁定工具：表示锁定透明像素；表示锁定图像像素；表示锁定位置；表示锁定全部。
- 显示/隐藏图层图标：用于指定图层可见性。
- 当前图层：以蓝色条显示的图层为当前图层，其左侧显示一个画笔图标。
- 图层缩略图：显示图层中缩小后的图像。
- 图层控制按钮组：用于对图层的各种控制和管理，如图层的链接、创建和删除等。

7.2.3 图层的类型

图层的种类有多种，主要包括普通图层、背景图层、文本图层、形状图层、调整图层和填充图层，如图 7-12 所示。

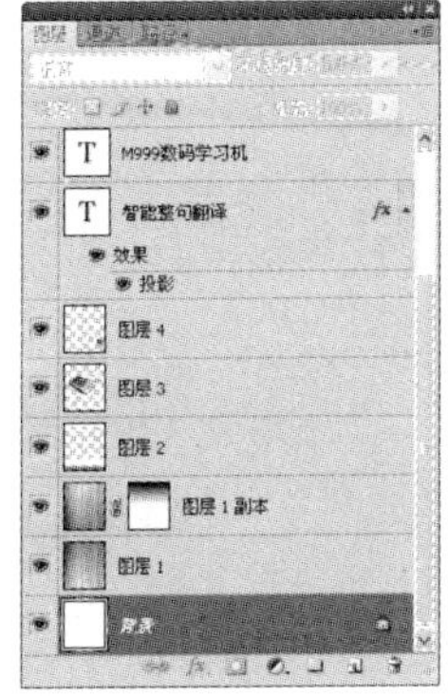

图 7-12　常见的图层类型

指点迷津

“图层”控制面板中最底部的图层称为背景图层，其右侧有一个锁形图标，表示它被锁定，不能进行移动、更名等操作。其他图层位于背景图层之上，可以进行任意移动或更名等常用操作。

不同的图层有不同的特点和功能，操作和使用的方法也不同。Photoshop 中常见图层类型的特点和作用分别介绍如下：

- 普通图层：指用一般方法建立的图层，几乎所有 Photoshop 中的功能都可以在这种图层上得到应用。
- 背景图层：背景图层是一种不透明的图层，用于图像的背景。该图层是锁定的，不能对其应用任何类型的混色模式。
- 文字图层：指用文字工具建立的图层，一旦输入文字，就会自动产生一个文字图层。
- 形状图层：当使用形状工具或钢笔工具创建图层时，形状中会自动填充当前的前景色，也可以很方便地改用其他颜色、渐变或图案来进行填充。
- 调整图层：调整图层是比较特殊的图层，主要用来控制色调和色彩的调整，调节其下所有图层中图像的色调、亮度和饱和度等。
- 填充图层：此图层可以在当前图层中填充一种颜色（纯色、渐变或图案），以产生特效。

7.3 创建图层

创建图层是编辑图层的常用且重要的操作之一

创建图层一般是指创建一个空白图层，新创建的图层将位于“图层”控制面板中所选图层的上面。默认情况下，新建的图层都将采用“正常”模式和100%的不透明度，并且依照建立的次序命名，如“图层1”、“图层2”……根据图层类型的不同，创建图层的方法有以下几种：

- 新建空白图层：单击“图层”控制面板底部的“创建新图层”按钮。
- 新建文字图层：选择文字工具T，在图像任意区域单击并输入文本，单击工具属性栏中的“提交所有当前编辑”按钮✓，此时会自动创建一个文字图层，图层名称即为输入的文本。
- 新建填充图层：选择【图层】/【新建填充图层】级联菜单下的命令，可以创建填充图层，其中包括纯色、渐变和图案3种类型。
- 新建调整图层：选择【图层】/【新建调整图层】级联菜单下的命令，可以快速创建调整图层。

下面在已打开的图像文档中创建图层，其具体操作步骤如下：

Step 1 新建图像文件，选择【图层】/【新建】/【图层】命令，打开“新建图层”对话框，在“名称”文本框中输入“乐器”，如图7-13所示。

Step 2 单击 确定 按钮，即可创建一个名称为“乐器”的新图层，如图7-14所示。

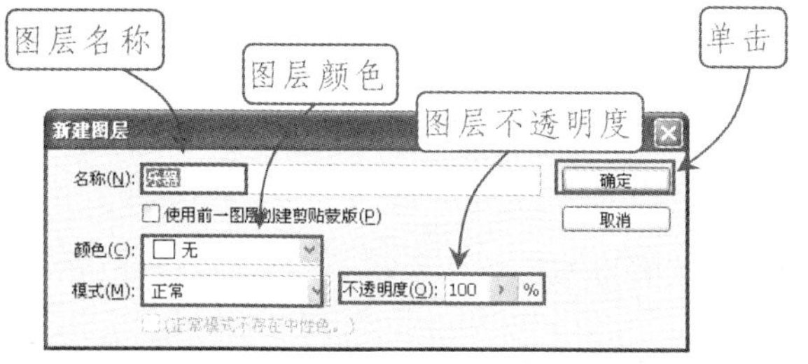

图 7-13 “新建图层”对话框

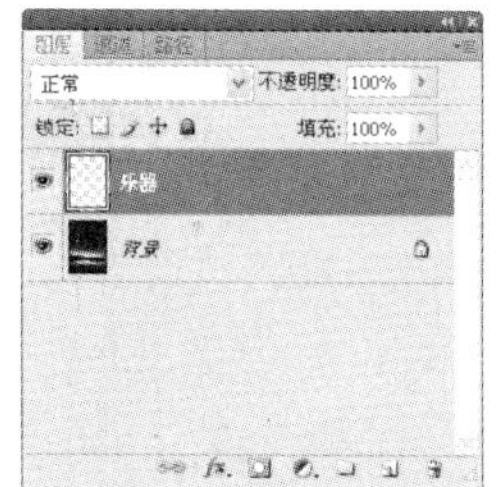

图 7-14 创建的新图层

指点迷津

使用白色背景或彩色背景创建新图像时，“图层”控制面板中最下面的图像为背景图层。一幅图像只能有一个背景图层。背景图层的混合模式或不透明度是不能进行更改的，但是将背景图层转换为普通图层后，便可更改其属性。

7.4 编辑图层

创建图层后，可以根据需要对图层进行选择、复制、锁定、链接和删除等编辑操作

创建图层后，还可以对图层进行编辑，包括选择图层、复制图层、显示与隐藏图层、锁定图层、链接图层和删除图层等。

7.4.1 选择图层

只有选择需要的图层，才能正确地对图像进行编辑及修饰。选择图层的方法有以下 3 种：

- 选择单个图层：如果要选择某个图层，只需在“图层”控制面板中要选择的图层上单击即可，被选择的图层背景呈蓝色显示，如图 7-15 所示。
- 选择多个连续图层：Photoshop CS4 允许同时选择多个连续图层，方法为先选择某个图层，按住【Shift】键的同时选择其他图层，这样就选中了 2 个图层及它们之间的所有图层，如图 7-16 所示。
- 选择多个不连续图层：如果要选择不连续的多个图层，只需在按住【Ctrl】键的同时选择需要的图层即可，如图 7-17 所示。

图 7-15　选择单个图层

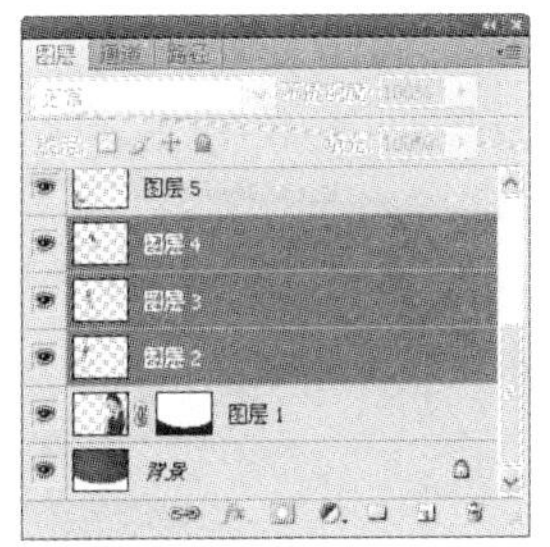

图 7-16　选择连续图层

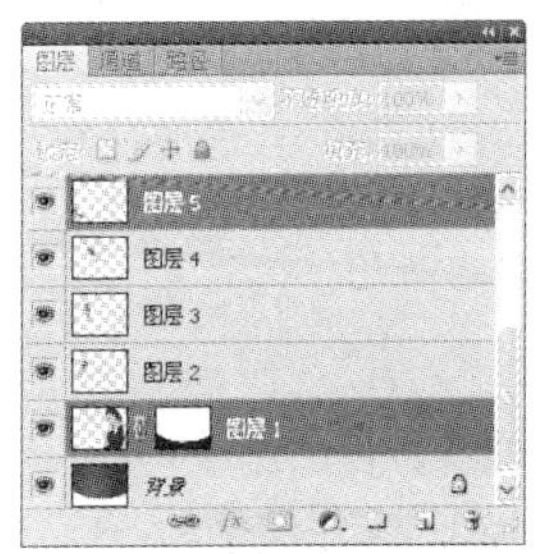

图 7-17　选择不连续图层

7.4.2 复制图层

在实际操作中有时需要对同一个图像进行另外的编辑操作，可以对该图像所在的图层进行复制。复制图层就是为已存在图层创建图层副本，其方法有如下几种：

- 通过菜单复制图层：选择【图层】/【复制图层】命令，在打开的“复制图层”对话框中为复制的图层命名后单击 确定 按钮。
- 通过“图层”控制面板复制图层：将“图层”控制面板中要复制的图层拖至控制面板底部的“创建新图层”按钮上释放鼠标。
- 通过快捷键复制图层：在“图层”控制面板中选择要复制的图层，然后按【Ctrl+J】组合键。

下面介绍通过菜单命令复制图层的详细方法，其具体操作步骤如下：

Step 1 在“图层”控制面板中选择要复制的源图层，选择【图层】/【复制图层】命令，打开“复制图层”对话框。

Step 2 在“为（A）”文本框中输入新图层的名称，在“文档”下拉列表框中选择新图层要放置的图像文件，如图 7-18 所示。

Step 3 单击 确定 按钮，完成复制，如图 7-19 所示。

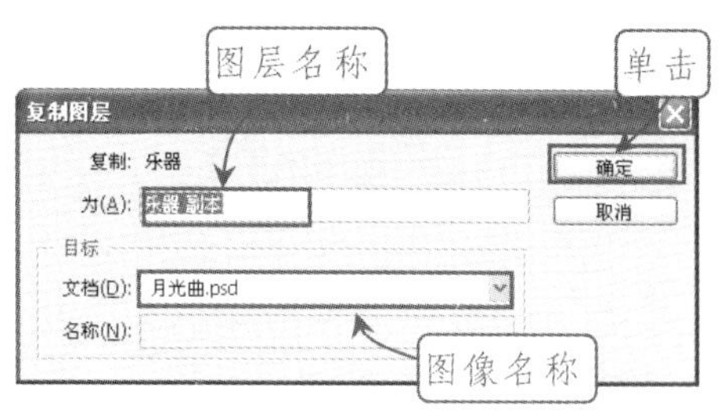

图 7-18 “复制图层”对话框

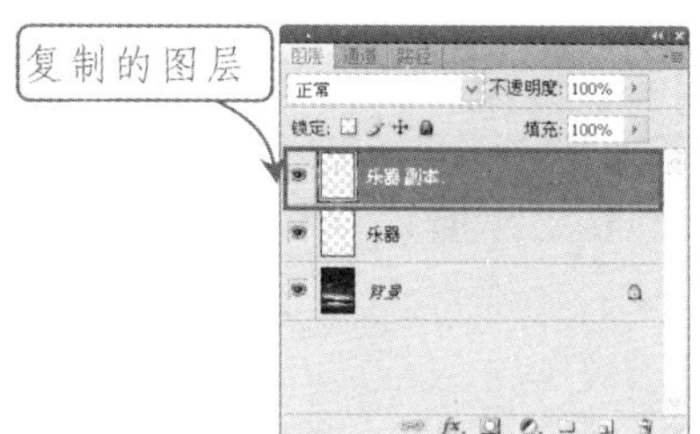

图 7-19 复制的图层

指点迷津

图层的最初名称由系统自动生成，用户可根据需要对图层进行重新命名，从而便于对各个图层的管理和编辑。

7.4.3 显示与隐藏图层

在“图层”控制面板中可以十分方便地显示和隐藏图层，下面举例说明：在“图层”控制面板中选择“音符”图层，如图 7-20 所示。单击“音符”图层左侧的“指示图层可见性”图标，隐藏“音符”图层，此时在如图 7-21 所示的图像窗口中便看不见音符的图像了；再次单击该图层左侧的空白框，即可重新显示图层。

图 7-20 选择“音符”图层

图 7-21 隐藏“音符”图层

7.4.4 锁定图层

在制作图像的过程中，为了防止图层因错误操作破坏图像效果，可以将图层锁定。在“图层”控制面板中有 4 个选项用于设置锁定图层的哪些内容，其作用分别介绍如下：

- 锁定透明像素：单击“图层”控制面板中的“锁定透明像素”按钮，当前图层上原本透明的部分被保护起来，不允许对其进行编辑，后面的所有操作只对不透明图像起作用。
- 锁定图像像素：单击“图层”控制面板中的“锁定图像像素”按钮，当前图

层被锁定，不管是透明区域还是图像区域都不允许填色或进行色彩编辑。该功能对背景图层无效。

- 锁定位置：单击“图层”控制面板中的“锁定位置”按钮，图层上的图像不允许被移动或进行各种变形编辑，但仍然可以对该图层进行填充或描边等其他绘图操作。
- 锁定全部：单击“图层”控制面板中的“锁定全部”按钮，当前图层的所有编辑被锁定，将不允许对图层上的图像进行任何操作，不过此时还可以改变图层的排列顺序。

7.4.5 链接图层

图层的链接是指将多个图层链接为一组，当对当前图层进行移动、变换或复制时，其他与之链接的图层也将做同样的操作。对图层进行链接后，在链接图层的右侧将显示链接图标，“图层”控制面板中带有图标的图层为被链接在一起的图层。

下面以链接“图层”控制面板中的“图层1”、“图层2”和“图层3”为例来介绍其使用方法，其具体操作步骤如下：

Step 1 同时选择“图层1”、“图层2”和“图层3”图层，如图7-22所示。

Step 2 单击“图层”控制面板底部的“链接图层”按钮，此时链接后的图层名称右侧会显示链接图标，表示被选择的图层已被链接，如图7-23所示。

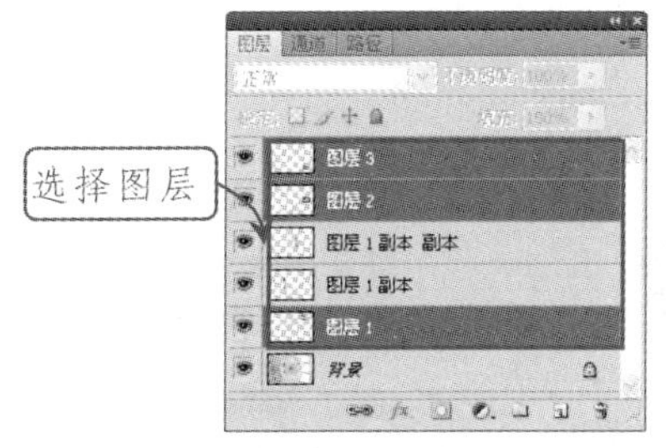

图7-22 选择要链接的图层

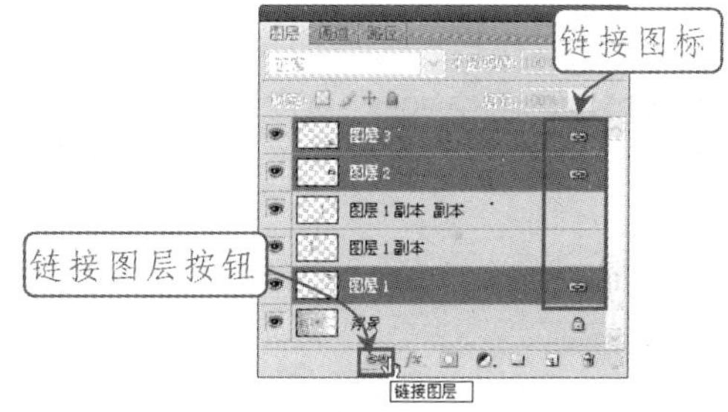

图7-23 图层链接

指点迷津

如果要取消图层间的链接，需要先选择所有的链接图层，然后单击“图层”控制面板底部的“链接图层”按钮，如果只想取消某一个图层与其他图层间的链接关系，则只需选择该图层，再单击“图层”控制面板底部的“链接图层”按钮。

7.4.6 删除图层

对于不再使用的图层，可以将其删除，删除图层后该图层中的图像也将消失。删除不需要的图层不仅便于图像文件的管理，而且还可以减小图像文件的大小，具体方法有以下几种：

● 在“图层”控制面板中选择要删除的图层。单击“图层”控制面板底部的“删除图层”按钮。

● 在“图层”控制面板中选择要删除的图层，在其上右击，在弹出的快捷菜单中选择“删除图层”命令。

● 在“图层”控制面板中选择要删除的图层，然后按【Delete】键。

● 在“图层”控制面板中选择要删除的图层，然后选择【图层】/【删除】/【图层】命令。

7.5 排列与分布图层

排列与分布图层可以更改图像文件中各个元素的显示效果

新建图层都会在“图层”控制面板中从底部向上顺序排列，用户也可以根据自己的需要对图层重新进行排列。图层的排列顺序不一样，则图像的最终效果也会不一样。

7.5.1 调整图层的顺序

在前面已经介绍过，图层中的图像具有上层覆盖下层的特性，所以适当地调整图层排列顺序可以制作出更为丰富的图像效果。调整图层排列顺序的操作方法非常简单，只需按住鼠标左键将图层拖至目标位置，如图 7-24 所示，当目标位置显示一条高光线时释放鼠标即可，效果如图 7-25 所示。

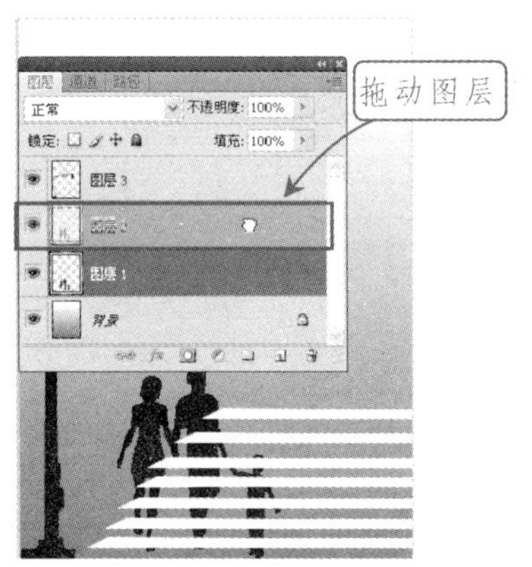

图 7-24 拖动图层

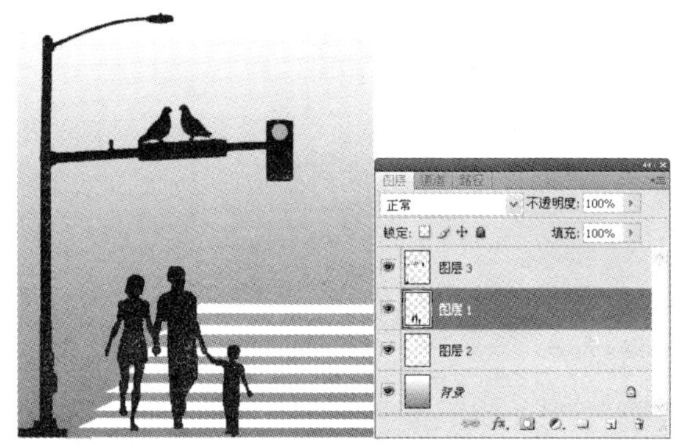

图 7-25 调整图层顺序

7.5.2 对齐图层

对齐图层是指对多个同时选择的图层或链接图层迅速而准确地进行对齐操作，例如以顶边、底边、左边或垂直居中等方式进行对齐。在 Photoshop CS4 中，可以通过工具属性栏和菜单命令精确对齐图层。其方法分别如下：

● 通过工具属性栏对齐图层的方法是先选择或链接需要对齐的图层，然后在如图 7-26 所示的工具属性栏中单击相应的对齐按钮。

图 7-26　工具属性栏中的对齐按钮

● 通过菜单命令对齐图层的方法是先选择或链接需要对齐的图层，再选择【图层】/【对齐】命令，在弹出的如图 7-27 所示的级联菜单中选择相应的对齐命令即可。

图 7-27　“对齐”级联菜单

7.5.3 分布图层

分布图层是指将多个同时选择或链接的图层迅速而准确地等距分布，具体操作也可以通过属性栏和菜单命令实现。其方法分别如下：

● 通过属性栏分布图层的方法是先选择或链接需要分布的图层，然后在如图 7-28 所示的属性栏中单击相应的分布按钮。

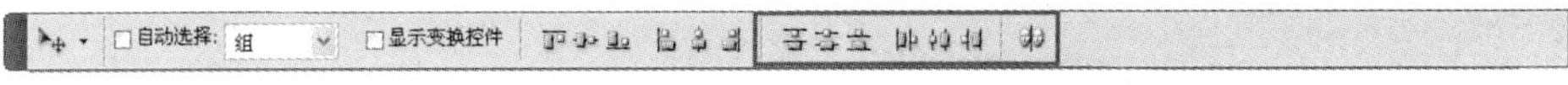

图 7-28　工具属性栏中的分布按钮

● 通过菜单命令分布图层的方法是先选择或链接需要分布的图层，再选择【图层】/【分布】命令，在弹出的如图 7-29 所示的级联菜单中选择相应的分布命令即可。

图 7-29　“分布”级联菜单

7.6 合并与管理图层

合并与管理图层可以减小文件大小，加速图像的编辑过程

图像是由图层组合而成的，在完成图层的编辑和处理后，可以对图层进行合并，使图像成为一个整体。另外，对图层进行管理后，可以方便地对图层中的元素进行查看。

7.6.1 合并图层

当编辑一幅含有多个图层的图像时，可以将编辑好的几个图层合并成一个图层或拼合图像。合并图层的方法有以下几种：

- 合并图层：选择需要合并的图层，然后选择【图层】/【合并图层】命令。
- 向下合并图层：向下合并图层就是将当前图层与其下面的第一个图层进行合并，选择【图层】/【向下合并】命令即可。
- 合并可见图层：合并可见图层就是将所有的可见图层合并成一个图层，选择【图层】/【合并可见图层】命令即可。
- 拼合图像：拼合图像就是将所有可见图层合并，而隐藏的图层将被丢弃，选择【图层】/【拼合图像】命令即可。

7.6.2 管理图层

在处理图像时，为了方便管理图层，可以将同一类型的图层放在创建的图层组中，以便对组内的图层进行统一的移动、复制、变换和删除等操作。创建图层组的方法有如下几种：

- 单击“图层”控制面板底部的“创建新组”按钮，然后将需要放置于该图层组的图层拖曳至该组中。
- 单击“图层”控制面板右上侧的按钮，在弹出的下拉菜单中选择“新建组”命令，然后在打开的“新建组”对话框中设置图层组的名称等，单击 确定 按钮。
- 选择【图层】/【新建】/【组】命令，在打开的“新建组”对话框中输入组的名称即可。
- 选择【图层】/【图层编组】命令，需要注意的是，使用该命令创建图层组时，所选择的图层会被自动归入该图层组中。

下面创建图层组，并将相应的图层拖入该组中，其具体操作步骤如下：

Step 1 打开“黑板.psd”图像文件【素材\第 7 章\黑板.psd】，在“图层”控制面板中任意选择一个图层，然后选择【图层】/【新建】/【组】命令。在打开的“新建组”对话框的“名称”文本框中输入“水果”，其他参数设置保持不变，如图 7-30 所示。

Step 2 单击 确定 按钮，在“图层”控制面板中显示一个名为“水果”的图层组，如图 7-31 所示。在“图层”控制面板中选择水果图片所在的 4 个图层，拖入创建的“水果”图层组中，如图 7-32 所示。

Step 3 单击图层组名前面的▼图标，收缩该图层组中的所有图层，图层组名前面的图标变成▶图标，如图 7-33 所示。用同样的方法新建组并将其命名为“蔬菜”，然后将“图层 5”～“图层 8”拖入该图层组中，最终效果如图 7-34 所示【源文件\第 7 章\黑板.psd】。

图 7-30　“新建组”对话框

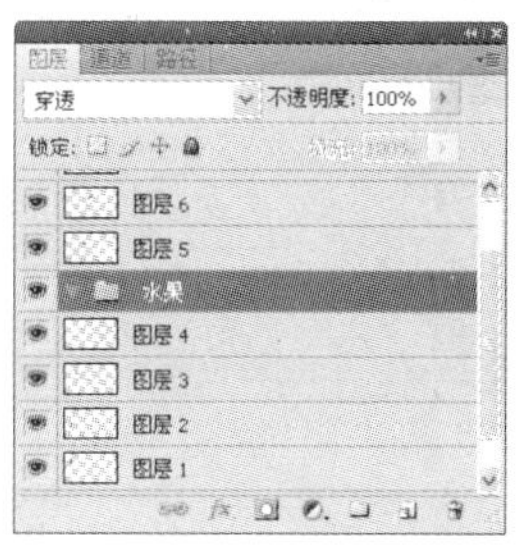

图 7-31　新建“水果”图层组

图 7-32　拖入图层

图 7-33　收缩图层组

图 7-34　最终效果

7.7 综合实例——制作产品平面广告

掌握图层的基础操作后才能处理复杂的图像文件

本章学习了图层的基本操作，通过对图层进行编辑和处理，可以达到对图像进行合成的目的。本章的综合实例将充分运用图层的合并、管理、复制、移动、对齐和图层顺序的调整等知识制作出产品的宣传广告，打开的图像文件和对图层进行操作后的图像文件的前后效果对比如图 7-35 所示。

图 7-35　处理前后的“产品广告.psd”图像

制作思路

第一步：移动图像
- ①打开“产品广告.psd”图像文件
- ②合并图层并分布图层
- ③对图层进行编组及重命名

第二步：复制和变换图像
- ④复制并对齐图层
- ⑤向下合并图层并调整图层顺序

其具体操作步骤如下：

Step 1 打开“产品广告.psd”图像文件【素材\第 7 章\产品广告.psd】，在“图层”控制面板组中按住【Shift】键的同时选择“DCR 10000:1”图层和“图层 2”，在其上右击，在弹出的快捷菜单中选择“合并图层”命令，如图 7-36 所示。

Step 2 使用同样的方法合并“图层 2 副本”和“对比度 1000:1”图层、“图层 2 副本 副本”和“300cd/m^2”图层。

Step 3 选择合并后的“DCR 10000:1”、“对比度 1000:1”和“300cd/m^2”图层，在其上右击，在弹出的快捷菜单中选择【分布】/【底边】命令，如图 7-37 所示。

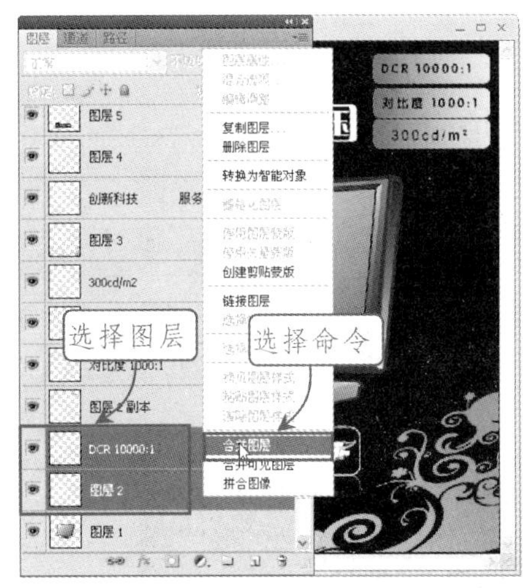

图 7-36　合并图层

图 7-37　分布图层

Step 4 单击“图层”控制面板底部的“创建新组”按钮来创建新组，按住【Shift】键的同时选择“DCR 10000:1”、“对比度 1000:1”和“300cd/m^2”图层，将其拖入创建的图层组中，如图 7-38 所示。

Step 5 此时选择的 3 个图层归入“组 1”图层组中，如图 7-39 所示。双击图层组名称，将图层组的名称修改为“产品参数”，单击图层组名前面的▼图标收缩该图层组中的所有图层。

Step 6 选择“图层 1”，双击该图层的名称，将其重命名为“产品”，如图 7-40 所示，使用同样的方法为其他图层重命名，完成后的效果，如图 7-41 所示。

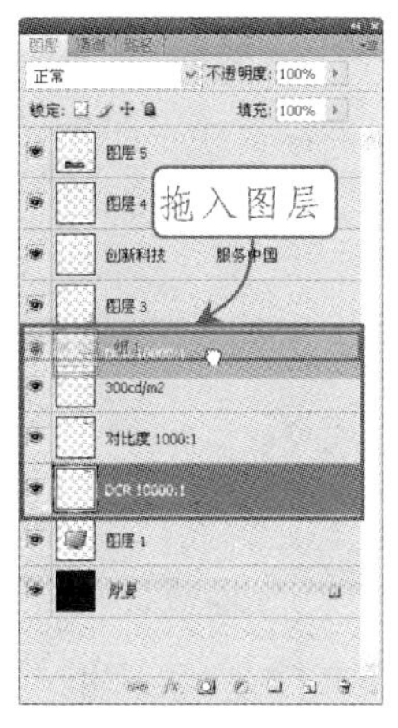

图 7-38　拖入图层

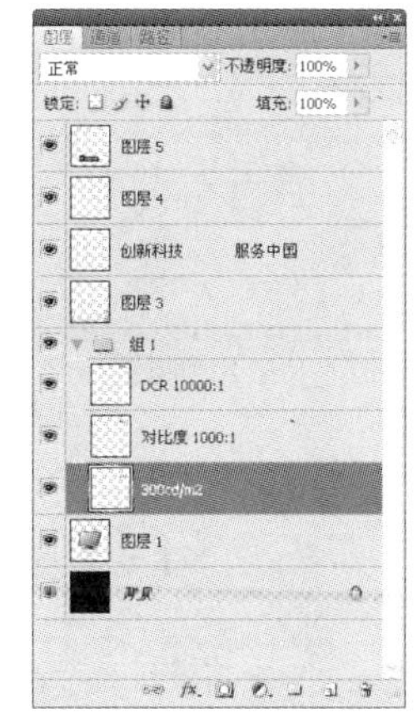

图 7-39　查看图层组

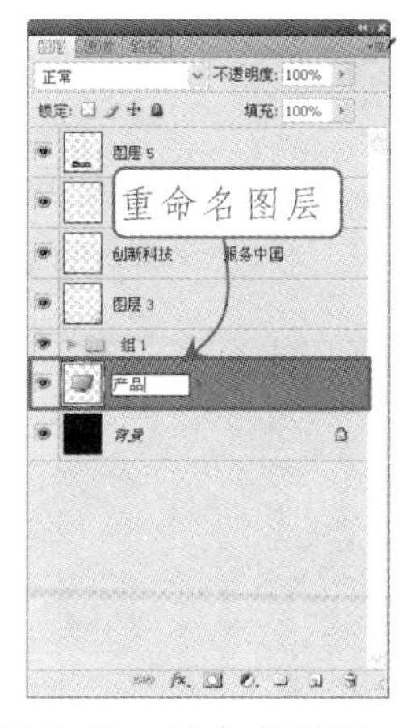

图 7-40　重命名图层

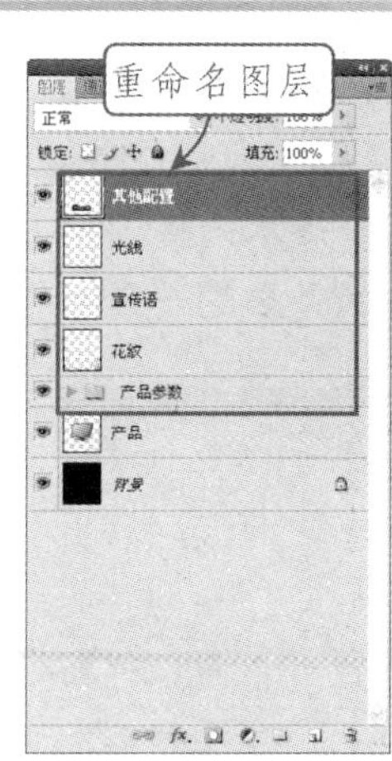

图 7-41　继续重命名图层

Step 7　在"图层"控制面板中选择"光线"图层，按 3 次【Ctrl+J】组合键复制 3 个图层，如图 7-42 所示。

Step 8　选择"光线"图层和复制的 3 个图层，在其上右击，在弹出的快捷菜单中选择【对齐】/【水平居中】命令，如图 7-43 所示。

Step 9　选择"光线副本 3"图层，在其上右击，在弹出的快捷菜单中选择"向下合并"命令，将该图层与它下面的第一个图层合并，如图 7-44 所示，进行 3 次向下合并的操作后，"光线"图层和复制的 3 个图层合并为"光线"图层。

Step 10　选择"光线"图层，在其上按住鼠标左键不放并将图层拖至"宣传语"图层的下方，当目标位置显示一条高光线时释放鼠标即可，如图 7-45 所示，完成对图层的调整后，按【Ctrl+S】组合键保存对图像文件所做的修改【源文件\第 7 章\产品广告.psd】。

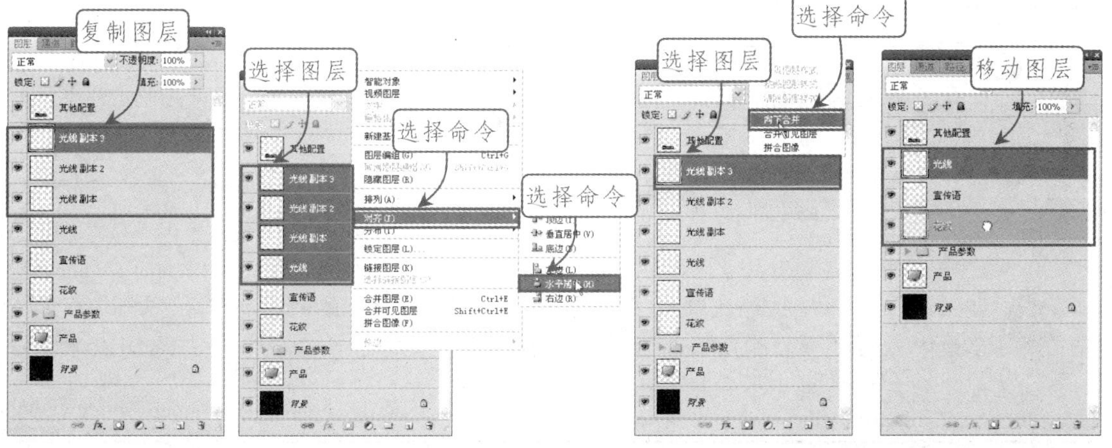

图 7-42　复制图层　　图 7-43　水平居中对齐图层　　图 7-44　合并图层　　图 7-45　调整图层顺序

7.8 大显身手

本章应重点掌握 Photoshop CS4 中图层的基础操作

打开"室内装饰.psd"图像文件【素材\第 7 章\室内装饰.psd】，如图 7-46 所示，对图层的顺序进行调整，合并图层并对齐图层，调整完成后的最终效果如图 7-47 所示【源文件\第 7 章\室内装饰.psd】。

提示：将“窗”图层移至“窗帘”图层的下方，合并“台灯”和“柜子”图层，然后将合并后的“台灯”图层和“沙发”图层底边对齐。

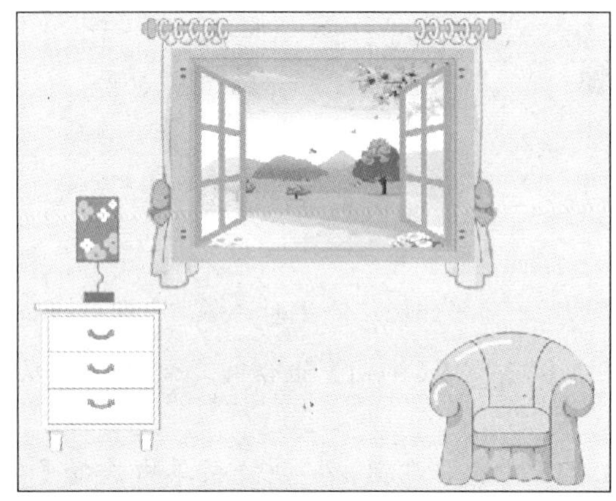
图 7-46　打开图像

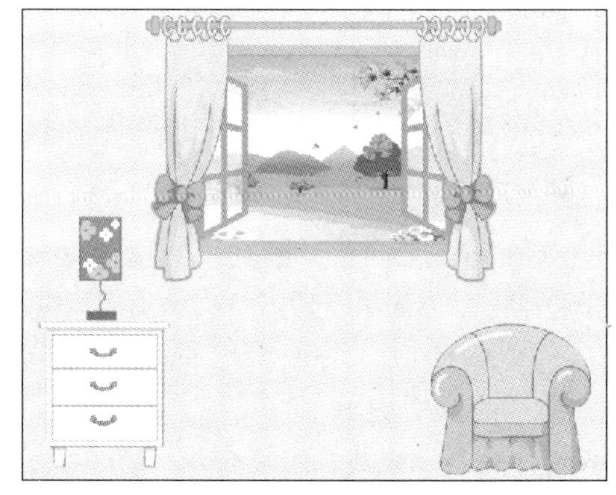
图 7-47　最终效果

电脑急救箱

运用本章知识时若遇到有关图层的基本操作的各种问题，别着急，打开电脑急救箱看看吧

Q 在“图层”控制面板中排列图层顺序与移动图层有什么区别呢？

A 排列图层顺序只会改变图层中的图像在图像窗口中的显示顺序，而不会改变图像在图像窗口中的位置。

Q 为什么在合并图层时，找不到“合并图层”命令，却显示了一个“向下合并”命令？

A 当只选择一个图层时，单击“图层”控制面板右上角的按钮，在弹出的下拉菜单中没有“合并图层”命令，而只有“向下合并”命令，这表示将所选图层合并到其下的第一个图层中。

第 8 章 图层的高级操作

本章要点

- 图层样式
- 图层的不透明度
- 图层的混合模式
- 图层蒙版

Photoshop CS4 除了可以对图层进行编辑和管理外，还可以通过添加图层样式、图层混合模式，为图层中的图像元素添加特殊效果。在进行图像的合成时通过调整图层的不透明度和添加图层蒙版可以使图层和其他图像元素过渡得更加自然。图层蒙版在混合图像、保护图像和隐藏图像等方面都有着巨大的优势，也是制作各类蒙太奇特殊效果最常使用的方法。本章将对这些方法进行重点介绍。

8.1 项目观察——制作特殊图像效果

通过添加图层蒙版和设置图层的不透明度快速制作特殊图像效果

在 Photoshop CS4 中通过添加图层蒙版和设置图层的不透明度，对图像进行合成，可以模拟出真实的图像效果。下面将打开“建筑.jpg”和“沙漠.jpg”图像文件，通过图像合成，制作出如图 8-1 所示的“海市蜃楼”景象。

图 8-1 “海市蜃楼.psd”最终效果

Step 1 打开“建筑.jpg”和“沙漠.jpg”图像文件【素材\第 8 章\建筑.jpg、沙漠.jpg】，如图 8-2 和图 8-3 所示。

图 8-2 “建筑.jpg” 图像文件

图 8-3 “沙漠.jpg”图像文件

Step 2 选择工具箱中的移动工具，拖动“建筑.jpg”图像到“沙漠”图像文件窗口中，“图层”控制面板中自动生成“图层 1”，如图 8-4 所示。

Step 3 按【Ctrl+T】组合键为“图层 1”的图像添加一个变换框，将鼠标指针移至变换框底边的控制点处，当其变为形状时，向上拖动鼠标缩小图像，按【Enter】键确认变换图像，效果如图 8-5 所示。

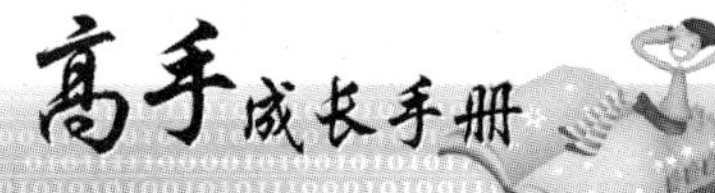

图 8-4　拖动图像

图 8-5　变换图像

Step4 在"图层"控制面板底部单击"添加图层蒙版"按钮，为"图层 1"创建一个填充色为白色的图层蒙版。

Step5 将前景色设置为黑色，背景色设置为白色，选择工具箱中的渐变工具，并在工具属性栏中设置渐变为"前景色到背景色渐变"，渐变样式为"线性渐变"，然后在图像底部从下至上拖动鼠标绘制渐变，如图 8-6 所示。

Step6 在"图层"控制面板的"不透明度"数值框中输入数值 25%，单击"图层"控制面板左上角的"正常"下拉列表框右侧的按钮，在弹出的下拉列表中选择"变暗"选项，为图层设置混合模式，如图 8-7 所示，最终效果如图 8-1 所示【源文件\第 8 章\海市蜃楼.psd】。

图 8-6　绘制渐变

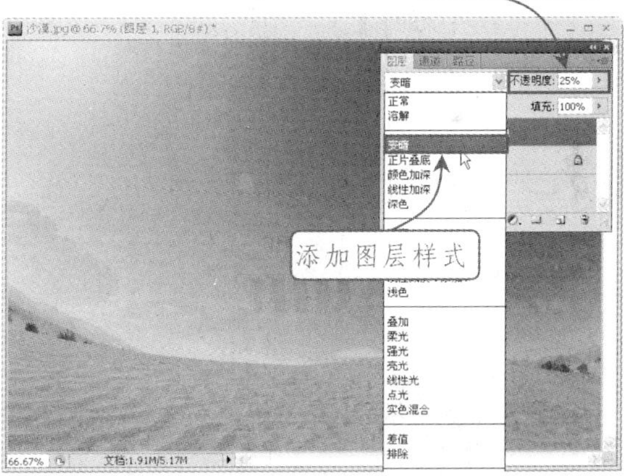

图 8-7　设置图层不透明度和样式

通过上述项目案例的制作，可以看出在 Photoshop CS4 中为图像绘制蒙版后，可以制作出特殊的图像合成效果。在为图像设置混合模式时，只需将各个图层排列好，然后选择要设置混合模式的图层，并为其选择一种混合模式即可。下面将具体讲解图层的高级操作所需掌握的知识。

8.2 图层样式

设置图层样式可以快速地为图像元素添加特殊效果

为普通的图层运用样式就像是给它穿上一件华丽的外套，通过为图层添加样式，可以使图像文件呈现出不同的艺术效果。

8.2.1 添加图层样式

在 Photoshop CS4 内置了 10 多种图层样式，使用它们只需简单设置相应的参数就可以轻松制作出投影、外发光、内发光、浮雕、描边等特殊效果，下面对各种图层样式分别进行介绍。

- 投影样式：投影样式用于模拟物体受光后产生的投影效果，主要用来增加图像的层次感，生成的投影效果沿图像边缘向外扩展，如图 8-8 所示。
- 内阴影样式：内阴影样式用于沿图像边缘向内产生投影效果，与投影样式产生效果的方向相反，其参数设置也大致相同，如图 8-9 所示。

图 8-8　投影样式

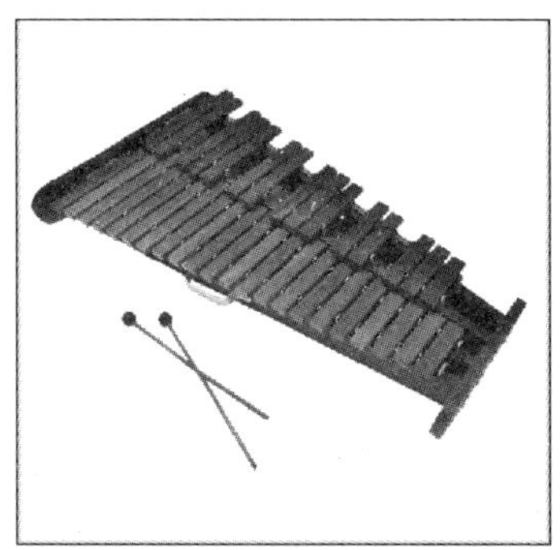

图 8-9　内阴影样式

- 外发光样式：外发光样式用于沿图像边缘向外生成类似发光的效果，如图 8-10 所示。
- 内发光样式：内发光样式与外发光样式在产生效果的方向上刚好相反，它是沿图像边缘向内产生发光效果，其参数设置也一样，如图 8-11 所示。

图 8-10　外发光样式

图 8-11　内发光样式

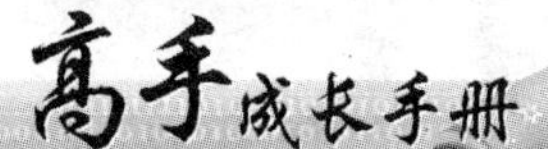

- 斜面和浮雕样式：斜面和浮雕样式用于增加图像边缘的暗调及高光，使图像产生立体感，如图 8-12 所示。
- 光泽样式：光泽样式通常用于制作光滑的磨光或金属效果，为图像运用光泽样式后的效果如图 8-13 所示。

图 8-12　斜面和浮雕样式

图 8-13　光泽样式

- 颜色叠加样式：颜色叠加样式是指使用一种颜色覆盖在图像表面，图 8-14 所示为使用红色叠加在人物所在图层上后的效果。
- 渐变叠加样式：渐变叠加样式是指使用一种渐变颜色覆盖在图像表面，如同使用渐变工具填充图像或选区一样，图 8-15 所示为使用“蓝，红，黄渐变”色谱样式填充蝴蝶所在图层后的效果。
- 图案叠加样式：图案叠加样式是指使用一种图案覆盖在图像表面，如同使用图案图章工具选择一种图案填充图像或选区一样，图 8-16 所示为使用“蜂窝”图案填充蝴蝶所在图层后的效果。
- 描边样式：使用描边样式可以沿图像边缘填充一种颜色，如同使用“描边”命令描边图像边缘或选区边缘一样，图 8-17 所示为使用红色描边蝴蝶图像后的效果。

图 8-14　颜色叠加样式

图 8-15　渐变叠加样式

图 8-16　图案叠加样式

图 8-17　描边样式

8.2.2 编辑图层样式

在运用图层样式后，可以对其进行查看或重新对相应参数进行设置，也可以复制图层样式，将其运用到其他的图层上。

1. 查看图层样式

为图层添加图层样式后，图层名右侧都会显示 fx 图标，如图 8-18 所示，表示该图层为使用了图层样式后的效果。单击图标右侧的 按钮可以展开图层样式，以便查看当前图层应用了哪些样式，如图 8-19 所示。

图 8-18 添加图层样式后的图层

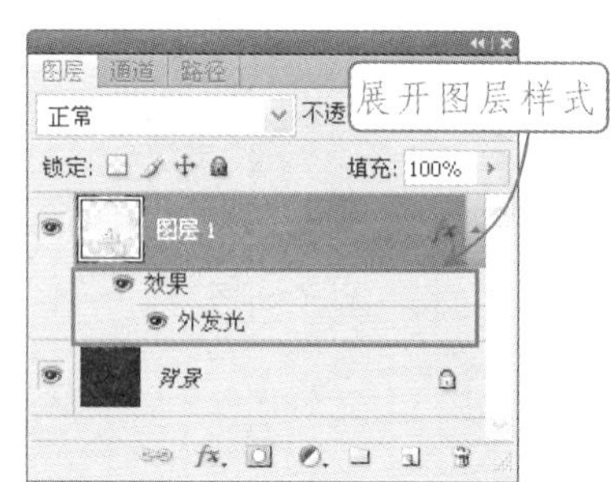

图 8-19 展开图层样式

2. 编辑图层样式

如果对已经应用的图层样式效果不满意，可以重新对其进行编辑，方法为在“图层”控制面板中单击 fx 图标右侧的 按钮展开应用的图层样式，然后双击需要编辑的图层样式名称，在打开的“图层样式”对话框中重新设置参数，然后单击 确定 按钮即可。

指点迷津

如果需要为已设置了图层样式的图层添加新的图层样式，可以双击已设置好的某个图层样式，打开“图层样式”对话框，然后在其左侧选中图层样式对应的复选框，在打开的参数面板中设置参数即可。

3. 复制图层样式

图层样式设置完成后，可以通过复制图层样式并将其应用到其他图层上，以减少重复设置的操作。方法为在“图层”控制面板中右击应用了图层样式的图层，在弹出的快捷菜单中选择“拷贝图层样式”命令，如图 8-20 所示；然后在要应用该效果的图层上右击，在弹出的快捷菜单中选择“粘贴图层样式”命令即可，如图 8-21 所示。

图 8-20 选择“拷贝图层样式”命令

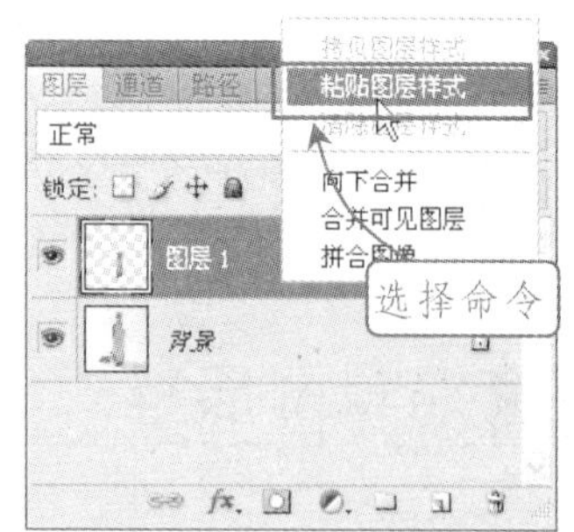

图 8-21 选择“粘贴图层样式”命令

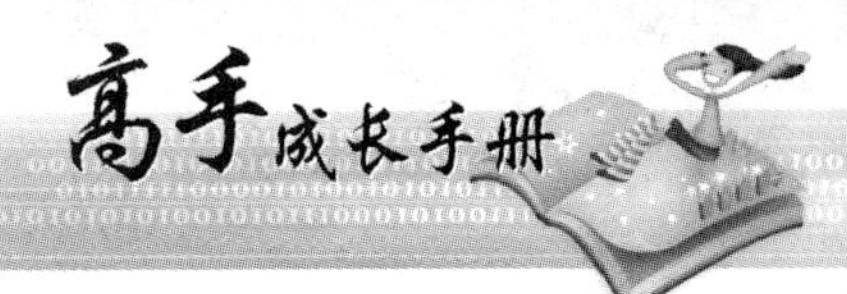

4. 清除图层样式

图层样式设置完成后，如果对应用到图层上的某些效果不满意，可以将其清除。方法为在“图层”控制面板中应用了图层样式的图层上右击，在弹出的快捷菜单中选择“清除图层样式”命令，如图 8-22 所示。

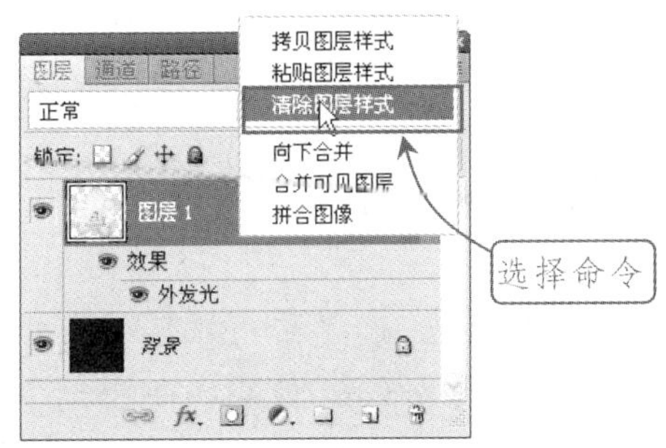

图 8-22　选择“清除图层样式”命令

8.3 图层的不透明度

设置图层的不透明度可以使图像更好地融入到其他图层中

调整图层的不透明度可以淡化当前图层中的图像，从而与下面图层中的图像混合创建出更为逼真的特殊效果。在“图层”控制面板的“不透明度”数值框中输入数值，可设置当前图层的不透明度，当值为 100%时，图层完全不透明；当值为 0%时，图层则完全透明。图 8-23 所示为不透明度为 50%时的图像效果。

图 8-23　设置图层的不透明度

指点迷津

在“图层”控制面板中，“不透明度”数值框下方的“填充”数值框也可调整图层不透明度，但该数值框用于改变图层中图像的不透明度。也就是说，当为图层添加图层样式后，改变“不透明度”数值框中的数值，可调整整个图层及图层样式的不透明度；而改变“填充”数值框中的数值，只调整图层中图像的不透明度，图层样式的不透明度将不受影响。

8.4 图层的混合模式

为图层设置混合模式可以在图像合成的过程中使图像产生奇妙的效果

在使用 Photoshop CS4 进行图像合成时，图层混合模式是使用最为频繁的技巧之一，它通过控制当前图层和位于其下的图层之间的像素作用模式，使图像产生奇妙的效果。Photoshop CS4 提供了 25 种图层混合模式，它们全部位于“图层”控制面板左上角的下拉列表框中。

8.4.1 组合模式组

组合模式组中主要包括“正常”模式和“溶解”模式两种，其作用和效果分别如下：

- “正常”模式：这是系统默认的图层混合模式，上面图层中的图像完全遮盖下面的图层中对应的区域，如图 8-24 所示。
- “溶解”模式：如果图层中的图像具有柔和的半透明效果，选择该混合模式可生成像素点状效果，如图 8-25 所示。

图 8-24 “正常”模式

图 8-25 “溶解”模式

指点迷津

在设置图层混合模式时，初学者往往不能一步到位地选择需要的混合模式，建议依次选择下拉列表框中各模式选项，通过观察各种效果以加深对具体模式的印象，从而在以后使用时能有目的地选择更为合适的混合模式。

8.4.2 加深模式组

加深模式组中主要包括“变暗”模式、“正片叠底”模式、“颜色加深”模式、“线性加深”模式和“深色”模式 5 种，其作用和效果分别如下：

- “变暗”模式：选择该模式后，上面图层中较暗的像素将代替下面图层中与之相对应的较亮像素，而下面图层中较暗的像素将代替上面图层中与之相对应的较亮的像素，从而使叠加后的图像区域变暗，如图 8-26 所示。
- “正片叠底”模式：该模式将上面图层中的颜色与下面图层中的颜色进行混合

相乘，形成一种光线透过两张叠加在一起的幻灯片效果，从而得到比原来的两种颜色更深的颜色效果，如图 8-27 所示。

图 8-26 “变暗”模式

图 8-27 “正片叠底”模式

- “颜色加深”模式：该模式将增强上面图层与下面图层之间的对比度，从而得到颜色加深的图像效果，如图 8-28 所示。
- “线性加深”模式：该模式将查看每个颜色通道中的颜色信息，加暗所有通道的基色，并通过提高其他颜色的亮度来反映混合颜色，此模式对白色不产生任何影响，如图 8-29 所示。
- “深色”模式：该模式将比较混合色和基色的所有通道值的总和并显示值较小的颜色，不会生成第 3 种颜色，只能通过“变暗”混合模式获得，如图 8-30 所示。

图 8-28 “颜色加深”模式

图 8-29 “线性加深”模式

图 8-30 “深色”模式

8.4.3 减淡模式组

减淡模式组中主要包括“变亮”模式、“滤色”模式、“颜色减淡”模式、“线性减淡（添加）”模式和“浅色”模式 5 种，其作用和效果分别如下：

- “变亮”模式：该模式与“变暗”模式作用相反，它将下面图层比上面图层中的图像更暗的颜色作为当前显示颜色，效果如图 8-31 所示。
- “滤色”模式：该模式将上面图层与下面图层中相对应的较亮颜色进行合成，从而生成一种漂白增亮的图像效果，如图 8-32 所示。

图 8-31 “变亮”模式

图 8-32 “滤色”模式

- “颜色减淡”模式：该模式将通过减小上下图层中像素的对比度来提高图像的亮度，如图 8-33 所示。
- “线性减淡（添加）”模式：该模式与“线性加深”模式的作用刚好相反，它是通过加亮所有通道的基色，并通过降低其他颜色的亮度来反映混合颜色，此模式对黑色将不产生任何影响，如图 8-34 所示。
- “浅色”模式：该模式将比较混合色和基色的所有通道值的总和并显示值较大的颜色，不会生成第 3 种颜色，只能通过“变亮”混合模式获得，如图 8-35 所示。

图 8-33 “颜色减淡”模式

图 8-34 “线性减淡（添加）”模式

图 8-35 “浅色”模式

8.4.4 对比模式组

对比模式组中主要包括“叠加”模式、“柔光”模式、“强光”模式、“亮光”模式、“线性光”模式、“点光”模式、“实色混合”模式 7 种，其作用和效果分别如下：

- “叠加”模式：该模式根据下面图层的颜色，与上面图层中的相对应的颜色进行相乘或覆盖，产生变亮或变暗的效果，如图 8-36 所示。
- “柔光”模式：该模式根据下面图层中颜色的灰度值，对上面图层中相对应的颜色进行处理，高亮度的区域更亮，暗部区域更暗，从而产生一种柔和光线照射的效果，如图 8-37 所示。
- “强光”模式：该模式与“柔光”模式类似，也是根据下面图层中的灰度值对上面图层进行处理，所不同的是产生的效果就像一束强光照射在图像上一样，如图 8-38 所示。
- “亮光”模式：该模式通过增加或减小上下图层中颜色的对比度来加深或减淡颜色。使用时具体取决于混合色，如果混合色比 50%灰色亮，则通过减小对比

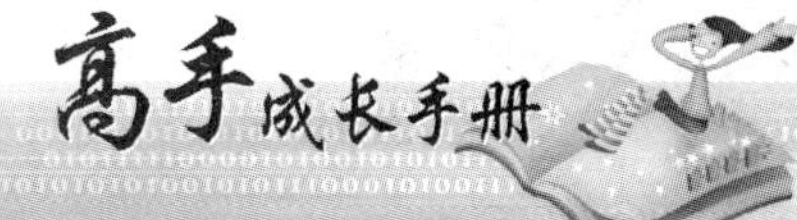

度使图像变亮；如果混合色比 50%灰色暗，则通过增加对比度使图像变暗，如图 8-39 所示。

图 8-36 “叠加”模式

图 8-37 “柔光”模式

图 8-38 “强光”模式

图 8-39 “亮光”模式

- “线性光”模式：该模式将通过减小或增加上下图层中颜色的亮度来加深或减淡颜色。使用时具体取决于混合色，如果混合色比 50%灰色亮，则通过增加亮度使图像变亮；如果混合色比 50%灰色暗，则通过减小亮度使图像变暗，如图 8-40 所示。
- “点光”模式：该模式与“线性光”模式相似，是根据上面图层与下面图层的混合色来决定替换部分较暗或较亮像素的颜色，如图 8-41 所示。
- “实色混合”模式：该模式将根据上面图层与下面图层的混合色来产生减淡或加深效果，如图 8-42 所示。

图 8-40 “线性光”模式

图 8-41 “点光”模式

图 8-42 “实色混合”模式

8.4.5 比较模式组

比较模式组中主要包括“差值”模式、“排除”模式两种，其作用和效果分别如下：

- “差值”模式：该模式将对上面图层与下面图层中颜色的亮度值进行比较，将两者的差值作为结果颜色。当不透明度为 100%时，白色将全部反转，而黑色保持不变，如图 8-43 所示。
- “排除”模式：该模式由亮度决定是否从上面图层中减去部分颜色，得到的效果与“差值”模式相似，只是它更柔和一些，如图 8-44 所示。

图 8-43 “差值”模式

图 8-44 “排除”模式

8.4.6 色彩模式组

色彩模式组中主要包括“色相”模式、“饱和度”模式、“颜色”模式和“明度”模式4种，其作用和效果分别如下：

- “色相”模式：该模式只将上下图层中颜色的色相进行相融，形成特殊的效果，而不改变下面图层的亮度与饱和度，如图 8-45 所示。
- “饱和度”模式：该模式只将上下图层中颜色的饱和度进行相融，形成特殊的效果，而不改变下面图层的亮度与色相，如图 8-46 所示。

图 8-45 “色相”模式

图 8-46 “饱和度”模式

- “颜色”模式：该模式只将上面图层中颜色的色相和饱和度融到下面图层中，并与下面图层中颜色的亮度值进行混合，而不改变其亮度，如图 8-47 所示。
- “明度”模式：该模式与“颜色”模式相反，它只将当前图层中颜色的亮度融到下面图层中，而不改变下面图层中颜色的色相和饱和度，如图 8-48 所示。

图 8-47 “颜色”模式

图 8-48 “明度”模式

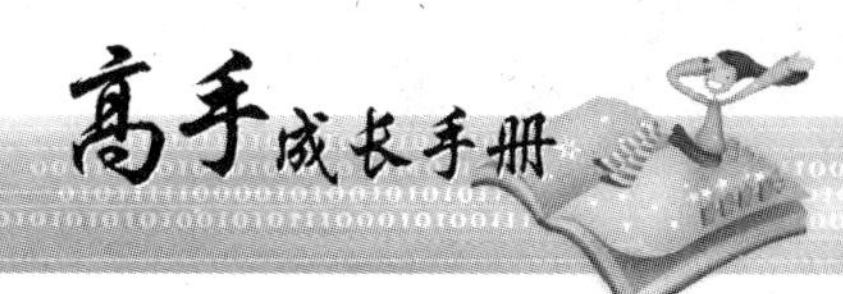

8.5 图层蒙版

创建、管理和编辑图层蒙版可以快速合成图像

蒙版是另一种专用的选区处理技术，可选择也可隔离图像，在处理图像时可屏蔽和保护一些重要的图像区域不受编辑和加工的影响。通常，图层蒙版用于为图层增加屏蔽效果，其优点在于可以通过改变图层蒙版中不同区域的黑白程度，以控制图层中图像对应区域的显示或隐藏，从而使当前图层中的图像与下面图层中的图像产生特殊的混合效果。

8.5.1 创建图层蒙版

Photoshop CS4 中提供了多种创建图层蒙版的方法，几种最常见的创建图层蒙版的方法分别如下：

- 直接创建图层蒙版：选择要添加图层蒙版的图层，单击“图层”控制面板底部的“添加图层蒙版”按钮。
- 利用选区创建图层蒙版：如果当前图像中存在选区，就可以利用该选区来创建图层蒙版，并可以选择添加图层蒙版后的图像是显示还是隐藏，方法为选择要添加图层蒙版的图层，然后选择【图层】/【图层蒙版】命令，在打开的级联菜单中选择相应的命令即可。
- 使用“贴入”命令创建图层蒙版：在图像中存在选区的情况下，可以复制一幅图像到剪贴板中，然后选择【编辑】/【贴入】命令将剪贴板中的图像粘贴至选区内，并同时生成新图层，此时该图层上会附加一个只显示选区内图像的图层蒙版。

下面使用“贴入”命令创建图层蒙版，其具体操作步骤如下：

Step 1 打开“电脑.jpg”和“荷花.jpg”图像文件【素材\第 8 章\电脑.jpg、荷花.jpg】，使用矩形选框工具沿电脑屏幕绘制如图 8-49 所示的选区。

Step 2 选择“荷花.jpg”图像文件，将其设置为当前图像文件，按【Ctrl+A】组合键选择图像，如图 8-50 所示，按【Ctrl+C】组合键复制选区内的图像。

图 8-49 绘制电脑屏幕所在的选区

图 8-50 选择“荷花”图像区域

Step 3 切换到“电脑”图像，选择【编辑】/【贴入】命令，系统自动将复制的图像粘贴到屏幕选区内，并生成一个具有蒙版的图层，如图 8-51 所示。

Step 4 按【Ctrl+T】组合键进入图像变换状态，然后将粘贴生成的图像变换调整到适合屏幕显示为止，如图 8-52 所示【源文件\第 8 章\电脑.psd】。

图 8-51 创建图层蒙版

图 8-52 变换调整图像

8.5.2 管理图层蒙版

图层蒙版被创建后，可以根据系统提供的不同方式管理图层蒙版，常用的管理方法有查看、停用/启用、应用、删除和链接。

1. 查看图层蒙版

默认情况下，在图像窗口中不能看到图层蒙版中的图像效果，但是在按住【Alt】键的同时在“图层”控制面板中单击图层蒙版的缩略图即可进入图层蒙版编辑状态，这样就可以在图像窗口中观察图层蒙版的状态。如果要退出图层蒙版编辑状态，只需再次在按住【Alt】键的同时单击该图层蒙版缩略图即可。

2. 停用/启用图层蒙版

如果要查看添加了图层蒙版的图像的原始效果，可暂时停用图层蒙版的屏蔽功能，方法为在按住【Shift】键的同时在“图层”控制面板中单击图层蒙版的缩略图即可，停用的图层蒙版缩略图上将显示一个红色的“×”标记。如果要重新启用图层蒙版的屏蔽功能，只需再次在按住【Shift】键的同时单击该图层蒙版缩略图即可。

3. 应用图层蒙版

应用图层蒙版可以将蒙版中黑色对应的图像删除，白色对应的图像保留，灰色过渡区域对应的图像部分像素删除，从而保证图像效果在应用图层蒙版前后保持不变。要应用图层蒙版，只需在图层蒙版缩略图上右击，在弹出的快捷菜单中选择“应用图层蒙版”命令即可。

4. 删除图层蒙版

如果不再需要图层蒙版，可将其删除，而不会对图像产生任何影响，方法为在图层蒙版缩略图上右击，在弹出的快捷菜单中选择“删除图层蒙版”命令即可。也可以拖动图层蒙版到“图层”控制面板底部的“删除图层”按钮上释放鼠标，然后在打开的对话框中单击 删除 按钮。

5. 链接图层蒙版

默认情况下，图层与图层蒙版保持链接状态，即图层缩略图与图层蒙版缩略图之间会显示一个链接图标，此时使用移动工具移动图层中的图像时，图层蒙版中的图像也会随着图像一起移动，从而保持蒙版与图像中对应的位置不发生变化。

如果要单独移动图层中的图像或蒙版中的图像，应先单击链接图标以使其消失，然后分别选择并移动图像或蒙版即可。

8.5.3 编辑图层蒙版

编辑图层蒙版是指根据需要显示或隐藏图像。使用适当的工具来调整蒙版中哪部分区域为白色，哪部分区域为黑色。为了更详细地介绍图层蒙版的编辑方法，这里以图层蒙版将两个图像融合在一起为例进行讲解，其具体操作步骤如下：

Step 1 打开“麦田.jpg”和“山峦.jpg”图像文件【素材\第 8 章\麦田.jpg、山峦.jpg】，如图 8-53 所示。

Step 2 选择工具箱中的移动工具，按住【Shift】键的同时将该图像拖至“麦田.jpg”图像文件窗口中，生成“图层 1”，如图 8-54 所示。

图 8-53　“麦田.jpg”图像

图 8-54　复制图像

Step 3 单击“图层”控制面板底部的“添加图层蒙版”按钮，为“图层 1”创建一个填充色为白色的图层蒙版。

Step 4 按【Shift+X】组合键恢复前景色为黑色，背景色为白色。选择工具箱中的渐变工具▣，并在工具属性栏中设置渐变为“前景色到背景色渐变”，渐变样式为“线性渐变”，然后在图像顶部从上至下拖动鼠标来绘制渐变，如图 8-55 所示，得到如图 8-56 所示的效果。

图 8-55 渐变填充

图 8-56 渐变填充后的效果

Step 5 在“图层”控制面板中单击“图层 1”的图层缩略图，以将当前编辑对象设置为图像，按【Ctrl+L】组合键打开“色阶”对话框，设置参数，如图 8-57 所示。

Step 6 单击 确定 按钮，得到的图像的最终效果如图 8-58 所示【源文件\第 8 章\麦田.psd】。

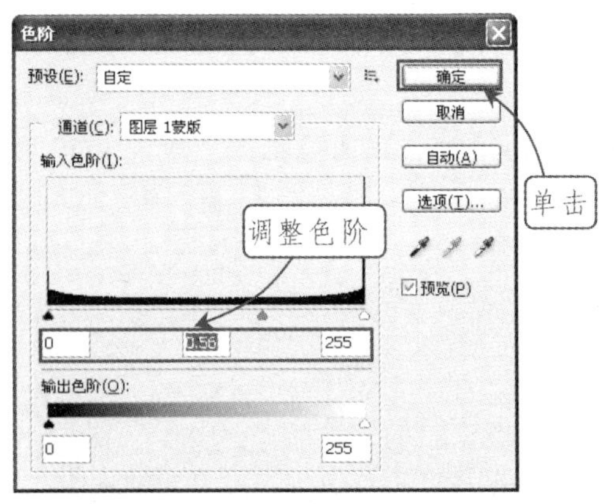

图 8-57 “色阶”对话框

图 8-58 最终效果

8.6 综合实例——制作电影海报

通过设置图层混合模式、添加图层蒙版和调整图层等操作制作电影海报

本章学习了图层的高级操作，通过对图层添加图层样式和混合模式可以制作出特殊的图像效果，通过添加蒙版和设置图层不透明度可以调整图像的显示区域和方式。本实例将制作一个电影海报，以加深读者对图层混合模式、图层蒙版和调整图层的理解。电影海报的最终效果如图 8-59 所示。

图 8-59　电影海报

制作思路

第一步：复制和调整图像
- ①新建图像文件，打开并复制图像
- ②调整和变换图像
- ③调整图层顺序和图层不透明度

第二步：设置图层样式
- ④添加图层蒙版并填充渐变色
- ⑤设置图层样式并添加文字

其具体操作步骤如下：

Step 1 在 Photoshop CS4 中，选择【文件】/【新建】命令，在打开的"新建"对话框中将图像文件的高度、宽度和分辨率设置为 800 像素、600 像素和 72 像素/英寸，单击[确定]按钮新建图像文件。

Step 2 打开"剪影.jpg"和"城堡.jpg"图像文件【素材\第 8 章\剪影.jpg、城堡.jpg】，在"剪影.jpg"图像文件窗口中，使用工具箱中的魔棒工具选择图像中的黑色区域；选择工具箱中的移动工具，将选择的黑色区域移至新建的图像文件窗口中并对图像文件的大小进行调整，如图 8-60 所示。

Step 3 选择"城堡.jpg"图像文件，选择工具箱中的移动工具，也将该图像移至新建的图像文件窗口中，如图 8-61 所示。

图 8-60　复制图像的部分区域

图 8-61　复制整幅图像

Step 4 在“图层 2”上按住鼠标左键不放并将图层拖至“图层 1”的下方，如图 8-62 所示，在“图层”控制面板的“不透明度”数值框中输入数值 25%，为当前图层设置不透明度，如图 8-63 所示。

图 8-62　调整图层顺序

图 8-63　调整图层不透明度

Step 5 选择“图层 2”，单击“图层”控制面板底部的“添加图层蒙版”按钮，为其创建一个填充色为白色的图层蒙版。

Step 6 按【Shift+X】组合键将前景色恢复为黑色，背景色恢复为白色，选择工具箱中的渐变工具，并在工具属性栏中设置渐变为“前景色到背景色渐变”，渐变样式为“线性渐变”，然后在图像顶部从上至下拖动鼠标绘制渐变，如图 8-64 所示。

Step 7 选择“图层 1”，单击“图层”控制面板底部的“添加图层样式”按钮，在弹出的下拉菜单中选择“颜色叠加”命令，如图 8-65 所示。

图 8-64　填充渐变色

图 8-65　选择命令

Step 8 在打开的“图层样式”对话框中已经默认选中颜色叠加复选框，默认叠加颜色为红色，在“不透明度”数值框中将数值设置为 45%，单击确定按钮应用图层样式，如图 8-66 所示。

Step 9 单击“图层”控制面板底部的“添加图层样式”按钮，在弹出的下拉菜单中选择“投影”命令再次打开“图层样式”对话框，对角度和距离等参数进行设置，如图 8-67 所示，单击确定按钮应用图层样式。

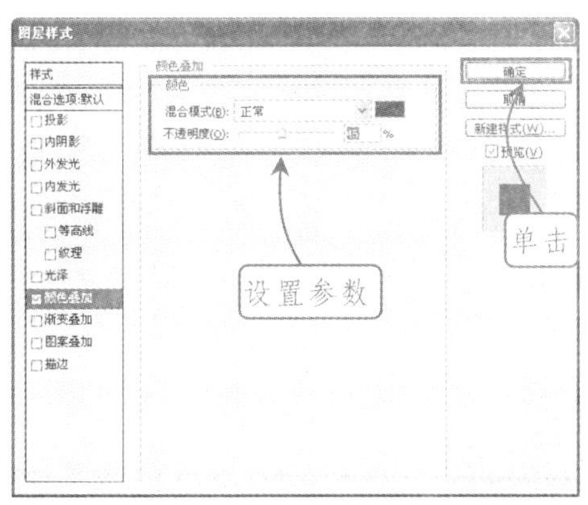

图 8-66　应用"颜色叠加"图层样式

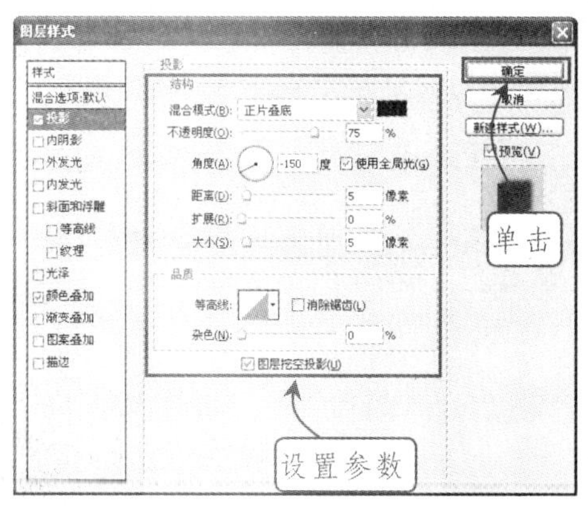

图 8-67　应用"投影"图层样式

Step10 打开"文字.psd"图像文件【素材\第 8 章\文字.psd】，选择"图层 1"，当鼠标指针变为形状时将文字拖至制作的电影海报图像文件窗口的左上角，使用同样的方法将"图层 2"中的文字拖至图像文件窗口的右下角，最终效果如图 8-59 所示。

Step11 选择【文件】/【保存】命令，在打开的"另存为"对话框中对图像文件的保存位置进行设置，将其命名为"电影海报.psd"并保存图像文件【源文件\第 8 章\电影海报.psd】。

8.7 大显身手

本章应重点掌握 Photoshop CS4 中图层的高级操作

（1）打开"婚纱照.psd"图像文件【素材\第 8 章\婚纱照.psd】，如图 8-68 所示，选择"图层 1"，为图层设置图层混合模式【源文件\第 8 章\婚纱照.psd】，如图 8-69 所示。

提示：为图层添加"描边"模式，将"大小"设置为"6 像素"，"填充类型"设置为"图案"，并在"图案"列表框中选择"木纹"样式，为图层添加"投影"模式，将"角度"设置为"60 度"，"距离"设置为"9 像素"，"大小"设置为"3 像素"，其他参数保持默认值。

图 8-68　打开图像

图 8-69　设置图层混合模式

（2）打开"镜头.jpg"和"北海道.jpg"图像文件【素材\第 8 章\镜头.jpg、北海道.jpg】，制作如图 8-70 所示的图像效果【源文件\第 8 章\镜头.psd】。

提示：选择"北海道.jpg"图像文件中的全部区域，按【Ctrl+C】组合键复制图像，使用"贴入"命令为图像创建蒙版，为贴入的图像文件区域添加"滤色"和"线性减淡（添加）"图层样式。

图 8-70　最终效果

电脑急救箱

运用本章知识时若遇到有关图层的高级操作的各种问题，别着急，打开电脑急救箱看看吧

Q 除了可以在"图层"控制面板中的"不透明度"数值框中输入数值来调整图层不透明度外，还有其他快速改变图层不透明度的方法吗？

A 有，选择需要调整不透明度的图层，按【0】～【9】键可以快捷调整图层透明度。【1】～【9】键对应的不透明度分别为 10%～90%，【0】键对应的不透明度则为 100%。

Q 为图层创建图层蒙版后，可以立即对图层蒙版进行编辑，但是当对其他图层进行操作后再次对该图层蒙版进行编辑，为什么所做的操作都施加到图像上了呢？

A 为图层添加图层蒙版后，当前被编辑的对象就是图层蒙版，对其他图层操作后再次选择添加了图层蒙版的图层，此时当前被编辑的对象就是该图层上的图像，如果要使图层蒙版成为被编辑的对象，可以在"图层"控制面板中单击图层缩略图。

第 9 章 文字工具的使用

本章要点

- 了解文字工具
- 创建文字
- 格式化字符
- 格式化段落

在 Photoshop CS4 中，可使用文字工具和文字蒙版工具在图像文件中输入点文字和段落文字。输入文字后，可以通过文字工具属性栏和“字符”控制面板编辑文字；此外，还可以通过“段落”控制面板设置段落文字的对齐方式和间距。本章将对在 Photoshop CS4 中输入与编辑文字的常用方法进行介绍，同时讲解如何制作特殊的文字效果，如怎样输入变形文字及如何沿路径输入文字等。

9.1 项目观察——在平面广告中输入和编辑文字

在平面广告中输入和编辑文字便于准确地传达图像要表达的意思

在 Photoshop CS4 中可以通过文字工具在图像文件中输入文字，并对文字的字体样式和段落格式进行编辑。图 9-1 所示为在图像文件中通过文字工具输入文字和编辑文字后的最终效果。

图 9-1 最终效果

Step 1 打开"宣传广告.psd"图像文件【素材\第 9 章\宣传广告.psd】，在工具箱中的横排文字工具T上按住鼠标左键，在弹出的工具组中选择横排文字工具T，在文字工具属性栏中将字体设置为"微软雅黑"，字号设置为"48 点"，前景色设置为白色（#ffffff）。

Step 2 将鼠标指针移至图像编辑区，指针变为[I]形状，在图像中需要输入文字的位置单击，如图 9-2 所示。

Step 3 选择适合的输入法，在图像中输入所需文字，文字颜色即为前景色颜色，将鼠标指针移至文字附近，使其变为▸✥形状。按住鼠标左键不放，拖动鼠标即可将文字移至所需位置，如图 9-3 所示。

图 9-2 定位文字插入点

图 9-3 输入并移动文字

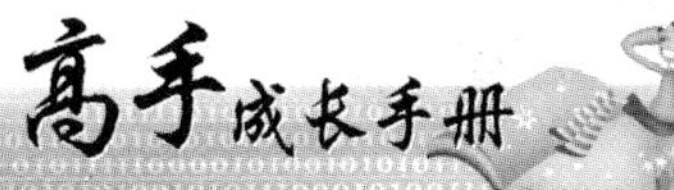

Step4 在文字工具属性栏中单击✓按钮确认输入，在“图层”控制面板中将该图层重命名为“标题”。

Step5 在文字工具属性栏中将字体设置为“微软雅黑”，字号设置为“18 点”，前景色设置为白色（#ffffff）。

Step6 将鼠标指针移至图像窗口中，当其变成ⵊ形状时，使用与 Step2 和 Step3 相同的方法输入如图 9-4 所示的文字，在输入过程中输入完第一行文字后按【Enter】键即可继续输入第二行文字。

图 9-4 输入多行文字

Step7 在文字工具属性栏中单击✓按钮确认输入，在“图层”控制面板中将该图层重命名为“宣传语”。

Step8 在文字工具属性栏中将字体设置为“微软雅黑”，字号设置为“13 点”，前景色设置为黑色（#000000）。

Step9 将鼠标指针移至图像窗口中，当其变成ⵊ形状时，按住鼠标左键不放并拖动出一个文本框，当达到合适大小时释放鼠标，如图 9-5 所示。

Step10 在闪烁的插入点后输入所需的段落文字，当输入的文字到达文本框的边缘时，文字会自动换行，如图 9-6 所示。

图 9-5 绘制文本框

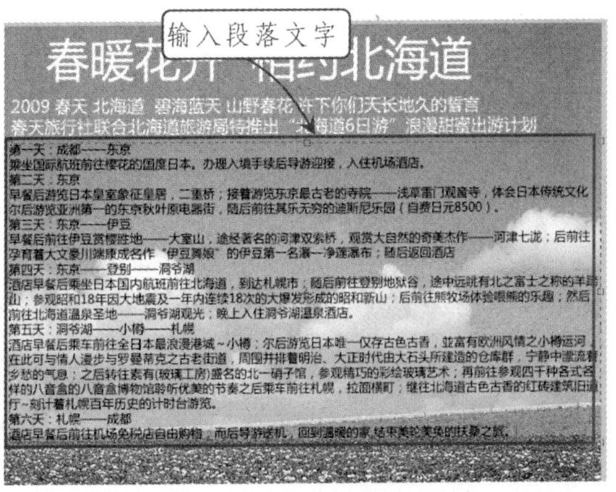

图 9-6 输入段落文字

Step11 在文字工具属性栏中单击✔按钮确认输入，在“图层”控制面板中将该图层重命名为“行程安排”。

Step12 在“图层”控制面板中选择“标题”图层，选择工具箱中的横排文字工具T，将鼠标指针移至图像标题的位置，当鼠标指针变为I形状时单击，选择文本框中的所有文字。

Step13 单击工具属性栏中的按钮，在打开的“变形文字”对话框的“样式”下拉列表框中选择“旗帜”选项，参数设置如图 9-7 所示，单击确定按钮应用变形后的文字效果。

Step14 在“图层”控制面板中选择“行程安排”图层，选择文本框中的所有文字。在文字工具属性栏中单击按钮，打开“字符”控制面板，单击“段落”标签切换到“段落”控制面板。

Step15 将“首行缩进”设置为“26 点”，“段前添加空格”和“段后添加空格”都设置为“2 点”，如图 9-8 所示。

Step16 在文字工具属性栏中单击✔按钮确认段落格式的设置，单击按钮关闭“段落”控制面板，最终效果如图 9-1 所示【源文件\第 9 章\宣传广告.psd】。

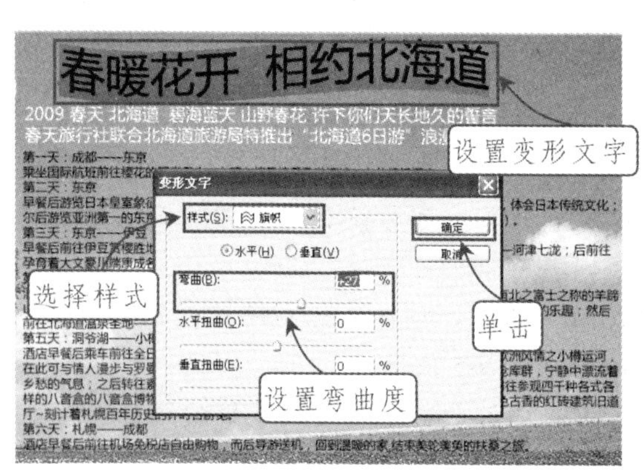

图 9-7 设置变形文字

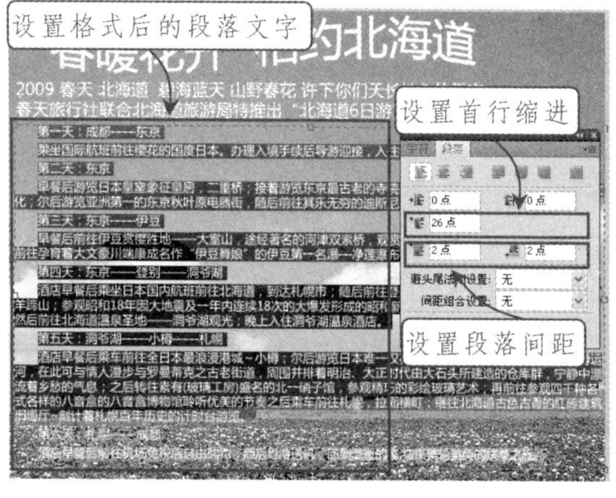

图 9-8 设置文本的段落格式

通过上述项目案例的制作，可以看出在 Photoshop CS4 中可通过输入和编辑文字来丰富和美化图像。

了解文字的输入和编辑方法对于平面作品的制作非常重要，下面将具体讲解文字的输入和编辑所需掌握的知识。

9.2 了解文字工具

了解文字工具是使用文字工具输入和编辑文字的前提

下面首先对各种文字工具及其工具属性栏进行简要的介绍。

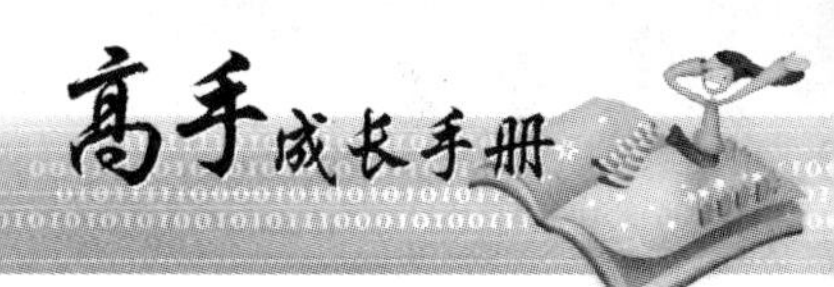

9.2.1 文字工具组

在工具箱中的横排文字工具T上按住鼠标左键，将弹出如图9-9所示的工具组。

■ T 横排文字工具 T
 直排文字工具 T
 横排文字蒙版工具 T
 直排文字蒙版工具 T

图9-9 文字工具的工具组

其中各工具的含义如下：

- 横排文字工具T：可在图像文件中创建水平文字，且在“图层”控制面板中建立新的文字图层。
- 直排文字工具：可在图像文件中创建垂直文字，且在“图层”控制面板中建立新的文字图层。
- 横排文字蒙版工具：可在图像文件中创建水平文字形状的选区，但在“图层”控制面板中不建立新的图层。
- 直排文字蒙版工具：可在图像文件中创建垂直文字形状的选区，但在“图层”控制面板中不建立新的图层。

9.2.2 文字工具属性栏

各种文字工具的属性栏中的参数都基本相似，下面将介绍如图9-10所示的横排文字工具的属性栏。

图9-10 横排文字工具属性栏

其各选项含义如下：

- “更改文本方向”按钮：单击该按钮，可以使文字在水平排列和垂直排列之间进行切换。
- “设置字体系列”下拉列表框：在该下拉列表中可以选择所需的字体。
- “设置字体样式”下拉列表框：在该下拉列表框中可以设置文字使用的字体形态，但只有选中某些具有该属性的字体后，该下拉列表框才能被激活。
- “设置字体大小”下拉列表框：用于设置字体的大小，可直接输入要设置字体的大小，也可以单击其右侧的按钮，在弹出的下拉列表中选择字体大小。
- “设置消除锯齿的方法”下拉列表框：用于设置消除文字锯齿的方法。在该下拉列表中提供了“无”、“锐利”、“犀利”、“浑厚”和“平滑”5个选项。
- 文本对齐方式按钮：单击按钮，可使多行文字左对齐；单击按钮，可使多行文字居中对齐；单击▤按钮，可使多行文字右对齐。当文字为竖排时，3个按钮变为▥▥▥。

- “设置文本颜色”色块■：用于设置文字的颜色。在其上单击可以打开“拾色器”对话框，从中选择字体的颜色。
- “创建文字变形”按钮⊥：单击该按钮，在打开的“变形文字”对话框中可设置字体的变形效果。
- “切换字符和段落面板”按钮▤：单击该按钮，在打开的“字符/段落”控制面板中可设置字符和段落格式。
- ⊘、✓按钮：单击⊘按钮可取消当前正在进行的所有文本编辑；单击✓按钮可完成当前的所有文本编辑。

9.3 创建文字

创建文字包括输入点文字、段落文字、变形文字和路径文字

通常，文字是作为图像的辅佐方式而存在的，只有图像没有文字的平面图形是不具备足够的说服力的。

9.3.1 创建点文字

创建点文字需要定位文字插入点，选择文字工具后在需要输入文字的位置单击即可在该位置输入文字。使用文字工具和文字蒙版工具都可以创建点文字。

1. 文字工具

横排文字工具和直排文字工具是输入文字的常用工具，下面以使用直排文字工具在图像中输入横排文字为例介绍其使用方法，其具体操作步骤如下：

Step 1 打开“瓷器.jpg”图像文件【素材\第9章\瓷器.jpg】。选择文字工具组中的直排文字工具IT，如图9-11所示。

Step 2 将鼠标指针移至图像编辑区，指针会变为⌶形状，在图像中单击来定位文本插入点，选择适合的输入法，在图像中输入所需文字，文字颜色即为前景色颜色，通过工具属性栏可以进行更改。

Step 3 将鼠标指针移至文字附近，使其变为▸✥形状。按住鼠标左键不放，并拖动鼠标将文字移至所需位置。

Step 4 输入完成后，在工具属性栏中单击✓按钮，确认输入，完成后的效果如图9-12所示【源文件\第9章\瓷器.psd】。

指点迷津

在输入文字的过程中，插入点不一定要在文字应该显示的位置，可在图像中任意位置单击并进行输入，完成后使用移动工具将其移至需要的位置即可。

图 9-11　选择直排文字工具

图 9-12　输入文字

2. 文字蒙版工具

在文字工具组中，除了可以使用横排文字工具和直排文字工具输入文字外，还可以使用横排文字蒙版工具和直排文字蒙版工具输入文字选区。其输入方法与横排文字工具和直排横排文字工具的输入方法相同，当选择文字蒙版工具，将输入点定位于目标位置后，为了能显示出输入的文字，在图像的表面会覆盖一层红色，如图 9-13 所示。输入文字后，单击✓按钮，确认输入即可输入文字选区，如图 9-14 所示。

图 9-13　输入文字

图 9-14　输入文字选区

9.3.2 创建段落文字

使用文字工具输入普通文字时，如果不手动换行，文字将一直以单行排列下去，甚至超出图像边界，因此，在需要输入大量文字时，可以创建段落文字。创建段落文字的方法和输入普通文字的方法相似。下面以使用横排文字工具输入一段段落文字为例，讲解段落文字的创建方法，其具体操作步骤如下：

Step 1　打开“水果.jpg”素材文件【素材\第 9 章\水果.jpg】，在工具箱中选择横排文字工具T，在工具属性栏中将其字体设置为“宋体”，大小为“4 点”，颜色为“黑色”（#000000）。

Step 2 将鼠标指针移至图像窗口中，这时鼠标指针将变成[I]形状，按住鼠标左键不放并拖动出一个文本框，达到合适大小后释放鼠标，如图 9-15 所示。

Step 3 在闪烁的插入点输入所需的段落文字，当输入的文字到达文字框的边缘时，文字会自动换行。

Step 4 输入完成后在工具属性栏中单击✓按钮，即可退出输入状态，完成后的效果如图 9-16 所示【源文件\第 9 章\水果.psd】。

图 9-15　绘制文本框

图 9-16　输入段落文本

指点迷津

在输入文字的过程中，若发现文本框太小，可将鼠标指针移至文本框的某一节点上，当其变成双向箭头时拖动鼠标即可调整文本框的大小。

9.3.3 创建变形文字

Photoshop CS4 在文字工具属性栏中提供了一个文字变形工具，通过它可以使选择的文字具有多种变形样式，从而大大加强文字的艺术效果。下面以制作一个标志为例来介绍变形文字的设置方法，其具体操作步骤如下：

Step 1 打开“标志.psd”图像文件【素材\第 9 章\标志.psd】，在工具箱中选择横排文字工具T，在工具属性栏中将其字体设置为“方正粗倩简体”，大小为“30 点”，颜色为绿色（# baf94c），输入如图 9-17 所示的文字。

Step 2 选择输入的所有文字，单击工具属性栏中的[变形文字]按钮，在打开的“变形文字”对话框的“样式”下拉列表框中选择“鱼形”选项，参数设置如图 9-18 所示，单击[确定]按钮应用文字变形效果。

Step 3 打开“柠檬.jpg”图像文件【素材\第 9 章\柠檬.jpg】，选择工具箱中的魔棒工具[魔棒]选择柠檬图像所在的区域。选择工具箱中的移动工具[移动]，将柠檬图像区域移动到“标志.psd”图像文件的窗口中，如图 9-19 所示。

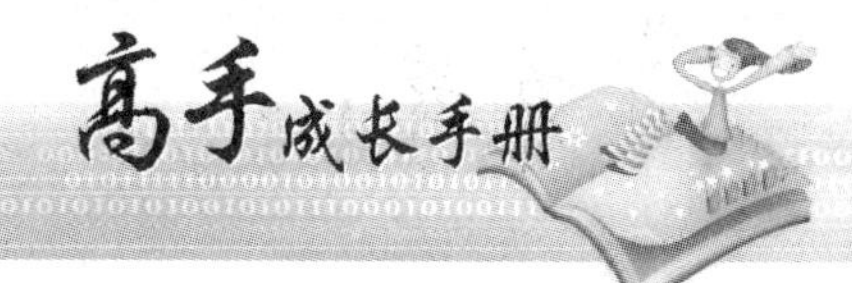

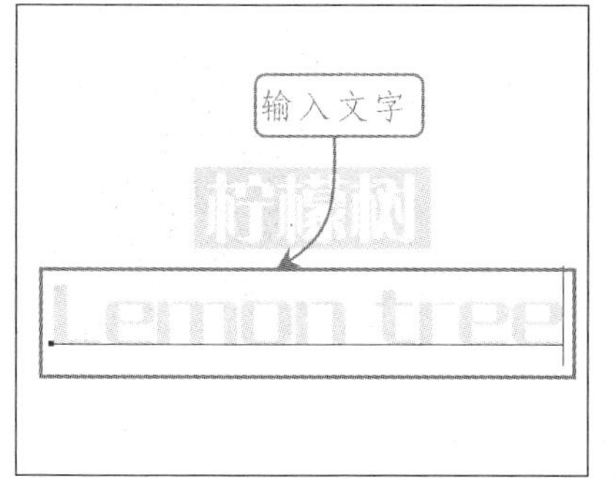

图 9-17　输入文字

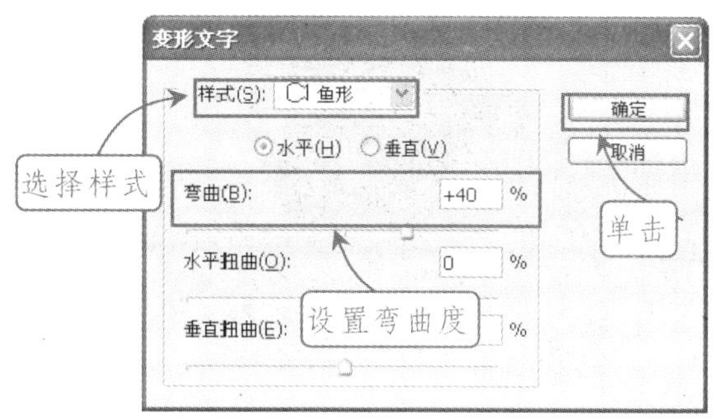

图 9-18　设置增加样式

Step 4 对柠檬图像进行缩小和旋转角度等变换操作，完成后的效果如图 9-20 所示【源文件\第 9 章\标志.psd】。

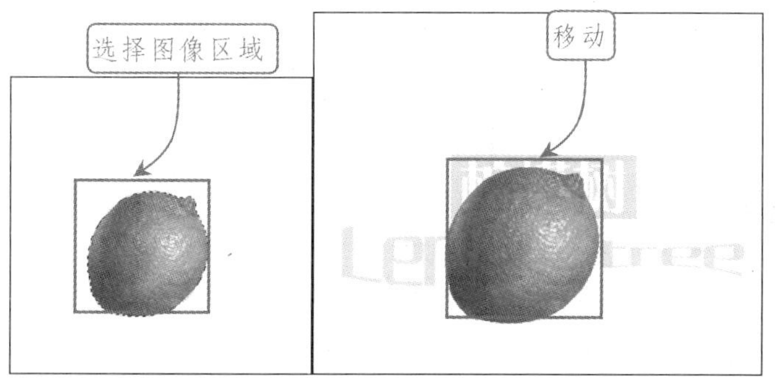

图 9-19　选择并移动图像

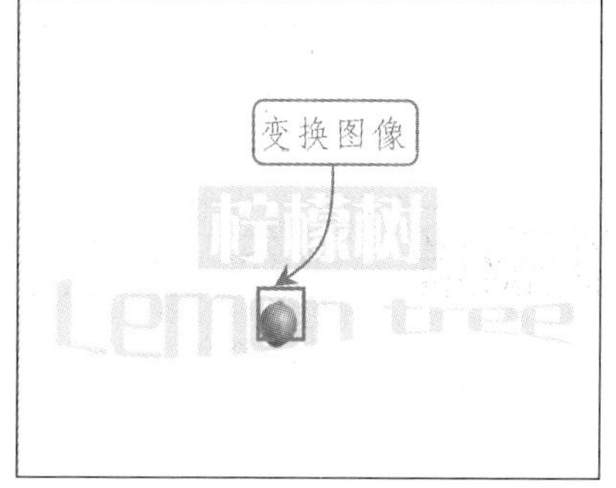

图 9-20　最终效果

9.3.4 创建路径文字

在平面图像处理过程中通过路径来辅助文字的输入，通常可以使文字产生特殊的效果。下面在“葡萄.jpg”图像文件中绘制路径并沿路径输入文字，其具体操作步骤如下：

Step 1 打开“葡萄.jpg”图像【素材\第 9 章\葡萄.jpg】。选择工具箱中的钢笔工具，然后在图像中单击以创建路径的起始点。

Step 2 释放鼠标，在图像中另一位置单击，拖动鼠标将路径调整为弧形路径，接着在下一个位置单击鼠标创建另一段路径。

Step 3 选择横排文字工具T，并在工具属性栏中设置字体为“方正中等线简体”，字号为“36 点”，颜色为紫色（#d5158f）。

Step 4 移动鼠标指针至路径上，当其变成形状时单击，以进入文字输入状态，如图 9-21 所示。

Step 5 输入“葡萄美酒夜光杯，欲饮琵琶马上催”文字，然后按【Ctrl+Enter】组合键确认输入，效果如图 9-22 所示【源文件\第 9 章\葡萄.psd】。

图 9-21　绘制路径

图 9-22　输入文字

9.4 格式化字符

使用格式化字符功能可对输入文字的格式进行设置

设置文字的字符属性包括设置文字的字体、颜色、大小、字符间距等参数，除了可以通过前面所讲的文字属性工具栏设置外，还可以通过“字符”控制面板来设置。

9.4.1 “字符”控制面板

通过设置字符格式，可以突出重要的文本并美化文本，在文字工具属性栏中单击按钮，即可打开如图 9-23 所示的“字符”控制面板。

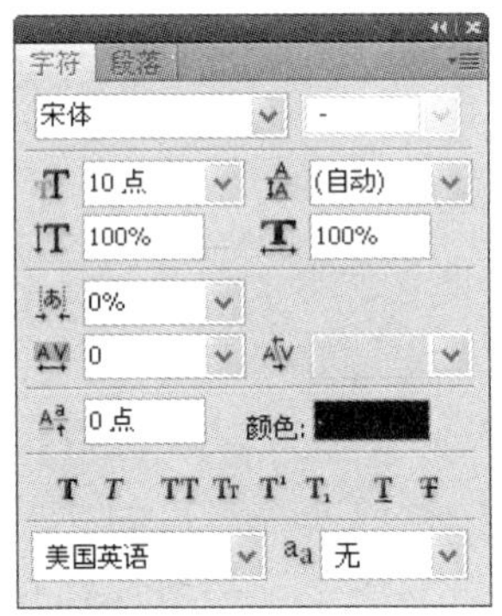

图 9-23　“字符”控制面板

其中，“设置字体系列”、“设置字体大小”、“设置文本颜色”和“设置消除锯齿的方法”与文字工具属性栏中的相应选项功能相同，其他各选项的作用如下：

- (自动) 下拉列表框：设置输入文字的行与行之间的距离。
- 100% 文本框：设置文字垂直缩放的比例。
- 100% 文本框：设置文字水平缩放的比例。
- 0% 下拉列表框：设置两个字符间的字距比例，数值越大，字距越小。
- 0 下拉列表框：设置输入文字的字符与字符之间的距离。

- 下拉列表框：设置两个字符间的字距微调。
- 文本框：设置文字在默认高度基础上向上或向下偏移的高度。
- 按钮：设置文字效果，如加粗、倾斜和下划线等。
- 下拉列表框：对所选字符进行有关连字符和语言规则的语言设置。

9.4.2 设置字体样式

设置字体样式是指设置文字的字体、字号大小、颜色、加粗、倾斜等特殊效果，下面通过“字符”控制面板来设置文字的格式，其具体操作步骤如下：

Step 1 打开“风景.psd”图像文件【素材\第9章\风景.psd】，在“图层”控制面板中选择“图层1”，在工具箱中选择横排文字工具T，拖动鼠标选择“落霞”二字，在文字工具属性栏中单击按钮打开“字符”控制面板。如图9-24所示。

Step 2 在“设置字体系列”下拉列表框中选择字体，这里选择“方正卡通简体”选项。在“设置字体大小”下拉列表框中选择“10点”选项。单击T按钮，设置仿斜体效果，设置完成后在文字工具属性栏中单击✓按钮。

Step 3 使用相同的方法，在“图层”控制面板中选择“图层2”，然后将“秋水”二字设置为同样的格式，最终效果如图9-25所示【源文件\第9章\风景.psd】。

图9-24 选择文字

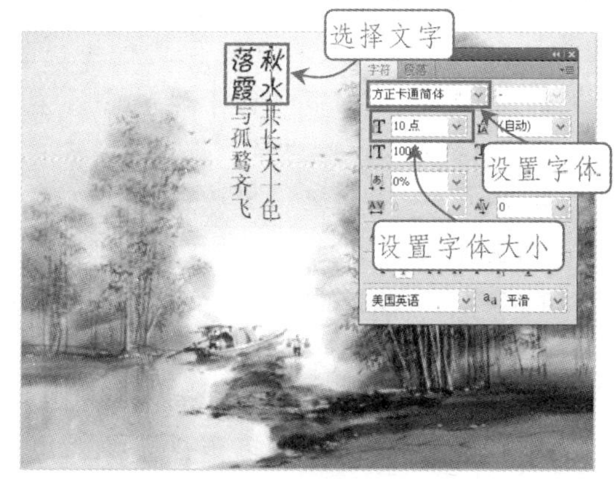

图9-25 最终效果

> **指点迷津**
>
> 如果要使当前图层中的所有文字都应用相同的格式，选择文字所在的图层即可进行设置，而不必选择文字。

9.5 格式化段落

使用格式化段落功能可对段落文字的格式进行设置

文字的段落属性设置包括设置文字的对齐方式、缩进方式、段落间距等，除了可以通过前面所讲的文字属性工具栏进行设置外，还可以通过“段落”控制面板来设置。

9.5.1 认识“段落”控制面板

通过设置段落格式可以使文字整体效果更统一、更美观，在文字工具属性栏中单击按钮，打开“字符”控制面板，单击“段落”标签即可切换到如图 9-26 所示的“段落”控制面板。

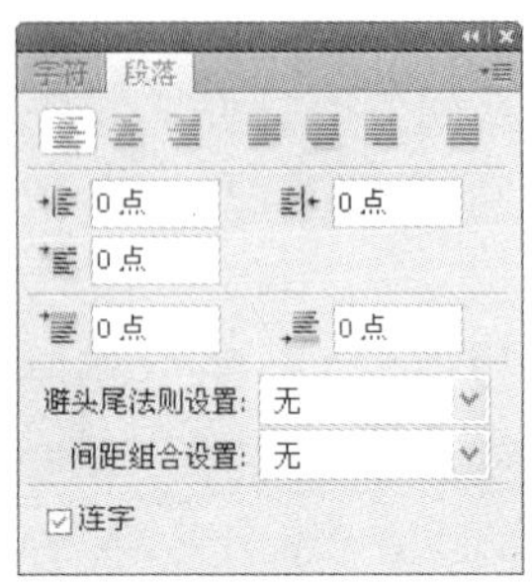

图 9-26 “段落”控制面板

在其中可设置文字的对齐方式及缩进量等，其中各选项的作用如下：

- 按钮：用于设置文字的对齐方式，其中“最后一行左对齐”按钮、“最后一行居中对齐”按钮、“最后一行右对齐”按钮和“全部对齐”按钮只有在图像文件中选择了段落文字时才可用。
- 0点 文本框：用于设置段落左侧的缩进量。对于直排文字，该选项用于设置段落顶端的缩进量。
- 0点 文本框：用于设置段落右侧的缩进量。对于直排文字，该选项用于设置段落底部的缩进量。
- 0点 文本框：用于设置段落第一行的缩进量。对于直排文字，该选项用于设置段落顶端的缩进量。要创建首行悬挂缩进，需输入一个负值。
- 0点 文本框：用于设置每段文字与前一段的距离。
- 0点 文本框：用于设置每段文字与后一段的距离。
- 连字 复选框：选中此复选框，可以将文字的最后一个外文单词拆开，形成连字符号，使剩余的部分自动换到下一行。

9.5.2 设置段落的对齐与缩进

在输入文字时，默认的对齐方式为左对齐，为了体现文字之间的层次，可对文字的对齐方式和段落缩进方式进行设置，下面对输入的段落文字的格式进行设置，其具体操作步骤如下：

Step 1 打开“荷花.psd”图像文件【素材\第 9 章\荷花.psd】，选择“图层 2”，将鼠标指针定位于文本框内，选择文本框中的所有文字，单击“段落”控制面板中的“居中对齐文本”按钮将文字居中放置，效果如图 9-27 所示。

Step 2 选择“图层 3”，将鼠标指针定位于第一段文字中的任意位置，在“段落”控制面

板中设置首行缩进为“32 点”，使用同样的方法将第二段文字也设置为首行缩进“32 点”，效果如图 9-28 所示。

图 9-27　居中对齐

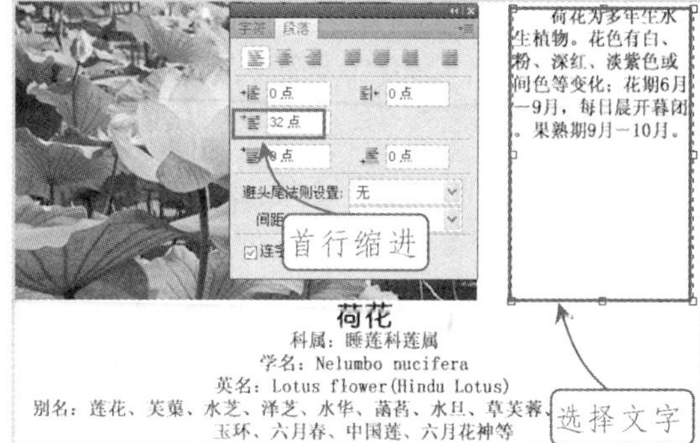

图 9-28　首行缩进

Step 3　选择“图层 3”，将鼠标指针定位于文本框内，选择其中的所有文字，在“段落”控制面板的“避头尾法则设置”下拉列表框中选择“JIS 宽松”选项，如图 9-29 所示。

Step 4　此时文本框太小，不能完全显示设置后的文字，将鼠标指针移至文本框底线的节点上，当其变成双向箭头形状时向下拖动鼠标直至完全显示文字。

Step 5　单击“段落”控制面板右上角的按钮关闭控制面板。在文字工具属性栏中单击✓按钮，设置后的效果如图 9-30 所示【源文件\第 9 章\荷花.psd】。

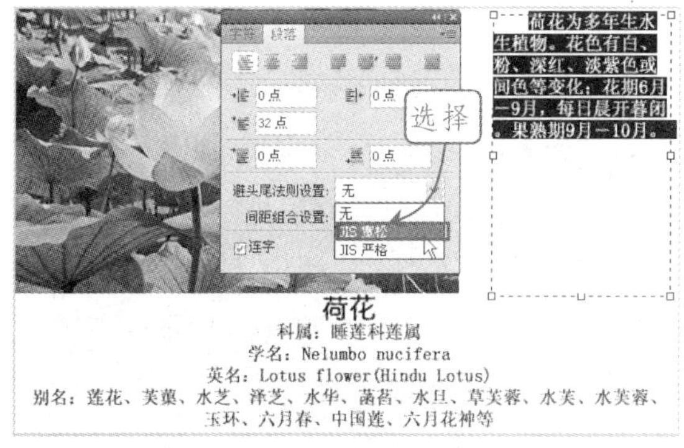

图 9-29　选择“JIS 宽松”选项

图 9-30　最终效果

9.5.3 设置段落的间距

如果文字之间的间距太小，会显得过于紧凑，阅读也会比较费力，此时可通过设置段落文字之间的间距进行调整。下面介绍详细的设置方法，其具体操作步骤如下：

Step 1　打开“校园.psd”图像文件【素材\第 9 章\校园.psd】，选择段落文字所在的图层，将鼠标指针定位于第二段文字中的任意位置，并设置段前空格和段后空格为“3 点”，以增加该段与第一段、第三段文字间的距离，如图 9-31 所示。

Step 2 将鼠标指针定位于第四段文字中的任意位置，设置段前空格为“3 点”，调整第三段和第四段文字之间的距离，最终效果如图 9-32 所示【源文件\第 9 章\校园.psd】。

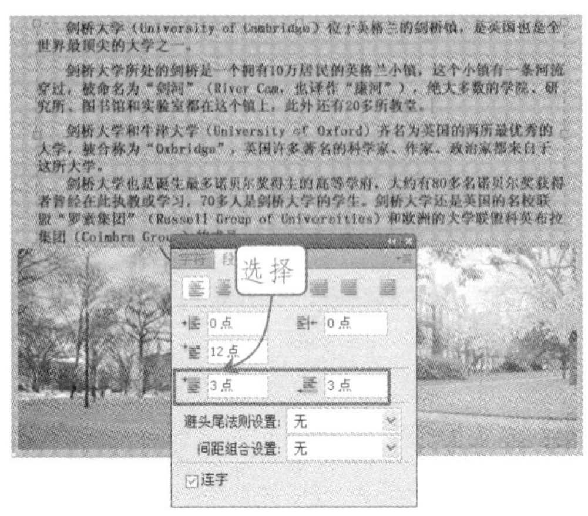

图 9-31　设置段落间距

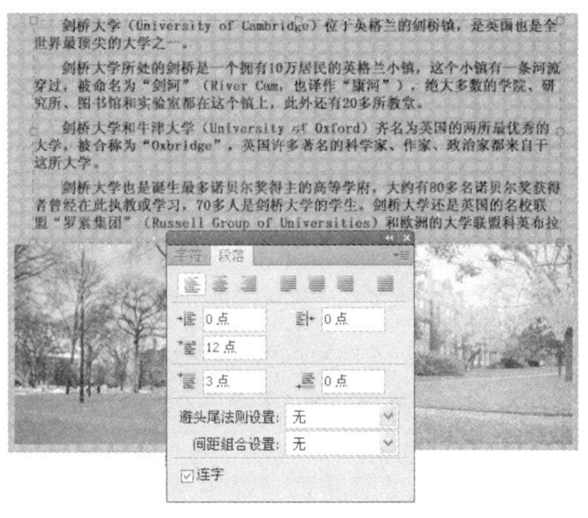

图 9-32　最终效果

9.6 综合实例——制作摄影比赛海报

综合运用本章知识制作摄影比赛海报，达到巩固本章所学知识的目的

通过前面的学习掌握了文字的输入和编辑方法，本综合实例将通过制作摄影比赛海报巩固本章所学知识。图 9-33 所示为原图像文件，使用本章所学知识对其进行编辑后的效果如图 9-34 所示。

图 9-33　原图像文件

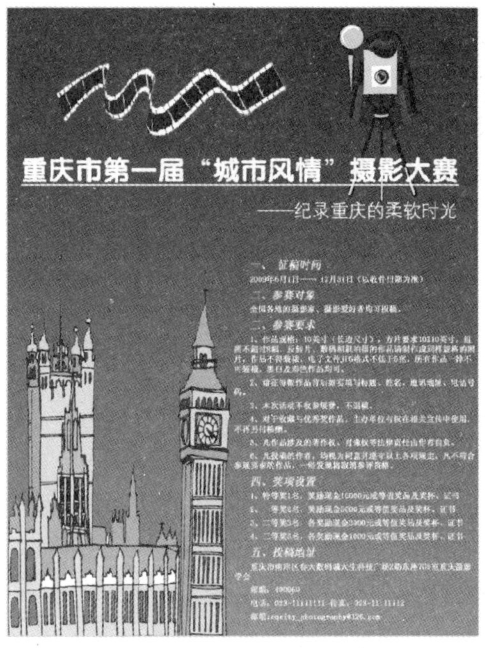

图 9-34　编辑后的效果

制作思路

第一步：输入文字
①打开"海报背景.psd"图像文件
②输入文字并重命名图层

第二步：编辑文字
③设置文字格式和段落格式
④设置文字段落格式

其具体操作步骤如下：

Step 1 打开"海报背景.psd"图像文件【素材\第 9 章\海报背景.psd】，在工具箱中选择横排文字工具T，在文字工具属性栏中默认字体为"宋体"，字号设置为"10 点"，前景色为白色（#ffffff）。

Step 2 将鼠标指针移至图像编辑区，指针会变为形状，在图像中需要输入文字的位置单击以定位插入点，如图 9-35 所示。

Step 3 选择适合的输入法，在图像中输入所需文字，文字颜色即为前景色颜色，如图 9-36 所示。

Step 4 在文字工具属性栏中单击✓按钮确认输入，在"图层"控制面板中将该图层重命名为"标题"。

Step 5 将鼠标指针移至图像窗口中，使用与 Step2 和 Step3 相同的方法输入如图 9-37 所示的文字。

Step 6 在文字工具属性栏中单击✓按钮确认输入，在"图层"控制面板中将该图层重命名为"副标题"。

图 9-35　定位插入点

图 9-36　输入文字

图 9-37　继续输入文字

Step 7 在文字工具属性栏中将字体设置为"宋体"，字号设置为"9 点"，前景色为白色（#ffffff）。将鼠标指针移至图像窗口中，按住鼠标左键不放并拖动绘制出一个文本框，当达到合适大小后释放鼠标，如图 9-38 所示。

Step 8 在闪烁的插入点处输入所需的段落文字，当输入的文字到达文字框的边缘时，文字会自动换行，如图 9-39 所示。

Step9 在文字工具属性栏中单击✓按钮确认输入，在“图层”控制面板中将该图层重命名为“参赛须知”。

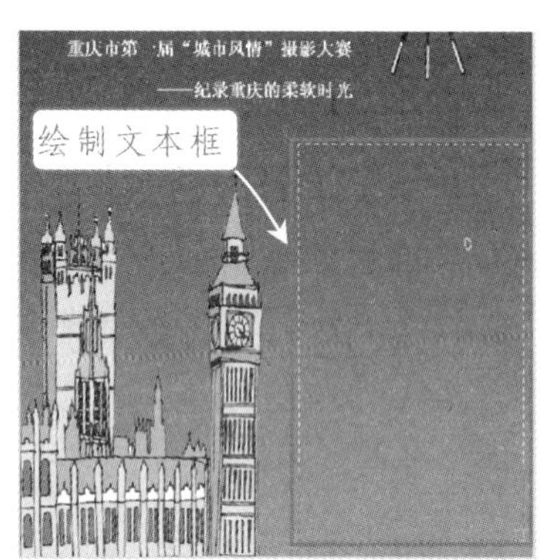

图 9-38　绘制文本框

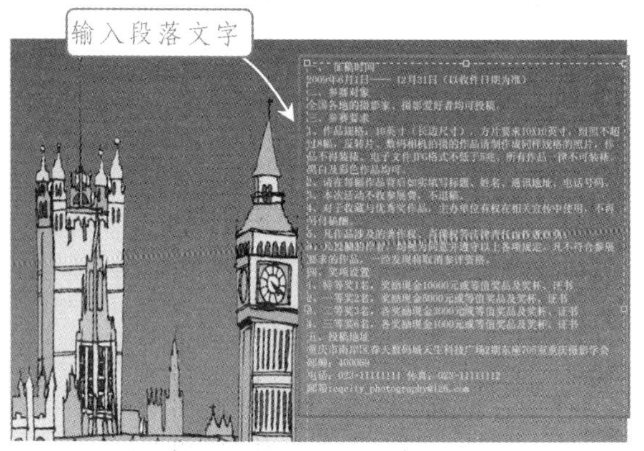

图 9-39　输入段落文字

Step10 在“图层”控制面板中选择“标题”图层，在工具箱中选择横排文字工具T，拖动鼠标选择图层中的所有文字，在文字工具属性栏中单击▤按钮打开“字符”控制面板。

Step11 在“设置字体系列”下拉列表框中选择“方正粗圆简体”选项。在“设置字体大小”下拉列表框中选择“30 点”选项。单击T和T按钮，为文字设置加粗效果和下划线效果。将鼠标指针移至文字附近，使其变为↖✥形状。按住鼠标左键不放，拖动鼠标将文字移动到所需位置，如图 9-40 所示，在文字工具属性栏中单击✓按钮。

Step12 在“图层”控制面板中选择“副标题”图层，使用相同的方法为文本设置格式并调整位置，参数设置和效果如图 9-41 所示。

图 9-40　设置“标题”图层的文字格式

图 9-41　设置“副标题”图层的文字格式

Step13 在“图层”控制面板中选择“参赛须知”图层，选择文本框中的“一、征稿时间”文字，在“字符”控制面板中将字号设置为“12 点”，单击T和T按钮为文字设置加粗和倾斜效果。

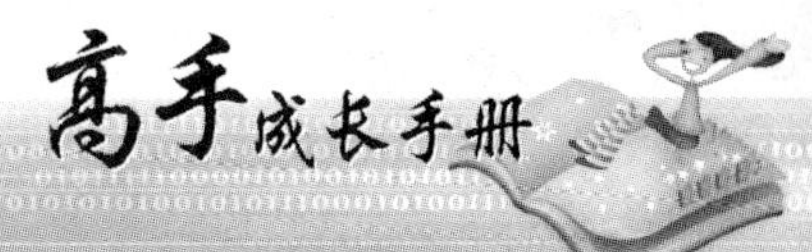

Step14 使用同样的方法为“二、参赛对象”、“三、参赛要求”、“四、奖项设置”、“五、投稿地址”文字设置字号，并添加加粗和倾斜效果，如图 9-42 所示。

Step15 选择文本框中的所有文字，单击“段落”标签切换到“段落”控制面板。将其“首行缩进”设置为“18 点”，“段前添加空格”和“段后添加空格”都设置为“2 点”，如图 9-43 所示。

Step16 在文字工具属性栏中单击✓按钮确认段落格式的设置，单击☒按钮关闭“段落”控制面板。最终效果如图 9-34 所示【源文件\第 9 章\海报.psd】。

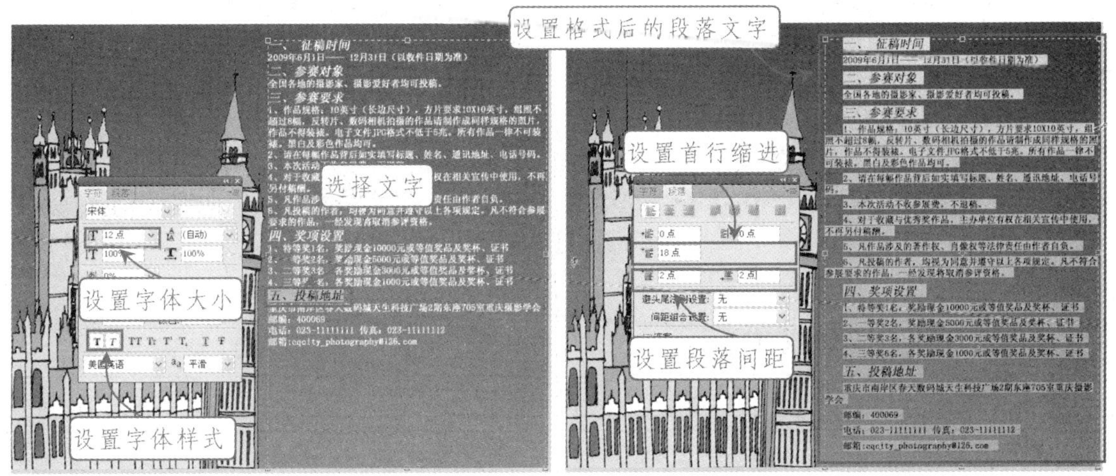

图 9-42 设置文字格式　　图 9-43 设置段落格式

9.7 大显身手

本章应重点掌握在 Photoshop CS4 中输入文字和编辑文字的操作

（1）打开“桥.jpg”图像文件【素材\第 9 章\桥.jpg】，使用工具箱中的横排文字工具输入文字并设置文字的字体样式和段落格式，最终效果如图 9-44 所示【源文件\第 9 章\诗词.psd】。

图 9-44 输入和编辑文字

（2）打开“桃花.jpg”图像文件【素材\第 9 章\桃花.jpg】，使用工具箱中的钢笔工具绘制路径，然后根据路径输入并设置文字的字体样式，最终效果如图 9-45 所示【源文件\第 9 章\桃花.psd】。

图 9-45　设置前后的对比效果

电脑急救箱

运用本章知识时若遇到各种有关输入、编辑文字的问题，别着急，打开电脑急救箱看看吧

Q 为什么使用横排文字蒙版工具和直排文字蒙版工具输入文字后，不会在“图层”中自动新建文字图层呢？

A 因为使用这两个工具创建横排或竖排的文字选区，此时的文字将不会被填充颜色，不具有文字属性，所以不会自动新建图层。

Q 用文字蒙版工具在图像中输入文字时，发现文字的位置不合适，要怎样才能移动文字呢？

A 移动使用文字蒙版工具创建的文字选区范围，可按【Q】键，先切换成快速蒙版模式，然后用移动工具进行移动，完成移动后只要再按【Q】键即可切换回标准模式。

Q 在图像中输入横排文字之后，可以直接改变已输入文字的方向吗？

A 在“图层”控制面板中选择需要改变文字方向的文本图层，选择【图层】/【文字】/【垂直】命令或在“图层”控制面板择选择需要改变文字方向的图层，在图层名称上右击，在弹出的快捷菜单中选择“垂直”命令即可将横排文字改为直排文字。

第 10 章 路径的使用

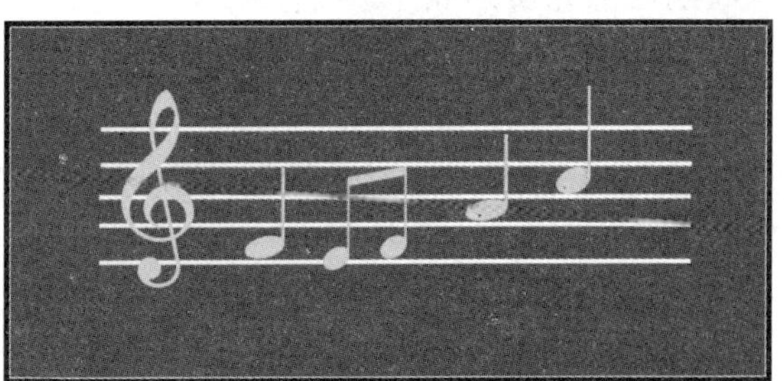

本章要点

- 了解路径与锚点
- 绘制路径、编辑路径与锚点
- 路径的填充与描边
- 路径和选区的转换

在 Photoshop CS4 中，通过路径可以精确地绘制和调整图像区域，让创建及修改图像的过程更简单，更方便。使用钢笔工具可以灵活地选择所需的复杂图像，而且可以对选择不准确的位置进行精确调整；通过“路径”控制面板可以实现路径的新建、保存和复制等基本操作；通过对路径进行填充和描边，可以制作出美丽的图形效果；通过路径与选区的互相转换，可以精确选择需要的图像区域。

10.1 项目观察——绘制雨伞轮廓图

初步了解使用绘制路径和描边路径的方法绘制物体的轮廓图

在 Photoshop CS4 中可以通过选择图像文件的选区，将其转化为路径并对其路径进行描边以实现快速绘制图像轮廓的操作。图 10-1 所示为根据“雨伞.jpg”图像文件绘制的雨伞轮廓图。

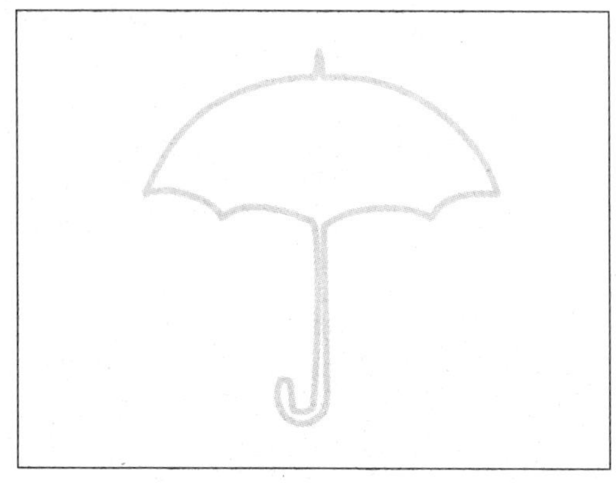

图 10-1 雨伞轮廓图

Step 1 打开“雨伞.jpg”图像文件【素材\第 10 章\雨伞.jpg】，选择工具箱中的魔棒工具，在图像的白色背景部分单击选择白色背景，按【Ctrl+Shift+I】组合键反选选区，如图 10-2 所示。

Step 2 选择【新建】/【文件】命令，在打开的“新建”对话框中按照如图 10-3 所示进行设置，单击 确定 按钮新建文档。

图 10-2 选择雨伞区域

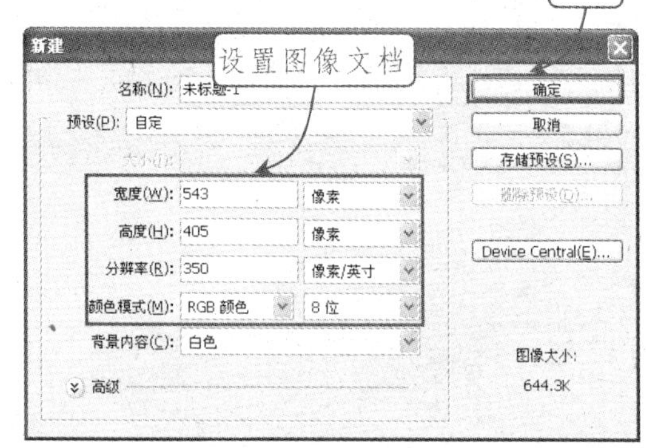

图 10-3 新建图像文件

Step 3 选择“伞.jpg”图像文件，将其调整为当前图像文件窗口，选择工具箱中的选框工具，将鼠标指针移至选区中，当其变为 形状后，按住鼠标左键不放并将其拖动至新建的图像文件窗口中。

Step 4 在选区上右击，在弹出的快捷菜单中选择“变换选区”命令，将鼠标指针移至变换框右下角的控制点上，当其变为双向箭头形状时向左上角拖动鼠标，缩小选区

的范围并将选区移动到图像窗口的中间位置，如图 10-4 所示。

Step5 单击“图层”控制面板中的“路径”标签，单击“路径”控制面板底部的“从选区生成工作路径”按钮，将选区转化为工作路径，如图 10-5 所示。

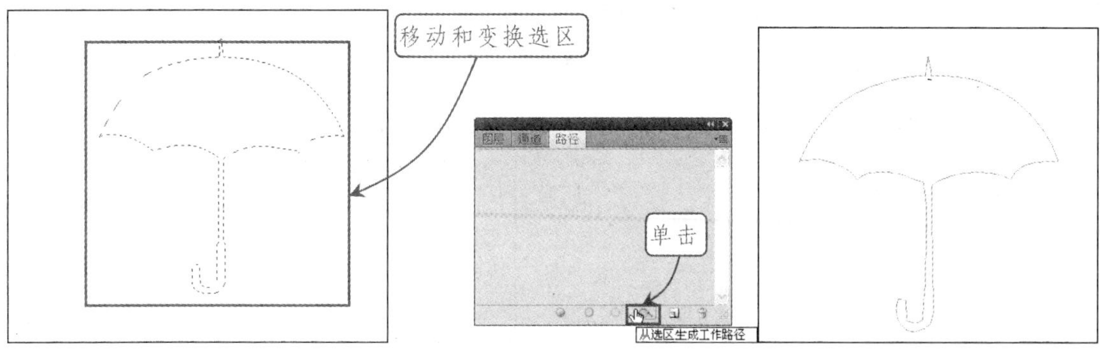

图 10-4　移动并变换选区　　图 10-5　将选区转化为工作路径

Step6 设置前景色为绿色（# a0f686），选择画笔工具，并在其工具属性栏中将其主直径设置为“6 像素”，单击“路径”控制面板底部的“用画笔描边路径”按钮，得到如图 10-6 所示的效果。

Step7 在“路径”面板中选择当前工作路径，在其上右击，在弹出的快捷菜单中选择“删除路径”命令，如图 10-7 所示。返回图像文件窗口中即可看到对路径描边后的效果，如图 10-1 所示【源文件\第 10 章\雨伞.psd】。

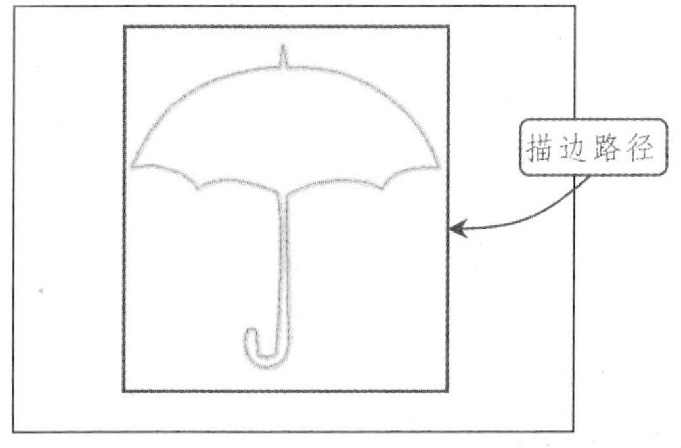

图 10-6　用画笔描边路径

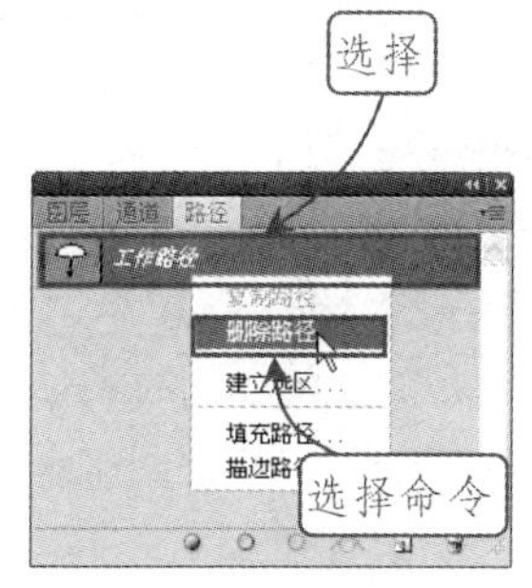

图 10-7　删除路径

通过上述项目案例的制作，可以看出在 Photoshop CS4 中可以通过绘制和编辑路径的操作快速编辑图像。了解路径的绘制和编辑操作后可以更精确地编辑图像文件，下面将具体讲解路径的绘制和编辑所需掌握的知识。

10.2 了解路径与锚点

在绘制路径前必须了解路径

路径是指使用路径绘制工具绘制的路径线段，其作用是对要选择的图像区域进行精确的定位和调整，适用于创建不规则的、复杂的图像区域。

10.2.1 认识路径

路径是由有多个节点的线条构成的一段闭合或者开放的曲线段，在图像显示效果中显示为不可打印的矢量图像。用户可以沿着路径描边和填充，还可以将其转换成选区，从而进行与选区相关的操作。路径由锚点、直线段、曲线段和控制柄等几种元素组成，如图 10-8 所示。

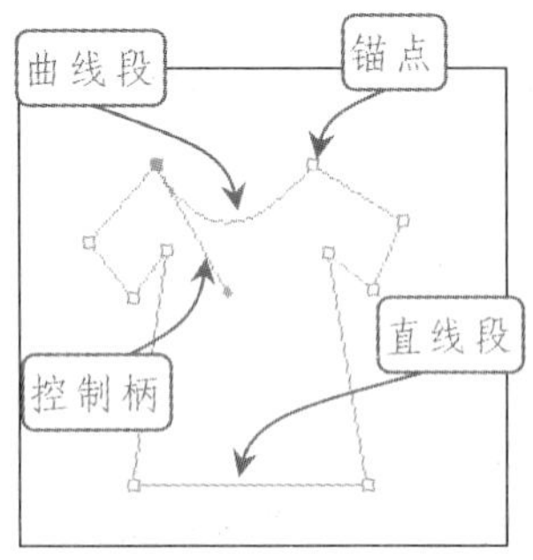

图 10-8　路径的组成元素

指点迷津

控制柄有时也被称为方向线和方向点，方向线是指在曲线线段上，每个锚点上带有 1~2 条控制线；方向点用于标记方向线的结束端。

其中各组成元素的含义分别介绍如下：

- 锚点：锚点是指与路径相关的点，它标记着组成路径的各线段的端点。
- 直线段：用钢笔工具在图像中单击两个不同的位置，可以在两点之间创建一条直线段。
- 曲线段：拖动锚点可形成平滑点，位于两个平滑点之间的线段就是曲线段。
- 控制柄：选择曲线段的一个锚点后，会在该锚点上显示其控制柄，拖动控制柄一端的圆点可修改该线段的形状和曲率。

10.2.2 认识“路径”控制面板

路径创建后显示在“路径”控制面板中，单击“图层”控制面板组中的“路径”标签可打开“路径”控制面板，如图 10-9 所示，该控制面板专用于储存和编辑路径，路径的新建、保存和复制等操作都可通过“路径”控制面板来实现。

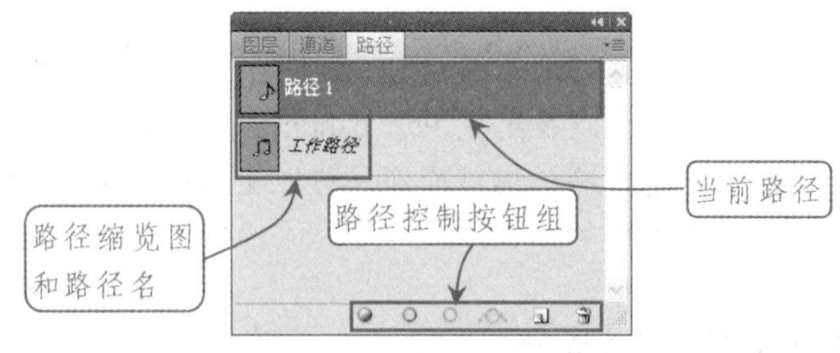

图 10-9　“路径”控制面板

“路径”控制面板中各部分的含义分别介绍如下：

- 当前路径：控制面板中以蓝底白字显示的路径为当前路径，所有操作只针对当前路径进行。

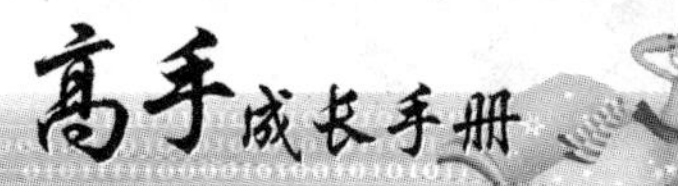

- 路径缩览图和路径名：用于显示路径的大致形状和路径名称，双击路径名称后可为该路径重命名。
- “用前景色填充路径”按钮：在工具箱中设置前景色后，单击该按钮可为路径填充前景色。
- “用画笔描边路径”按钮：使用画笔工具和前景色为当前路径描边，也可选择其他绘图工具对路径进行描边。
- “将路径作为选区载入”按钮：绘制路径或将选区转化为路径后，单击该按钮可将路径转化为选区。
- “从选区生成工作路径”按钮：在创建选区或将路径转化为选区后，单击该按钮可将选区转化为工作路径。
- “创建新路径”按钮：单击该按钮，将新建一个路径。
- “删除当前路径”按钮：单击该按钮，将删除当前路径。

10.3 绘制路径

绘制路径包括绘制直线和曲线路径

在 Photoshop CS4 中，要绘制并编辑任意图形的轮廓，都可以使用工具箱中钢笔工具组中的路径绘制工具和路径编辑工具绘制路径。

10.3.1 绘制直线

选择钢笔工具后，在图像窗口中不同的位置单击，即可快速绘制出直线路径。下面以绘制闪电图标为例来介绍直线路径的绘制方法，其具体操作步骤如下：

Step 1 选择钢笔工具，在画布中单击添加一个锚点，将鼠标指针向下方移动并单击添加第 2 个锚点，如图 10-10 所示。

Step 2 按住【Shift】键，按照 Step1 的方法向右移动鼠标指针并单击添加第 3 个锚点，如图 10-11 所示。

Step 3 按照前面添加锚点的方法继续添加锚点，注意在添加最后一个锚点时应在第一个锚点位置单击，如图 10-12 所示，绘制后的路径如图 10-13 所示。

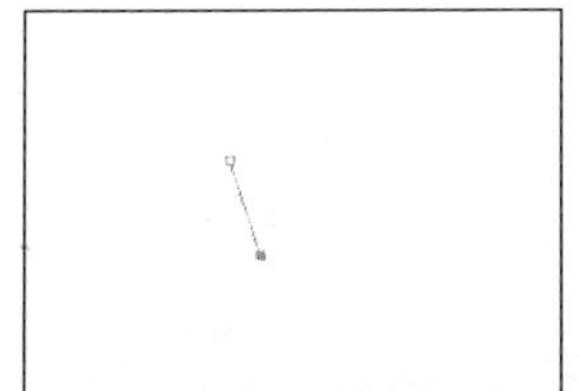
图 10-10 添加锚点

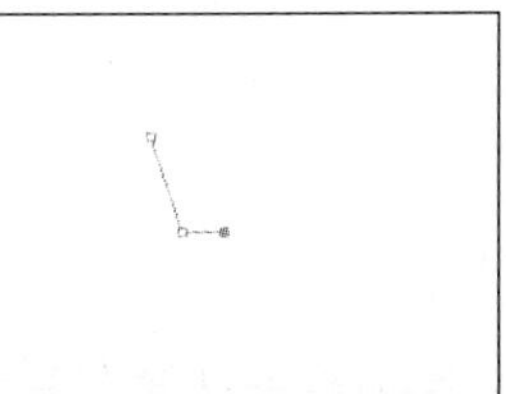
图 10-11 添加第 3 个锚点

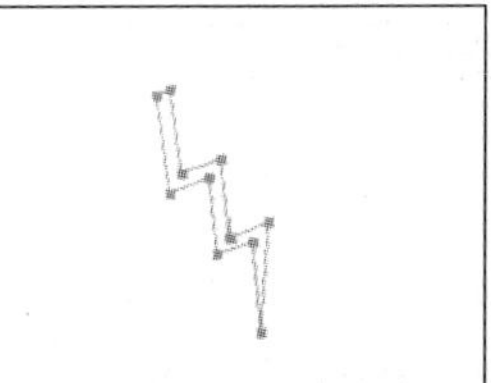
图 10-12 添加锚点

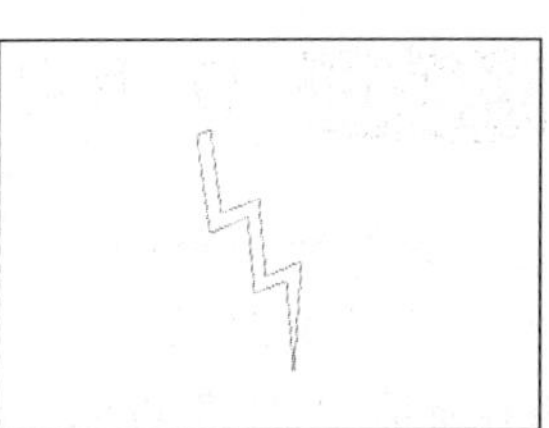
图 10-13 绘制后的路径

10.3.2 绘制曲线

使用钢笔工具可以绘制具有不同弧度的曲线路径，这里以绘制礼品盒上的丝带为例来介绍曲线路径的绘制方法，其具体操作步骤如下：

Step 1 打开“礼盒.psd”图像【素材\第 10 章\礼盒.psd】。选择钢笔工具，在礼盒顶部的中间部位单击以添加一个锚点，如图 10-14 所示。

Step 2 向下方移动鼠标指针并单击以添加第 2 个锚点，拖动控制柄调整显示的曲线，如图 10-15 所示。继续添加带控制手柄的锚点，绘制后的曲线路径类似于蝴蝶结，效果如图 10-16 所示。

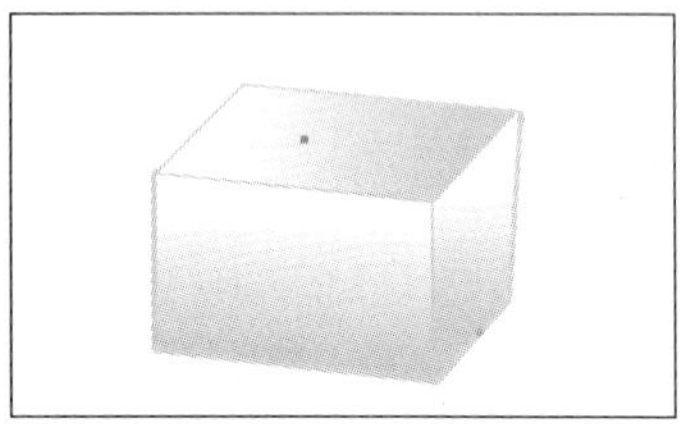
图 10-14 添加一个锚点

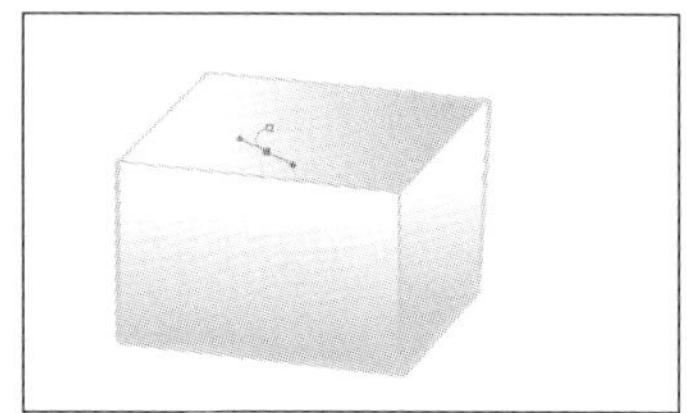
图 10-15 添加第 2 个锚点

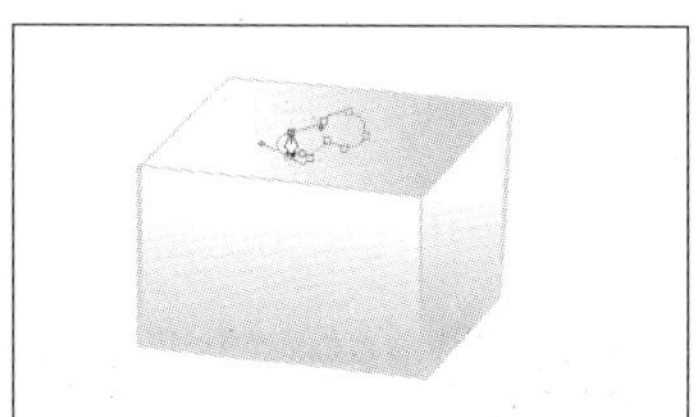
图 10-16 绘制蝴蝶结路径

Step 3 设置前景色为红色（#f35b5b），单击“路径”控制面板中的“用前景色填充路径”按钮。使用同样的方法绘制飘带路径，效果如图 10-17 所示。

Step 4 为绘制的飘带路径填充红色（#f35b5b），如图 10-18 所示，保存对图像文件的修改【源文件\第 10 章\礼盒.psd】。

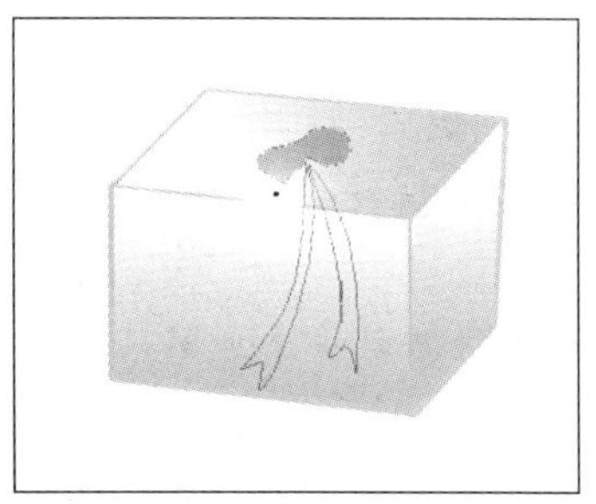
图 10-17 填充路径并绘制飘带路径

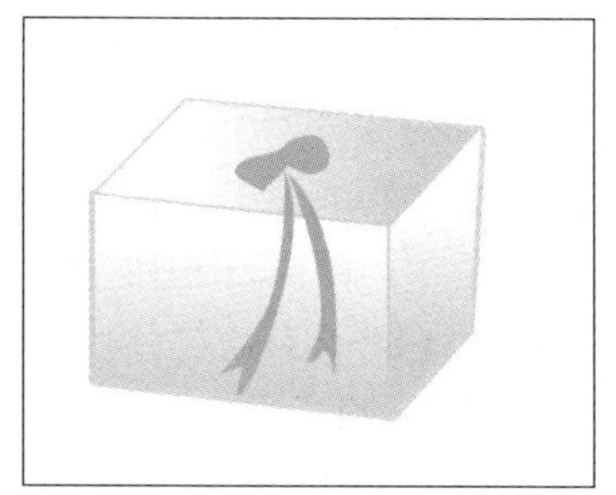
图 10-18 为飘带填充颜色

10.3.3 使用自由钢笔工具

绘制自由路径如同使用磁性套索工具绘制自由选区一样，下面在打开的图像中沿图像的边缘绘制路径，其具体操作步骤如下：

Step 1 在工具箱中选择自由钢笔工具，在图像中单击并按住鼠标左键绘制，绘制的路径如图 10-19 所示。

Step 2 选中工具属性栏中的☑磁性的复选框，沿图像中颜色相差较大的边缘拖动，在绘制过程中系统会自动产生一系列具有磁性的锚点，如图 10-20 所示。

图 10-19　自由绘制

图 10-20　沿图像边缘绘制

10.4 编辑路径

绘制路径后，可根据需要对路径进行调整和编辑

编辑路径的基本操作包括选择和移动路径、新建路径、复制路径、重命名路径、删除路径及变换路径等。

10.4.1 选择和移动路径

要对路径进行编辑，首先要选择路径。工具箱中路径选择工具组内的路径选择工具和直接选择工具就是用来选择路径的。选择相应的工具后，在路径所在区域单击即可选择路径，如图 10-21 所示；选择路径后，当鼠标指针变为形状时可移动路径到需要的位置，如图 10-22 所示。

图 10-21　选择路径

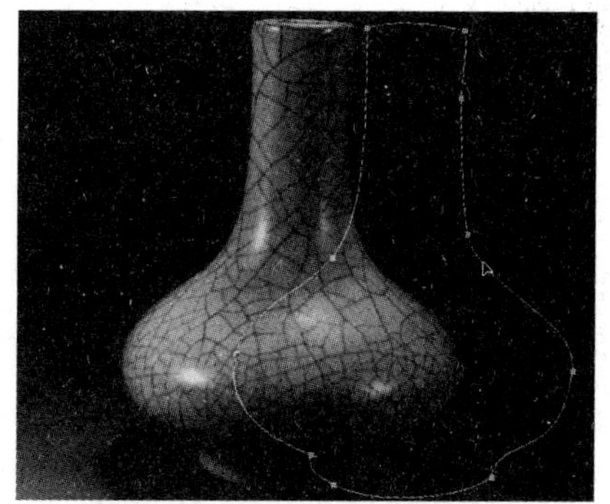

图 10-22　移动路径

10.4.2 新建路径

使用任意路径绘制工具绘制路径，都会在“路径”控制面板中自动新建路径。如果要在“路径”控制面板中新建路径，可单击“创建新路径”按钮，如图 10-23 所示，系统

将在“路径”控制面板中新建名为“路径 1”的空白路径，如图 10-24 所示。

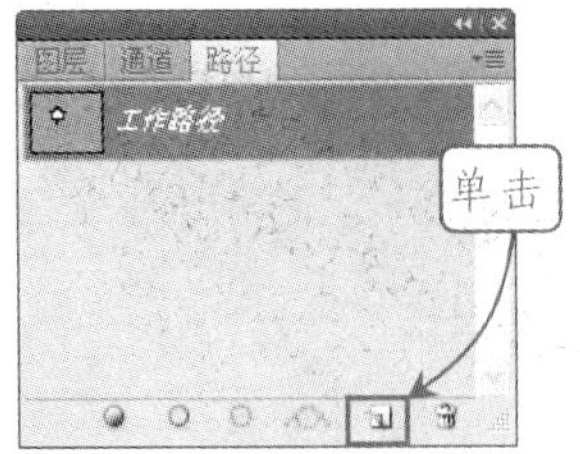

图 10-23 “路径”控制面板

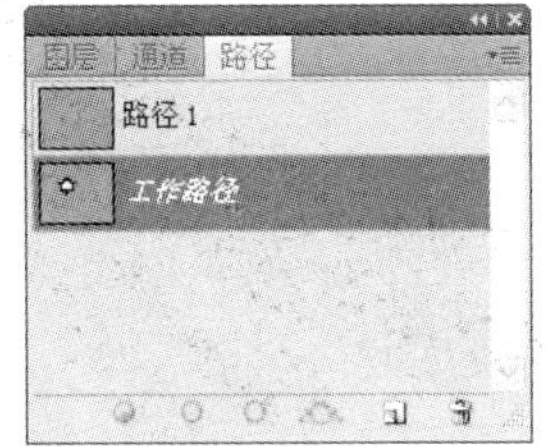

图 10-24 创建空白路径

10.4.3 复制路径

对于相同的路径，可采取复制的方式绘制。方法是在“路径”控制面板中选择要复制的层，再按住鼠标左键不放并拖至控制面板底部的按钮上即可。图 10-25 所示为复制路径的前后效果。

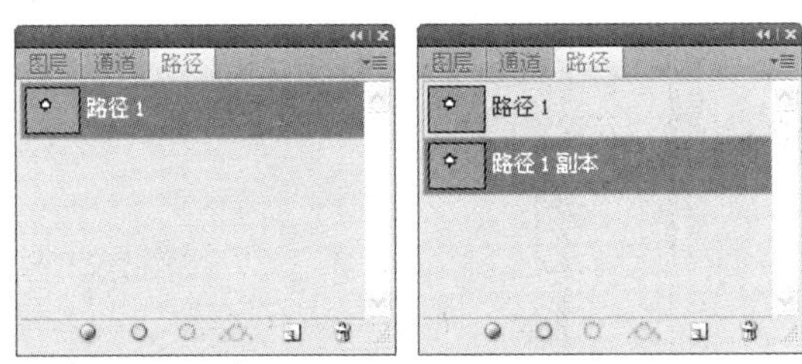

图 10-25 复制路径的前后效果

10.4.4 重命名路径

为了区分不同的路径，可以对路径进行重命名操作。重命名路径的具体操作步骤如下：

Step 1 双击“路径 1 副本”名称，使其呈可编辑状态，如图 10-26 所示。

Step 2 输入新的路径名称，如输入名称“树叶路径”，然后在其他任意位置单击即可重命名路径，如图 10-27 所示。

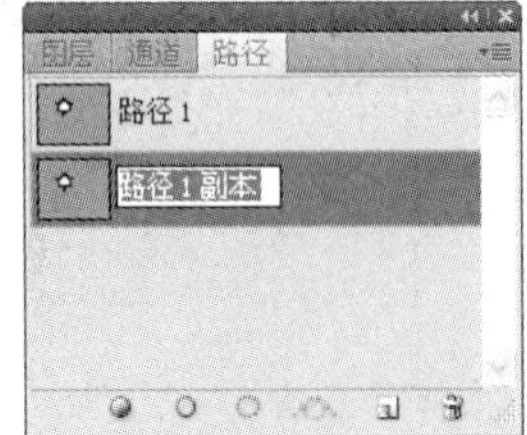

图 10-26 双击路径名称

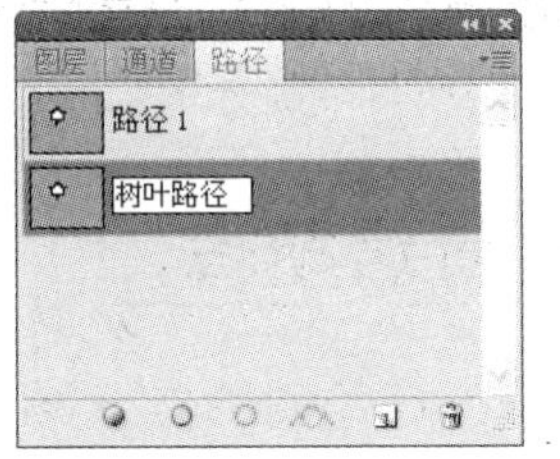

图 10-27 重命名路径

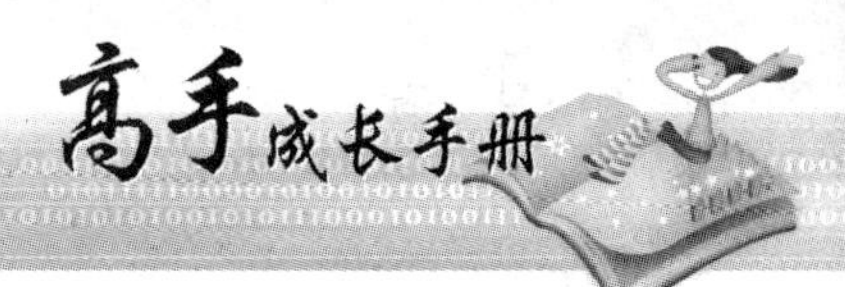

指点迷津

如果“路径”控制面板中有多个路径，当需要查看其中的一个路径时，在“路径”控制面板中单击要查看的路径，使其成为当前路径，即可在图像窗口中将其显示。

10.4.5 删除路径

对于不需要的路径，可以将其删除，其具体操作步骤如下：

Step 1 在“路径”控制面板中选择需要删除的路径，在其上右击，在弹出的快捷菜单中选择“删除路径”命令，如图 10-28 所示。

Step 2 返回“路径”控制面板中即可看到路径已经被删除，如图 10-29 所示。

图 10-28　选择命令

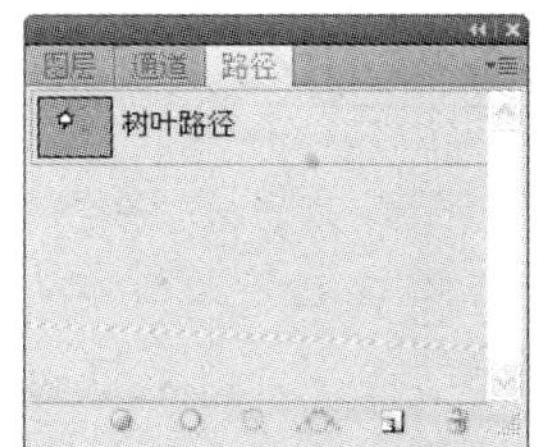

图 10-29　删除路径

指点迷津

单击“路径”控制面板中的按钮，在打开的提示对话框中单击 是(Y) 按钮也可以删除不需要的路径。

10.4.6 变换路径

路径也可以像选区和图形一样自由变换，下面对路径进行变换，其具体操作步骤如下：

Step 1 在路径中任意位置右击，在弹出的快捷菜单中选择“自由变换路径”命令，如图 10-30 所示。

Step 2 此时路径周围会显示变换框，拖动变换框上的节点即可实现路径的变换。

Step 3 如果想限制路径的变换方式，可再次右击，然后在弹出的快捷菜单中选择一种变换方式，如图 10-31 所示，这时就可以像变换选区一样对路径进行变换操作。

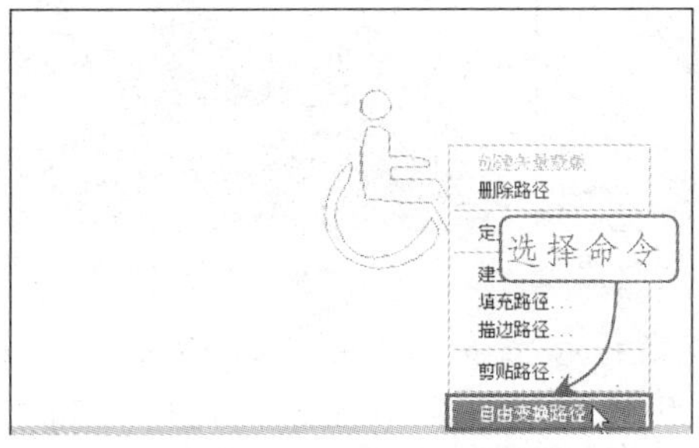

图 10-30　选择命令

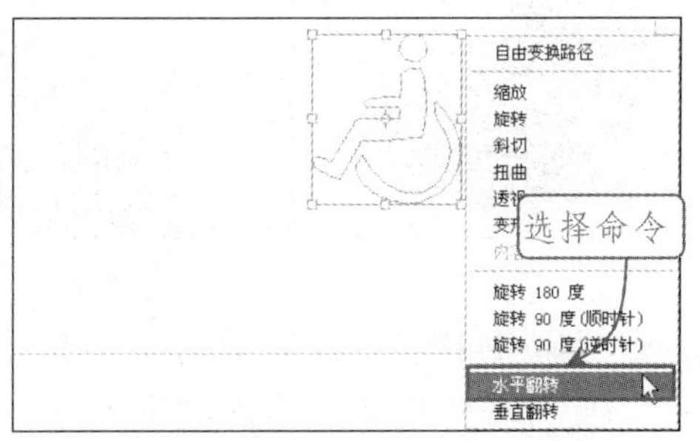

图 10-31　选择变换方式

指点迷津

通过拖动由钢笔工具绘制的路径中锚点两侧的任意控制手柄，可同时改变锚点两侧的路径弧度；而拖动由转换点工具生成的锚点两侧的控制手柄，则一次只能改变控制手柄一侧路径的

10.5 编辑锚点

通过编辑锚点可对路径的弧度进行精确调整

创建路径后，如果对绘制的路径不满意，则通过选择和移动锚点，添加和删除锚点可以对路径的弯曲程度进行调整。

10.5.1 选择和移动锚点

使用路径选择工具在路径上单击时，将选择所有路径和路径上的所有锚点；而使用直接选择工具时，只选择单击处锚点间的路径而不会选择锚点。

如果想选择锚点，则只能通过直接选择工具来实现，其使用方法如同使用移动工具选择图像一样方便。

10.5.2 添加锚点

添加和删除锚点工具可以在创建的路径上添加或删除锚点，从而对路径进行细节上的调整，以方便对曲线弧度进行控制。添加锚点有如下两种方法：

- 在路径上右击，在弹出的快捷菜单中选择“添加锚点”命令。添加的锚点以实心显示，此时使用直接选择工具拖动该锚点可以改变路径的形状，添加锚点并调整路径的过程如图 10-32 所示。

图 10-32　添加锚点并调整路径

- 选择工具箱中的添加锚点工具，将鼠标指针移至要添加锚点的路径上，当其变为形状时，单击以添加一个锚点，添加的锚点以实心显示。此时使用直接选择工具拖动该锚点可以改变路径的形状。

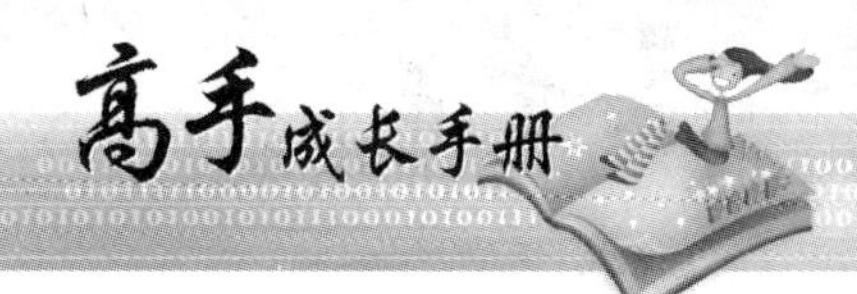

10.5.3 删除锚点

删除锚点与添加锚点的方法类似，只需选择工具箱中的删除锚点工具，将鼠标指针移至要删除的锚点上，当其变为形状时单击即可删除锚点，图 10-33 所示为删除锚点前后的对比效果。

图 10-33 删除锚点前后的对比效果

10.5.4 转换点

路径是与锚点上的控制手柄相切的，通过调整控制手柄的长度和方向可以改变路径长度和平滑度。选择钢笔工具组中的转换点工具后，将鼠标指针移至路径中需要调整的锚点上，单击以将角点转换为平滑锚点，在平滑锚点上按住鼠标左键并拖动，使锚点上显示两条控制手柄。选择直接选择工具移动锚点至合适的位置，然后使用转换点工具，单击上方的控制手柄向需要的方向拖动即可调整路径。使用转换点工具转换节点的过程如图 10-34 所示。

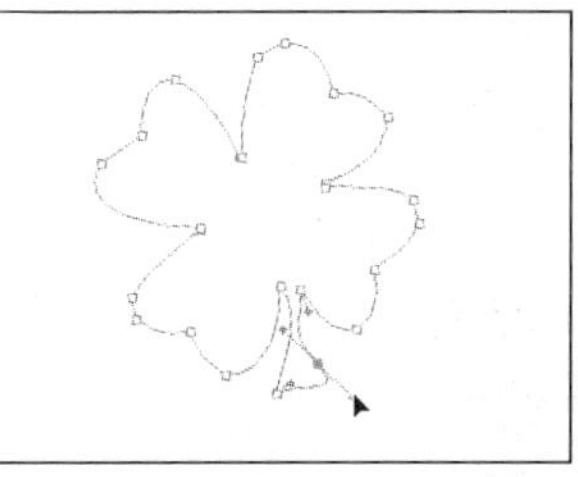

图 10-34 使用转换点工具转换节点

10.6 路径的填充与描边

根据绘制的路径可以对图像区域进行填充和描边

单独的路径对绘制图像而言没有任何作用，当路径创建并编辑完成后，可以对其进行填充和描边操作，以制作出各种效果的图形。

10.6.1 填充路径

填充路径是指将颜色或图案填充到路径内部的区域，其方法与填充图像选区的方法相似，下面将通过“路径”控制面板为路径填充颜色，其具体操作步骤如下：

Step 1 打开“装饰图案路径.psd”文件【素材\第10章\装饰图案路径.psd】。在“路径”控制面板中选择“工作路径”层，在其上右击，在弹出的快捷菜单中选择“填充路径”命令，如图10-35所示。

Step 2 在打开的“填充路径”对话框的“使用”下拉列表框中选择“颜色”选项，如图10-36所示。

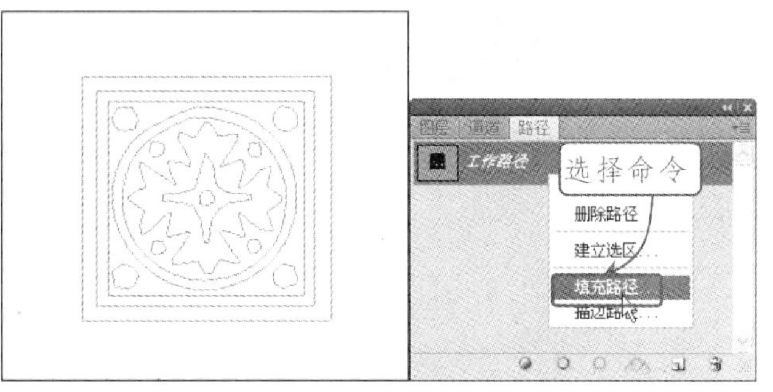

图10-35 选择“填充路径”命令

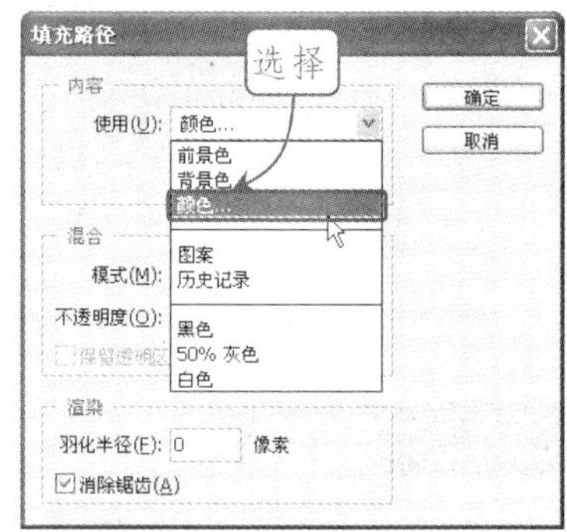

图10-36 选择“颜色”选项

指点迷津

在“填充路径”对话框的“渲染”选项组中的“羽化半径”文本框中输入数值，可以设置填充后的羽化效果，数值越大，羽化效果越明显。

Step 3 在打开的“选取一种颜色：”对话框中将颜色设置为黄色（#f1f325），如图10-37所示，单击 确定 按钮返回“填充路径”对话框，单击 确定 按钮填充路径。

Step 4 返回图像文件窗口，可看到填充路径后的最终效果，如图10-38所示【源文件\第10章\装饰图案.psd】。

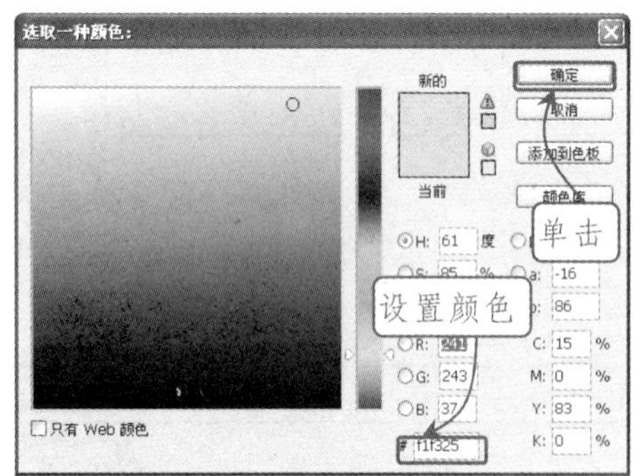

图10-37 填充路径

图10-38 最终效果

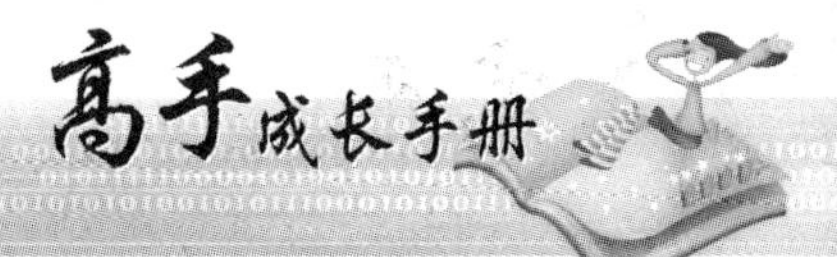

指点迷津

若要将创建的路径填充为其他颜色或填充图案时，可在进行路径填充前，先设置好前景色或背景色；如果要使用图案填充，则应先将所需的图像定义为图案。

10.6.2 描边路径

描边路径就是指使用一种图像绘制工具或修饰工具沿着路径绘制图像或修饰图像，其具体操作步骤如下：

Step 1 打开“萝卜.psd”图像文件【素材\第 10 章\萝卜.psd】，并使用自由钢笔工具沿图像的边缘绘制路径，如图 10-39 所示。

Step 2 设置前景色为蓝色（#252af3），选择画笔工具，并在其工具属性栏中将其主直径设置为“21 像素”，不透明度设置为“70%”。

Step 3 单击“路径”控制面板底部的“用画笔描边路径”按钮，得到如图 10-40 所示的效果。

Step 4 单击“路径”控制面板底部的“删除当前路径”按钮，即可将当前路径删除【源文件\第 10 章\萝卜.psd】。

图 10-39　绘制路径

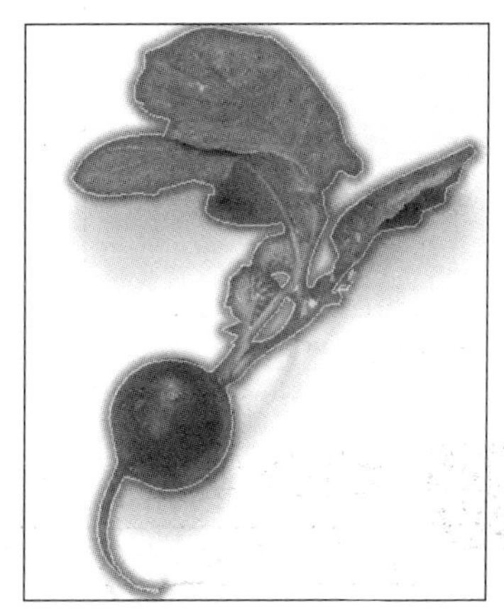

图 10-40　描边路径

10.7 路径和选区的转换

路径和选区之间可以相互转换

对绘制的路径不能运用图层样式和滤镜等命令，无法做出特殊的效果，因此，可通过路径和选区之间的互相转换达到目的。

10.7.1 从路径建立选区

绘制完路径后，可以通过“路径”控制面板底部的“将路径作为选区载入”按钮将路径转换成选区，图 10-41 所示为要转换的路径，图 10-42 所示则为转换为选区后的效果。

图 10-41　路径显示

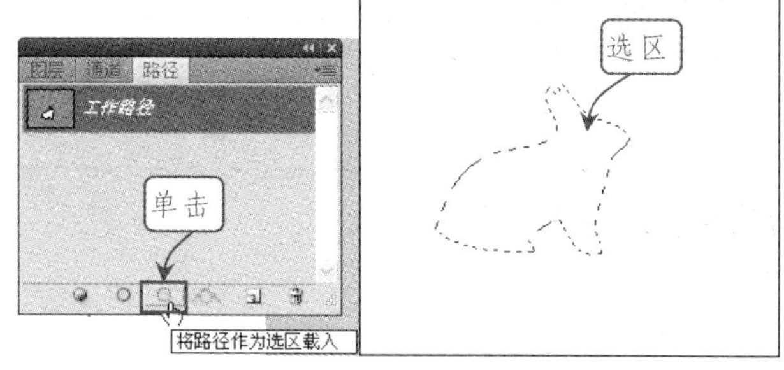

图 10-42　将路径转换为选区

10.7.2 从选区建立路径

如果想将选区转换成路径，只需单击“路径”控制面板底部的“从选区生成工作路径”按钮即可。图 10-43 所示为要转换的选区，图 10-44 所示则为转换为路径后的效果。

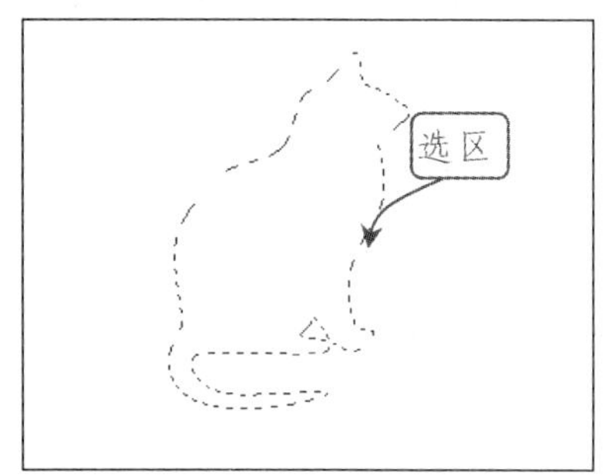

图 10-43　选区

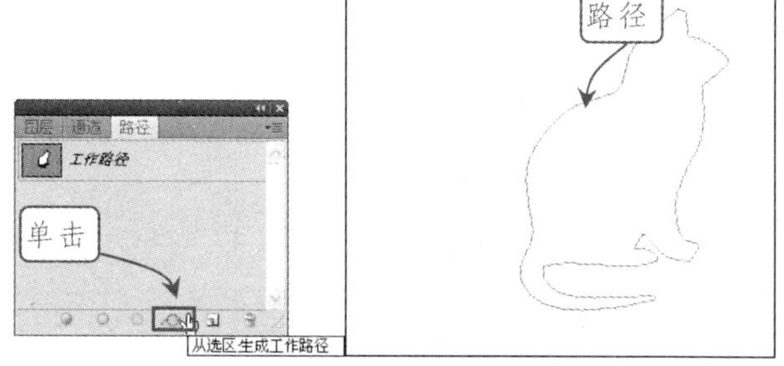

图 10-44　将选区转换为路径

10.8 综合实例——制作折扇

通过绘制和编辑路径的各种操作快速地制作折扇

前面学习了绘制路径、调整路径、实现选区和路径的相互转换、对路径进行填充和描边等操作，下面将制作如图 10-45 所示的折扇图像文件。

图 10-45　最终效果

制作思路

①绘制扇面
②绘制扇柄
③绘制扇骨
④复制国画图像并设置图层样式
⑤保存图像

其具体操作步骤如下：

Step 1 选择【新建】/【文件】命令，在打开的“新建”对话框中新建一个 600×400 像素的文件，背景填充为白色，单击 确定 按钮新建文档。

Step 2 新建图层 1，按【Ctrl+'】键显示网格线，选择工具箱中的钢笔工具，绘制如图 10-46 所示的路径。

Step 3 在“图层”控制面板中单击“路径”选项卡，单击“路径”控制面板底部的“从选区生成工作路径”按钮，将绘制的选区转化为路径，填充灰色#999799，如图 10-47 所示。

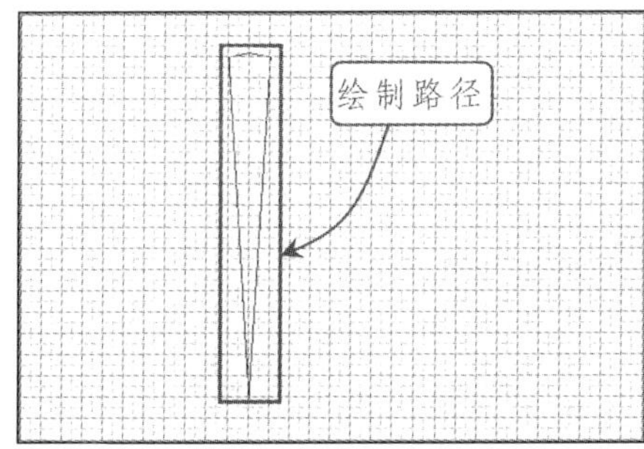

图 10-46　绘制路径

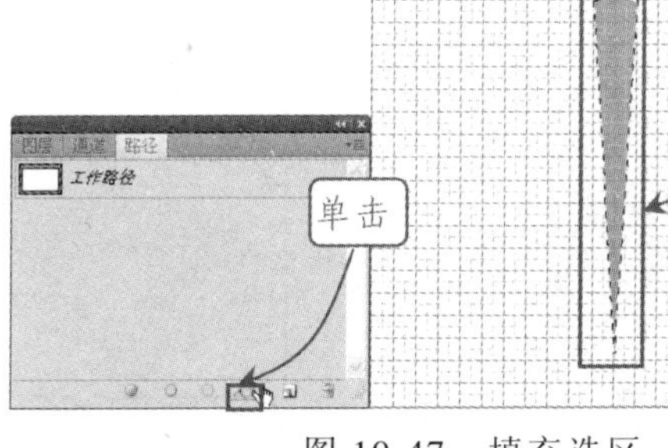

图 10-47　填充选区

Step 4 选择图层 1，通过绘制路径并将其转化为选区的方法绘制如图 10-48 所示的选区，选择【色彩】/【调整】/【亮度/对比度】命令，在打开的“亮度/对比度”对话框中将选区亮度值调整为-45，按照同样的方法绘制如图 10-49 所示的选区并调整亮度。

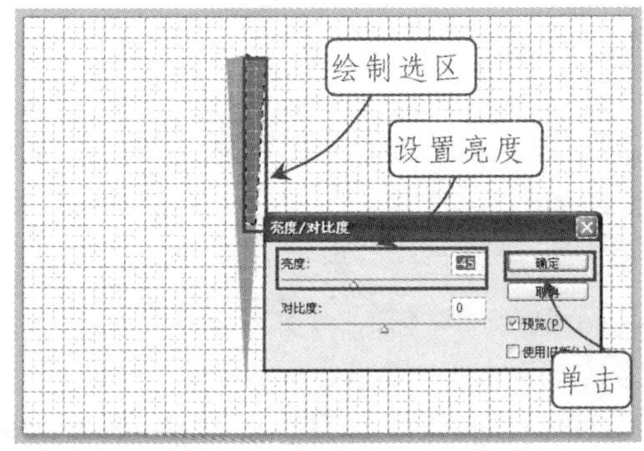

图 10-48　绘制选区并调整亮度

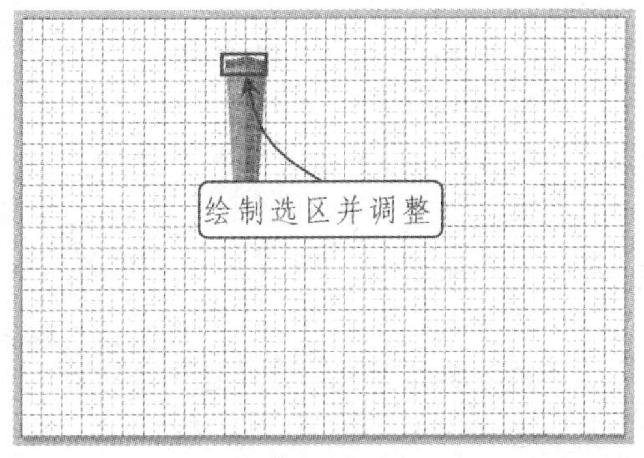

图 10-49　再次绘制选区并调整亮度

Step 5 选择图层 1，按【Ctrl+J】组合键复制图层，按【Ctrl+T】组合键，然后将变换点移动到底部，通过变换框对复制的图层中的图像进行旋转，效果如图 10-50 所示。

Step 6 选择图层 1 和图层 1 副本，将其向上移动，选择图层 1 副本，按【Ctrl+Shift+Alt】键的同时按 13 次【Ctrl+T】组合键复制 13 个图层，并调整各个图层的位置，调整后的效果如图 10-51 所示。

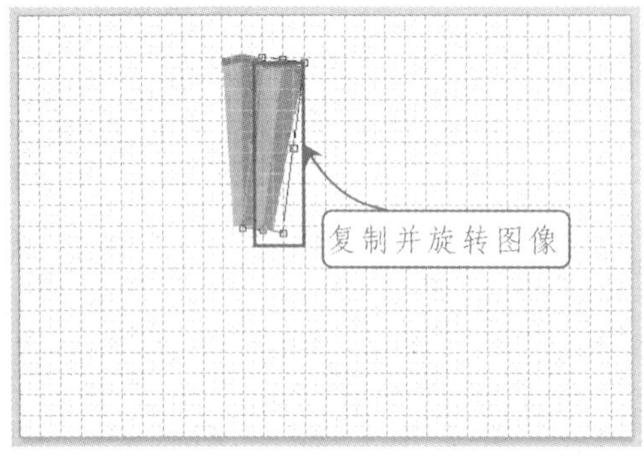

图 10-50 复制并旋转图像

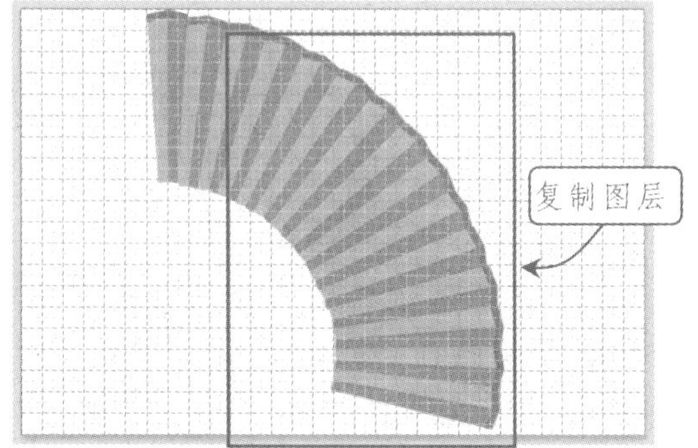

图 10-51 复制图层

Step 7 选择图层 1 副本 14，按 15 次【Ctrl+E】组合键向下合并图层，按【Ctrl+T】组合键，通过变换框对合并后图层中的图像进行旋转，效果如图 10-52 所示。

Step 8 选择合并旋转后的图层 1，选择【色彩】/【调整】/【色相/饱和度】命令，在打开的“色相/饱和度”对话框中将色相与饱和度分别调整为 38 和 100，如图 10-53 所示。

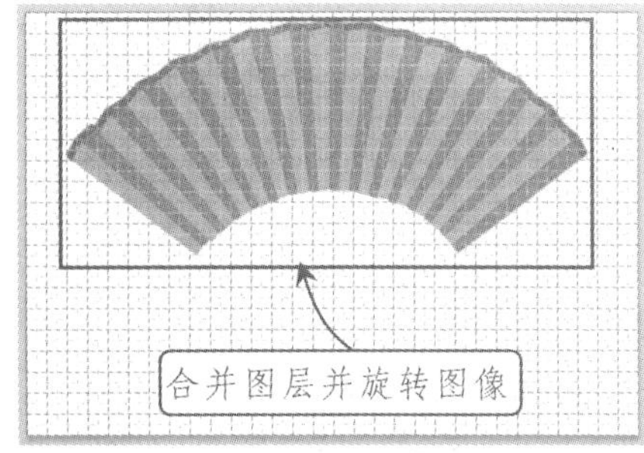

图 10-52 合并图层并旋转图像

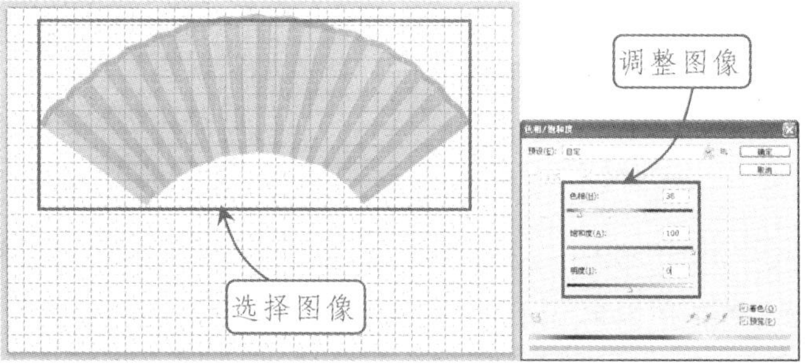

图 10-53 调整色相和饱和度

Step 9 打开“纹理.jpg”素材【素材\第 10 章\纹理.jpg】，在“纹理.jpg”图像窗口中使用钢笔工具绘制扇柄路径，将其转化为选区，将其复制到“折扇”图像窗口中生成图层 2，如图 10-54 所示。

Step 10 按【Ctrl+J】组合键复制图层生成图层 2 副本，在其上右击，在弹出的快捷菜单中选择“水平翻转”命令并调整其位置，如图 10-55 所示。

Step 11 在“纹理.jpg”图像窗口中用复制纹理图像的方法绘制扇骨，如图 10-56 所示，选择扇骨图像所在的图层 3，按【Ctrl+J】组合键复制图层，按【Ctrl+T】组合键，然后将变换点移动到底部，通过变换框对复制的图层中的图像进行旋转，效果如图 10-57 所示。

Step 12 选择图层 3 副本，按【Ctrl+Shift+Alt】组合键的同时按 6 次【Ctrl+T】组合键复制 6 根扇骨，调整各个图层的位置，合并所有扇骨，效果如图 10-58 所示。

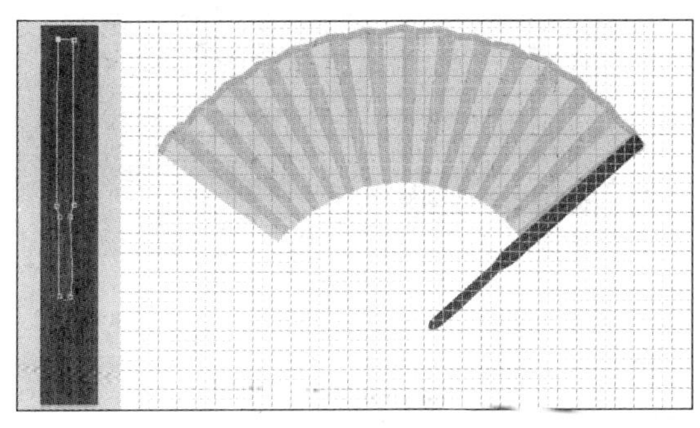

图 10-54　复制扇柄

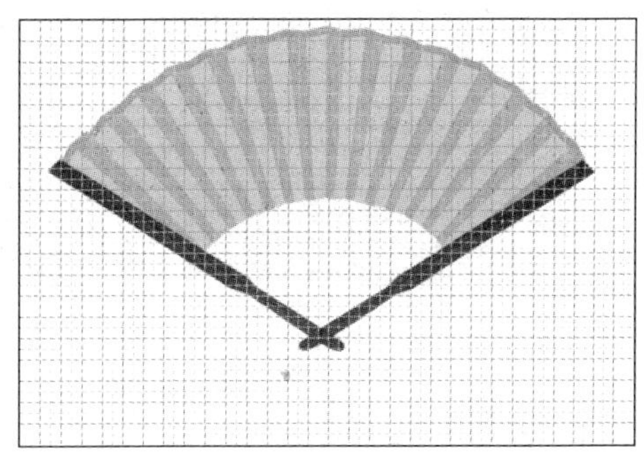

图 10-55　复制扇柄并变换图像

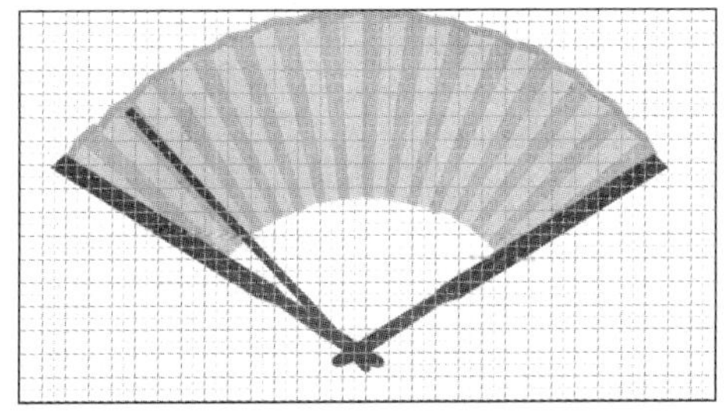

图 10-56　复制扇骨

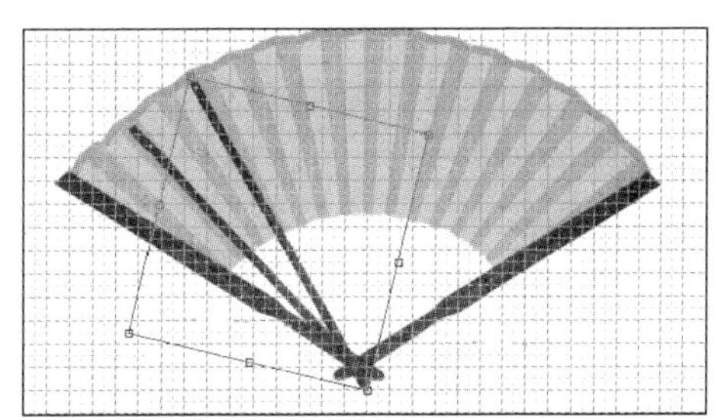

图 10-57　再次复制扇柄

Step 13 将图层 1 移动到图层 2 副本和图层 3 的上方，打开“国画.jpg”素材【素材\第 10 章\国画.jpg】，将其复制到“折扇”图像窗口中，设置其图层样式为“正片叠底”，效果如图 10-59 所示。选择【文件】/【存储为】命令，在打开的“存储为”对话框中对图像文件进行保存【源文件\第 10 章\折扇.psd】。

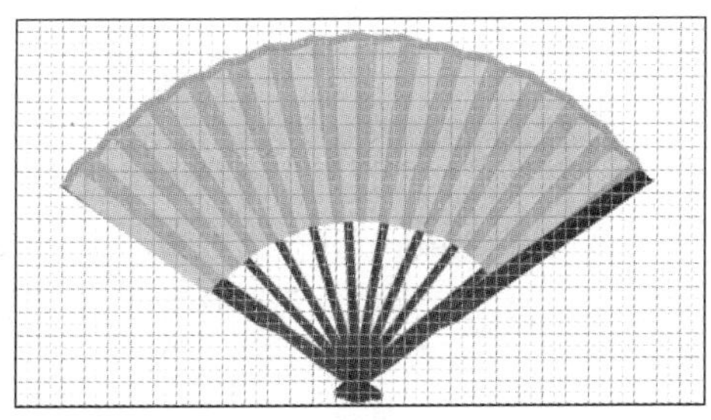

图 10-58　多次复制扇柄

图 10-59　复制国画图像

10.9 大显身手

本章应重点掌握 Photoshop CS4 中路径的绘制和编辑操作

（1）打开“背景.psd”图像文件【素材\第 10 章\背景.psd】，绘制如图 10-60 所示的路径并对其进行填充,完成后的最终效果如图 10-61 所示【源文件\第 10 章\五线谱.psd】。

提示：在工具箱中选择自定形状工具，在其工具属性栏中单击“路径”按钮，单击形状:下拉列表框右侧的按钮，在弹出的下拉列表中选择相应的形状即可快速绘制需要的路径。

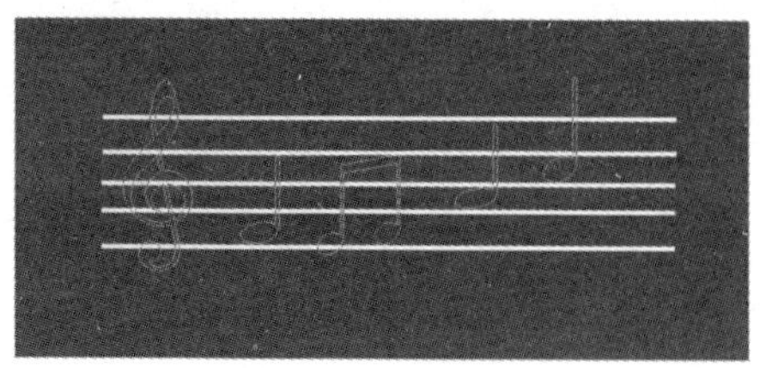

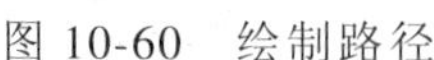
图 10-60 绘制路径

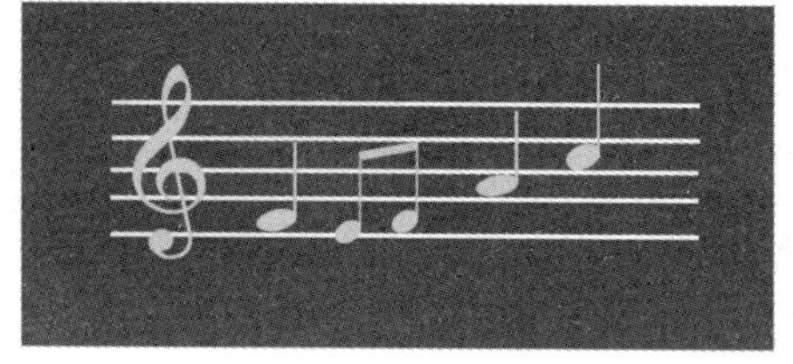

图 10-61 填充路径

(2)参照本章使用路径工具绘制路径和编辑路径的方法，制作如图 10-62 所示的图标【源文件\第 10 章\警示标志.psd】。

提示：新建一个宽为 550 像素，高为 246 像素，分辨率为 150 像素/英寸的图像文件，使用钢笔工具在画布的下方绘制不规则的路径，将路径填充为红色，然后输入文字。

图 10-62 制作图标

电脑急救箱

运用本章知识时若遇到有关路径的绘制和编辑的各种问题，别着急，打开电脑急救箱看看吧

Q 使用钢笔工具绘制复杂的路径时太过烦琐，有简便的方法吗？

A 可以使用矩形工具组中的各种图形绘制工具绘制图形，绘制前需在其工具属性栏中单击“路径”按钮，在绘制时即可快速创建路径；另外使用各种选区绘制工具绘制选区后，通过将选区转换为路径的操作也可以快速达到绘制路径的目的。

Q 在使用钢笔工具绘制路径时，发现绘制的路径有锯齿存在，这个问题应该怎样解决？

A 可以先将路径转换为选区，然后对选区进行描边处理，这样不仅可以消除锯齿，而且还可以得到原路径的线条。

Q 而且可以将路径移动和复制到其他图像中吗？

A 如果需要把一幅图像中的路径输入到另一幅图像中，可使用路径选择工具选择路径后将其直接拖动到另一个图像窗口中，此时原图像的路径不变。

第 11 章 蒙版与通道

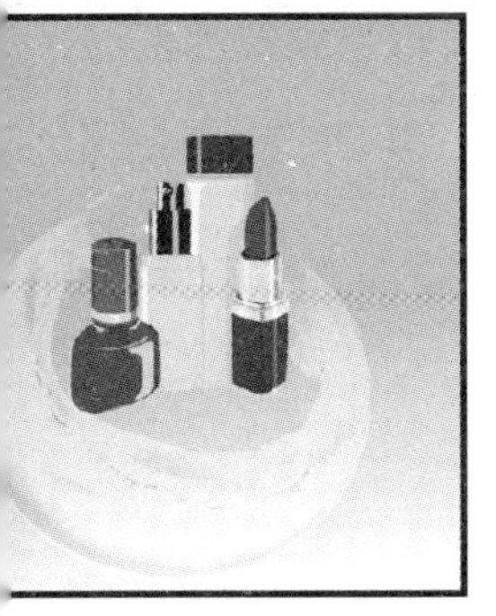

本章要点

- 认识蒙版
- 认识通道
- 编辑通道

在 Photoshop CS4 中，通道和蒙版是重要的图像处理工具。在实际应用中，通道可以用来记录图像中的选区信息、颜色信息内容；而蒙版可以使指定的区域不被编辑，起到遮蔽的作用，主要用于抠图、制作图的边缘淡化效果、图层间的融合等。因此，掌握通道和蒙版的使用方法是非常必要的，本章将对通道和蒙版的相关知识进行详细讲解。

11.1 项目观察——使用通道选择图像

用户可根据需要使用通道选择部分图像，达到快速合成图像的目的

在 Photoshop CS4 中可以通过通道选择图像的指定区域，下面将在“水珠.jpg”图像文件中选择指定的部分，然后将其复制到“化妆品.jpg”图像文件中，并通过调整图层的混合模式使图像区域更好地合成，完成后的效果如图 11-1 所示。

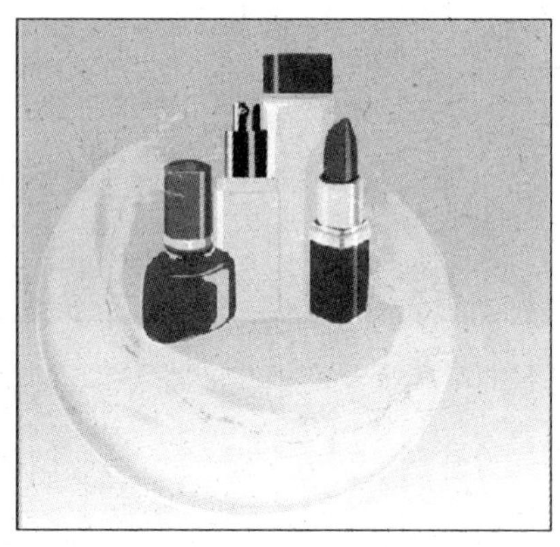

图 11-1 最终效果

其具体操作步骤如下：

Step 1 打开“水珠.jpg”图像文件【素材\第 11 章\水珠.jpg】，如图 11-2 所示。

Step 2 在“通道”控制面板的“绿”通道上右击，在弹出的快捷菜单中选择“复制通道”命令，在打开的对话框中单击 确定 按钮复制“绿”通道，以生成“绿副本”通道，如图 11-3 所示。

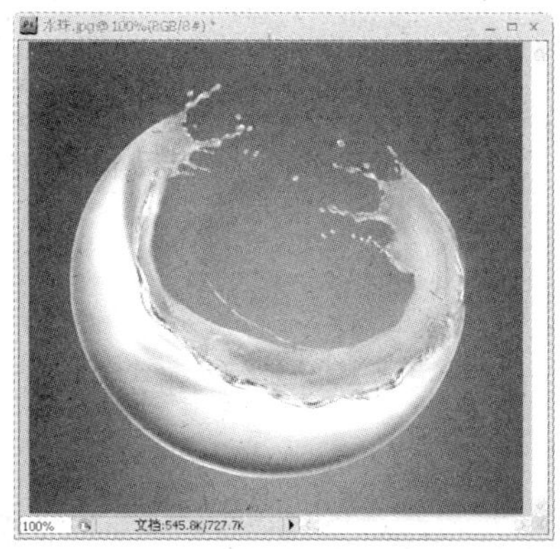

图 11-2 打开图像

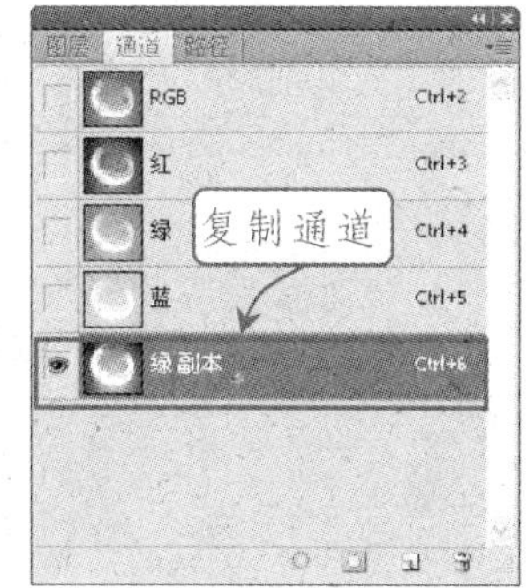

图 11-3 复制通道

Step 3 按【Ctrl+L】组合键打开“色阶”对话框，设置参数，如图 11-4 所示，以增加复制通道中图像的对比度。

Step 4 按住【Ctrl】键的同时单击“绿副本”通道前面的缩览图，以载入该通道中的选区，并通过工具箱中的快速选择工具增加需要的选区和减少不需要的选区，最后选择的区域如图 11-5 所示。

图 11-4　调整色阶

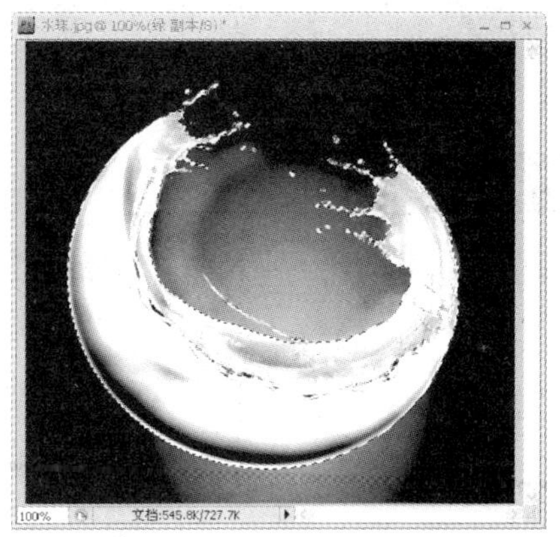

图 11-5　选择需要的选区

Step 5 按【Ctrl+C】组合键将选区内的图像复制到剪贴板上，打开“化妆品.jpg”图像【素材\第 11 章\化妆品.jpg】，如图 11-6 所示。

Step 6 按【Ctrl+V】组合键，以将剪贴板中的图像复制到当前图像中，得到“图层 1”，如图 11-7 所示。

Step 7 在“图层”控制面板中将“图层 1”的混合模式设置为“柔光”，如图 11-8 所示，得到如图 11-1 所示的最终效果【源文件\第 11 章\化妆品广告.psd】。

图 11-6　打开图像

图 11-7　复制图像

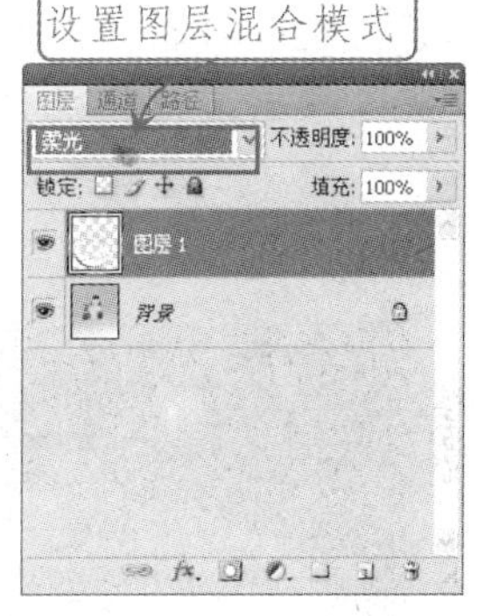

图 11-8　设置图层混合模式

通过上述项目案例的制作，可以看出在 Photoshop CS4 中通道的作用是非常大的，通道和蒙版是完成图像合成的最有利的工具，下面将具体讲解蒙版与通道的相关知识，使读者掌握快速合成图像的方法。

11.2 认识蒙版

认识并了解蒙板是灵活使用它的前提

蒙版是 Photoshop CS4 中的一种独特的图像处理方式，主要用于隔离和保护图像中的某个区域，当对图像的其余区域进行颜色更改、滤镜等处理时，被蒙版蒙住的区域将不会发生改变。另外，也可以只对蒙版蒙住的区域进行处理，而不改变图像的其他部分。Photoshop CS4 中的蒙版有多种类型，各种蒙版的使用也有一定差异。

11.2.1 关于蒙版

在 Photoshop CS4 中，蒙版是一种 256 色的灰度图像，分为快速蒙版、图层蒙版、矢量蒙版和剪贴蒙版 4 种类型，使用快速蒙版可以精确定义选区；使用图层蒙版可以制作出透明和半透明效果；使用剪贴蒙版可以制作出剪贴效果；使用矢量蒙版可以根据路径进行图像剪切。图层蒙版的创建和编辑在 8.5 节中作了介绍，本章将详细讲解其他 3 种类型的蒙版。

11.2.2 快速蒙版

快速蒙版是一种临时性的蒙版，是指暂时在图像表面产生一种与保护膜类似的保护装置，其实质就是通过快速蒙版来绘制选区。下面以改变一幅图像中兔子的背景为例来介绍快速蒙版的创建方法，其具体操作步骤如下：

Step 1 打开“兔子.jpg”图像文件【素材\第 11 章\兔子.jpg】，单击工具箱底部的“以快速蒙版模式编辑”按钮，以进入快速蒙版编辑状态，这时图像中所有的区域都处于未保护状态，如图 11-9 所示。

Step 2 使用画笔工具在蒙版中兔子的图像区域涂抹，绘制的区域将呈半透明的红色显示，根据实际情况调整画笔的主直径，并继续在兔子的图像区域涂抹，直到得到如图 11-10 所示的涂抹效果。

图 11-9 进入快速蒙版

图 11-10 创建保护区域

Step 3 单击工具箱底部的“以快速蒙版模式编辑”按钮退出快速蒙版，得到如图 11-11 所示的选区。按【Ctrl+Shift+I】组合键，将选区反选，然后按【Ctrl+C】组合键，以将选区内的图像复制到剪贴板中。

Step 4 打开“草地.jpg”图像文件【素材\第 11 章\草地.jpg】，然后按【Ctrl+V】组合键将剪贴板中的图像复制到当前图像。

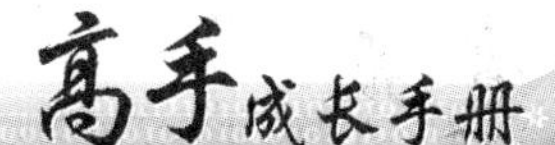

Step 5 选择复制图像形成的“图层 1”，单击“图层”控制面板底部的“添加图层样式”按钮 fx.，在弹出的下拉菜单中选择“投影”命令。

Step 6 在打开的“图层样式”对话框中将“距离”参数设置为“15 像素”，其他参数保持不变，单击 确定 按钮应用投影样式，效果如图 11-12 所示【源文件\第 11 章\草地上的兔子.psd】。

图 11-11　从蒙版生成选区

图 11-12　最终效果

11.2.3 矢量蒙版

矢量蒙版可以根据路径剪切蒙版，用于在图像中添加边缘清晰的设计元素。创建矢量蒙版的方法是先使用路径工具或形状工具在图像中创建路径，如图 11-13 所示，然后选择【图层】/【矢量蒙版】/【当前路径】命令将当前路径转换为矢量蒙版，如图 11-14 所示。

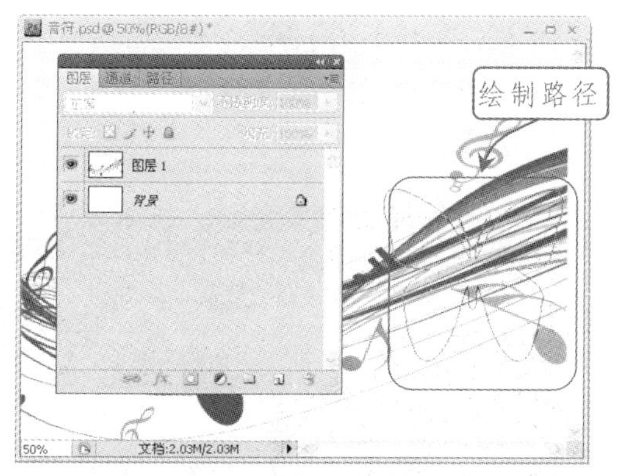

图 11-13　创建路径

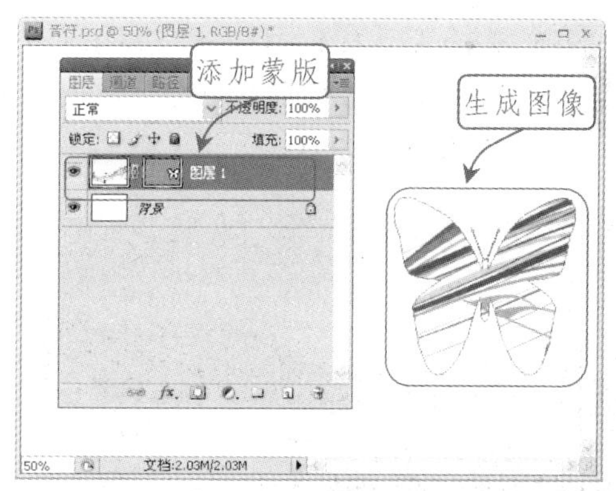

图 11-14　将路径转换为矢量蒙版

11.2.4 剪贴蒙版

通过剪贴蒙版可以将一幅图像置于所需的图像区域中，并可以在其中对图像进行编辑，而图像的形状不会发生变化。创建剪贴蒙版有如下两种方法：

- 在“图层”控制面板中按住【Alt】键，将鼠标指针移至两个图层间的分隔线上，当其变为形状时单击。
- 在“图层”面板中选择一个图层，然后选择【图层】/【创建剪贴蒙版】命令。

下面以通过剪贴蒙版为图像换取背景为例介绍剪贴蒙版的使用方法，其具体操作步骤如下：

Step 1 打开“建筑.psd”图像文件【素材\第 11 章\建筑.psd】。

Step 2 在“图层”控制面板中选择“图层 1”，选择工具箱中的魔棒工具，在图像中选择蓝色背景部分，如图 11-15 所示。

Step 3 在“图层”控制面板中单击按钮，新建“图层 2”，选择工具箱中的渐变工具，将选区填充为白色到黑色的渐变，如图 11-16 所示，按【Ctrl+D】组合键取消选区。

图 11-15　选择图像区域

图 11-16　填充选区

Step 4 打开“湖泊.jpg”图像文件【素材\第 11 章\湖泊.jpg】，将其移至图像窗口中，此时将自动生成“图层 3”，调整该图层的摆放位置，如图 11-17 所示。

Step 5 选择【图层】/【创建剪贴蒙版】命令，将“图层”控制面板中的“图层 3”嵌入图像中，此时蓝天的背景换成了湖泊，对“图层 3”中的图像进行水平翻转，最终效果如图 11-18 所示【源文件\第 11 章\生活.psd】。

图 11-17　调整图层的位置

图 11-18　最终效果

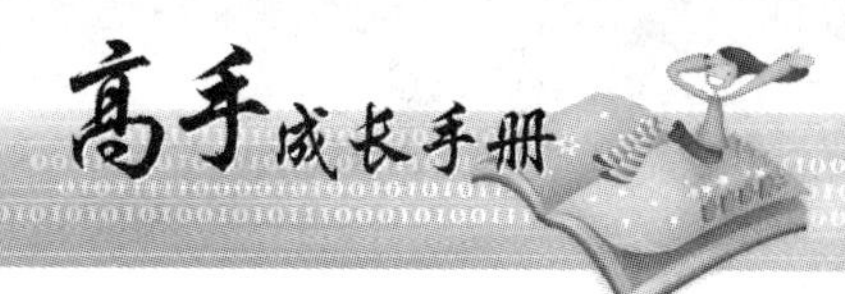

11.3 认识通道

通过通道可以选择图像中指定的区域

通道主要用于存储图像的信息和选区信息，每一幅图像都由多个颜色通道构成，每个颜色通道分别保存相应颜色的颜色信息。利用通道可以快速地选择图像中的某部分图像，还可以制作出多种特殊效果。

11.3.1 “通道”控制面板

“通道”控制面板用于对通道进行操作，打开一幅图像文件后，系统会根据该图像的颜色建立相应的颜色通道，单击“图层”控制面板组中的“通道”标签，可打开如图 11-19 所示的“通道”控制面板。

图 11-19 “通道”控制面板

> **指点迷津**
>
> 如果在 Photoshop CS4 工作界面中找不到“通道”控制面板，可以选择【窗口】/【通道】命令将其打开。再次选择【窗口】/【通道】命令可以隐藏已经打开的“通道”控制面板。

“通道”控制面板中各参数功能分别介绍如下：

- “指示通道可见性”图标 ：用于控制该通道中的内容在图像窗口中是显示还是隐藏。单击任意一个通道对应的图标可以将该通道隐藏。
- 通道缩览图：用于显示该通道的缩览图，以供图像处理时预览。
- 通道名称：用于显示该通道的名称，其中可对 Alpha 通道进行重命名操作。
- “将通道作为选区载入”按钮 ：单击该按钮，可将当前通道的图像转化为选区。
- “将选区存储为通道”按钮 ：单击该按钮，可将图像中的选区转化为一个遮罩，并将选区保存在新建的 Alpha 通道中。

11.3.2 通道的类型

在“通道”控制面板中每个选项代表一个通道，用户可以对任意颜色通道进行明暗度、对比度等调整，从而产生各种图像特效。在 Photoshop CS4 中，通道主要分为颜色通道、Alpha 通道和专色通道。

- 颜色通道：打开图像后，在“通道”控制面板中自动创建了相应的颜色信息通道。图像模式不同，各通道上的信息也不同。图像的颜色模式决定了通道的数量，RGB 图像有“红”、“绿”、“蓝”3 个颜色通道；CMYK 图像则有“青色”、“洋红”、“黄色”、“黑色”4 个颜色通道。

- Alpha 通道：在使用通道编辑图像时，新创建的通道被称为 Alpha 通道，它存储的是图像选区，用于保存蒙版，而并非图像的色彩。
- 专色通道：在进行某些特殊颜色的印刷时，除了默认的颜色通道外，还可以创建专色通道，它是一种特殊的预混油墨，用来替代或补充印刷色（CMYK）的油墨，每个专色通道都有一个属于自己的印版，在打印输出含有专色通道的图像时，必须先将图像模式转换到多通道模式下。

指点迷津

在 Photoshop CS4 中有 Lab、灰度、位图、索引等颜色模式，其中 Lab 模式的图像有 3 个颜色通道，位图、灰度和索引颜色模式图像只有一个颜色通道，这些颜色模式可以通过选择【图像】/【模式】级联菜单下的相应命令进行转换。

11.4 编辑通道

在"通道"控制面板中可以对通道进行各种编辑操作

通道的操作主要包括创建、复制、删除、分离、合并及运算等，下面分别对它们进行介绍。

11.4.1 创建通道

创建通道主要有以下两种方法：

- 单击"通道"控制面板底部的"创建新通道"按钮，即可新建一个 Alpha 通道，新建的 Alpha 通道在图像窗口中显示为黑色，如图 11-20 所示。
- 单击"通道"控制面板右上角的按钮，在弹出的下拉菜单中选择"新建通道"命令，在打开的如图 11-21 所示的"新建通道"对话框中设置新通道的名称、色彩的显示方式和颜色后单击 确定 按钮，即可新建一个 Alpha 通道。

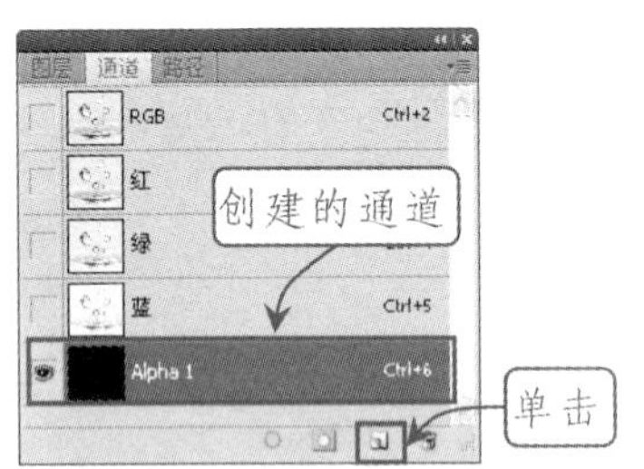

图 11-20　新建 Alpha 通道

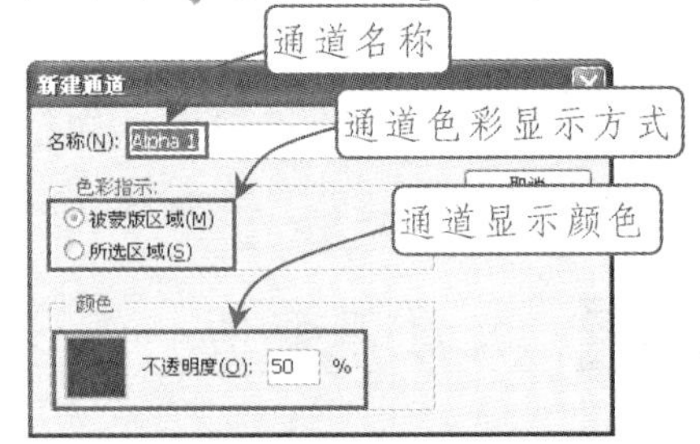

图 11-21　"新建通道"对话框

指点迷津

要创建专色通道，只需单击"通道"控制面板右上角的按钮，在弹出的下拉菜单中选择"新建专色通道"命令，然后在打开的对话框中设置通道名称、显示颜色和颜色密度，最后单击 确定 按钮即可。

11.4.2 复制通道

如果需要对通道中的选区进行编辑操作，可先将该通道的内容复制，然后对复制的副本文件进行编辑，以免编辑通道后不能还原图像。复制通道和复制图层类似，主要有以下两种方法：

- 在“通道”控制面板中选择需要复制的通道，在其上按住鼠标左键不放并拖动到“创建新通道”按钮上，当鼠标指针变成手形时释放鼠标，即可复制出一个副本通道。
- 在需要复制的通道上右击，在弹出的快捷菜单中选择“复制通道”命令，在打开的“复制通道”对话框的“为（A）”文本框中输入复制通道的名称，在“名称”文本框中输入复制文件的名称，单击 确定 按钮，创建一个新通道。

11.4.3 删除通道

由于包含 Alpha 通道的图像会占用更多的磁盘空间，所以存储图像前，应删除不需要的 Alpha 通道，删除通道主要有以下两种方法：

- 在“通道”控制面板中直接将要删除的通道拖动到“通道”控制面板底部的按钮上。
- 在“通道”控制面板中要删除的通道上右击，在弹出的快捷菜单中选择“删除通道”命令。

11.4.4 分离和合并通道

分离通道是指将图像分成单个的通道图像，然后对单个通道中的图像进行单独操作。合并通道是指将分离后的多个灰度图像合并成一幅多通道的彩色图像。下面将对一个 RGB 色彩模式的图像文件的通道进行分离和合并操作，其具体操作步骤如下：

Step 1 打开“饮料”图像文件【素材\第 11 章\饮料.jpg】。单击“通道”控制面板右上角的按钮，在弹出的下拉菜单中选择“分离通道”命令，如图 11-22 所示，将图像分为 3 个重叠的灰色图像窗口。

Step 2 单击“通道”控制面板右上角的按钮，在弹出的下拉菜单中选择“合并通道”命令，如图 11-23 所示。打开“合并通道”对话框，在设置合并后的色彩模式后，单击 确定 按钮。

Step 3 打开“合并多通道”对话框，单击两次 下一步(N) 按钮，再单击 确定 按钮，即可完成合并通道的操作。

指点迷津

对一个图像进行通道分离操作后，如果对分离后的各个通道不做任何改变，然后进行合并时没有改变图像文件的色彩模式，则合并通道后的图像和原图像没有任何差别。

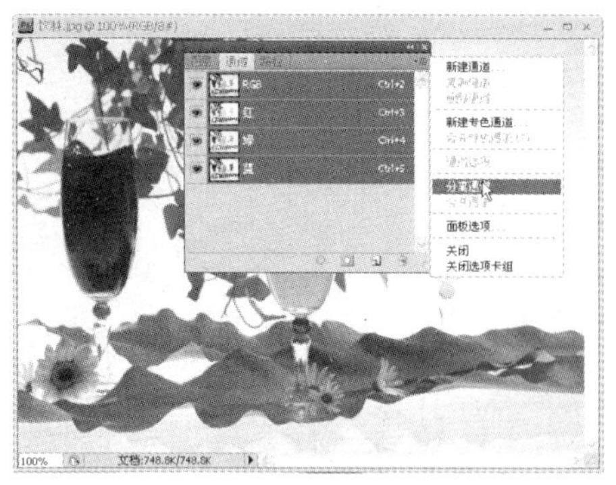

图 11-22 选择“分离通道”命令

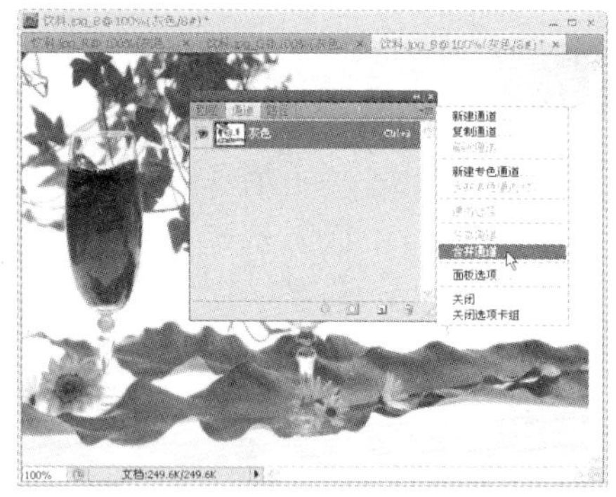

图 11-23 选择“合并通道”命令

11.4.5 通道的运算

通道的分离与合并都是对一个图像中的通道进行的，Photoshop CS4 也允许对两个不同图像中的通道同时进行运算，以得到更精美的图像效果。下面对两幅图像中的通道进行运算，其具体操作步骤如下：

Step 1 打开“小屋.jpg”和“海.jpg”图像文件【素材\第 11 章\小屋.jpg、海.jpg】，如图 11-24 和图 11-25 所示。

图 11-24 “小屋.jpg”图像

图 11-25 “海.jpg”图像

Step 2 选择“小屋.jpg”图像文件，将其置为当前窗口，选择【图像】/【应用图像】命令，打开“应用图像”对话框。

Step 3 在“源”下拉列表框中设置源图像为“海.jpg”图像文件，在“通道”下拉列表框中选择“红”选项，在“混合”下拉列表框中选择“柔光”选项，目标图像默认为“小屋.jpg”图像，如图 11-26 所示。

Step 4 单击 确定 按钮，“海.jpg”图像中的部分图像即可混合到“小屋.jpg”图像中，如图 11-27 所示【源文件\第 11 章\风景.psd】。

指点迷津

参加通道运算的两幅图像，图像的尺寸大小必须一致，否则在打开的“应用图像”对话框中只能找到一幅图像。

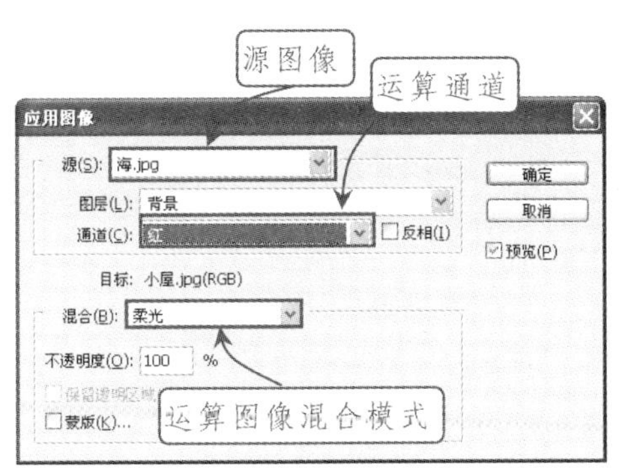

图 11-26　“应用图像”对话框

图 11-27　最终效果

11.5 综合实例——制作许愿瓶

运用通道蒙版等功能制作许愿瓶

前面学习了通过蒙版对图像进行选取，通过通道对图像进行调整和合成等操作，下面将打开“飞翔.jpg”、“瓶子.jpg”和“风景.jpg”图像文件，通过蒙版和通道合并的操作对图像进行合成，完成后的效果如图 11-28 所示。

图 11-28　最终效果

制作思路

第一步：创建选区
- ①打开“飞翔.jpg”图像文件
- ②绘制选区并复制选区内的图像

第二步：应用图像
- ③打开“瓶子.jpg”图像文件，粘贴图像并合并图层
- ④打开“风景.jpg”图像文件
- ⑤应用图像

其具体操作步骤如下：

Step 1 打开“飞翔.jpg”图像文件【素材\第 11 章\飞翔.jpg】，单击工具箱底部的“以快

速蒙版模式编辑”按钮 ，进入快速蒙版编辑状态，这时图像中所有的区域均处于未保护状态，如图 11-29 所示。

Step 2 使用画笔工具在蒙版区域内人物的图像区域涂抹，绘制的区域将呈半透明的红色显示，根据实际情况调整画笔的直径，并继续在人物的图像区域涂抹，直到完全覆盖人物所在区域，如图 11-30 所示。

图 11-29 进入快速蒙版

图 11-30 创建保护区域

Step 3 单击工具箱中的 按钮退出快速蒙版编辑状态，得到如图 11-31 所示的选区。按【Ctrl+Shift+I】组合键，将选区反选，然后按【Ctrl+C】组合键，以将选区内的图像复制到剪贴板中。

Step 4 打开“瓶子.jpg”图像文件【素材\第 11 章\瓶子.jpg】，如图 11-32 所示，然后按【Ctrl+V】组合键将剪贴板中的图像复制到当前图像中，按【Ctrl+E】组合键向下合并图层。

图 11-31 将蒙版转换为选区

图 11-32 复制图像

Step 5 打开“风景.jpg”图像文件【素材\第 11 章\风景.jpg】，如图 11-33 所示。

Step 6 选择“瓶子.jpg”图像文件，将其置为当前图像文件窗口，选择【图像】/【应用图像】命令，打开“应用图像”对话框。

Step 7 在“源”下拉列表框中设置源图像为“风景.jpg”图像文件，在“通道”下拉列表框中选择 RGB 选项，在“混合”下拉列表框中选择“正片叠底”选项，目标图像默认为“瓶子.jpg”图像，如图 11-34 所示。

Step 8　单击 确定 按钮，“风景.jpg”图像中的大部分图像即可混合到“瓶子.jpg”中，如图 11-28 所示【源文件\第 11 章\许愿瓶.jpg】。

图 11-33　打开图像

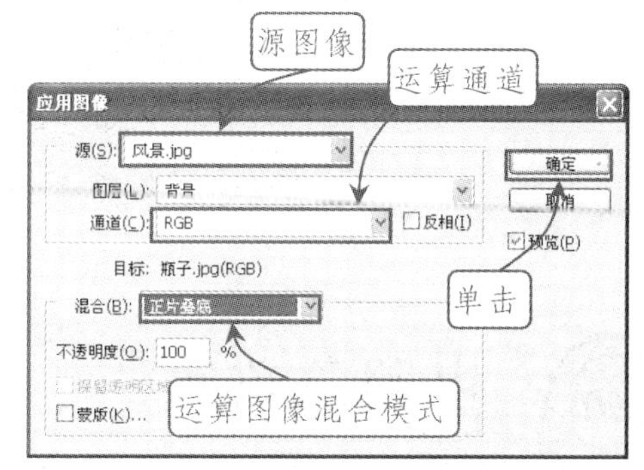

图 11-34　“应用图像”对话框

11.6 大显身手

本章应重点掌握 Photoshop CS4 中蒙版与通道的使用方法

（1）打开“海滩.jpg”和“情侣.jpg”图像文件【素材\第 11 章\海滩.jpg、情侣.jpg】，在“情侣.jpg”图像文件中，使用创建快速蒙版的方法选择人物所在的区域，再将其复制到“沙滩.jpg”图像文件中，并为自动生成的该图层添加“正片叠底”混合模式，完成后的最终效果如图 11-35 所示【源文件\第 11 章\海滩情侣.psd】。

图 11-35　最终效果

（2）打开“草原.jpg”和“水瓶.jpg” 图像文件【素材\第 11 章\草原.jpg、水瓶.jpg】，使用通道的运算方法合成图像，合成后的效果如图 11-36 所示【源文件\第 11 章\水源.jpg】。

提示：在“应用图像”对话框中，应将源图像设置为“水瓶.jpg”图像文件，第一次将混合模式设置为“柔光”混合模式；再次打开“应用图像”对话框，将混合模式设置为“线性加深”混合模式。

图 11-36　最终效果

电脑急救箱

运用本章知识时若遇到有关蒙版与通道的操作问题，别着急，打开电脑急救箱看看吧

Q 在创建 Alpha 通道后，发现根据实际需要应该创建的是专色通道，可以直接将 Alpha 通道转换成专色通道吗？

A 双击要转换的 Alpha 通道，在打开的“通道选项”对话框的“色彩指示”选项组中选中 ◉专色(P) 单选按钮，单击“颜色”选项组中的图标，设置所需的颜色作为专色，在“密度”文本框中输入所需数值后单击 确定 按钮即可将 Alpha 通道转换成专色通道。

Q 使用选区工具可以在绘制过程中实现选区的合并、相减或交叉，既然普通通道是用来存储选区的，能不能对通道内的选区进行合并、相减或交叉运算呢？

A 先载入一个通道中的选区作为当前选区，然后选择【选择】/【载入选区】命令，在打开的“载入选区”对话框中的“操作”选项组中选择一种运算方式，然后在“通道”下拉列表框中选择一个要运算的通道即可。

Q 使用渐变工具填充通道，并载入通道中的选区后，在某个图层上填充某种颜色，发现填充后的颜色具有渐隐效果，这是为什么？

A 如果通道中填充的颜色为白色，表示载入后的选区没有羽化效果；如果填充的颜色为任意深度的灰色，则表示载入后的选区未完全选择选区内的区域，具有不同程度的羽化效果，因此填充后的图像具有渐隐过渡效果。

第 12 章 滤镜特效（上）

本章要点

- 认识滤镜
- 滤镜的使用
- 独立滤镜
- 滤镜组

本章主要讲解滤镜的作用、滤镜的分类及部分滤镜的使用方法等基础知识，如 Photoshop CS4 中自带的“液化”滤镜和“消失点”滤镜。另外，本章还将简要介绍部分滤镜组的作用，如“风格化”滤镜组、“模糊”滤镜组、“扭曲”滤镜组、“锐化”滤镜组和“视频”滤镜组等。

12.1 项目观察——用滤镜处理图像

用滤镜处理图像可以快速制作出特别的图像效果

在 Photoshop CS4 中可以通过自带的滤镜为图像文件制作特殊效果，如镜头模糊效果，水波纹效果等。图 12-1 所示为“喝茶.psd”图像文件运用“镜头模糊”和“水波”滤镜之后的效果。

图 12-1 最终效果

Step 1 打开“喝茶.psd”图像文件【素材\第 12 章\喝茶.psd】，单击工具箱底部的“以快速蒙版模式编辑”按钮，进入快速蒙版编辑状态，这时图像中所有的区域都处于未保护状态。

Step 2 使用画笔工具在蒙版区域内茶杯的图像区域涂抹，绘制的区域将呈半透明的红色显示；根据实际情况调整画笔的直径，并继续在茶杯的图像区域涂抹，直到得到如图 12-2 所示的涂抹效果。

Step 3 单击工具箱中的按钮退出快速蒙版编辑状态，此时已经选择了茶杯所在的图像区域，得到如图 12-3 所示的选区。

图 12-2 进入快速蒙版模式

图 12-3 选取选区

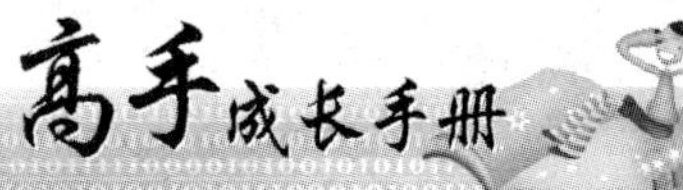

Step 4 选择【滤镜】/【模糊】/【镜头模糊】命令，打开“镜头模糊”对话框，如图 12-4 所示，保持对话框中参数的默认设置，单击 确定 按钮，完成后的效果如图 12-5 所示。

图 12-4　“镜头模糊”对话框

图 12-5　应用“镜头模糊”滤镜的效果

Step 5 选择工具箱中的椭圆选框工具，在茶的中间区域绘制椭圆选区，选择【滤镜】/【扭曲】/【水波】命令，打开“水波”对话框，将“数量”和“起伏”参数分别设置为 37 和 10，单击 确定 按钮应用“水波”滤镜，如图 12-6 所示。

Step 6 返回图像文件窗口中后，按【Ctrl+D】组合键取消选区，在另一杯茶上使用同样的方法应用“水波”滤镜，如图 12-7 所示，应用滤镜后的最终效果如图 12-1 所示【源文件\第 12 章\喝茶.psd】。

图 12-6　应用“水波”滤镜后的效果

图 12-7　再次应用“水波”滤镜后的效果

通过上述项目案例的制作，可以看出在 Photoshop CS4 中使用合适的滤镜可以快速对图像进行后期处理，达到逼真的视觉效果。下面将具体讲解滤镜的相关知识，帮助用户掌握快速对图像进行后期处理的方法。

12.2 认识滤镜

认识滤镜是使用滤镜的基础

在 Photoshop CS4 中，使用滤镜可以轻松地为图像添加各种各样的特殊效果，滤镜包括像素化、扭曲、杂色和模糊等滤镜组，不同的滤镜可以产生各种不同的特殊效果，甚至于使用同一滤镜时设置的参数不同，也会产生不同的效果。

12.2.1 滤镜的作用

滤镜在图像处理中起着非常重要的作用，它可以对图像中的像素进行分析，按不同滤镜的特殊数学算法进行像素色彩、亮度等参数的调节，完成原图像部分或全部像素的属性参数的调节或控制，从而将一幅普通的图像变得多姿多彩。

滤镜操作只能作用于当前正在编辑的、可见的图层或图层中的选定区域，如果没有选定区域，系统会将整个图层视为当前选定区域；另外，也可以对整幅图像应用滤镜。滤镜可以反复应用，连续应用，但是一次只能应用在一个图层上。

12.2.2 滤镜的分类

在 Photoshop CS4 中，滤镜主要分为自带的内部滤镜和外挂滤镜两种，简单介绍如下：

- 内部滤镜：内部滤镜是集成在 Photoshop CS4 中的滤镜，其中“自定”滤镜的功能最为强大。“自定”滤镜位于“滤镜”菜单的“其他”滤镜组中，它允许用户定义个人滤镜，使用非常方便。
- 外挂滤镜：外挂滤镜需要另外安装，常见的外挂滤镜有 KPT、Eye 等，使用外挂滤镜可以制作出更多的画面效果。

12.3 滤镜的使用

滤镜在图像的后期处理方面有着巨大的作用

在 Photoshop CS4 可以通过两种方式使用自带的滤镜，分别为“滤镜”菜单和滤镜库，“滤镜”菜单中包含了 Photoshop CS4 中所有的自带滤镜，滤镜库中只显示了部分滤镜，可以根据需要选择合适的操作方式。

12.3.1 “滤镜”菜单

Photoshop CS4 提供的滤镜都存放在“滤镜”菜单下，该菜单根据滤镜的功能分为 6 个部分，如图 12-8 所示。

当使用完一个滤镜命令后，最后一次使用的滤镜将显示在“滤镜”菜单的顶部，选择该命令或按【Ctrl+F】组合键，将以上次设置的参数重复执行相同的滤镜命令。按【Ctrl+Alt+F】组合键，可以打开上次使用的滤镜参数设置对话框，在其中可对参数进行更改。

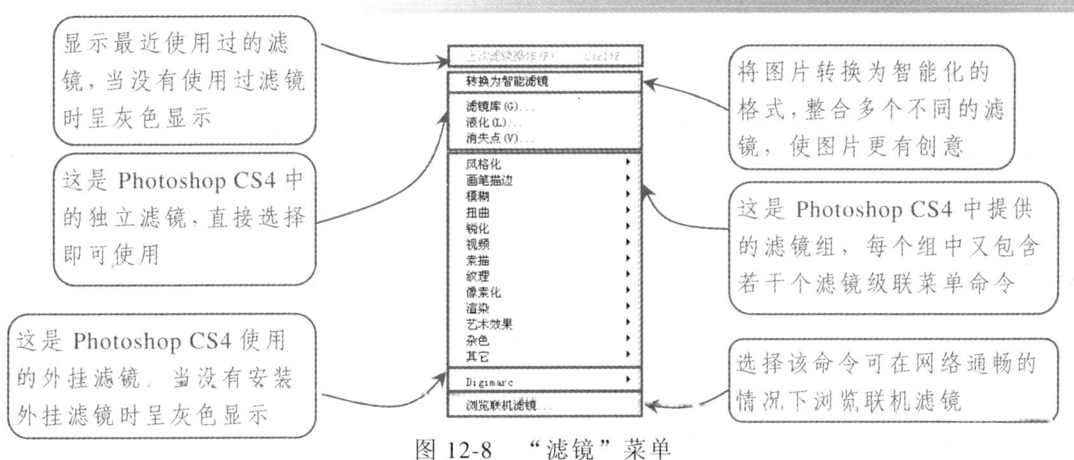

图 12-8　“滤镜”菜单

12.3.2 滤镜库

滤镜库将多种滤镜集合在对话框中，通过它可以浏览 Photoshop CS4 中常用的滤镜效果，在“滤镜库”对话框中提供了风格化、画笔描边、扭曲、素描、纹理、艺术效果等 6 组滤镜，如图 12-9 所示。选择【滤镜】/【滤镜库】命令，打开“滤镜库”对话框。

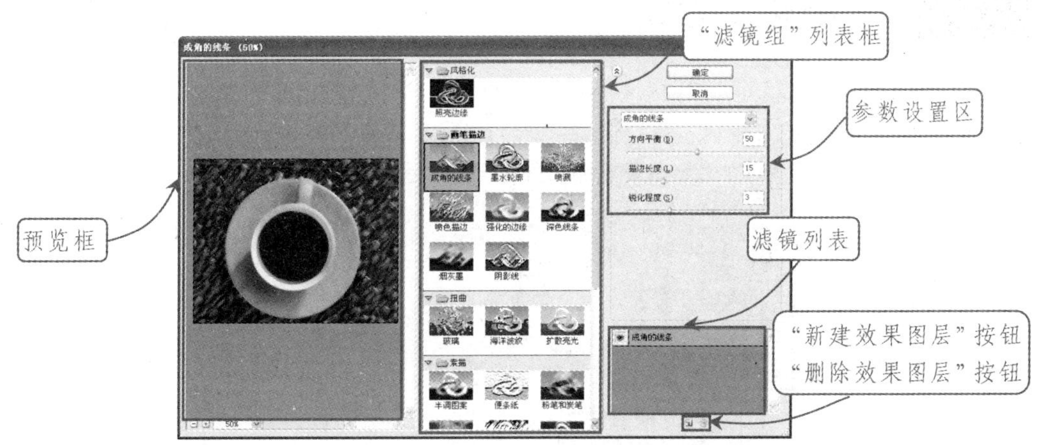

图 12-9　“滤镜库”对话框

“滤镜库”对话框中各参数的作用分别介绍如下：

- 预览框：用于预览执行滤镜命令后的效果。
- “滤镜组”列表框：在列表框中提供了扭曲、画笔描边和风格化等 6 组滤镜，单击滤镜名称左侧的▶按钮，可以展开该组滤镜，并显示出常用的滤镜缩略图。
- 参数设置区：用于设置滤镜的参数。
- 滤镜列表：用于显示使用过的滤镜效果。
- “新建效果图层”按钮：单击该按钮，可以在原来的效果图层上新建一个效果图层。

- “删除效果图层”按钮：选择滤镜效果图层后，单击该按钮可将图层删除。

指点迷津

如果需要同时使用多个滤镜命令，可单击“滤镜库”对话框右下角的按钮，在原效果图层上再新建一个效果图层，选择相应的滤镜命令后还可以应用其他的滤镜效果，从而实现多个滤镜的叠加效果。

指点迷津

执行某个滤镜效果后，可以通过选择【编辑】/【渐隐】命令或按【Ctrl+Shift+F】组合键，在打开的“渐隐”对话框中设置相关参数，将执行滤镜后的效果与原图像进行混合，以达到消褪滤镜效果的目的。

12.4 独立滤镜

独立滤镜包括“液化”和“消失点”滤镜两种，每种独立滤镜都包含多种滤镜效果

Photoshop CS4 中取消了 Photoshop CS3 中的“抽出”滤镜和“图案生成器”滤镜，提供的独立滤镜只有“液化”滤镜和“消失点”滤镜两种。

12.4.1 “液化”滤镜

使用“液化”滤镜可以对图像内容进行旋转、褶皱和膨胀等特殊变形。选择【滤镜】/【液化】命令，打开如图 12-10 所示的“液化”对话框。

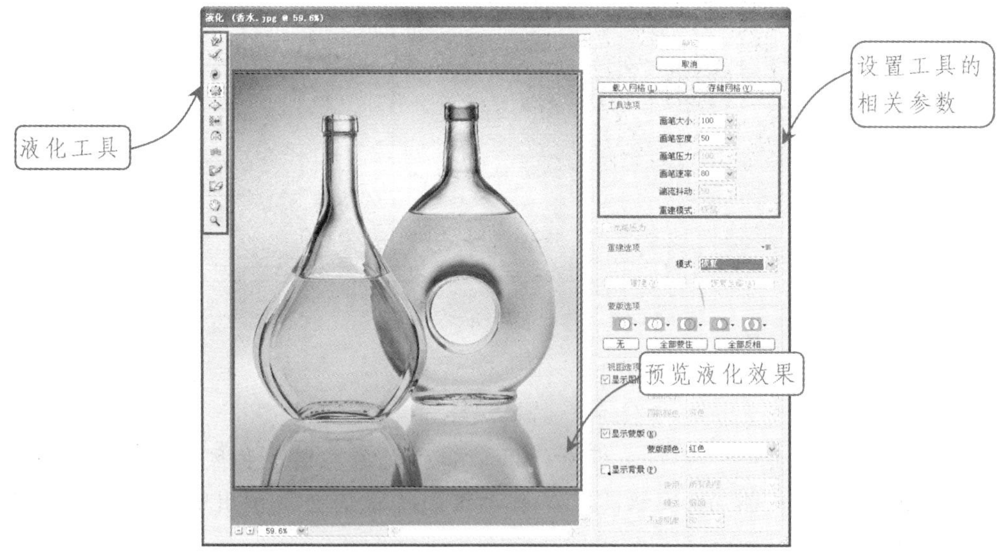

图 12-10 “液化”对话框

在“液化”对话框左侧有 12 个工具，其含义分别介绍如下：

- 向前变形工具：使用该工具对图像进行涂抹，可以使图像产生位移效果。
- 重建工具：使用该工具在液化后的图像上涂抹，可以将其还原成原图像。

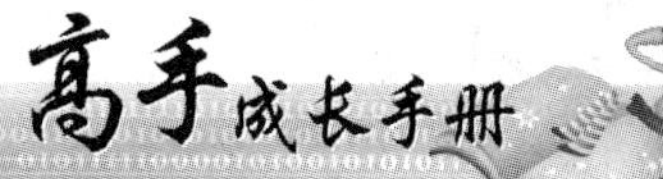

- 顺时针旋转扭曲工具 ：使用该工具对图像进行涂抹，可以使图像产生顺时针旋转效果；按住【Alt】键的同时使用该工具则产生逆时针旋转效果；按住【Shift】键的同时使用该工具可以加剧旋转效果。
- 褶皱工具 ：使用该工具对图像进行涂抹，可以使图像产生向内压缩变形的效果。
- 膨胀工具 ：使用该工具对图像进行涂抹，可以使图像产生向外膨胀放大的效果。
- 左推工具 ：使用该工具对图像进行涂抹，可以使像素发生位移变形效果。
- 镜像工具 ：使用该工具对图像进行涂抹，可以使图像中的图形产生镜像的推挤变形效果。
- 湍流工具 ：使用该工具对图像进行涂抹，可以产生波纹效果。
- 冻结蒙版工具 ：使用该工具对图像进行涂抹后，可以将图像中不需要变形的部分保护起来，被保护的部分将不受变形操作的影响。
- 解冻蒙版工具 ：使用该工具可以擦除图像中的冻结部分。
- 缩放工具 ：使用该工具可以放大或缩小图像。
- 抓手工具 ：使用该工具可以以移动的方式查看图像区域。

12.4.2　“消失点”滤镜

使用“消失点”滤镜在选择的图像区域内进行复制、喷绘、粘贴图像等操作时，操作对象会根据区域内的透视关系按照一定的角度和比例自动进行调整，以适配透视关系。选择“滤镜”/“消失点”命令，打开如图 12-11 所示的“消失点”对话框。

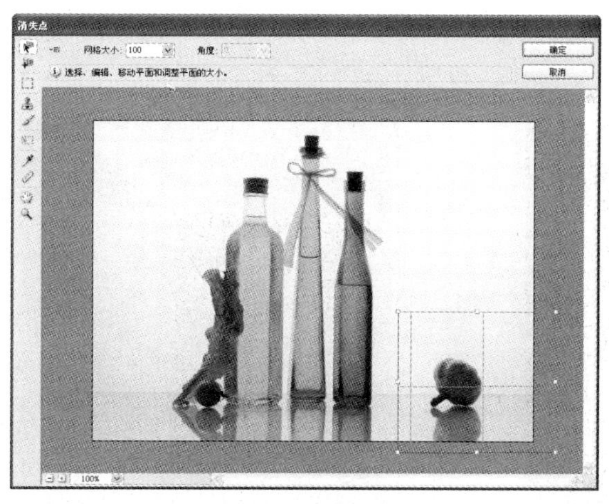

图 12-11　“消失点”对话框

在“消失点”对话框左侧除了缩放工具 和抓手工具 外，还有 8 个工具，其含义分别介绍如下：

- 编辑平面工具 ：该工具用于选择、编辑、移动平面并调整平面大小。
- 创建平面工具 ：该工具用于定义平面的 4 个角节点、调整平面的大小和形状并创建新的平面。

- 选框工具：该工具用于建立方形或矩形选区，同时移动或仿制选区。选择该工具，在平面中双击可选择整个平面。
- 图章工具：该工具用于使用图像的一个样本绘画。与仿制图章工具不同，消失点中的图章工具不能仿制其他图像中的元素。
- 画笔工具：该工具用于在预览图像中单击时，选择一种用于绘画的颜色。
- 变换工具：该工具通过移动外框手柄来缩放、旋转和移动浮动选区。
- 吸管工具：使用该工具对图像进行涂抹，可以使像素发生位移变形效果。
- 测量工具：该工具用于在平面中测量项目的距离和角度。

12.5 滤镜组

滤镜组中包括了多组滤镜，每一组滤镜又包含多种滤镜效果

滤镜组中包括 13 种滤镜组，下面将对“风格化”滤镜组、“画笔描边”滤镜组、“模糊”滤镜组、“扭曲”滤镜组、“锐化”滤镜组和“视频”滤镜组进行介绍。

12.5.1 “风格化”滤镜组

“风格化”滤镜组通过置换像素和查找并增加图像的对比度，在选区中生成绘画或印象派的效果。该组滤镜提供了 9 种滤镜，只有“照亮边缘”滤镜位于滤镜库中，其他滤镜可以选择【滤镜】/【风格化】级联菜单中选择。下面以图 12-12 所示的“古代花瓶.jpg”图像文件【素材\第 12 章\古代花瓶.jpg】为例来介绍各滤镜，其作用分别如下：

- “照亮边缘”滤镜：该滤镜将在图像中颜色对比反差较大的边缘产生发光效果，并加重显示发光轮廓，如图 12-13 所示。

图 12-12　打开图像

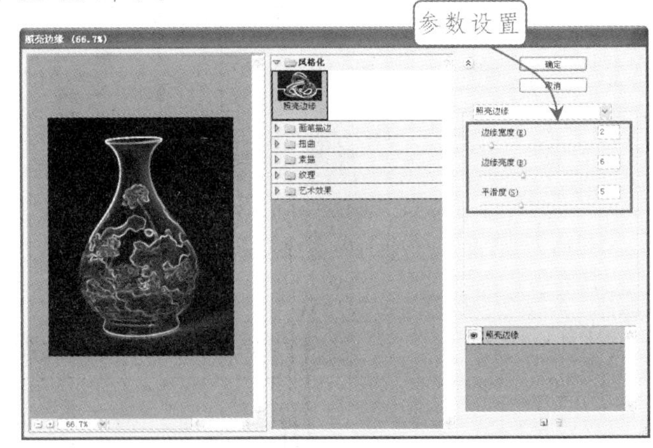

图 12-13　“照亮边缘”滤镜

- “查找边缘”滤镜：该滤镜将在图像中相邻颜色之间产生用铅笔勾画过的轮廓效果，该滤镜无设置对话框，图 12-14 所示为应用“查找边缘”滤镜的效果。

- “等高线”滤镜：该滤镜沿图像的亮区和暗区的边界绘制出较细、颜色较浅的轮廓效果，如图 12-15 所示。
- “风”滤镜：该滤镜可以在图像中添加一些短而细的水平线来模拟风吹效果，如图 12-16 所示。

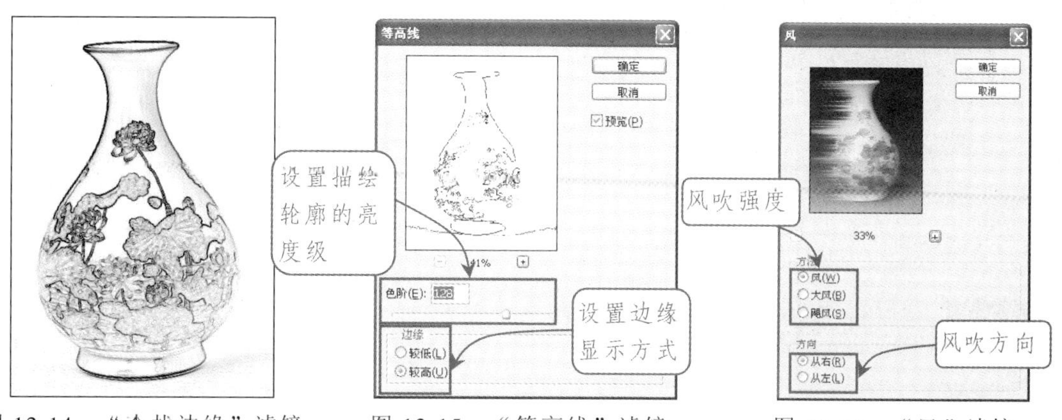

图 12-14 “查找边缘”滤镜　图 12-15 “等高线”滤镜　图 12-16 “风”滤镜

- “浮雕”滤镜：该滤镜将图像中颜色较亮的图像分离出来，并将周围的颜色降低以生成浮雕效果，如图 12-17 所示。
- “扩散”滤镜：该滤镜可以使图像产生如同透过磨砂玻璃观察图像一样的分离模糊效果，如图 12-18 所示。
- “拼贴”滤镜：该滤镜可以将图像分割若干小块并进行位移，以产生瓷砖拼贴般的效果，如图 12-19 所示。

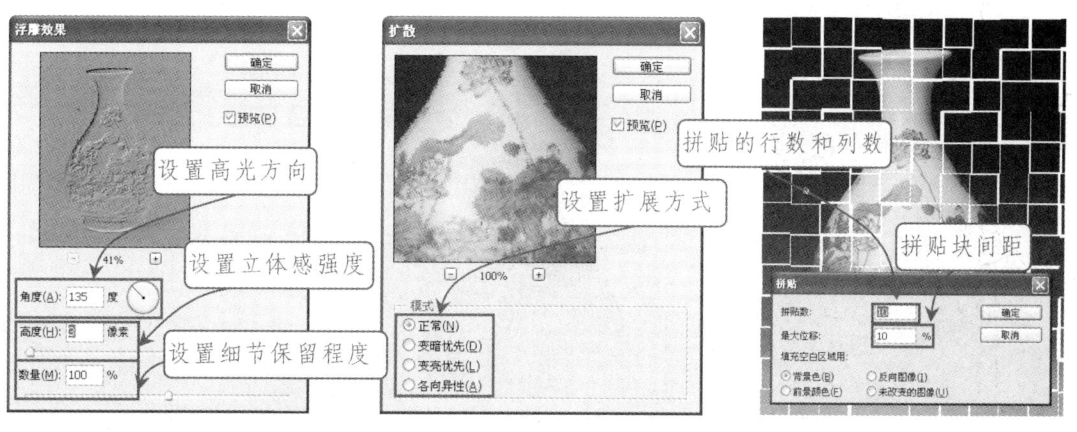

图 12-17 “浮雕”滤镜　图 12-18 “扩散”滤镜　图 12-19 “拼贴”滤镜

- “曝光过度”滤镜：该滤镜可使图像产生正片和负片混合的效果，类似于摄影中增加光线强度而产生的过度曝光效果，该滤镜无设置对话框，图 12-20 所示为应用“曝光过度”滤镜的效果。
- “凸出”滤镜：该滤镜将图像分成一系列大小相同但是有机叠放的三维块或立方体，从而扭曲图像并创建特殊的三维背景效果，如图 12-21 所示。

图 12-20 “曝光过度”滤镜

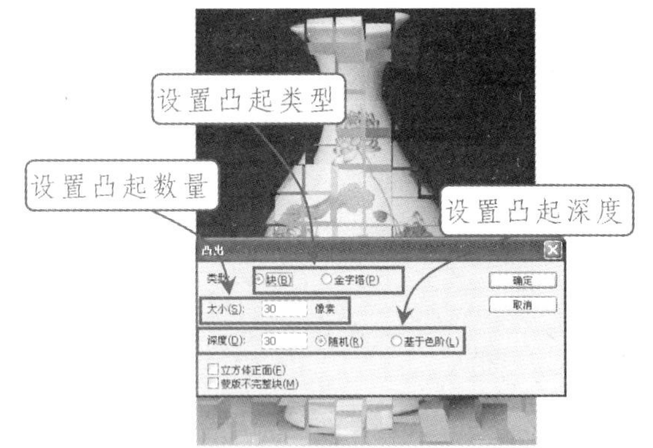

图 12-21 “凸出”滤镜

12.5.2 “画笔描边”滤镜组

“画笔描边”滤镜组主要用于将图像以不同的画笔笔触或油墨效果进行处理，从而产生强调图像边缘的特殊效果。该组滤镜提供了 8 种滤镜，全部位于滤镜库中，下面以图 12-22 所示的“小提琴.jpg”图像文件【素材\第 12 章\小提琴.jpg】为例来介绍各滤镜，其作用分别如下：

- “成角的线条”滤镜：该滤镜可以使图像产生倾斜的笔触效果。“成角的线条”对话框中的“方向平衡”选项用于设置笔触的倾斜方向；“描边长度”选项用于控制勾绘笔画的长度，如图 12-23 所示。该值越大，笔触线条越长。

图 12-22 打开图像

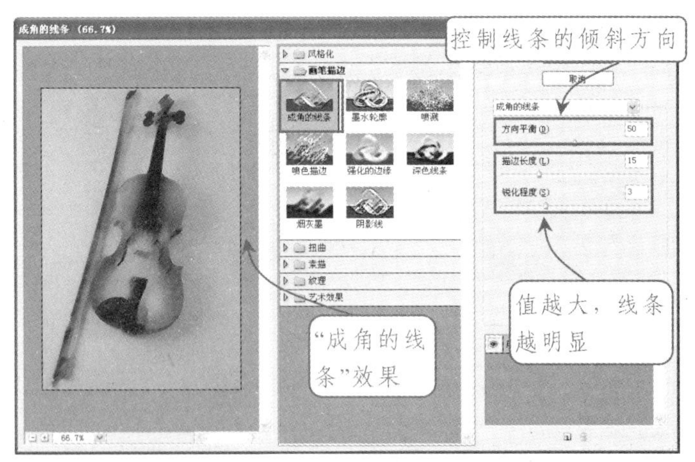

图 12-23 “成角的线条”滤镜

- “墨水轮廓”滤镜：该滤镜可在图像的颜色边界处模拟油墨绘制图像轮廓，从而产生钢笔油墨风格效果，如图 12-24 所示。
- “喷溅”滤镜：该滤镜可以使图像产生类似于笔墨喷溅的效果。在其参数对话框中可设置喷溅的范围、喷溅效果的轻重程度，如图 12-25 所示。

● “喷色描边”滤镜：该滤镜和“喷溅”滤镜效果相似，不同的是，它还能产生斜纹飞溅效果。在其参数对话框中可设置喷色描边笔触的长度、飞溅的半径，如图 12-26 所示。

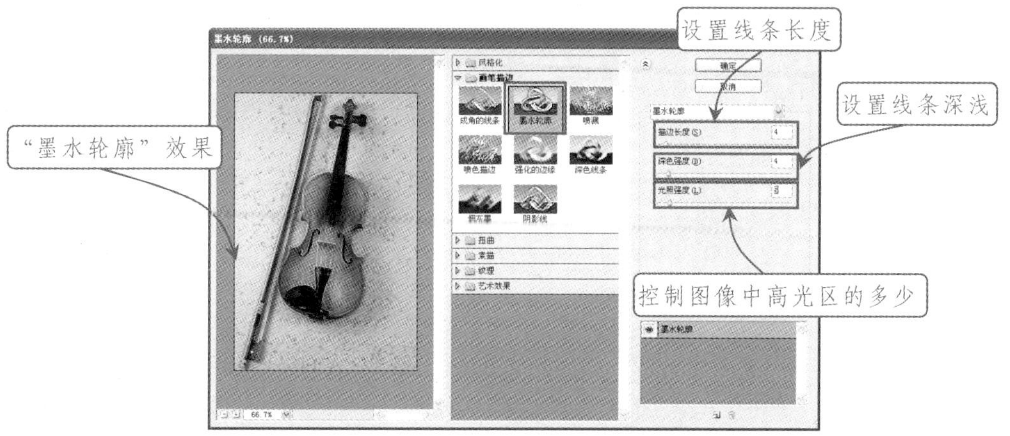

图 12-24　“墨水轮廓”滤镜

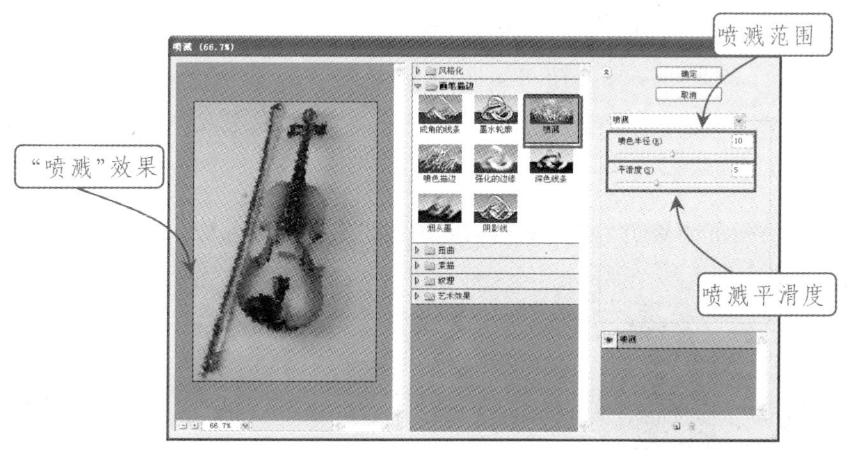

图 12-25　“喷溅”滤镜

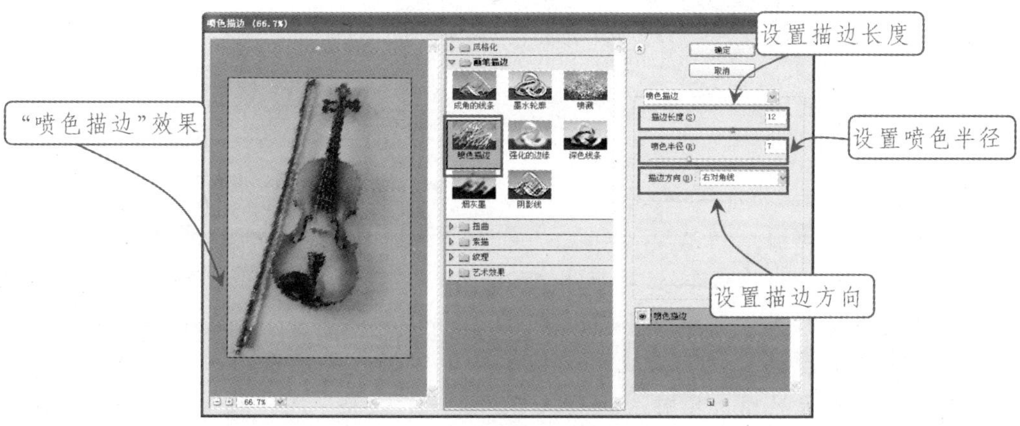

图 12-26　“喷色描边”滤镜

● “强化的边缘”滤镜：该滤镜可以对图像的边缘进行强化处理。设置高的边缘亮度控制值时，强化效果类似于白色粉笔；设置低的边缘亮度控制值时，强化效果类似于黑色油墨，如图 12-27 所示。

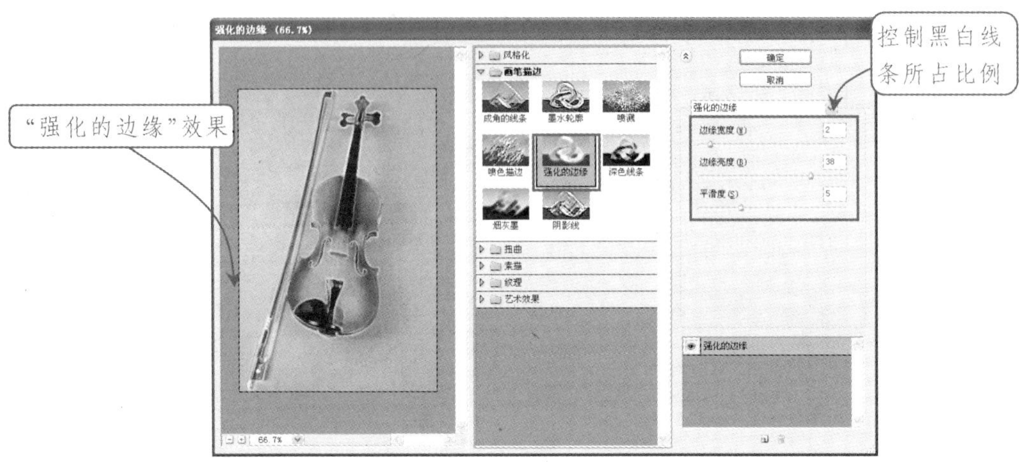

图 12-27 “强化的边缘”滤镜

● “深色线条”滤镜：该滤镜使用黑色线条来绘制图像中的暗部区域，用白色线条来绘制图像中的明亮区域，从而产生一种很强的黑色阴影效果，如图 12-28 所示。

图 12-28 “深色线条”滤镜

● “烟灰墨”滤镜：该滤镜可以产生类似于用黑色墨水在纸上绘制的柔化模糊边缘效果。在“烟灰墨”对话框中的“对比度”选项用于控制图像烟灰墨效果的程度，该值越大，效果越明显，如图 12-29 所示。

● “阴影线”滤镜：该滤镜使用模拟的铅笔阴影线添加纹理，可以将图像以交叉网状的笔触来显示，其用法和效果与“成角的线条”滤镜相似，如图 12-30 所示。

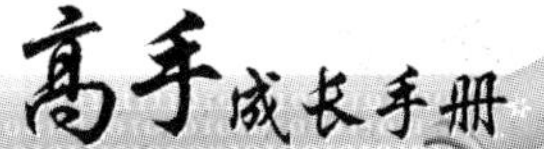

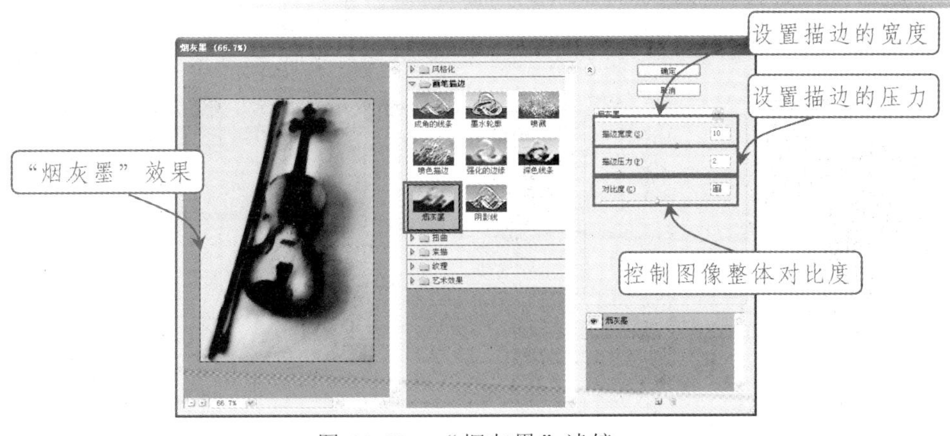

图 12-29　"烟灰墨" 滤镜

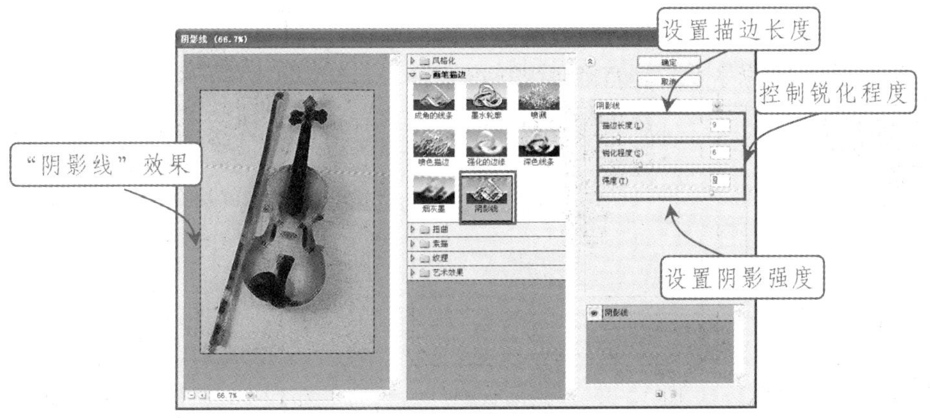

图 12-30　"阴影线" 滤镜

12.5.3 "模糊" 滤镜组

模糊类滤镜通过降低图像中相邻像素的对比度，使相邻像素间过渡平滑，从而产生边缘柔和、模糊的效果。选择【滤镜】/【模糊】命令，在弹出的级联菜单中选择相应的命令即可。下面以图 12-31 所示的"滑雪.jpg"图像文件【素材\第 12 章\滑雪.jpg】为例来介绍各滤镜，其作用分别如下：

- "动感模糊"滤镜：该滤镜模仿拍摄运动物体的手法，通过对图像中某一方向上的像素进行线性位移来产生运动的模糊效果，如图 12-32 所示。
- "表面模糊"滤镜：该滤镜在模糊图像时可保留图像边缘，用于创建特殊效果及去除杂点和颗粒，如图 12-33 所示。
- "方框模糊"滤镜：该滤镜以图像中邻近像素颜色平均值为基准进行模糊，如图 12-34 所示。
- "高斯模糊"滤镜：该滤镜根据高斯曲线对图像进行选择性的模糊，产生强烈的模糊效果，是比较常用的模糊滤镜，如图 12-35 所示。
- "进一步模糊"滤镜：该滤镜与"模糊"滤镜对图像产生的模糊效果相似，但要比模糊滤镜的效果强 3～4 倍，该滤镜无参数设置对话框。

- “径向模糊”滤镜：该滤镜可产生旋转或放射状模糊效果，如图 12-36 所示。

图 12-31　打开图像

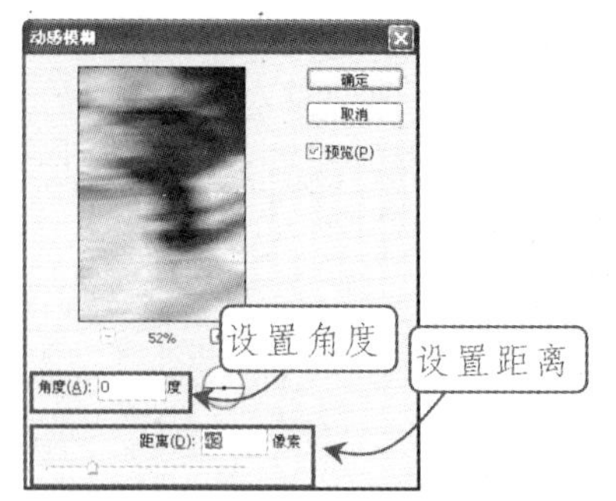

图 12-32　“动感模糊”滤镜

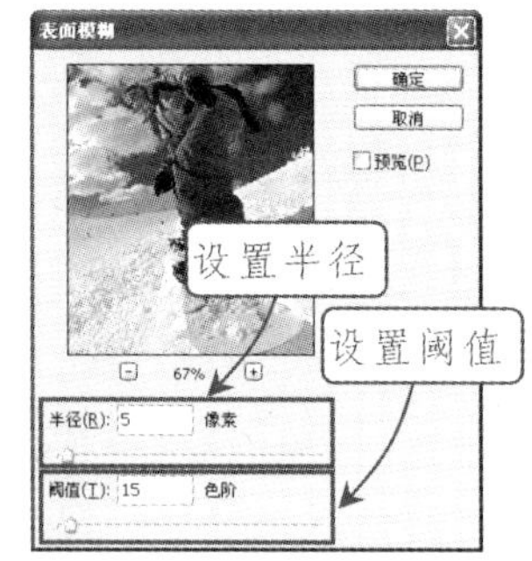

图 12-33　“表面模糊”滤镜

图 12-34　“方框模糊”滤镜

图 12-35　“高斯模糊”滤镜

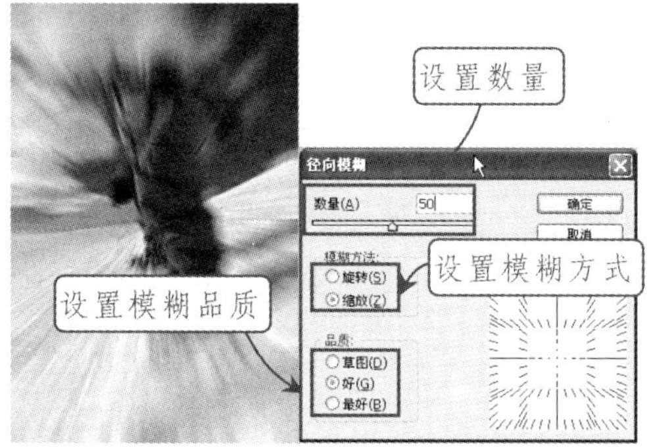

图 12-36　“径向模糊”滤镜

- “镜头模糊”滤镜：该滤镜可使图像模拟摄像时镜头抖动时产生的模糊效果，如图 12-37 所示。
- “特殊模糊”滤镜：该滤镜通过找出并模糊图像边缘以内的区域，从而产生一种边界清晰的中心模糊的效果，如图 12-38 所示。
- “形状模糊”滤镜：它可使图像按照某一形状进行模糊处理，如图 12-39 所示。

图 12-37　“镜头模糊”滤镜

图 12-38　“特殊模糊”滤镜

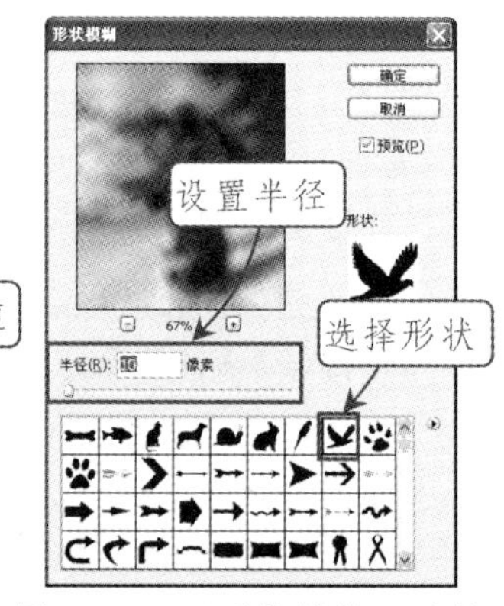

图 12-39　“形状模糊”滤镜

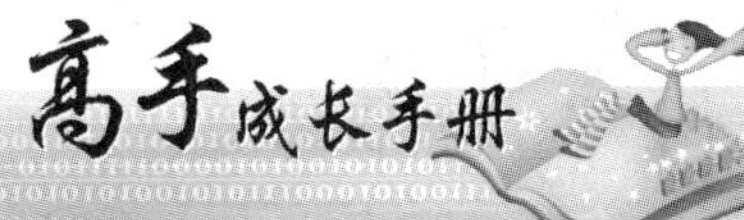

- “模糊”滤镜：该滤镜将对图像中边缘过于清晰的颜色进行模糊处理，达到模糊的效果，该滤镜无参数设置对话框。
- “平均”滤镜：该滤镜通过对图像中的平均颜色值进行柔化处理，从而产生模糊效果，该滤镜无参数设置对话框。

12.5.4 “扭曲”滤镜组

“扭曲”滤镜组主要用于对图像进行扭曲变形，该组滤镜提供了 13 种滤镜效果，其中“扩散亮光”、“海洋波纹”和“玻璃”滤镜位于滤镜库中，其他滤镜可以选择【滤镜】/【扭曲】命令，然后在弹出的级联菜单中选择使用，下面以图 12-40 所示的“西红柿.jpg”图像文件【素材\第 12 章\西红柿.jpg】为例来介绍各滤镜，其作用分别如下：

- “玻璃”滤镜：该滤镜可产生一种透过玻璃观察图片的效果，如图 12-41 所示。
- “海洋波纹”滤镜：该滤镜可使图像产生一种在海水中漂浮的效果，如图 12-42 所示。
- “扩散亮光”滤镜：该滤镜用于产生一种弥漫的光热效果，使图像中的较亮的区域产生一种光照效果，常用于表现强烈光线和烟雾效果，如图 12-43 所示。

图 12-40 打开图像

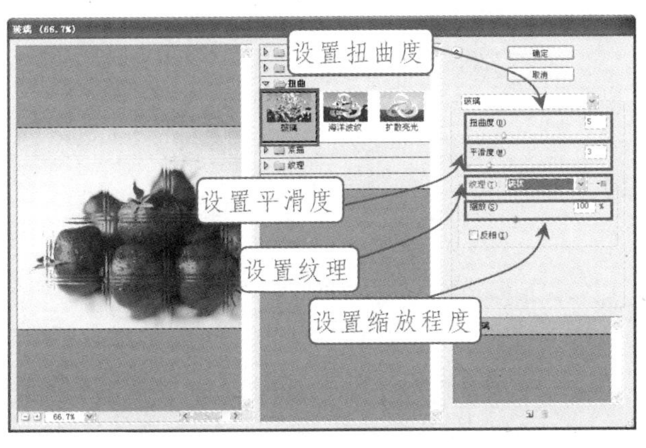

图 12-41 “玻璃”滤镜

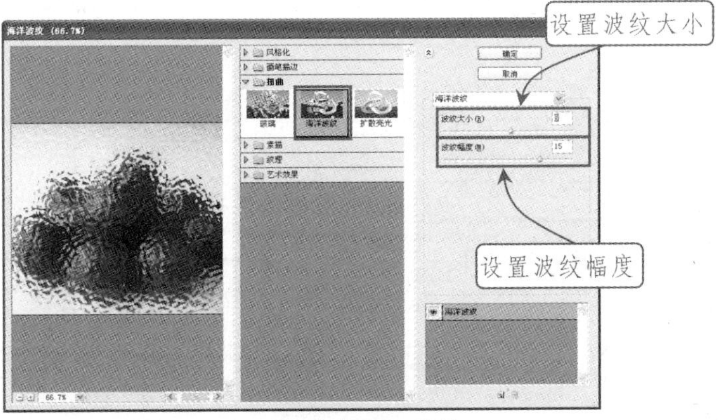

图 12-42 “海洋波纹”滤镜

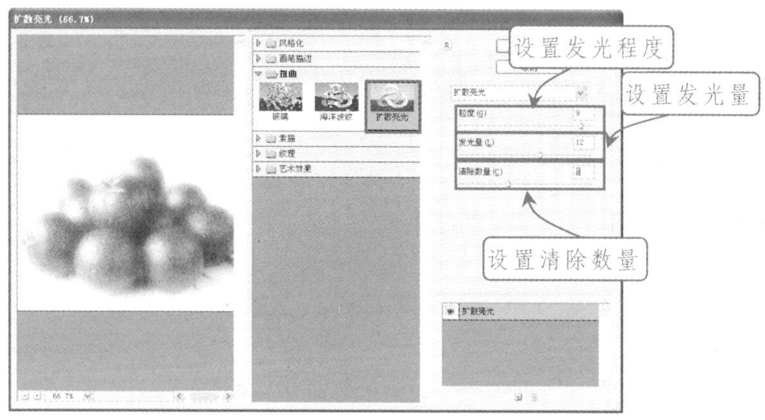

图 12-43 “扩散亮光”滤镜

- “波浪”滤镜：该滤镜可以根据设定的波长和波幅产生波浪效果，如图 12-44 所示。
- “波纹”滤镜：该滤镜根据设定的参数产生不同的波纹效果，如图 12-45 所示。

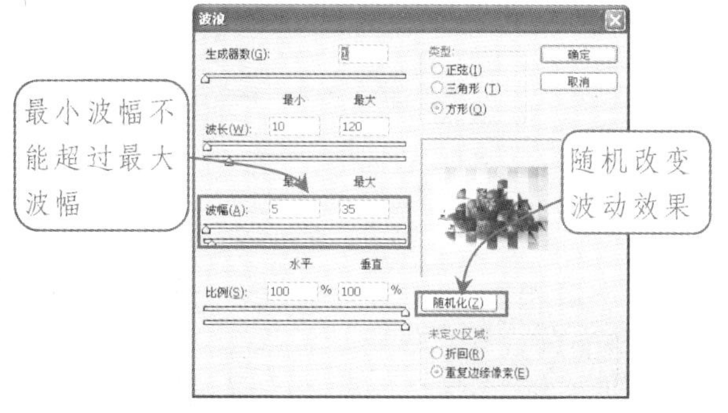

图 12-44 “波浪”对话框

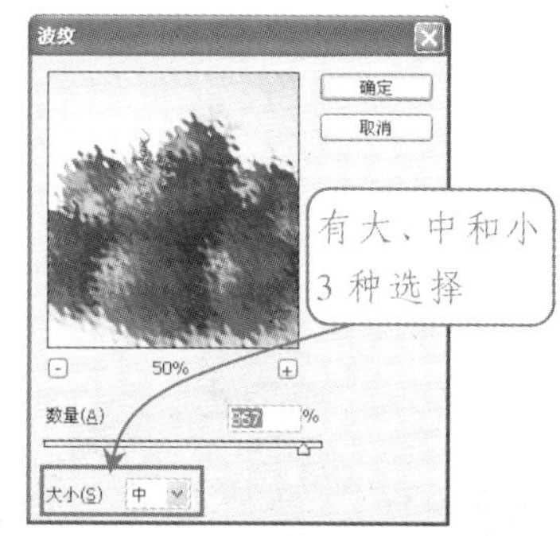

图 12-45 “波纹”对话框

- “极坐标”滤镜：该滤镜可以将图像从平面坐标系转换成极坐标系或从极坐标系转换为平面坐标系，产生极端变形效果，如图 12-46 所示。

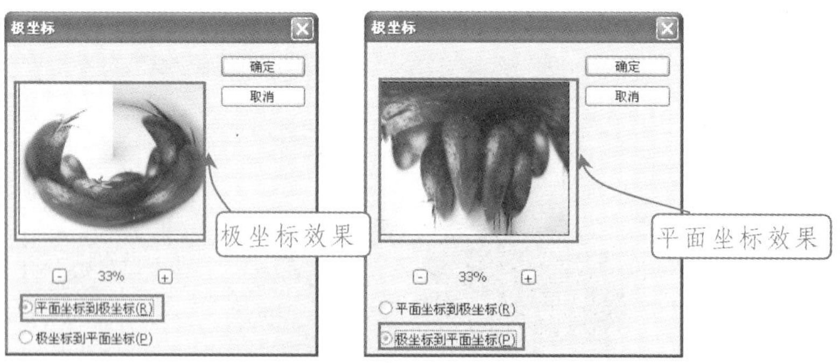

图 12-46 对图像应用不同的坐标方式

- “挤压”滤镜：该滤镜可以使图像产生向内或向外挤压变形效果，选择【滤镜】/【扭曲】/【挤压】命令后，在“挤压”对话框的“数量”文本框中输入数值来

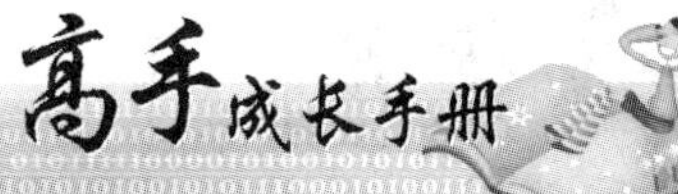

控制挤压效果，图 12-47、图 12-48 和图 12-49 所示为输入不同数值后的效果。

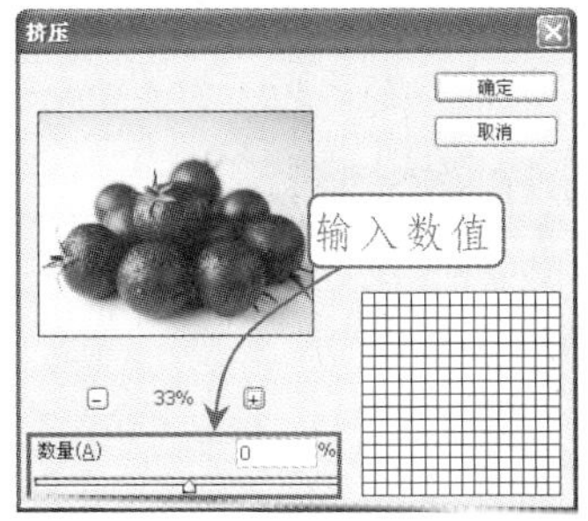

图 12-47 挤压数量为 0%

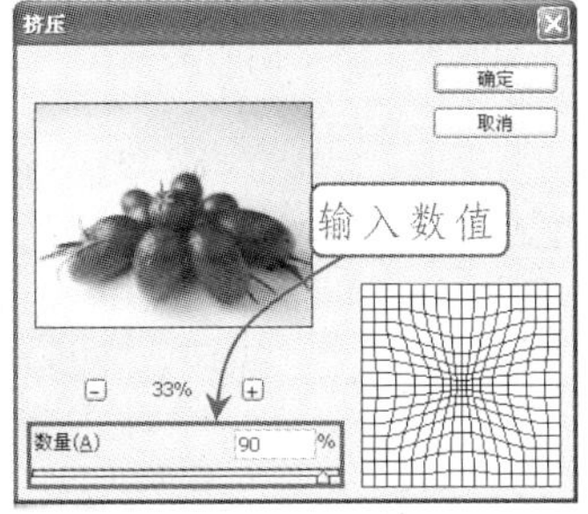

图 12-48 挤压数量为 90%

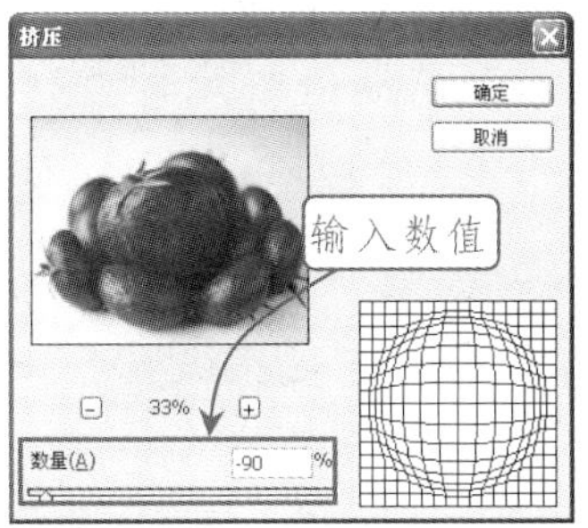

图 12-49 挤压数量为-90%

● 镜头校正：该滤镜用于校正镜头变形失真后的效果，如图 12-50 所示。

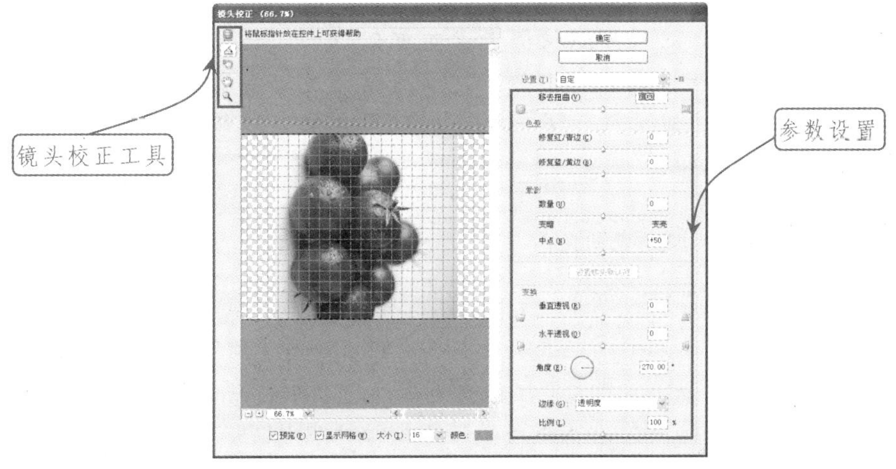

图 12-50 “镜头校正”对话框

● “切变”滤镜：该滤镜可在垂直方向上按设定的弯曲路径扭曲图像，如图 12-51 所示。

● “球面化”滤镜：该滤镜可将图像扭曲、伸展来适合球面，从而产生球面化效果，如图 12-52 所示。

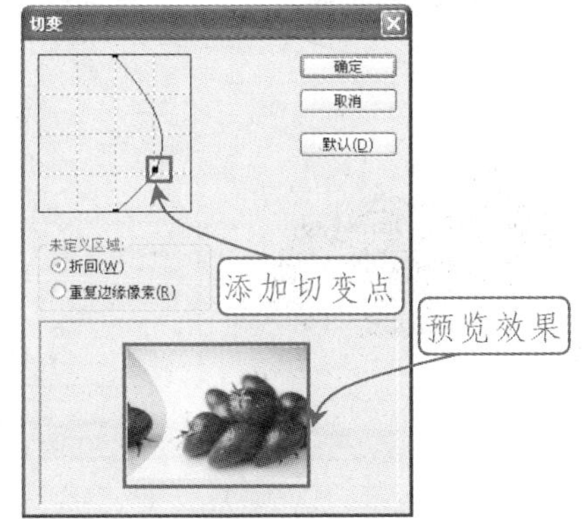

图 12-51 添加切变点编辑切变线

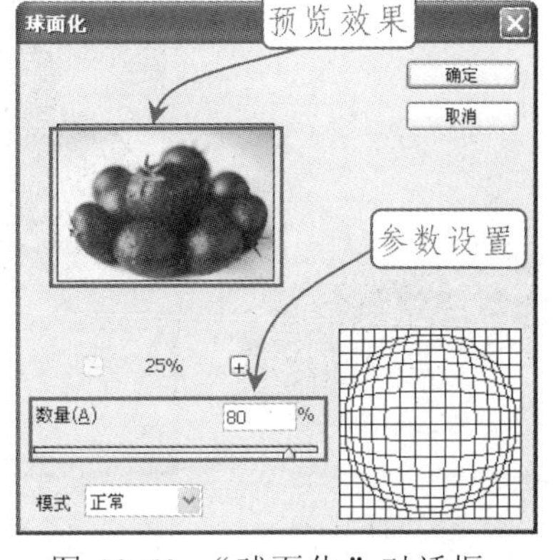

图 12-52 “球面化”对话框

- “水波”滤镜：该滤镜可模仿水面上产生的起伏状的波纹和旋转效果，如图 12-53 所示。
- “旋转扭曲”滤镜：该滤镜可以使图像沿中心产生顺时针或逆时针的旋转风轮效果，如图 12-54 所示。

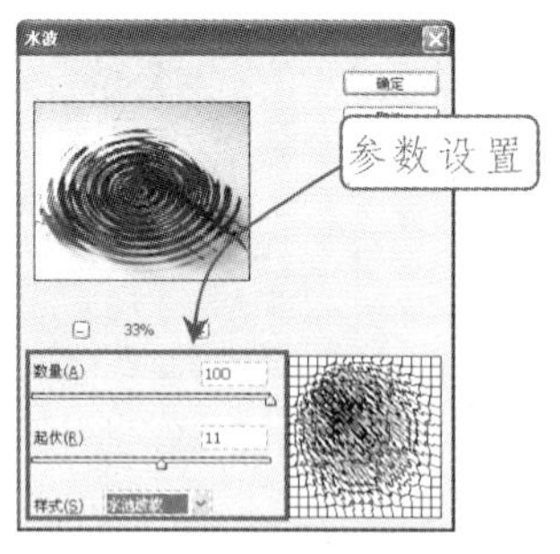

图 12-53 “水波”对话框

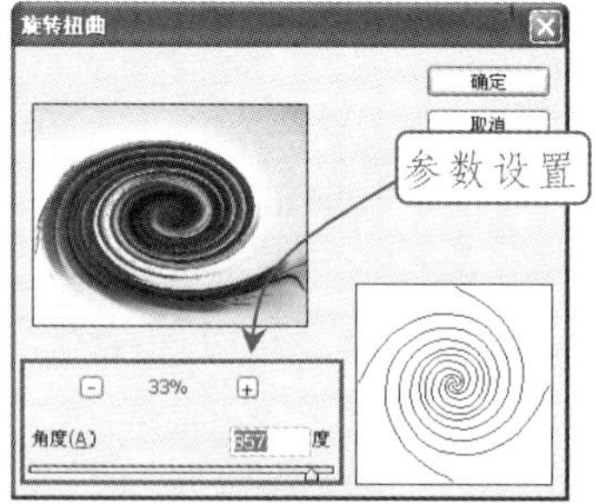

图 12-54 “旋转扭曲”对话框

- “置换”滤镜：该滤镜可以使图像产生移位效果，移位的方向不仅与参数设置有关，而且还与位移图有密切关系，使用该滤镜需要两个文件才能完成，一个文件是要编辑的图像文件，另一个是位移图文件，位移图文件充当移位模板，用于控制位移的方向。

12.5.5 “锐化”滤镜组

“锐化”滤镜组主要是通过增强相邻像素间的对比度来减弱甚至消除图像的模糊，使图像轮廓分明，效果清晰。该组滤镜提供了 5 种滤镜，选择【滤镜】/【锐化】命令，在弹出的级联菜单中选择相应的命令即可，下面以如图 12-55 所示的“兔子.jpg”图像文件【素材\第 12 章\兔子.jpg】为例来介绍各滤镜，其作用分别如下。

- “USM 锐化”滤镜：该滤镜可以增大相邻像素之间的对比度，以使图像边缘清晰，如图 12-56 所示。
- “智能锐化”滤镜：该滤镜通过设置锐化算法来对图像进行锐化处理，如图 12-57 所示。

图 12-55 打开图像

图 12-56 “USM 锐化”滤镜

图 12-57 “智能锐化”滤镜

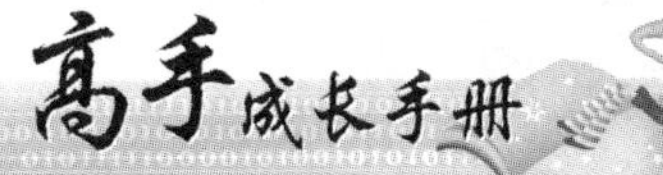

- "锐化"滤镜：该滤镜用来增加图像像素间的对比度，使图像清晰化,该滤镜无参数设置对话框。
- "进一步锐化"滤镜：该滤镜和"锐化"滤镜功效相似，只是锐化效果更加强烈，该滤镜无参数设置对话框。
- "锐化边缘"滤镜：该滤镜用来锐化图像的轮廓，使不同颜色之间的分界更加明显，该滤镜无参数设置对话框。

12.5.6 "视频"滤镜组

"视频"滤镜组主要用于将图像输出到录像带上或从视频中输入图像。该滤镜组中包含"逐行"滤镜和"NTSC 颜色"滤镜，其作用分别介绍如下：

- "逐行"滤镜：该滤镜通过逐行移去视频图像中的奇数或偶数隔行线，使在视频上捕捉的运动图像变得平滑，还可以选择通过复制或插值的方法来替换扔掉的线条。
- "NTSC 颜色"滤镜：该滤镜将色域限制在电视机重现可接受的范围内，以防止过饱和颜色渗到电视扫描行中，使图像可以被电视接收。

12.6 综合实例——制作视觉招贴

通过滤镜对图像进行处理，从而制作出具有强烈视觉效果的平面作品

了解了各种滤镜的作用之后，下面将打开"丝绸.jpg"、"飞翔.jpg"图像文件，通过使用"凸出"滤镜和"风"滤镜对图像进行处理，并结合复制图层、设置图层的混合模式、使用通道等操作对图像进行合成，制作一幅视觉招贴的图像，效果如图 12-58 所示。

图 12-58　最终效果

制作思路

使用滤镜对图像进行处理

①打开"丝绸.jpg"、"飞翔.jpg"图像文件
②在"丝绸.jpg"图像文件中使用"凸出"滤镜
③复制图层、设置混合模式并复制图像
④使用"风"滤镜并合成图像

其具体操作步骤如下：

Step 1 打开“丝绸.jpg”图像文件【素材\第12章\丝绸.jpg】，如图12-59所示。

Step 2 选择【滤镜】/【风格化】/【凸出】命令，在打开的对话框中将设置凸出的类型、大小和深度分别为块、30、100，得到凸出效果，如图12-60所示。

图12-59 打开图像

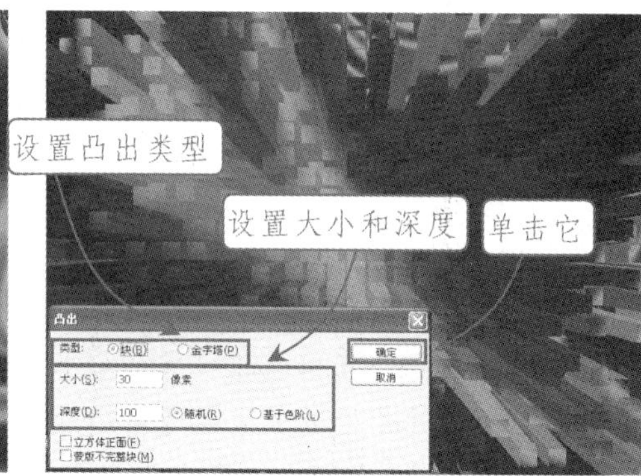

图12-60 应用“凸出”滤镜

Step 3 按【Ctrl+J】组合键，复制生成“图层1”，然后在“图层”控制面板中将“图层1”的混合模式更改为“柔光”，如图12-61所示。按【Ctrl+E】组合键将“图层1”合并到“背景”图层上。

Step 4 打开“飞翔.jpg”图像文件【素材\第12章\飞翔.jpg】，使用工具箱中的魔棒工具和快速选择工具选取需要的图像区域，如图12-62所示。

图12-61 复制图层

图12-62 选择图像

Step 5 将选择的图像区域复制到“丝绸.jpg”图像文件窗口中，自动生成“图层1”，如图12-63所示。

Step 6 按住【Ctrl】键，单击“图层1”，将人物载入选区，然后单击“通道”标签切换到“通道”控制面板，单击“通道”控制面板底部的按钮新建通道，如图12-64所示。

Step 7 选择【滤镜】/【风格化】/【风】命令，在打开的对话框中设置参数，如图12-65所示，然后单击 确定 按钮。

Step 8 连续按两次【Ctrl+F】组合键以重复使用“风”滤镜，得到如图12-66所示的效果。

图 12-63 复制图像

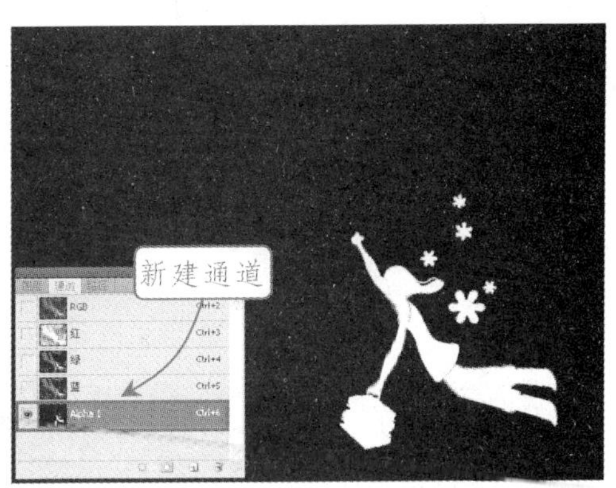

图 12-64 创建通道

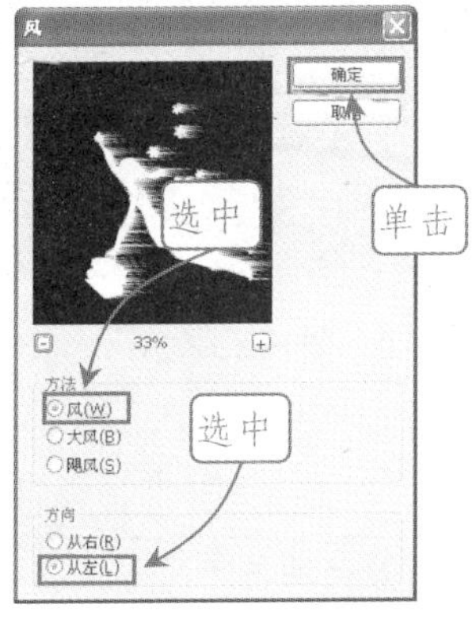

图 12-65 “风”对话框

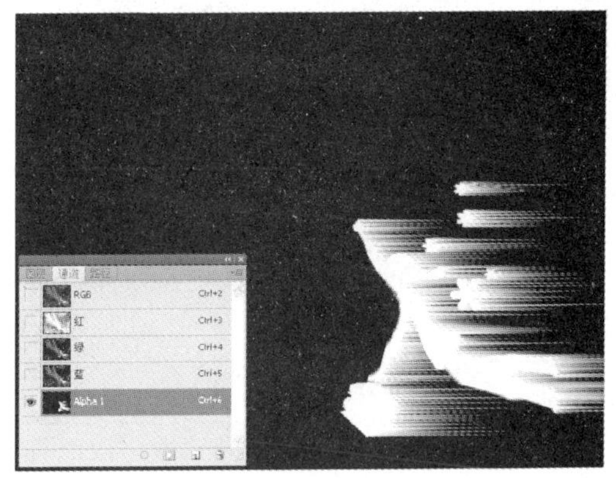

图 12-66 风吹效果

Step 9 按住【Ctrl】键的同时单击 Alpha 1 通道，载入 Alpha 1 通道中的选区，单击“图层”标签切换到“图层”控制面板，新建“图层 2”，按【Alt+Delete】组合键填充选区，如图 12-67 所示。

Step 10 取消选区，将“图层 2”向下移动到“背景”图层之上，如图 12-68 所示，然后调整图像的旋转角度，最终效果如图 12-58 所示【源文件\第 12 章\知识迷宫.psd】。

图 12-67 载入并填充选区

图 12-68 调整图层顺序

12.7 大显身手

本章应重点掌握滤镜的使用方法

打开“风景.jpg”图像文件【素材\第 12 章\风景.jpg】，选择如图 12-69 所示的选区，使用“水波”滤镜对图像进行处理,完成后的最终效果如图 12-70 所示【源文件\第 12 章\风景.jpg】。

图 12-69　打开图像

图 12-70　最终效果

电脑急救箱

运用本章知识时若遇到使用滤镜的有关问题，别着急，打开电脑急救箱看看吧

Q 对不同的图像应用同一种滤镜效果时，为什么有的图像很快就能处理完成，而有的图像要花费相当长的时间才能处理完成？

A 因为有一些滤镜效果会完全在内存中处理，所以会占用很大的内存，特别是在图像的分辨率很高时就更为严重，可以先将图像通道进行分离，并对分离后的通道中的图像进行相同的滤镜处理，然后合成图像即可；或者先在低分辨率图像上使用滤镜，并记下滤镜的设置参数，然后再对高分辨率图像使用该滤镜。

Q 为什么不能对选用的两张图片进行“置换”操作呢？

A 如果要将两幅图像进行“置换”操作，这两幅图像的格式必须为.psd 格式的文件。

第 13 章 滤镜特效（下）

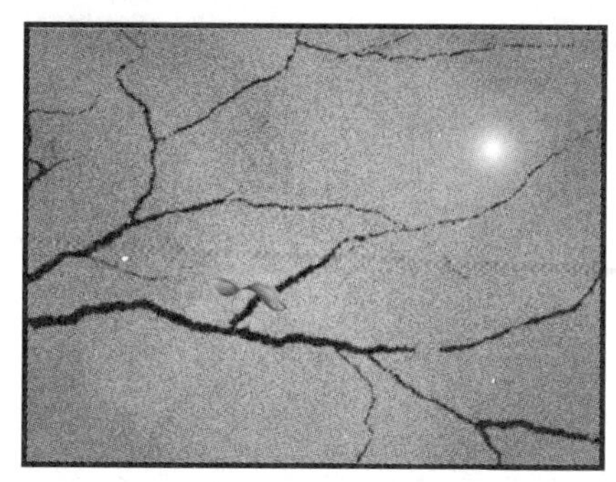

本章要点

- “素描”滤镜组
- “纹理”滤镜组
- “像素化”滤镜组
- “渲染”滤镜组
- “艺术效果”滤镜组
- “杂色”滤镜组
- 其他滤镜组
- 外挂滤镜

Photoshop CS4 中的丰富滤镜效果为用户处理图像提供了便利，本章将继续讲解滤镜组中的其他滤镜，包括“素描”滤镜组、“纹理”滤镜组、“像素化”滤镜组、“渲染”滤镜组、“艺术效果”滤镜组、“杂色”滤镜组、其他滤镜组等，除此之外，还可以通过 Photoshop CS4 的外挂滤镜制作更复杂的图像效果。

13.1 项目观察——制作素描画

使用“高斯模糊”滤镜和“粗糙蜡笔”滤镜制作素描画效果

在 Photoshop CS4 中通过使用各种滤镜为图像添加特殊效果，可以快速地制作素描画，图 13-1 所示为对“静物.jpg”图像文件使用“高斯模糊”滤镜和“粗糙蜡笔”滤镜后的特殊效果。

图 13-1 最终效果

Step 1 打开“静物.jpg”图像文件【素材\第 13 章\静物.jpg】，选择【图像】/【调整】/【黑白】命令将图像调整为黑白图片，按【Ctrl+J】组合键复制生成图层 1。按【Ctrl+I】组合键将“图层 1”中的图像反相显示，如图 13-2 所示。

Step 2 选择【滤镜】/【模糊】/【高斯模糊】命令，在打开的“高斯模糊”对话框中设置半径为 4 像素，单击 确定 按钮，此时“图层 1”中的图像变得模糊，如图 13-3 所示。

图 13-2 复制图层

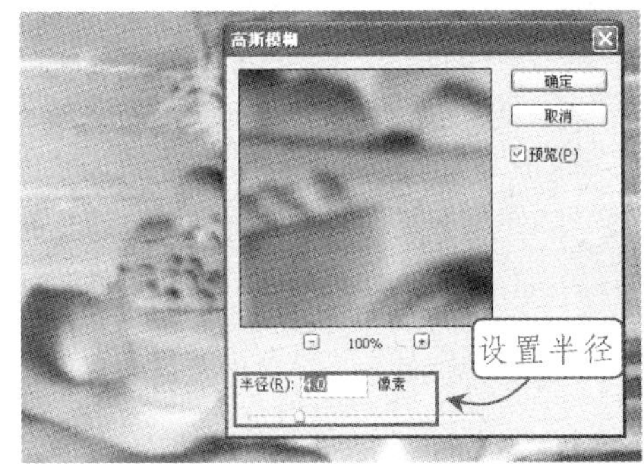

图 13-3 使用“高斯模糊”滤镜

Step 3 设置“图层 1”的混合模式为“颜色减淡”，此时“图层 1”中的图像将和“背景”图层中的图像颜色叠加混合，从而突出图像的细节部分，如图 13-4 所示。

Step 4 选择【图层】/【向下合并】命令，将“图层 1”合并到“背景”图层中。选择【滤镜】/【艺术效果】/【粗糙蜡笔】命令，在“粗糙蜡笔”对话框中保持默认设置，如图 13-5 所示。

Step 5 单击 确定 按钮返回图像文件窗口，图像已经被处理成素描效果，如图 13-1 所示【源文件\第 13 章\静物素描.jpg】。

图 13-4　设置图层混合模式

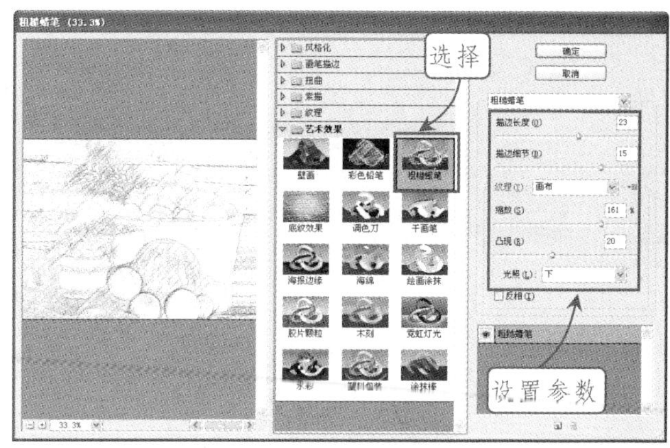

图 13-5　使用“粗糙蜡笔”滤镜

上述项目案例的制作过程使用了两种滤镜，同时还需要设置图层的混合模式，下面将具体讲解其他滤镜组的相关知识。

13.2 滤镜组

滤镜组是由所有的滤镜集合组成的

除了上一章讲解的滤镜组外，Photoshop CS4 的滤镜组还包括“素描”滤镜组、“纹理”滤镜组、“像素化”滤镜组、“渲染”滤镜组、“艺术效果”滤镜组、“杂色”滤镜组、“其他”滤镜组等。

13.2.1 “素描”滤镜组

“素描”滤镜组用于在图像中添加纹理，使图像产生素描、速写及三维等艺术效果。该滤镜组提供了 14 种滤镜，全部位于滤镜库中。下面以如图 13-6 所示的“棉布.jpg”图像文件【素材\第 13 章\棉布.jpg】为例来介绍各滤镜，其作用分别介绍如下：

- “半调图案”滤镜：该滤镜可以使用前景色和背景色在图像中产生网点图案效果，如图 13-7 所示。

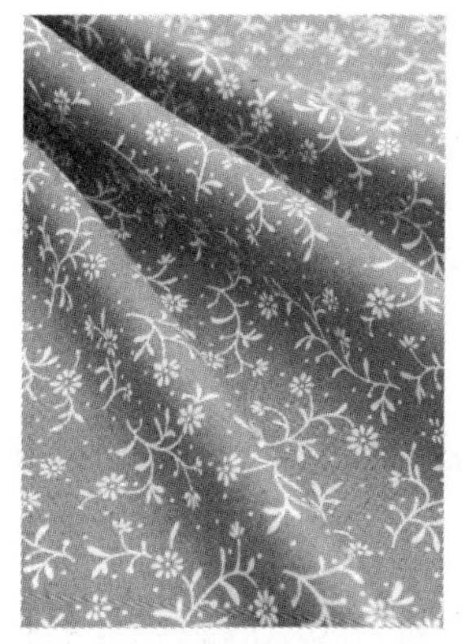

图 13-6　“棉布.jpg”图像文件

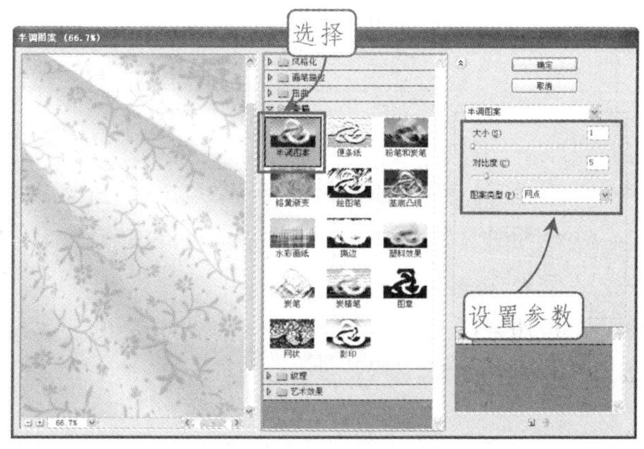

图 13-7　“半调图案”滤镜

- “便条纸”滤镜：该滤镜可以模拟凹陷压印图案，使图像产生草纸画效果，如图 13-8 所示。

图 13-8 “便条纸”滤镜

- “粉笔和炭笔”滤镜：该滤镜可重绘高光和中间调，并使用粗糙粉笔绘制纯中间调的灰色背景。阴影区域用黑色对角炭笔线条替换。炭笔用前景色绘制，粉笔用背景色绘制，如图 13-9 所示。

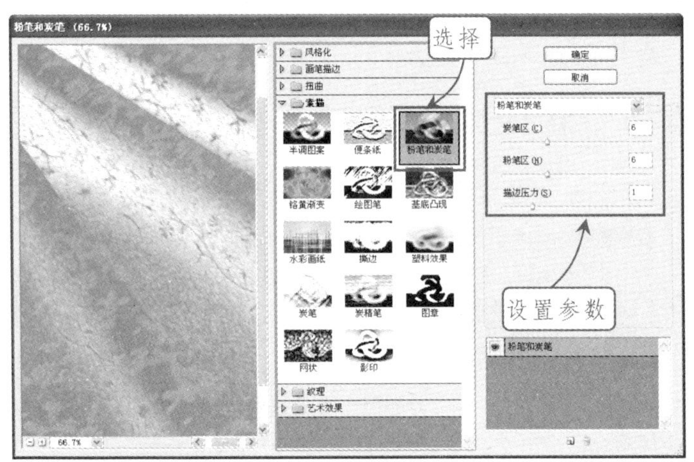

图 13-9 “粉笔和炭笔”滤镜

- “铬黄”滤镜：该滤镜可模拟液态金属效果。在图 13-10 所示的“铬黄渐变”对话框中，“细节”选项用来设置模拟液态细节部分的模拟程度，该值越大，铬黄效果越细致。
- “绘图笔”滤镜：使用该滤镜可以使图像产生钢笔画效果，如图 13-11 所示。
- “基底凸现”滤镜：该滤镜主要用于模拟粗糙的浮雕效果，如图 13-12 所示。

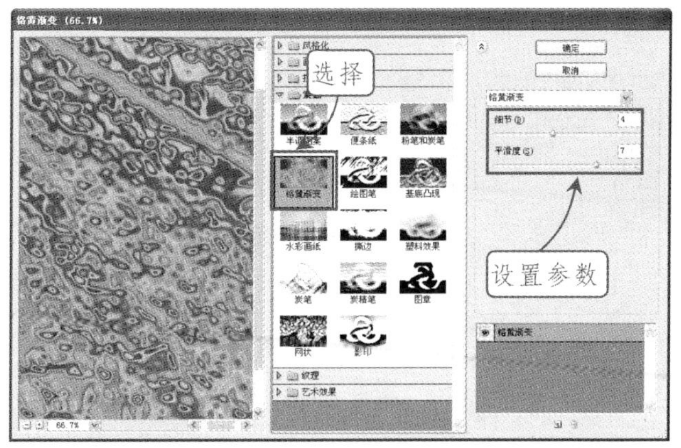

图 13-10 “铬黄”滤镜

图 13-11 “绘图笔”滤镜

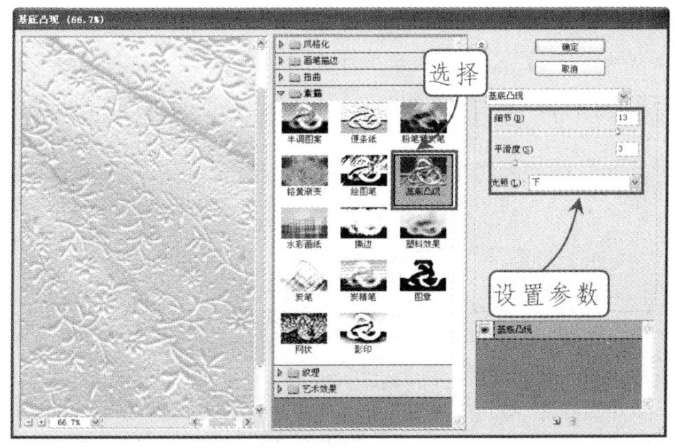

图 13-12 “基底凸现”滤镜

- “水彩画纸”滤镜：该滤镜能模仿在潮湿的纤维纸上涂抹颜色而产生的纸张浸湿、画面扩散的效果，如图 13-13 所示。
- “撕边”滤镜：该滤镜可以用前景色和背景色来填充图像的暗区和高亮区，在二者交界处生成粗糙及撕破的纸片形状效果，如图 13-14 所示。

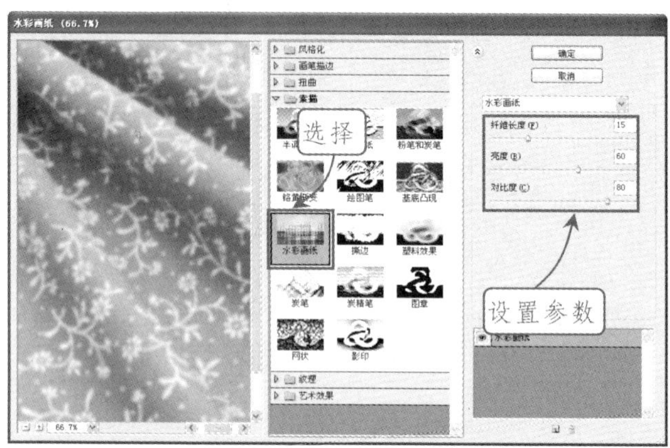

图 13-13 “水彩画纸”滤镜

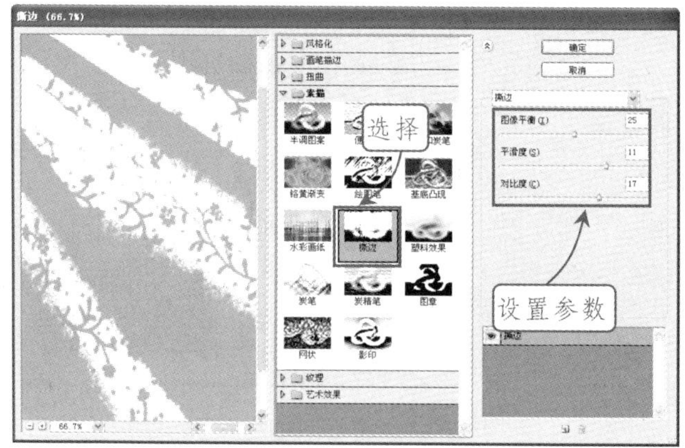

图 13-14 “撕边”滤镜

- “塑料效果”滤镜：该滤镜可以产生一种塑料浮雕效果，并用前景色和背景色填充图像，如图 13-15 所示。

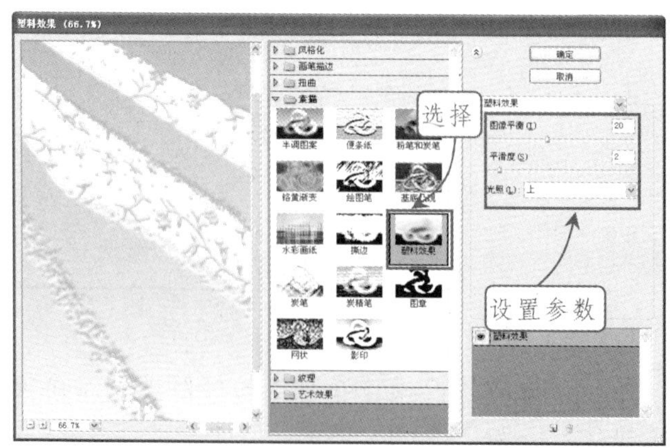

图 13-15 “塑料效果”滤镜

● “炭笔”滤镜：该滤镜可以在图像上模拟浓黑和纯白的炭笔纹理效果，如图 13-16 所示。

图 13-16　“炭笔”滤镜

● “炭精笔”滤镜：该滤镜可以模拟使用炭精笔绘图效果，如图 13-17 所示。

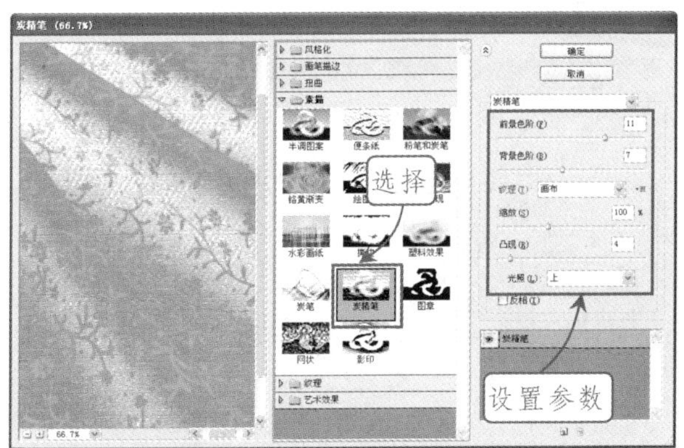

图 13-17　“炭精笔”滤镜

● “图章”滤镜：该滤镜用来模拟图章盖在纸上产生的颜色不连续的效果，如图 13-18 所示。

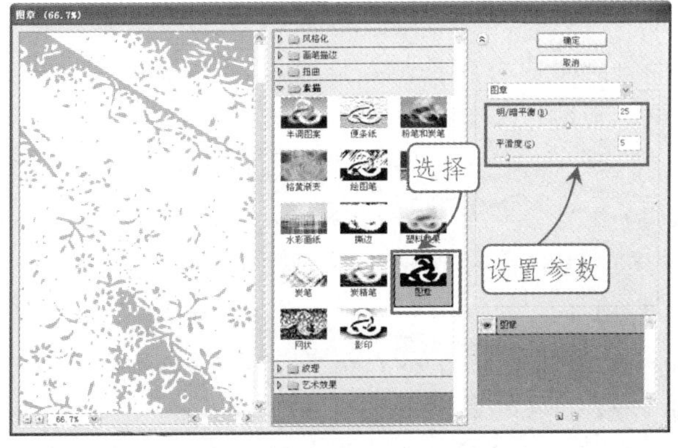

图 13-18　“图章”滤镜

- “网状”滤镜：该滤镜使用前景色和背景色填充图像，产生一种网状覆盖效果，如图 13-19 所示。

图 13-19　“网状”滤镜

- “影印”滤镜：该滤镜可以模拟影印效果，用前景色来填充图像的高光区，用背景色来填充图像的暗区，如图 13-20 所示。

图 13-20　“影印”滤镜

13.2.2　“纹理”滤镜组

“纹理”滤镜组用于为图像添加各种纹理效果，使图像产生深度感和材质感。该组滤镜提供了 6 种滤镜效果，全部位于滤镜库中；也可以选择【滤镜】/【纹理】命令，在弹出的“纹理”级联菜单中选择相应的滤镜命令。下面以图 13-21 所示的“柠檬.jpg”图像文件【素材\第 13 章\柠檬.jpg】为例来介绍各滤镜，其作用分别如下。

- “龟裂缝”滤镜：该滤镜可以使图像产生龟裂纹理，从而制作出具有浮雕的立体图像效果，如图 13-22 所示。
- “颗粒”滤镜：使用该滤镜可以在图像中随机加入不同类型的、不规则的颗粒，以使图像产生颗粒纹理效果，如图 13-23 所示。
- “马赛克拼贴”滤镜：该滤镜可以产生马赛克拼贴的效果，如图 13-24 所示。

图 13-21 “柠檬.jpg”图像文件

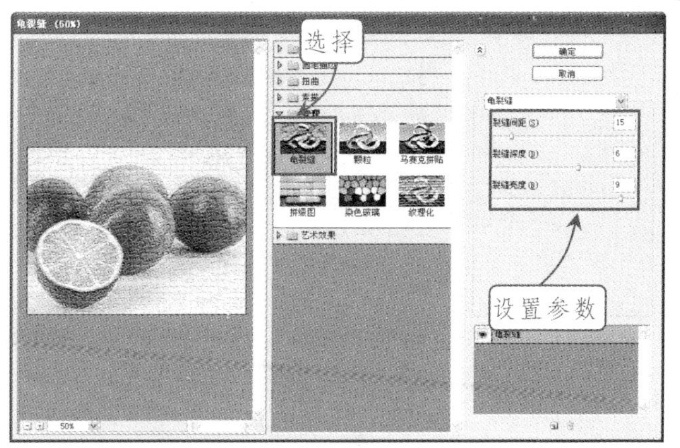

图 13-22 “龟裂缝”滤镜

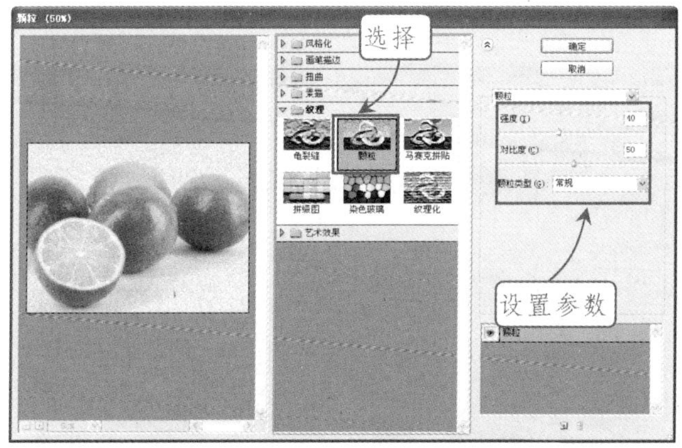

图 13-23 “颗粒”滤镜

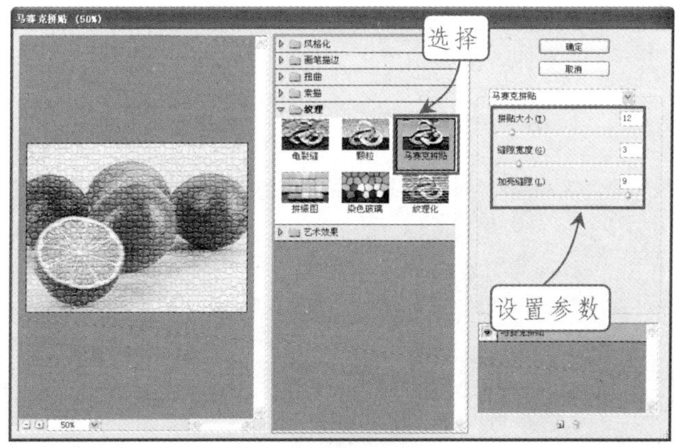

图 13-24 “马赛克拼贴”滤镜

- “拼缀图”滤镜：该滤镜将图像分割成无数个规则的小方块，模拟建筑拼贴瓷砖的效果，如图 13-25 所示。
- “染色玻璃”滤镜：该滤镜在图像中根据颜色的不同产生不规则的多边形彩色

玻璃块，玻璃块的颜色由该块内像素的平均颜色来确定，如图 13-26 所示。

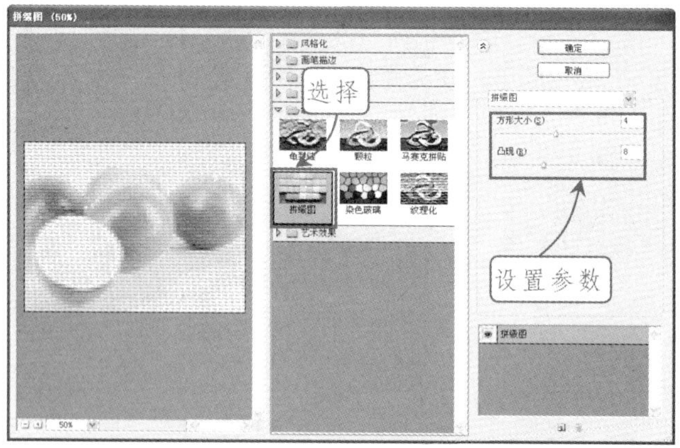

图 13-25 “拼缀图”滤镜

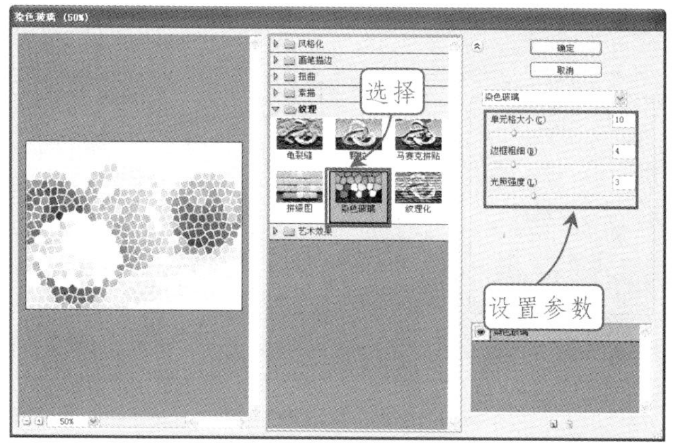

图 13-26 “染色玻璃”滤镜

- “纹理化”滤镜：使用该滤镜可以为图像添加预知的纹理图案，从而使图像产生纹理压痕效果，如图 13-27 所示。

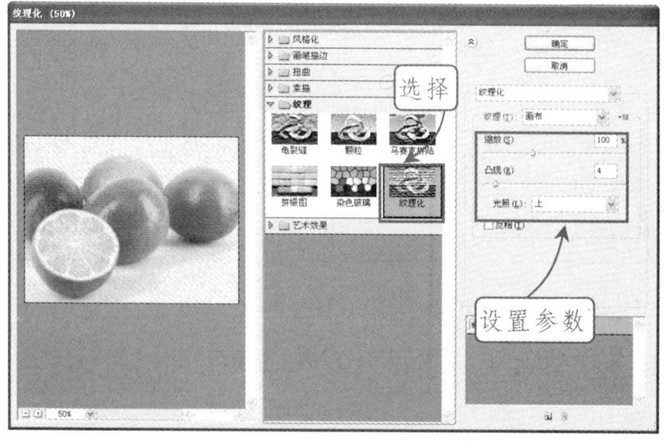

图 13-27 “纹理化”滤镜

13.2.3 “像素化”滤镜组

“像素化”滤镜组主要通过将图像中颜色值相似的像素转换成单元格的方法，使图像分块或平面化。“像素化”滤镜组包括 7 种滤镜，只需选择【滤镜】/【像素化】命令，在弹出的级联菜单中选择相应的滤镜命令即可，下面以图 13-28 所示的“花布.jpg”图像文件【素材\第 13 章\花布.jpg】为例来介绍各滤镜，其作用分别如下：

- “彩块化”滤镜：该滤镜可使图像中纯色或相似颜色凝结为彩色块，从而产生类似宝石刻画般的效果，如图 13-29 所示，该滤镜没有参数设置对话框。
- “彩色半调”滤镜：该滤镜可将图像分成矩形栅格，并向栅格内填充像素，如图 13-30 所示。
- “点状化”滤镜：该滤镜可在图像中随机产生彩色斑点，点与点间的空隙用背景色填充，如图 13-31 所示。

图 13-28 打开图像

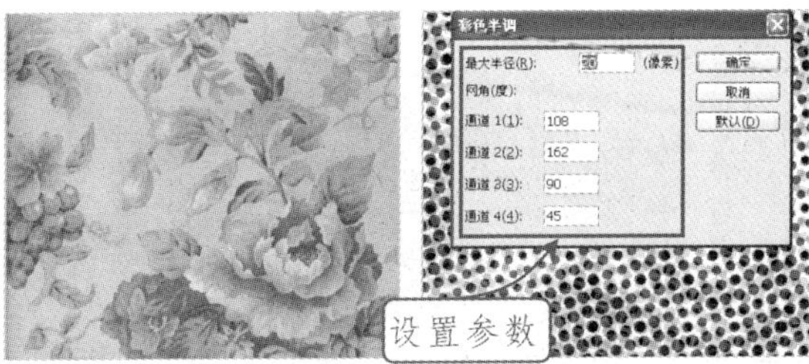

图 13-29 “彩块化”滤镜 图 13-30 “彩色半调”滤镜

图 13-31 “点状化”滤镜

- “晶格化”滤镜：该滤镜可使图像中相近的像素集中到一个像素的多角形网格中，如图 13-32 所示。
- “马赛克”滤镜：该滤镜可将图像中具有相似色彩的像素统一合成更大的方块，从而产生类似马赛克的效果，如图 13-33 所示。
- “碎片”滤镜：该滤镜可将图像的像素复制 4 遍，然后将它们平均移位并降低不透明度，从而形成一种不聚焦的“四重视”效果，如图 13-34 所示，该滤镜没有参数设置对话框。
- “铜版雕刻”滤镜：该滤镜可在图像中随机分布各种不规则的线条和虫孔斑点，从而产生镂刻的版画效果，如图 13-35 所示。

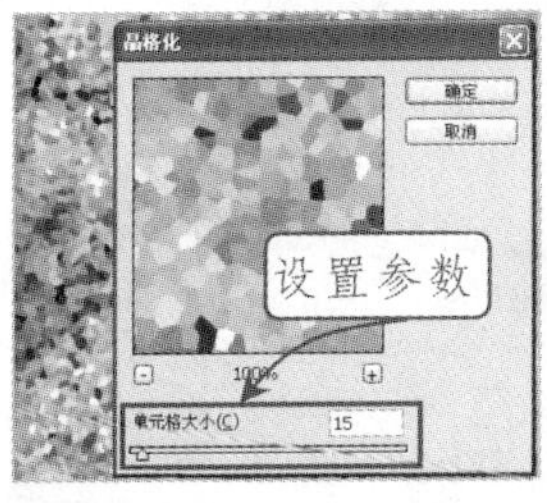

图 13-32 “晶格化”滤镜

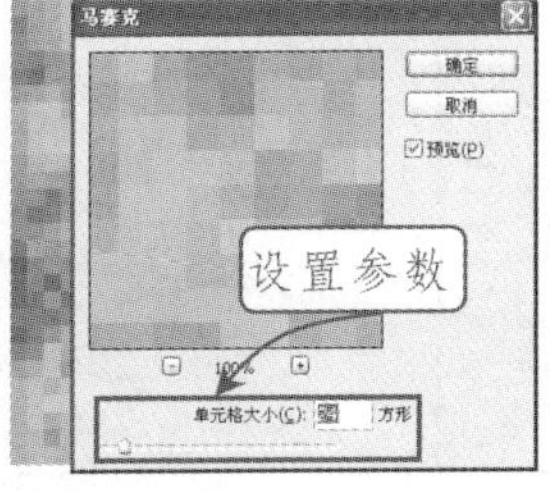

图 13-33 “马赛克”滤镜

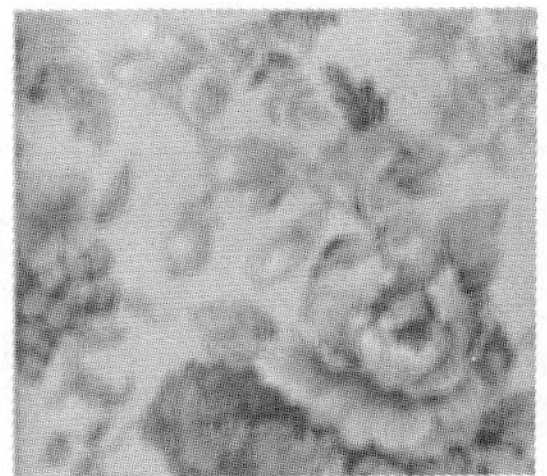
图 13-34 “碎片”滤镜

图 13-35 “铜版雕刻”滤镜

13.2.4 “渲染”滤镜组

“渲染”滤镜组主要用于模拟光线照明效果，该滤镜组共包括 5 种滤镜，选择【滤镜】/【渲染】命令，在打开的“渲染”级联菜单中选择相应命令即可。下面以图 13-36 所示的“沙漠.jpg”图像文件【素材\第 13 章\沙漠.jpg】为例来介绍各滤镜，其作用分别如下：

- “分层云彩”滤镜：该滤镜产生的效果与原图像的颜色有关，它不像“云彩”滤镜那样完全覆盖图像，而是在图像中添加一个分层云彩效果，如图 13-37 所示。
- “光照效果”滤镜：该滤镜可对图像使用不同类型的光源进行照射，从而使图像产生类似三维照明的效果，如图 13-38 所示。

图 13-36　打开图像

图 13-37　“分层云彩”滤镜

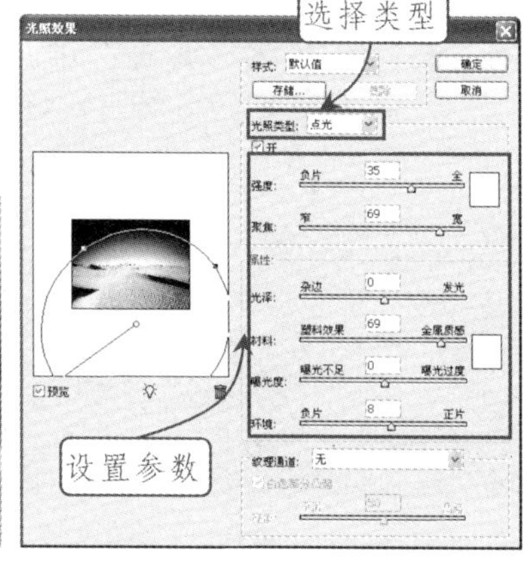

图 13-38　“光照效果”滤镜

- “镜头光晕”滤镜：该滤镜可通过为图像添加不同类型的镜头，从而模拟镜头产生的眩光效果，如图 13-39 所示。
- “纤维”滤镜：该滤镜可将前景色和背景色混合生成一种纤维效果，如图 13-40 所示。
- “云彩”滤镜：该滤镜可通过在前景色和背景色之间随机地抽取像素并覆盖图像，从而产生类似柔和云彩的效果，如图 13-41 所示，该滤镜无参数设置对话框。

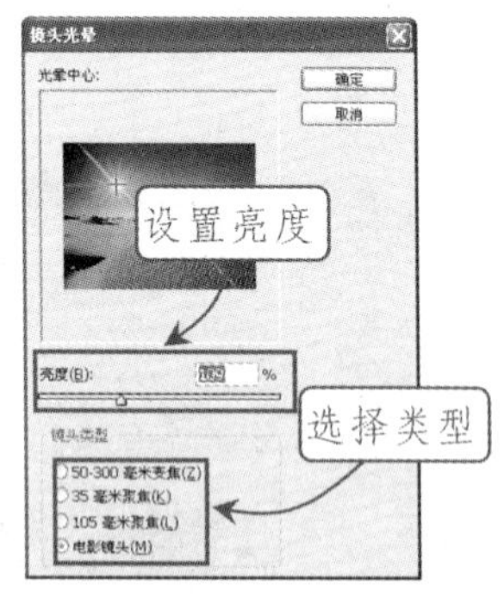

图 13-39　“镜头光晕”滤镜

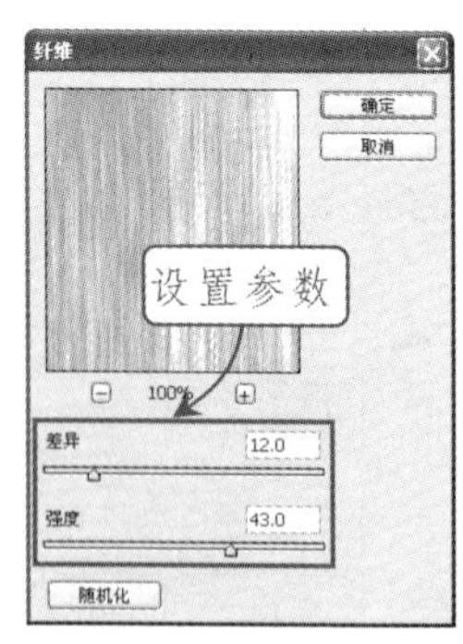

图 13-40　“纤维”滤镜

图 13-41　“云彩”滤镜

13.2.5 “艺术效果”滤镜组

“艺术效果”滤镜组通过模仿传统手绘图画的手法，使图像产生艺术效果。该组滤镜共包括 15 种滤镜，选择【滤镜】/【艺术效果】命令，在打开的“艺术效果”级联菜单中选择相应命令即可。下面以图 13-42 所示的“香水.jpg”图像文件【素材\第 13 章\香水.jpg】为例来介绍各滤镜，其作用分别如下：

- “壁画”滤镜：该滤镜可使图像产生壁画的粗犷风格效果，如图 13-43 所示。

图 13-42 “香水.jpg”图像文件

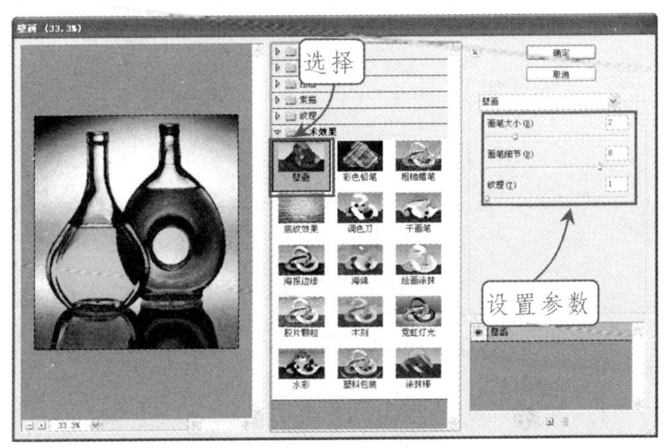

图 13-43 “壁画”滤镜

- “彩色铅笔”滤镜：该滤镜可以模拟使用彩色铅笔在图纸上绘图的效果，如图 13-44 所示。

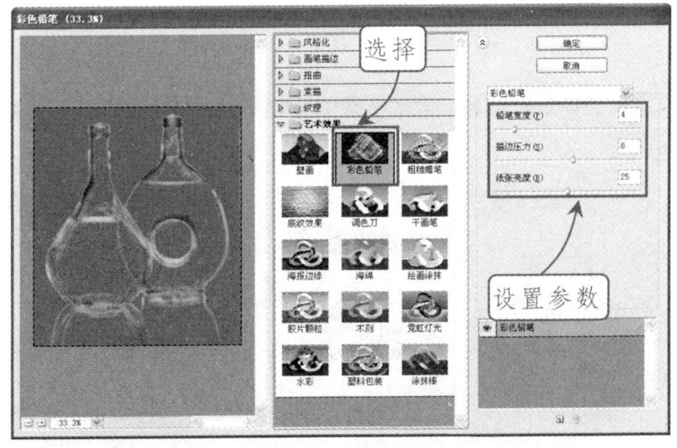

图 13-44 “彩色铅笔”滤镜

- “粗糙蜡笔”滤镜：该滤镜可以模拟蜡笔在纹理背景上绘图时的效果，从而生成一种纹理浮雕效果，如图 13-45 所示。
- “底纹效果”滤镜：该滤镜可使图像产生喷绘图像的效果，如图 13-46 所示。
- “调色刀”滤镜：该滤镜将减少图像细节，从而产生类似大写意的笔法效果，如图 13-47 所示。

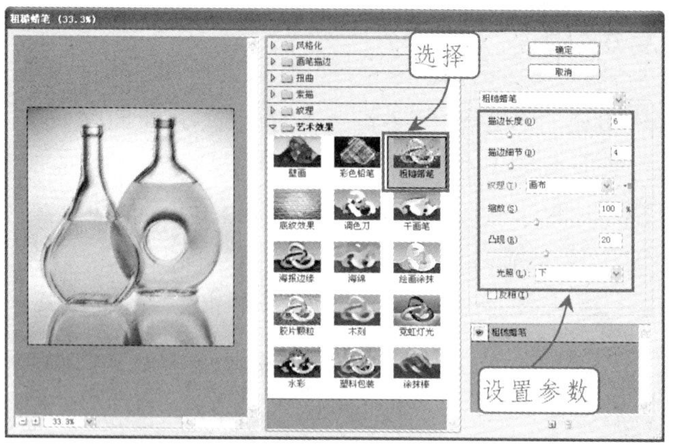

图 13-45 “粗糙蜡笔”滤镜

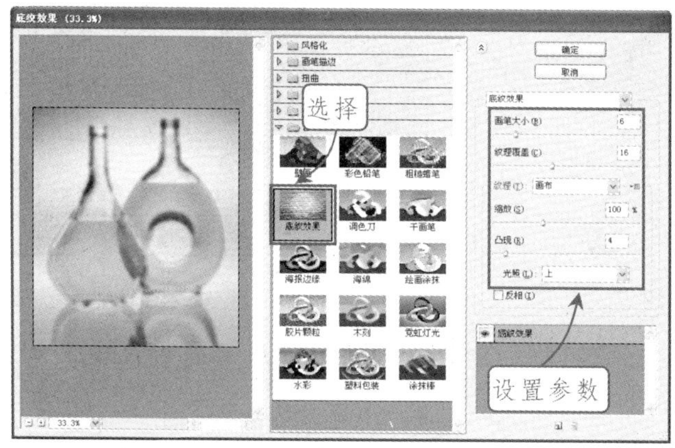

图 13-46 “底纹效果”滤镜

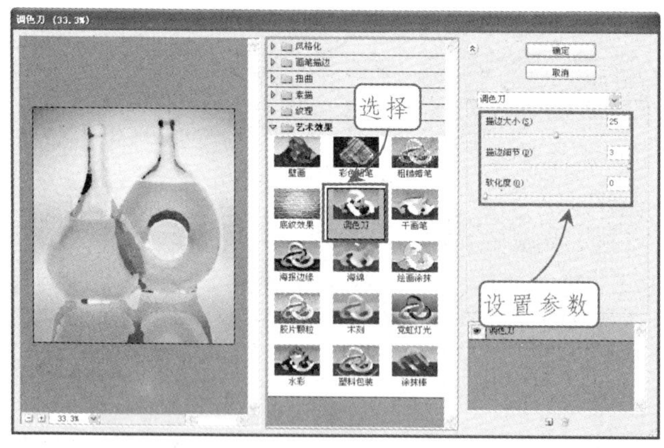

图 13-47 “调色刀”滤镜

- “干画笔”滤镜：该滤镜可以使图像产生一种不饱和的、干燥的油画效果，如图 13-48 所示。
- “海报边缘”滤镜：该滤镜可以在图像中查找出颜色差异较大的区域，并将其

边缘填充成黑色，使图像产生海报的效果，如图 13-49 所示。

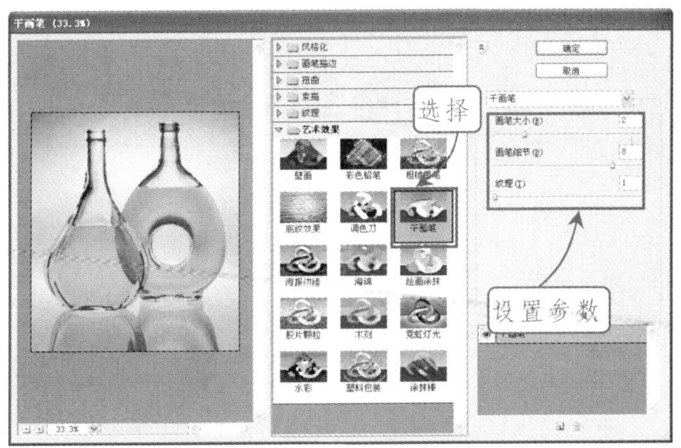

图 13-48 “干画笔”滤镜

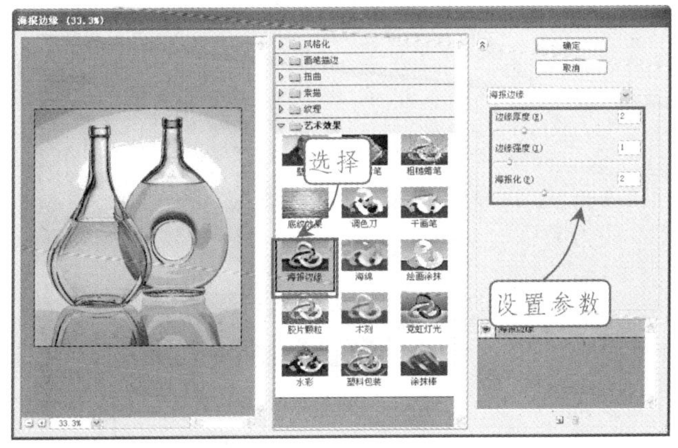

图 13-49 “海报边缘”滤镜

- “海绵”滤镜：该滤镜可使图像产生海绵吸水后的图像效果，如图 13-50 所示。

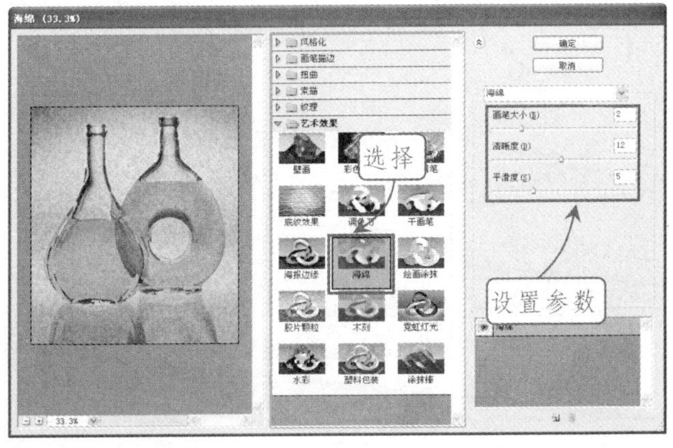

图 13-50 “海绵”滤镜

- “绘画涂抹”滤镜：该滤镜可模拟手指在湿画上涂抹的效果，如图 13-51 所示。

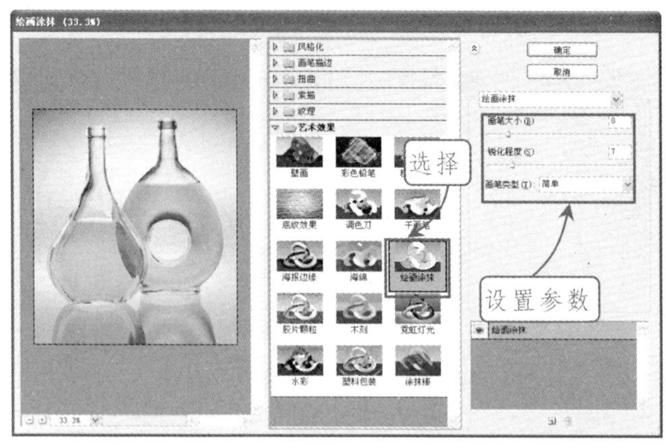

图 13-51 “绘画涂抹”滤镜

- “胶片颗粒”滤镜：该滤镜可产生胶片颗粒状的纹理效果，如图 13-52 所示。

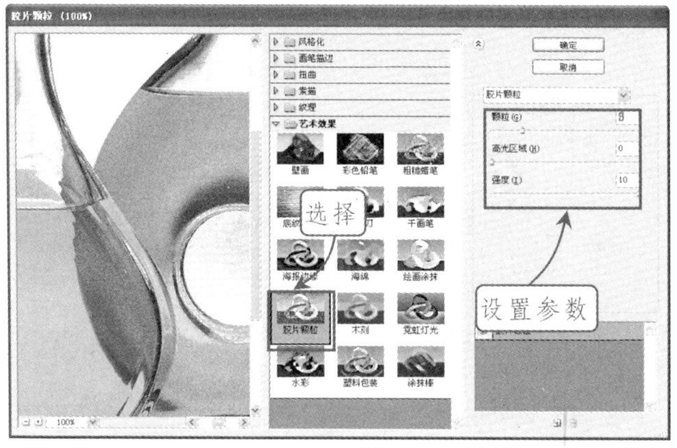

图 13-52 “胶片颗粒”滤镜

- “木刻”滤镜：该滤镜可以为图像创建出类似木刻画的效果，如图 13-53 所示。

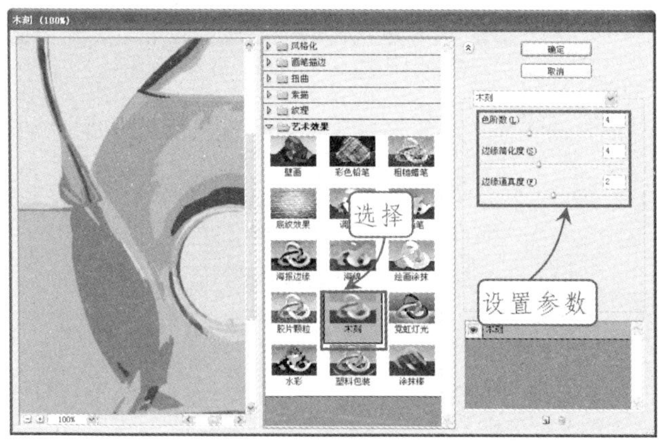

图 13-53 “木刻”滤镜

- “霓虹灯光”滤镜：该滤镜可以在图像中颜色对比反差较大的边缘处产生彩色

氖光灯照射的效果，给人虚幻、朦胧的感觉，如图 13-54 所示。

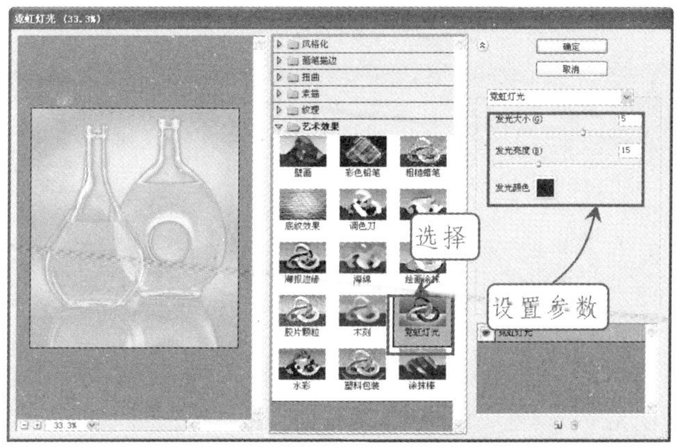

图 13-54 “霓虹灯光”滤镜

- “水彩”滤镜：该滤镜可以简化图像细节，并模拟使用水彩笔在图纸上绘画的效果，如图 13-55 所示。

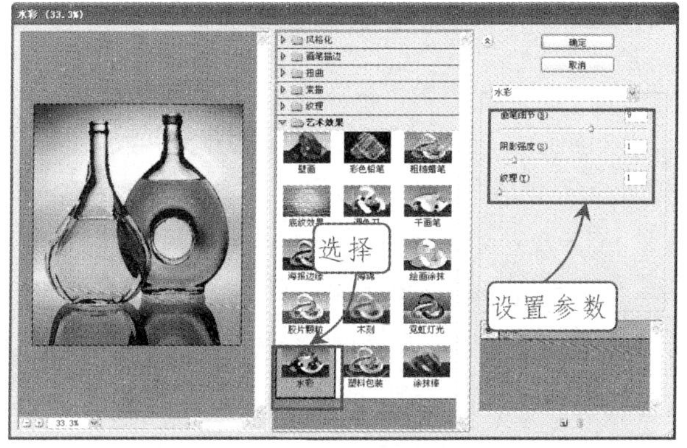

图 13-55 “水彩”滤镜

- “塑料包装”滤镜：该滤镜可以使图像产生表面质感强烈并且富有立体感的类似透明塑料袋包裹物体时的效果，如图 13-56 所示。

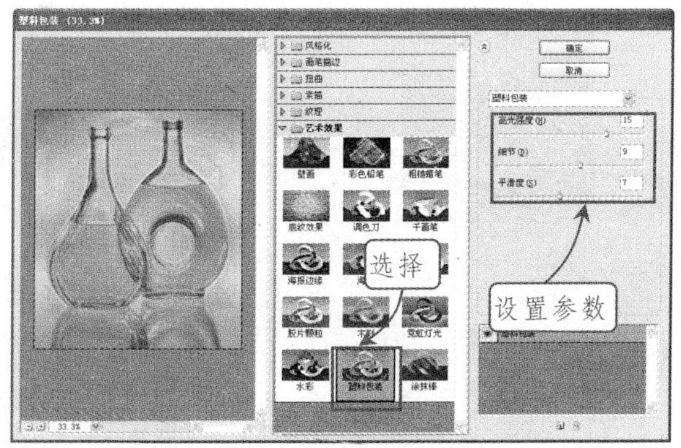

图 13-56 “塑料包装”滤镜

- “涂抹棒”滤镜：该滤镜可以模拟使用粉笔或蜡笔在纸上涂抹的绘画效果，如图 13-57 所示。

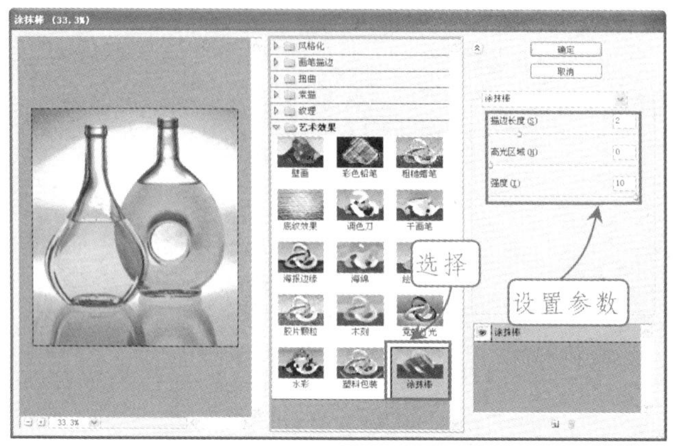

图 13-57 “涂抹棒”滤镜

13.2.6 “杂色”滤镜组

“杂色”滤镜组主要用来向图像中添加杂点或从图像中去除杂点，该类滤镜由“中间值”、“减少杂色”、“去斑 ”、“添加杂色” 和 “蒙尘与划痕” 等 5 个滤镜组成。选择【滤镜】/【杂色】命令，在弹出的级联菜单中选择相应的命令即可，下面以图 13-58 所示的“蒙娜丽莎.jpg”图像文件【素材\第 13 章\蒙娜丽莎.jpg】为例来介绍各滤镜，其作用分别如下：

- “减少杂色”滤镜：该滤镜可用来消除图像中的杂色，如图 13-59 所示。
- “蒙尘与划痕”滤镜：该滤镜通过将图像中有缺陷的像素融入周围的像素中，从而达到除尘和涂抹的效果，如图 13-60 所示。

图 13-58 打开图像

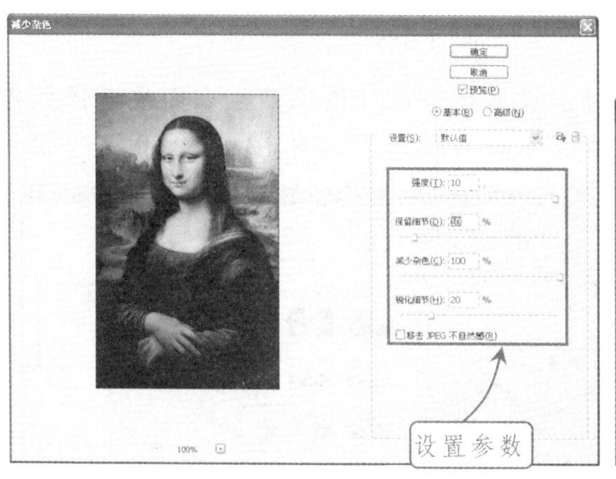

图 13-59 “减少杂色”滤镜

图 13-60 “蒙尘与划痕”滤镜

- “中间值”滤镜：该滤镜通过混合图像中像素的亮度来减少图像中的杂色，如图 13-61 所示。

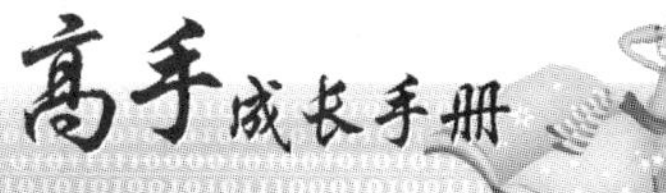

- “添加杂色”滤镜：该滤镜可向图像中随机地混合杂点，并添加一些细小的颗粒状像素，如图 13-62 所示。
- “去斑”滤镜：该滤镜可对图像进行轻微的模糊、柔化，达到掩饰图像中细小斑点、消除轻微折痕的效果，如图 13-63 所示，该滤镜无参数设置对话框。

图 13-61 “中间值”滤镜

图 13-62 “添加杂色”滤镜

图 13-63 “去斑”滤镜

13.2.7 “其他”滤镜组

“其他”滤镜组可以在图像中完成一些特殊效果，选择【滤镜】/【其他】命令，在弹出的级联菜单中包括“高反差保留”、“位移”、“自定”、“最大值”和“最小值”等 5 种滤镜效果，下面以图 13-64 所示的“美食.jpg”图像文件【素材\第 13 章\美食.jpg】为例来介绍各滤镜，其作用分别介绍如下：

- “高反差保留”滤镜：该滤镜可以删除图像中色调变化平缓的部分，如图 13-65 所示。
- “位移”滤镜：该滤镜可根据在“位移”对话框中设定的值来偏移图像，偏移后留下的空白可以用当前的背景色填充、重复边缘像素填充或折回边缘像素填充，如图 13-66 所示。

图 13-64 “美食.jpg”图像文件

图 13-65 “高反差保留”滤镜

图 13-66 “位移”滤镜

- “自定”滤镜：该滤镜可以自行设计滤镜效果。使用“自定”滤镜，根据预定义的数学运算，可以更改图像中每个像素的亮度值，如图 13-67 所示。

- “最大值”滤镜：该滤镜可以用来强化图像中的亮部色调，消减暗部色调，如图 13-68 所示。
- “最小值”滤镜：该滤镜的功能与最大值滤镜的功能相反，如图 13-69 所示。

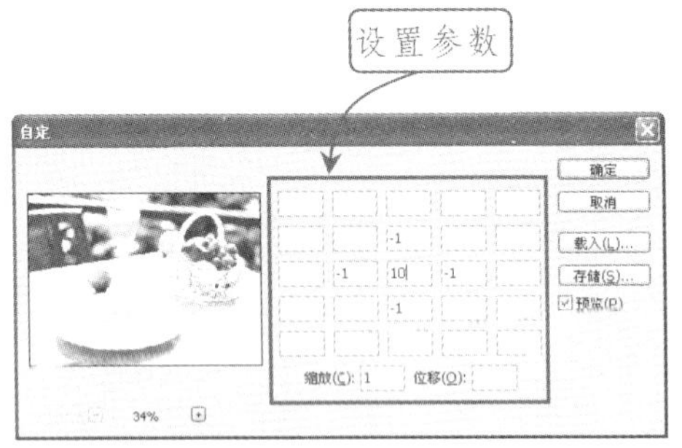

图 13-67 “自定”滤镜

图 13-68 “最大值”滤镜

图 13-69 “最小值”滤镜

13.3 外挂滤镜

外挂滤镜能够制作出 Photoshop CS4 自带滤镜组所不能制作出的效果

外挂滤镜是指由第三方软件生产商开发的、必须依附在 Photoshop 中运行的滤镜。外挂滤镜在很大程度上弥补了 Photoshop 自带滤镜的部分缺陷，并且功能强大，可以轻松地制作出非常漂亮的图像效果。这里以使用 KPT 7.0 外挂滤镜下面的 KPT Ink Dropper 滤镜为图像文件添加云雾效果为例介绍外挂滤镜的一般使用方法，其具体操作步骤如下：

Step 1 打开“山谷.jpg”图像文件【素材\第 13 章\山谷.jpg】，如图 13-70 所示。

Step 2 选择【滤镜】/【KPT effects】/【KPT Ink Dropper】命令，打开如图 13-71 所示的界面。

图 13-70 打开图像

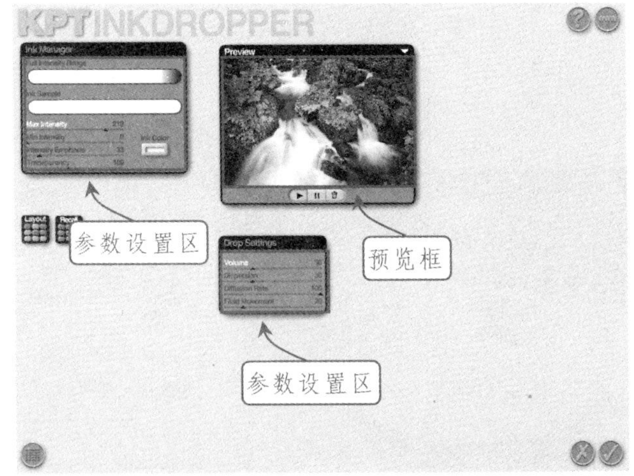

图 13-71 滤镜界面

Step 3 在 Ink Manager 控制面板中，单击控制面板右下角的 Ink Color 选色框，拖动滑块指向灰度取色条的最右端选取白色作为薄雾的主色调，如图 13-72 所示。

Step 4 在 Ink Manager 控制面板中，拖动滑块调整 Max Intensity 的参数值为 210， Min

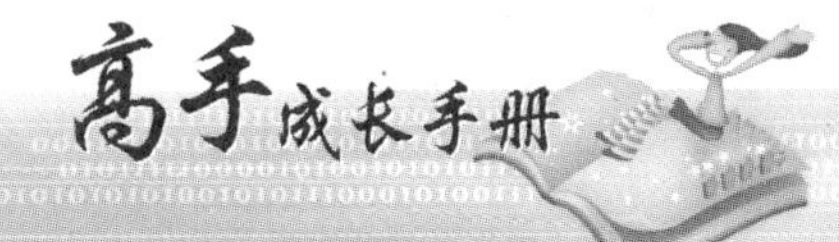

Intensity 的参数值为 0，Intensity Emphasis 的参数值为 41，Transparency 的参数值为 110，如图 13-73 所示。

Step 5 在 Drop Settings 控制面板中将 Volume 参数值设置为 30，将 Dispersion 参数值设置为 30，将 Diffusion Rate 参数值设置为 99，将 Fluid Movement 参数值设置为 20，如图 13-74 所示。

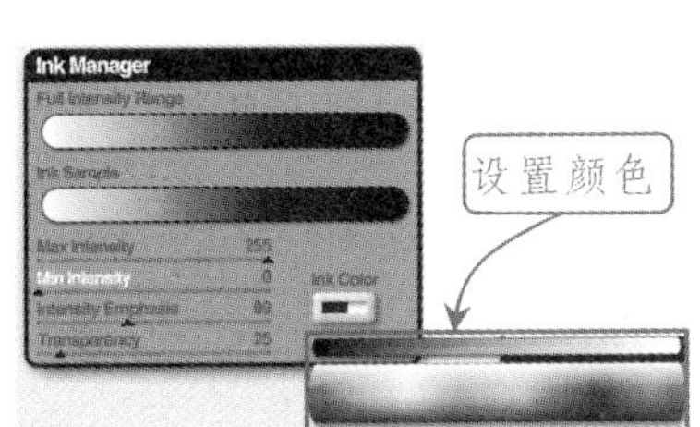

图 13-72　选择颜色

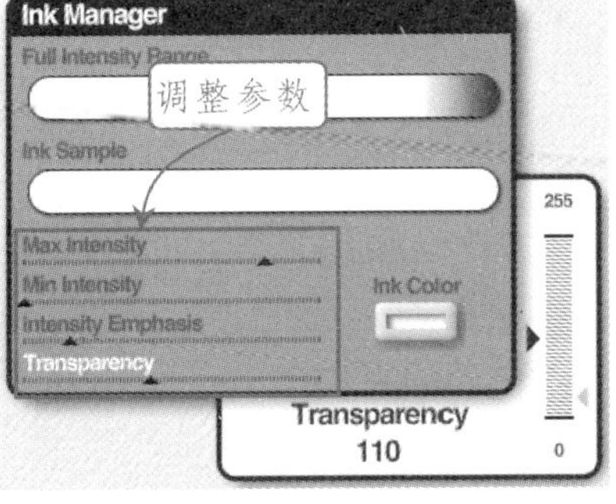

图 13-73　调整颜色的亮度

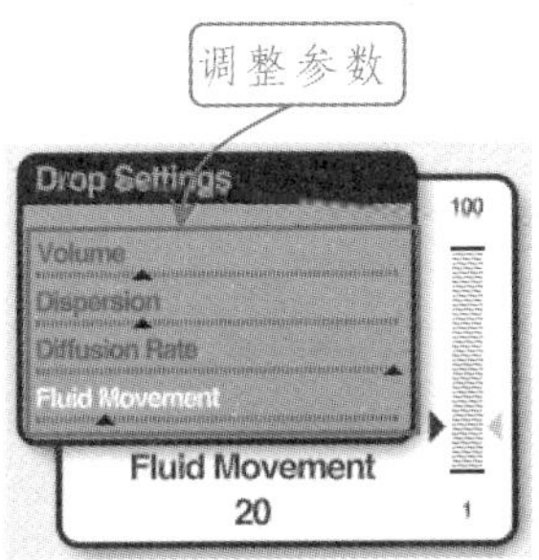

图 13-74　设置墨水效果

Step 6 在 Preview 窗口中，单击窗口右上角的按钮，在弹出的下拉菜单中选择 Large Preview 命令将图像窗口最大化，如图 13-75 所示。

Step 7 在 Preview 窗口中，单击“暂停”按钮，在 Preview 窗口中图像的山地区域多次单击，具体位置如图 13-76 所示。

Step 8 单击 Preview 窗口中的“播放”按钮，生成的图像效果如图 13-77 所示。在 KPT Ink Dropper 操作界面中单击按钮应用图像效果，返回图像文件窗口并对图像文件进行保存【源文件\第 13 章\山谷.jpg】。

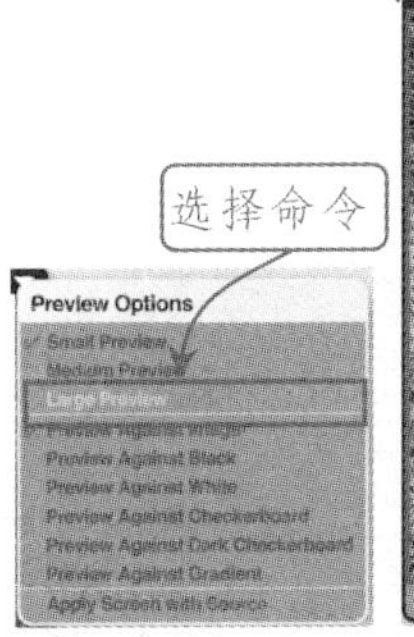

图 13-75　选择命令

图 13-76　添加效果

图 13-77　最终效果

13.4 综合实例——制作环保海报背景

使用“添加杂色”滤镜、“光照效果”滤镜和“镜头光晕”滤镜制作环保海报背景

滤镜是 PhotoShop CS4 中功能最丰富、效果最奇特的工具之一。通过前面的学习，读者应该了解了滤镜的使用方法，认识了自带的滤镜组和外挂滤镜等，下面将使用滤镜制作环保海报背景，完成后的效果如图 13-78 所示。

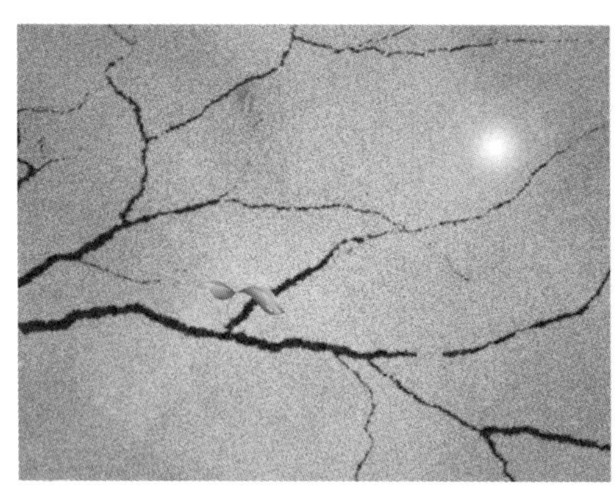

图 13-78　最终效果

制作思路

使用滤镜处理图像
- ①新建图像文件
- ②使用“添加杂色”滤镜和“光照效果”滤镜
- ③使用“镜头光晕”滤镜
- ④复制和变换树苗图像

其具体操作步骤如下：

Step 1 新建一个图像文件，宽度、高度和分辨率分别设置为 800 像素、600 像素、72 像素/英寸，颜色模式设置为“RGB 颜色”模式。

Step 2 在“图层”控制面板中单击“创建新图层”按钮，新建“图层 1”，设置前景色为黄色（#bb8354），背景色为褐色（#885230），选择【滤镜】/【渲染】/【云彩】命令，效果如图 13-79 所示。

Step 3 选择【滤镜】/【杂色】/【添加杂色】命令，在打开的“添加杂色”对话框中按如图 13-80 所示进行参数设置，然后单击 确定 按钮。

图 13-79　使用“云彩”滤镜

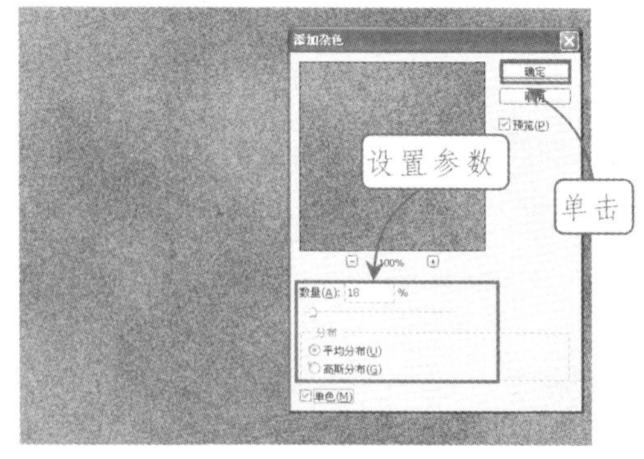

图 13-80　使用“添加杂色”滤镜

Step 4 选择【滤镜】/【渲染】/【光照效果】命令，在打开的“光照效果”对话框中按照如图 13-81 所示设置参数，然后单击 确定 按钮，得到画面效果如图 13-82 所示。

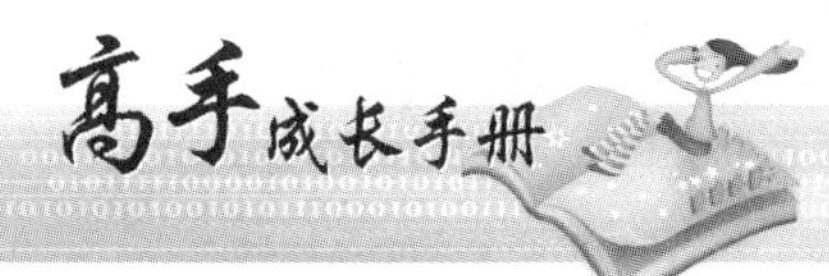

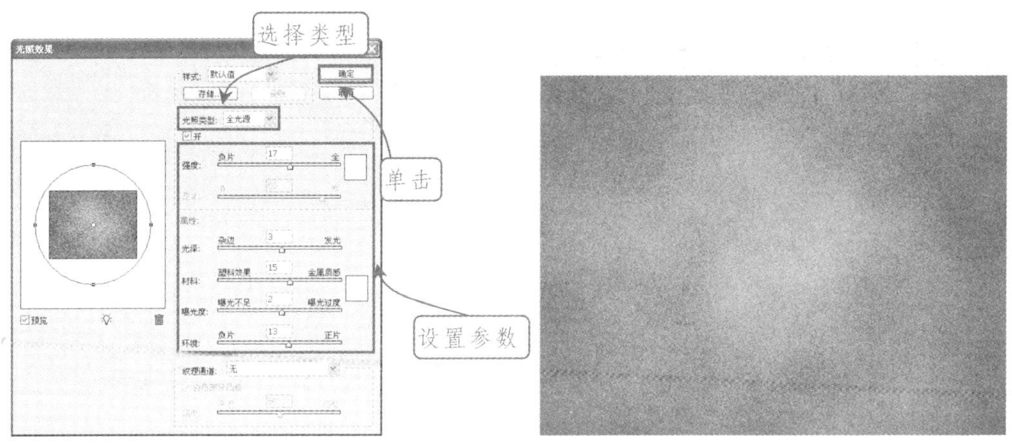

图 13-81 “光照效果”对话框　　　图 13-82 使用“光照效果”滤镜

Step 5 打开“纹理.jpg”图像文件【素材\第 13 章\纹理.jpg】，选择黑色纹理区域并将其移至图像文件中，按【Ctrl+T】组合键调出自由变形框，按住【Shift】键拖动自由变形框并顺时针旋转，确认操作，效果如图 13-83 所示。

Step 6 选择【滤镜】/【渲染】/【镜头光晕】命令，在打开的“镜头光晕”对话框中按照图 13-84 所示对参数进行设置，然后单击 确定 按钮。

Step 7 打开“树苗.jpg”图像文件【素材\第 13 章\树苗.jpg】，选择树苗图像所在区域，将其移至图像文件中并调整其大小、旋转角度和位置，完成后的最终效果如图 13-78 所示【源文件\第 13 章\环保海报背景.psd】。

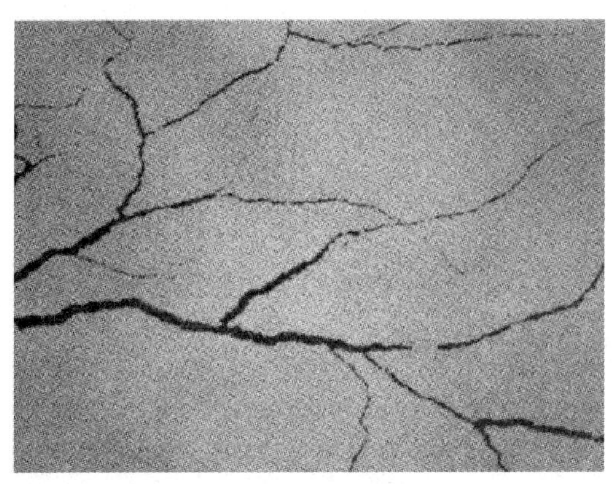

图 13-83 复制图像

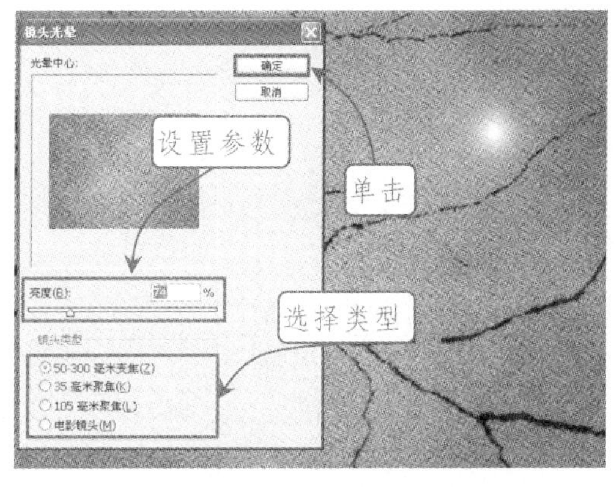

图 13-84 使用“镜头光晕”滤镜

13.5 大显身手

本章应重点掌握在 Photoshop CS4 中滤镜组和外挂滤镜的相关知识

打开如图 13-85 所示的“荷塘.jpg”图像文件【素材\第 13 章\荷塘.jpg】，使用“添加杂色”滤镜和“动感模糊”滤镜为图像添加下雨效果，如图 13-86 所示【源文件\第 13 章\雨中荷塘.psd】。

图 13-85　打开图像

图 13-86　最终效果

电脑急救箱

运用本章知识时若遇到有关滤镜的各种问题，别着急，打开电脑急救箱看看吧

Q 在执行滤镜的过程中，如果要中止滤镜的执行，该如何操作？如果在滤镜设置窗口中对自己调节的效果感觉不满意，希望恢复到调节前的参数，又该如何操作？

A 有些很复杂的滤镜或者要应用滤镜的图像尺寸很大，执行滤镜操作需要很长时间，如果想结束正在生成的滤镜效果，按【Esc】键即可。在滤镜窗口中按住【Alt】键时，取消按钮会变为复位按钮，单击该按钮就可以将参数重置为调节前的状态。

Q 在使用外挂滤镜时，发现要设置的参数很多，有没有快速为图像运用滤镜效果的简便方法呢？

A 外挂滤镜的使用方法与系统自带的滤镜使用方法一样，不过不同的外挂滤镜具有不同的工作界面，当打开相应滤镜的工作界面时，单击工作界面左下角的按钮，在弹出的下拉列表中提供了多种滤镜效果，选择相应的效果后，在预览窗口可看见使用滤镜之后的图像效果，如果对该效果满意，即可单击按钮返回操作界面，再次单击按钮返回图像文件窗口。

第 14 章 视频与动画

本章要点

- 了解视频和动画功能
- 创建和导入视频与图像
- 创建动画
- 预览和导出视频与动画

在 Photoshop CS4 中可以创建视频文件，也可以通过修改图像图层来产生运动和变化的效果，从而创建基于帧的动画。另外，还可以导入要进行编辑和修饰的视频文件和图像序列，创建基于时间轴的动画并将所做的工作导出为 QuickTime、动画 GIF 或图像序列。完成编辑后，可以将其存储为 GIF 动画文件或 PSD 文件，本章将对这些内容进行详细讲解。

14.1 项目观察——导入和输出视频文件

初步了解和掌握在 Photoshop CS4 中导入视频文件并将其输出为网页的方法

在 Photoshop CS4 中可以通过导入的方法将视频文件添加到当前图像文件或新建的空白文件中。添加到文件中后，可以直接保存文件或将其输出为网页以方便其他人浏览和观看，下面将“游乐园.avi”导入并输出为网页，效果如图 14-1 所示。

图 14-1 “游乐园.html”最终效果

下面先导入视频文件，然后将其输出为网页，其具体操作步骤如下：

Step 1 在 Photoshop CS4 中选择【文件】/【导入】/【视频帧到图层】命令打开“载入”对话框。在“查找范围”下拉列表框中选择文件保存的位置，在“文件类型”下拉列表框中选择“QuickTime 影片”选项，选择需要打开的视频文件“游乐园.avi”【素材\第 14 章\游乐园.avi】，单击 载入(L) 按钮，如图 14-2 所示。

Step 2 在打开的“将视频导入图层”对话框中选中 ☑限制为每隔(L) 复选框，在其后的文本框中输入 10，如图 14-3 所示，单击 确定 按钮将视频文件导入。

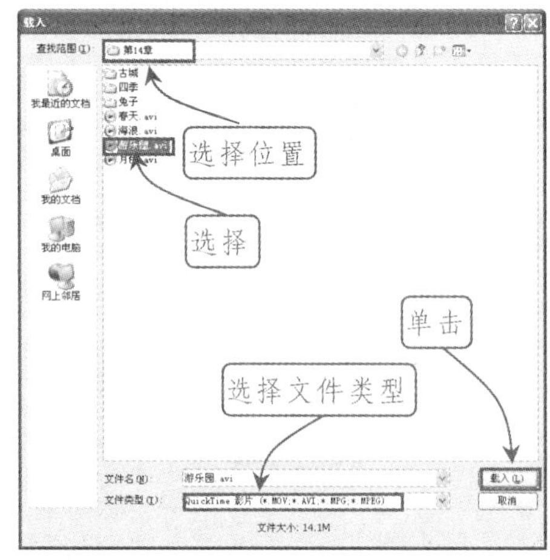

图 14-2 打开“载入”对话框

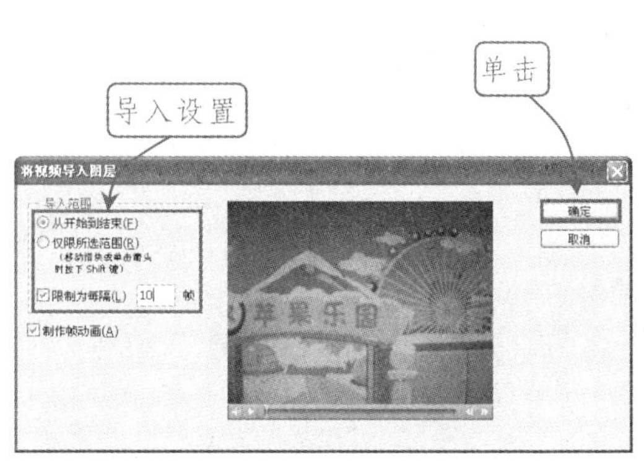

图 14-3 导入视频文件

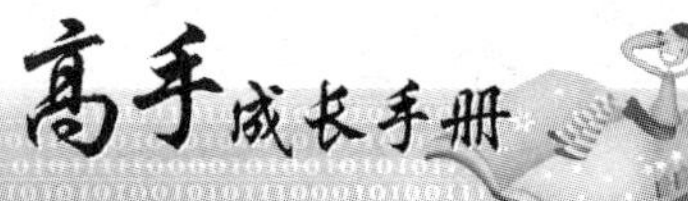

Step 3 按【Shift+Ctrl+S】组合键，在打开的对话框中保存动画文档【源文件\第 14 章\游乐园.psd】，按【Alt+Shift+Ctrl+S】组合键打开“存储为 Web 和设备所用格式”对话框，单击“四联”标签对图像做最大的优化处理，如图 14-4 所示。

Step 4 单击 存储 按钮，在打开的对话框中将保存类型设置为.html，指定一个存储文件名【源文件\第 14 章\游乐园.HTML】，单击 保存(S) 按钮即可，如图 14-5 所示。

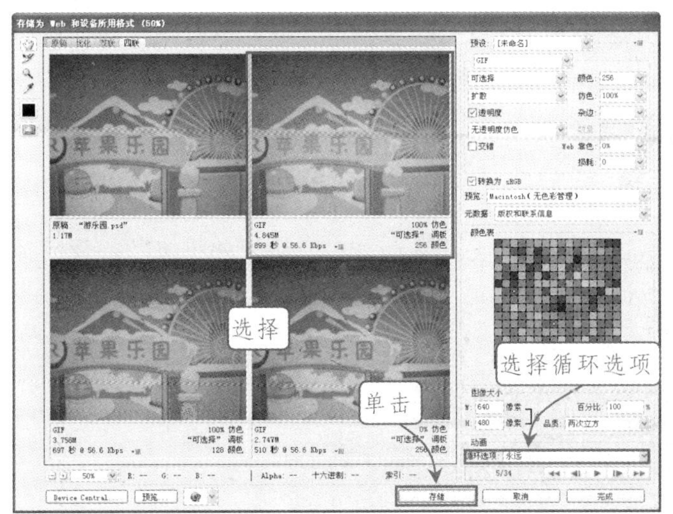

图 14-4　优化视频文件

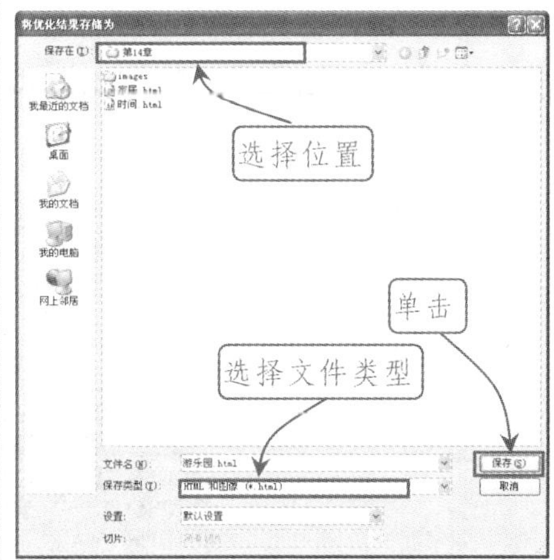

图 14-5　输出为网页

Step 5 打开动画文件保存的文件夹，双击“游乐园.html”文件，即可在打开的网页浏览器中观看动画的播放效果，如图 14-1 所示。

视频文件通常只能通过播放器浏览，通过将视频文件导入 Photoshop CS4 中并输出到网页中方便了视频文件的传播，在将其载入的过程中，还能以帧动画的形式载入，并可以在“动画”控制面板中浏览每一帧的状态。下面将详细讲解视频与动画的相关知识。

14.2 了解视频和动画功能

了解视频和动画功能是创建视频和动画的前提

在创建视频和动画之前，需要对视频和视频图层的相关概念进行了解。创建视频和动画之后，可以通过“动画”控制面板进行查看。

14.2.1 视频和视频图层

在日常生活中，通过用相机拍摄可以获得一些视频文件，在 Photoshop CS4 中，可以打开多种格式的视频文件和图像序列，包括 QuickTime、MPEG-1（.mpg 或.mpeg）、MPEG-4（.mp4 或.m4v）、MOV、AVI 等视频文件格式和 BMP、DICOM、JPEG、OpenEXR、PNG、PSD、TIFF 等图像序列格式。

将视频文件或图像序列导入 Photoshop CS4 中后会建立一个视频图层，也可以选择【图层】/【视频图层】/【从文件新建视频图层】命令或【图层】/【视频图层】/【新建空白视频图层】命令创建视频图层。通过调整混合模式、不透明度、位置和图层样式，可以像使用常规图层一样使用视频图层。

14.2.2 “动画”控制面板概述

动画是在一段时间内显示的一系列图像或帧，每一帧较前一帧都有轻微的变化，当连续、快速地显示这些帧时就会产生运动或其他变化的效果。在 Photoshop CS4 中，选择【窗口】/【动画】命令可打开“动画”控制面板。

1. 帧模式下的“动画”控制面板

在“动画”控制面板中动画以帧模式显示时，将显示动画中每个帧的缩览图。使用控制面板底部的工具可浏览各个帧，设置循环选项，添加和删除帧及预览动画等，“动画”控制面板如图 14-6 所示。

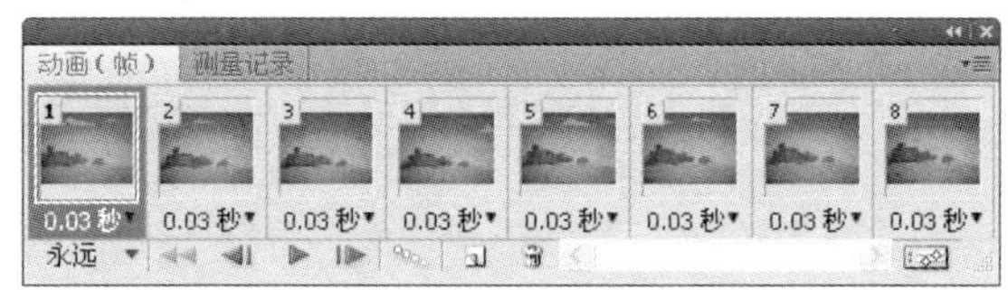

图 14-6 帧模式下的“动画”控制面板

在帧模式下的“动画”控制面板中，各按钮的含义和作用分别介绍如下：

- 帧延迟时间：设置帧在回放过程中的持续时间。
- 循环选项：通过“选择第一帧”按钮、“选择上一帧”按钮、“播放动画”按钮和“选择下一帧”按钮，可设置动画在作为动画 GIF 文件导出时的播放次数。
- “过渡动画帧”按钮：单击该按钮可在两个现有帧之间添加一系列帧，通过插值方法（改变）使新帧之间的图层属性均匀。
- “复制所选帧”按钮：单击该按钮可通过复制“动画”控制面板中的选定帧以向动画中添加帧。
- “转换为时间轴动画”按钮：单击该按钮可将图层属性表示为动画的关键帧，将帧动画转换为时间轴动画。

指点迷津

理想情况下，在启动动画之前，应选择所需的模式。但是，也可以在打开的文件中切换动画模式，将帧动画转换为时间轴动画，或将时间轴动画转换为帧动画。

2. 时间轴模式下的“动画”控制面板

如果当前“动画”控制面板中的动画以帧模式显示，单击“转换为时间轴动画”按钮

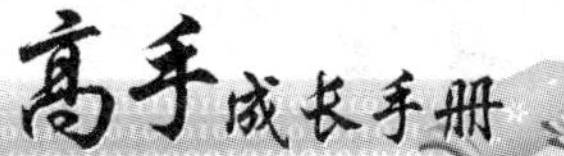

可转换为时间轴模式，如图 14-7 所示。时间轴模式显示文件图层的帧持续时间和动画属性。使用控制面板底部的工具可浏览各个帧，放大或缩小时间显示，切换洋葱皮模式，删除关键帧和预览视频。可以使用时间轴自身的控件调整图层的帧持续时间，设置图层属性的关键帧并将视频的某一部分指定为工作区域。

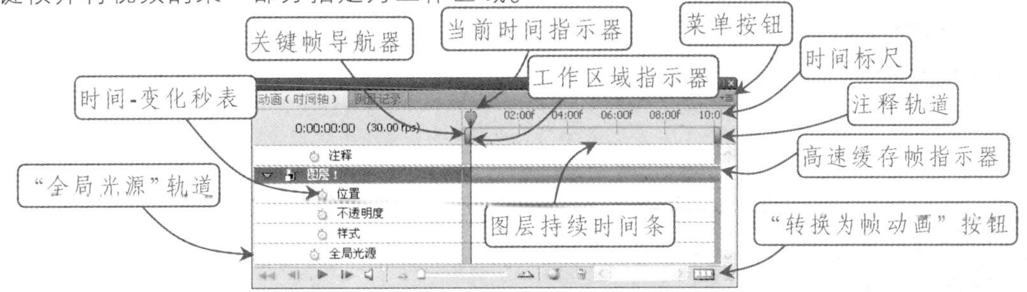

图 14-7 时间轴模式的"动画"控制面板

在时间轴模式中，"动画"控制面板包含下列功能和控件：

- 高速缓存帧指示器：显示一个绿条以指示进行高速缓存以便回放的帧。
- 注释轨道：从控制面板菜单中选择"编辑时间轴注释"命令可在当前时间处插入文字注释。注释将以■图标的形式显示在注释轨道中，在这些图标上移动鼠标指针可以通过工具提示的方式显示注释。双击这些图标可修改注释。单击位于注释轨道最左侧的"转到上一个"按钮◀或"转到下一个"按钮▶可从一个注释浏览下一个注释。
- "转换为帧动画"按钮▭：用于将帧动画的关键帧转换时间轴动画。

指点迷津

单击"动画"控制面板右上角的▤按钮，选择"面板选项"命令，在打开的"动画面板选项"对话框中选中⊙帧号(E)或⊙时间码(T)单选按钮可设置时间轴显示单位。

- 当前时间指示器▼：拖动当前时间指示器可浏览帧或更改当前时间或帧。
- "全局光源"轨道：显示要在其中设置和更改图层效果（如投影、内阴影及斜面和浮雕）的主光照角度的关键帧。
- 关键帧导航器：单击轨道标签左侧的按钮可将当前时间指示器从当前位置移到上一个或下一个关键帧。单击中间的按钮可添加或删除当前时间的关键帧。
- 图层持续时间条：指定图层在视频或动画中的时间位置。拖动该时间条将图层移动到其他时间位置，拖动该时间条的任意一端可裁切图层（调整图层的持续时间）。
- 时间标尺：根据文件的持续时间和帧速率，水平测量持续时间（或帧计数）。（从控制面板菜单中选择"文档设置"命令以更改持续时间或帧速率。）标尺上将显示刻度线和数字，其间距随时间轴缩放设置的改变而变化。
- 时间-变化秒表◎：选择此选项可插入关键帧并启用图层属性的关键帧设置。取消选择可移去所有关键帧并停用图层属性的关键帧设置。

- “动画”控制面板菜单按钮：单击该按钮，在弹出的下拉菜单中选择命令可设置包含影响关键帧、图层、面板外观、洋葱皮和文档设置的功能。
- 工作区域指示器：拖动位于顶部轨道任一端的蓝色标签，可标记要预览或导出的动画或视频的特定部分。

指点迷津

在时间轴模式中，“动画”控制面板显示 Photoshop CS4 图像文件中背景图层除外的每个图层，并与“图层”控制面板同步。只要添加、删除、重命名、复制图层或者对图层编组或分配颜色，就会在两个控制面板中同时更新所做的更改。

14.3 创建空白视频图像

创建空白视频图像和创建空白图像文件的方法类似

Photoshop CS4 可以根据需要创建各种长宽比的空白视频图像，以便它们能够在视频显示器上正确显示。在创建视频图像时，在“新建”对话框中可以选择特定的视频选项以便对将最终图像合并到视频中时进行的缩放提供补偿。

14.3.1 设置视频图像长宽比

在创建视频图像时，可以根据 Photoshop CS4 中提供的“像素长宽比校正”的查看模式，按指定的长宽比显示创建的视频图像。

1. 像素长宽比和帧长宽比

像素长宽比用于描述帧中的单一像素的宽度与高度的比例，不同的视频标准使用不同的像素长宽比。例如，一些电脑视频标准将 4:3 长宽比帧定义为 640 像素（宽）x 480 像素（高），这将产生方形像素，在此示例中，电脑视频像素的像素长宽比为 1:1（方形），而 DV NTSC 像素的像素长宽比为 0.91（非方形）。DV 像素（总是为矩形）在生成 NTSC 视频的系统中采用垂直方向，而在生成 PAL 视频的系统中采用水平方向。

帧长宽比用于描述图像的尺寸中宽度与高度的比例。例如，DV NTSC 的帧长宽比为 4:3，而典型的宽屏幕帧的帧长宽比为 16:9。某些视频相机可以录制各种帧长宽比。许多具有宽屏幕模式的相机可以使用 16:9 的长宽比。很多专业影片在拍摄时甚至使用更大的长宽比。

在方形像素长宽比为 4:3 的（电脑）显示器上显示的方形像素长宽比为 4:3 的图像如图 14-8 所示；针对在非方形像素长宽比为 4:3 的（电视机）显示器上显示而解释正确的方形像素长宽比为 4:3 的图像如图 14-9 所示；针对在非方形像素长宽比为 4:3 的（电视机）显示器上显示而解释错误的方形像素长宽比为 4:3 的图像如图 14-10 所示。

图 14-8　在电脑显示器上显示图像

图 14-9　解释正确的图像

图 14-10　解释错误的图像

2. 调整像素长宽比

像素长宽比建立以后，并不是一成不变的，如果对当前文档的像素长宽比不满意，可对其进行调整。既可以在当前文件中创建自定像素长宽比，也可以删除或复位之前为文件指定的像素长宽比。

- 为当前文件指定像素长宽比：在打开的文件中，选择【视图】/【像素长宽比】命令，然后选择与将用于 Photoshop CS4 文件的视频格式兼容的像素长宽比。
- 创建自定像素长宽比：在打开的文件中，选择【视图】/【像素长宽比】/【自定像素长宽比】命令。在打开的"存储像素长宽比"对话框的"因子"文本框中输入一个值，在"名称"文本框中输入"自定像素长宽比"后单击 确定 按钮，新的自定像素长宽比将显示在"新建"对话框的"像素长宽比"下拉列表中和【视图】/【像素长宽比】菜单中。
- 删除像素长宽比：在打开的文件中，选择【视图】/【像素长宽比】/【删除像素长宽比】命令，在打开的"删除像素长宽比"对话框中，从"像素长宽比"下拉列表框中选择要删除的项目，然后单击 删除 按钮即可。
- 复位像素长宽比：在打开的文件中，选择【视图】/【像素长宽比】/【复位像素长宽比】命令。在打开的对话框中，单击 追加(A) 按钮可将当前的像素长宽比替换为默认值及任何自定像素长宽比。如果删除了默认值并希望将其恢复到菜单中，但还希望保留所有自定值，则此选项是很有用的。单击 确定 按钮可将当前的像素长宽比替换为默认值。单击 取消 按钮将扔掉自定像素长宽比，取消该命令。

14.3.2 创建视频图像

在了解了视频图像的一些基本概念后，就可以根据需要创建视频图像了，创建视频图像的方法很简单，下面在 Photoshop CS4 中创建视频图像，其具体操作步骤如下：

Step 1　选择【文件】/【新建】命令打开"新建"对话框。

Step 2　在"新建"对话框的"预设"下拉列表框中选择"胶片和视频"选项。

Step 3　在"大小"下拉列表框中选择适合用于显示图像的视频系统的大小，单击"高级"按钮 高级 可进一步以指定颜色配置文件和特定的像素长宽比，如图 14-11 所示，单击 确定 按钮即可创建视频图像。

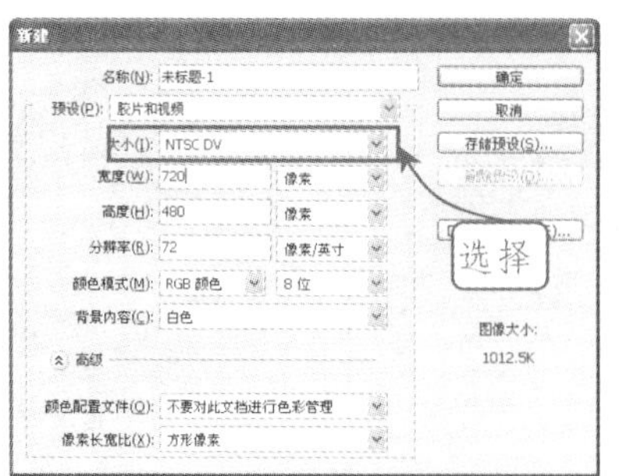

图 14-11　创建视频图像

指点迷津

默认情况下，在打开非方形像素文件时，“像素长宽比校正”命令处于启用状态。此设置会对图像进行缩放，和图像在视频显示器上显示的状态一样。

14.4 导入视频文件和图像

导入视频文件和序列图像可以快速创建视频图像文档

如果电脑中有已经拍摄制作好的视频文件或具有相同像素尺寸大小的图像序列文件，可以将其导入 Photoshop CS4 中。

14.4.1 打开或导入视频文件

在 Photoshop CS4 中，可以直接打开视频文件或向打开的文件添加视频。导入视频时，将在视频图层中引用图像帧。要打开视频文件，可选择【文件】/【打开】命令，在打开的“打开”对话框的“文件类型”下拉列表框中，选择“所有格式”或“QuickTime 影片”选项，选择一个视频文件，然后单击 打开(O) 按钮即可，如图 14-12 所示。要将视频导入已打开的文件中，可选择【图层】/【视频图层】/【从文件新建视频图层】命令，在打开的“添加视频图层”对话框中使用同样的方法选择一个视频文件，然后单击 打开(O) 按钮即可，如图 14-13 所示。

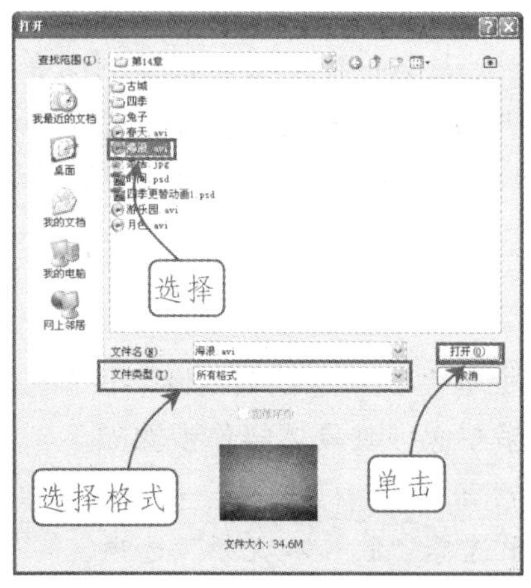

图 14-12　打开视频文件

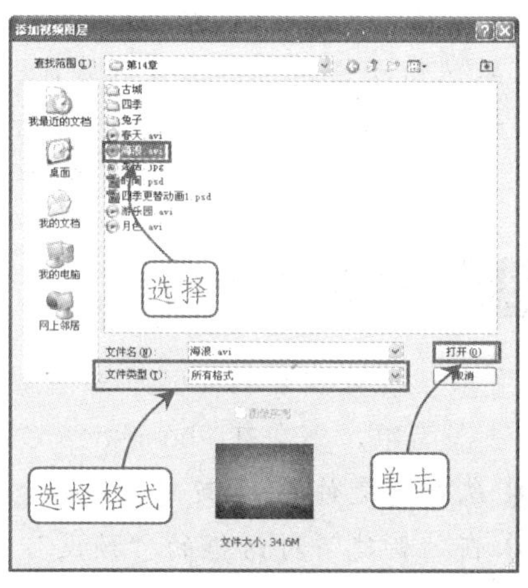

图 14-13　“添加视频图层”对话框

要将视频文件导入 Photoshop CS4 中并新建图像文件，可选择【文件】/【导入】/【视频帧到图层】命令，在打开的如图 14-14 所示的“载入”对话框的“文件类型”下拉列表框中，选择需要打开的视频文件，单击 载入(L) 按钮，在打开的如图 14-15 所示“将视频导入图层”对话框中对导入参数进行设置后，单击 确定 按钮即可将视频文件导入。

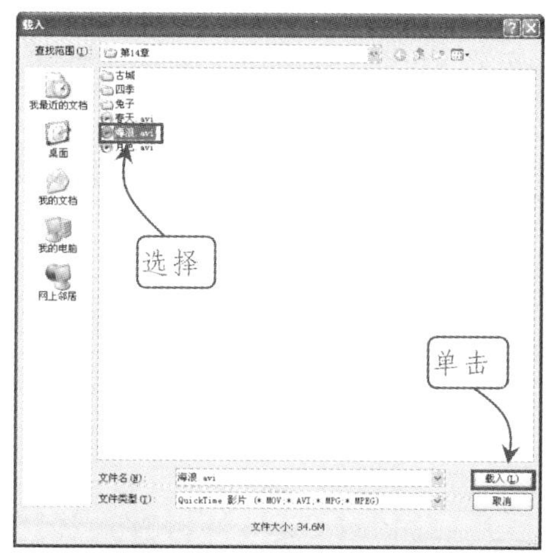

图 14-14　“载入”对话框

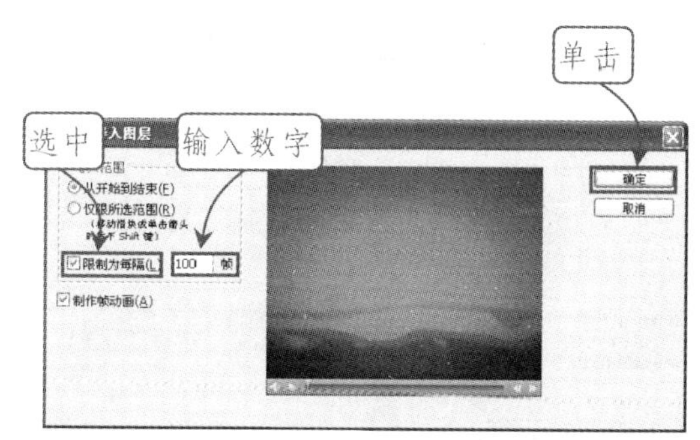

图 14-15　“将视频导入图层”对话框

指点迷津

在 Bridge 中选择视频文件后，选择【文件】/【打开方式】/【Adobe Photoshop CS4】命令可直接打开视频文件。

14.4.2 导入图像

当导入包含序列图像文件的文件夹时，每个图像都会变成视频图层中的帧。在进行导入图像操作前，应确保图像文件位于一个文件夹中，所有的文件都应该具有相同的像素尺寸，并按照字母或数字顺序命名文件，如将文件命名为 filename001、filename002、filename003 等。下面导入电脑中的图像文件，其具体操作步骤如下：

Step 1 选择【文件】/【打开】命令打开“打开”对话框。

Step 2 在“查找范围”下拉列表框中选择包含图像序列文件的文件夹，在下方的列表框中选择一个文件，这里选择“1.jpg”【素材\第 14 章\古城\1.jpg】，选中 ☑图像序列 复选框，然后单击 打开(O) 按钮，如图 14-16 所示。

Step 3 在打开的“帧速率”对话框中指定帧速率，然后单击 确定 按钮即可将图像序列导入到新建的图像文件窗口中，效果如图 14-17 所示。

指点迷津

如果要将图像序列导入打开的文件中，可选择【图层】/【视频图层】/【从文件新建视频图层】命令，在打开的“添加视频图层”对话框中使用同样的方法进行操作即可。

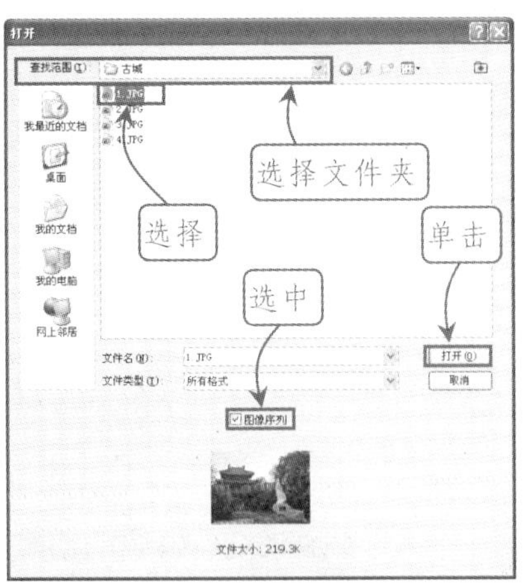

图 14-16 选择图像文件

图 14-17 导入图像序列

14.4.3 置入视频或图像序列

如果要对导入文件中的视频或图像序列进行变换，可将视频或图像序列置入当前图像文件中，一旦置入，视频帧就包含在智能对象中。置入视频文件的具体操作步骤如下：

Step 1 在打开的图像文件或空白文件中，选择【文件】/【置入】命令。

Step 2 在打开的"置入"对话框中，选择一个视频文件或选择图像序列中的一个文件，选中☑图像序列复选框，这里选择"月色.avi"视频文件【素材\第 14 章\月色.avi】，如图 14-18 所示，单击 置入 按钮。

Step 3 使用控制点来缩放、旋转、移动导入内容或使其变形，按【Enter】键或单击工具属性栏中的"进行变换"按钮✓以确定置入文件，效果如图 14-19 所示。

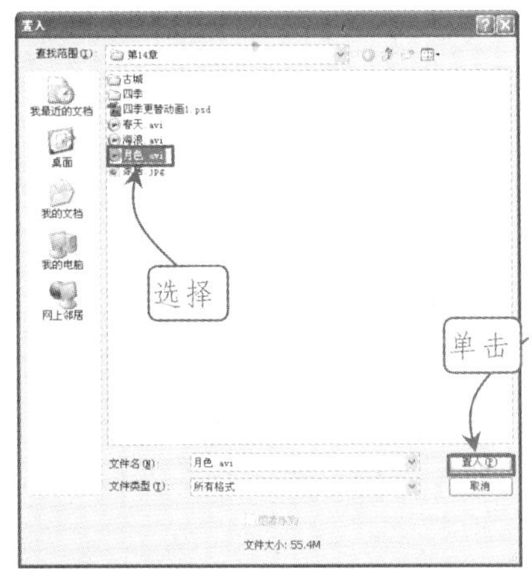

图 14-18 选择视频文件

图 14-19 置入文件后的效果

指点迷津

在打开的 Bridge 窗口中，选择视频文件，然后选择【文件】/【置入】/【在 Photoshop 中】可直接从 Adobe Bridge CS4 置入视频。

14.4.4 在视频中重新载入或替换素材

如果在不同的应用程序中修改视频图层的源文件，则当打开包含引用更改的源文件的视频图层的文档时，Photoshop CS4 中通常会重新载入并更新素材。如果已打开并且修改源文件，则使用“重新载入帧”命令可以在“动画”控制面板中重新载入和更新当前帧。使用“动画”控制面板中的“选择第一帧”按钮、“选择上一帧”按钮、“播放动画”按钮浏览视频图层时，也需要重新载入并更新素材。

当移动或重命名源文件时，Photoshop CS4 也会试图保持视频图层和源文件之间的链接。如果链接由于某种原因断开，“图层”控制面板中的图层上会显示警告图标。要重新建立视频图层与源文件之间的链接，需要替换素材。该命令还可以用其他视频或图像序列源中的帧替换视频图层中的视频或图像序列帧。下面在视频中重新载入或替换素材，其具体操作步骤如下：

Step 1 在“动画”或“图层”控制面板中，选择要重新链接到源文件或替换内容的视频图层。选择【图层】/【视频图层】/【替换素材】命令。

Step 2 在打开的“替换素材”对话框中，选择视频或图像序列文件，然后单击 打开(O) 按钮即可替换素材，如图 14-20 所示。

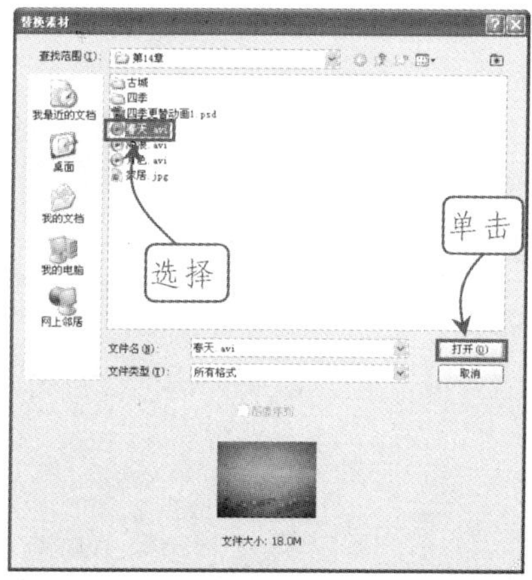

图 14-20 “替换素材”对话框

14.5 创建动画

创建动画需要结合“图层”控制面板和“动画”控制面板进行操作

动画就是指将若干个图像按设置好的顺序在一定的时间段内连续显示，由于人眼具有看事物的滞后性，所以连续显示的图像就像一个图像在不断变化。在 Photoshop CS4 中，可以将每个图层看做一个独立的图像，如果将每个图层按一定的时间先后顺序显示出来，就完成了网页动画的制作。下面以通过在相同的位置粘贴不同的图像制作四季更替动画为例，来介绍动画的制作过程，其具体操作步骤如下：

Step 1 打开“家居.jpg”图像文件【素材\第 14 章\家居.jpg】，选择工具箱中的快速选择工具，选择窗户区域，如图 14-21 所示。

Step 2 打开“春天.jpg”图像文件【素材\第 14 章\四季\春天.jpg】，将其置为当前图像文件，按【Ctrl+A】组合键选择图像，如图 14-22 所示，按【Ctrl+C】组合键复制选区内的图像。

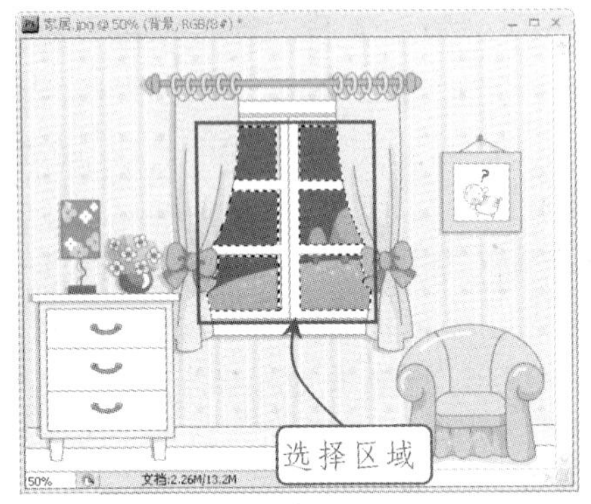

图 14-21 选择图像区域

图 14-22 复制图像

Step 3 切换到“家居.jpg”图像文件窗口，选择【编辑】/【贴入】命令，系统自动将复制的图像粘贴到窗户选区内，如图 14-23 所示，此时在“图层”控制面板中将生成一个具有蒙版的图层。

Step 4 使用 Step1~Step3 的方法将“夏天.jpg”、“秋天.jpg”、“冬天.jpg”图像文件【素材\第 14 章\四季\夏天.jpg、秋天.jpg、冬天.jpg】粘贴到“家居.jpg”图像文件窗口中，系统自动生成“图层 2”至“图层 4”，如图 14-24 所示。

图 14-23 贴入图像

图 14-24 继续贴入图像

Step 5 选择【窗口】/【动画】命令，打开“动画”控制面板，单击“动画”控制面板底部的“复制所选帧”按钮，以复制创建第 2 帧，然后在“图层”控制面板中关闭“图层 2”~“图层 4”，只显示“背景”图层和“图层 1”，如图 14-25 所示。

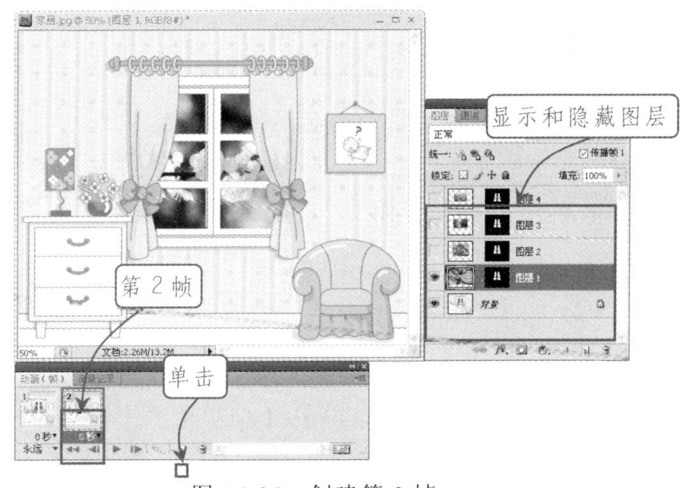

图 14-25　创建第 2 帧

Step 6 单击“动画”控制面板底部的“复制所选帧”按钮，以复制创建第 3 帧，然后在“图层”控制面板显示“图层 2”。

Step 7 使用同样的方法创建第 4 帧和第 5 帧，当创建第 5 帧后，“图层”控制面板中将显示所有图层，如图 14-26 所示，这时动画已经创建完成【源文件\第 14 章\四季更替动画 1.psd】。

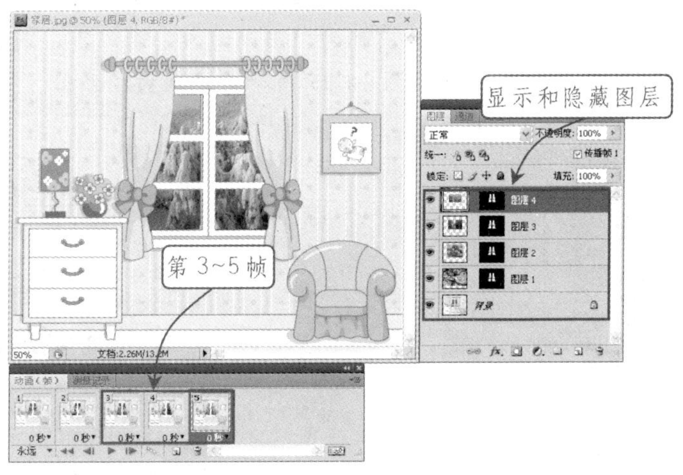

图 14-26　完成动画的创建

14.6 预览和导出视频与动画

创建视频图像文件和动画后，可对其播放效果进行预览并将其导出

在创建视频与动画后，通过预览可以观察视频与动画的播放状态并对错误的地方及时进行修改，确认无误后即可将其导出供他人欣赏。

14.6.1 预览视频和动画

Photoshop CS4 会使用 RAM 在编辑会话期间预览视频或动画。当播放帧或拖动以预览帧时，将自动对这些帧进行高速缓存以便在下一次播放它们时能够更快地回放。“动画”控制面板的工作区域中的绿条指示高速缓存的帧，高速缓存的帧的数目取决于 Photoshop CS4 可用的内存量。

1. 预览视频

为了获得更好的视频播放效果，在输出视频文件以前，还可以对视频进行预览。在连接视频设备的情况下，选择【文件】/【导出】/【视频预览】命令，在打开的“视频预览”对话框进行设置后单击 确定 按钮可直接在显示设备（如视频显示器）上对视频文件进行准确的预览。如果没有连接好显示设备，则在打开的“视频预览”对话框中会提示用户未连接设备。

2. 预览动画

网页动画的各个帧编辑完成后，应即时进行预览以观察动画放映效果，根据放映结果设置适当的播放速度，下面以前面制作的动画为例，预览动画的播放效果，其具体操作步骤如下：

Step 1 打开“四季更替动画 1.psd”图像文件【素材\第 14 章\四季更替动画 1.psd】，在打开的“动画”控制面板中，单击底部的“播放动画”按钮 ▶，可在图像窗口中预览动画的播放情况，如图 14-27 和图 14-28 所示为分别播放到第 3 帧和第 4 帧时的效果。

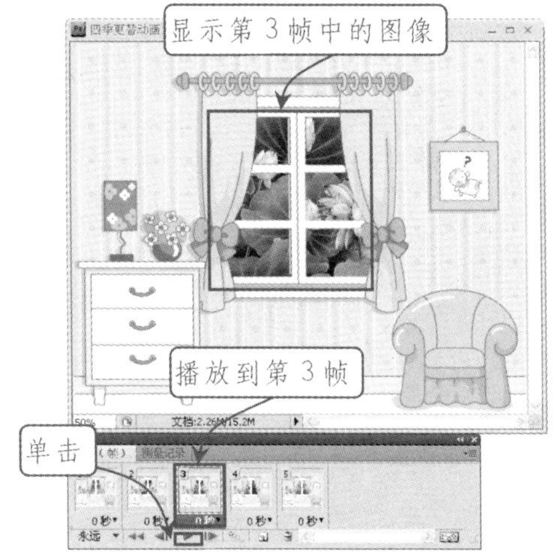

图 14-27　第 3 帧播放效果

图 14-28　第 4 帧播放效果

Step 2 通过上一步的动画播放，可以观察到图像窗口中窗户处的图像效果变化太快，应通过设置使它们放慢变化。单击“停止播放”按钮 ■，停止播放动画。

Step 3 单击“动画”控制面板右上角的 按钮，在弹出的下拉菜单中选择“选择全部帧”命令，选择所有的动画帧。

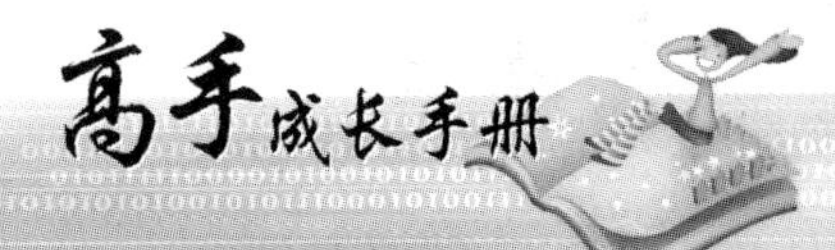

Step 4 单击任意一帧底部的 0秒▾ 按钮，在弹出的下拉列表框中选择 2.0 选项，如图 14-29 所示。再次单击“动画”控制面板底部的“播放动画”按钮 ▶，可以看到图像窗口中动画的播放速度已经变慢【源文件\第 14 章\四季更替动画 1.psd】。

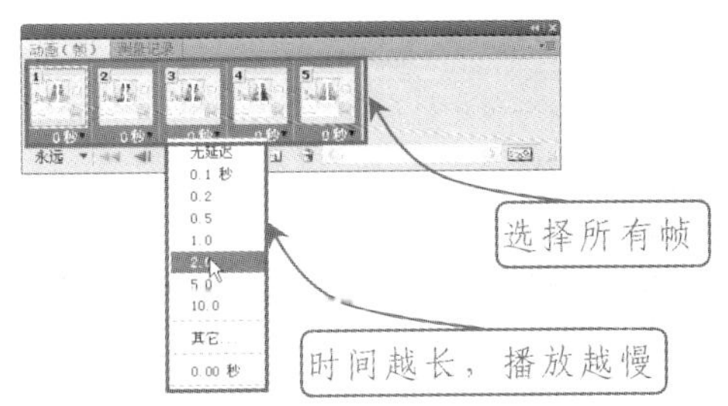

图 14-29　设置动画帧每帧播放时间

14.6.2 导出视频和动画

将视频和动画存储为 PSD 文件的方法与存储其他图像文件的方法一样，如果想要通过网页浏览制作的动画，可以将视频或动画存储为 GIF 文件以便在 Web 上观看。如果视频文件或动画在编辑过程中使用了大量图片，可能导致浏览速度减慢，所以在存储前应对其进行优化处理，以减小其大小。其具体操作步骤如下：

Step 1 打开“四季更替动画 2.psd”图像文件【素材\第 14 章\四季更替动画 2.psd】，选择【文件】/【存储为 Web 和设备所用格式】命令打开“存储为 Web 和设备所用格式”对话框。

Step 2 单击“四联”标签，对图像做最大的优化处理，如图 14-30 所示。单击 存储 按钮，在打开的对话框中设置文件格式为.html，然后指定一个存储文件名【源文件\第 14 章\家居.html】，最后单击 保存(S) 按钮即可，如图 14-31 所示。

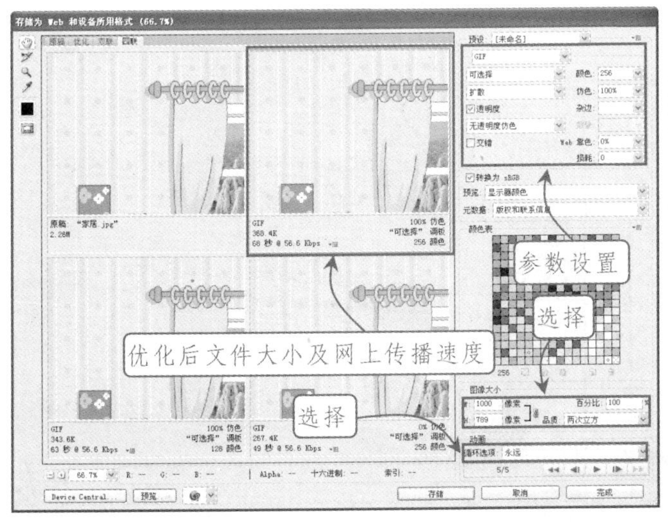

图 14-30　最大化优化处理

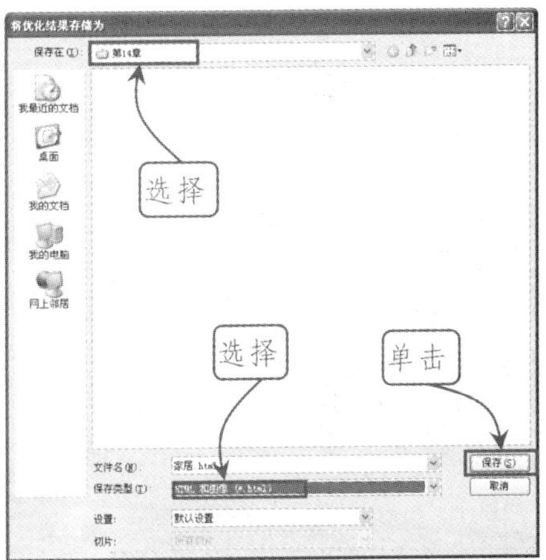

图 14-31　存储网页文件

Step 3 打开动画文件保存的文件夹，双击“家居.html”文件，即可在打开的网页浏览器中观看四季更替的动画效果，如图 14-32 所示为不同的帧上的动画效果。

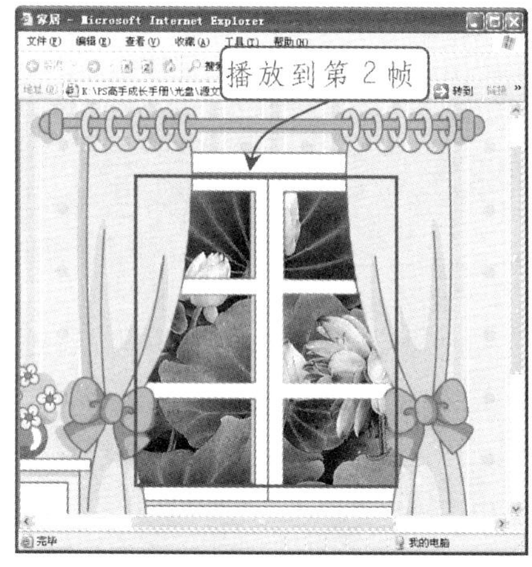

图 14-32　在浏览器中观看动画效果

14.7 综合实例——制作时间显示动画

在“动作”控制面板中通过调整每一帧的状态制作时间显示动画效果

前面了解了创建视频和动画并将其输出到网页中等知识。下面将制作时间显示动画，通过分针的走动表现时间从 3 点钟到 4 点钟的效果，然后将其输出到网页中，为了能够快速地看到动画播放的效果，在设置播放速度时将其设置为 2.0 s，和真实的时间显示会有一些差别，时间走动的显示效果分别如图 14-33 和图 14-34 所示。

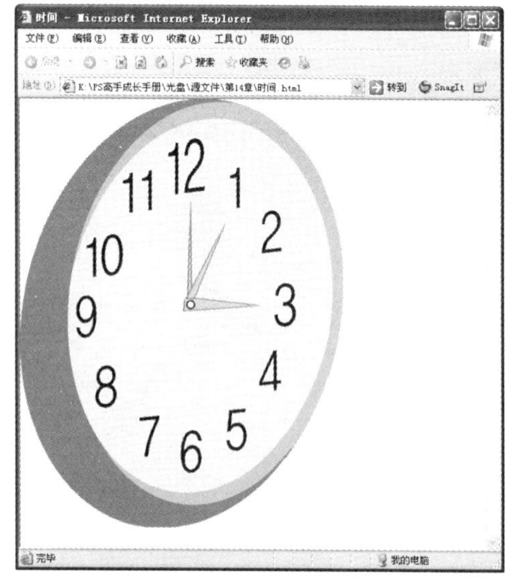

图 14-33　时间为 3:00 时的动画网页效果

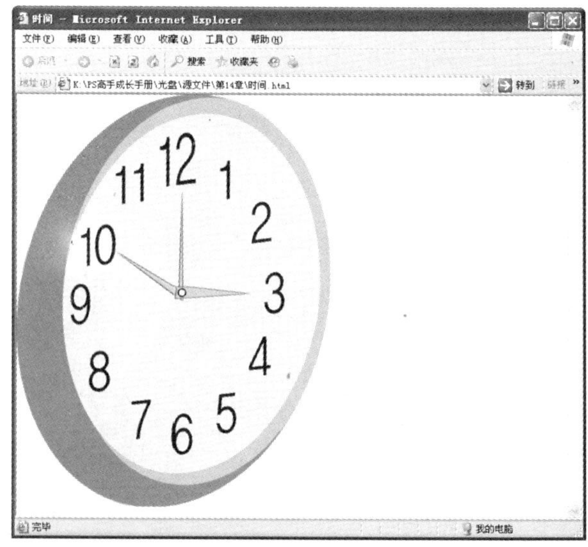

图 14-34　时间为 3:50 时的动画网页效果

第一步：设置图层
- ①复制图层
- ②设置图层旋转角度

第二步：创建并导出动画
- ③创建动画
- ④优化动画
- ⑤导出动画

时间显示主要是通过时针的走动完成，不同时间段上的时针指向的位置也不一样，所以在创建图层后还应对其进行旋转变换处理，其具体操作步骤如下：

Step 1 在 Photoshop CS4 中打开“时间.psd”图像文件【素材\第 14 章\时间.psd】，选择“分针”图层。按【Ctrl+J】组合键复制生成“分针副本”图层。

Step 2 按【Ctrl+T】组合键，拖动变换框中部的变换中心到分针和时针的相交处，如图 14-35 所示。

Step 3 在工具属性栏的△图标右侧的文本框中输入 25，然后按【Enter】键将复制的图层沿变换中心旋转 25°，效果如图 14-36 所示。

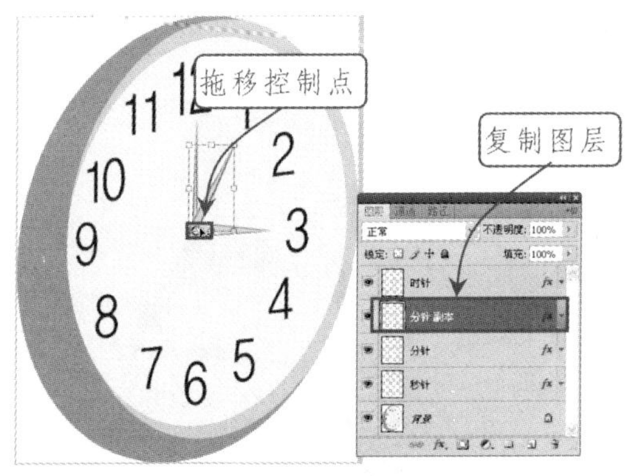

图 14-35 调整变换中心

图 14-36 旋转复制图像

Step 4 按照 Step2 和 Step3 的方法复制“分针副本 2”～“分针副本 11”图层，并根据具体情况调整图层的角度，完成后的效果如图 14-37 所示。

Step 5 选择“时针”图层，按【Ctrl+J】组合键复制生成“时针副本”图层，使用同样的方法对其角度进行调整。

Step 6 选择【窗口】/【动画】命令，打开“动画”控制面板。在“图层”控制面板中隐藏除“背景”、“时针”、“分针”和“秒针”图层外的所有图层，如图 14-38 所示。

Step 7 单击“动画”控制面板底部的 按钮创建第 2 帧，然后关闭“分针”图层，并且显示上面的“分针副本”图层，如图 14-39 所示。

Step8 按照Step6的操作方法，依次创建第3～13帧，并依次关闭当前图层而显示上一层，直至显示“分针副本11”图层为止，隐藏“时针”图层，显示“时针副本”图层，如图14-40所示。

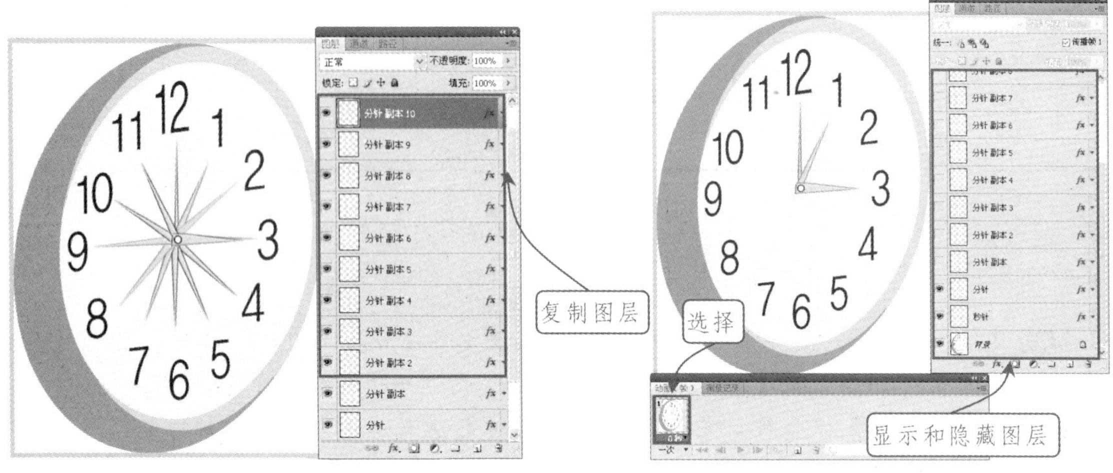

图14-37　复制10个分针图层

图14-38　创建第1帧动画

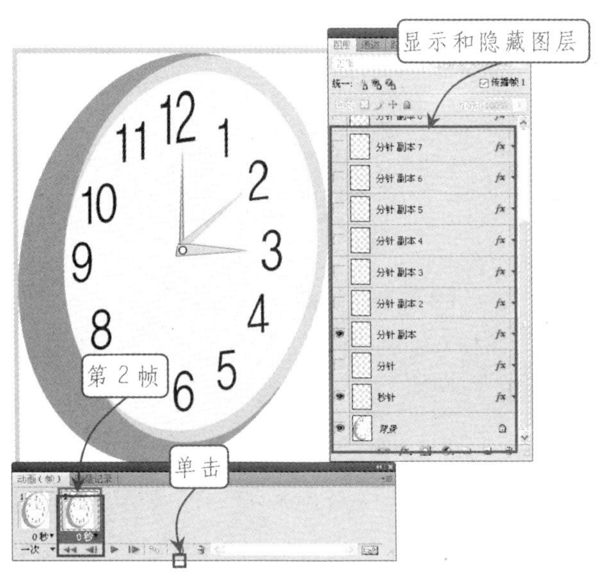

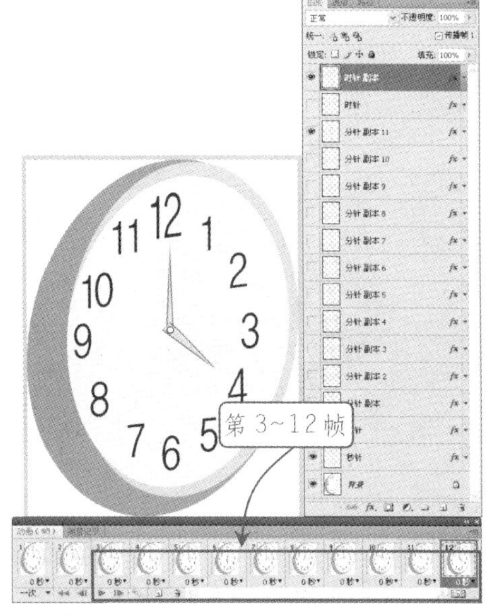

图14-39　创建并编辑第2帧

图14-40　创建并编辑第3~12帧

Step9 在“动画”控制面板中，选择第1帧，按住【Shift】键的同时单击最后一帧以选择所有动画帧，单击任意一帧底部的0秒▾按钮，在弹出的下拉列表选择2.0选项，如图14-41所示。

Step10 单击“动画”控制面板底部的“播放动画”按钮▶，可以看到图像窗口中动画正在播放，如图14-42所示，选择【文件】/【存储为】命令，在打开的对话框中对动画文件进行保存名【源文件\第15章\时间.psd】。

Step11 选择【文件】/【存储为 Web 和设备所用格式】命令，在打开的对话框中单击“四联”标签并对百分比和循环选项进行设置，如图 14-43 所示，单击 存储 按钮。

Step12 在打开的“存储”对话框中设置文件格式为.html，并输入文件名【源文件\第 15 章\时间.html】，如图 14-44 所示，最后单击 保存(S) 按钮即可。

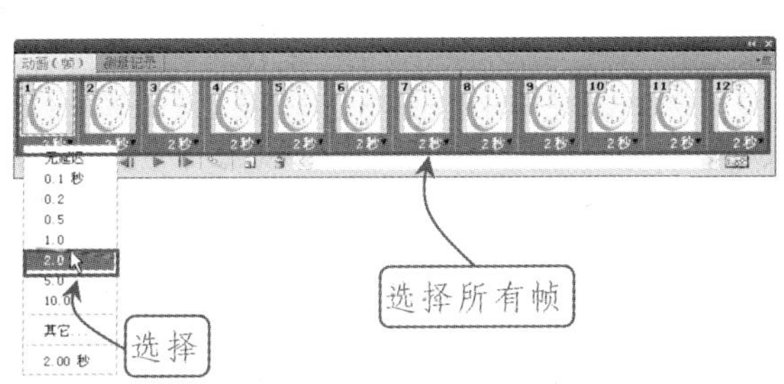

图 14-41　设置播放速度

图 14-42　播放动画

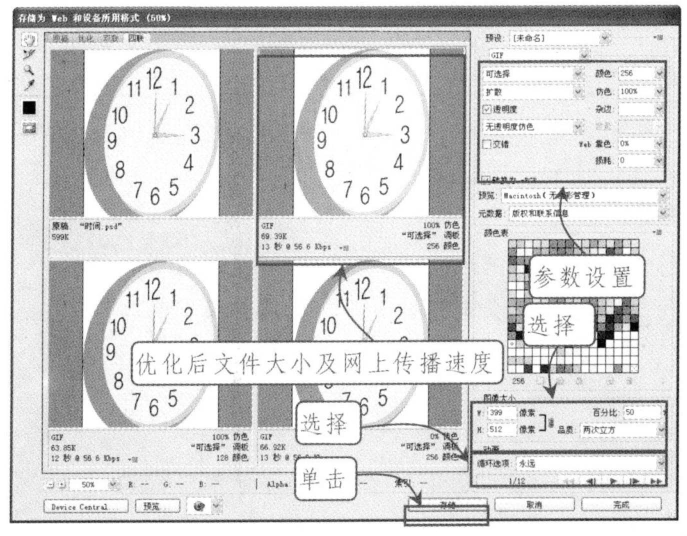

图 14-43 优化动画

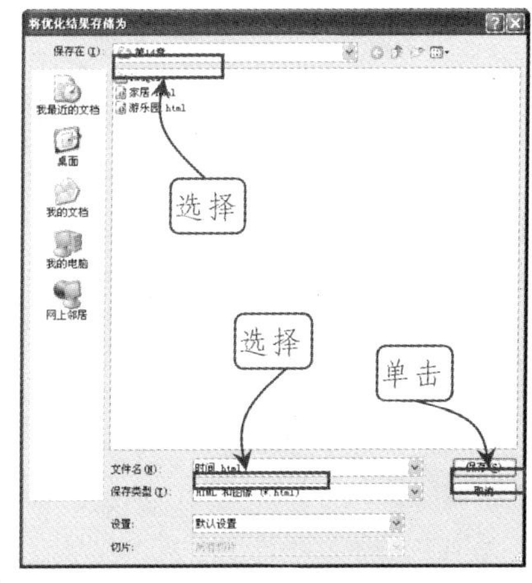

图 14-44　存储为网页

Step13 打开保存动画文件的文件夹，双击“时间.html”文件，即可在打开的网页浏览器中观看四季更替的动画效果，图 14-33 和图 14-34 所示为不同的帧上的动画效果。

14.8 大显身手

本章应重点掌握视频与动画在 Photoshop CS4 中导入与输出的方法

将序列图像文件“瓷器 001.jpg”~“瓷器 005.jpg”【素材\第 14 章\瓷器\瓷器 001.jpg~

瓷器 005.jpg】导入 Photoshop CS4 中并对其保存【源文件\第 14 章\瓷器欣赏.psd】后以网页的形式输出，网页浏览效果如图 14-45 所示【源文件\第 14 章\瓷器欣赏.html】。

图 14-45　最终效果

电脑急救箱

运用本章知识时若遇到有关导入与输出视频与动画的各种问题，别着急，打开电脑急救箱看看吧

Q 当动画帧创建完成后，能不能对帧中显示的图像效果进行再编辑，并且不影响其他帧中的图像显示？

A 如果要对某帧中的图像进行再编辑，可先通过“动画”控制面板选择要编辑的动画帧，然后在“图层”控制面板中将该帧上显示的图层置为当前工作图层，再对其进行编辑即可。

Q 为了使制作后的动画更流畅，创建了大量图层，但通过“图层”和“动画”控制面板编辑动画时，常常在动画帧上显示错图层，有什么方法可以避免吗？

A 在编辑动画过程中，如果图层过多，可一边在“动画（帧）”控制面板中创建动画帧，一边在“图层”控制面板中显示或隐藏图层，为了防止出错，最好逐帧创建，而且在创建过程中尽量不要做其他事，以防止由于分神造成错误。另外，也可以在动画帧创建完成后进行播放观看，发现错误帧后再对其进行改正，即隐藏不该显示的图层，而打开该显示的图层。

第 15 章 3D 与技术成像

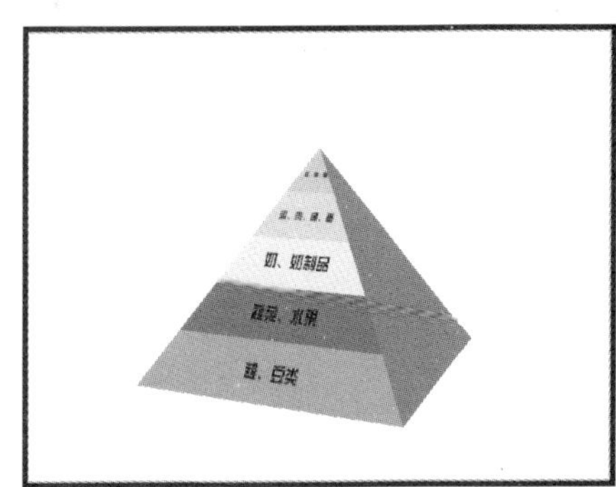

本章要点

- 使用 3D 工具
- 创建 3D 图像
- 3D 参数的设置
- 3D 文件的编辑和渲染

3D 与技术成像是 Photoshop CS4 中的新增功能，通过它可以对已有的 3D 图像进行纹理的编辑和在 3D 模型上绘画，也可以根据 2D 图像创建 3D 形状、明信片、网格等。通过这些操作可以快速达到 3D 成像的目的而不必通过其他三维图像制作软件操作，同时还可以和其他三维图像制作软件互相配合使用，本章将对 Photoshop CS4 中的 3D 与技术成像的知识进行讲解。

15.1 项目观察——绘制 3D 水果

在绘制水果的过程中初步了解将 2D 图形转换为 3D 形状的方法

在 Photoshop CS4 中通过 3D 成像的方法可以将 2D 图形转换为 3D 形状，下面将在 Photoshop CS4 中通过滤镜制作一定的纹理，然后将其转化为 3D 形状的苹果，制作完成后的效果如图 15-1 所示。

图 15-1　最终效果

Step 1 在 Photoshop CS4 中选择【文件】/【新建】命令打开“新建”对话框，设置其宽度为 500 像素，高度为 500 像素，分辨率为 72 像素/英寸，背景色为白色，如图 15-2 所示，单击 确定 按钮新建图像文件。

Step 2 在工具箱中将前景色设置为绿色（#a3d82f），背景色设置为黄色（#f4f960），选择【滤镜】/【渲染】/【纤维】命令，在打开的“纤维”对话框中将“差异”和“强度”参数分别设置为 4.0 和 1.0，如图 15-3 所示，单击 随机化 按钮对纤维效果进行调整，满意后单击 确定 按钮。

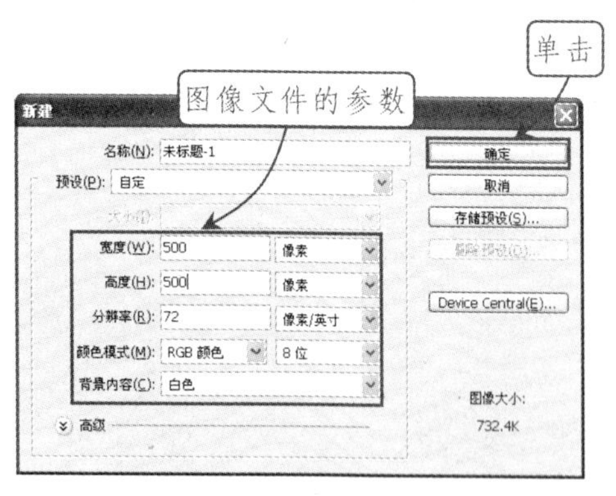

图 15-2　“新建”对话框

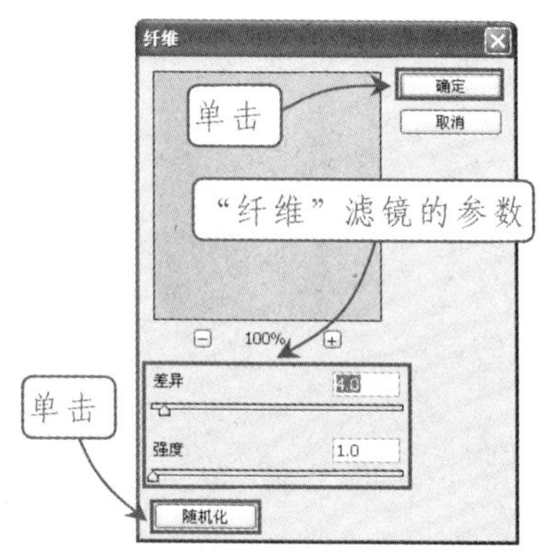

图 15-3　“纤维”对话框

Step 3 选择工具箱中的矩形选框工具，绘制矩形选区，如图 15-4 所示，按【Ctrl+J】组合键复制新图层“图层 2”。

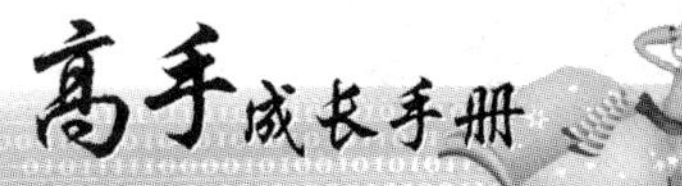

Step 4 按住【Shift】键的同时将鼠标指针移至右边，按【Ctrl+T】组合键，在控制框中右击，在弹出的快捷菜单中选择“水平翻转”命令，效果如图 15-5 所示。

Step 5 按【Enter】键应用变换，选择工具箱中的模糊工具，在其工具属性栏中将画笔主直径设置为 9 px，在“图层 2”和“图层 1”相交处来回擦几下，按【Ctrl+E】组合键合并所有图层。

图 15-4 绘制矩形选区

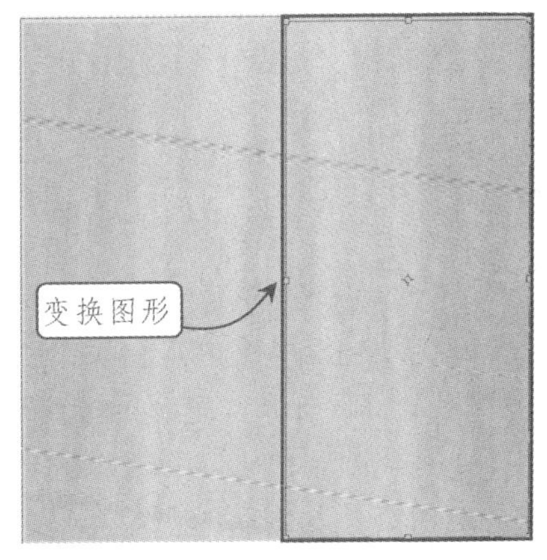

图 15-5 变换图形

Step 6 选择【3D】/【从图层新建】/【球形】命令，将图层转化为球形，如图 15-6 所示。

Step 7 选择【窗口】/【3D】命令打开 3D 控制面板，在 消除锯齿: 草稿 下拉列表框中选择“最佳”选项消除边缘锯齿。双击“全局环境色”色块，在打开的对话框中将颜色设置为灰色（#917e7e），此时球形的颜色已经提亮，如图 15-7 所示。

图 15-6 将图层转化为球形

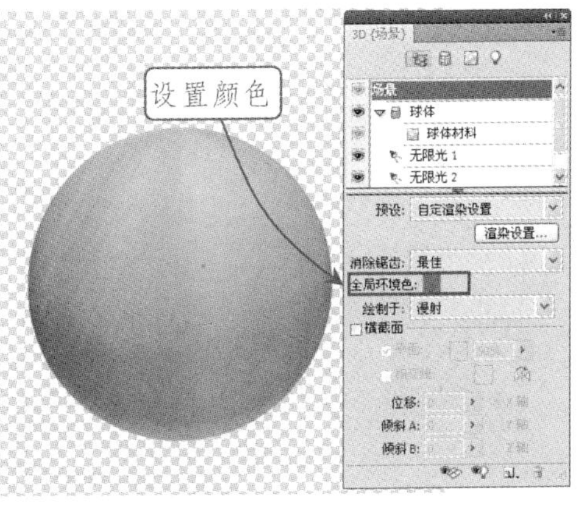

图 15-7 提亮球形的颜色

Step 8 单击“3D{场景}”控制面板右上角的按钮，在弹出的下拉菜单中选择“光源参考线”命令显示出光源参考线，如图 15-8 所示。

Step 9 单击 3D 控制面板顶部的“材料”按钮，在打开的“3D{材料}”控制面板中设置参数，如图 15-9 所示。

图 15-8 显示光源参考线

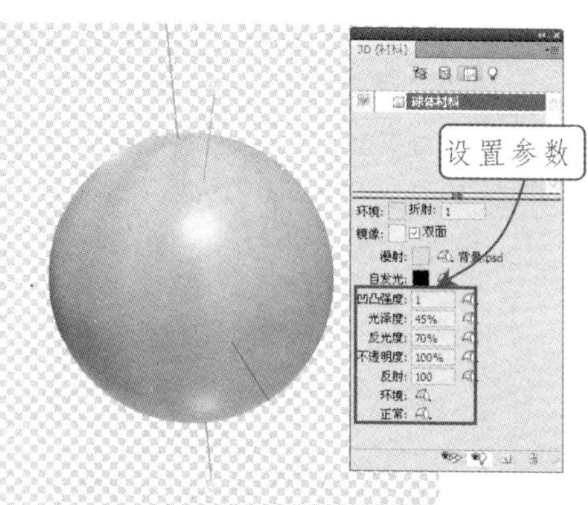

图 15-9 设置参数

Step10 单击“3D{场景}”控制面板右上角的按钮，在弹出的下拉菜单中选择“光源参考线”命令取消光源参考线的显示，效果如图 15-10 所示。

Step11 新建“图层 1”，按住【Ctrl】键的同时选择“图层 1”和 3D 图层，然后按【Ctrl+E】组合键合并图层。

Step12 选择【滤镜】/【液化】命令，打开“液化”对话框，选择工具箱中的“褶皱工具”，将画笔大小设置为 151，在球形的顶部单击以修整形状。使用同样的方法修正底部、左侧和右侧，效果如图 15-11 所示，单击 确定 按钮。

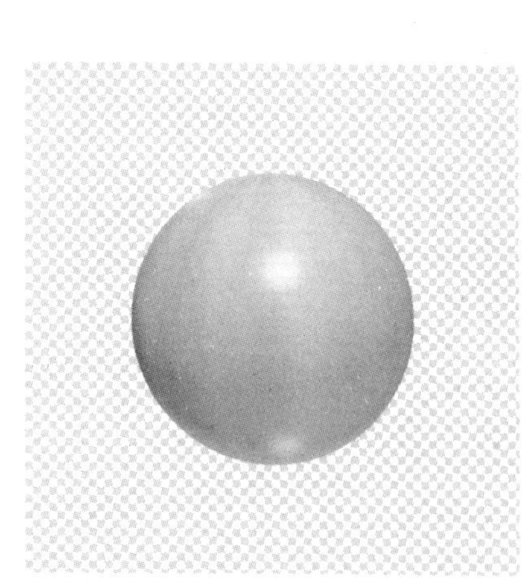

图 15-10　取消显示光源参考线

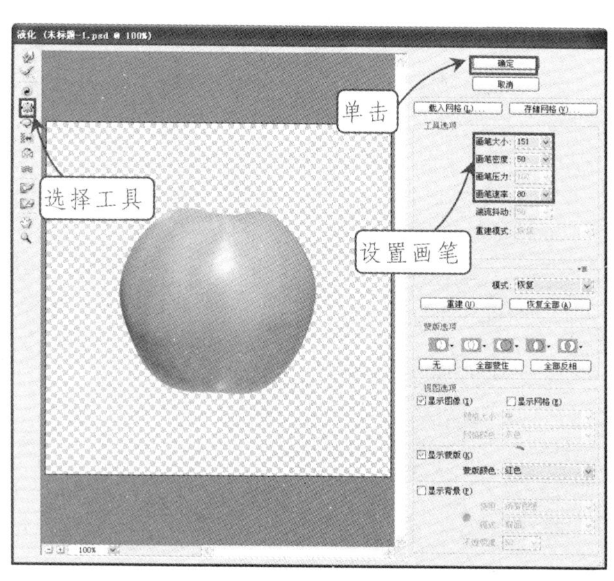

图 15-11　“液化”对话框

Step13 新建“图层 2”，选择工具箱中的钢笔工具，绘制果柄路径，单击“图层”面板组中的“路径”标签，切换到“路径”控制面板，单击“将路径作为选区载入”按钮，为其填充棕色（#683838），完成果柄的绘制，最终效果如图 15-1 所示【源文件\第 15 章\3d 苹果.psd】。

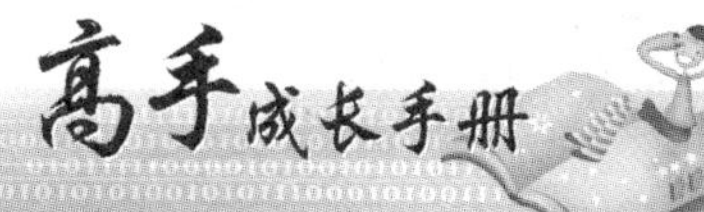

通过上述项目案例的制作，可以看出在 Photoshop CS4 中创建图像文件后，可将其转化为 3D 图像，并对其进行编辑和设置，变换成需要的形状，下面将具体讲解 3D 与技术成像所需掌握的知识。

15.2 3D 基础知识概述

在使用 3D 工具前必须对 3D 基础知识有一定的了解

Photoshop CS4 支持多种 3D 文件格式，可进行处理和合并现有的 3D 对象、创建新的 3D 对象、编辑和创建 3D 纹理、组合 3D 对象与 2D 图像等操作。使用 Photoshop CS4 可以打开和处理由 Adobe Acrobat 3D Version 8、3D Studio Max、Alias、Maya 及 GoogleEarth 等程序创建的 3D 文件。Photoshop CS4 支持下列 3D 文件格式：U3D、3DS、OBJ、KMZ 及 DAE。3D 文件可包含下列一个或多个组件，其特点分别介绍如下：

- 网格：用于提供 3D 模型的底层结构。通常，网格看起来是由成千上万个单独的多边形框架结构组成的线框。3D 模型通常至少包含一个网格，也可能包含多个网格。Photoshop CS4 可以在多种渲染模式下查看网格，还可以分别对每个网格进行操作。如果无法修改网格中实际的多边形，则可以更改其方向，并且可以通过沿不同坐标进行缩放以变换其形状，还可以通过使用预先提供的形状或转换现有的 2D 图层，创建自己的 3D 网格。
- 材料：一个网格可具有一种或多种相关的材料，这些材料控制整个网格的外观或局部网格的外观。这些材料依次构建于被称为纹理映射的子组件，它们的积累效果可创建材料的外观。纹理映射本身就是一种 2D 图像文件，它可以产生各种品质，例如颜色、图案、反光度或崎岖度。Photoshop CS4 材料最多可使用 9 种不同的纹理映射来定义其整体外观。
- 光源：光源类型包括无限光、聚光灯和点光。用户不仅可以移动和调整现有光照的颜色和强度，而且还可以将新光照添加到 3D 场景中。

指点迷津

在 Photoshop CS4 中打开的 3D 文件保留自身的纹理、渲染及光照信息，可以移动 3D 模型，或对其进行动画处理，更改渲染模式，编辑或添加光照，将多个 3D 模型合并为一个 3D 场景等。纹理显示为“图层”控制面板中 3D 图层下的条目，可以将纹理作为独立的 2D 文件打开并编辑，或使用 Photoshop CS4 画图和调整工具，直接在模型上编辑纹理。

15.3 3D 工具的使用

在 3D 轴的配合下,使用 3D 旋转工具和 3D 环绕工具可调整 3D 图形的大小和位置

3D 工具是 Photoshop CS4 中的新增工具，当打开 3D 文件后，3D 工具才能使用，工具箱中的 3D 工具包括 3D 旋转工具和 3D 环绕工具。

15.3.1 打开 3D 文件

在 Photoshop CS4 中可打开 3D 文件或将其作为 3D 图层添加到打开的 Photoshop 文件

中。将文件作为 3D 图层添加时，该图层会使用现有文件的尺寸。3D 图层包含 3D 模型和透明背景。下面在 Photoshop CS4 中打开"茶壶.3DS" 3D 文件，其具体操作步骤如下：

Step 1 选择【文件】/【打开】命令，在打开的"打开"对话框中选择要打开的 3D 文件【源文件\第 15 章\茶壶.3ds】，如图 15-12 所示。

Step 2 单击 打开(O) 按钮即可打开 3D 文件，如图 15-13 所示。

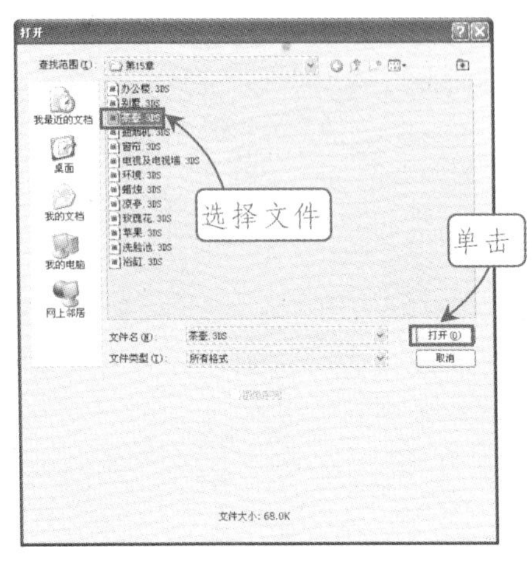

图 15-12 "打开"对话框

图 15-13 打开的 3D 文件

指点迷津

在打开的图像文件窗口中，选择【3D】/【从 3D 文件新建图层】命令打开 3D 文件会将现有的 3D 文件作为图层添加到当前的文件中，但 3D 图层不保留原始 3D 文件中的任何背景或 Alpha 信息，3D 文件图层会显示在当前所选图层的上方，并成为当前图层。

15.3.2 使用 3D 工具

使用 3D 对象工具可更改 3D 模型的位置或大小，选择【编辑】/【首选项】/【性能】命令，在打开的"首选项"对话框的"GPU 设置"选项组中，选中☑启用 OpenGL 绘图(D)复选框，单击 确定 按钮。然后打开 3D 图像文件，在"图层"控制面板中选择 3D 图层，即可激活 3D 工具。

1. 使用 3D 工具移动、旋转或缩放模型

使用 3D 工具可以对图像进行旋转、缩放模型或调整模型位置等操作。当对 3D 对象进行操作时，相机视图保持固定。在工具箱中选择 3D 旋转工具，其工具属性栏如图 15-14 所示。

图 15-14 3D 旋转工具的工具属性栏

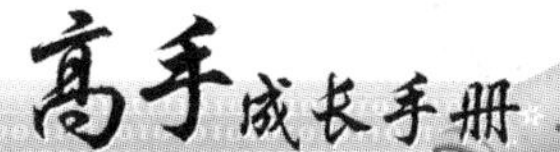

单击其工具属性栏中的按钮，可对 3D 对象进行各种操作，工具属性栏中部分按钮的方法和作用分别介绍如下：

- “旋转 3D 对象”按钮：单击该按钮后，上下拖动可将模型围绕其 *X* 轴旋转；两侧拖动可将模型围绕其 *Y* 轴旋转；按住【Alt】键的同时进行拖动可滚动模型。
- “滚动 3D 对象”按钮：单击该按钮后，两侧拖动可使模型绕 *Z* 轴旋转。
- “拖动 3D 对象”按钮：单击该按钮后，两侧拖动可沿水平方向移动模型；上下拖动可沿垂直方向移动模型；按住【Alt】键的同时进行拖动可沿 *X/Z* 轴方向移动。
- “滑动 3D 对象”按钮：单击该按钮后，两侧拖动可沿水平方向移动模型；上下拖动可将模型拖近或拖远；按住【Alt】键的同时进行拖动可沿 *X/Z* 轴方向移动。
- “缩放 3D 对象”按钮：单击该按钮后，上下拖动可将模型放大或缩小；按住【Alt】键的同时进行拖动可沿 *Z* 轴方向缩放。

指点迷津

要获取每个 3D 工具的提示，可从“信息”控制面板种单击控制面板菜单按钮，在弹出的下拉菜单中选择【面板选项】/【显示工具提示】命令。单击任意工具，然后将鼠标指针移至图像窗口中，可在“信息”控制面板中查看工具细节。

2. 移动 3D 相机

使用 3D 相机工具可在移动相机视图的同时保持 3D 对象的位置固定不变。选择 3D 环绕工具，其工具属性栏如图 15-15 所示。

图 15-15　3D 环绕工具的工具属性栏

单击其工具属性栏中的按钮，可对 3D 对象进行各种操作，部分按钮的作用如下：

- “环绕移动 3D 相机”按钮：单击该按钮后，拖动 3D 轴以将相机沿 *X* 轴或 *Y* 轴方向环绕移动。按住【Ctrl】键的同时进行拖动可滚动相机。
- “滚动 3D 相机”按钮：单击该按钮后，拖动 3D 轴以滚动相机。
- “用 3D 相机拍摄全景”按钮：单击该按钮后，拖动 3D 轴以将相机沿 *X* 轴或 *Y* 轴方向平移。按住【Ctrl】键的同时进行拖动可沿 *X* 轴或 *Z* 轴方向平移。
- “与 3D 相机一起移动”按钮：单击该按钮后，拖动 3D 轴以步进相机（*Z* 转换和 *Y* 旋转）。按住【Ctrl】键的同时进行拖动可沿 *Z/X* 轴方向浏览（*Z* 平移和 *X* 旋转）。
- “变焦 3D 相机”按钮：单击该按钮后，可拖动 3D 轴以更改 3D 相机的视角。最大视角为 180°。默认为单击“透视相机-使用视角”按钮，此时可显示汇聚成消失点的平行线。单击“正交相机-使用缩放”按钮后，保持平行线不相交，在精确的缩放视图中显示模型，而不会显示任何透视扭曲。

指点迷津

按住【Shift】键的同时进行拖移可将环绕移动、平移或步览工具限制为沿单一方向移动。在工具属性栏中，数值显示 3D 相机在 X、Y 和 Z 轴上的位置，用户也可以手动编辑这些值，从而调整相机视图。

3. 更改或创建 3D 相机视图

在工具属性栏中的“视图”下拉列表框中可选择模型的预设相机视图。要添加自定视图，可使用 3D 相机工具将 3D 相机放置到所需位置，然后单击工具属性栏中的“存储当前视图”按钮。要返回到默认相机视图，可在选择 3D 相机工具后，单击工具属性栏中的“返回到初始相机位置”按钮。

15.3.3 使用 3D 轴

3D 轴显示 3D 空间中 3D 模型当前 X、Y 和 Z 轴的方向，当选择 3D 图层和 3D 工具后将会显示该轴，如图 15-16 所示。要使用 3D 轴，请将鼠标指针移至轴组件上方，使其高亮显示，然后拖动。

图 15-16　3D 轴

通过 3D 轴可以在 3D 对象空间中移动、旋转 3D 模型或调整 3D 模型的大小，其方法分别如下：

- 移动模型：将鼠标指针移至任意轴的锥尖，使其高亮显示，以任意方向沿轴拖动可沿着 X、Y 或 Z 轴移动模型。
- 旋转模型：单击轴尖内弯曲的旋转线段，将会出现显示旋转平面的黄色圆环，围绕 3D 轴中心沿顺时针或逆时针方向拖动圆环可旋转模型，要进行幅度更大的旋转，可将鼠标指针向远离 3D 轴的方向移动。
- 调整模型大小：当向上或向下拖动 3D 轴中的中心立方体时可调整模型的大小。
- 沿轴压缩或拉长模型：将某个彩色的变形立方体朝中心立方体拖动或拖动其远离中心立方体可沿轴压缩或拉长模型。

指点迷津

将鼠标指针移至两个轴交叉（靠近中心立方体）的区域，两个轴之间将显示一个黄色的“平面”图标，也可将指针移至中心立方体的下半部分激活“平面”图标后，向任意方向拖动可将移动限制在某个对象平面。

15.4 3D 参数的设置

打开 3D 文件后还可以对 3D 文件的场景、网格、材料和光源等参数进行设置

选择【窗口】/【3D】命令或在“图层”控制面板中双击 3D 图层按钮即可打开 3D 控制面板。选择 3D 图层后，3D 控制面板会显示关联的文件的网格、材料和光源等组件，控制面板的底部显示选择的 3D 组件的设置和选项。

15.4.1 3D 场景设置

使用 3D 场景设置可更改渲染模式，选择要在其上绘制的纹理或创建横截面。在打开的 3D 控制面板中默认选中“场景”按钮，然后在控制面板顶部选择“场景”条目可对场景的参数和选项进行设置，如图 15-17 所示。

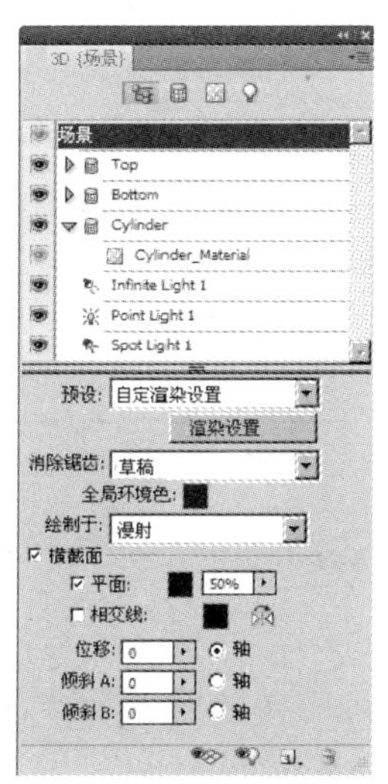

图 15-17　“3D{场景}”控制面板

指点迷津

单击 3D 控制面板顶部的按钮可选择显示在顶部的组件。单击“场景”按钮将显示所有组件，单击“材料”按钮则只查看材料。根据选定的 3D 组件，启用 3D 控制面板底部的按钮。只有在系统上启用 OpenGL 时，才能启用“切换地面”按钮和“切换光源”按钮。

各选项的作用分别介绍如下：

- 预设: 自定渲染设置 下拉列表框：指定模型的渲染预设，也可在单击 渲染设置... 按钮后对渲染参数进行自定义设置。
- 消除锯齿: 草稿 下拉列表框：选择该下拉列表框中的选项可在保证性能优良的同时呈现最佳的显示品质。选择“最佳”选项可获得最高显示品质；选择“草稿”选项可获得最佳性能。
- “全局环境色”选项：设置在反射表面上可见的全局环境光的颜色，该颜色与用于特定材料的环境色相互作用
- 绘制于: 漫射 下拉列表框：直接在 3D 模型上绘画时，可在弹出的下拉列表中选择要在其上绘制的纹理映射选项。
- 横截面 复选框：选中该复选框可创建以所选角度与模型相交的平面横截面。这样，可以切入模型内部，查看其中的内容。通过将 3D 模型与一个不可见的平

面相交，可以查看该模型的横截面，该平面以任意角度切入模型并仅显示其一个侧面上的内容。

15.4.2 3D 网格设置

3D 模型中的每个网格都显示在 3D 控制面板顶部的单独线条上。选择网格，可访问网格设置和 3D 控制面板底部的信息，包括应用于网格的材料和纹理数量，以及其中所包含的顶点和表面的数量。单击 3D 控制面板顶部的“网格”按钮可切换到“3D{网格}”控制面板，然后在控制面板顶部选择任意条目即可对网格的参数和选项进行设置，如图 15-18 所示。

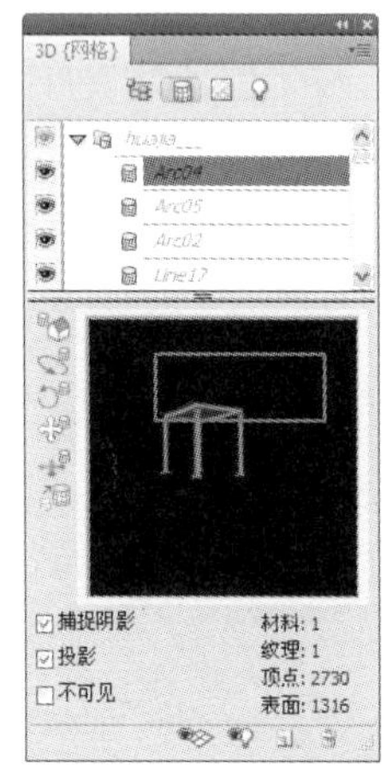

图 15-18 “3D{网格}”控制面板

指点迷津

单击 3D 控制面板顶部的网格名称旁的眼睛图标可显示或隐藏网格，使用网格位置工具可移动、旋转或缩放选定的网格，而无须移动整个模型。选择 3D 控制面板顶部的网格后，网格红色框高亮显示，选择并使用控制面板底部的网格位置工具可移动网格。

各选项的作用分别如下：

- ☑捕捉阴影 复选框：选中该复选框后，在“光线跟踪”渲染模式下，控制选定的网格是否在其表面显示来自其他网格的阴影。
- ☑投影 复选框：选中该复选框后，在“光线跟踪”渲染模式下，控制选定的网格是否在其他网格表面产生投影。
- ☑不可见 复选框：选中该复选框后，将隐藏网格，但显示其表面的所有阴影。

15.4.3 3D 材料设置

3D 控制面板顶部列出了 3D 文件中使用的材料。用户可以使用一种或多种材料来创建模型的整体外观。如果模型包含多个网格，则每个网格可能会有与之关联的特定材料。或者模型可以从一个网格构建，但使用多种材料，在这种情况下，每种材料分别控制网格特定部分的外观。单击 3D 控制面板顶部的“材料”按钮可切换到“3D{材料}”控制面板，选择任意材料后可打开对应的参数和选项设置区域，如图 15-19 所示。

对于 3D 控制面板顶部选定的材料，底部会显示该材料所使用的特定纹理映射。某些纹理映射，如“漫射”和“凹凸”纹理，通常依赖于 2D 文件来提供创建纹理的特定颜色或

图案。如果材料使用纹理映射，则纹理文件会显示在映射类型旁边。

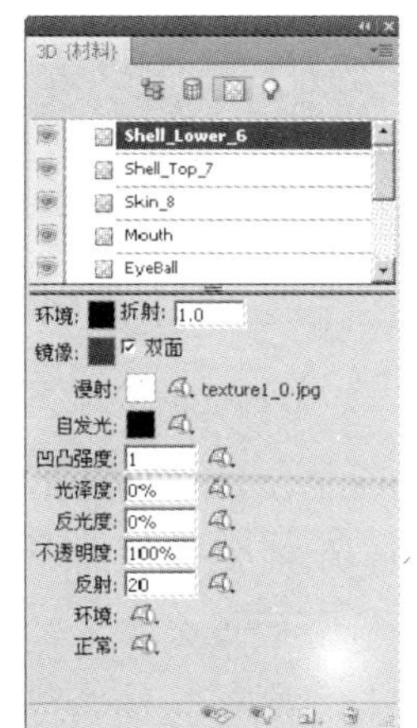

图 15-19　“3D{材料}”控制面板

材料所使用的 2D 纹理映射也会作为“纹理”显示在“图层”控制面板中，它们按纹理映射类别编组，可以有多种材料使用相同的纹理映射。根据纹理类型，可以通过输入值或使用这些纹理类型旁的小滑块控件来调整材料的光泽度、反光度、不透明度或反射。

各选项的作用分别如下：

- “环境”选项：设置在反射表面上可见的环境光的颜色，该颜色与用于整个场景的全局环境色相互作用。
- “折射”文本框：设置折射率，当“表面样式”渲染设置为“光线跟踪”时，“折射”选项被选中。两种折射率不同的介质，如空气和水相交时，光线方向发生改变即产生折射。新材料的“折射”参数的默认值是 1.0，相当于空气的近似值。
- “镜像”选项：为镜面属性显示的颜色，如高光光泽度和反光度。
- “漫射”选项：材料的颜色。漫射映射可以是实色或任意 2D 内容，当移去漫射纹理映射时，“漫射”色板值会设置漫射颜色，还可以通过直接在模型上绘画来创建漫射映射。
- “自发光”选项：定义不依赖于光照即可显示的颜色，创建从内部照亮 3D 对象的效果。
- “凹凸强度”文本框：在材料表面创建凹凸，无须改变底层网格，凹凸映射是一种灰度图像，其中较亮的值创建突出的表面区域，较暗的值创建平坦的表面区域。通过创建或载入凹凸映射文件，或在模型上绘画可以自动创建凹凸映射文件。可通过设置“凹凸强度”参数增加或减少崎岖度。只有存在凹凸映射时，该参数才会被激活，在文本框中输入数值，或使用小滑块增加或减少凹凸强度后，从正面观看时，崎岖度最明显。
- “光泽度”文本框：定义来自光源的光线经表面反射，折回到人眼中的光线数量。可以通过在文本框中输入值或使用小滑块来调整光泽度。如果创建单独的光泽度映射，则映射中的颜色强度控制材料中的光泽度。黑色区域创建完全的光泽度，白色区域移去所有光泽度，而中间值减少高光大小。
- “反光度”文本框：定义“光泽度”设置所产生的反射光的散射。低反光度（高散射）产生更明显的光照，而焦点不足；高反光度（低散射）产生较不明显、更亮、更耀眼的高光，光泽度和反光度参数如图 15-20 所示。

0% / 0%　　100% / 0%　　0% / 100%　　50% / 50%　　100% / 50%　　50% / 100%　　100% / 100%

图 15-20　调整光泽度（/左边的数值）和反光度（/右边的数值）

- “不透明度”文本框：增加或降低材料的不透明度，在 0%~100%范围内，使用纹理映射或小滑块可以控制不透明度。纹理映射的灰度值控制材料的不透明度，白色值创建完全的不透明度，而黑色值则创建完全的透明度。
- “反射”文本框：增加 3D 场景、环境映射和材料表面上其他对象的反射。
- “环境”选项：存储 3D 模型周围环境的图像，环境映射会作为球面全景来应用。可以在模型的反射区域中看到环境映射的内容。
- “正常”选项：像凹凸映射纹理一样，正常映射会增加表面细节。与基于单通道灰度图像的凹凸纹理映射不同，正常映射基于多通道（RGB）图像。每个颜色通道的值代表模型表面上正常映射的 *x*、*y* 和 *z* 分量。正常映射可使低多边形网格的表面变平滑。

15.4.4　3D 光源设置

3D 光源从不同角度照亮模型，从而添加逼真的深度和阴影。Photoshop CS4 提供 3 种类型的光源，每种光源都有其各自的特定，点光像灯泡一样，向各个方向照射；聚光灯照射出可调整的锥形光线；无限光像太阳光，从一个方向平面照射。单击 3D 控制面板顶部的“光源”按钮切换到“3D{光源}”控制面板。

1. 添加和删除光源

在 3D 控制面板中，单击“创建新光源”按钮，然后选择光源类型（点光、聚光灯或无限光）即可添加光源。在位于“3D{光源}”控制面板顶部的列表框中选择光源后，单击控制面板底部的“删除光源”按钮即可删除光源。

2. 调整光源属性

在“3D{光源}”控制面板中，从列表框中选择光源。从位于控制面板下半部分的第一个弹出式菜单中选择命令即可更改光源类型。

通过设置强度可以调整亮度；通过颜色定义可以设置光源的颜色；通过创建阴影可以创建从前景表面到背景表面、从单一网格到其自身或从一个网格到另一个网格的投影；通过设置软化度可模糊阴影边缘，可以产生逐渐的衰减。当光源为聚光灯时，其控制面板如图 15-21 所示。

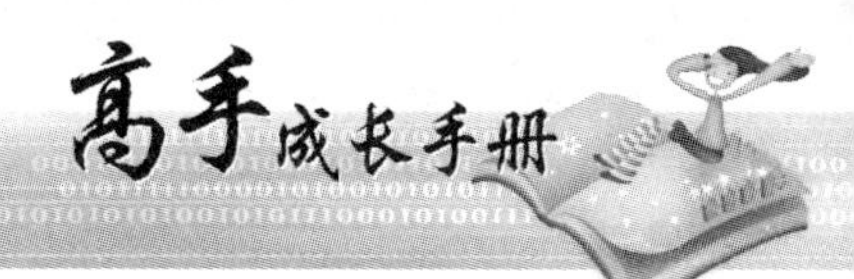

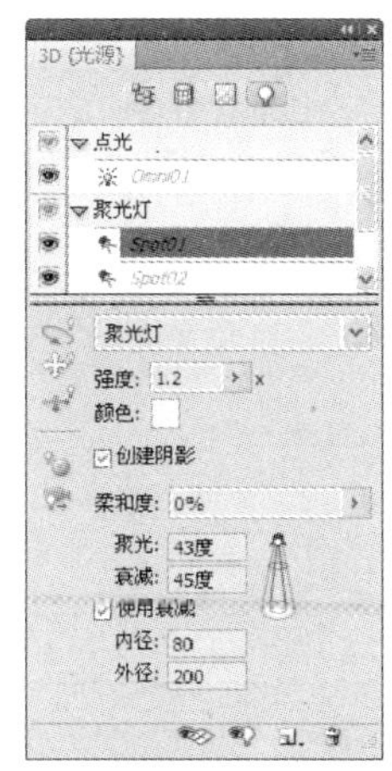

图 15-21　“3D{光源}”控制面板

指点迷津

在 3D 控制面板菜单中，单击按钮，在弹出的下拉菜单中选择“存储光源预设”命令将当前光源组存储为预设，然后通过选择命令可重新载入光源。选择“添加光源”命令可对现有光源添加选定的光源预设，选择“替换光源”命令可用选择的预设替换现有光源。

对聚光灯参数可进行设置，其方法分别介绍如下：

- 通过设置“聚光”文本框中的数值可设置光源明亮中心的宽度，通过设置“衰减”文本框中的数值可设置光源的外部宽度。
- 当选中☑使用衰减复选框后，通过设置“内径”和“外径”文本框中的数值可决定衰减锥形，以及光源强度随对象距离的增加而减弱的速度。对象接近“内径”限制时，光源强度最大；对象接近“外径”限制时，光源强度为零；处于中间距离时，光源从最大强度线性衰减为零。
- 将鼠标指针悬停在“聚光”、“衰减”、“内径”和“外径”选项上，右侧图标中的红色轮廓指示受影响的光源元素。

3. 调整光源位置

在“3D{光源}”控制面板中，使用以下任意一个选项可调整光源位置，各选项的作用分别介绍如下：

- “旋转光源”按钮：（仅限聚光灯和无限光）旋转光源，同时保持其在 3D 空间的位置。
- “拖动光源”按钮：（仅限聚光灯和点光）将光源移至同一个 3D 平面中的其他位置。
- “滑动光源”按钮：（仅限聚光灯和点光）将光源移至其他 3D 平面。
- “位于原点处的点光”按钮：（仅限聚光灯）使光源正对模型中心。
- “移至当前视图”按钮：将光源置于与相机相同的位置。

4. 添加光源参考线

光源参考线为进行调整提供三维参考点，这些参考线反映了每个光源的类型、角度和衰减。点光显示为小球，聚光灯显示为锥形，无限光显示为直线如图 15-22 所示。

在“3D{光源}”控制面板底部，单击“切换光源”按钮，在打开的“首选项”对话框的“参考线”、“网格”、“切片”选项中可更改参考线颜色。

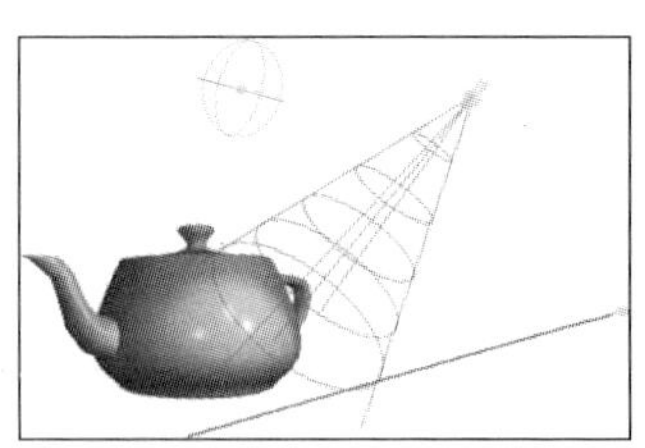

图 15-22　光源参考线

15.5 创建 3D 图像

创建 3D 图像包括创建 3D 明信片、3D 形状、3D 网格等

Photoshop CS4 可以将 2D 图层作为起始点，生成各种基本的 3D 对象，如创建 3D 明信片、创建 3D 形状等。其方法分别介绍如下：

- 创建 3D 明信片：打开 2D 图像并选择要转换为明信片的图层。选择【3D】/【从图层新建 3D 明信片】命令。2D 图层转换为“图层”控制面板中的 3D 图层，2D 图层内容则作为材料应用于明信片两面。
- 创建 3D 形状：打开 2D 图像并选择要转换为 3D 形状的图层。选择【3D】/【从图层新建形状】命令，然后在弹出的级联菜单中选择一种形状，这些形状包括圆环、球面或帽子等单一网格对象，以及锥形、立方体、圆柱体、易拉罐或酒瓶等多网格对象。
- 创建 3D 网格：打开 2D 图像，并选择一个或多个要转换为 3D 网格的图层，选择【3D】/【从灰度新建网格】命令，然后在打开的对话框中设置网格选项。选择“平面”选项可将深度映射数据应用于平面表面；选择“双面平面”选项可将创建两个沿中心轴对称的平面，并将深度映射数据应用于两个平面；选择“圆柱体”选项可将从垂直轴中心向外应用深度映射数据；选择“球体”选项可从中心点向外呈放射状地应用深度映射数据。

下面以创建 3D 形状为例介绍根据 2D 图像创建 3D 对象的方法，其具体操作步骤如下：

Step 1 打开 2D 图像并选择要转换为 3D 形状的图层，如图 15-23 所示。

Step 2 选择【3D】/【从图层新建形状】命令，然后在弹出的级联菜单中选择一种形状，这里选择“酒瓶”命令。转换后的效果如图 15-24 所示。

图 15-23　打开图像并选择图层

图 15-24　转换为 3D 形状

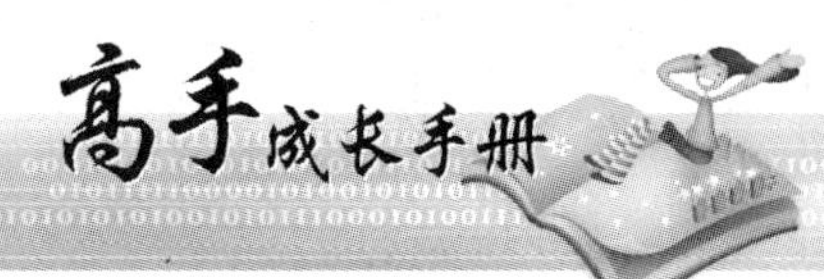

在 Photoshop CS4 中还可以将自己的自定形状添加到形状菜单中，但是形状必须是 Collada (.dae) 3D 模型文件，且需将 Collada 模型文件放置在 Photoshop CS4 程序文件夹中的 Presets\Meshes 文件夹下。

15.6 3D 文件的编辑和渲染

对 3D 文件进行编辑和渲染后，可将 3D 图像保存到电脑中

创建和打开 3D 文件后，可对其纹理进行编辑；在存储和导出 3D 文件前，可对制作好的 3D 文件进行渲染。

15.6.1 创建和编辑 3D 模型的纹理

使用 Photoshop CS4 的绘画工具和调整工具可以编辑 3D 文件中包含的纹理，或创建新纹理。纹理作为 2D 文件与 3D 模型一起导入，它们会作为条目显示在“图层”控制面板中，嵌套于 3D 图层下方，并按以下映射类型编组：漫射、凹凸、光泽度等，如图 15-25 所示。

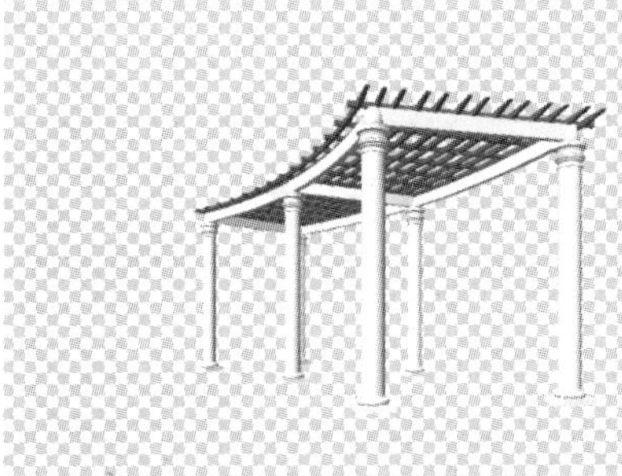

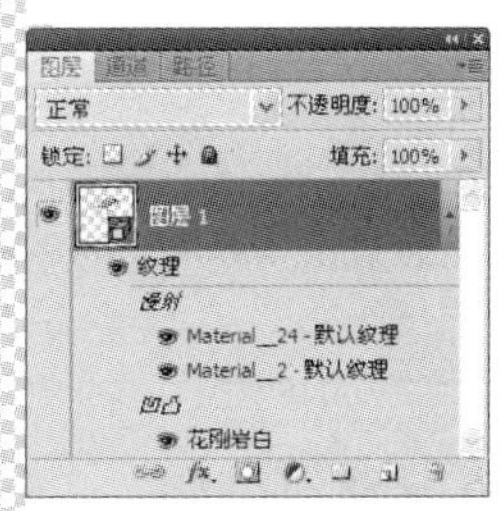

图 15-25　3D 模型的纹理

1. 编辑纹理

打开 3D 文件后，可对其纹理进行编辑，其具体操作步骤如下：

Step 1　切换到“3D{材料}”控制面板中，选择包含纹理的材料。

Step 2　在控制面板中单击要编辑的纹理的纹理菜单按钮，在弹出的下拉菜单中选择“打开纹理”命令将纹理作为智能对象在独立的文档窗口中打开。

Step 3　使用 Photoshop CS4 中的任意工具在纹理上绘画或编辑纹理。

Step 4　激活包含 3D 模型的窗口，以查看应用于模型的已更新的纹理。

Step 5　关闭“智能对象”窗口，并存储对纹理所做的更改。

指点迷津

单击“纹理”图层旁边的眼睛图标可隐藏或显示该图层的纹理。要隐藏或显示所有纹理，只需单击顶层“纹理”图层旁边的眼睛图标即可。显示和隐藏纹理以帮助识别应用了纹理的模型区域。

2. 创建 UV 叠加

3D 模型上多种材料所使用的漫射纹理文件可将应用于模型上不同表面的多个内容区域编组，这个过程叫做 UV 映射，它将 2D 纹理映射中的坐标与 3D 模型上的特定坐标相匹配。UV 映射使 2D 纹理可以正确地绘制在 3D 模型上。

对于在 Photoshop CS4 外创建的 3D 内容，UV 映射发生在创建内容的程序中。然而，Photoshop CS4 可以将 UV 叠加创建为参考线，有助于用户直观地了解 2D 纹理映射如何与 3D 模型表面匹配。在编辑纹理时，这些叠加可作为参考线。为 3D 模型创建 UV 叠加的具体操作步骤如下：

Step 1 双击“图层”控制面板中的纹理将其打开进行编辑。

Step 2 选择【3D】/【创建 UV 叠加】命令，在弹出的级联菜单中可选择叠加方式，当选择“线框”命令时可显示 UV 映射的边缘数据；选择“着色显示”命令则可使用实色渲染模式的模型区域；选择“正常映射”命令则可显示转换为 RGB 值的几何常值，R=X，G=Y，B=Z。

指点迷津

UV 叠加作为附加图层添加到纹理文件的“图层”控制面板中，用户可以显示、隐藏、移动或删除 UV 叠加。关闭并存储纹理文件时，或从纹理文件切换到关联的 3D 图层（纹理文件自动存储）时，叠加会显示在模型表面。

3. 重新映射参数化纹理

当打开纹理未正确映射到底层模型网格的 3D 模型时，效果较差的纹理映射会在模型表面外观中产生明显的扭曲，如多余的接缝、纹理图案中的拉伸或挤压区域。当直接在模型上绘画时，效果较差的纹理映射还会造成不可预料的结果。要检查纹理参数化情况，可在打开要编辑的纹理后，应用 UV 叠加以查看纹理是如何与模型表面对齐的。下面将纹理重新映射到模型，以校正扭曲并创建更有效的表面覆盖，其具体操作步骤如下：

Step 1 打开带有映射效果较差的漫射纹理的 3D 文件，并选择包含模型的 3D 图层。

Step 2 选择【3D】/【重新参数化】命令，在打开的提示对话框中将提示用户正在将纹理重新应用于模型，单击 确定 按钮。

Step 3 对需要进行重新参数化的选项进行设置，单击 低扭曲度 按钮可使纹理图案保持不变，但会在模型表面产生较多接缝，如图 15-26 所示；单击 较少接缝 按钮会使模型上显示的接缝数量最小化。这会产生更多的纹理拉伸或挤压，具体情况取决于模型，如图 15-27 所示。

图 15-26　使用“低扭曲度”重新参数化的纹理

图 15-27　使用“较少接缝”重新参数化的纹理

指点迷津

如果选取的重新参数化选项没有创建最佳表面覆盖，可选择【编辑】/【还原】命令，然后尝试其他选项。还可以使用“重新参数化”命令改进从 2D 图层创建 3D 模型时产生的默认纹理映射。

4. 创建重复纹理的拼贴

重复纹理由网格图案中完全相同的拼贴构成，重复纹理可以提供更逼真的模型表面覆盖，使用更少的存储空间，并且可以改善渲染性能。Photoshop CS4 将任意 2D 文件转换成拼贴绘画。在预览多个拼贴如何在绘画中相互作用之后，可存储一个拼贴以作为重复纹理。下面通过 2D 文件创建重复纹理，其具体操作步骤如下：

Step 1 打开如图 15-28 所示的 2D 文件，选择文件中的一个或多个图层，然后选择【3D】/【新建拼贴绘画】命令，将 2D 文件转换为 3D 文件，其中包含原始内容的 9 个完全相同的拼贴，图像尺寸保持不变，如图 15-29 所示。

图 15-28　打开文件

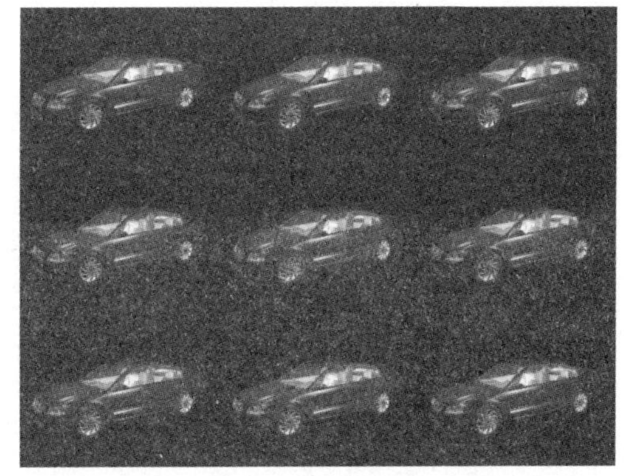
图 15-29　转换为 3D 文件

Step 2 使用绘画工具、滤镜或其他技术来编辑纹理拼贴，对一个拼贴进行更改时，更改会自动显示在其他拼贴中，如图 15-30 所示。

Step 3 切换到“3D{材料}”控制面板，从“漫射”菜单中选择“打开纹理”命令。然后选择【文件】/【存储为】命令，并指定名称、位置和格式，即可将单个拼贴存储为 2D 图像。

图 15-30　编辑纹理拼贴

15.6.2 在 3D 模型上绘画

在 Photoshop CS4 中可以使用任意绘画工具直接在 3D 模型上绘画，就像在 2D 图层上绘画一样。使用选择工具将特定的模型区域设为目标，或让 Photoshop CS4 识别并高亮显示可绘画的区域。使用 3D 菜单命令可清除模型区域，从而访问内部或隐藏的部分，以便进行绘画。直接在模型上绘画时，可以选择要应用绘画的底层纹理映射。通常情况下，绘画应用于漫射纹理映射，以便为模型材料添加颜色属性，如图 15-31 所示；也可以在其他纹理映射上绘画，例如凹凸映射或不透明度映射。如果在纹理映射上绘画的模型区域缺少绘制的纹理映射类型，则会自动创建纹理映射。

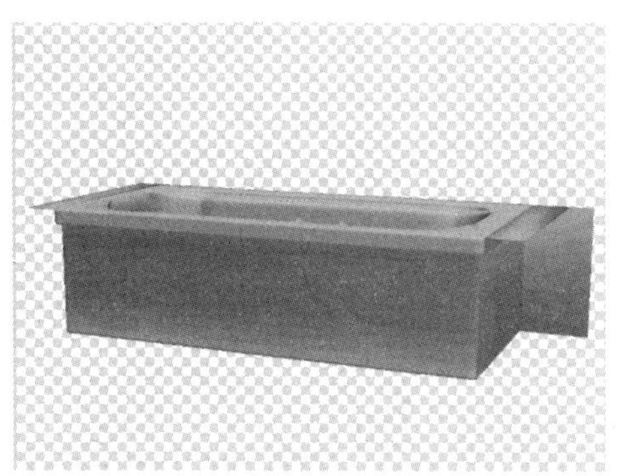

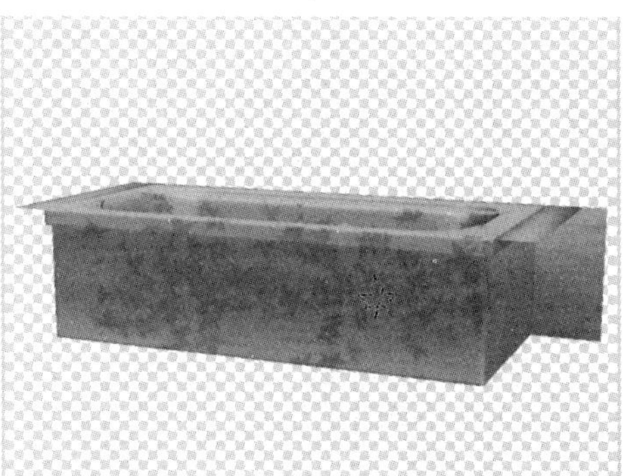

图 15-31　在模型上绘画

1. 显示要在上面绘画的表面

对于具有内部区域或隐藏区域的复杂模型，可以隐藏模型部分，以便访问要在上面绘画的表面。例如，要在汽车模型的仪表盘上绘画，可以暂时去除车顶或挡风玻璃，然后缩放到汽车内部以获得不受阻挡的视图。使用套索工具或选框工具选择要去除的模型区域，然后显示或隐藏模型区域。显示或隐藏模型区域的方式主要有以下几种：

- 隐藏最近的表面：只隐藏 2D 选区内的模型多边形的第一个图层。要快速去掉模型表面，可以在保持选区处于激活状态时重复使用此命令。隐藏表面时，可旋转模型以调整表面的位置，使之与当前视角正交。
- 仅隐藏封闭的多边形：选择该命令后，“隐藏最近的表面”命令只会影响完全包含在选区内的多边形；取消选择后，将隐藏选区所接触到的所有多边形。
- 反转可见表面：使当前可见表面不可见，不可见表面可见。
- 显示所有表面：使所有隐藏的表面可见。

2. 设置绘画衰减角度

在模型上绘画时，绘画衰减角度控制表面在偏离正面视图弯曲时的油彩使用量。衰减角度是根据用户的模型表面突出部分的直线来计算的。例如，在足球等球面模型中，当球面对用户时，足球正中心的衰减角度为 0°，随着球面的弯曲，衰减角度增大，在球边缘处达到最大，为 90°。选择【3D】/【绘画衰减】命令后，在打开的如图 15-32 所示的“3D 绘画衰减”对话框中可设置角度。

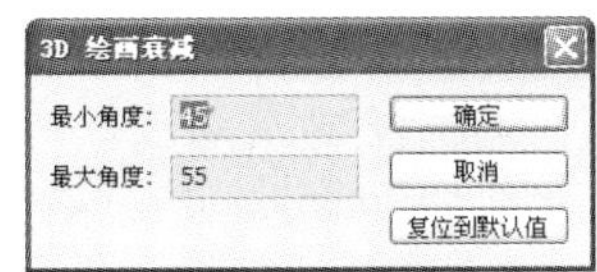

图 15-32　“3D 绘画衰减”对话框

对话框中各参数的作用分别介绍如下：

- 最大绘画衰减角度在 0°~90° 之间，0° 时，绘画仅应用于正对前方的表面，没有减弱角度；90° 时，绘画可沿弯曲的表面（如球面）延伸至其可见边缘；在 45° 时，绘画区域限制在未弯曲到大于 45° 的球面区域。
- 最小绘画衰减角度设置随着接近最大衰减角度而渐隐的范围。例如，如果最大衰减角度是 45°，最小衰减角度是 30°，那么在 30° 和 45° 的衰减角度之间，绘画不透明度将会从 100%降低到 0%。

3. 标识可绘画区域

只观看 3D 模型，可能还无法明确判断是否可以成功地在某些区域绘画。因为模型视图不能提供与 2D 纹理之间的一一对应，所以直接在模型上绘画与直接在 2D 纹理映射上绘画是不同的。模型上看起来是个小画笔，相对纹理而言，也许实际上是比较大的，这取决于纹理的分辨率，或应用绘画时与模型之间的距离。

最佳的绘画区域，就是那些能够以最高的一致性和可预见的效果在模型表面应用绘画或其他调整的区域。在其他区域中，绘画可能会由于角度或与模型表面之间的距离，出现取样不足或过度取样。选择【3D】/【选择可绘画区域】命令，选框高亮显示可在模型上标识绘画的最佳区域。在“绘画蒙版”模式下，白色显示最佳绘画区域，蓝色显示取样不足的区域，红色显示过度取样的区域。要在模型上绘画，必须将“绘画蒙版”渲染模式更改为支持绘画的渲染模式，如“实色”渲染模式。

指点迷津

绘画衰减由“选择可绘画区域”选定的区域、“绘画蒙版”模式下显示的可绘画区域及当前的“绘画衰减”设置决定。较高的绘画衰减设置会增大可绘画的区域，较低的绘画衰减设置会缩小可绘画区域。

15.6.3 在 2D 文件中打开 3D 图层

可以将 3D 图层与一个或多个 2D 图层合并，以创建复合效果。例如，可以对照背景图像置入模型，并更改其位置或查看角度以与背景匹配。在打开的 2D 文件中，选择【3D】/【从 3D 文件新建图层】命令即可打开 3D 文件。

15.6.4 3D 图层的转换

在 Photoshop CS4 中，可将 3D 图层转换为 2D 图层或智能对象，其方法分别介绍如下：

- 将 3D 图层转换为 2D 图层：将 3D 图层转换为 2D 图层时可将 3D 内容在当前状态下进行栅格化，在“图层”控制面板中选择 3D 图层，并选择【3D】/【栅格化】命令即可。只有在完成 3D 模型位置、渲染模式、纹理或光源的编辑后，才可以将 3D 图层转换为常规图层。栅格化的图像会保留 3D 场景的外观，但是格式为平面化的 2D 格式。
- 将 3D 图层转换为智能对象：将 3D 图层转换为智能对象可保留包含在 3D 图层中的 3D 信息，在“图层”控制面板中选择 3D 图层，在“图层”控制面板菜单中，选择“转换为智能对象”命令即可。转换后，可以将变换或智能滤镜等其他调整操作应用于智能对象，还可以重新打开“智能对象”图层以编辑原始 3D 场景，应用于智能对象的任何变换或调整会随之应用于更新的 3D 内容。

15.6.5 更改 3D 模型的渲染设置

渲染设置决定如何绘制 3D 模型，Photoshop CS4 为默认预设提供了常用设置，用户可以自定设置以创建自己的预设。在 3D 控制面板顶部，单击“场景”按钮，在控制面板的下半部分中，从“预设”下拉列表中选择选项即可更改 3D 模型的渲染设置，各渲染设置的效果如图 15-33 所示。

指点迷津

标准渲染预设为“实色”，即显示模型的可见表面；“线框”和“顶点”预设会显示底层结构。要合并实色和线框渲染，可选择“实色线框”选项；要以反映其最外侧尺寸的简单框来查看模型，可选择“外框”选项。

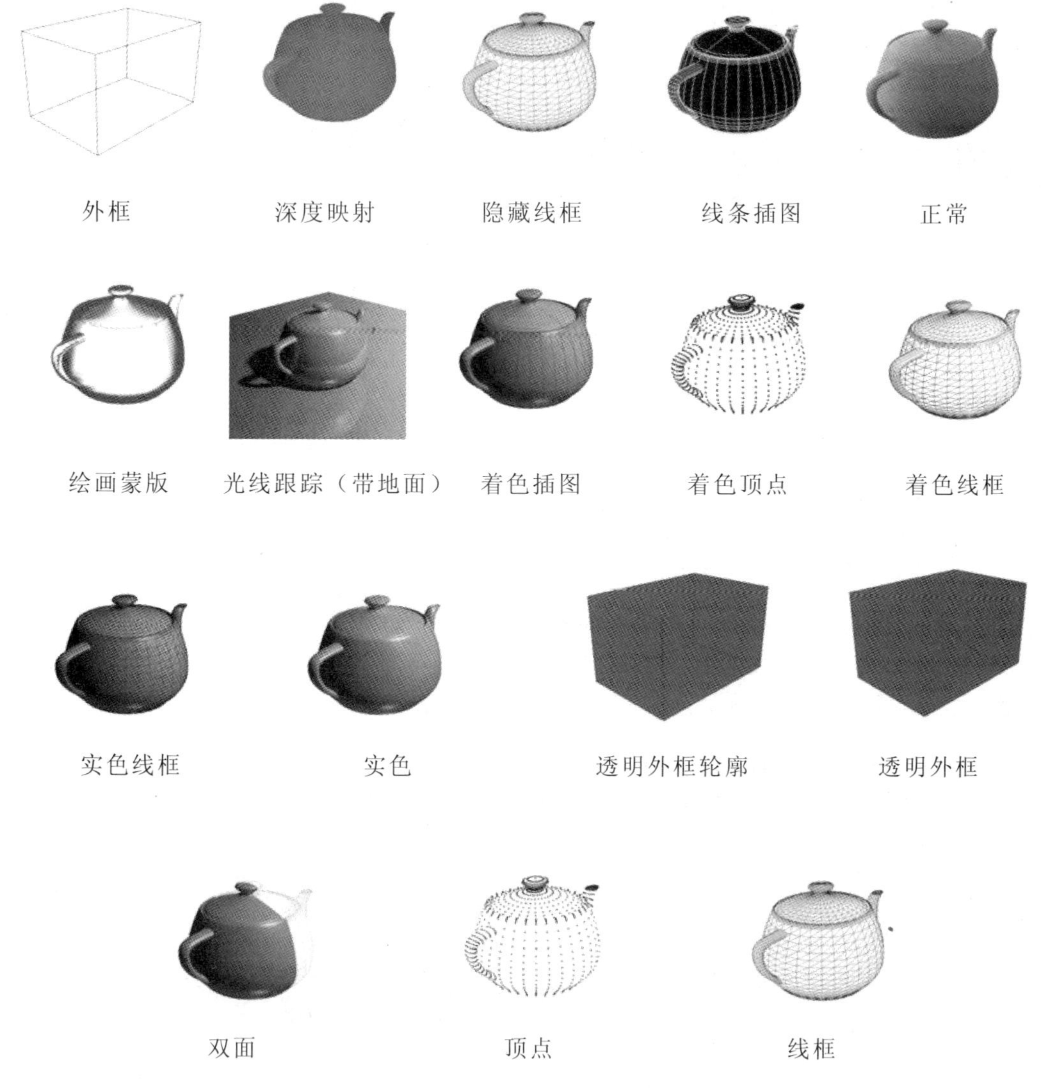

图 15-33　各渲染设置的效果

15.6.6 渲染 3D 文件

完成 3D 文件的处理之后，可创建最终渲染以产生用于 Web、打印或动画的最高品质输出。最终渲染使用光线跟踪和更高的取样速率以捕捉更逼真的光照和阴影效果。

使用最终渲染模式可以增强 3D 场景中的基于光照和全局环境色的图像、对象反射产生的光照（颜色出血），减少柔和阴影中的杂色等效果。对模型光照和阴影效果等进行一些必要的调整后，选择【3D】/【为最终输出渲染】命令即可对 3D 文件进行渲染。

渲染完成后，可拼合 3D 场景以便用其他格式输出；将 3D 场景与 2D 内容复合或直接从 3D 图层打印。对 3D 图层所做的任何更改（例如移动模型或更改光照）都会停用最终渲染并恢复到之前的渲染设置。最终渲染可能需要很长时间，具体取决于 3D 场景中的模型、光照和映射。不需要在渲染之前更改场景的“消除锯齿”设置，默认情况下，使用“最佳”设置。

15.6.7 存储和导出 3D 文件

在完成 3D 文件的编辑后，可以通过导出 3D 图层和存储 3D 文件的方法将其存储在电脑中。

1. 导出 3D 图层

在 Photoshop CS4 中可以用 Collada DAE、Wavefront/OBJ、U3D 和 Google Earth 4 KMZ 等所有被支持的 3D 格式导出 3D 图层。导出 3D 图层的具体操作步骤如下：

Step 1 选择【3D】/【导出 3D 图层】命令。

Step 2 在打开的如图 15-34 所示的“存储为”对话框中选择导出纹理的格式，其中 U3D 和 KMZ 支持 JPEG 或 PNG 作为纹理格式，DAE 和 OBJ 支持所有 Photoshop CS4 支持的用于纹理的图像格式。

Step 3 如果导出为 U3D 格式，需选择编码选项。ECMA 1 与 Acrobat 7.0 兼容；ECMA 3 与 Acrobat 8.0 及更高版本兼容，并提供一些网格压缩。

Step 4 单击 保存(S) 按钮即可将 3D 文件导出。

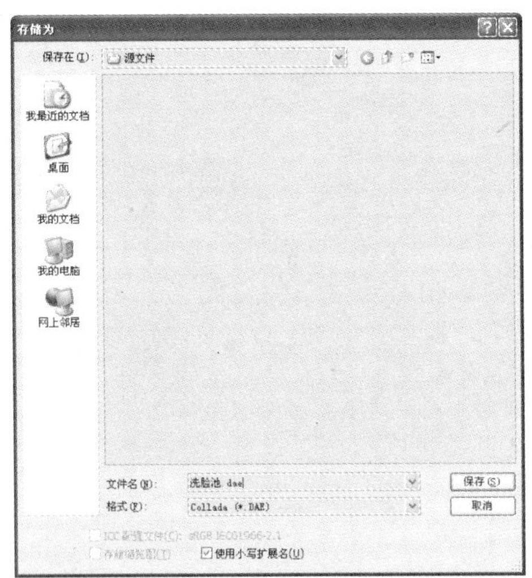

图 15-34 “存储为”对话框

指点迷津

在选择导出格式时，“纹理”图层可以用所有 3D 文件格式存储；但是 U3D 只保留“漫射”、“环境”和“不透明度”纹理映射。Wavefront/OBJ 格式不存储相机设置、光源和动画，只有 Collada DAE 会存储渲染设置。

2. 存储 3D 文件

要保留 3D 模型的位置、光源、渲染模式和横截面，可将包含 3D 图层的文件以 PSD、PSB、TIFF 或 PDF 格式储存。选择【文件】/【存储】命令或【文件】/【存储为】命令，在打开的“存储为”对话框中选择 Photoshop (PSD)、Photoshop PDF 或 TIFF 格式，然后单击 保存(S) 按钮即可存储 3D 文件。

15.7 综合实例——绘制 3D 台球

使用将 2D 图形转化为 3D 形状的方法绘制 3D 台球

通过平面图像创建 3D 形状是最快速、最简单的三维图像制作方法，在制作完成后，用户还可以通过 3D 控制面板对图像的属性如材料、光源等进行设置，图 15-35 所示为通过此方法绘制的台球。

图 15-35　最终效果

制作思路

第一步：创建 2D 图形
- ①新建图像文件
- ②填充前景色和背景色
- ③绘制和填充圆形选区

第二步：转换为 3D 图像并编辑
- ④合并图层并将图形转化为 3D 图像
- ⑤编辑 3D 图像

其具体操作步骤如下：

Step 1 选择【文件】/【新建】命令打开"新建"对话框，设置其宽度为 600 像素，高度为 450 像素，分辨率为 72 像素/英寸，背景色为白色，单击 确定 按钮新建图像文件。

Step 2 将前景色设置为绿色（#106914），按【Alt+Delete】组合键填充"背景"图层，新建"图层 1"，按【Ctrl+Delete】组合键将"图层 1"填充为白色。

Step 3 将背景色设置为红色(#fd0652)，选择工具箱中的矩形选框工具，绘制如图 15-36 所示的矩形选区，按【Ctrl+Delete】组合键填充选区。

Step 4 新建"图层 2"，选择工具箱中的椭圆选框工具，按【Shift】键的同时在矩形的中间绘制圆形，为其填充白色，效果如图 15-37 所示，按【Ctrl+D】组合键取消选区。

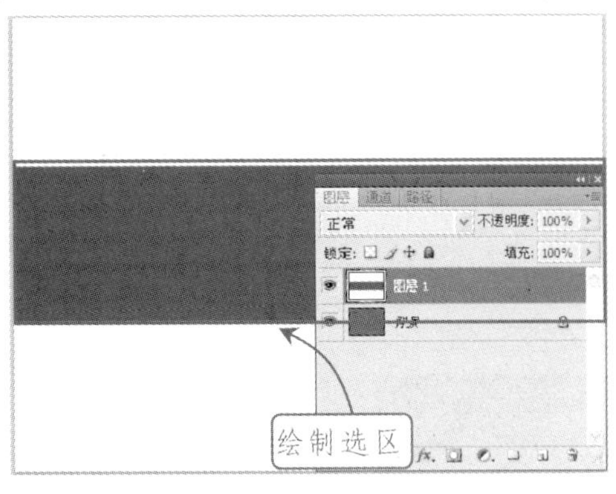

图 15-36　创建和填充矩形选区

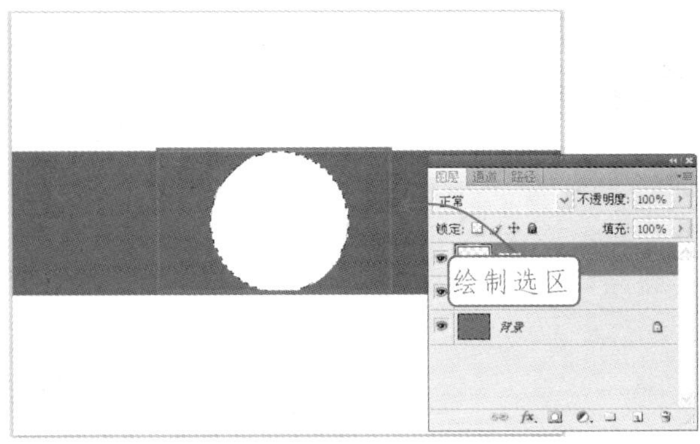

图 15-37　创建和填充圆形选区

Step5 选择工具箱中的横排文字工具T，在其工具属性栏中将文本颜色设置为“黑色”，字号为72，字体为“方正华隶简体”，在圆形的中间位置输入“1”。

Step6 在“图层”控制面板中按住【Ctrl】键的同时选择“图层 2”和文本图层，按住【Ctrl+T】组合键，通过变换框对图形进行缩放，效果如图 15-38 所示。

Step7 选择文字图层，按两次【Ctrl+E】组合键合并图层至“图层 1”，选择【3D】/【从图层新建】/【球形】命令，将图层转化为球形，如图 15-39 所示。

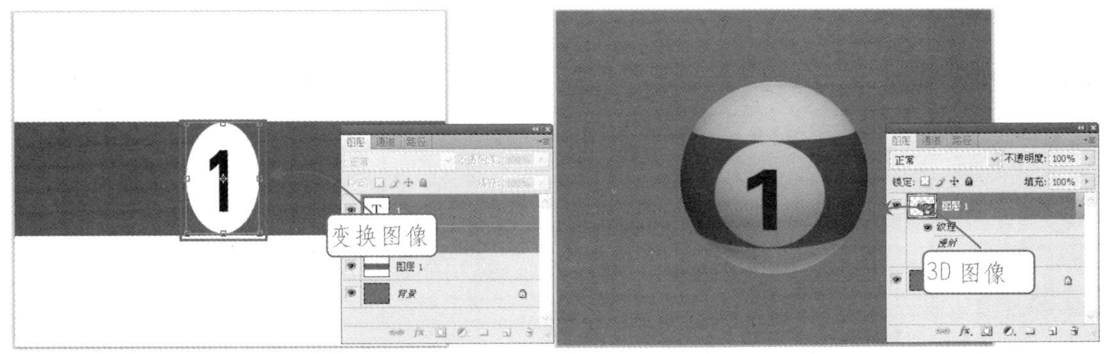

图 15-38　变换图像　　图 15-39　转化为 3D 图像

Step8 选择【窗口】/【3D】命令打开 3D 控制面板，默认选中“场景”按钮，选择“无限光 1”选项，将鼠标指针移至 3D 轴的轴组件上方，使其高亮显示为橙色时，拖动鼠标旋转调整其光源的角度，如图 15-40 所示。

Step9 使用同样的方法选择“无限光 2”和“无限光 3”选项后，调整光源的角度，效果如图 15-41 所示。

Step10 单击 3D 控制面板顶部的“材料”按钮切换到“3D{材料}”控制面板，将凹凸强度、光泽度、反光度、不透明度、反射参数分别设置为 1、100%、100%、100%、22，如图 15-42 所示。

Step11 单击 3D 控制面板顶部的“光源”按钮切换到“3D{光源}”控制面板，选择“无限光 1”选项，将鼠标指针移至 3D 轴的轴组件上方，使其高亮显示为橙色时，拖动鼠标旋转调整光源的角度，如图 15-43 所示，最终效果如图 15-35 所示。

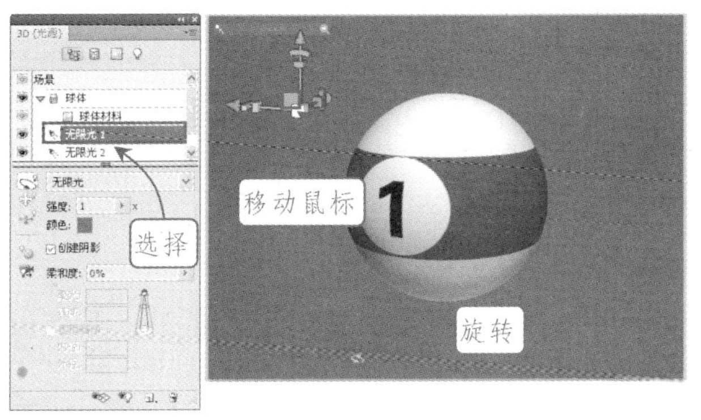

图 15-40　调整光源

图 15-41　查看效果

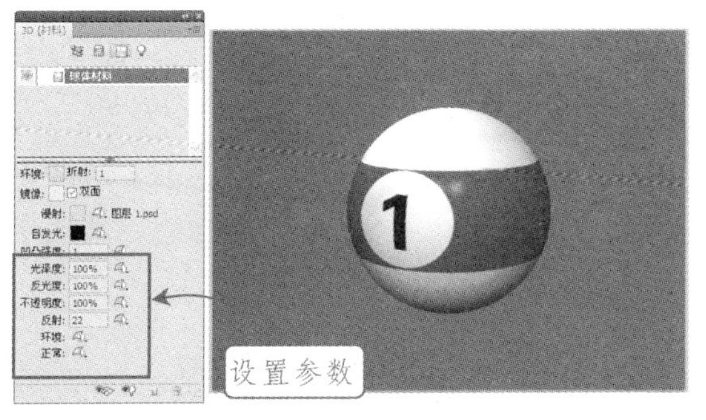

图 15-42　设置材料参数

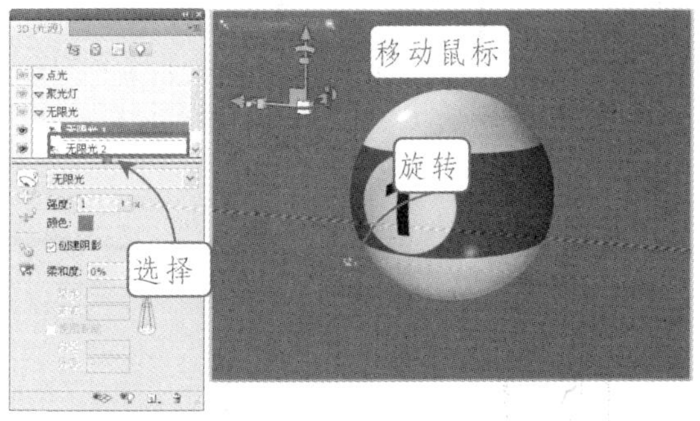

图 15-43　调整光源

Step12 选择【文件】/【存储】命令，在打开的“存储为”对话框中设置图像文件保存的位置和名称后，单击 确定 按钮保存图像文件【源文件\第 15 章\台球.psd】。

15.8 大显身手

本章应重点掌握在 Photoshop CS4 中 3D 与技术成像的操作

新建图像文件，在新建的图层中使用矩形选框工具绘制如图 15-44 所示的 5 个矩形，分别为其填充黄色、粉红色、白色、绿色和黄褐色并输入文本，然后将图层中的图像转化为 3D 图像并调整其光源角度，效果如图 15-45 所示【源文件\第 15 章\营养金字塔.psd】。

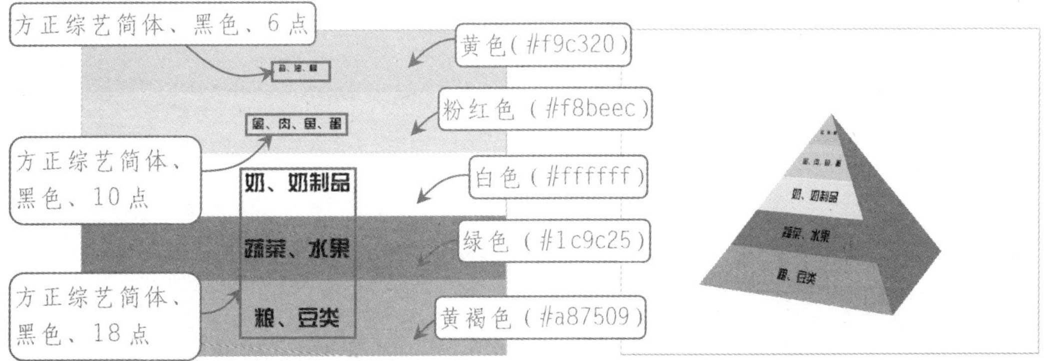

图 15-44　创建图像文件

图 15-45　转化为 3D 图像

电脑急救箱

运用本章知识时若遇到有关 3D 与技术成像的各种问题，别着急，打开电脑急救箱看看吧

Q 为什么在启动 Photoshop CS4 后，3D 菜单中的命令都是灰色的呢？

A 选择【编辑】/【首选项】/【性能】命令，在打开的“首选项”对话框中查看 ☑启用 OpenGL 绘图(D) 复选框是否为灰色状态，如果为灰色状态，则表示电脑中的视频配适器有可能无法支持 OpenGL。OpenGL 是一种软件和硬件标准，可在处理大型或复杂图像（如 3D 文件）时加速视频处理过程。OpenGL 需要支持 OpenGL 标准的视频配适器。在安装了 OpenGL 的系统中，打开、移动和编辑 3D 模型时的性能将极大提高。如果未在系统中检测到 OpenGL，则 Photoshop CS4 只能使用用于软件的光线跟踪渲染来显示 3D 文件。

Q 3ds Mas 软件制作的图像也是 3D 图像，为什么在 Photoshop CS4 却不能将其打开呢？

A 使用 Photoshop CS4 可以打开和处理由 Adobe Acrobat 3D Version 8、3ds Max、Alias、Maya 及 GoogleEarth 等程序创建的 3D 文件。通常，由 3ds Max 软件制作的图像习惯于存储为.max 格式的图像文件，因此 Photoshop CS4 无法将其打开。在完成 3D 图像的制作后，选择【文件】/【导出】命令，在打开的对话框中设置文件的格式为.3DS，然后在 Photoshop CS4 中，选择【文件】/【打开】命令即可将文件打开并进行编辑了。

第 16 章

动作与图像自动化处理

本章要点

- 使用动作实现自动化
- 自动处理图像

在 Photoshop CS4 中，对图像进行处理是进行设计的前提，为了能够快速地处理图像，可以通过更便捷的方式。动作就是这样衍生出来的，通过使用动作可以快速为图像添加边框及各种效果，还可以通过“动作”控制面板中自带的动作和录制所需的动作，为图像创建快捷批处理程序，以实现对多张图像统一进行处理。

16.1 项目观察——录制动作

初步了解通过录制动作处理图像的方法

在 Photoshop CS4 中用户可以通过动作为图像添加边框及各种效果等，还可以根据自己的需要录制动作然后运用于图像，这样可以强化图像的效果并提高图像处理的速度。下面将打开如图 16-1 所示的“建筑.jpg”图像文件，通过使用录制的动作，处理后的图像效果如图 16-2 所示。

图 16-1 打开图像

图 16-2 最终效果

Step 1 打开“建筑.jpg”图像文件【素材\第 16 章\建筑.jpg】，按【Alt+F9】组合键打开“动作”控制面板。

Step 2 单击“动作”控制面板底部的“创建新组”按钮，在打开的“新建组”对话框中的“名称”文本框中输入“自定义动作组”，单击 确定 按钮新建组，如图 16-3 所示。

Step 3 单击“动作”控制面板底部的“创建新动作”按钮，在打开的“新建动作”对话框中的“名称”文本框中输入“艺术画效果”，如图 16-4 所示。

Step 4 单击 记录 按钮退出“新建动作”对话框，接下来的任何操作都将被记录到新建的动作中。

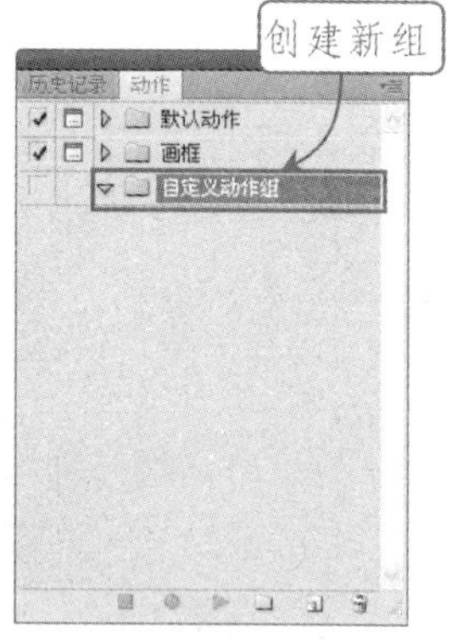

图 16-3 创建新组

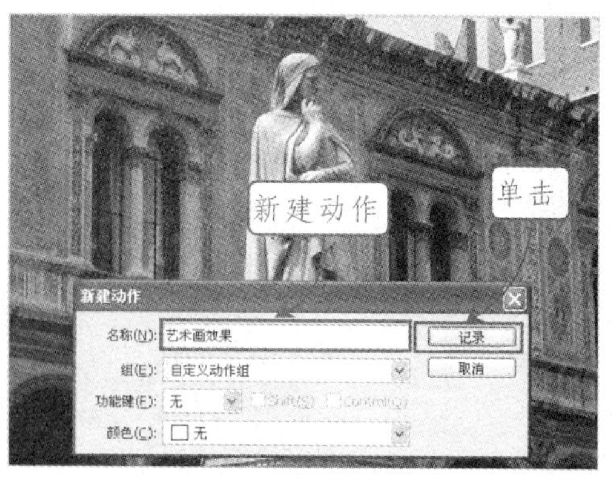

图 16-4 设置动作名称

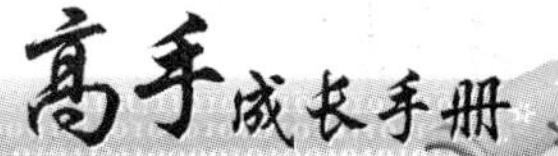

Step 5 单击“动作”控制面板右上角的按钮，在弹出的下拉菜单中选择“图像效果”命令，将“图像效果”动作组添加到“动作”控制面板中。

Step 6 单击“图像效果”动作组左侧的▶按钮展开动作组，选择仿旧照片动作，单击▶按钮，可播放当前选择的动作，如图 16-5 所示。

Step 7 播放过程中，图像窗口中将显示不断闪烁切换的画面。动作播放完成后，“动作”控制面板和图像效果分别如图 16-6 和图 16-7 所示。

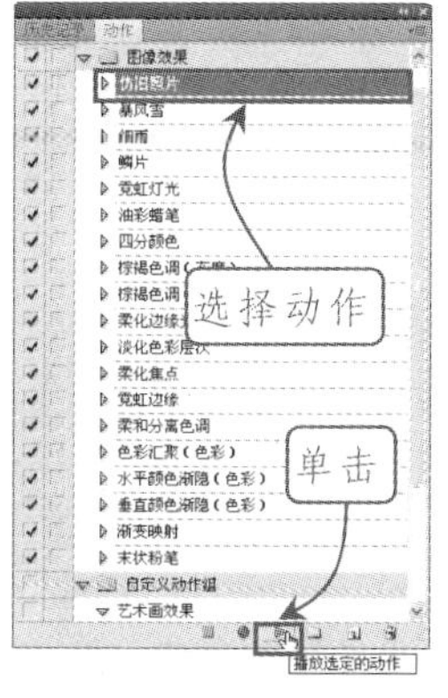

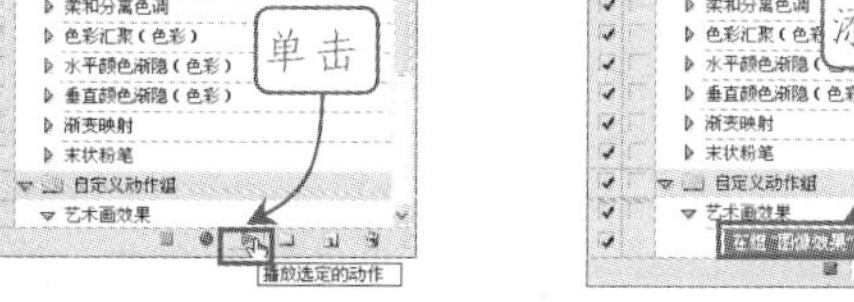

图 16-5　播放动作　　图 16-6　添加到动作组中　　图 16-7　图像效果

Step 8 选择【滤镜】/【纹理】/【纹理化】命令为图像应用“纹理化”滤镜效果，同时将该动作添加到“艺术画效果”动作列表中。

Step 9 单击“动作”控制面板右上角的按钮，在弹出的下拉菜单中选择“画框”命令，将“画框”动作组添加到“动作”控制面板中。

Step 10 单击“画框”动作组左侧的▶按钮展开动作组，选择浪花形画框动作，单击▶按钮播放并记录当前选择的动作，如图 16-8 所示。

Step 11 此时“图层”控制面板和图像效果如图 16-9 所示，在“图层”控制面板中显示所有图层，按两次【Ctrl+E】组合键合并所有图层，同时在“动作”控制面板中将记录当前的动作。

Step 12 单击“动作”控制面板底部的“停止”按钮■以完成此次录制，如图 16-10 所示，选择【文件】/【保存】命令对修改后的图像文件进行保存【源文件\第 16 章\建筑.jpg】。

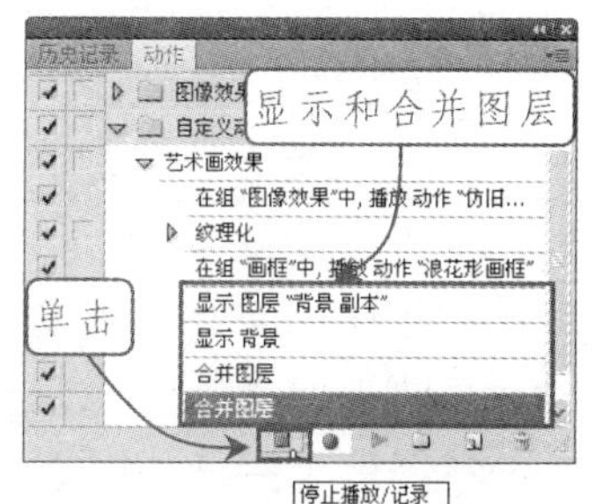

图 16-8　使用动作　　图 16-9　图像效果　　图 16-10　完成录制

该项目观察主要介绍了通过录制的动作处理图像的方法，在录制图像的过程中，既可以使用 Photoshop CS4 中各种处理图像的命令，也可以载入“动作”控制面板中的动作，本章将对自动化和批处理图像的知识进行详细介绍。

16.2 使用动作实现自动化

使用动作可以简化图像处理的步骤，达到快速处理图像的目的

使用 Photoshop CS4 处理图像时，为了获得某种图像效果，通常需要涉及很多操作，使用动作可以自动化处理图像，快速又方便。

16.2.1 了解“动作”控制面板

动作的使用是通过“动作”控制面板完成的，要掌握并灵活运用动作，必须先了解“动作”控制面板。选择【窗口】/【动作】命令或单击工作界面中控制面板组中的“动作”选项卡，打开如图 16-11 所示的“动作”控制面板。

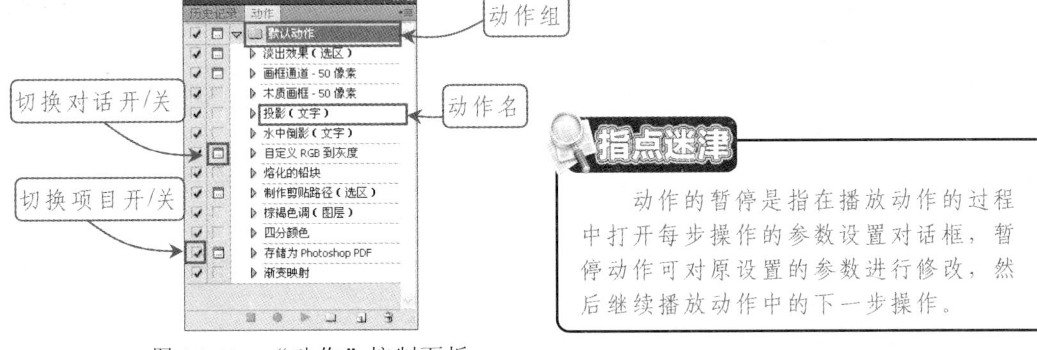

图 16-11 “动作”控制面板

“动作”控制面板中各组成部分的作用分别介绍如下：

- 动作组：是一组动作的集合，文件夹上显示的名称是该动作组的名称。
- ▷按钮：单击该按钮可以展开动作组或动作的操作及参数，展开动作组后按钮变成▽按钮，单击该按钮便可折叠动作组或动作的操作和参数。
- 动作名：用于显示动作的名称。
- 切换对话开/关：当该框是□时，表示在播放动作的过程中不会暂停；当该框中有红色标记□时，则表示该动作中只有部分步骤设置了暂停；当该框中有黑色标记□时，则表示该动作的每步操作在播放时都需要暂停并设置参数。
- 切换项目开/关：当该框是□时，表示该动作组或动作不能播放；当该框中有红色标记✓时，则表示该动作组中有部分动作不能播放；当该框内有黑色标记✓时，则表示该动作组中的所有动作都可以播放。
- “停止播放/记录”按钮■：单击该按钮，可停止正在播放的动作。在录制新动作时，单击该按钮可以停止动作的录制。

- “开始记录”按钮●：单击该按钮，可以开始记录一个新的动作。
- “播放选定的动作”按钮▶：单击该按钮，可以播放当前选择的动作。
- “创建新组”按钮□：单击该按钮，可以新建一个动作组来存放创建的动作。
- “创建新动作”按钮□：单击该按钮，可以新建一个动作。
- “删除”按钮🗑：单击该按钮，可以删除当前选择的动作或动作组。

16.2.2 使用动作

在默认的“动作”控制面板中只显示了“默认动作”动作组，其中提供了比较常用的动作，如自动工作区、色彩和色调校正工作区、处理文字工作区等。另外，Photoshop CS4 本身自带了画框、纹理、图像效果、文字效果等 8 种动作组，可以根据需要将这些动作组载入“动作”控制面板中以供使用。下面使用动作为“漂流瓶.jpg”图像添加画框效果，其具体操作步骤如下：

Step 1 打开“漂流瓶.jpg”图像文件【素材\第 16 章\漂流瓶.jpg】，打开“动作”控制面板，单击右侧的☰按钮，在弹出的下拉菜单中选择“画框”命令，如图 16-12 所示。

Step 2 此时程序将自动载入并展开“画框”动作组，选择需要使用的动作，这里选择“笔刷形画框”动作。单击“动作”控制面板底部的▶按钮，开始播放该动作，如图 16-13 所示。

Step 3 播放过程中图像窗口中将显示不断闪烁切换的画面。动作播放完成后，创建的图像效果如图 16-14 所示【源文件\第 16 章\漂流瓶.psd】。

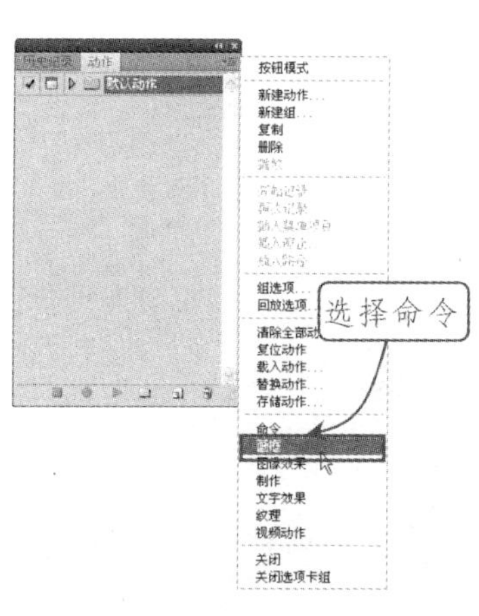

图 16-12　添加动作组

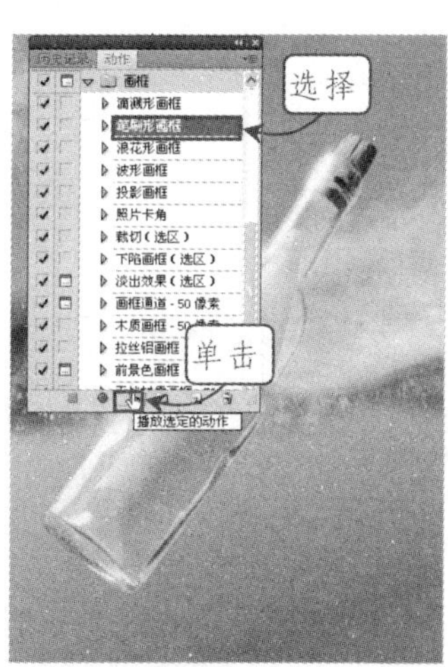

图 16-13　使用动作

图 16-14　图像效果

16.2.3 录制动作

系统自带了大量动作，但是在具体的工作中却很少用到它们，这时就需要录制新的动作，以满足图像处理的需要。这里以为图像添加版权标志为例来介绍动作的录制，其具体操作步骤如下：

Step1 打开“古代瓷器.jpg”图像【素材\第16章\古代瓷器.jpg】，选择横排文字工具T，在图像中绘制如图16-15所示的路径，并一直保持该路径呈显示状态。

Step2 单击“动作”控制面板底部的“创建新组”按钮，在打开的“新建组”对话框中的“名称”文本框中输入“自定义动作组”，单击确定按钮，新建组如图16-16所示。

图16-15 打开图像并绘制路径

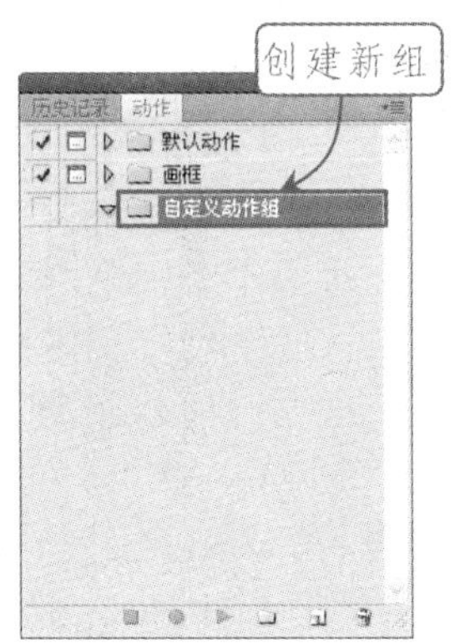

图16-16 新建动作组

Step3 单击“动作”控制面板底部的“创建新动作”按钮，在打开的“新建动作”对话框中的“名称”文本框中输入“添加标志”，如图16-17所示。

Step4 单击记录按钮退出“新建动作”对话框，接下来的任何操作都将被记录到新建的动作中，其标志就是“开始记录”按钮呈红色显示，如图16-18所示。

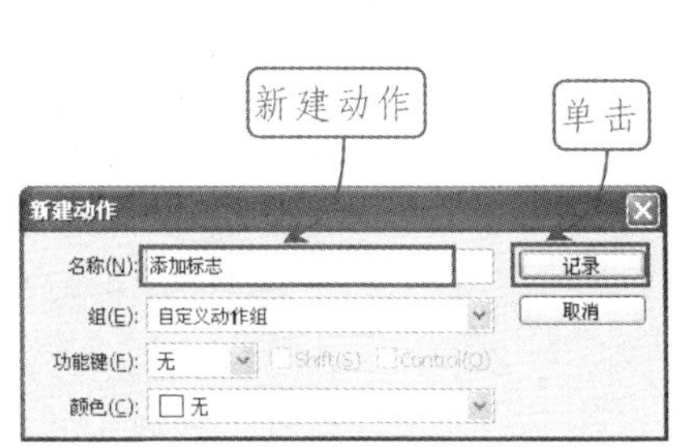

图16-17 “新建动作”对话框

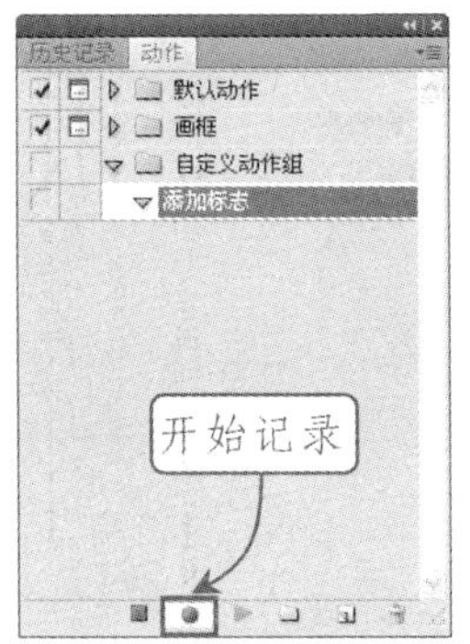

图16-18 新建动作

Step5 单击“动作”控制面板右上角的按钮，在弹出的下拉菜单中选择“插入路径”命令。

Step6 新建“图层1”，按【Ctrl+Enter】组合键，将路径转换为选区，复位前景色为黑色，背景色为白色。

Step7 按【Ctrl+Delete】组合键用背景色填充选区，按【Ctrl+D】组合键取消选区。

Step8 在“图层”控制面板中将“图层1”的不透明度设置为30%，然后按【Ctrl+E】组合键合并“图层1”到“背景”图层上。单击“动作”控制面板底部的“停止播放/

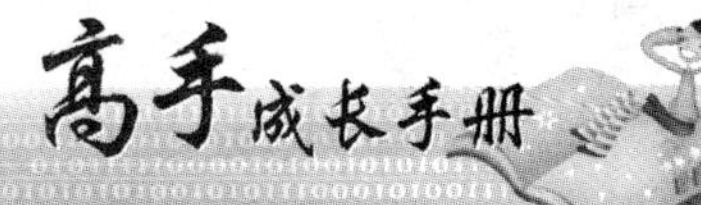

记录”按钮■以完成此次录制，此时的“动作”控制面板如图 16-19 所示，图像效果如图 16-20 所示。

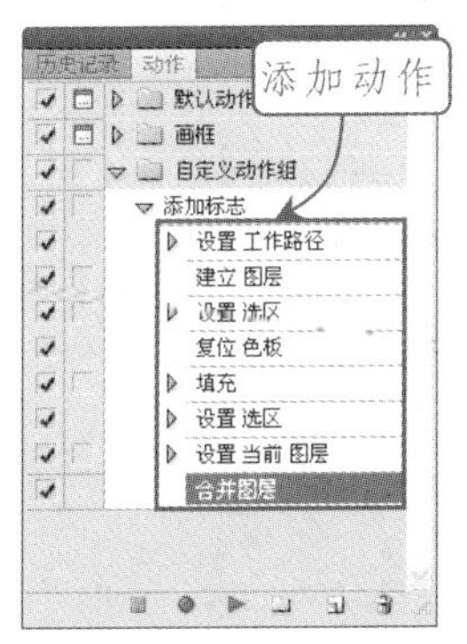

图 16-19　“动作”控制面板

图 16-20　图像效果

Step 9 打开“现代瓷器.jpg”图像文件【素材\第 16 章\现代瓷器.jpg】，如图 16-21 所示。在“动作”控制面板中选择新建的“添加标志”动作，单击“播放选定的动作”按钮▶执行该动作。

Step 10 为该图像自动添加了版权标志，如图 16-22 所示【源文件\第 16 章\现代瓷器.jpg】。

图 16-21　打开图像

图 16-22　添加标志

16.2.4 管理动作

“动作”控制面板中的动作有很多，如果能对动作进行有效的管理，在查找和使用动作时会更方便。

1. 重新排列动作

在“动作”控制面板中，选择需要重新排列的动作，在其上按住鼠标左键不放，并将其拖至位于另一个动作之前或之后的新位置。当突出显示行显示在所需的位置时，释放鼠标即可，如图 16-23 所示。

图 16-23　移动动作

2. 复制动作

复制动作的方法有 3 种，分别如下：

- 按住【Alt】键的同时将动作拖至“动作”控制面板中的新位置，当突出显示行显示在所需位置时释放鼠标即可。
- 选择动作或命令后，单击“动作”控制面板右上角的按钮，在弹出的下拉菜单中选择“复制”命令。
- 将动作拖至“动作”控制面板底部的“创建新动作”按钮上即可。

3. 删除动作

删除动作的方法有 4 种，分别如下：

- 选择动作后，单击“动作”控制面板底部的“删除”按钮，在弹出的提示对话框中单击 确定 按钮完成删除。
- 选择动作后，按住【Alt】键的同时单击“动作”控制面板底部的“删除”按钮可直接删除而不弹出确认对话框。
- 选择动作后，将所选动作拖至“动作”控制面板底部的“删除”按钮上可直接删除。
- 选择动作后，单击“动作”控制面板右上角的按钮，在弹出的下拉菜单中选择“删除”命令。

16.2.5 修改动作的名称和参数

在“动作”控制面板中，动作的名称和参数都是依据该动作的功能和作用进行设置的，可以通过指定的方式为使用频率较高的动作设置特定的名称和参数。单击“动作”控制面板右上角的按钮，在弹出的下拉菜单中选择“动作选项”命令，在打开的如图 16-24 所示的“动作选项”对话框中可对动作名称、快捷键和颜色进行设置。对颜色进行设置后，只有在“动作”下拉菜单中选择“按钮模式”命令后才能显现出来。

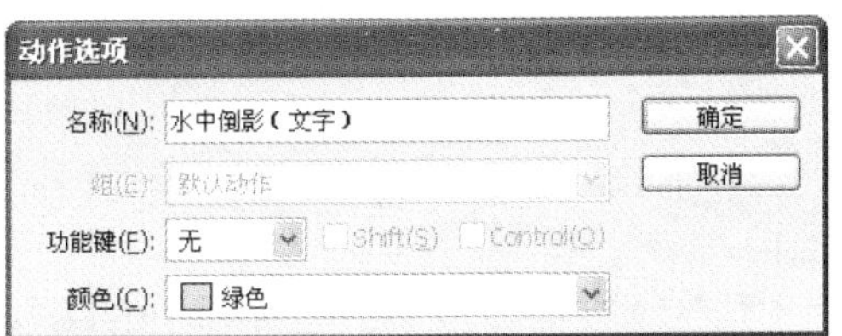

图 16-24　“动作选项”对话框

指点迷津

在 Photoshop CS4 中，通过双击“动作”控制面板中的动作名称右侧的空白区域也可以打开“动作选项”对话框

16.2.6 指定回放速度

复杂的动作有时不能正确播放，但又无法判断问题发生在何处，可通过指定回放速度观察每一条命令的执行情况。通过调整动作的回放速度或将其暂停可对动作进行调试。打开“动作”控制面板，单击其右上角的▤按钮，在弹出的下拉菜单中选择“回放选项”命令，在打开的如图 16-25 所示的“回放选项”对话框中指定一种性能后单击【确定】按钮即可。

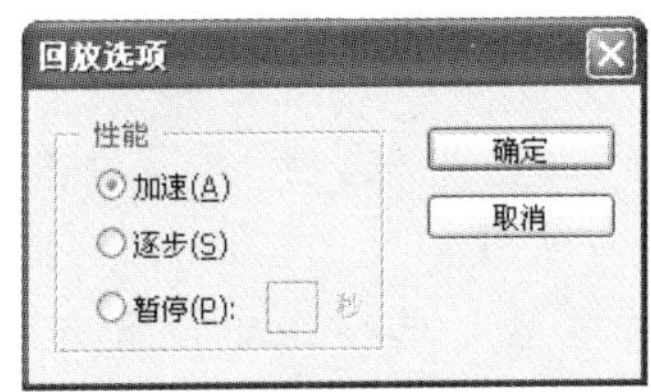

图 16-25　“回放选项”对话框

指点迷津

在加速播放动作时，文件可能不曾在屏幕上显示就进行了打开、修改、存储和关闭操作，从而使动作得以更加快速地执行。

“回放选项”对话框中各单选按钮的作用如下：

- 加速：以正常的速度播放动作（默认设置）。
- 逐步：完成每个命令并重绘图像，然后再执行动作中的下一个命令。
- 暂停：指定应用程序在执行动作中的每个命令之间应暂停的时间量。

16.3 自动处理图像

使用自动处理图像功能可以一次处理多幅图像

除了使用“动作”控制面板处理图像外，还可以通过批处理和创建快捷批处理程序的方式一次性地对多幅图像进行处理。

16.3.1 批处理图像

使用“动作”控制面板一次只能对一个图像执行动作，如果想对一个文件夹下的所有图像同时应用某动作，可通过批处理图像的方法来快速实现。下面以为一个文件下的所有图像添加画框为例来介绍这种自动处理方法，其具体操作步骤如下：

Step 1　选择【文件】/【自动】/【批处理】命令，在打开的“批处理”对话框中设置要执行的动作为“画框”动作组内的“木质画框”动作，如图 16-26 所示。

Step 2　单击【选择(C)...】按钮，在打开的“浏览文件夹”对话框中将“猫咪”文件夹作为当前要处理的文件夹【素材\第 16 章\猫咪】，“猫咪”文件夹内包含了 7 个图像文件，如图 16-27 所示。

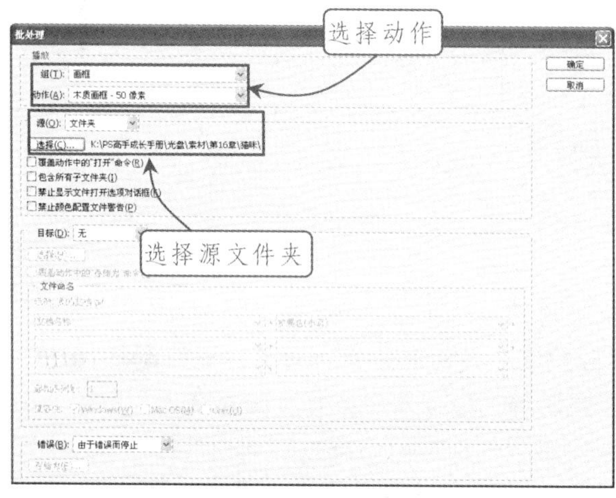

图 16-26 “批处理”对话框

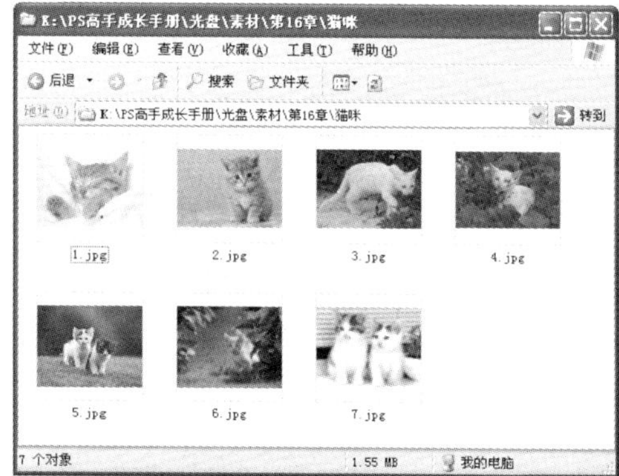

图 16-27 “猫咪”文件夹

Step 3 在“批处理”对话框的“目标”下拉列表框中选择“文件夹”选项，并通过单击[选择(C)...]按钮指定处理后的图像存放在“批处理”空文件夹【源文件\第 16 章\批处理】下。

Step 4 按照文件浏览器批量重命名的方法，在“文件命名”选项组中设置起始文件名为“猫咪 001”，如图 16-28 所示。

Step 5 单击[确定]按钮，在弹出的提示对话框中单击[继续(C)]按钮，系统自动对“猫咪”文件夹下的每个图像文件添加画框，为其重新命名并选择图片的存储格式为.jpg 格式，然后将自动处理后的文件存储到“批处理”文件夹下，如图 16-29 所示。

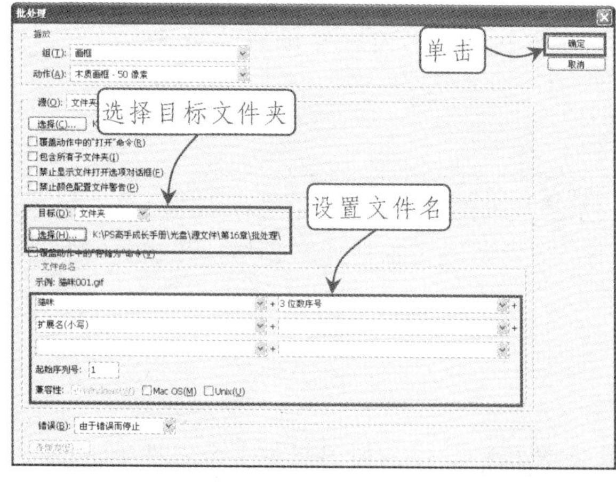

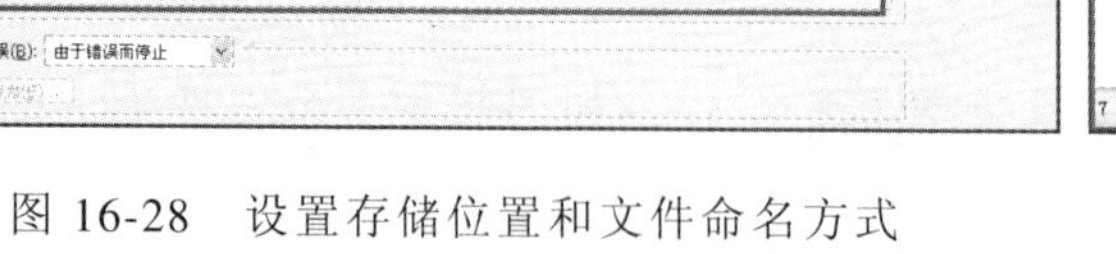

图 16-28 设置存储位置和文件命名方式

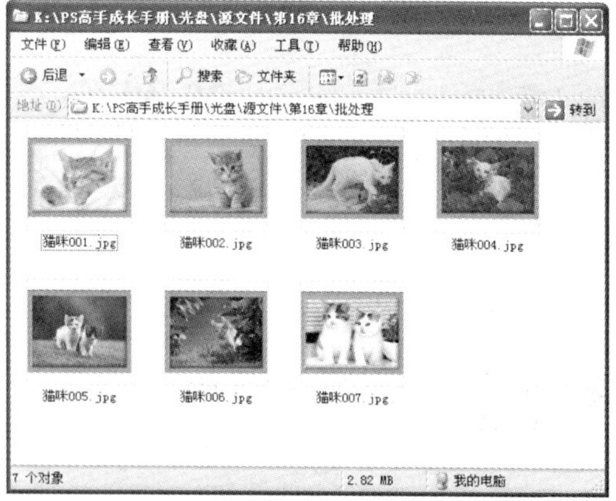

图 16-29 批处理后的图像

16.3.2 快捷批处理图像

快捷批处理是指通过“动作”控制面板中的动作创建快捷批处理程序，然后将其运用

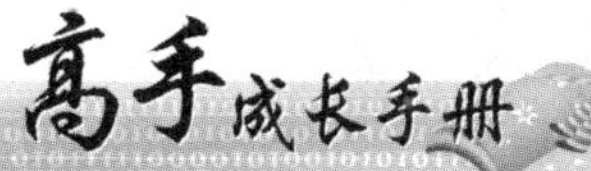

于图像，达到快速处理图像的目的。下面对图像进行快捷批处理，其具体操作步骤如下：

Step 1　选择【文件】/【自动】/【创建快捷批处理】命令打开“创建快捷批处理”对话框。

Step 2　单击“将快捷批处理存储于”选项组中的 选择(C)... 按钮，在打开的“存储”对话框中设置该程序的名称和存储位置。

Step 3　单击“保存”按钮返回“创建快捷批处理”对话框。单击 确定 按钮完成创建快捷批处理程序的创建，如图 16-30 所示。

Step 4　选择“山水之间.jpg”图像文件【素材\第 16 章\山水之间.jpg】，将其拖至“快捷批处理.exe”程序图标上，此时将打开“山水之间.jpg”图像文件、应用动作，同时打开“存储为”对话框，对经过处理后的图像文件的保存位置进行选择后对图像文件进行保存【源文件\第 16 章\山水之间.psd】，图像效果如图 16-31 所示。

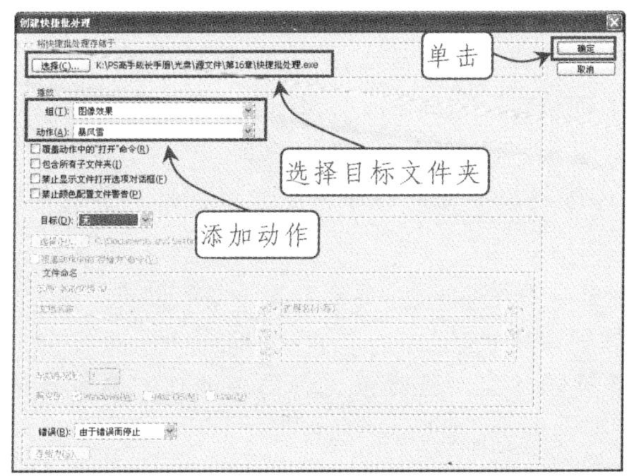

图 16-30　“创建快捷批处理”对话框

图 16-31　图像效果

16.4 综合实例——批处理图像

使用创建的动作批处理图像

本章综合实例将创建一个“黑白照片”的动作，并使用该动作对“图像批处理”文件夹中的图像进行批处理，通过该实例，可以使读者更加熟练地掌握动作的创建和播放操作。处理后的图像如图 16-32 所示。

图 16-32　处理后的图像

制作思路

创建动作并对图像进行批处理

①打开“风景.jpg”图像文件
②录制动作
③创建批处理程序
④为图片添加图像效果

其具体操作步骤如下：

Step 1 打开“风景.jpg”图像文件【素材\第 16 章\风景.jpg】，按【Alt+F9】组合键打开“动作”控制面板。

Step 2 单击“动作”控制面板底部的“创建新组”按钮，在打开的“新建组”对话框中的“名称”文本框中输入“照片后期处理”，单击确定按钮新建组。

Step 3 单击“动作”控制面板底部的“创建新动作”按钮，在打开的“新建动作”对话框中的“名称”文本框中输入“老照片”，如图 16-33 所示。

Step 4 单击记录按钮退出“新建动作”对话框，接下来的任何操作都将被记录到新建的动作中。

Step 5 单击“动作”控制面板右上角的按钮，在弹出的下拉菜单中选择“画框”命令，将“画框”动作组添加到“动作”控制面板中。

Step 6 单击“画框”动作组左侧的按钮展开动作组，选择浪花形画框动作，单击按钮，可播放当前选择的动作。

Step 7 播放过程中，图像窗口中将显示不断闪烁切换的画面。动作播放完成后，“动作”控制面板如图 16-34 所示。

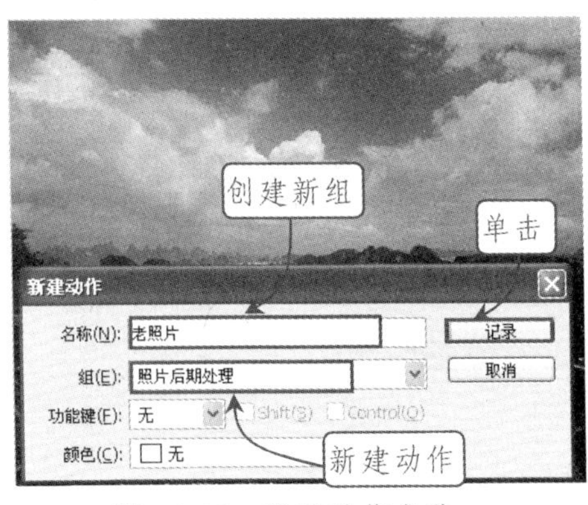

图 16-33 设置动作名称

图 16-34 使用动作

Step 8 使用同样的方法添加波形画框动作，记录动作后的“动作”控制面板如图 16-35 所示。选择【图像】/【调整】/【黑白】命令，图片的处理效果如图 16-36 所示，同时“动作”控制面板中将记录黑白动作，如图 16-37 所示，合并所有图层，单击“动作”控制面板中的按钮，完成动作的创建。

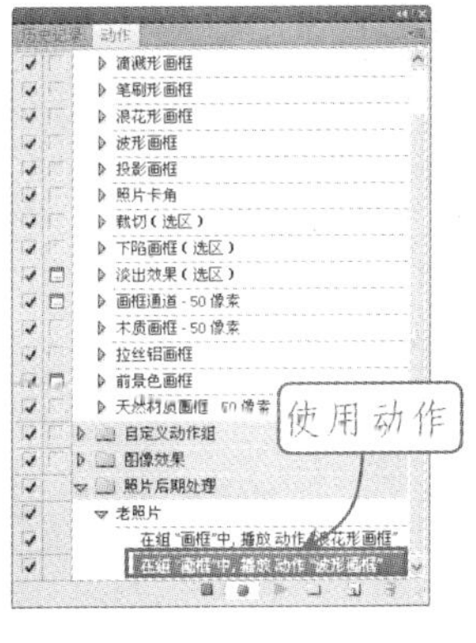

图 16-35　使用动作

图 16-36　图像效果

图 16-37　记录黑白动作

Step 9 选择【文件】/【自动】/【批处理】命令，打开“批处理”对话框。在“组”下拉列表框中选择“照片后期处理”选项，在“动作”下拉列表框中选择需要批处理文件时播放的动作，这里选择“老照片”选项。

Step 10 在“源”下拉列表框中选择“文件夹”选项，单击 选择(C)... 按钮，在打开的“浏览文件夹”对话框中选择图像所在文件夹【素材\第 16 章\风景】。

Step 11 单击 确定 按钮返回到“批处理”对话框，在“目标”下拉列表框中选择“文件夹”选项，单击 选择(C)... 按钮设置图片的保存位置【源文件\第 16 章\风景】，如图 16-38 所示。

Step 12 单击 确定 按钮，系统自动开始处理文件夹中的所有图像，处理完成后的效果如图 16-32 所示。

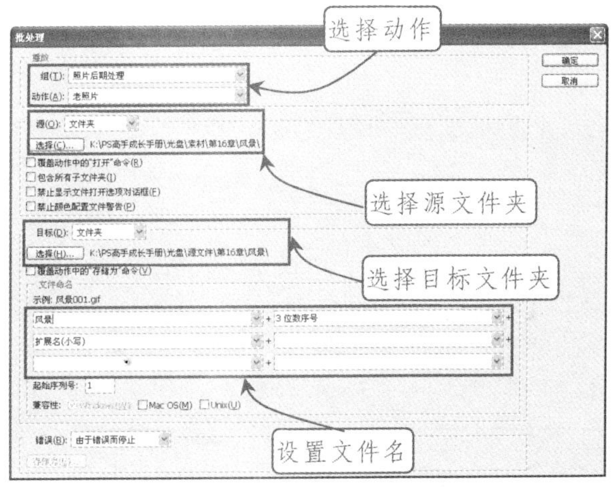

图 16-38　“批处理”对话框

16.5 大显身手

本章应重点掌握在 Photoshop CS4 中动作与图像自动化处理的方法

打开“风车.jpg”图像文件【素材\第 16 章\风车. jpg】，为图像添加“图像效果”动作组中的“细雨”动作，完成后的最终效果如图 16-39 所示（源文件\第 16 章\风车.psd）。

图 16-39　最终效果

电脑急救箱

运用本章知识时若遇到有关动作与图像自动化处理的问题，别着急，打开电脑急救箱看看吧

Q 为什么在创建动作过程中有的操作不能被录制？

A 在 Photoshop CS4 下需要注意的是，有的操作不能被录制，能被录制的有多边形套索、选框、裁切、直线、渐变、移动、魔棒、油漆桶和文字等工具及路径、通道、图层、历史记录等控制面板中的操作。

Q 在录制动作过程中发现进行了错误的录制操作，是不是只能放弃这次录制，再重新进行录制呢？

A 不需要重新录制，如果出现了错误，可以先停止当前动作的录制，在已录制的动作下选择录制的出错动作内容，并单击“动作”控制面板底部的“删除”按钮，以将该内容删除，然后重新单击“录制”按钮以进入录制状态，再继续进行录制即可。

第 17 章 图像的输入/输出

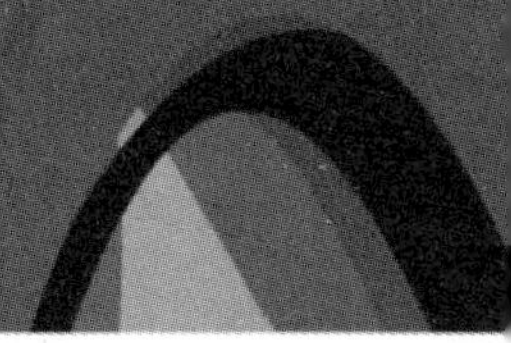

本章要点

- 图像的输入
- 图像的打印输出
- 图像的印刷输出
- 打印与印刷中常见问题的处理

通过素材光盘、扫描仪和数码相机等方式可以获取图像素材，在完成对图像的处理和编辑后，可以以输出图像的方式将其打印到纸张上。本章将对图像的输入、打印输出、印刷输出和打印与印刷中常见问题的处理等知识进行介绍。

17.1 项目观察——打印图像

初步了解打印图像和进行打印前设置的方法

在 Photoshop CS4 中可以通过打印的方式将图像文件打印到纸张上，下面将对已经制作好的“苹果.jpg”图像文件进行打印前的设置并将其打印出来。

Step 1 打开“苹果.jpg”图像文件【素材\第 17 章\苹果.jpg】，如图 17-1 所示，选择【文件】/【打印】命令。

图 17-1　打开图像

Step 2 在打开的“打印”对话框的“打印机”下拉列表框中选择可用的打印机，单击“横向打印纸张”按钮，在“份数”文本框中输入 1，选中☑缩放以适合介质(M)复选框，如图 17-2 所示。

Step 3 单击 页面设置(G)... 按钮打开打印机的文档属性对话框，单击“纸张/质量”标签，在“尺寸为”下拉列表框中选择 A4 选项，如图 17-3 所示。

Step 4 单击 确定 按钮，返回到“打印”对话框中，单击 打印(P)... 按钮即可打印图像。

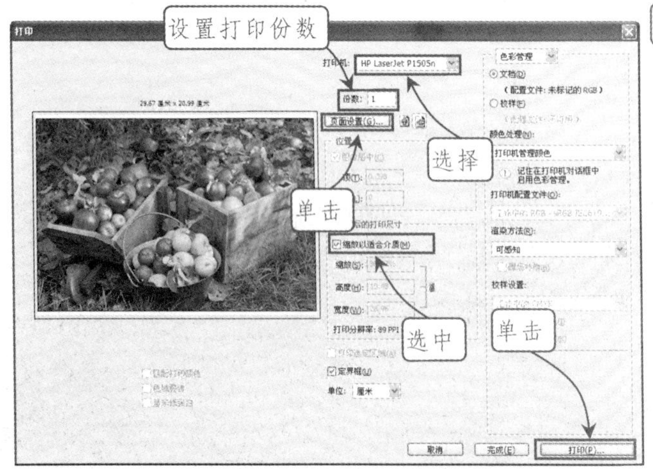

图 17-2　“打印”对话框

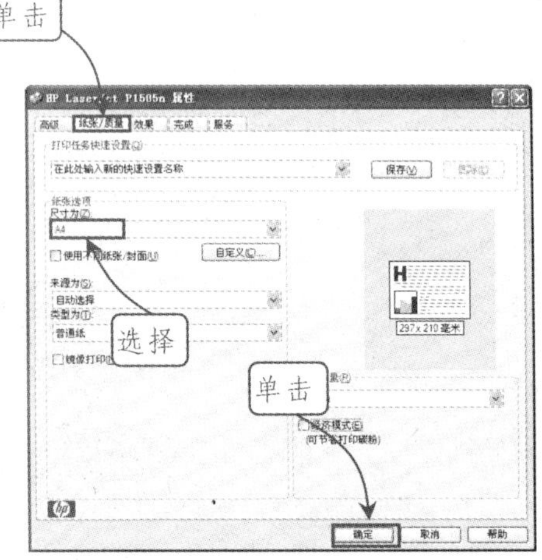

图 17-3　设置纸张大小

通过上述项目案例的制作可以看出，在 Photoshop CS4 中可以通过打印的方式将图像像文本文档一样打印出来，还可以对打印的纸张大小和打印机的文档属性进行设置，这是最常用的图像输出方式。下面将具体讲解图像的输入输出所需掌握的知识。

17.2 图像的输入

图像可以通过素材光盘、扫描仪和数码相机获取并在 Photoshop CS4 中打开和处理

在 Photoshop CS4 中，图像的输入是指获取图像素材。从多方面获取素材可以为设计提供更多的思路和创意，还可以节省图像的制作时间，提高工作效率。图像的获取方法很多，通过素材光盘、扫描仪和数码相机等都可以获取图像素材。

1. 使用素材光盘

素材光盘是专为图像制作人员提供的光盘，其中集合了风景、动物、人物、建筑等各种素材图片，市场上的素材光盘种类繁多，可以根据需要进行选购。

2. 使用扫描仪

将需要获取的图像通过扫描，在电脑中生成一个图像文件并进行保存是收集素材图像的一种常用方法。扫描仪在使用前应通过数据线连接到电脑上，然后在电脑中为其安装应用程序即可开始扫描。

3. 使用数码相机

数码相机是目前较为流行的一种高效获取图像素材的工具，它具有数字化存取功能，并可以与电脑进行数字信息交换。通过数码相机，可以将拍摄的景物、人物等照片直接输入到电脑中，作为图像编辑的素材使用。

4. 网上获取

如今的互联网是一个拥有海量资源的素材库，网上有众多的平面设计论坛及图片网站，通过搜索引擎搜索下载需要的图像作为素材供学习使用是越来越流行的方式。

17.3 图像的打印输出

在对图像进行处理后，可将图像打印输出到纸张上

平面作品制作完成后，如果需要将图像发布到网上，将处理后的图像存储为 JPG 格式并放置在网页上即可。将处理后的最终图像通过打印机输出到纸张上，以便于查看和修改，则是最常用的处理方法。

17.3.1 打印前的准备工作

图像作品设计完成后，可以根据不同的需要将其打印出来，在进行图像打印之前，还要在 Photoshop CS4 中进行一系列前期的输出准备工作。

1. 选择文件存储格式

在制作完图像之后，将图像文件存储为不同的格式，如果仅用于观看，可以将图像保存为 JPG 或者 PNG 格式；如果用于输出，可以将图像文件存储为以下几种格式：

- EPS 格式：该格式支持 LAB、CMYK、RGB、双色调等多种颜色模式，是普遍使用的通用交换格式中的一种综合格式，对于用这种格式生成的文件，大部分专业软件都可以将其打开并对其进行处理，因此被广泛使用于目前的印刷行业。
- TIFF 格式：该格式无压缩且支持 Alpha 通道，可以在许多图像软件之间进行数据交换，印刷时常以这种格式来进行出片。

2. 选择图像分辨率

同样一幅图像，在输出前要根据不同的输出方式，为图片设置不同的分辨率，若分辨率太低，会使图像产生锯齿且轮廓边沿不清晰；若分辨率太高，会造成图片体积庞大，输出速度变慢。选择图像分辨率时，一般应注意以下几点：

- Photoshop CS4 中默认的分辨率为 72 像素/英寸，可以用普通显示器观看。
- 发布于网页中的图像分辨率通常设置为 72 像素/英寸或 96 像素/英寸。
- 大型喷绘图像的分辨率一般不低于 30 像素/英寸。
- 报纸图像作品通常设置为 120 像素/英寸或 150 像素/英寸。
- 印刷图像通常设置为 300 像素/英寸。
- 打印分辨率又叫输出分辨率，是指绘图仪、激光打印机等输出设备在输出图像时每英寸所产生的油墨点数。如果使用与打印机输出分辨率成正比的图像分辨率，则能产生较好的输出效果。

3. 选择色彩模式

在打印图像前，除了要选择文件存储格式和图像分辨率外，还应选择合适的色彩模式。不同的输出方式要求的颜色模式也不同，输出到电视设备中观看的图像，必须经过 NTSC 颜色滤镜等颜色校正工具进行校正后才能正常显示。而对于输入到网页中进行观看的图像，则可以选择 RGB 颜色模式；对于需要印刷的作品，必须使用 CMYK 颜色模式。

17.3.2 设置打印内容

在打印作品前，应根据需要有选择性地指定打印内容，打印内容主要是指如下几点：

- 打印图像：修改图像确认无误后，选择【文件】/【打印】命令，打开“打印”对话框，设置好打印范围和份数后单击 打印(P)... 按钮，系统将按照设置的内容开始打印图像。
- 打印指定图层：在默认情况下，Photoshop CS4 中将打印复合了所有可见图层的图像，若需要打印一个或几个图层，则只需将其设置为一个单独可见的图层，然后再进行打印。

- 打印指定选区：在 Photoshop CS4 中不但可以打印单独的图层，而且还可以打印选择范围内的图像，其方法是选择需要打印的图像，然后在打开的“打印”对话框中选中☐打印选定区域(A)复选框。使用矩形选框工具、套索工具或钢笔工具等，都可以选择图像。
- 多图像打印：多图像打印是指一次将多幅图像同时打印到一张纸上，可在打印前将要打印的图像移至一个图像窗口中，然后再进行打印。

17.3.3 打印页面设置

在进行打印内容的设定后，还需要对打印页面进行设置。打印页面设置包括设置打印纸张的大小、纸张来源、纸张方向、打印机的名称、纸张打印顺序、打印份数等参数，其具体操作步骤如下：

Step 1 选择【文件】/【页面设置】命令，打开“页面设置”对话框，并设置好纸张大小、来源和方向等参数，如图 17-4 所示。

Step 2 单击 打印机(P)... 按钮，在新打开的对话框中的“名称”下拉列表框中选择有效的打印机，如图 17-5 所示。

Step 3 单击 属性(P)... 按钮，打开“文档属性”对话框，设置好打印页码和页数，如图 17-6 所示。单击 确定 按钮，返回“页面设置”对话框，再次单击 确定 按钮确认打印机的设置，单击 确定 按钮完成页面设置。

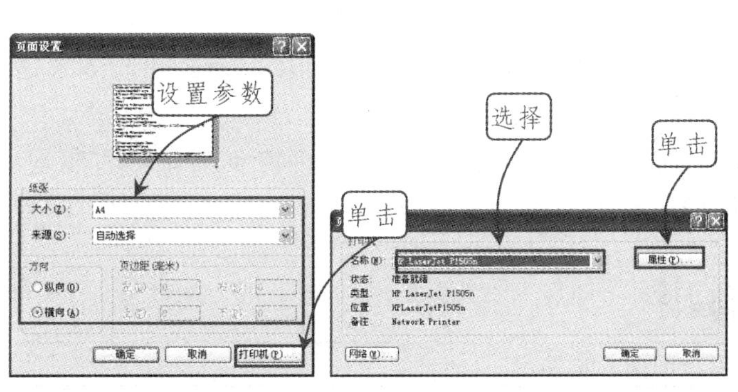

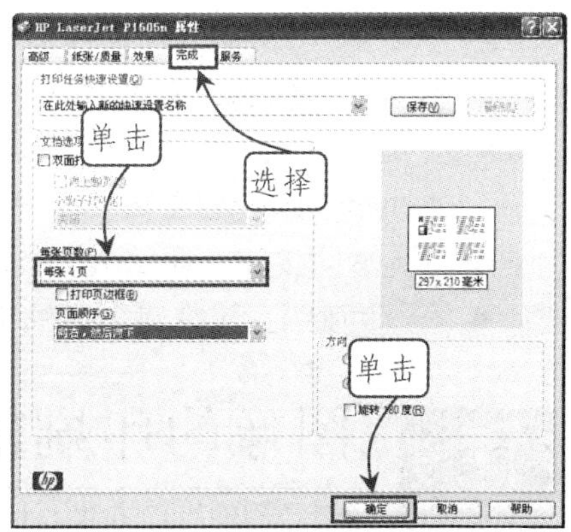

图 17-4　“页面设置”对话框　　图 17-5　选择打印机　　图 17-6　设置属性

17.3.4 打印参数设置

Photoshop CS4 精简了繁冗的打印步骤，将原有的打印预览和打印设置操作合并到“打印”对话框中，方便了操作。选择【文件】/【打印】命令，打开“打印”对话框，如图 17-7 所示。

图 17-7 “打印”对话框

对话框中各部分功能如下：

- 打印预览框：用于预览打印的效果，单击“页面设置”按钮右侧的按钮可以更改图片在纸张上的方向。
- “打印机”下拉列表框：在该下拉列表框中可以选择需要使用的打印机。
- “份数”文本框：在该文本框中可以设置需要打印的份数。
- 页面设置(G)...按钮：单击该按钮，在打开的对话框中可以设置页面大小，以及输出的质量。
- “位置”选项组：在该选项组中可以设置要打印的图片在纸张上的位置，默认为选中☑图像居中(C)复选框。
- “缩放后的打印尺寸”选项组：该选项组用于设置图片打印时的尺寸，如果选中☑缩放以适合介质(M)复选框，则图片会以最大尺寸打印在纸张上。
- 完成(E)按钮：单击该按钮，将保存当前参数设置，但是不会立刻进行打印。
- 打印(P)...按钮：单击该按钮，将立刻进行打印。

17.4 图像的印刷输出

通过印刷输出的方式，可以将图像大量输出

如果要输出大量的作品，需使用印刷机进行批量印刷，如商场促销海报、电影宣传海报和图书等，这些都是打印所不能完成的任务。

17.4.1 印刷种类

印刷的种类是依据不同形式的印版而进行划分的，主要有四大类。

- 凸版印刷：凸版的印文是反的，高于非印文。油墨附着在突起的印文上，与纸张接触时，油墨被印在纸上。凸版印刷后的效果墨色浓厚，文字清晰，常用于

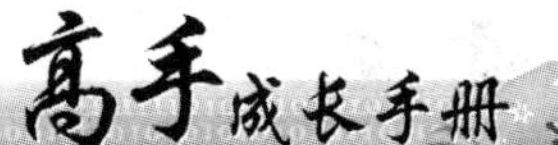

印刷教材、杂志、小型广告、包装盒和名片等，但是不适合大版面印刷，并且彩色印刷成本高。

- 凹版印刷：凹版的印文是反的，其平面低于非印文。油墨充满凹陷的印文中，当与纸张接触时，油墨被印在纸上。凹版印刷后的效果墨色充实，表现力强，线条准确、流畅，颜色鲜艳，不易仿印，适用纸张范围广泛，甚至于某些非纸张材料也适用。常用于证券、货币、邮票、凭证等的印刷，但制版和印刷费用较高，小批量印刷成本高。
- 平版印刷：平版的印文与非印文处于同一平面。油墨附着在印文位置，非印文部分有水，不粘油墨，当与纸张接触时，油墨被印在纸上。平版印刷后的效果墨色柔和，制版工艺简单，成本低，适用于大批量印刷，常用于广告、海报、报纸、挂历、包装等的印刷，但其色彩表现力稍差，不够鲜艳，只能达到最佳表现力的 70%左右。
- 孔版印刷：孔版的印文是镂空的，为正文。油墨透过镂空的印文，印在下面的纸张上。孔版印刷后的效果墨色浓厚，色彩鲜艳，表现力强，适用于任何材料的印刷，并可在曲面介质上印刷，例如有特殊印刷要求的场合，玻璃、塑料等的瓶状物。其缺点是印刷速度慢，彩色表现难度大，不适合大批量印刷。

17.4.2 印刷工艺流程

一幅图像作品从开始制作到印刷输出，其印刷输出处理流程如图 17-8 所示。

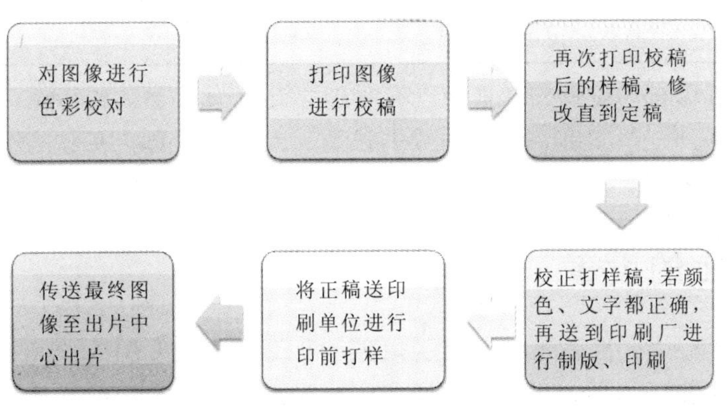

图 17-8　印刷输出处理流程图

17.4.3 色彩校对

在制作过程中对图像进行色彩校对是印刷前非常重要的一步，对颜色的校对主要可以从以下几个方面入手：

- 显示器色彩校对：如果同一个图像文件的颜色在不同的显示器上的显示效果不一致，即显示器可能偏色，此时需要对显示器进行色彩校对。有些显示器自带色彩校对软件，如果没有，可以手动调节显示器的色彩。

- 打印机色彩校对：在电脑显示器上看到的颜色和用打印机打印到纸张上的颜色一般不能完全匹配，这主要是因为电脑产生颜色的方式和打印机在纸上产生颜色的方式不同。要让打印机输出的颜色和显示器上的颜色接近，设置好打印机的色彩管理参数和调整彩色打印机的偏色规律是一个重要的途径。
- 图像色彩校对：图像色彩校对主要是指图像设计人员在制作过程中或制作完成后对图像的颜色进行校对。当指定某种颜色，并进行某些操作后颜色可能发生变化，此时需要检查图像的颜色和当时设置的 CMYK 颜色值是否相同，如果不相同，可以通过“拾色器”对话框调整图像颜色。

17.4.4 分色和打样

在完成了图像的制作、校对后，就可以进入印刷前的最后一个步骤，即分色和打样。

- 分色：分色是指在出片中心将制作好的图像分解为青（C）、品红（M）、黄（Y）、黑（K）4 种颜色。换句话讲，就是在电脑印刷设计或平面设计软件中，将扫描图像或其他来源图像的色彩模式转换为 CMYK 模式。
- 打样：打样是指将分色后的图片印刷成青、洋红、黄和黑 4 色胶片，一般用于检查图像的分色是否正确。当发现误差后，将复制再现的误差及应达到的数据标准提供给制版部门，作为修正的依据。

17.5 打印与印刷中常见问题的处理

在打印与印刷的过程中，会遇见出血线、专色、字体等一些问题需要处理

图像文件的打印与一般的文件打印既有相似之处又有其各自的特点，在打印与印刷的过程中，难免会遇到一些问题，如出血线的设置、专色的设置、字体的配备等，下面将介绍这些问题的处理方法。

17.5.1 出血的设置

图像文件在打印或印刷输出后，为了规范所有已输出文件的纸张尺寸，还需要进行裁切处理，为了防止裁切错误，可以在打印和印刷设置时规定出血线。在设置出血线以后，以出血线为界，出血线以外的区域就是要裁切的区域。在打印和印刷时，出血一般设置为 3 毫米，不能过大，也不能过小。这里以在打印图像前设置出血线为例来介绍出血线的具体设置方法，其具体操作步骤如下：

Step 1 选择【文件】/【打印】命令，打开“打印”对话框。单击“色彩管理”下拉按钮，在弹出的下拉列表中选择“输出”选项，对话框底部的参数设置变成如图 17-9 所示。

Step 2 单击 出血... 按钮，打开“出血”对话框，在“宽度”文本框中输入 3，在其后的“单位”下拉列表框中选择“毫米”选项，最后单击 确定 按钮即可。

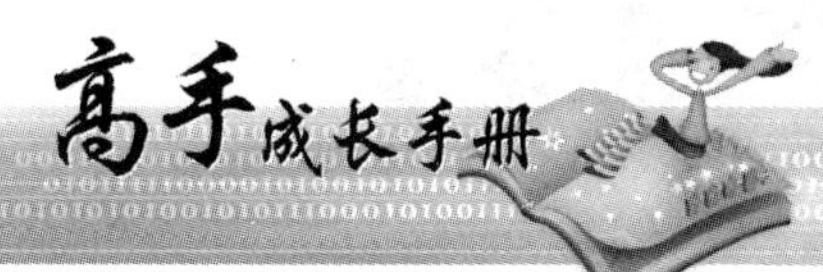

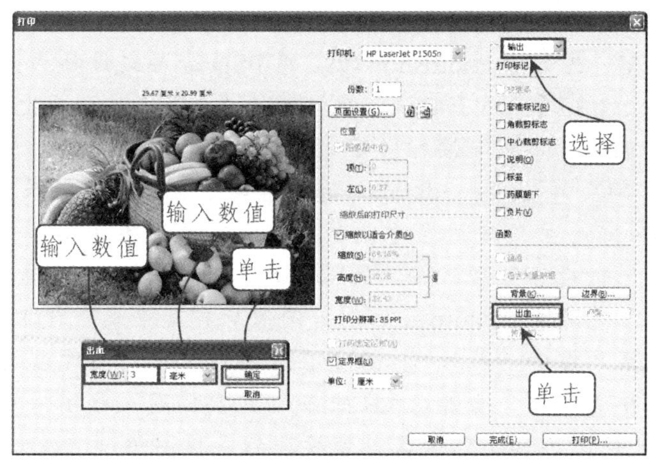

图 17-9　设置出血线

17.5.2 专色的设置

专色是指在印刷时，不是通过印刷 C，M，Y，K 四色合成这种颜色，而是专门用一种特定的油墨来印刷该颜色。专色油墨是由印刷厂预先混合好或由油墨厂生产的，对于印刷品的每一种专色，在印刷时都有专门的一个色版与之对应。

使用专色可使颜色更准确，尽管不能准确地表示颜色，但通过标准颜色匹配系统的预印色样卡，能看到该颜色在纸张上的准确颜色，如 Pantone 彩色匹配系统就创建了很详细的色样卡。

对于设计中设定的非标准专色颜色，印刷厂不一定能准确地调配出来，而且在屏幕上也无法看到准确的颜色，所以若非特殊的需求，就不要轻易使用自己定义的专色。

17.5.3 字体的配备

图像文件在印刷出片时，有时会发现胶片中的字体与图像本身的字体不相符，这是因为设计作品中使用了输出中心所没有的特殊字体，解决方法是一般不使用不常见字体，或者把特殊字体复制给输出中心。另外，如果使用了非输出字体，也不能正常输出。

17.6 Photoshop CS4 与其他软件的文件交换

Photoshop CS4 可以与 Illustrator、CorelDRAW、3ds Max 等软件进行文件交换

Photoshop CS4 既可以独立地进行图像绘制，也可以与 Illustrator、CorelDRAW、3ds Max 等软件配合使用，从而更充分地使用 Photoshop CS4 在图像处理方面的最大资源。Photoshop CS4 与其他软件的文件交换的方法分别介绍如下：

- 与 CorelDRAW 的文件交换：CorelDRAW 是加拿大 Corel 公司推出的矢量图形绘制软件，适用于文字设计、图案设计、版式设计、标志设计及工艺美术设计等。Photoshop CS4 可以打开从 CorelDRAW 中导出的 TIFF、JPG 格式的图像；而 CorelDRAW 也支持 Photoshop CS2 的 PSD 分层文件格式。启动 CorelDRAW 后，选择【文件】/【导入】命令，在打开的“打开”对话框中选择需导入的 PSD 文件，然后单击“导入”按钮即可。

- 与 3ds Max 的文件交换：3ds Max 是一个用于制作三维效果图和动画的软件。在国内，3ds Max 主要应用在建筑和室内装饰效果图的制作方面，渲染后图像文件经常要进行后期处理，如为图像添加人物、植物、装饰物，或对图像进行去斑、修复、裁切等。Photoshop 则是图像后期处理最常使用的软件之一，它可以轻松地完成图像的后期处理，只需在 3ds Max 中将图像渲染输出成 Photoshop 支持的文件格式即可。另外，3ds Max 常需要使用一些图像贴图，而通过 Photoshop 可快速为其制作出各种带纹理的素材图像。
- 与 Illustrator 的文件交换：与 Photoshop CS4 一样由 Adobe 公司推出的 Illustrator，是一款矢量图形绘制软件，它支持在 Photoshop CS4 中存储的 PSD、EPS、TIFF 等文件格式，可将 Photoshop CS4 中的图像导入到 Illustrator 中进行编辑。

17.7 项目案例——为图像设置出血线并打印

使用“页面设置”对话框为图像设置出血线，避免打印后图像不完整

本章主要介绍了图像的输入和输出。图像的输入主要是指通过扫描仪、数码相机等设备获得平面设计所需的素材图像；图像输出包括打印输出和印刷输出，另外还介绍了图像输出中常见问题的处理方法；最后还介绍了 Photoshop 与其他软件间的相互支持方法。下面打印“果香.jpg”图像文件，其具体操作步骤如下：

Step 1 选择【文件】/【打开】命令，打开“果香.jpg”图像文件【素材\第 17 章\果香.jpg】，如图 17-10 所示。

图 17-10　打开图像

Step 2 选择【文件】/【页面设置】命令，打开“页面设置”对话框，设置好纸张大小、来源和方向等参数，如图 17-11 所示。

Step 3 单击 打印机(P)... 按钮，在新打开的“页面设置”对话框中的“名称”下拉列表框中选择有效的打印机，如图 17-12 所示。

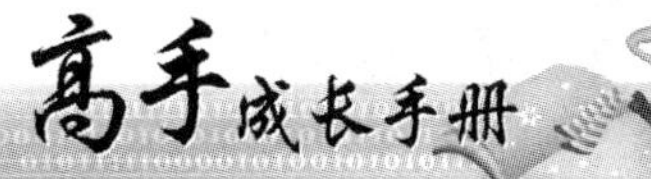

Step 4 单击[属性(P)...]按钮，打开“文档属性”对话框，设置好打印页序和页数，如图 17-13 所示。

Step 5 单击[确定]按钮，返回“页面设置”对话框，再次单击[确定]按钮确认打印机的设置，单击[确定]按钮完成页面设置。

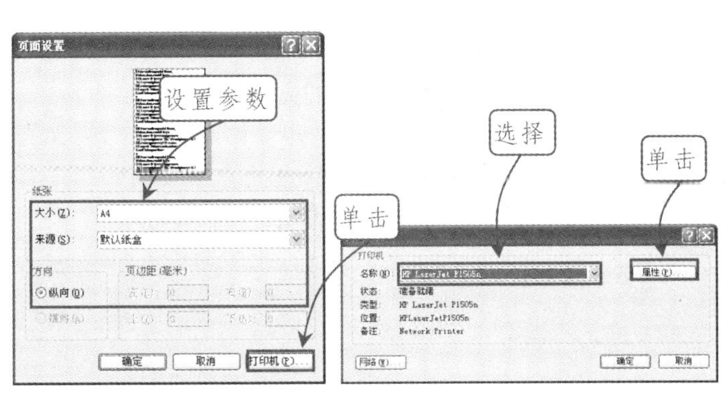

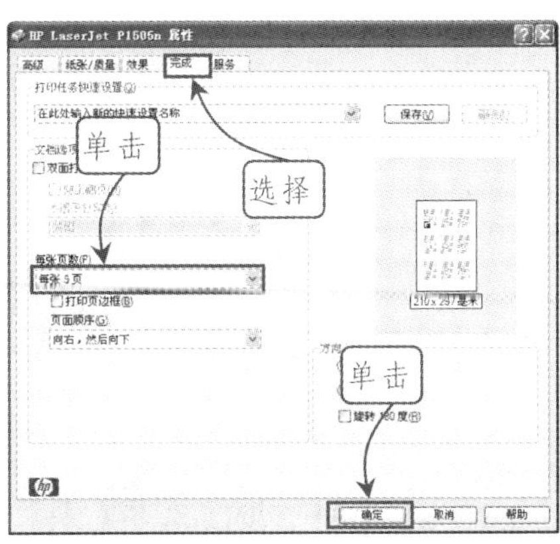

图 17-11 “页面设置”对话框　　图 17-12 选择打印机　　图 17-13 设置属性

Step 6 选择【文件】/【打印】命令，打开“打印”对话框。在“色彩管理”下拉列表框中选择“输出”选项。

Step 7 单击[出血...]按钮，打开“出血”对话框，在“宽度”文本框中输入 3，在“单位”下拉列表框中选择“毫米”选项，如图 17-14 所示，最后单击[确定]按钮即可。

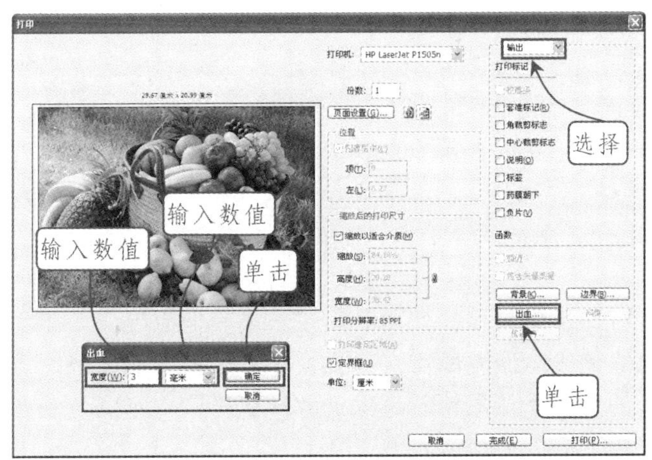

图 17-14 设置出血线

17.8 大显身手

本章应重点掌握在 Photoshop CS4 中输入输出图像的方法

打开“水果.jpg”图像文件【素材\第 17 章\水果.jpg】，使用矩形选框工具在需要打印的图像上创建选区，如图 17-15 所示，然后将其打印到一张 A4 纸上。

图 17-15　选择要打印的区域

电脑急救箱

运用本章知识时若遇到有关图像的输入与输出的各种问题，别着急，打开电脑急救箱看看吧

Q 为什么在设置好打印参数后单击 打印(P)... 按钮，打印机没有反应呢？

A 这通常是因为文件过大造成的电脑运转问题，可通过设置图像文件大小解决这一问题。改变图像文件大小的方法有两种，一是通过降低图像的分辨率减小图像文件，但这样图像质量得不到保证；二是将图像文件的所有图层合并后保存，然后退出 Photoshop CS4，重新启动电脑和 Photoshop CS4 软件，打开并打印图像文件，这样占用的系统资源最小，可以选择这种方式打印图像文件。

Q 为什么我打印出来的图像的颜色并没有正确地显示出来呢，有没有解决的方法？

A 由于彩色打印机中的墨盒使用时间较长或其他原因，可能会造成墨盒中的某种颜色偏深或偏浅，调整的方法是更换墨盒或根据偏色规律调整墨盒中的墨粉，如对偏浅的墨盒添加墨粉。为保证色彩正确，也可以请专业人员进行校准。

第 18 章
CI 设计

本章要点

- 标志设计
- 工作服设计

CI 企业形象识别系统是由统一的企业理念（MI）、规则的行为（BI）、一致性的视觉形象（VI）三大要素构成的，这三者相辅相成，能塑造出企业独特的风格和形象，确立企业的主体特征。在 Photoshop CS4 中进行 CI 设计主要是设计具有一致性的视觉形象，本章将介绍 CI 设计系统中的标志设计和工作服设计。

18.1 标志设计

标志设计对公司的发展有着巨大的推动作用

标志是企业形象、品牌形象的最佳代言人，它具备简明易认、个性突出、永久性等特征。公司商标是所有营销活动和产品促销的基石，好的商标设计可以为企业增加可信度，提高企业的美誉度，为企业在业界的领头地位铺路搭桥；随着企业知名度的不断提升，好的标志设计能促使消费者对产品和企业更加信任。

18.1.1 案例目标

本案例将为一个工作室设计标志，作为企业或公司标志，承担着传播的重任。因此，在设计标志时，采用了简单但富有深意的形状，在制作的过程中，充分考虑了公司的性质，体现了公司的服务范围，设计完成后的效果如图 18-1 所示。

图 18-1　最终效果

18.1.2 创意分析

作为一个以设计项目为主要服务范围的公司，必然要有良好的设计理念。在为客户提供设计作品的过程中，必须从无到有，根据客户提供的资料和信息，经过冷静睿智的思考进行设计。在和客户不断沟通的过程中保持清醒的思维，直至完成整个设计任务，因此在设计公司标志时要充分考虑这些细节，传播这种思想和观念。

18.1.3 制作思路

本案例在制作的过程中将通过绘制选区并将其转换为路径，然后描边路径制作出标志的主体部分，再通过文字工具输入公司的中文名称和英文名称，并对其进行“栅格化文字”操作后通过形状工具为标志进行必要的点缀。

18.1.4 制作过程

本案例的制作过程分为 3 个部分，先是通过选框工具和转换为路径、描边操作等制作标志的主体部分，然后通过文本工具制作公司的名称部分，最后对标志进行美化。其具体操作步骤如下：

Step 1 新建一个图像文件，宽度、高度、分辨率、颜色模式和背景内容分别为 8 厘米、6 厘米、300 像素/英寸、RGB 颜色、白色，如图 18-2 所示。

Step 2 将前景色设置为白色，背景色设置为黑色，按【Ctrl+Delete】组合键为“背景”图层填充背景色。新建“图层 1”，选择工具箱中的椭圆选框工具，在图像窗口中绘制一个圆形选区。

Step 3 单击“图层”控制面板组中的“路径”标签，切换到“路径”控制面板，如图 18-3 所示，单击底部的“从选区生成工作路径”按钮，将选区转换为路径。

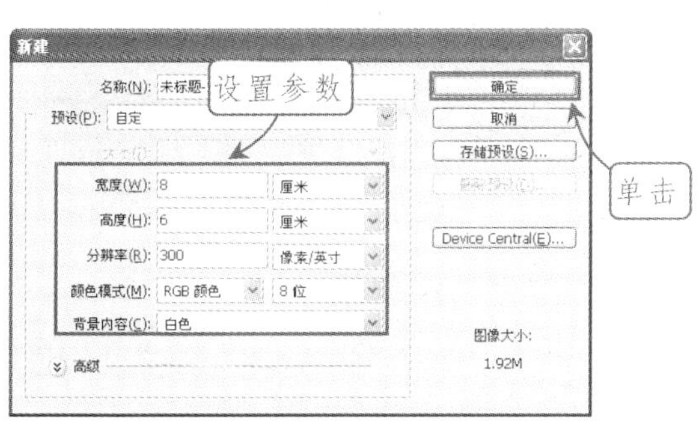

图 18-2 新建图像文件

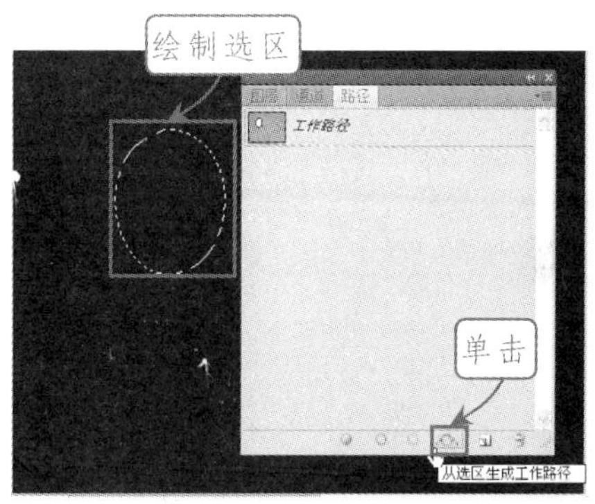

图 18-3 绘制选区

Step 4 选择工具箱中的画笔工具，打开“画笔”控制面板，在其工具属性栏的“画笔”下拉列表框中选择“喷溅 59 像素”选项，如图 18-4 所示。

Step 5 在左侧的“画笔预设”列表框中选中☑双重画笔复选框，并在其右侧设置“直径大小”为 65 px，“间距”为 1%，“数量”为 1，如图 18-5 所示。

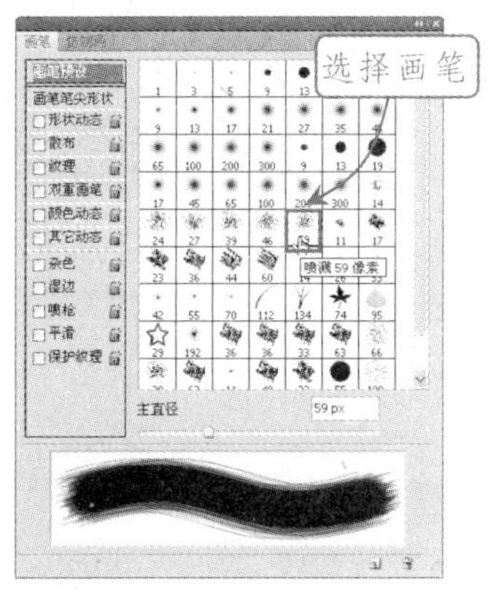

图 18-4 选择画笔

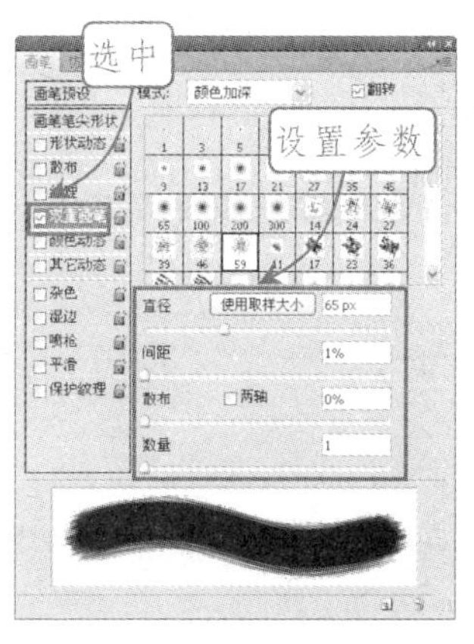

图 18-5 设置画笔参数

Step6 选中☑其它动态复选框，在面板右侧设置该选项的参数，在“流量抖动”文本框中输入 60%，在“控制”下拉列表框中选择“渐隐”选项，并在其右侧文本框中输入 500 ，如图 18-6 所示。

Step7 打开“路径”控制面板，在前面绘制的“工作路径”上右击，在弹出的快捷菜单中选择“描边路径”命令为路径描边。

Step8 重复 4 次描边路径操作，效果如图 18-7 所示，然后在“路径”控制面板中删除路径。

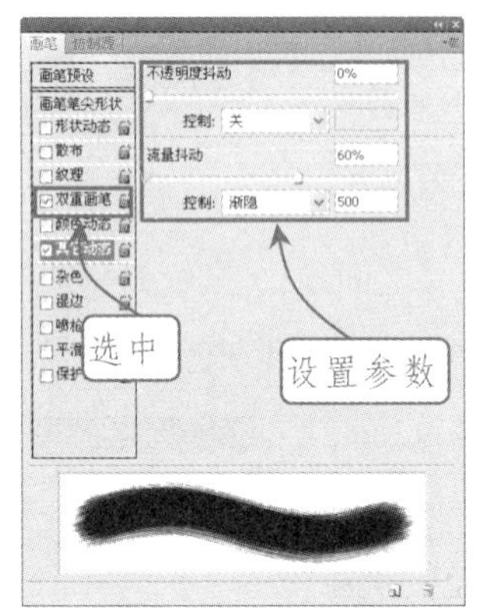

图 18-6 设置画笔参数

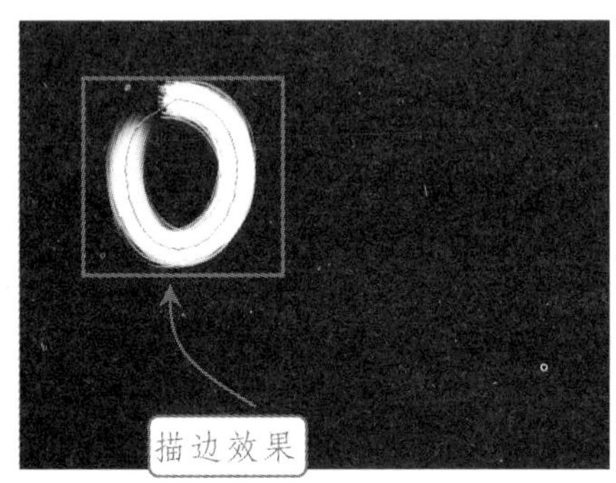

图 18-7 描边效果

Step9 新建“图层 2”，选择工具箱中的椭圆选框工具，在图像窗口中绘制一个椭圆形选区。选择【编辑】/【描边】命令，在打开的“描边”对话框中将描边宽度设置为 5 px，描边颜色设置为“白色”，如图 18-8 所示。

Step10 单击 确定 按钮，为选区描边后的效果如图 18-9 所示。

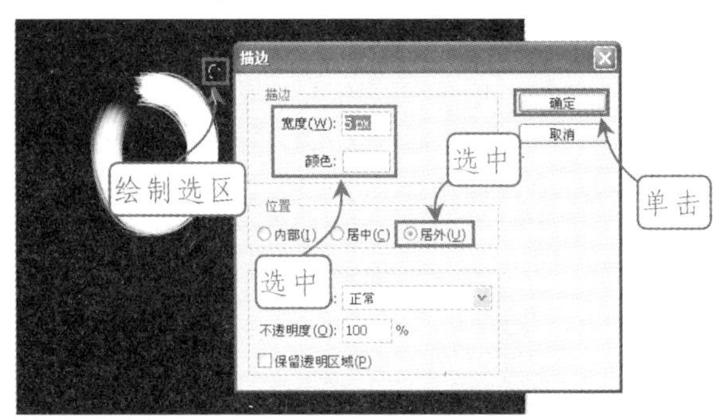

图 18-8 “描边”对话框

图 18-9 描边后的效果

Step11 选择“图层 2”，按【Ctrl+E】组合键合并图层，按【Ctrl+T】组合键，拖动控制框右侧中间的控制点向左拖动对图像进行变换。

Step12 选择合并后的图层，单击“图层”控制面板底部的“添加图层样式”按钮，在弹出的下拉菜单中选择“投影”命令。

Step13 在打开的“图层样式”对话框中已经默认选中☑投影复选框，设置其“混合模式”

为“正常”模式，阴影颜色为紫色（#ec0fe9），不透明度为 100%，角度为 120 度，距离为 5 像素，扩展为 5%，大小为 20 像素，如图 18-10 所示，

Step 14 单击 确定 按钮为“图层 2”添加投影，效果如图 18-11 所示。

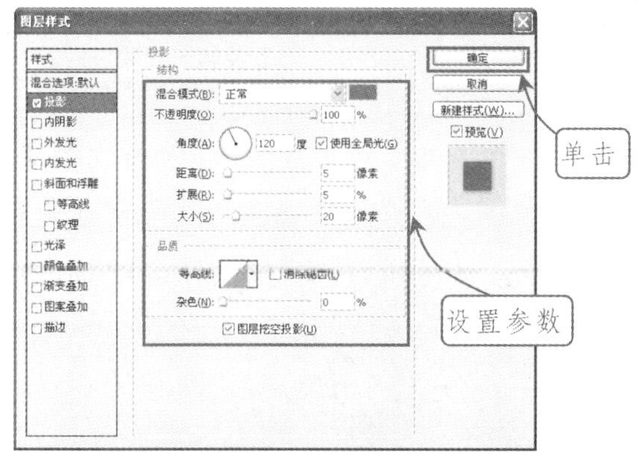

图 18-10　设置图层样式

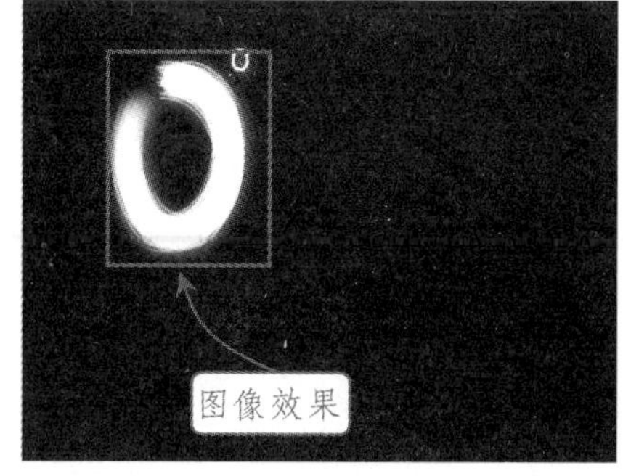

图 18-11　添加投影后的效果

Step 15 选择工具箱中的横排文字工具 T，输入“零点”，在工具属性栏中将文字字体设置为“方正粗圆简体”，字号为“24 点”，颜色为“白色”，如图 18-12 所示，单击“图层”控制面板中的图层自动生成文字图层。

Step 16 使用同样的方法输入“工作室”，在工具属性栏中将文字字体设置为“方正综艺简体”，字号为“12 点”，颜色为“白色”，单击“图层”控制面板中的图层自动生成文字图层。

Step 17 输入公司的英文名称 ZERO DESIGN STUDIO，在工具属性栏中将字体设置为“方正综艺简体”，字号为“8 点”，颜色为“白色”，单击“图层”控制面板中的图层自动生成文字图层，输入完成后的效果如图 18-13 所示。

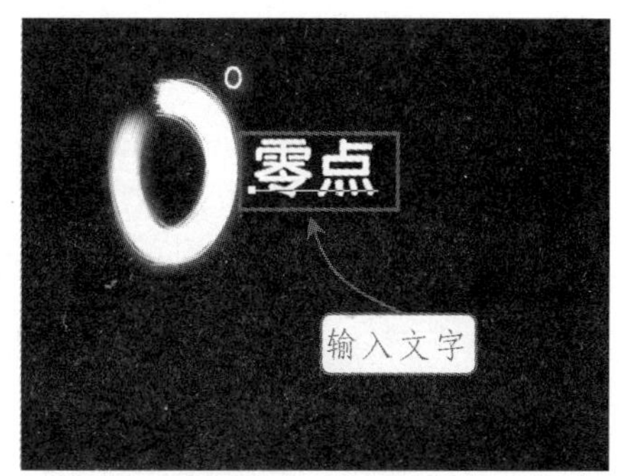

图 18-12　输入文字

图 18-13　继续输入文字

Step 18 选择“零点”图层，在其上右击，在弹出的快捷菜单中选择“栅格化文字”命令对其中的文字进行栅格化处理。

Step 19 选择工具箱中的橡皮擦工具，在其工具属性栏中将其画笔主直径设置为 10 px，将鼠标指针移至图像文件窗口中，擦除“点”文本下方的 4 个点。

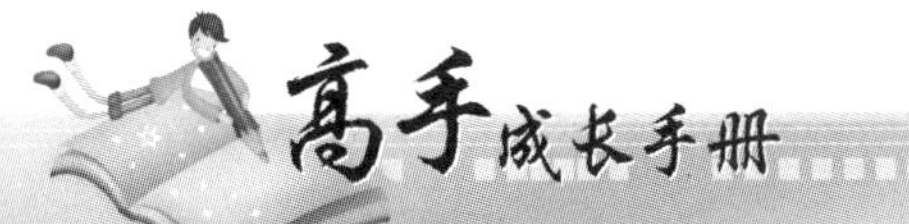

Step20 新建“图层 2”，将前景色设置为橙色（#fabe07），选择工具箱中的椭圆选框工具，在其工具属性栏中单击按钮将其绘制方式设置为填充像素，将鼠标指针移至图像文件窗口中，拖动鼠标绘制椭圆图形，如图 18-14 所示。

Step21 选择“图层 2”，按 3 次【Ctrl+J】组合键复制图层，按住【Shift】键的同时拖动复制的图像，将其调整为如图 18-15 所示的状态。在“图层”控制面板中选择“图层 2 副本 3”，按 3 次【Ctrl+E】组合键合并图层至“图层 2”。

Step22 选择【文件】/【另存为】命令，在打开的“另存为”对话框中保存图像文件【源文件\第 18 章\标志设计.psd】，封面展开图和封面立体图最终效果如图 18-1 所示。

图 18-14 绘制椭圆图形

图 18-15 移动复制的图像

18.1.5 案例小结

本案例制作的是一个工作室的标志，在制作的过程中，涉及了使用椭圆选框工具获得选区并将其转换为路径，然后对路径进行描边，设置图层样式等，使用椭圆工具绘制路径然后描边并结合文字工具完成商标的设计等操作。在进行商标设计时，通常会较多地使用绘制路径、将路径转化为选区、填充选区等操作，获得路径的方式有很多种，关键是要找到快速绘制所需的路径的方法。

18.2 工作服设计

设计统一的工作服有助于公司的管理，并有助于提升公司的整体形象，

工作服是公司为了统一员工着装而制定的，代表了公司形象，可以提高企业凝聚力，让公司员工彼此之间有更多的认同感，对企业增强归属感，从而提升企业和团队的凝聚力和战斗力。

18.2.1 案例目标

本例将为零点设计工作室制作男士工作服，虽然是设计公司，但也需要体现严谨求实的工作态度和稳健的工作作风，因此，在设计工作服时，并不会太过夸张，与正统的男士西服套装比较类似，并在西装上绘制公司标志以强化企业形象，最终效果如图 18-16 所示。

图 18-16 工作服设计

18.2.2 创意分析

在颜色的选择上，使用沉稳的蓝色，给人以强烈的职业感，塑造一种干净利落的职业形象，体现了企业在稳健中寻求创新的作风和企业文化特色。

18.2.3 制作思路

在设计工作服的过程中，先通过标尺工具和参考线的使用，对工作服的整体进行把握，然后使用钢笔工具绘制路径以刻画出衬衣、领带、西装、西裤的形状，再通过为路径填充颜色和描边等操作形成左右对称的效果，最后通过椭圆工具绘制西装上的纽扣形状以完成工作服的设计。

18.2.4 制作过程

本例主要分为两个部分来进行制作，在绘制过程中借助于标尺和参考线的使用，并通过钢笔工具绘制路径，然后对路径进行填充、描边等完成工作服的绘制，其具体操作步骤如下：

Step 1 选择【文件】/【新建】命令打开“新建”对话框，设置其宽度为 10 厘米，高度为 12 厘米，分辨率为 300 像素/英寸，颜色模式为 RGB 颜色，背景色为白色，如图 18-17 所示，单击 确定 按钮新建图像文件。

Step 2 设置背景色为蓝色（#1c31b4），前景色为黑色。按【Ctrl+R】组合键显示标尺，并根据标尺上的刻度创建如图 18-18 所示的水平和垂直参考线。

Step 3 选择工具箱中的钢笔工具，沿参考线间的相交点连续单击绘制如图 18-19 所示的衣服路径。

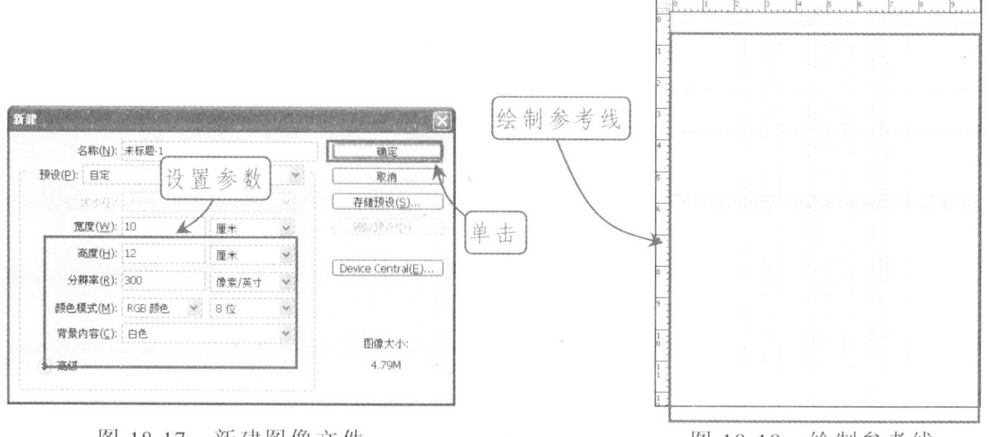

图 18-17 新建图像文件

图 18-18 绘制参考线

Step 4 新建“图层 1”，在工具箱中选择画笔工具，设置画笔直径为 1 px。单击“图层”控制面板组中的“路径”标签，切换到“路径”控制面板，单击“路径”控制面板底部的“用画笔描边路径”按钮，对路径进行描边处理，如图 18-20 所示。

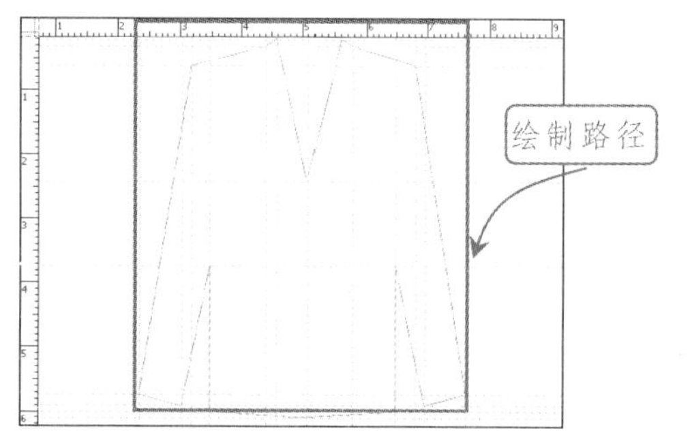

图 18-19 绘制路径（一）

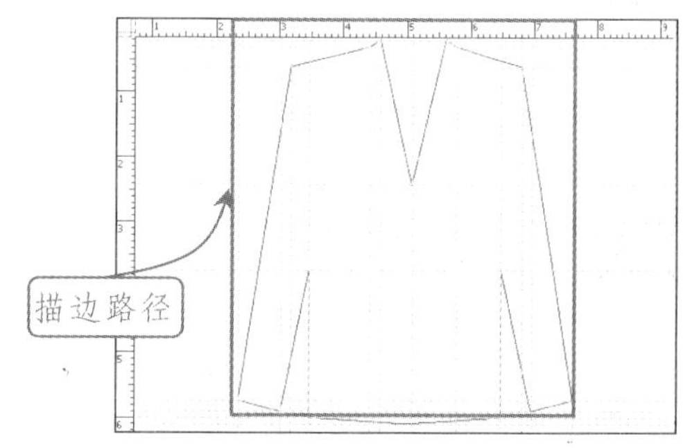

图 18-20 描边路径（一）

Step 5 按【X】键交换前景色和背景色，单击“路径”控制面板底部的“用前景色填充路径”按钮填充路径，效果如图 18-21 所示。

Step 6 新建“图层 2”，按【X】键交换前景色和背景色。绘制如图 18-22 所示的三角形路径，在工具箱中选择画笔工具，设置画笔直径为 1 px，对其进行描边处理。

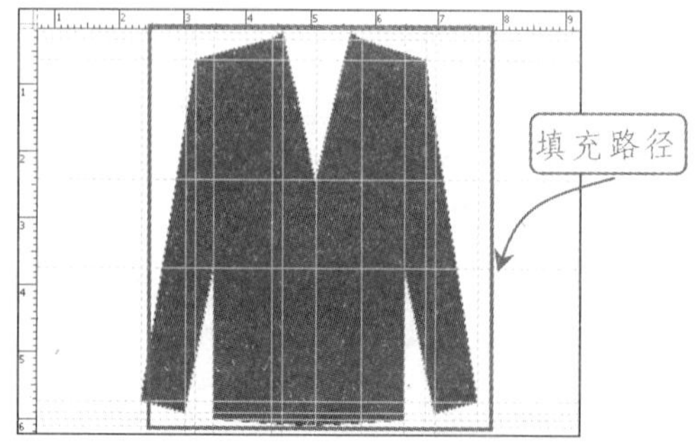

图 18-21 填充路径（一）

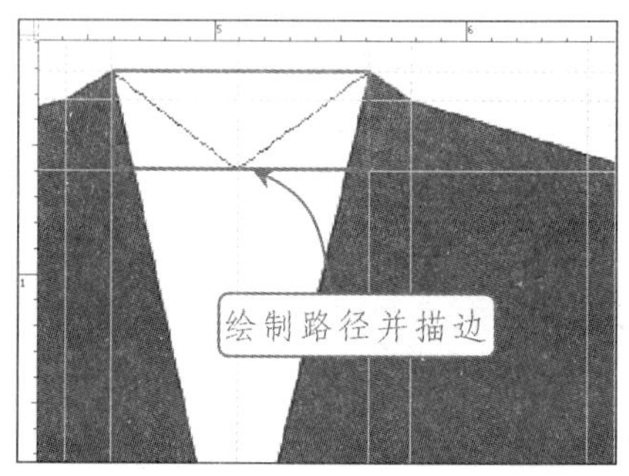

图 18-22 描边路径（二）

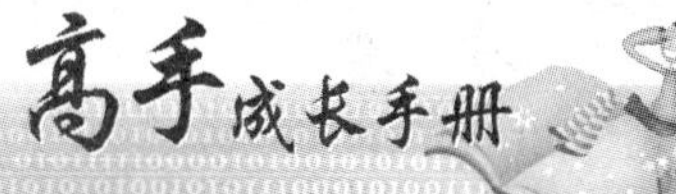

Step 7 选择工具箱中的钢笔工具，绘制如图 18-23 所示的路径；在工具箱中选择画笔工具，设置画笔直径为 1 px，对其进行描边处理，效果如图 18-24 所示。

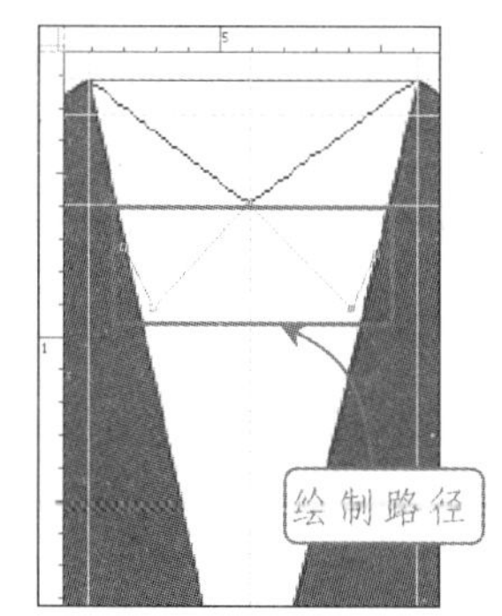

图 18-23　绘制路径（二）

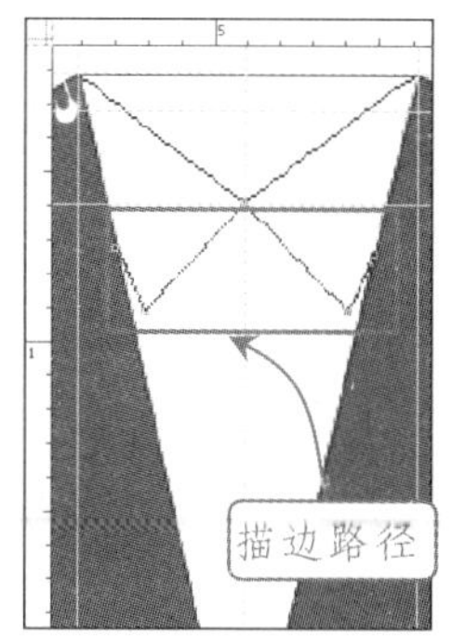

图 18-24　描边路径（三）

Step 8 绘制如图 18-25 所示的路径，表现工作服的轮廓。在工具箱中选择钢笔工具，单击工具属性栏中的“路径”按钮。

Step 9 在工具箱中选择画笔工具，设置画笔直径为 1 px，单击“路径”控制面板底部的“用画笔描边路径”按钮，对路径进行描边处理，效果如图 18-26 所示。

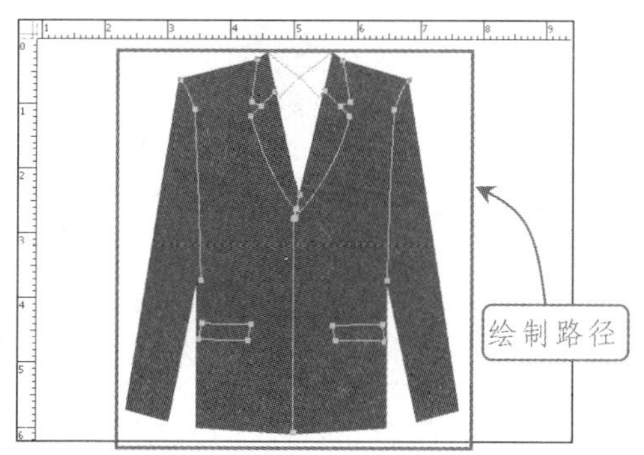

图 18-25　绘制路径（三）

图 18-26　描边路径（四）

Step 10 新建“图层 3”，绘制如图 18-27 所示的路径，在工具箱中选择画笔工具，设置画笔直径为 1 px，然后对其进行描边处理，得到领带的轮廓，效果如图 18-28 所示。

Step 11 设置前景色为深蓝色（#133061），使用前景色填充路径，效果如图 18-29 所示。

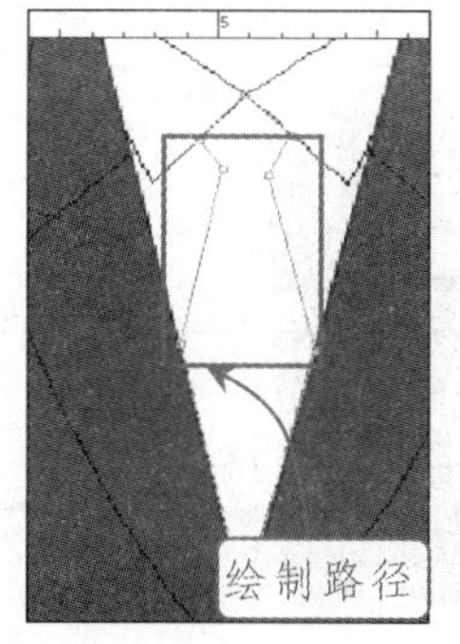

图 18-27　绘制路径（四）

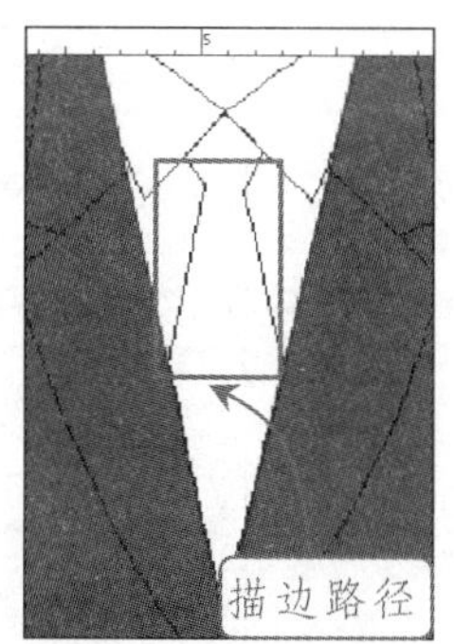

图 18-28　描边路径（五）

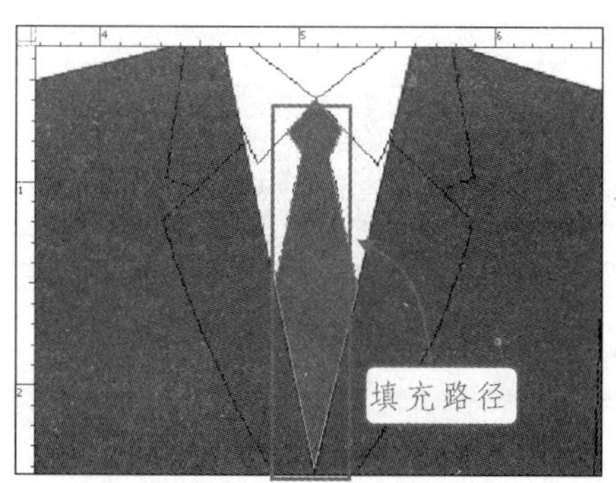

图 18-29　填充路径（二）

Step12 新建“图层 4”，使用椭圆选框工具◯叠加绘制 3 个圆形选区，并用黑色填充。得到衣服纽扣效果，如图 18-30 所示。

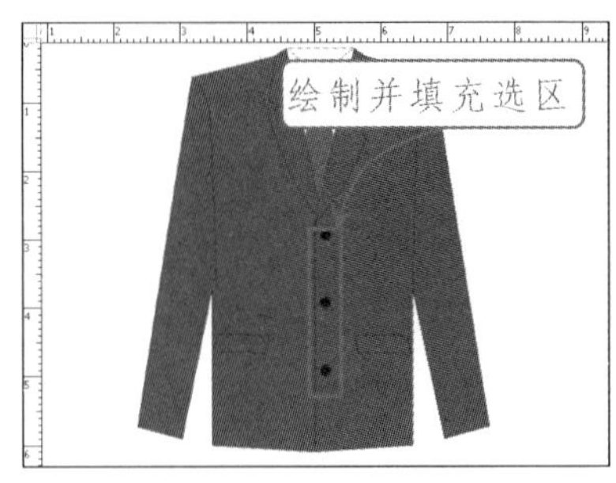

图 18-30　绘制钮扣

Step13 新建“图层 5”，绘制如图 18-31 所示的路径，设置前景色为蓝色（#1c31b4），单击“路径”控制面板底部的“用前景色填充路径”按钮●填充路径。

Step14 在工具箱中选择画笔工具，设置画笔直径为 1 px，然后对其进行描边处理，得到轮廓，按住【Shift】键的同时在裤子中间绘制一条直线，效果如图 18-32 所示。

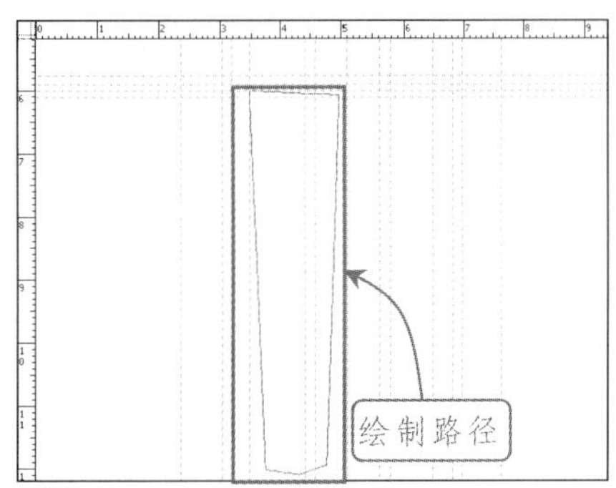

图 18-31　绘制路径（五）

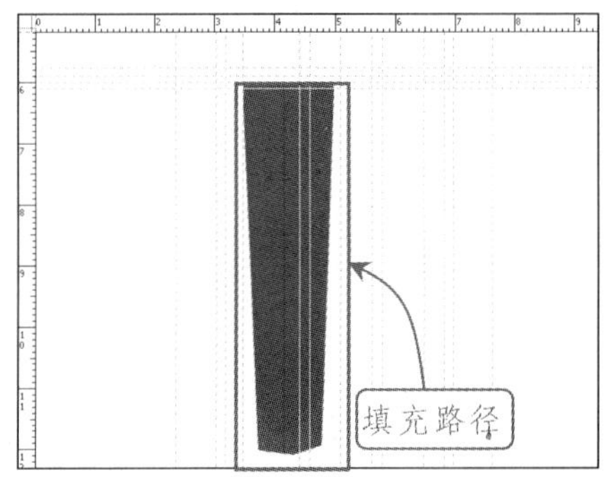

图 18-32　填充路径（三）

Step15 选择“图层 5”，按【Ctrl+J】组合键复制图层，选择工具箱中的移动工具，将复制的图层中的图像向右移动，效果如图 18-33 所示。

Step16 选择“图层 5 副本”，按【Ctrl+T】组合键，在变换框中右击，在弹出的快捷菜单中选择“水平翻转”命令，然后调整图层中图像的位置，效果如图 18-34 所示。

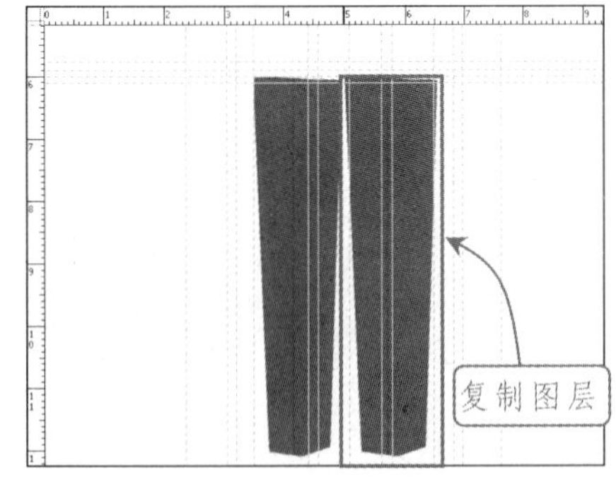

图 18-33　复制图层

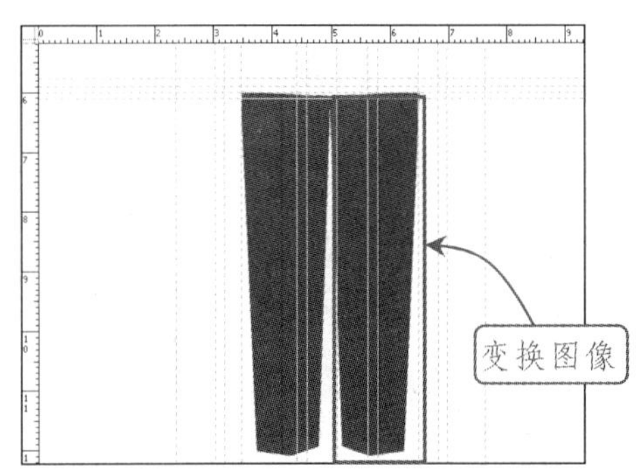

图 18-34　变换图像

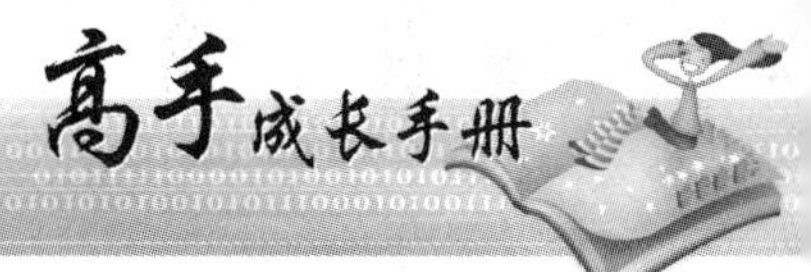

Step17 在“图层 5 副本”上按【Ctrl+E】组合键合并图层，打开“标志.psd”图像文件【素材\第 18 章\标志.psd】，将“图层 1”中的图像复制到图像文件中并进行适当的调整。

Step18 按【Ctrl+R】组合键隐藏标尺，按【Ctrl+H】组合键隐藏参考线，按【Ctrl+S】组合键保存图像文件【源文件\第 18 章\男式工作服设计.psd】，效果如图 18-16 所示。

18.2.5 案例小结

本案例制作的是男士工作服，在制作过程中仅使用了钢笔工具和椭圆工具就完成了图像的设计和制作。因此，掌握钢笔工具的使用方法是非常重要的，使用它可以根据实际情况绘制任意路径。

18.3 大显身手

本章应重点掌握使用 Photoshop CS4 中的工具进行 CI 设计

（1）打开“标志.psd”图像文件【素材\第 18 章\标志.psd】，使用工具箱中的钢笔工具和画笔工具，参照绘制男式工作服的方法，通过绘制路径、填充路径和描边路径等方法绘制如图 18-35 所示的女式工作服【源文件\第 18 章\女式工作服设计. psd】。

图 18-35　最终效果

（2）打开“标志.psd”图像文件【素材\第 18 章\标志.psd】，使用工具箱中的移动工具将“标志.psd”图像文件移至新建的图像文件窗口中，然后通过文字工具输入文字并设置文字格式，最后通过选框工具和图案图章工具为整个名片添加背景，绘制选区，并对选区进行描边，完成后的效果如图 18-36 所示【源文件\第 18 章\名片设计. psd】。

提示：在工具箱中选择图案图章工具后，在其工具属性栏中单击“图案拾色器”按钮，在弹出的下拉列表中单击按钮，在弹出的下拉菜单中选择“彩色纸”命令，然后在列表中选择“白色信纸”选项为名片添加背景底纹效果。

图 18-36　最终效果

电脑急救箱

运用本章知识时若遇到有关标志设计与 CI 设计使用的各种问题，别着急，打开电脑急救箱看看吧

Q CI 设计主要包括哪些内容？

A 本章所讲解的工作服设计只是整个 CI 系统中的一小部分，值得注意的是，在制作信封、手提袋、礼品、导向台、专用轿车等具有传播意义和作用的物品时，可将公司或企业标志添加到合适的位置，形成统一的企业形象。

Q 用钢笔工具绘制了一个标志，可是有人说它不符合制作标准，到底怎样才能使绘制的标志更精确呢？

A 在制作标志的过程中，将钢笔工具和网格、参考线及标尺结合使用，用网格等辅助工具来确定标志的尺寸，这样制作的标志就能符合设计标准。

第 19 章
商业广告设计

本章要点

- 房地产广告设计
- 购物节宣传海报设计

随着商业经济的日益繁荣，商家为了和消费者进行互动，经常会进行一系列的推广和宣传活动。纸质广告成为最常见的广告宣传方式，因此，使用 Photoshop CS4 进行商业广告设计是设计者必须要掌握的一项重要技能，本章将进行房地产广告的设计和购物节宣传海报的设计，在设计的过程中，充分运用 Photoshop CS4 中的各种工具，突出广告所要传达的信息，达到广而告知的目的。

19.1 房地产广告设计

房地产广告是宣传房地产的重要方式和媒介

近年来，房地产市场供需两旺，为了在激烈的市场竞争中获得更多的主导权和优势，房地产厂商在推出楼盘时，通常会进行一系列的推广和宣传活动，房地产广告的设计是必不可少的一个环节。

19.1.1 案例目标

本章综合实例将运用 Photoshop CS4 中的工具，制作如图 19-1 所示的房地产广告。整个画面以蓝色为主色调，力求以直观的图像、简洁的结构和思想表达复杂的内容，画面总体上要比较干净，又能突出特色，方便印刷制作成报纸广告、杂志广告和户外广告等。

图 19-1　房地产广告

19.1.2 创意分析

不同的招贴内容要进行不同风格的构思、分析，一张好的海报不能只是随意地在一张图像上输入几个文字，那样不仅无法表达出效果，也没有办法吸引观众。因此，在制作本案例之前，根据房地产行业的特点及需要宣传的楼盘的特色充分考虑后，将本次广告设计确定为以冷色调为主，通过对 4 张图像的合成打造出云水之间的建筑，表现居住环境的幽雅，具有很强的说服力，在画面右上角通过画笔工具和带有写意风格的文字塑造出大气磅礴的形象，与左侧的光线照射效果形成很好的呼应。

19.1.3 制作思路

在制作本案例前，要准备好相关素材，并通过复制图像的方法将素材图像复制粘贴到新建的图像文件中，通过添加图层矢量蒙版的方式合成图像，使用画笔工具和文字工具制

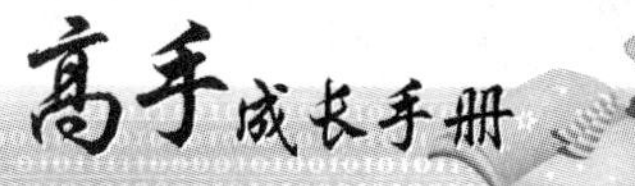

作楼盘的名称、标志并输入描述性文字，最后通过渲染滤镜制作光照效果并为合成后的图像进行描边操作。

19.1.4 制作过程

本案例的制作过程分为 3 个部分，即制作海报的整体结构、主体部分，制作装饰部分和添加文字说明。其具体操作步骤如下：

Step 1 选择【文件】/【新建】命令打开“新建”对话框，设置其宽度为 1024 像素，高度为 727 像素，分辨率为 120 像素/英寸，背景色为白色，如图 19-2 所示，单击 确定 按钮新建图像文件。

Step 2 打开“建筑.jpg”图像文件【素材\第 19 章\房地产广告\建筑.jpg】，使用移动工具将其移至新建的图像文件窗口中。按【Ctrl+T】组合键调整其大小和位置，如图 19-3 所示。

Step 3 打开“蓝天.jpg”、“水岸.jpg”、“桥.jpg”图像文件【素材\第 19 章\房地产广告\蓝天.jpg、水岸.jpg、桥.jpg】，使用同样的方法将“蓝天.jpg”、“水岸.jpg”图像文件移至新建的图像文件窗口中并调整其大小和位置，“图层”控制面板如图 19-4 所示。

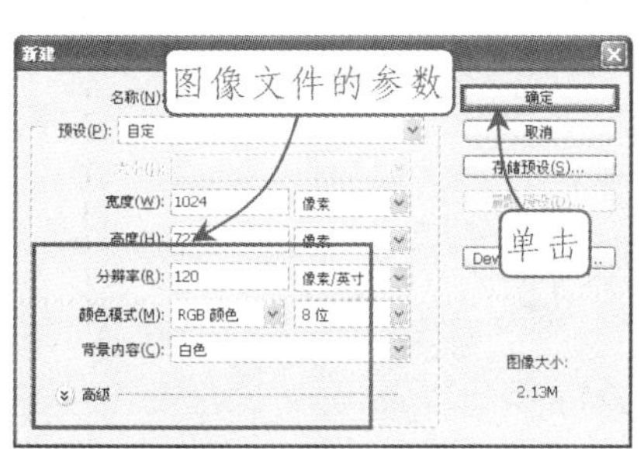

图 19-2 “新建”对话框

图 19-3 变换调整图像

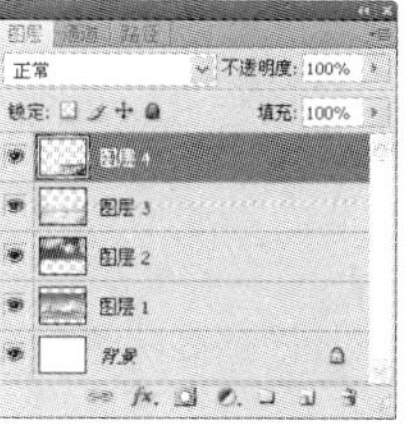

图 19-4 “图层”控制面板

Step 4 选择“桥.jpg”图像文件并将其置为当前图像文件，选择工具箱中的矩形选框工具，在图像窗口中绘制如图 19-5 所示的选区。

Step 5 使用移动工具将其移至新建图像文件的窗口中并调整其位置，按住【Ctrl】键的同时选择“图层 4”和“图层 3”，拖动鼠标将其移至“图层 1”的下方，如图 19-6 所示。

图 19-5 绘制选区

图 19-6 复制图像并调整图层顺序

Step 6 选择蓝天图像所在的“图层 2”，单击“图层”控制面板底部的“添加矢量蒙版”按钮为“图层 2”添加矢量蒙版，单击添加的矢量蒙版缩略图，按【D】键复位前景色和背景色，选择工具箱中的渐变工具，从上至下绘制渐变，如图 19-7 所示。

Step 7 绘制渐变后，填充黑色的部分被掩盖而显示出其他图像文件，图像窗口和“图层”控制面板如图 19-8 所示。

图 19-7 绘制渐变

图 19-8 图像效果

Step 8 选择建筑图像所在的“图层 1”，使用同样的方法为其添加蒙版并从下往上绘制渐变，完成操作后的图像窗口和“图层”控制面板如图 19-9 所示。

图 19-9 绘制渐变后的图像效果

Step 9 将“图层 1”中的图像向上方移至合适位置，选择“图层 3”，将其调整至“图层 1”的上方，使用同样的方法为其添加蒙版并从下往上绘制渐变，完成操作后的图像窗口和“图层”控制面板如图 19-10 所示。

图 19-10 添加蒙版并绘制渐变后的图像效果

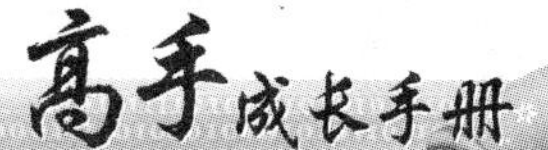

Step10 选择“图层 4”，将其调整至“图层 3”的上方，使用同样的方法为其添加蒙版并从右往左下方绘制渐变，如图 19-11 所示，完成操作后的图像窗口和“图层”控制面板如图 19-12 所示。

Step11 选择除“背景”图层以外的所有图层并右击，在弹出的快捷菜单中选择“合并图层”命令合并除“背景”图层外的所有图层。

图 19-11 绘制渐变

图 19-12 图像效果

Step12 新建图层，选择工具箱中的椭圆选框工具，在图像窗口中绘制一个圆形选区。单击“图层”控制面板组中的“路径”标签，切换到“路径”控制面板，单击底部的“从选区生成工作路径”按钮，将选区转换为路径，如图 19-13 所示。

Step13 选择工具箱中的画笔工具，打开“画笔”控制面板，在其工具属性的“画笔”下拉列表框中选择“喷溅 59 像素”选项，如图 19-14 所示。

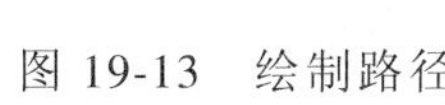

图 19-13 绘制路径

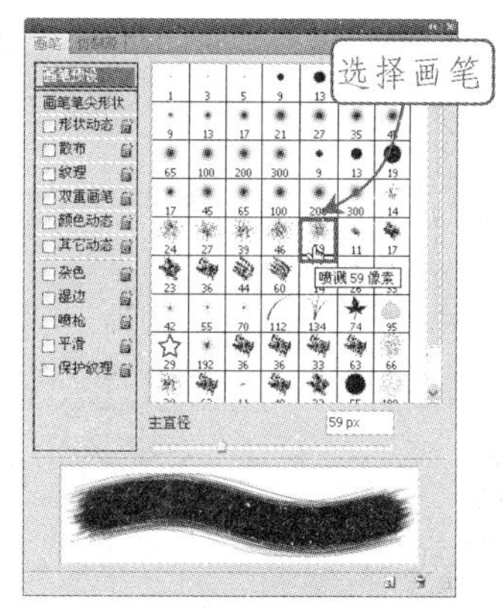

图 19-14 选择画笔

Step14 在左侧的“画笔预设”列表框中选中双重画笔复选框，并在其右侧设置直径大小为 65 px，间距为 1%，数量为 1，如图 19-15 所示

Step15 选中其它动态复选框，在面板右侧设置该选项的参数，在“流量抖动”文本框中输入 60%，在“控制”下拉列表框中选择“渐隐”选项，并在其右侧文本框中输入 500 ，如图 19-16 所示。

Step16 打开“路径”控制面板，在前面绘制的“工作路径”上右击，在弹出的快捷菜单中选择“描边路径”命令为路径描边。

Step17 重复两次描边路径的操作，路径的描边效果如图 19-17 所示，在“路径”控制面板中删除路径。

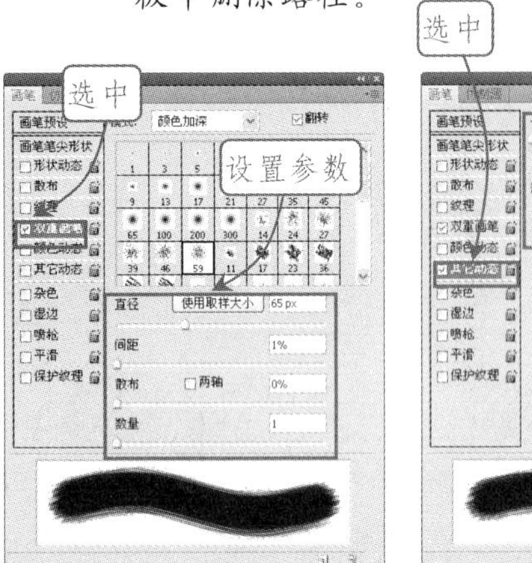

图 19-15　设置画笔参数

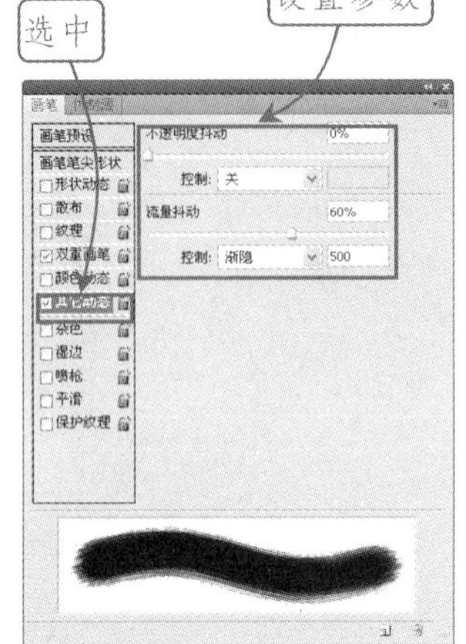

图 19-16　设置画笔参数

图 19-17　描边效果

Step18 在工具箱中选择直排文字工具IT，在海报的右侧单击以定位插入点，输入“云水间”。在其工具属性栏中设置字体为“方正黄草简体”，字号为“55 点”，字体颜色为“黑色”，如图 19-18 所示。

Step19 继续使用直排文字工具输入一段文字，字体为“方正报宋简体”，字体大小为“12 点”，字体颜色为“黑色”，如图 19-19 所示。

图 19-18　输入和设置直排文字

图 19-19　输入一段文字

Step20 使用横排文字工具输入项目地址和咨询电话，字体为“方正报宋简体”，字体大小为“12 点”，字体颜色为“黑色”，如图 19-20 所示。对所有文字图层进行删格化文字操作，选择所有图层，对图层进行合并。

Step21 在“图层”控制面板中选择合并后的“背景”图层，选择【滤镜】/【渲染】/【镜头光晕】命令，在打开的“镜头光晕”对话框中选中 ◉电影镜头(M) 单选按钮，将“亮度”参数设置为 120%，如图 19-21 所示，单击 确定 按钮应用滤镜效果。

图 19-20　输入文字

图 19-21　使用“镜头光晕”滤镜

Step22 新建一个图层，使用矩形选框工具创建一个与海报大小相等的选区。在选区上右击，在弹出的快捷菜单中选择“描边”命令，打开“描边”对话框。

Step23 在“宽度”文本框中输入 10 px，单击“颜色”图标，在打开的“选取描边颜色”对话框中选择白色，返回“描边”对话框，选中“居外”单选按钮，如图 19-22 所示，单击 确定 按钮描边选区。

Step24 按【Ctrl+E】组合键向下合并图层，至此房地产广告的制作就完成了，效果如图 19-1 所示【源文件\第 19 章\房地产广告.psd】。

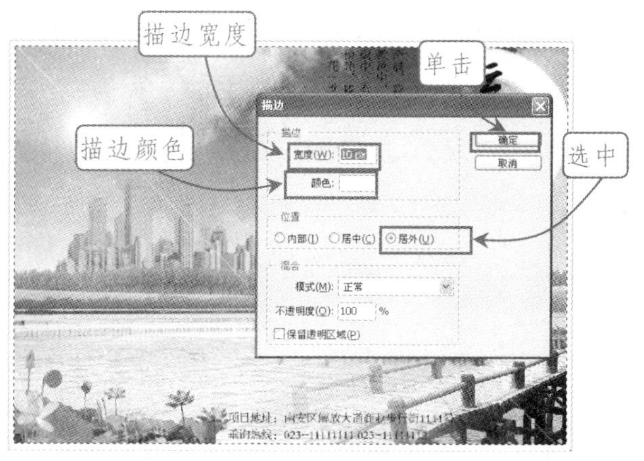

图 19-22　描边选区

19.1.5 案例小结

通过本案例的练习，再次熟悉了通过蒙版合成图像，创建选区，创建路径，设置画笔，描边路径，描边选区，使用渲染滤镜，综合运用文字工具等知识。只有综合运用各种工具，并结合平面设计和色彩搭配方面的知识，才能制作出更精美的广告作品，因此读者需要勤于练习才能更好掌握。

19.2 购物节宣传海报设计

购物节宣传海报是购物活动的必要行销手段之一

在季节交替或重要的纪念日，为了吸引顾客的眼球，促进商场中商品的销售，商场会举办一些促销活动。为了配合商场的各种活动，需要制作一些宣传海报对活动进行宣传，达到吸引顾客眼球的目的。

19.2.1 案例目标

本案例将制作如图 19-23 所示的购物节宣传海报。整个画面以生机盎然的绿色为主色调，以直观的图像、大量的文字表现广告内容，色彩明快，画面总体上突出欢欣愉悦的感觉，方便印刷制作成各种纸质广告。

图 19-23 购物节宣传海报

19.2.2 创意分析

在制作本购物节宣传海报的过程中，通过填充黄色到绿色的渐变色打造整个海报的背景，在右上角的醒目位置介绍了该活动的促销时间、广告宣传语，在右下角详细介绍了活动的优惠信息，在海报的左下角则介绍了活动的名称、地址、联系方式和乘车路线等具体情况，通过醒目的文字使人们对活动的整体情况有个大致的了解。海报中间部分则通过购物者、购物袋和礼品盒表现活动的指向性，与文字充分结合体现整个活动的目的。

19.2.3 制作思路

在制作购物节宣传海报时，主要是通过渐变工具和画笔工具打造出海报的整体色调和背景，然后通过复制和粘贴购物者、购物袋、礼品盒等图像制作出海报的主体部分，表现海报的主题，最后通过文字工具输入文字，对购物活动的具体情况进行介绍。

19.2.4 制作过程

本例分为两个部分来进行讲解，即制作海报的背景和主体部分，添加文字说明。

1. 制作海报的背景和主体部分

下面制作海报的背景和主体部分，其具体操作步骤如下：

Step 1 选择【文件】/【新建】命令打开“新建”对话框，设置其宽度为 1024 像素，高度为 768 像素，分辨率为 300 像素/英寸，背景内容为白色，如图 19-24 所示，单击 确定 按钮新建图像文件。

Step 2 设置前景色为黄色（#f6f3a2），背景色为绿色（#00a348）。选择工具箱中的渐变工具，在其工具属性栏中单击“径向渐变”按钮设置填充方向，在图像文件窗口中拖动鼠标填充渐变色背景，如图 19-25 所示。

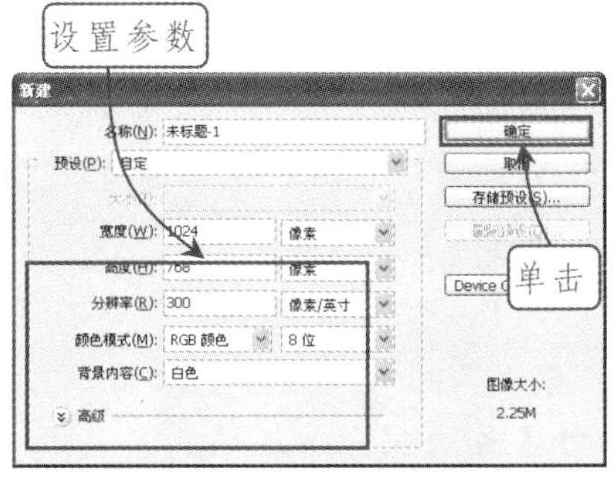

图 19-24　“新建”对话框

图 19-25　为背景填充渐变色

Step 3 在工具箱中选择画笔工具，按【F5】键打开“画笔”面板，选择“流星”笔尖，并设置“主直径”为 50 px，如图 19-26 所示。

Step 4 新建“图层 1”，在图像窗口的边缘拖动鼠标绘制流星图像，得到如图 19-27 所示的填充效果。

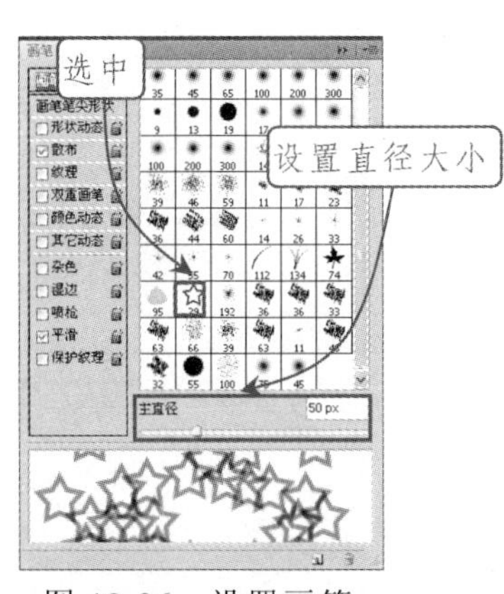

图 19-26　设置画笔

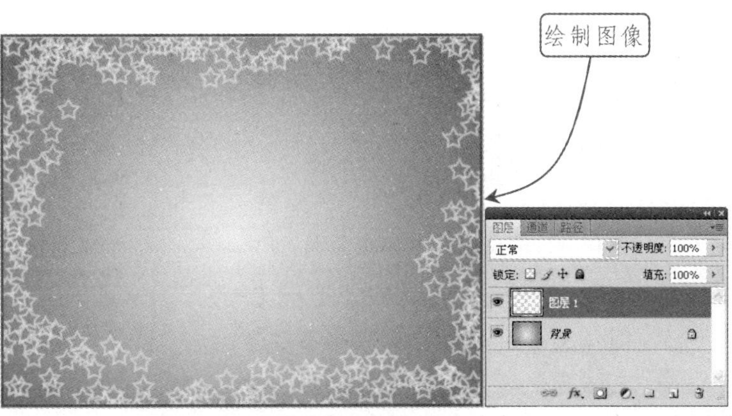

图 19-27　绘制流星图像

Step 5 在“图层”控制面板中将“图层 1”的不透明度设置为 60%，绘制的星形图像呈半透明显示，如图 19-28 所示。

Step6 打开“荷花.jpg”图像文件【素材\第 19 章\荷花.jpg】，将图像复制到新建的图像文件窗口中，生成“图层 2”，调整图像的位置。

Step7 选择工具箱中的快速选择工具，绘制如图 19-29 所示的选区，按【Delete】键将选区删除，按【Ctrl+D】组合键取消选区。

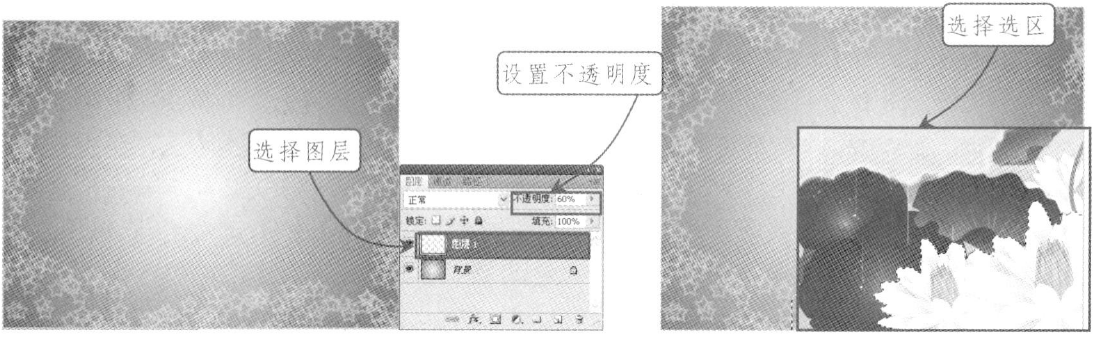

图 19-28 设置图层不透明度

图 19-29 选择选区

Step8 按【Ctrl+T】组合键，在变换框中右击，在弹出的快捷菜单中选择“水平翻转”命令将图像水平翻转，调整图像的位置，按【Enter】键应用变换。在“图层”控制面板中将“图层 2”的不透明度设置为 85%，效果如图 19-30 所示。

Step9 打开“礼品.jpg”图像文件【素材\第 19 章\礼品.jpg】，将图像复制到新建的图像文件窗口中，生成“图层 3”。选择工具箱中的魔棒工具，选择多余的白色图像部分，按【Delete】键将选区删除，按【Ctrl+D】组合键取消选区。

Step10 按【Ctrl+T】组合键，通过变换框调整图像的大小，如图 19-31 所示，按【Enter】键应用变换，将图像调整到图像窗口的右下角。

图 19-30 设置图层不透明度

图 19-31 调整图像

Step11 打开“购物袋.jpg”图像文件【素材\第 19 章\购物袋.jpg】，将图像复制到新建的图像文件窗口中，生成“图层 4”。选择工具箱中的魔棒工具，选择多余的白色图像部分，按【Delete】键将选区删除，按【Ctrl+D】组合键取消选区。

Step12 单击“图层”控制面板底部的“添加图层样式”按钮，在弹出的下拉菜单中选择“投影”命令。

Step13 在打开的“图层样式”对话框中已经默认选中“投影”复选框，设置其“混合模式”为“正片叠底”模式，“不透明度”为100%，“角度”为160度，“距离”为40像素，如图19-32所示，单击 确定 按钮为“图层4”添加投影，效果如图19-33所示。

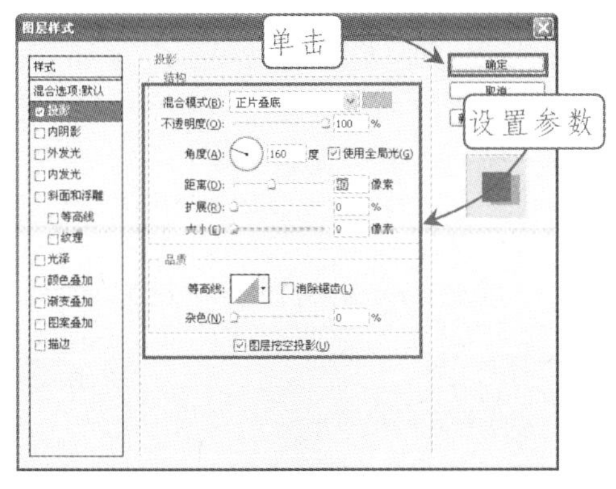

图19-32 添加图层样式

图19-33 图像效果

Step14 打开“购物.jpg”图像文件【素材\第19章\购物.jpg】，将图像复制到新建的图像文件窗口中，生成“图层5”。选择工具箱中的魔棒工具，选择多余的白色图像部分，按【Delete】键将选区删除，按【Ctrl+D】组合键取消选区，如图19-34所示。

Step15 在“图层”控制面板中选择“图层5”，选择【编辑】/【描边】命令，在打开的“描边”对话框中设置描边颜色为白色，宽度为2 px，选中“居外”单选按钮，单击 确定 按钮为“图层5”中的图像描边，如图19-35所示。

图19-34 复制图像

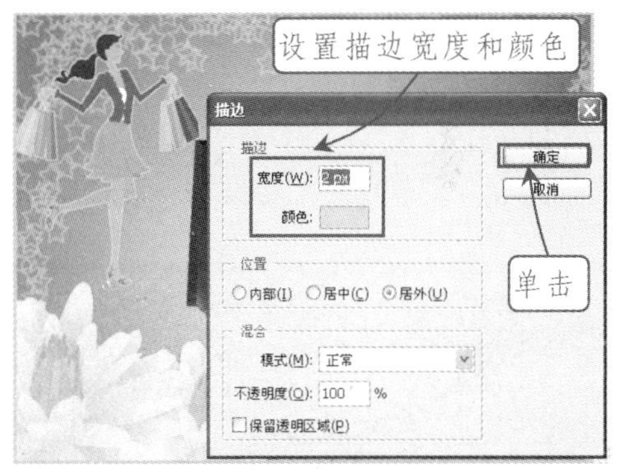

图19-35 描边图像

2. 制作文字说明

下面制作文字说明部分，其具体操作步骤如下：

Step1 在工具箱中选择横排文字工具T，在工具属性栏中设置字体为“方正黄草简体”，字号为“55点”，输入“新”字。在新建的文字图层上右击，在弹出的快捷菜单中选择“栅格化文字”命令。

Step 2 按住【Ctrl】键的同时单击文字图层前的图标，将文字载入选区，选择工具箱中的渐变工具，在其工具属性栏中将渐变设置为“橙，黄，橙渐变”，如图 19-36 所示。为文字选区填充渐变色，效果如图 19-37 所示。

Step 3 单击“图层”控制面板底部的“添加图层样式”按钮，在弹出的下拉菜单中选择“外发光”命令。

Step 4 在打开的“图层样式”对话框中已经默认选中“外发光”复选框，设置其“混合模式”为“正常”模式，“不透明度”为 100%，发光颜色为白色，“扩展”为 40%，“大小”为 30 像素，如图 19-38 所示，单击 确定 按钮为文字添加外发光。

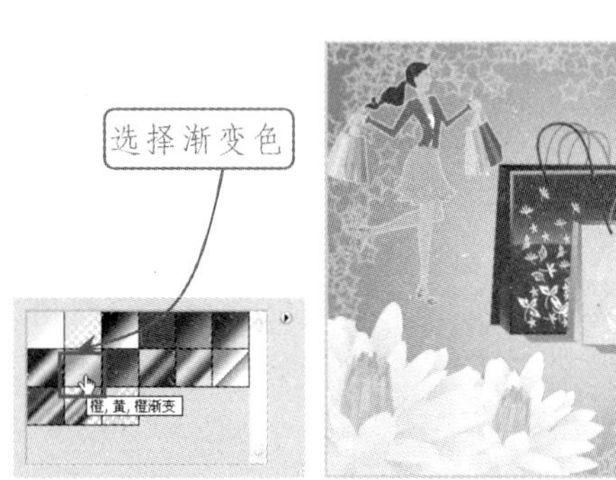

图 19-36　选择渐变色

图 19-37　填充渐变色

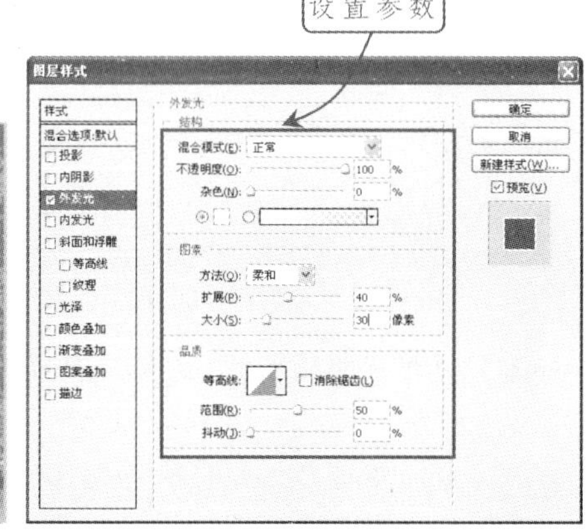

图 19-38　添加图层样式

Step 5 使用移动工具向右移动文字，使用横排文字工具在“新”字右侧输入“春购物”文本，字体设置为“方正剪纸简体”，字号为“24 点”，颜色为白色（#ffffff）。使用同样的方法在“春购物”的下方输入“好礼送不停”文字，字体设置为“方正剪纸简体”，字号为“18 点”，颜色为白色（#ffffff），如图 19-39 所示。

Step 6 选择“春购物”文字图层，使用同样的方法为其添加“外发光”图层样式，将发光颜色设置为红色（#ffbee7），其他参数设置如图 19-40 所示。

图 19-39　输入并设置文字

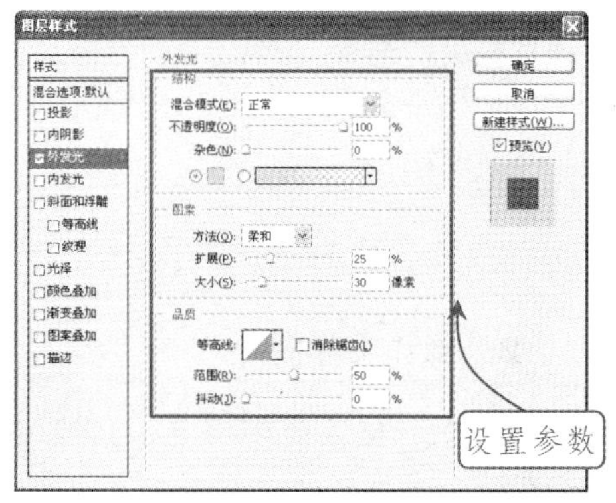

图 19-40　添加图层样式

Step 7 选择【图层】/【图层样式】/【描边】命令，在打开的“图层样式”对话框中设置

大小为 3 px，位置为外部，颜色为绿色（#ceff2a），如图 19-41 所示，单击 确定 按钮应用描边样式，效果如图 19-42 所示。

Step 8 选择“好礼送不停”文字图层，使用同样的方法为其添加外发光和描边图层样式，其参数设置也和“春购物”文字图层一样。

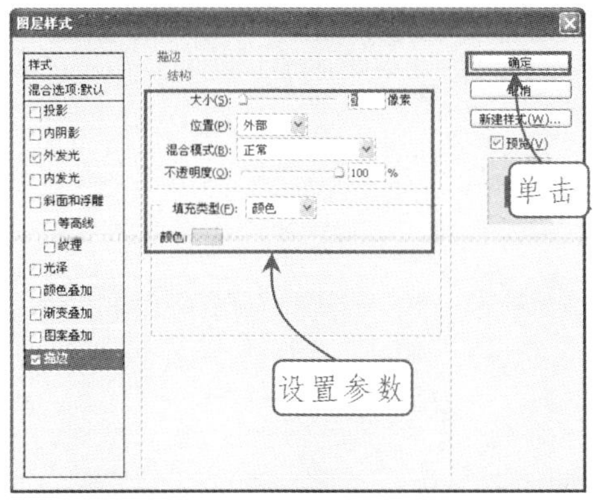

图 19-41 添加图层样式描边

图 19-42 文字效果

Step 9 使用横排文字工具在人物右侧输入 300 和 500，字体设置为“方正粗倩简体”，字号为 30 点，颜色为白色。

Step 10 选择【图层】/【图层样式】/【外发光】命令，在打开的对话框中设置混合模式为“正常”模式，颜色为黄色（# faec06），扩展为 16%，大小为 70 像素，如图 19-43 所示单击 确定 按钮应用外发光图层样式，效果如图 19-44 所示。

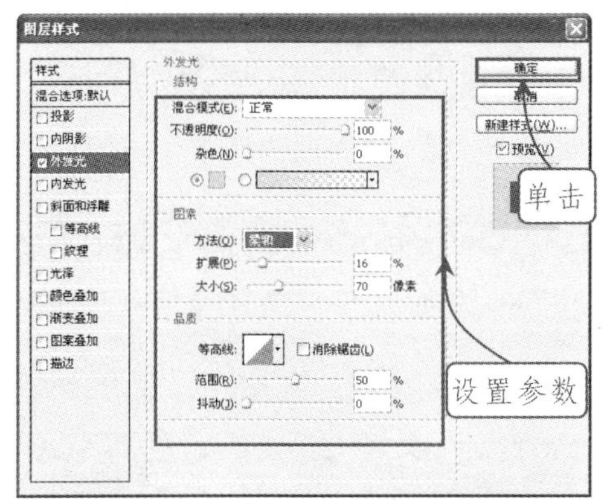

图 19-43 添加图层样式外发光

图 19-44 文字效果

Step 11 在左边的“样式”列表框中选中“描边”复选框，设置大小为 7 px，颜色为红色（#fe0303），单击 确定 按钮，突出显示文字，如图 19-45 所示。

Step 12 新建“图层 6”，使用椭圆选框工具绘制圆形选区。按【Ctrl+Delete】组合键填充红色（#fe0303），如图 19-46 所示，按【Ctrl+D】组合键取消选区。

Step 13 选择【图层】/【图层样式】/【描边】命令，在打开的对话框中设置大小为 13 px，颜色为黄色（#faec06），单击 确定 按钮对“图层 6”中的图像描边，如图 19-47 所示。

图 19-45 描边（一）

图 19-46 绘制选区并填充选区

Step14 按【Ctrl+J】组合键，复制生成“图层 6 副本”图层。按【Ctrl+T】组合键，向外拖动变换框上任意一个角点将图像放大，然后将其移至如图 19-48 所示的位置，按【Enter】键确认变换。

图 19-47 描边（二）

图 19-48 复制和变换图形

Step15 使用横排文字工具输入“满”，字体设置为“方正琥珀简体”，字号为“13 点”，颜色为“白色”，然后将其移至如图 19-49 所示的位置。

Step16 保持当前文字工具字体和颜色不变，将字号设置为“23 点”，输入“送”。按【Ctrl+T】组合键，拖动变换框将文字旋转至如图 19-50 所示的位置，然后按【Enter】键确认变换。

图 19-49 输入文字

图 19-50 输入和变换文字

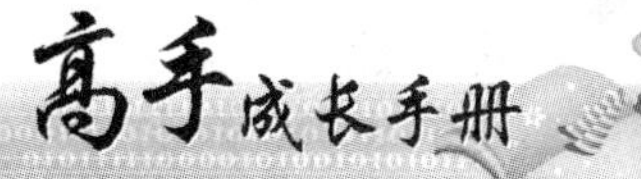

Step17 使用横排文字工具在人物右下侧输入"购物券"，字体为"方正粗倩简体"，字号为"14 点"，颜色为"白色"，然后将其旋转变换至如图 19-51 所示的位置。

Step18 新建图层 7，在工具箱中选择自定形状工具，在其工具属性栏中单击→按钮右侧的下拉按钮，在弹出的下拉列表中选择"横幅 2"选项。将鼠标指针移至图像文件的窗口，拖动鼠标绘制出如图 19-52 所示的图形。

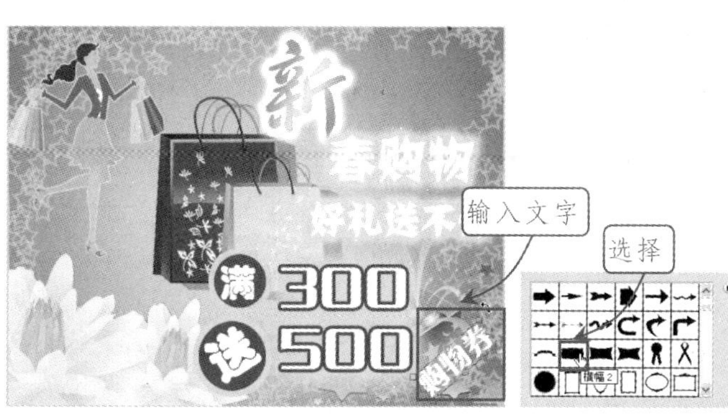

图 19-51　输入文字

图 19-52　绘制自定义形状

Step19 选择【图层】/【图层样式】/【描边】命令，在打开的对话框中设置大小为 5 px，位置为"外部"，颜色为红色（#fe0303），如图 19-53 所示。

Step20 在"样式"列表框中选中"外发光"复选框，设置混合模式为"正常"模式，颜色为黄色（#faec06），扩展为 100%，大小为 9 像素，单击 确定 按钮，如图 19-54 所示。

图 19-53　添加"描边"图层样式

图 19-54　添加"外发光"图层样式

Step21 使用横排文字工具分别输入如图 19-55 所示的文字，字体设置为"方正粗倩简体"，字号为"12 点"，颜色为"红色"。

Step22 使用横排文字工具输入如图 19-56 所示的文字，字体设置为"方正韵动中黑简体"，字号为"10 点"，颜色为"黑色"。

Step23 使用横排文字工具，绘制文本框，输入如图 19-57 所示的文字，字体设置为"宋体"，字号为"7 点"，颜色为"黑色"。

Step24 选择“图层 3”，将礼品图像向右移动，使其显示出来，按【Ctrl+S】组合键对图像文件进行保存，最终效果如图 19-23 所示【源文件\第 19 章\购物节宣传海报.psd】。

图 19-55　输入并设置文字

图 19-56　输入并设置文字

图 19-57　输入并设置段落文字

19.2.5 案例小结

通过本案例的练习，读者可以掌握填充渐变色的方法、画笔工具的设置和使用、自定形状工具的使用、图层样式的设置、图形的变换操作、通过选区创建图形、点文字和段落文字的输入及对文本格式的设置等。在制作活动海报时，设计者要充分考虑到活动的特色，并结合各种工具充分体现活动特色，在达到在吸引消费者的同时充分向消费者传达活动信息的目的。

19.3 大显身手

本章应重点掌握综合使用 Photoshop CS4 知识制作商业广告

（1）打开“茶山.jpg”、“露水.jpg”和“茶具.jpg”图像文件【素材\第 19 章\茶山.jpg、露水.jpg、茶具.jpg】，新建图像文件，通过添加图层蒙版的方法合成“茶山.jpg”和“露水.jpg”图像文件制作广告背景，再将“茶具.jpg”复制到图像文件中并设置图层样式，

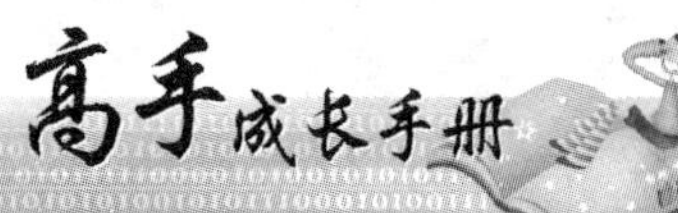

通过自定形状工具和文字工具制作茶庄标志并通过文字工具输入文字，完成后的最终效果如图 19-58 所示【源文件\第 19 章\茶庄宣传海报. psd】。

图 19-58　茶庄宣传海报

（2）打开“瑜伽.psd”和“睡莲.jpg”图像文件【素材\第 19 章\瑜伽.psd、睡莲.jpg】，新建图像文件，通过添加图层蒙版的方法合成“瑜伽.psd”和“睡莲.jpg”图像文件以制作广告背景，使用画笔工具绘制装饰部分，通过自定形状工具和文字工具制作瑜伽会所标志并通过文字工具输入文字，完成后的最终效果如图 19-59 所示【源文件\第 19 章\瑜伽会所广告. psd】。

图 19-59　瑜伽会所广告

电脑急救箱

运用本章知识时若遇到有关商业广告设计方面的问题，别着急，打开电脑急救箱看看吧

Q 在参照房地产广告的操作步骤进行操作时，感觉做起来得心应手，可是独立设计时就会感到有些力不从心，不知道该从何处着手，用什么方法进行图文处理，这该怎么办呢？

A 别着急，刚刚学做设计都是这样的，设计也要靠平时的积累。可以多收集有关设计的信息，多借鉴，多思考，同时还需要勤练 Photoshop CS4 的操作方法。只有这样，设计时才能抓住重点，解决难点，做出既有视觉效果又有内涵的作品。

Q 在夜间看到的像箱子一样，带有灯光，十分醒目的广告招牌是什么啊？它与印刷广告有哪些不同呢？

A 一般将其称之为灯箱广告，灯箱广告一般位于街道旁或高速公路、高架桥附近，制作时需考虑到应方便路人观看，并且在夜间灯光的照射下应醒目。由于灯箱广告受众的特殊性，所以用于体现广告主题的文字一定要大气和醒目；灯箱广告的分辨率要求不高，可以比平面印刷广告低；由于灯箱广告用于过往的行人观看，所以文字不能太多，而印刷广告是输出在纸上，适合近距离观看，其分辨率也比较高，所以文字也可以多些。

第 20 章
产品包装设计

本章要点

- 产品外包装设计
- 书籍封面设计

产品包装设计是平面设计的重要组成部分，它是根据产品的内容进行内外包装总体设计的工作，是一项具有艺术性和商业性的平面设计。经过设计而特意制作出的包装，不仅能展示商品内容，突出商品特点，而且还具有实际的商标宣传效果。在商品包装的设计制作过程中，专业图像处理软件 Photoshop CS4 因其操作简便，修改随意，具有独特的艺术性等特点而受到包装设计者的青睐。

20.1 产品外包装设计

产品外包装是产品的守护者和无声的推销员

俗话说："佛要金装，人要衣装"。在市场竞争日益激烈的今天，产品外包装设计具有巨大的作用，充分体现了商品和艺术相结合的双重性，产品外包装具有保护商品、传达商品信息、方便使用、方便运输并促进销售等许多功能，良好的产品外包装设计可以使产品实现商品价值和使用价值的双赢，因此在生产、流通、销售和消费领域中发挥着极其重要的作用，是平面设计需要关注的重要方面。

20.1.1 案例目标

本案例将制作茶饮料的包装设计，整个画面以填充的蓝色渐变色来打造镜面效果，然后制作产品包装的平面效果，再通过绘制的参考线规划出产品外包装的各个部分并对各个部分进行变换操作以组合成产品的立体效果，如图 20-1 所示。

图 20-1　茶饮料包装设计的最终效果

20.1.2 创意分析

对于产品的外包装设计，特别是食品类的外包装，必须获得消费者的认同感，同时还要强调产品的功能和特色，因此，在颜色的使用上不要太过花哨，这里将以绿色为主色调，传达健康食品的观念，由于本例中涉及的产品的成分为蜂蜜和柚子，因此，在产品外包装的正面部分通过代表产品成分的柚子的图片和蜂巢的形状来体现产品特色，在侧面部分则主要介绍产品的功能、作用和一些产品参数等。

20.1.3 制作思路

本例在制作过程中，先绘制参考线，规划出产品外包装的各个部分；然后通过复制图像和输入文字的方法对其平面展开图进行整体的设计；再通过对产品外包装平面图的各个区域进行剪切、粘贴和变换操作，制作出产品外包装的立体效果图；最后使用钢笔工具绘制出封口处图像并通过复制、变换图像、设置图层不透明度来打造产品外包装的镜面倒影效果。

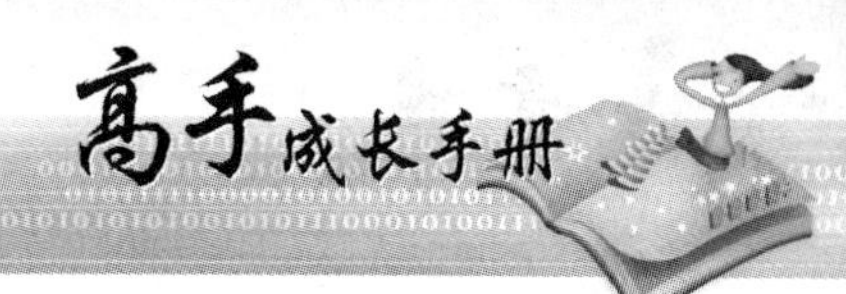

20.1.4 制作过程

本案例的制作过程主要分为 3 个部分，先制作产品外包装的平面展开图，然后通过变换操作制作产品外包装的立体效果，并通过复制和变换操作制作倒影效果。

1. 制作平面包装

下面制作产品外包装的平面展开图，其具体操作步骤如下：

Step 1 新建图像文件，将其宽度、高度和分辨率分别设置为 710 像素、472 像素和 150 像素/英寸，颜色模式为 RGB 颜色，如图 20-2 所示。

Step 2 按【Ctrl+R】组合键显示标尺，并根据标尺上的刻度创建如图 20-3 所示的水平和垂直参考线，设置前景色为绿色（#75ba2c），背景色为黄色（#e4fb20）。

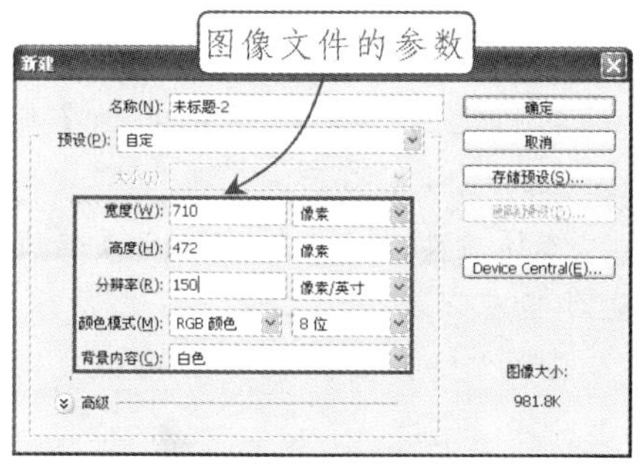

图 20-2 新建图像文件

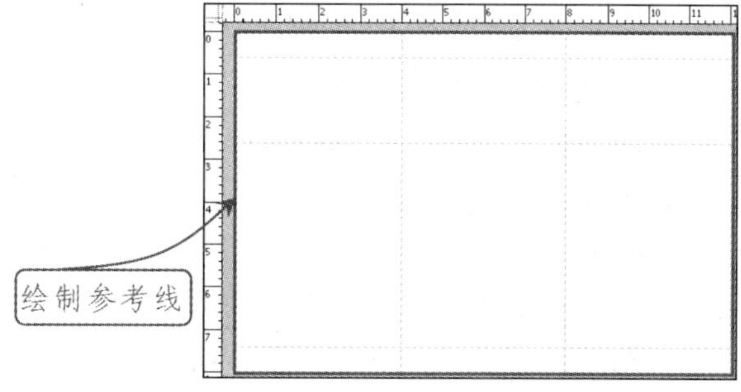

图 20-3 使用参考线划分版式

Step 3 新建“图层 1”，沿参考线绘制如图 20-4 所示的矩形选区。按【Alt+Delete】组合键填充前景色，按【Ctrl+D】组合键取消选区。继续沿参考线绘制如图 20-5 所示的选区，并用背景色填充选区，然后取消选区。

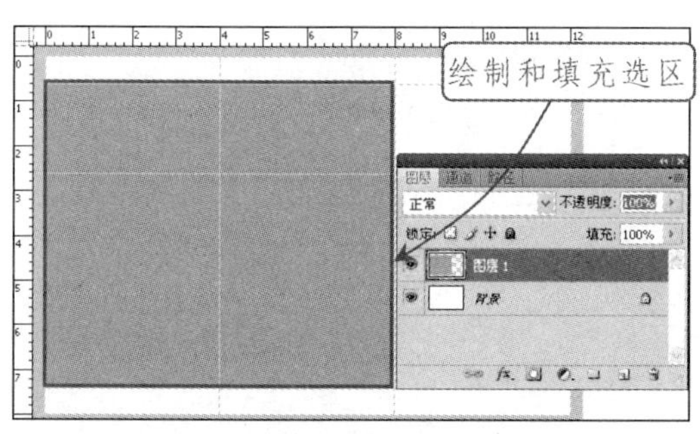

图 20-4 绘制和填充选区（一）

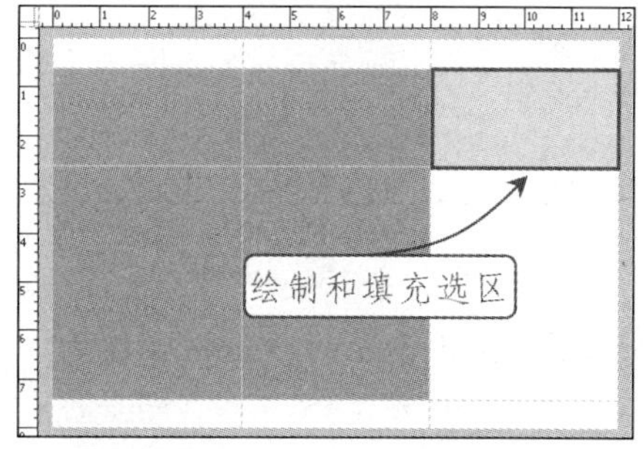

图 20-5 绘制和填充选区（二）

Step 4 打开“蜂蜜.jpg”图像文件【素材\第 20 章\蜂蜜.jpg】，使用工具箱中的魔棒工具选择六边形蜂窝状图形，将其拖动复制到新建的图像文件窗口中，生成“图层 2”。

Step 5 按【Ctrl+T】组合键，向右下角拖动变换框更改图像大小，将其移动至左上角位置，按【Enter】键确认变换，如图 20-6 所示。

Step6 按【Ctrl+J】组合键复制生成“图层 2 副本”。按 3 次【Ctrl+Shift+Alt+T】组合键，复制生成“图层 2 副本 2”~“图层 2 副本 4”，对图层中的图像的位置进行调整，如图 20-7 所示。

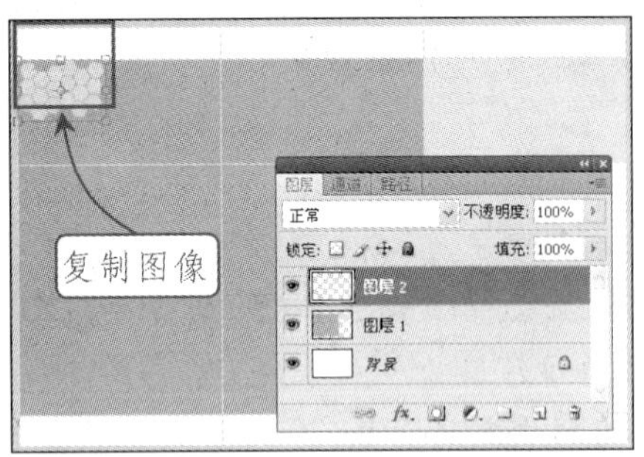

图 20-6 复制图像

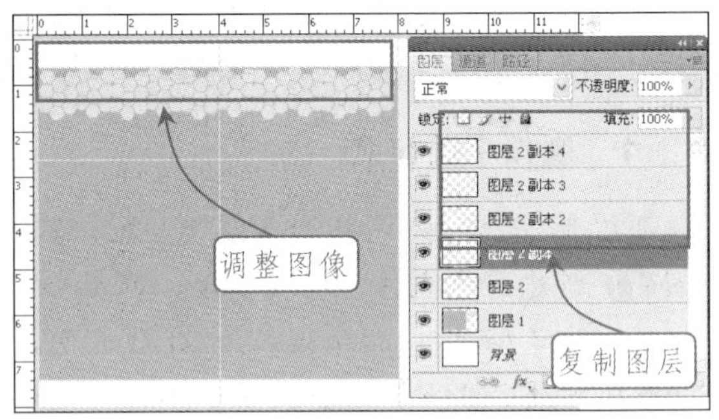

图 20-7 复制图层和调整图像位置

Step7 按 4 次【Ctrl+E】组合键，合并图层至“图层 2”。按住【Ctrl】键的同时单击“图层 2”对应的图层缩览图，载入六边形蜂窝状所在的选区，按【Ctrl+Delete】组合键填充背景色，按【Ctrl+D】组合键取消选区，如图 20-8 所示。

Step8 按【Ctrl+J】组合键复制生成“图层 2 副本”。选择【编辑】/【变换】/【垂直翻转】命令，然后将翻转后的图像垂直向下移至对齐参考线。

Step9 设置前景色为深绿色（#24580a），新建“图层 3”。绘制矩形选区并用前景色填充，然后取消选区，如图 20-9 所示。

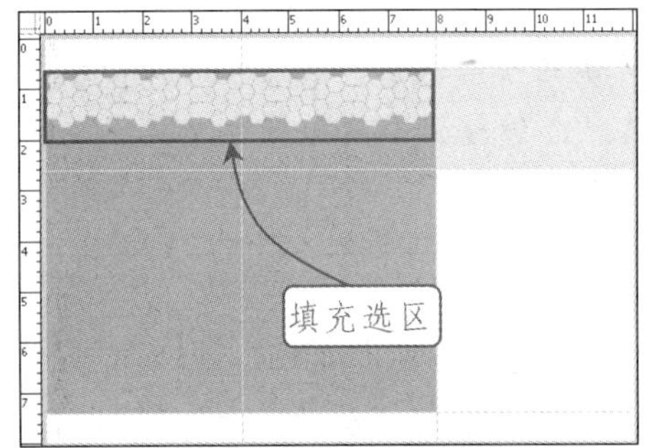

图 20-8 载入并填充选区

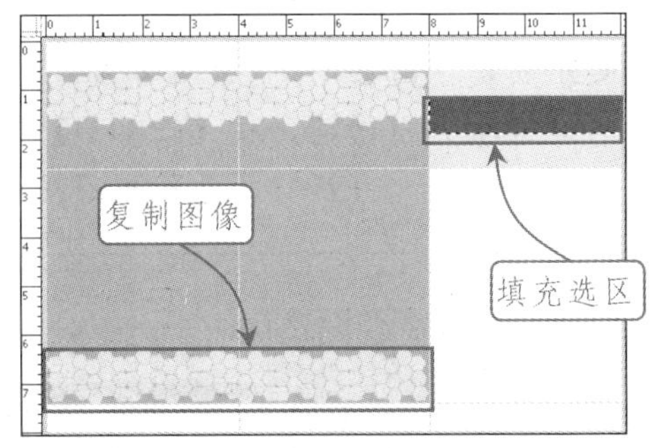

图 20-9 绘制和填充选区

Step10 在新填充的颜色块上输入“蜂蜜柚子茶”文字，字体设置为“方正粗倩简体”，字号为“15 点”，颜色为“白色”。

Step11 输入 HONEY GRAPEFRUIT TEA 文字，字体设置为“方正粗倩简体”，字号为“18 点”，颜色为“白色”，如图 20-10 所示。

Step12 打开“柚子.jpg”图像文件【素材\第 20 章\柚子.jpg】，结合工具箱中的快速选择工具和魔棒工具选择柚子图像所在的区域，将其拖动复制到新建的图像文件窗口中并调整其大小和位置。

Step13 继续在图像中输入如图 20-11 所示的产品说明性文字，字体为“黑体”，字号为“6 点”，颜色为“白色”。

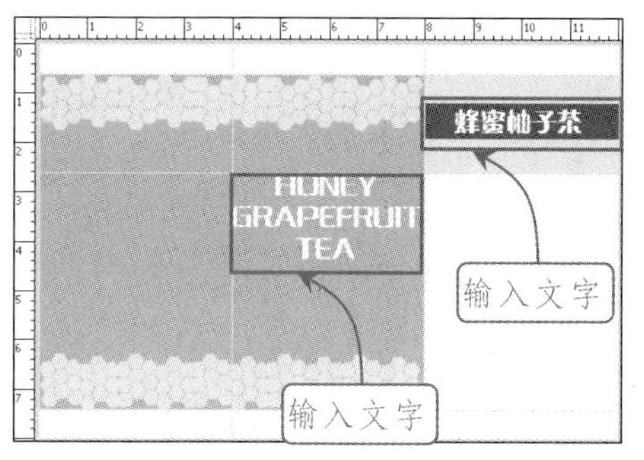

图 20-10　输入文字

图 20-11　输入段落文字

Step14 隐藏"背景"图层，选择"图层 1"，选择【图层】/【合并可见图层】命令，将所有可见图层合并到"图层 1"中，如图 20-12 所示。

图 20-12　合并图层

2. 制作立体包装

下面制作产品外包装的立体效果，其具体操作步骤如下：

Step1 隐藏"图层 1"，选择"背景"图层，设置前景色为蓝色（R0,G0,B255），背景色为钢蓝色（R0,G150,B255），使用渐变工具从图像顶部向底部进行填充。

Step2 显示并选择"图层 1"，沿参考线绘制如图 20-13 所示的矩形选区，按【Ctrl+X】组合键剪切选区内的图像。

Step3 按【Ctrl+V】组合键复制生成"图层 2"，隐藏"图层 1"。选择"图层 2"中的图像，按【Ctrl+T】组合键调出变换框，拖动变换框上的控制点调整图像的大小，在变换框中右击，在弹出的快捷菜单中选择"斜切"命令，将图像调整为如图 20-14 所示。

Step4 选择"图层 1"，沿参考线绘制如图 20-15 所示的矩形选区，按【Ctrl+X】组合键剪切选区内的图像。

Step5 按【Ctrl+V】组合键复制生成"图层 3"，通过变换操作将"图层 3"中的图像变换至如图 20-16 所示。

Step6 使用工具箱中的矩形选框工具选择"图层 1"中的图像，按【Ctrl+Shift+I】组合键反选选区，按【Delete】键将多余的区域删除，按【Ctrl+D】组合键取消选区，通过变换操作将"图层 1"中的图像变换至如图 20-17 所示的效果。

图 20-13 绘制选区（一）

图 20-14 变换图像（一）

图 20-15 绘制选区 （二）

图 20-16 变换图像（二）

Step 7 新建“图层 4”，在工具箱中选择钢笔工具，在图像顶部绘制一条封闭路径，如图 20-18 所示，按【Ctrl+Enter】组合键将路径转换为选区。

图 20-17 变换图像（三）

图 20-18 绘制路径

Step 8 设置前景色为白色，按【Alt+Delete】组合键填充前景色，如图 20-19 所示，按【Ctrl+D】组合键取消选区。

Step 9 设置前景色为灰色（#e0e0e0），新建“图层 5”，使用多边形套索工具绘制三角形选区，并用前景色填充，如图 20-20 所示，然后按【Ctrl+D】组合键取消选区。

Step 10 在工具箱中选择“减淡工具”，根据情况有选择性地调整画笔直径，并在灰色颜色块上反复涂抹，得到如图 20-21 所示的曝光效果。

Step11 在工具箱中选择“加深工具”，根据情况有选择性地调整画笔直径，并在灰色颜色块的边缘处反复涂抹，得到如图 20-22 所示的阴影效果。

图 20-19　填充颜色

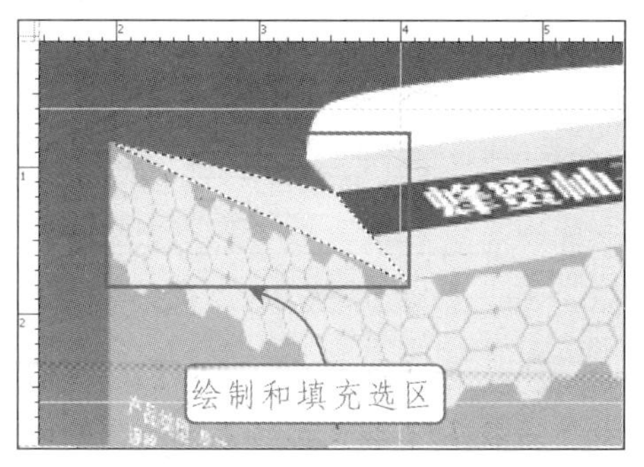

图 20-20　绘制选区并填充颜色

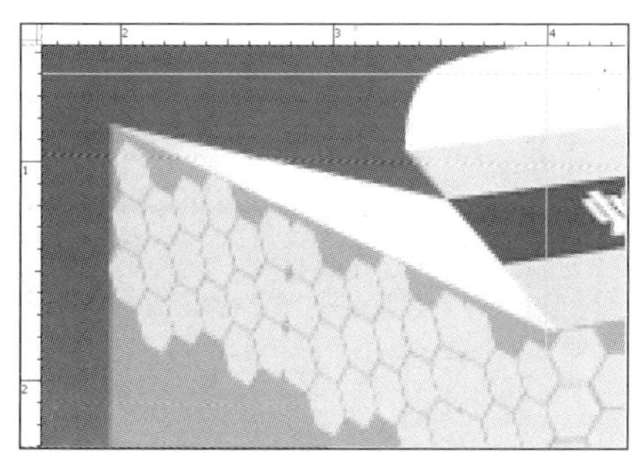

图 20-21　调整曝光效果

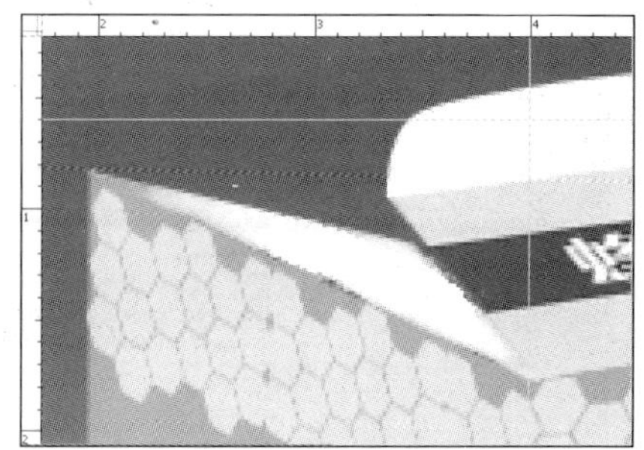

图 20-22　调整阴影效果

Step12 新建“图层 6”，使用多边形套索工具绘制三角形选区，并用前景色填充，如图 20-23 所示，然后取消选区。

Step13 使用减淡工具和加深工具调整好新填充颜色块的明暗关系，如图 20-24 所示。

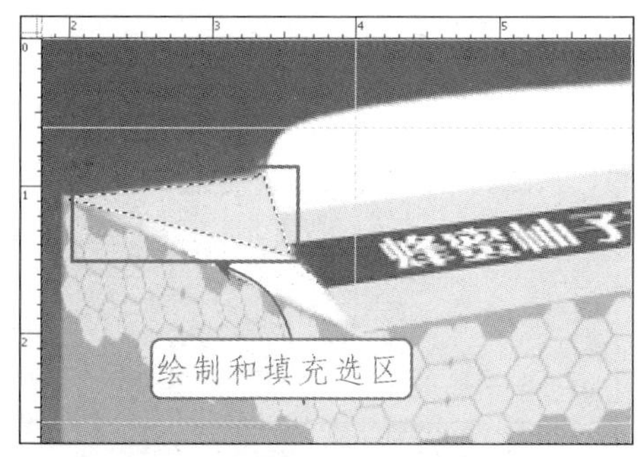

图 20-23　绘制选区并填充颜色（二）

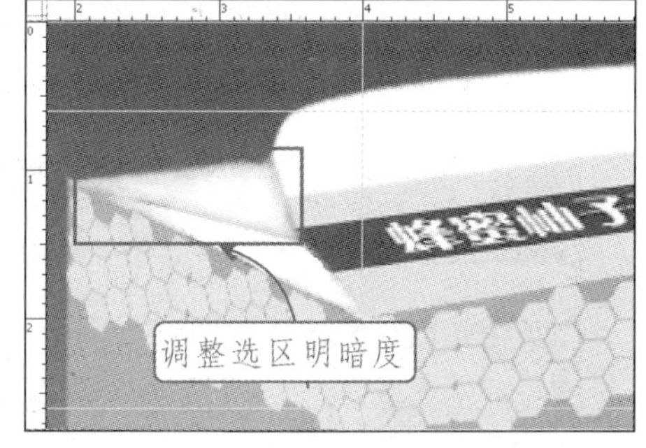

图 20-24　调整明暗度

Step14 选择“图层 2”，按【Ctrl+L】组合键，打开“色阶”对话框，设置输入色阶分别为 0、1 和 225，单击 确定 按钮，如图 20-25 所示。

Step15 选择“图层 1”，选择【图像】/【调整】/【亮度/对比度】命令，在打开的对话框中设置亮度为 10，对比度为-20，如图 20-26 所示，单击 确定 按钮调整亮度和对比度。

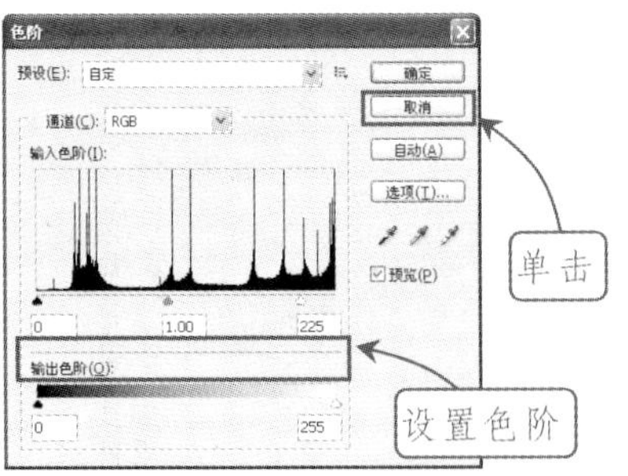

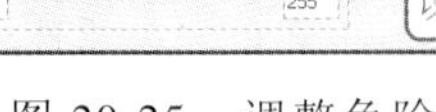
图 20-25　调整色阶

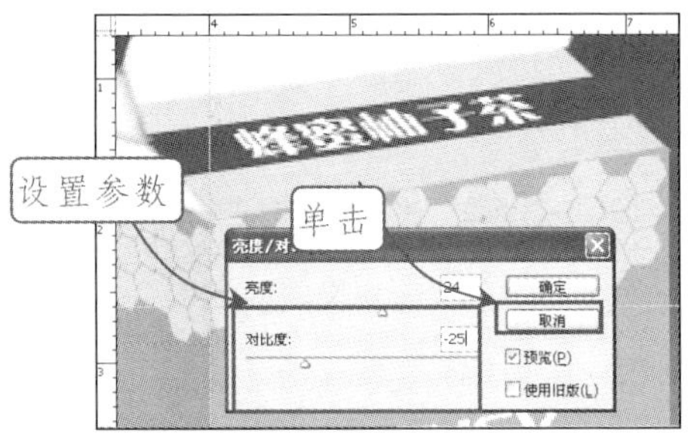

图 20-26　调整亮度/对比度

Step16 选择“图层 2”，按【Ctrl+J】组合键复制生成“图层 2 副本”，选择【编辑】/【变换】/【垂直翻转】命令，然后将翻转变换后的图像垂直移至如图 20-27 所示的位置。

Step17 按【Ctrl+T】组合键，按住【Ctrl】键的同时拖动变换框右上侧的变换块到如图 20-28 所示的位置，按【Enter】键确认变换。

图 20-27　垂直翻转

图 20-28　变换图像

Step18 在“图层”控制面板中将“图层 2 副本”图层的不透明度设置为 40%，以使该图像产生半透明效果，如图 20-29 所示。

Step19 复制“图层 3”，将复制生成的“图层 3 副本”中的图像垂直翻转后并对其进行变换操作，在“图层”控制面板中将“图层 3 副本”图层的不透明度设置为 40%，使该图像产生半透明效果，如图 20-30 所示。

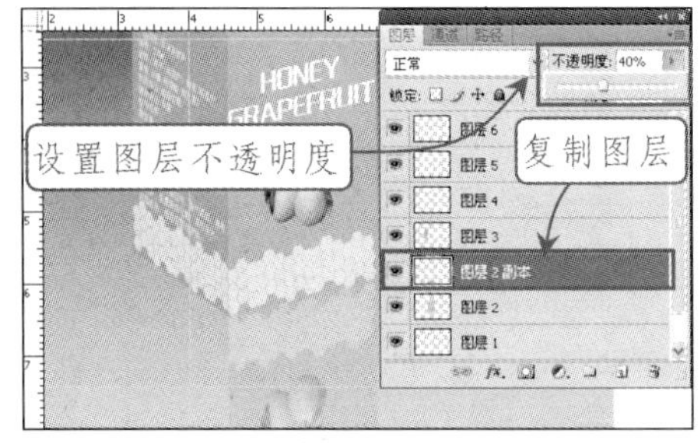

图 20-29　设置图层不透明度

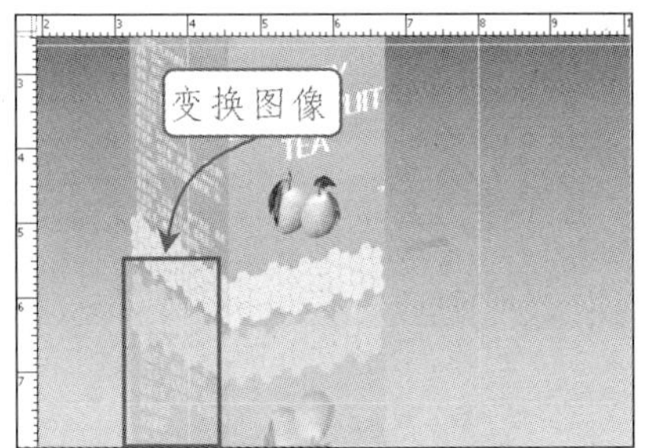

图 20-30　复制和变换图像

Step20 选择除“背景”图层外的所有图层，在其上右击，在弹出的快捷菜单中选择“合并图层”命令合并图层。

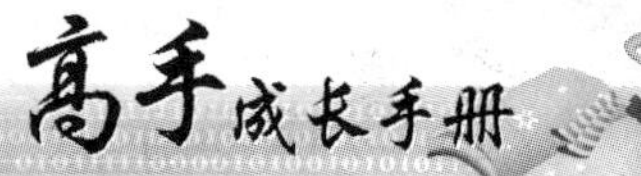

Step21 复制合并后的图层，对其进行适当移动，按【Ctrl+R】组合键隐藏标尺，按【Ctrl+H】组合键隐藏参考线，效果如图 20-1 所示【源文件\第 20 章\蜂蜜柚子茶包装设计.psd】。

20.1.5 案例小结

通过本例的练习，读者可以掌握图像的移动和复制、图层不透明度的设置、路径的绘制、选区的填充、减淡工具和加深工具的使用及文字工具的综合运用等操作，在制作产品的包装设计效果时，一定要考虑到所要表达的设计思想应与产品功能、特点相吻合。

20.2 书籍封面设计

书籍封面在保护书的同时还要宣传和体现书籍内容

封面设计一般包括书名、编著者名、出版社名等文字，以及体现书的内容、性质、体裁的装饰形象、色彩和构图，它通过艺术形象设计的形式来反映书籍的内容。在当今琳琅满目的书海中，书籍的封面起了一个无声推销员的作用，它的好坏在一定程度上将直接影响人们的购买欲。一般的书籍封面由封底、书脊和封一组成，其结构示意图如图 20-31 所示。

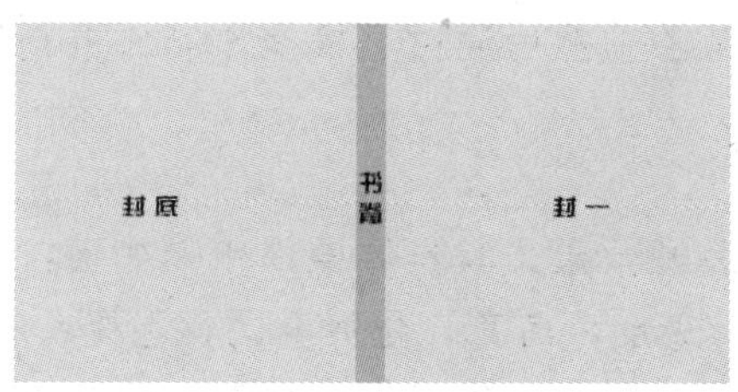

图 20-31　封面结构示意图

20.2.1 案例目标

本章要设计一个 16 开、320 页、60 g 普通压光胶版纸的书籍封面，16 开书籍的规格为 185 mm×260 mm，书脊的宽度为 14 mm，版面四周要增加 3 mm 的出血区域，所以整个封面的宽度应用 390 mm（3+185+14+185+3=390），高度应为 266 mm（3+260+3=266）。本案例制作的书籍封面展开图和书籍封面立体图如图 20-32 所示。

图 20-32　封面展开图和封面立体图效果

20.2.2 创意分析

书籍是一种特殊的商品，是人类的精神食粮。对书籍装帧设计而言，封面相当于产品的外包装，因此在对书籍的封面进行设计时，应充分体现其功能性，颜色以简洁大方为主，考虑其实用性，向消费者介绍书的特色和作用，在设计的过程中以这两点为基准，将封面的各个元素淋漓尽致地展现出来。

20.2.3 制作思路

本案例主要表现书籍装帧的立体效果，必须先制作出封面展开的平面图，然后再将平面图变换成立体图。制作书籍封面展开图其实就是制作封底、书脊和封一，首先应划分出它们分别所在的区域，然后再对各个区域添加图像元素；然后通过将平面展开图中的封底、书脊和封一进行透视变换来获得书籍的立体装帧效果。

20.2.4 制作过程

下面先制作书籍封面展开图，然后通过变换操作制作书籍的立体效果。

1. 制作平面装帧效果

下面开始制作书籍平面装帧效果，其具体操作步骤如下：

Step 1 新建一个图像文件，宽度、高宽、分辨率、颜色模式和背景内容分别为 390 毫米、266 毫米、300 像素/英寸、RGB 颜色、白色，如图 20-33 所示。

Step 2 按【Ctrl+R】组合键显示标尺，将鼠标指针分别放置到水平和垂直标尺上后向图像内部拖动以创建多条水平和垂直参考线，划分出封底、书脊和封一所在的区域，如图 20-34 所示。

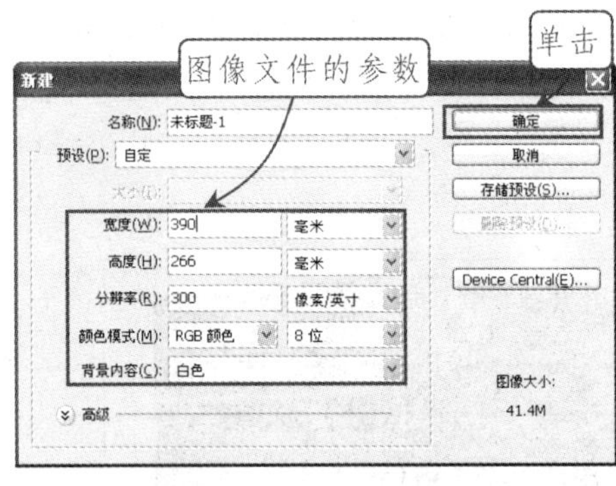

图 20-33 新建图像文件

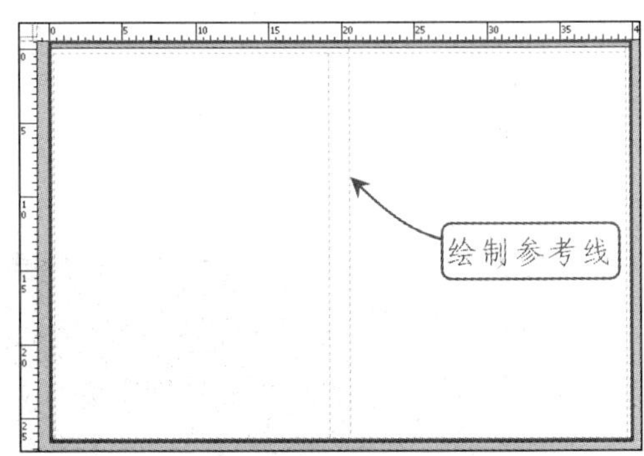

图 20-34 使用参考线划分版式

Step 3 新建“图层 1”，设置前景色为灰色（#205174），使用矩形选框工具沿参考线绘制出封底、书脊和封一所在的选区，然后用前景色填充选区，如图 20-35 所示。取消选区，继续创建水平和垂直参考线，使用矩形选框工具沿新创建的参考线绘制选区，设

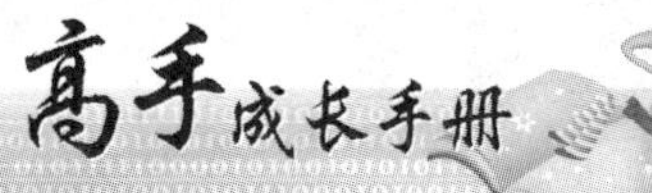

置前景色为蓝色（# 8ba6bb），按【Alt+Delete】组合键填充选区，如图 20-36 所示。

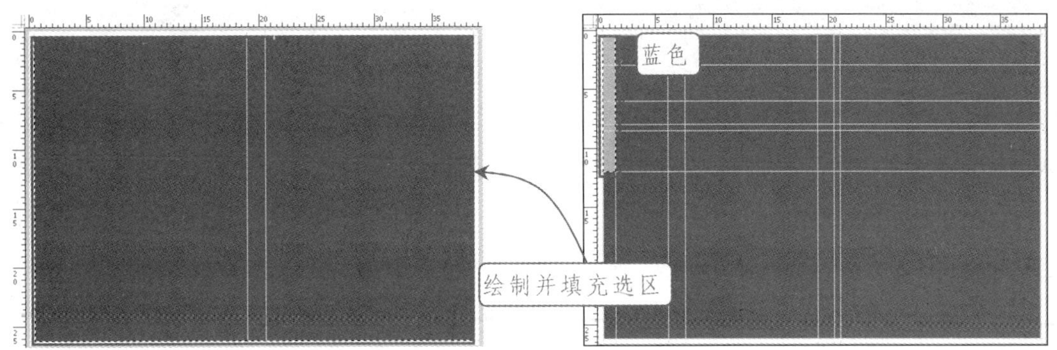

图 20-35　绘制并填充选区　　　　图 20-36　绘制并填充选区

Step 4 使用同样的方法绘制其他选区并为其填充灰色（# 7b8e9b）、黑色和白色，绘制和填充后的效果如图 20-37 所示。

Step 5 打开"原始森林.jpg"图像文件【素材\第 20 章\原始森林.jpg】，将其拖动复制到新建图像中，然后通过变换操作将其调整到整个封一的大小。

Step 6 单击"图层"控制面板底部的"添加矢量蒙版"按钮为"图层 2"添加矢量蒙版，单击添加的矢量蒙版，按【D】键复位前景色和背景色，选择工具箱中的渐变工具，从上至下绘制渐变，效果如图 20-38 所示。

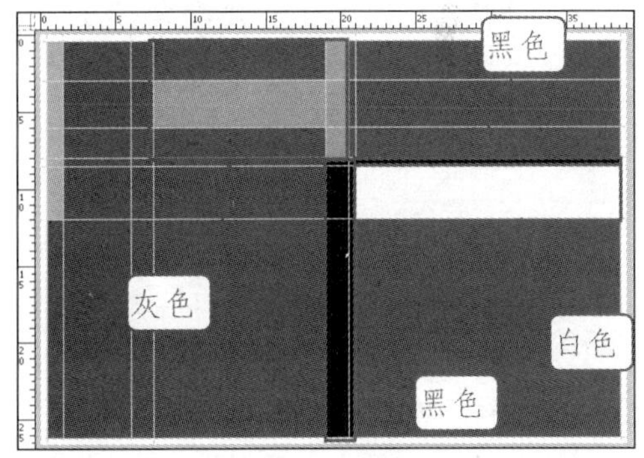

图 20-37　继续绘制并填充选区

图 20-38　添加图层蒙版并绘制渐变

Step 7 新建"图层 3"，绘制如图 20-39 所示的选区，选择工具箱中的渐变工具，在工具属性栏中将其填充方式设置为"径向渐变"，为选区填充褐色（#1e0f05）-棕色（#4e1e09）-褐色（#0b0804）的渐变。

Step 8 打开"摄影.jpg"图像文件【素材\第 20 章\摄影.jpg】，将其拖动复制到新建图像中，然后通过变换操作调整其大小，调整后的效果如图 20-40 所示。

Step 9 使用横排和直排文字工具在封底、书脊和封一处分别输入"野生动物摄影手册"文字，字体都设置为"方正综艺简体"，字号从左到右分别为"38 点"、"27 点"、"60 点"，垂直缩放 130%。

Step 10 选择封一上的书名所在的文字图层，单击"图层"控制面板底部的"添加图层样式"按钮，在弹出的下拉菜单中选择"投影"命令。

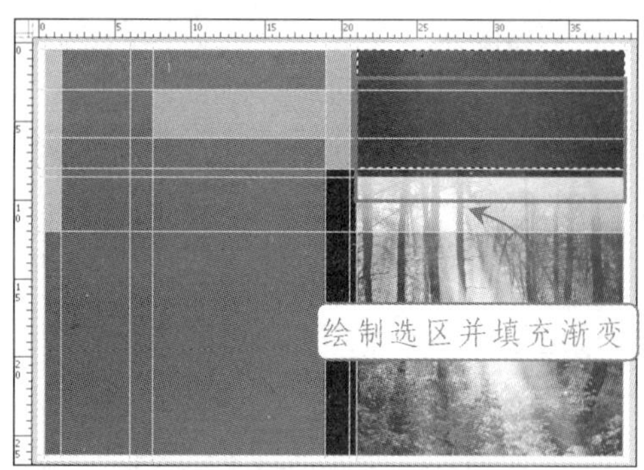

图 20-39　绘制选区并填充渐变

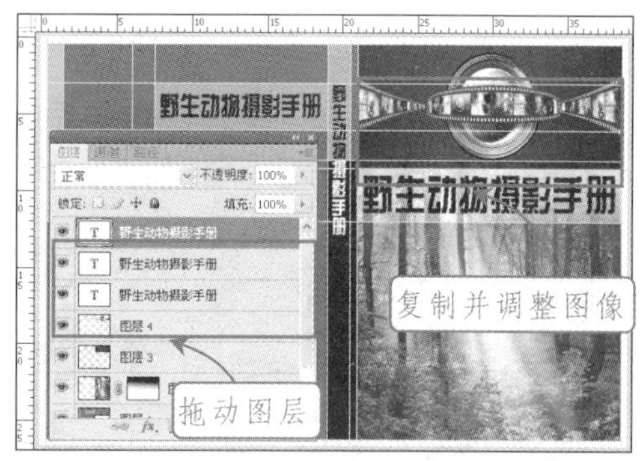

图 20-40　调整图像

Step 11 在打开的“图层样式”对话框中已经默认选中“投影”复选框，设置其“混合模式”为“正片叠底”模式，“不透明度”为 75%，“角度”为 120 度，“距离”为 20 像素，“扩展”为 50%，“大小”为 5 像素，如图 20-41 所示。

Step 12 选中 ☑斜面和浮雕 复选框，设置样式为“枕状浮雕”样式，大小为 10 像素，其他参数保持默认值，如图 20-42 所示，单击 确定 按钮应用图层样式。

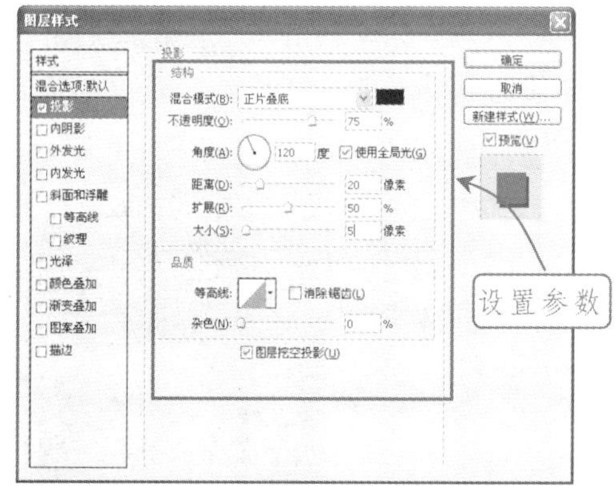

图 20-41　设置“投影”图层样式

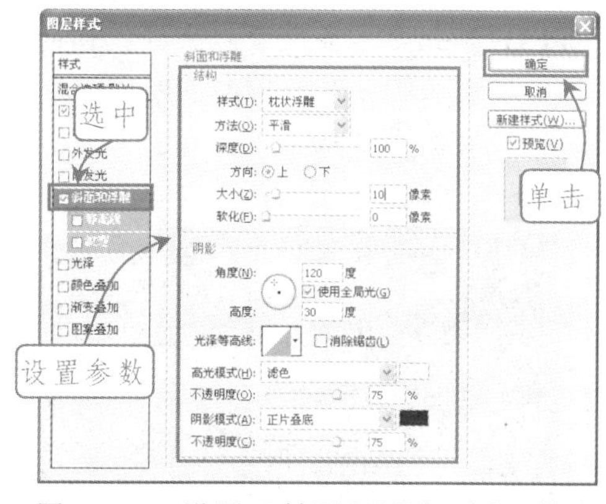

图 20-42　设置“斜面和浮雕”图层样式

Step 13 返回图像文件窗口中，为封一中的书名应用图层样式后的效果如图 20-43 所示，使用同样的方法为封底的书名添加“投影”和“斜面和浮雕”图层样式，完成后的效果如图 20-44 所示。

图 20-43　封一处文字效果

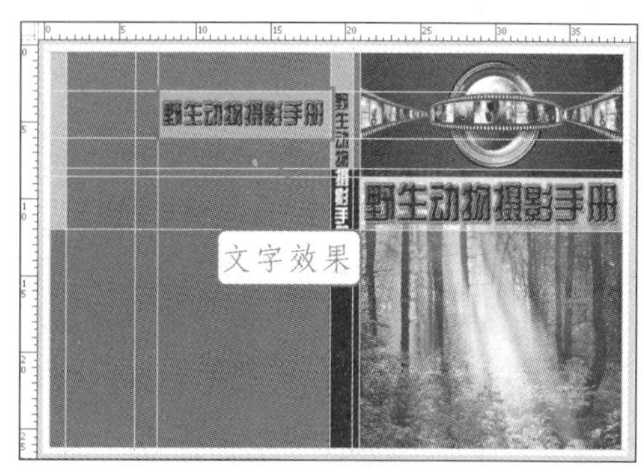

图 20-44　封底处文字效果

Step14 打开“草原.jpg”图像文件【素材\第 20 章\草原.jpg】，将其拖动复制到新建图像中封底的下方，然后通过变换操作将其调整到合适大小。

Step15 单击“图层”控制面板底部的“添加矢量蒙版”按钮为“图层 2”添加矢量蒙版，单击添加的矢量蒙版，按【D】键复位前景色和背景色，选择工具箱中的渐变工具，从上至下绘制渐变，效果如图 20-45 所示。

Step16 打开“豹.jpg”、“大象.jpg”、“长颈鹿.jpg”图像文件【素材\第 20 章\野生动物豹.jpg、大象.jpg、长颈鹿.jpg】，分别将其拖至当前图像文件窗口中，将其分别调整至封底左上侧，如图 20-46 所示。

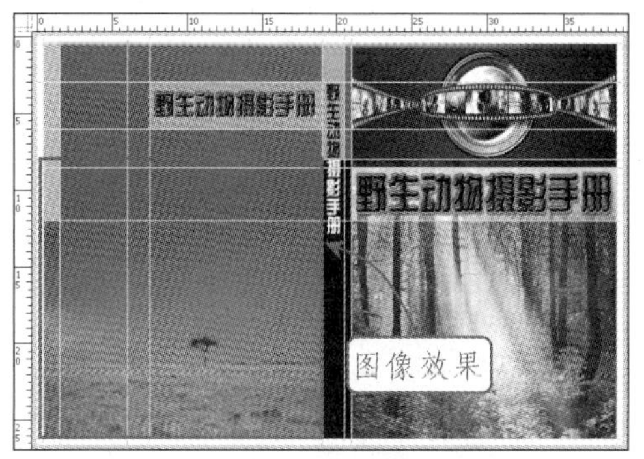

图 20-45　调入并调整素材图像

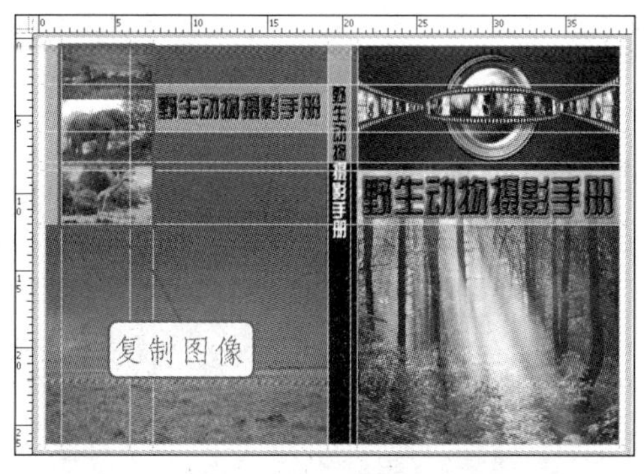

图 20-46　调入并调整素材图像

Step17 使用文字工具在封一和书脊中输入作者名，将字体设置为“黑体”，字号分别设置为“24 点”和“18 点”，文本颜色为“白色”，行距分别为“36 点”和“18 点”。

Step18 继续在封一和书脊输入出版社名，将字体设置为“黑体”，字号分别设置为“28 点”和“18 点”，文本颜色为“白色”，行距设置为“自动”。

Step19 继续在封底输入封面设计和责任编辑等文字，将字体设置为“宋体”，字号设置为“24 点”，文本颜色为“白色”，行距设置为“36 点”。

Step20 继续在封底输入出版号和书的价格，将字体设置为“黑体”，字号设置为“24 点”，文本颜色为“黑色”，行距设置为“36 点”，输入完成后的效果如图 20-47 所示。

Step21 选择工具箱中的画笔工具，将画笔直径设置为 6 像素，在出版号和书的价格中绘制一条直线。打开“图书出版号.jpg”图像文件【素材\第 20 章\图书出版号.jpg】，将其移动复制到当前编辑的图像文件窗口中，如图 20-48 所示。

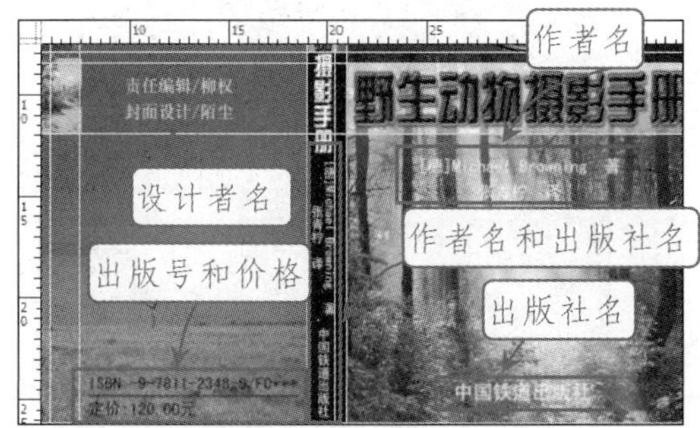

图 20-47　输入其他文本

图 20-48　调入并调整素材图像

Step22 选择【文件】/【另存为】命令，在打开的“另存为”对话框中保存图像文件【源文件\第 20 章\书籍平面装帧.psd】

2. 制作立体装帧效果

下面开始制作书籍立体装帧效果，其具体操作步骤如下：

Step1 新建一个背景内容为白色的图像文件，其他参数设置与创建的第一个图像文件相同。

Step2 使用矩形选框工具在“书籍平面装帧.psd”图像文件中绘制出封底所在的选区，如图 20-49 所示。

Step3 拖动选区内的图像到新创建的图像窗口中，此时系统会自动将复制生成的图像放置在新图层“图层 1”中，然后使用变换工具将复制生成的图像变换到如图 20-50 所示的效果。

图 20-49 绘制选区

图 20-50 复制并变换图像

Step4 复制平面展开图中的书脊到新建图像中，并将其变换调整到如图 20-51 所示。继续复制封一到新建图像中，并将其变换调整到如图 20-52 所示。

Step5 选择工具箱中的加深工具，然后在变换后的封一左侧边缘快速涂抹，以降低其亮度，体现出书脊与封一之间的层次感。

Step6 选择【文件】/【另存为】命令，在打开的“另存为”对话框中保存图像文件【源文件\第 20 章\书籍立体装帧.psd】，封面展开图和封面立体图最终效果如图 20-32 所示。

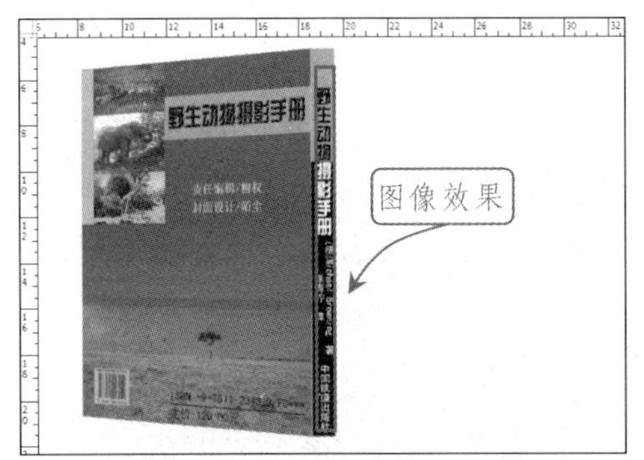

图 20-51 组合书脊

图 20-52 组合封一

20.2.5 案例小结

通过本案例的练习，读者可以掌握通过蒙版合成图像、图像的复制和变换、渐变工具的使用及文字工具的综合运用，在对书进行装帧设计时，要考虑到书的内容，根据书的内容确定颜色色调，并对提供的素材进行处理，力求达到内容的表达和封面的风格完美统一。

20.3 大显身手

本章应重点掌握在 Photoshop CS4 中进行产品包装设计的方法

（1）在新建的图像文件中，将前景色设置为绿色（#71c225），背景色设置为绿色（#0a732e），填充渐变色背景，复制和变换“粽子.jpg”、“祥云.jpg”、“龙舟.jpg”和“边框.psd”图像文件【素材\第 20 章\食品包装设计\粽子.jpg、祥云.jpg、龙舟.jpg、边框.psd】，设置图层不透明度，输入“粽情端午”文字并设置文字图层的图层样式，最后对制作完成的平面图进行复制、粘贴和变换操作以制作成立体包装，完成后的最终效果如图 20-53 所示【源文件\第 20 章\食品包装设计. psd】。

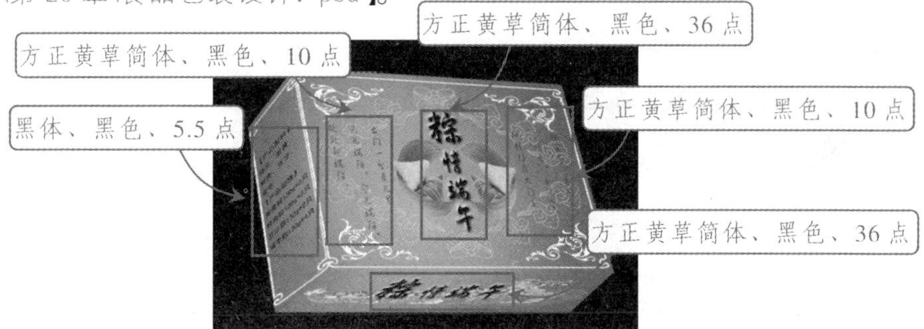

图 20-53　最终效果

（2）打开素材图像文件【素材\第 20 章\历史类图书装帧设计】，复制和变换“建筑.jpg”、“商队.jpg”图像文件中的图像并通过添加的图层蒙版合成图像，输入书名、编著者名、出版社名等文字并设置格式，复制“历史类图书出版号.jpg”到图像文件窗口并调整图像位置，最后根据完成的平面包装设计制作立体包装，最终效果如图 20-54 所示【源文件\第 20 章\历史类图书平面装帧设计. psd、历史类图书立体装帧设计.psd】。

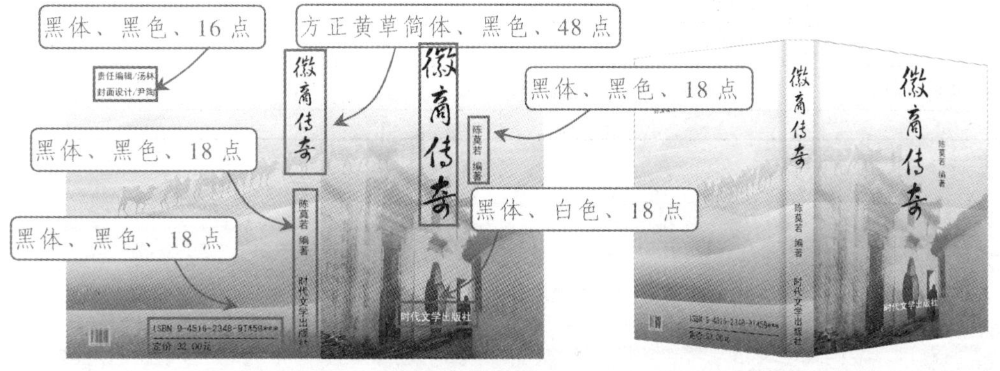

图 20-54　历史类书籍的封面展开图和封面立体图效果

电脑急救箱

运用本章知识时若遇到有关产品包装设计方面的问题，别着急，打开电脑急救箱看看吧

Q 在设置产品包装时，有哪些材质的包装？

A 包装纸对不同的商品采用不同的材质，不同材质的包装带来不同的效果。主要有印刷纸、铜版纸、胶版纸、商标纸、牛皮纸、瓦楞纸、纸袋纸、白卡纸和白纸板等几种材质。

Q 在设计图书封面时，提到的16开、32开是指什么？书籍主要有哪些开本？不同的开本在制作封面时怎么计算封面的宽度和高度？

A 多少开在图书装帧设计领域称为开本，即书籍的大小，开本的尺寸不仅决定了已知版面的大小，而且也决定了出版成本的高低。我国传统的书籍开本有32开、大32开、16开等一些常见规格。但近年来，随着文化生活的丰富、出版业的发展、外版书的引进，书籍开本越来越趋于多样化，表20-1中罗列出了一些常见书籍开本的规格。例如，设计一个16开、320页、60 g普通压光胶版纸的书籍封面，从表20-1中可以看出，16开书籍的规格为185 mm×260 mm，书脊的宽度为13.8 mm，版面四周要增加3 mm的出血区域，所以整个封面的宽度应用389.8 mm（3+185+13.8+ 185+3=389.8），高度应为266 mm（3+260+3=266）。

表20-1　常见书籍开本的规格

名　　称	宽/mm	高/mm	用　　途
32开	130	184	小说、手册
大32开	140	203	字典、小说
16开	185	260	科技书、教材
大16开	210	285	艺术、科技

读 者 意 见 反 馈 表

亲爱的读者：

感谢您对中国铁道出版社的支持，您的建议是我们不断改进工作的信息来源，您的需求是我们不断开拓创新的基础。为了更好地服务读者，出版更多的精品图书，希望您能在百忙之中抽出时间填写这份意见反馈表发给我们。随书纸制表格请在填好后剪下寄到：**北京市宣武区右安门西街8号中国铁道出版社计算机图书中心927室 苏茜 收（邮编：100054）**。或者采用**传真（010-63549458）**方式发送。此外，读者也可以直接通过电子邮件把意见反馈给我们，E-mail地址是：**suqian@tqbooks.net**。我们将选出意见中肯的热心读者，赠送本社的其他图书作为奖励。同时，我们将充分考虑您的意见和建议，并尽可能地给您满意的答复。谢谢！

所购书名：______________________________

个人资料：

姓名：______________ 性别：__________ 年龄：____________ 文化程度：________________

职业：______________________ 电话：________________ E-mail：________________

通信地址：____ 邮编：______________

您是如何得知本书的：

□书店宣传 □网络宣传 □展会促销 □出版社图书目录 □论坛 □杂志、报纸等的介绍 □别人推荐

□其他（请指明）____

您从何处得到本书的：

□书店 □邮购 □商场、超市等卖场 □图书销售的网站 □学校 □其他

影响您购买本书的因素（可多选）：

□内容实用 □价格合理 □装帧设计精美 □优惠促销 □书评广告 □出版社知名度 □作者名气

□娱乐需要 □其他

您对本书封面设计的满意程度：

□很满意 □比较满意 □一般 □不满意 □改进建议

您对本书的总体满意程度：

从文字的角度 □很满意 □比较满意 □一般 □不满意

从内容的角度 □很满意 □比较满意 □一般 □不满意

您希望书中图的比例是多少：

□少量的图片辅以大量的文字 □图文比例相当 □大量的图片辅以少量的文字

您希望本书的定价是多少：

本书最令您满意的是：

1.

2.

您在使用本书时遇到哪些困难：

1.

2.

您希望本书在哪些方面进行改进：

1.

2.

您需要购买哪些方面的图书？对我社现有图书有什么好的建议？

您更喜欢阅读哪些类型和层次的计算机书籍（可多选）？

□入门类 □精通类 □综合类 □问答类 □图解类 □查询手册类 □实例教程类

您在使用攻略类图书的过程中遇到哪些困难？

您的其他要求：